U0132444

廣州話
方言詞典

增訂版

饒秉才　歐陽覺亞　周無忌
編著

商務印書館

廣州話方言詞典 增訂版

編　著：饒秉才　歐陽覺亞　周無忌

責任編輯：鄒淑樺

封面設計：涂　慧

出　　版：商務印書館 (香港) 有限公司

　　　　　香港筲箕灣耀興道 3 號東滙廣場 8 樓

　　　　　http://www.commercialpress.com.hk

發　　行：香港聯合書刊物流有限公司

　　　　　香港新界荃灣德士古道 220-248 號荃灣工業中心 16 樓

印　　刷：中華商務彩色印刷有限公司

　　　　　香港新界大埔汀麗路 36 號中華商務印刷大廈

版　　次：2022 年 4 月第 1 版第 6 次印刷

　　　　　© 2016 商務印書館 (香港) 有限公司

　　　　　ISBN　978 962 07 0410 9

　　　　　Printed in Hong Kong

目　　錄

2016年增訂版前言

　　《廣州話方言詞典》於 1981 年出版了第一版，2009 年出版了修訂版，前後相隔 28 年。由於相隔的時間長，修訂版增加詞數甚多，粗略估計約有 2500 條左右。本詞典是新中國第一部粵方言詞典，也是國內第一部方言詞典，它給國人的印象比較深，在方言學界內備受重視。為了對讀者負責，我們儘量使它更豐富、更完美，讓更多的人使用它、喜歡它。這就要求我們與時俱進，讓它能跟上時代，有所發展、有所前進。這是我們再一次修訂出版這本詞典的動機。

　　在這幾年的不斷挖掘和發現中，我們陸續搜集到相當數量的新詞和漏收的詞。經過反復的甄別取捨和加工之後選出了 1880 餘條，作為這次增訂版增補的新詞，同時對原版一些條目作了必要的修訂，並剔除了一些不大合適的詞條。這樣，本詞典共收集了大約 12600 餘條詞語。現在本詞典再一次以新的面目跟讀者見面。如果它能得到讀者的喜歡與肯定，這就是我們最大的欣慰。

　　我們需要提出的是，在不斷研究整理、編寫廣州話詞彙的過程中，每當遇到疑難問題時，我們都虛心地參考同行們的有關專著，它們對我們修訂本詞典起到了積極的作用。在此我們向各位同行學者表示衷心的謝意。

編　者

2009年修訂版前言

　　《廣州話方言詞典》自 1981 年由商務印書館在香港出版以來，即備受社會各界人士的關注，也引起國內外語言學界尤其是方言學界的重視。究其原因，主要是當時中國內地還沒有正式出版過粵方言詞典。可以説，它是中國第一部記錄粵語的方言詞典，甚至是國內最早的一部方言詞典。它的出現，激起了方言學界進一步研究漢語方言和編寫方言詞典的興趣。從那以後，陸續出版了粵方言的各類詞典和漢語其他方言的詞典。由此看來，我們的這部篇幅不算大的詞典在方言學界起了帶頭作用，並得到了社會的認可。

　　詞典是供人查閱的工具書。按照當年我們編寫這本詞典的宗旨，本詞典既可以供粵方言地區的人查閱，也可以供非粵語人查閱，還可以起到幫助粵語人學習普通話，幫助非粵語人學習廣州話之作用。隨着社會的發展，在各方面的努力下，今天粵語地區人們使用普通話的機會和意識增強了，普通話水平也大大提高了，學習普通話取得了很大的成果。但是我們，特別是語言工作者，不應就此而滿足。因為第一，方言是民族文化的重要標誌之一，它既是傳承民族共同語寶庫的載體，又是獨立發展的地方變體。它能反映當地的文化、民俗甚至與其他民族相互融合的歷史。因此方言的存在是長時期的，它必將與共同語互相依存而發展下去。不能認為因為推廣了普通話，方言就會退出歷史舞台，甚至消滅。相反，方言會繼續發展，共同語也往往會從方言中吸收某些積極的、有用的成分。近三十年來普通話從粵語中吸收了為數不少的方言詞來豐富自己就是例證。第二，我們繼續研究粵語，一方面希望粵語人繼續提高普通話的水平，一方面讓外來工作、生活的非粵語人進一步提高粵語的聽説能力，以增強人們的交流。我們注意到，粵語地區的普通話水平與別的省份相比，還有一定的差距。因為粵語跟共同語相差較大，粵語人學習普通話比其他方言的人更為困難一些。我們在粵語地區經常聽到人們所説的普通話除了帶有濃重的地方口音之外，還常常把自己的方言詞和一些方言表達習慣帶到普通話裏來。這些不規範的方言習慣已經被公眾"約定俗成"而成了"廣式普通話"了。因此，粵語地區的人們學習普通話，還要向標準的普通話看齊。

第三，香港使用粵語作為日常語言，這部詞典一個目標就是記錄整理粵語的基本詞彙，現在詞彙面貌發生了一些變化，詞典也要記錄這樣的變化。基於以上幾點，我們把《廣州話方言詞典》重新修改增訂，使它更加全面而準確地反映當代粵語的詞彙情況。

這次修訂補充了不少詞條，這些詞條多半是當年因求精簡而棄收或漏收的詞語。經過了 28 年，新詞新語不斷出現，而某些當年不怎麼流行的詞語現在變得流行了，新修訂的這本詞典力求把這些詞都囊括進去，所以增加的篇幅比較大。我們的目的是讓詞典在收詞方面更加完備，以便向大眾展現豐富的粵語詞彙，讓人們了解粵語當前詞彙的概貌，給各界人士正確使用。

從歷史的角度看，詞典就像一塊語言詞彙發展道路上的里程碑。這塊路碑應該充分反映當時的具體情況。這就是我們修改增訂這本詞典的主要目的。

編　者

凡　例

一、收詞範圍

（一）本詞典主要收集廣州話中跟普通話不同的詞語。其中有些詞語可能在別的方言裏也通行，但在普通話裏一般是沒有的。另外，有些詞語的形音義與普通話有某些相似，但只是部分相同，或者它們的字形相同，但是在意義範圍的大小和用法等方面不完全一樣。這兩類詞語，也是本詞典選收的對象，如"耳仔"〔耳朵〕、"腳"〔腳；腿〕、"走"〔跑；走〕等。

（二）廣州話裏保存下來的古詞或古義比較多，其中有一些在普通話裏已不再使用，有些雖偶爾使用，但通常（尤其是在口語裏）已為另一些詞語所代替。這類古詞或古義也作為方言詞選錄進去，如"頸"〔脖子〕、"飲"〔喝〕、"卒之"〔終於〕。

（三）近百年來廣州話通過音譯的方法從外語，尤其是從英語吸收了一些詞，這類詞中有些是只在粵方言區使用的；有些在普通話也有類似的説法，兩者的語音雖然近似，但所用的字不同，如英語的 chocolate 一詞，普通話叫"巧克力"，廣州話叫"朱古力"，這些詞我們也把它作為方言詞看待，酌量選收。港澳特殊詞語也酌收一部分，並在詞目左側加＊註明。

（四）有些詞，從詞彙的角度看，不屬方言詞，而屬"方音詞"，但其讀音比較特殊，與原字音相差較大，一般人不容易發覺它是某個字的"白讀"，往往寫成另一個字。這類"方音詞"，也酌量選收，如"銀"〔仁兒〕、"嚟"〔來〕。

（五）粵方言中有不少獨特的、思想健康、表現力強、富有生命力的成語、慣用語，它們的方言色彩很濃，是豐富方言表現手段的重要成分。在結構上它們雖然與詞不同，但常常起着詞的作用，並有較固定的結構和用法。本詞典也酌量選收一部分。

二、用字和注音

（一）各條目所用的字，以繁體字為標準。字頭用大字排印。異體字附在字頭後，外加圓括號。普通話沒有的方言字，則取粵方言區人民常用的。一個詞習慣上有幾種不同書寫形式的，則採用常用而且筆畫少的。有音無本字的條目，用同音字代替，如“的” dig^{1}〔提拿；提溜〕、“車” cé^{1}〔吹噓〕、“蝦” ha^{1}〔欺負〕、“論盡” lên^{6} zên^{6}〔不靈便、麻煩〕。無同音字者則用同聲韻字（字右上角標該音的調號）註明，外加圓括號，如“打仰 da^{2} ngong^{5} (仰，昂^{5})”。如果連同聲韻字也沒有，則用反切注音，如“吮吮轉 dem^{4} dem^{4} jun^{3} (吮，杜含切)。” 有些古詞語，則沿用古字（本字）表示，如“湴” ban^{6}〔爛泥〕、“姣” hao^{4}〔淫〕、“渧” dei^{3}〔滴水〕、“覷” lei^{6}〔斜視、瞪〕、“屈” gued^{6}〔禿、鈍〕、“熨” hing^{3}〔烤、熱〕等等。比較偏僻或筆畫繁多的方言字、古字，採用同音字代替，原字放在該條目的後面，外加（　），如“督（豖）” dug^{1}〔捅、杵〕、“春（樀）” cên^{1}〔蛋〕。難字後用同音字直音，外加圓括號，如“厴 yim^{2} (掩)”。如無同音字，則注反切。

（二）每一條目都用廣州話拼音方案（見附錄）注音，釋義部分如有某些字需要注出普通話讀音時，用漢語拼音方案注音，如“膇” dêu^{3}〔膀 (pāng)；浮腫〕。

（三）條目中的字如有讀書音和口語音區別的，注音用口語音，讀書音另外標明，如“禁 kem^{1} (讀音 gem^{3})”。

（四）習慣上有幾種讀法的條目，以最常用的為主，其他讀法則用“又音”註明，如“嚟 lei^{4}(黎。又音 léi^{4})”。

（五）條目中遇有必須變調的字調，注音時將原調與變調同時標出，在兩調之間加一橫線“-”表示。線左側的數目字是原調調號，右側是變調調號，如“白豆” bag^{6} deo$^{6-2}$ 的“豆”字原調是第 6 調 (陽去)，在“白豆”這個詞中讀第 2 調 (陰上)。

（六）外來詞詞目用字，多採用羣眾已習慣使用的字和按借詞的實際讀音注音，有時不按原字的實際讀音注音，例如“貼士”〔小賬〕Tips 一詞注 tib^{1} xi^{2}，不按原字讀音 tip^{3} xi^{6} 注音，“派司”〔及格〕pass 一詞注 pa^{1} xi^{6}，不按原字讀音 pai^{3} xi^{1} 注音。

（七）ü、ün、üd 韻母跟 j、q、x 聲母相拼時，ü 上兩點省略，跟其他聲母相拼時則保留 ü 上兩點。韻母 êu(例如“去”) 本來應該寫成 êü，為了減少字母的附加符號，而把 ü 兩點省去。

三、釋義

釋義和用例力求做到思想性、科學性和通俗性相結合。一個詞有幾個義項的，分別用 ❶❷❸❹ 表示，各個義項一般均舉例句說明，其後加普通話翻譯的詞句，外加方括號〔　〕表示，如"撳實張紙〔把紙摁着〕"。例句中只有詞目不同的，不加普通話翻譯。例句與例句之間用豎線"｜"隔開。例句中重複該條目時用波浪號"～"表示。詞頭或詞頭內詞的音譯詞、諧音詞、別名（說）等，外加空心魚尾號〖　〗表示。

釋義與例句的翻譯以普通話的口語為主，如廣州話"過衫"的"過"，普通話口語一般說"投"（把衣服投乾淨），書面語一般用"漂洗"，釋義時兩者兼收，並註明口語叫"投"。

四、條目的排列及處理

（一）按條目首字的拼音字母次序排列（見《廣州話拼音音節索引》），首字同音的條目以字的筆畫多少排列，筆畫少的在前，字形相同的排在一起。字形相同而音義不同的條目，按字音的音序排在不同的地方。兩個字以上的條目，第二字以後的字的排法與首字相同。為了便於不習慣拼音的讀者查閱，詞典前面另附詞條索引表，同一字頭的排在一塊，各詞目按部首筆畫排列。異體字也列進詞條索引表內，以便查檢。

（二）形同而音義不同或者形同音同而意義相差很遠的詞語，各自分立條目（後者在詞目左上角用 1、2、3……標明）。如：

¹ 定　　déng⁶　　定金。

² 定　　déng⁶　　地方。

　 定　　ding⁶⁻²　　副詞。當然。

¹ 定　　ding⁶　　❶ 穩；❷ 鎮定；❸ 放心。

² 定　　ding⁶　　連詞。❶ 或者；❷ 還是。

³ 定　　ding⁶　　❶ 用在動詞之後，有"預先"的意思；❷ 用在動詞之後，有"好"、"妥當"的意思。

廣州話拼音音節索引

hug 哭 127
hün 喧 128
hung 兇 128

J

ji 之 129
jib 接 132
jid 瀄 132
jig 即 133
jim 尖 133
jin 揃 134
jing 蒸 134
jiu 招 136
ju 朱 137
jud 啜 138
jun 專 138

K

ka 卡 139
kai 楷 139
kao 靠 139
ké 屌 139
kê 抾 140
keb 扱 140
ked 咭 140
keg 撳 140
kég 屐 140
kei 溪 140
kéi K 141
kem 禁 141
ken 勤 142
keng 鯁 142
kéng 嚤 142
keo 摳 143
kêu 拘 143
ki 崎 143
kib 呦 143
kid 揭 143
kig 嚱 144
kim 鉗 144
kin 攑 144
king 傾 144
kiu 蹺 144
ko 可 144
kog 搉 144
kong 炕 144
ku 箍 145
kuag 嘩 145
kuang 筐 145
kuei 規 145
kuen 坤 145
kueng 框 145
kug 曲 146
kuig 闃 146
kung 藭 146

L

la 啦 146
lab 擸 147
lad 瘌 148
lag 嘞 148
lai 拉 148
lam 攬 149
lan 欄 150
lang 冷 151
lao 撈 152
lé 咧 152
lê 䍡 153
leb 笠 153
led 甩 153
lêd 律 154
leg 簕 154
lég 叻 154
lêg 略 154
lei 捩 154
léi 籬 156
lem 冧 156
lên 嶙 157
leng 掕 157
léng 笭 158
lêng 涼 158
leo 褸 159
lêu 鏍 161
li 哩 161
lib 粒 161
lid 裂 161
lig 叻 161
lim 澰 161
lin 連 161
ling 鈴 162
liu 了 162
lo 囉 163
log 落 164
loi 來 165
long 啷 165
lou 撈 166
lüd 捋 169
lug 睩 169
lün 攣 170
lung 窿 170

M

m 唔 171
ma 孖 178
mad 抹 180
mag 覞 180
mai 埋 180
man 攣 182
mang 盲 183
mao 貓 183
mé 咩 184
med 乜 184
meg 嘜 185
mei 咪 186
méi 屘 186
mem 錇 188
men 文 188
meng 掹 189
méng 名 189
meo 踎 189
mi 咪 190
mid 搣 190
min 面 190
ming 名 191
miu 藐 191
mo 摩 191
mog 剝 192
mong 網 192
mou 毛 192
mug 木 197
mui 妹 198

詞條索引表

一、本表按詞條首字的部首、筆畫排列。同一首字的詞條按筆畫多少順序
　　排列。

二、部首、筆畫及其順序以商務印書館繁體版的《現代漢語詞典》為準。
　　個別字作了調整。

部 首 目 錄

詞條索引表

A

a

吖 a¹ 語氣詞。❶ 表示同意或退讓：好 ～〔好的〕！｜係 ～〔是啊〕！｜嗽你要幾多 ～〔那麼你要多少〕？❷ 表示申辯、教訓或追問：佢冇錯 ～，點解話佢呢〔他沒有錯嘛，怎麼説他呢〕？｜有乜好睇 ～〔有甚麼好看的〕！｜你要唔要 ～〔你要還是不要〕？

吖嘛 a¹ ma⁵ 語氣詞。表示説理：人心係肉做 ～〔人心是肉做的呀〕｜要講道理 ～〔要講道理嘛〕。

吖嗱 a¹ na⁴ (嗱，拿) 語氣詞。表示建議或警告：去我屋企坐下 ～〔到我家去坐一會兒吧〕？｜畀你睇下 ～〔給你看看吧〕！｜你夠膽就過嚟 ～〔你有膽量就過來吧〕！

呀 a³ 語氣詞。❶ 表示疑問：你去唔去 ～〔你去不去〕？｜係唔係 ～〔是不是〕？｜有冇 ～〔有沒有〕？｜你叫乜嘢名 ～〔你叫甚麼名字〕？❷ 表示肯定、囑咐、驚歎或強調某種情況：係 ～〔是啊〕！｜記得鎖門 ～｜快啲翻嚟 ～〔快點回來啊〕！｜好痛 ～〔很疼啊〕！｜呢個人好叻 ～〔這個人很聰明〕｜我冇 ～〔我沒有〕。

亞 (阿) a³ (又音 nga³) ❶ 親屬稱謂的詞頭 (只用於單音節的稱謂的前面)：～ 嫂 ｜ ～ 伯 ｜ ～ 姑 ｜ ～ 婆。❷ 人名 (包括排行或綽號) 的詞頭：～ 燕 ｜ ～ 嬌 ｜ ～ 三 ｜ ～ 狗 ｜ 娟姐 ｜ ～ 勝哥。

亞爸 a³ ba¹ 爸爸 (多用於引稱)。

亞伯 a³ bag³ 伯伯；伯父。

亞啤 (亞 B) a³ bi¹ 有人用作男嬰兒的小名。

亞保亞勝 a³ bou² a³ xing³ 泛指任何人，類似普通話的"張三李四"。

*亞燦 a³ can³ 香港一部電視連續劇中的主角，有人用來指稱剛從大陸遷到香港定居的人，帶有取笑的性質。女的叫"燦妹"。對外國人也稱為"鹹蝦燦"。

亞斗官 a³ deo² gun¹ 指生活十分奢侈、揮金如土的年青人。

亞丁 a³ ding¹ 既無知識又無本事的人。

亞福 a³ fug¹ 指傻頭傻腦，常被捉弄或欺騙的人。

亞福亞壽 a³ fug¹ a³ seo⁶ 泛指任何人，同"亞保亞勝"，相當於普通話的"張三李四"。

亞狗亞貓 a³ geo² a³ mao¹ 泛指任何人，類似普通話"張三李四"(帶有輕蔑的意思)。

亞哥 a³ go¹ 哥哥 (少用。一般對稱叫"×哥"或"哥"，引稱叫"大佬")。

亞姑 a³ gu¹ 姑姑；姑母。

亞官仔 a³ gun¹ zei² 紈絝子弟，多指好吃懶做的人。

亞公 a³ gung¹ ❶ 外祖父 (有的地方指祖父)。❷ 老大爺 (尊稱年老的人)。

亞支亞佐 a³ ji¹ a³ zo³ 這樣那樣 (指人意見多，嘮嘮叨叨地説話)：～ 講咗成日〔嘮嘮叨叨説了半天〕。

亞孻 a³ lai¹ (孻，拉) 昵稱最小的孩子。

亞媽 a³ ma¹ 媽媽；母親 (一般對稱叫"媽"，引稱多叫"老母")。

亞嫲 a³ ma⁴ (嫲，麻) 奶奶；祖母。

亞乜人 a³ med¹ yen⁴ 誰人；(不管) 甚麼人：～ 都要遵守規矩。

A

亞茂 a³ meo⁶ 傻子；傻瓜。〖"茂"是"謬"的諧音。〗

亞茂亞壽 a³ meo⁶ a³ seo⁶ 泛指愚蠢的人：呢啲假嘢，你賣畀 ～ 就啱咯〔這些假冒偽劣東西，你賣給傻瓜去吧〕。

亞妹 a³ mui⁶⁻² 妹妹。

亞奶 a³ nai⁵⁻¹ 奶奶；祖母。

亞奀 a³ ngen¹（奀，銀¹）瘦子（多指瘦弱的小孩）。

亞女 a³ nêu⁵⁻² 女兒（對稱）。

亞婆 a³ po⁴ ❶ 姥姥；外祖母（有的地方指祖母）。❷ 對一般老年婦女的稱呼。

亞婆髻 a³ po⁴ gei³ 老太婆的小髮髻。

亞生 a³ sang¹ 先生：～ 有乜事〔先生，有甚麼事〕?

亞細 a³ sei³⁻² 舊時指小老婆。

亞嬋 a³ sem² 嬋母；嬋子。

亞壽 a³ seo⁶ 傻瓜（用於蔑稱）。

亞誰 a³ sêu⁴ 誰（甚麼人）：邊個識你係 ～〔哪個認得你是誰〕?

亞蘇 a³ sou¹ 一般小男孩的乳名。"蘇"即"臊"，是"臊蝦仔"的簡稱。

亞嫂 a³ sou² 嫂子；嫂嫂。

亞叔 a³ sug¹ 叔父；叔叔。

亞太 a³ tai³ 曾祖父；外曾祖母。

亞頭 a³ teo⁴⁻² 頭頭兒；首領。

亞駝 a³ to⁴⁻² 駝背的人；羅鍋兒；羅鍋子。

亞威亞水 a³ wei¹ a³ sêu² 對一般年輕英俊男性的稱呼，略帶戲謔性：你呢個靚仔，～ 都冇你咁架勢呀〔你這個小伙子，哪一位帥哥都沒有你這麼神氣啊〕。

亞爺 a³ yé⁴ 爺爺；祖父。

亞姨 a³ yi⁴⁻¹ ❶ 姨母（母親的妹妹）。❷ 兒童對年齡與母親差不多的婦女的稱呼。❸ 兒童對保育員或保姆的稱呼。

亞姐 a³ zé²⁻¹ 姐姐。同父母的姐姐一般叫"家姐"；近房的堂姐還可以稱"名字＋姐（zé²⁻¹）"。"亞姐"多用於稱呼一般的年輕女子。

亞姐 a³ zé² 庶母（對稱）。

亞仔 a³ zei² 兒子（對稱）。

呀 a⁴ 語氣詞。❶ 表示疑問（對某事已經知道或略有所知，但仍提問時用）：係 ～〔是嗎〕?｜你唔去 ～〔你不去嗎〕?｜唔係佢 ～〔不是他嗎〕?｜你唔怕人哋話你 ～〔你不怕人家說你嗎〕?｜下午開會 ～〔下午開會嗎〕? ❷ 表示反詰：唔通淨係你至得 ～〔難道只有你才行嗎〕?｜你估你好叻 ～〔你以為你很行嗎〕!

ag

呃 ag³ 語氣詞。表示肯定：係 ～〔當然是了〕｜好 ～〔當然好了〕。

B

ba

巴閉 ba¹ bei³ ❶ 形容人做事過分緊張，小題大作，遇事大驚小怪，或者愛管閒事：一啲啲小事，使乜咁 ～ 呢〔一點點小事，何必那麼大驚小怪〕!｜人哋會安排，唔使你咁 ～〔人家會安排，用不着你去多管閒事〕。❷ 形容事情嚴重、厲害、程度深、了不起：呢啲係小事情，唔使睇得咁 ～〔這些是小事情，不必看得那麼嚴重〕｜氰化鉀好～㗎，食啲啲咁多就瓜得㗎〔氰化鉀很厲害，吃一點點就會死的〕｜佢嘅醫術好～㗎〔他的醫術很了不起〕。❸形容事情忙亂、費神、麻煩、鬧騰：星期日你呢度夠～咯〔星期日你這裏夠忙的了〕｜真係～，日日都要去睇病〔真傷腦筋，天天都要去看病〕｜起呢間屋～咗兩年〔蓋這所房子，鬧騰了兩年〕。❹在一定的場合也可作"隆重"、"熱鬧"、"排場大"、"了不起"等用：歡迎會開得好～〔歡迎會開得很隆重〕｜佢就～囉，秘書都兩三個〔他的排場可大了，秘書都兩三個〕。❺吵嚷：咁多人又唱又叫，～到鬼噉〔那麼多人又唱又叫，吵得要命〕。

巴辣 ba¹ lad⁶ 厲害（指人）：呢個人真係～咯〔這個人夠厲害的〕。

巴黎帽 ba¹ lei⁴ mou⁶⁻² 貝雷帽（無邊的扁平帽，用毛線織成）。〖"巴黎"是英語 barret 的譯音。〗

巴士 ba¹ xi² ❶公共汽車。❷長途汽車。〖"巴士"是英語 bus 的音譯詞。〗

巴揸 ba¹ za¹ ❶多嘴：呢件事唔使你咁～〔這件事不用你多嘴〕。❷愛管閒事的：呢個女好～〔這個女孩很愛管閒事〕。

吧女 ba¹ nêu⁵⁻² 在酒吧裏陪客人喝酒的女郎。

把 ba² 量詞。❶捆兒：一～草｜兩～柴｜一～菜。❷張（用於嘴巴）：佢～口好犀利〔他的嘴巴很厲害〕。❸用於聲音：你～聲好大〔你的聲音很大〕。

把鬼 ba² guei² 對某些事物表示厭棄時的用語，有"毫無用處"、"白費勁"的意思，多用於反詰語句：要咁多～咩〔要那麼多有甚麼用〕！｜都話唔開會咯，重去～呀〔都説不開

會了，還去幹甚麼〕！

把口唔收 ba² heo² m⁴ seo¹ 嘴巴無遮攔，説甚麼都無顧忌：你～，好又講，唔好又講〔你嘴巴毫無顧忌，好的不好的都説〕。

把脈 ba² meg⁶ 號脈；診脈。

把炮 ba² pao³（又音 ba² peo³）❶把握：冇乜～〔沒甚麼把握〕。❷辦法：佢真有～〔他真有辦法〕。

把屁 ba² péi³ 對某些事物表示極度蔑視時用，相當於"頂個屁用"的意思。

把心唔定 ba² sem¹ m⁴ ding⁶ 同"心大心細"。

把軚 ba² tai⁵（軚，太⁵）掌舵。

罷啦 ba⁶⁻² la¹ 語氣詞。表示商量、祈使：呢個爛盆掉咗佢～〔這個破盆子把它扔了算了〕｜叫埋佢去～〔連他也叫去算了〕。

霸 ba³ 佔據；霸佔：～位〔佔位置〕。

霸兜雞 ba³ deo¹ gei¹ 霸佔着飼料盆不讓別的雞進食的雞。比喻霸道的人。

霸巷雞乸 ba³ hong⁶ gei¹ na² 比喻經常罵街的婦女，左右鄰舍都避而遠之：你同邊個都嗌交，似晒隻～〔你跟誰都過不去，像隻兇惡的母雞〕。

霸控 ba³ nga⁶ 霸道：唔准你咁～〔不許你那麼霸道〕！

霸王 ba³ wong⁴ ❶指應付錢而不付錢的行徑：睇～戲〔看戲不買票〕｜坐～車〔坐車不買票〕｜食～飯〔吃飯不付錢〕。❷蠻橫：你打咗人重咁惡，真～〔你打了人還這麼兇，真蠻橫〕。

霸王花 ba³ wong⁴ fa¹ 同"劍花"。

罷就 ba⁶ zeo⁶ 算了；拉倒；作罷：唔要就～〔不要就算了〕｜冇人嚟就～〔沒有人來就拉倒〕。

B

bad

八 bad³ 形容詞。同"八卦"❷❸。

八八九九 bad³ bad³ geo² geo² 八九成，十之八九，有差不多的意思：呢個工程完成得 ～ 咯〔這個工程完成得差不多了〕｜參加嘅人 ～ 係我班嘅同學〔參加的人十之八九是我班的同學〕。

八寶 bad³ bou² 法寶；辦法：用盡 ～。

八九 bad³ geo² 八九成；接近成功：呢件事都有 ～ 咯〔這件事接近成功了〕。

八卦 bad³ gua³ ❶ 古時候用來占卜的八種符號。❷ 形容某些迷信而愚昧的人的舉動。❸ 形容人愛管閒事。

八卦妹 bad³ gua³ mui⁶⁻¹ 愛管閒事的女孩。

八卦婆 bad³ gua³ po⁴⁻² ❶ 封建迷信意識濃厚的女人。❷ 愛管閒事的女人。

八卦新聞 bad³ gua³ sen¹ men⁴ 多指報導文藝界名人隱私的新聞。

八妹 bad³ mui⁶⁻¹ "八卦妹"的簡稱。

八婆 bad³ po⁴ "八卦婆"的簡稱。

八音 bad³ yem¹ 舊時指民間樂隊及其所演奏的音樂：請 ～ ｜聽 ～。

八爪魚 bad³ zao² yü⁴ 章魚。

八珍 bad³ zen¹ 具有多種味道的：～梅。

bag

迫鈕 bag¹ neo² 子母扣兒；摁扣兒。

百囉 bag³ lo¹ ❶ 嬰兒出生一百天：個仔快 ～ 咯〔兒子出生快一百天了〕。❷ 為嬰兒出生一百天而設的慶祝酒宴：同個仔做～〔為兒子做百日宴〕。

百子櫃 bag³ ji² guei⁶ 中草藥店的多抽屜藥櫃。

百密一疏 bag³ med⁶ yed¹ so¹ 智者千慮，必有一失。

百年歸老 bag³ nin⁴ guei¹ lou⁵ 老人去世；百年之後。

百厭 bag³ yim³ 淘氣；調皮：細路仔唔好咁 ～〔小孩子別那麼淘氣〕。

百厭星 bag³ yim³ xing¹ 淘氣鬼。

百足 bag³ zug¹ 蜈蚣。〖由於語音的同化作用，"百足"經常説成"八足"。〗

伯父 bag³ fu⁶⁻² 老大爺（對一般老年人的尊稱）。〖廣州話稱父親的哥哥為"亞伯"（或大伯、二伯……），書面語的"伯父"為 bag³ fu⁶，"父"讀本調。〗

伯公 bag³ gung¹ 伯祖（父親的伯父）。

伯母 bag³ mou⁵ 一般稱朋友的母親。

伯娘 bag³ nêng⁴ 伯母（伯父的妻子）。

伯婆 bag³ po⁴ 伯祖母（父親的伯母）。

伯爺 bag³ yé⁴⁻¹ 父親（引稱）：你 ～ 喺唔喺屋企〔你父親在家不在家〕？

伯爺公 bag³ yé⁴⁻¹ gung¹ 老大爺；老頭兒。

伯爺婆 bag³ yé⁴⁻¹ po⁴⁻² 老太婆。

白板 bag⁶ ban² ❶ 麻將牌的一種花樣。❷ 奶油小生。

白板仔 bag⁶ ban² zei² 奶油小生。

白鼻哥 bag⁶ béi⁶ go¹ ❶ 丑角，引申指專門追逐女性的人。❷ 考試落第的人。

白灼(焯) bag⁶ cêg³ 用開水焯熟：～蝦。

白菜 bag⁶ coi³ 小白菜。〖普通話"白菜"指的是一個總類，包括大白菜、小白菜、菜薹等，通常特指大白菜。〗

白菜喬 bag⁶ coi³ po¹ 尚未充分生長好即上市的白菜。又叫"白菜仔"。

白菜仔 bag⁶ coi³ zei² 白菜秧，未長成的小白菜。

白鯧 bag⁶ cêng¹ 鯧魚；平魚。

白地 bag⁶ déi⁶ 既無建築物也無農作物的空地。

白豆 bag⁶ deo⁶⁻² 黃豆；大豆。

白飯魚 bag⁶ fan⁶ yü⁴ 鮮銀魚。

白粉 bag⁶ fen² 海洛因；白麵兒。

白霍 bag⁶ fog³ 輕浮：後生仔咪咁 ～

〔年輕人別那麼輕浮〕。

白鴿 bag⁶ geb³ 鴿子。

白鴿標 bag⁶ geb³ biu¹ 舊時一種賭博形式。用千字文起頭的若干句印在紙面上，暗定若干字為謎底，讓參賭者猜測。猜中一定的字數獲獎。

白鴿籠 bag⁶ geb³ lung⁴ 養鴿子的人喜歡把籠子做成多層多格的樣式，像樓房一樣，人們因此用"白鴿籠"來指那些密而矮小的樓房。

白鴿眼 bag⁶ geb³ ngan⁵ 指那些對上阿諛奉承，對下瞧不起別人的人。

白瓜 bag⁶ gua¹ 菜瓜的一種，類似香瓜，圓筒形。

白滾水 bag⁶ guen² sêu² 白開水。

白契 bag⁶ kei³ 未經政府有關部門蓋章的契約；尚未產生效力的契約。

白歾歾 bag⁶ lai⁴ lai⁴ (歾，拉⁴) 白不吥咧的 (形容東西白得難看)。

白歾晒 bag⁶ lai⁴ sai⁴ (歾，拉⁴；晒⁴) 同上。

¹**白欖(白杬)** bag⁶ lam⁵⁻² 橄欖；青果。

²**白欖** bag⁶ lam⁵⁻² 流行於廣州話地區的一種曲藝。

白蘭 bag⁶ lan⁴⁻² 玉蘭。

白蒙蒙 bag⁶ mung⁴⁻¹ mung⁴⁻¹ (又音 bag⁶ mug¹ mug¹) 雪白雪白的：呢啲鹽～嘅，真乾淨〔這些鹽雪白雪白的，真乾淨〕。

白銀 bag⁶ ngen⁴⁻² 光洋；銀圓。

白切 bag⁶ qid³ 烹調方法之一，將整隻雞、鴨等用水煮熟後，切成塊蘸調味品食用。

白鬚公 bag⁶ sou¹ gung¹ 高齡老人：寧欺～，莫欺鼻涕蟲 (熟語)。

白頭單 bag⁶ teo⁴ dan¹ ❶ 空頭支票。❷ 白條。

白頭郎 bag⁶ teo⁴ long⁴⁻¹ 白頭翁 (鳥名)。

白鐵 bag⁶ tid³ 鍍鋅或鍍錫鐵皮。

白話 bag⁶ wa⁶⁻² ❶ 本地話 (指以廣州話為代表的"廣府話")：你講～定講客家話〔你説本地話還是説客家話〕？ ❷ 指廣西東南部的粵方言 (跟廣州話基本相同)：廣西～。

白蝕 bag⁶ xig⁶ 汗斑。

白鱔 bag⁶ xin⁵ 鰻鱺，生長在淡水裏的鰻魚。

白雪雪 bag⁶ xud³⁻¹ xud³⁻¹ 雪白雪白的；白嫩白嫩的 (指白得可愛)。

白油 bag⁶ yeo⁴⁻² 醬油。

白翼 bag⁶ yig⁶ ❶ 米蟲變的小飛蛾。❷ 一種有薄翅的大蟻，即黑翅白蟻，下雨前成群在燈下亂飛。

白斬雞 bag⁶ zam² gei¹ 白切雞。

白鮓 bag⁶ zag³ 水母；海蜇。

白淨 bag⁶ zéng⁶ (皮膚) 白嫩。

白撞 bag⁶ zong⁶ 白天闖進別人家裏偷東西的小偷：嚴拿～。

白撞雨 bag⁶ zong⁶ yü⁵ 有太陽時突然下的陣雨。

白濁 bag⁶ zug⁶ 淋病，性病的一種。

bai

擺白 bai² bag⁶ ❶ 明擺：你噉做，～係另有打算嘅〔你這樣幹，明擺着是另有打算的〕。❷ 明説；説清楚：你～話畀佢聽啦〔你明白告訴他吧〕。

擺檔 bai² dong³ 擺攤子。

擺檔口 bai² dong³ heo² 同上。

擺闊佬 bai² fud³ lou² 擺闊氣：睇佢一味～，其實冇幾多錢嘅〔看他盡充闊氣，其實沒多少錢〕。

擺款 bai² fun² 擺架子：點知佢～唔認人〔誰知他擺起架子不認人〕。

擺街邊 bai² gai¹ bin¹ 在街道旁邊擺賣。

擺景 bai² ging³ 不實用的；作擺設用的：呢啲嘢係～嘅嘑，冇乜用嘅〔這些東西是作擺設用的，沒甚麼用〕。

擺路祭 bai² lou⁶ zei³ ❶ 舊時在路旁擺

設祭品祭奠出殯的死者。❷ 現在用來嘲笑當街吃東西的不雅行為。

擺明車馬 bai² ming⁴ gêu¹ ma⁵ 清清楚楚地擺明；明明白白地說清楚；實話實說：我 ～ 同你講啦，我哋有資金，就係人手唔夠〔我實話告訴你吧，我們有資金，就是人力不夠〕。

擺平 bai² ping⁴ ❶ 打倒：嗰個嘢一下就界人 ～ 咗〔那傢伙一下子就給人打倒了〕。❷ 收拾：～ 咗佢〔把他收拾了〕。❸ 解決問題：呢件事由我嚟 ～〔這件事由我來解決〕。

擺甫士 bai² pou¹ xi² 擺姿勢：佢影相好會 ～〔她照相很會擺姿勢〕。〖"甫士"是英語 pose 的音譯。〗

擺烏龍 bai² wu¹ lung⁴⁻² 弄錯；搞誤會：差啲又 ～ 喇〔差一點又弄錯了〕。

擺酒 bai² zeo² 擺酒席；設宴。

拜山 bai³ san¹ 上墳；掃墓。

拜仙 bai³ xin¹ 農曆七月初七，女孩子拜織女求巧，又叫"拜七姐"。

拜月 bai³ yüd⁶ 舊俗農曆八月十五夜，家中女子向月亮叩拜。

敗 bai⁶ 指某些寒性藥物或食物有敗火的作用，多吃了會使身體虛弱：蘿蔔好 ～ 㗎〔蘿蔔很敗火的〕。

敗家精 bai⁶ ga¹ jing¹ 敗家子。

ban

班 ban¹ ❶ 糾合；糾集：～ 咗好多人嚟想鬧事〔糾集了許多人來想鬧事〕。❷ 量詞，夥；幫：呢 ～ 人唔知係唔係好人〔這夥人不知道是不是好人〕。

*班房 ban¹ fong⁴⁻² 教室。

班兵 ban¹ bing¹ 搬兵；請援兵；請人幫忙。

班戟 ban¹ gig¹ 薄煎餅。〖"班戟"是英語 pancake 的音譯。〗

板 ban² 指照相館的相片毛樣，多寫作

"相辦"或"辦"。

板斧 ban² fu² 辦法；本事：乜嘢 ～ 都出盡〔甚麼辦法都用盡〕。

板障 ban² zêng³ 屋內用來間隔的木板牆。

扮 ban³（讀音 ban⁶）用長棍打（比較用力）：一棍 ～ 落去〔一棍子打下去〕｜攞條棍 ～ 咗啲樹葉落嚟〔用棍子把樹葉打了下來〕。

扮蟹 ban⁶ hai⁵（人）被捆綁、扣押：嗰個壞蛋當堂扮蟹〔那個壞蛋當場被捆起來〕。

扮靚 ban⁶ léng³ 打扮；化妝。

扮懵 ban⁶ mung² 裝糊塗：你唔使 ～〔你不用裝糊塗〕。

扮嘢 ban⁶ yé⁵ 裝模作樣。

湴 ban⁶（辦）爛泥；稀泥。

湴氹 ban⁶ tem⁵ 爛泥坑。

bao

包 bao¹ 保險；擔保；保證；管；準：～ 佢今日唔會落雨〔保險今天不會下雨〕｜呢對鞋 ～ 着一年〔這雙鞋保證穿一年〕｜學一年～你會〔學一年保證你會〕｜如假 ～ 換〔如果是假的管換〕｜你噉答 ～ 冇錯〔你這樣回答準沒錯〕。

包保 bao¹ bou² 保管；準保：聽我話～你冇錯〔聽我話準保你沒錯〕。

包頂頸 bao¹ ding² géng² ❶ 專門跟人抬槓。❷ 指固執己見，慣於抬槓的人。

包起 bao¹ héi² ❶ 承包，承攬，表示對某事承擔全部權利和義務：呢個工程我 ～ 得略〔這個工程我承包了〕。❷ 包養，特指女人被包養：佢係界人 ～ 嘅〔她是被人包養的〕。

包剪揸 bao¹ jin² deb⁶ 一種猜拳定輸贏的辦法。相當於北方的"石頭剪子布"的做法。

包伙爨 bao¹ fo² qun³ 包辦伙食。

包尾 bao¹ méi⁵⁻¹ 壓尾：佢手腳慢，做乜都係佢 ～〔他手腳笨，幹甚麼總是他壓尾〕｜你哋行先，我 ～〔你們先走，我壓尾〕。

包尾大翻 bao¹ méi⁵ dai⁶ fan¹ 有些粵劇最後部分，眾演員一起出台翻跟斗，場面熱鬧。引申指事情的精彩之處。

包尾油 bao¹ méi⁵ yeo⁴ 明油（澆在烹調好的菜餚上的油）。

包粟 bao¹ sug¹ 玉米（農村多用）。

包枱 bao¹ toi⁴⁻² 壓桌：呢餐飯佢 ～ 喇〔這頓飯他壓桌了〕。

包租 bao¹ zou¹ 承包房屋後再將房間分租給不同的人。

包租婆 bao¹ zou¹ po⁴ 女二房東。

包種 bao¹ zung² 麵肥（含有酵母的發麵）。

鮑魚掣 bao¹ yü⁴ zei³（掣，讀音 qid³）電源總開關，總電閘。因形似鮑魚而得名。

飽死 bao² séi² 挖苦取笑別人時的用語，有“氣死”、“氣壞”的意思：噉嘅水平就話係第一流囉，真 ～〔這樣的水平就說是第一流了，真氣壞了〕！

飽嗌 bao² yig¹ 飽嗝。

爆 bao³ 炸；破裂：個波 ～ 咗〔球炸了〕｜滾水淥 ～ 個杯〔開水把杯子燙炸了〕｜因住掙 ～ 個袋〔當心把口袋給撐破了〕。

¹**爆** bao³ 突然出現，泄露（消息）：今日又 ～ 新聞喇〔今天又出新聞啦〕。

²**爆** bao³ 極度，靚 ～〔極美〕｜ 衰 ～〔極壞，倒楣透了〕｜ 潮 ～〔極新潮〕。

爆煲 bao³ bou¹ 泄露秘密。

爆坼 bao³ cag³ 皸裂：手腳凍到 ～。

爆粗 bao³ cou¹ 使用粗俗語言，突然說了粗話：講話斯文啲，唔好 ～ 呀〔說話斯文一點，不要說粗話〕。

爆大鑊 bao³ dai⁶ wog⁶ ❶ 突發重大事情：嗰個單位又 ～ 喇〔那個單位又出大問題了〕。❷ 事態發展嚴重：呢勻 ～ 咯〔這下子問題嚴重了〕。

爆花 bao³ fa¹ 爆米花。

爆火 bao³ fo² 發脾氣：激到佢 ～〔氣得他火兒了〕。

*****爆格** bao³ gag³ 入屋行竊。

爆骨 bao³ gued¹ 衣服接縫處綻開。

爆穀 bao³ gug¹ 用烈火炒稻穀，爆開後去殼，類似米花。

爆血管 bao³ hüd³ gun² 指受到重大刺激後的感受：股市狂跌，～ 咯〔股市狂跌，腦要炸了〕。

爆冷 bao³ lang⁵ 同下。

爆冷門 bao³ lang⁵ mun⁴⁻² 出乎意料之外的事情。

爆料 bao³ liu⁶⁻² 透露消息或內情。

爆猛料 bao³ mang⁵ liu⁶⁻² 揭發出令公眾關注的某一重大事件的關鍵性材料：呢件事當事人又爆出猛料咯〔這件事當事人又抖出重要材料了〕。

爆滿 bao³ mun⁵ 滿座；滿員：間間電影院都 ～〔哪一家電影院都滿座〕。

爆芽 bao³ nga⁴ 植物綻出新芽。

爆棚 bao³ pang⁴ ❶（觀眾）過分擁擠；賣座：呢齣戲真 ～〔這齣戲真賣座〕。❷ 引申作受歡迎；精彩：佢嘅表演夠晒 ～ 咯〔他的表演太精彩了〕。

爆呔 bao³ tai¹ 車胎爆破。

爆肚 bao³ tou⁵ ❶ 指戲劇演員臨時在舞台上編台詞。❷ 即席發言。

*****爆竊** bao³ xid³ 發生盜竊案件。

爆線 bao³ xin³ 綻線（衣服等綻線）：我只鞋都 ～ 咯〔我的鞋都綻線了〕。

骲 bao⁶（包⁶，又音 biu⁶）❶ 拱（指豬用嘴巴拱物）。❷ 用身體推擠。

齙牙 bao⁶ nga⁴ 向外突出的牙。

bé

¹**啤** bé¹ ❶ 小孩自製的單音笛，一截竹

子中間插入薄膜，能吹響。❷ 喇叭；汽笛。

²**啤** bé¹ 焊接：將兩塊鋼板 ～ 緊佢〔把兩塊鋼板焊在一起〕。

啤把 bé¹ ba² 喇叭（現已少用）。

啤梨 bé¹ léi⁴⁻² 洋梨。〖"啤"是英語 pear 的音譯。〗

*****啤令** bé¹ ling² 滾珠軸承。〖"啤令"是英語 bearing 的音譯詞。〗

bed

不單止 bed¹ dan¹ ji² 同"不特"。

不特 bed¹ deg⁶ 連詞。不但；不僅：佢 ～ 完成咗任務，重超額添〔他不但完成了任務，還超額呢〕。

不見天 bed¹ gin³ tin¹ 指豬前肢腋下部位的皮肉。

不留 bed¹ leo⁴⁻¹（又音 bed¹ leo⁴⁻²）副詞。經常；一直：佢 ～ 有信翻嚟〔他經常有信回來〕｜我 ～ 都喺廣州〔我一直都在廣州〕。

不落家 bed¹ log⁶ ga¹ 珠江三角洲舊俗，女子婚後即回娘家居住，一般到生育子女後才到夫家定居。

不宜 bed¹ yi⁴ 不如：～ 去睇電影重好〔不如去看電影還好〕。

筆墨 bed¹ meg⁶ 學問；文章。

筆升 bed¹ xing¹ 舊時指筆筒。

筆塔 bed¹ tab³ 筆帽；筆套。

筆嘴 bed¹ zêu² 筆尖兒（鋼筆尖兒）。

揰 bed¹（畢）❶ 舀；盛（chéng）：～ 水｜～ 粥。❷ 撮：～ 垃圾。

beg

北風尾 beg¹ fung¹ méi⁵ 指打麻將最後結尾的一局。

北芪 beg¹ kéi⁴ 黃芪。

北佬 beg¹ lou² 北方人（不友好的稱呼）。

bei

跛 bei¹ 瘸：佢有啲 ～ 嘅〔他有點瘸〕｜～ 腳〔瘸腿〕｜～ 手〔瘸胳膊〕。

跛腳鴨 bei¹ gêg³ ngab³ 喻不健全、能力差的人或機構：呢個單位成咗 ～ 咯〔這個單位成了殘廢的了〕！

跛腳了哥 bei¹ gêg³ liu¹ go¹ 瘸腿的八哥，比喻無能的人。

跛腳佬 bei¹ gêg³ lou² 拐子；瘸子。

跛手 bei¹ seo² 上肢殘缺，上肢傷殘：你重 ～，等好番至叫你做〔你胳膊還有傷，等傷好了再叫你幹〕。

跛手太監 bei¹ seo² tai³ gam³ 歇後語，下一句是"無拳（權）無勢"。

閉翳 bei³ ngei³ 憂愁；愁悶：心情抑鬱：你唔使 ～〔你不必發愁〕｜睇佢好 ～ 噉，唔知有乜事〔看他很抑鬱，不知有甚麼事〕。

嚟 bei⁶（弊）❶ 糟；糟糕：～ 喇，整爛咗添〔糟糕，弄壞了〕！｜重唔落雨就 ～ 咯〔再不下雨就糟了〕。❷ 壞（指人）：呢個嘢好 ～〔這個傢伙很壞〕。

嚟傢伙 bei⁶ ga¹ fo² 糟糕（帶感歎的語氣）：～，唔記得帶嗰封信嚟添〔糟糕，忘了把那封信帶來〕！

béi

畀（俾） béi² ❶ 給：～ 枝筆我〔給我一枝筆〕｜你讀 ～ 佢聽〔你唸給他聽〕｜～ 晒你喇〔全給你了〕。❷ 介詞。被；受；讓；用：佢 ～ 人睇見〔他被人家看見〕｜～ 佢入嚟〔讓他進來〕｜～ 墨水筆寫〔用鋼筆寫〕。

畀面 béi² min⁶⁻² 賞臉：人哋唔話你就算 ～ 㗎喇〔人家不說你就算賞臉了〕。

畀心機 béi² sem¹ géi¹ 用心；下功夫：

要 ～ 學至得〔要用心學才行〕｜～研究〔下功夫研究〕。

畀眼睇 béi² ngan⁵ tei² 等着瞧（含貶義）：～ 啦，佢唔得好死嘅〔等着瞧吧，他不會有好結果的〕。

髀 béi² 大腿：雞～｜蛤蟆～〔田雞腿〕。

髀罅 béi² la³ 腹股溝（大腿與腹部連接的地方）。

秘捞 béi³ lou¹ 瞞着老闆搞業餘兼職。

痹 béi³ ❶ 麻辣：十滴水嘅味道有啲 ～〔十滴水的味道有點麻〕。❷ 麻：瞓到隻腳都 ～ 晒〔睡得腿都麻了〕。

鼻哥 béi⁶ go¹ 鼻子。

鼻哥窿 béi⁶ go¹ lung¹ 鼻孔。

鼻腍 béi⁶ nem⁴（腍，稔 ⁴）鼻腔發炎，有流鼻涕的感覺。

鼻水 béi⁶ sêu² 清鼻涕。

鼻涕蟲 béi⁶ tei³ cung⁴ ❶ 指經常掛有鼻涕的小孩。❷ 泛稱幼稚無知的小孩："寧欺白鬚公，莫欺～"〔俗語。寧可輕視閱歷深的老人，不要輕視幼稚無知的小孩。—— 比喻不可看輕新生事物〕。❸ 比喻無能而怯懦的人。

****避風塘** béi⁶ fung¹ tong⁴ 避風港。

避忌 béi⁶ géi⁶ 避諱；忌諱：隨便講啦，唔使 ～ 嘅〔隨便説吧，不必忌諱〕。

bem

泵 bem¹ ❶ 水泵。❷ 打氣筒。❸ 抽(水)；打（氣）：～ 水灌田｜～ 氣。〖"泵"是英語 pump 的音譯詞。"泵"，普通話是名詞，廣州話名詞、動詞都有。〗

ben

奔波頻撲 ben¹ bo¹ pen⁴ pog³ 勞碌奔波：做記者四圍去採訪，都好 ～ 㗎〔當記者到處去採訪是夠奔波的〕。

****賓妹** ben¹ mui⁶⁻¹ 年輕的菲律賓籍女傭。

檳榔薯 ben¹ long⁴ xu⁴ 味道類似檳榔芋的甘薯，紫色。

檳榔芋 ben¹ long⁴ wu⁶ 芋頭的一種，味道較香，熟後鬆軟。

品性 ben² xing³ 品行；性格；脾性：佢嘅 ～ 唔知幾壞〔他的品行不知有多糟糕〕｜～ 太暴躁喇〔脾氣太暴躁了〕。

稟神 ben² sen⁴ 向神靈禱告；祈禱。

擯 ben³ 編；梳（辮子）：～ 麻繩〔把麻編成辮子狀的繩子〕｜～ 辮。

****笨豬跳** ben⁶ ju¹ tiu³ 蹦極，一種冒險式的體育運動或遊戲。

笨屎蟲 ben⁶ xi² cung⁴ 屎殼郎；蜣螂。

beng

崩 beng¹ 缺；破：扻 ～ 頭〔磕破頭〕｜～ 牙〔缺齒〕。

崩口 beng¹ heo² 豁嘴；兔唇。

崩沙 beng¹ sa¹ ❶ 大蝴蝶。❷ 一種油炸食物，形狀像蝴蝶。

崩裝 beng¹ zong¹ 一種髮型，兩邊頭髮剃光，僅留從前到後一簇頭髮如同馬鬃。

憑 beng⁶（讀音 peng⁴）倚靠：唔好 ～ 住我〔別靠着我〕｜把鋤頭 ～ 喺枱邊〔鋤頭靠在桌邊〕。

béng

餅 béng² 量詞，用於圓而扁的東西：一 ～ 錄音帶。

餅家 béng² ga¹ 專營西式糕點心的店舖。

餅印 béng² yen³ 餅模子。

偋 béng³ 藏；收藏：嗰啲嘢你 ～ 埋喺邊度〔那些東西你藏在甚麼地方〕?

病軍 béng⁶ guen¹ 病夫：睇你成個 ～ 樣〔看你整個人像個病夫的樣子〕。

病貓 béng⁶ mao¹ 比喻病病歪歪的人或身體衰弱及精神疲乏的人。

bi

啤啤仔 bi⁴ bi¹ zei² 男嬰兒。〖"啤啤"是英語 baby 的譯音。〗

bid

呯 bid¹（必）液體因受擠壓而噴射，北京話叫"吱"（zī）：一撳佢，水就～出嚟〔一壓它，水就吱出來〕。

big

迫（逼）big¹ ❶ 擠：大家好好坐喺度，唔好～嚟～去〔大家好好地坐着，不要擠來擠去〕｜～冚晒〔擠得緊緊的〕。❷ 逼：唔好～佢，等佢慢慢講〔不要逼他，讓他慢慢説〕。❸ 擁擠：坐車～到鬼嗽〔坐車擠得要命〕。❹ 緊迫；逼近：限一個鐘頭就交卷太～喇〔限一小時就交卷，太緊迫了〕。

迫（逼）車 big¹ cé¹ 擠車（乘搭擁擠的公交車）。

*迫力子 big¹ lig¹ ji² 制動器。〖"迫力"是英語 brake 的音譯。〗

迫人（逼人）big¹ yen⁴ 擁擠：今日趁墟好～〔今天趕集很擁擠〕。

迫（逼）窄 big¹ zag³ 狹窄；狹小。

焗 big¹ 用猛火煮。

bin

邊 bin¹ 哪：你要～份〔你要哪一份〕？｜～班學生成績最好？｜你～一年出世〔你是哪一年生的〕？｜～啲最好〔哪些最好〕？

邊度 bin¹ dou⁶ ❶ 哪裏（問處所）：去～？｜本書放喺～〔那本書放在哪裏〕？｜～有咁好吖〔哪裏有那麼好〕！❷ 哪裏；到處（泛指處所）：～都係一式〔哪裏都是一樣〕。

邊個 bin¹ go³ 誰：你係～〔你是誰〕？｜琴日冇～嚟過〔昨天沒有誰來過〕。

邊處 bin¹ xu³ 同"邊度"。

邊判 bin¹ pun³ 球類比賽中的司線員或巡邊員。

鞭 bin¹ 雄性動物的生殖器（婉辭）：牛～｜三～酒。

扁踢踢 bin² téd⁶ téd⁶ 扁扁的：佢個鼻哥～嘅〔他的鼻子扁扁的〕。

扁嘴 bin² zêu² 戲稱鴨子。

鯿魚 bin² yü⁴ 白鰱魚。

便 bin⁶ 邊兒（旁邊）：❶ 兩～種咗好多樹〔兩邊種了很多樹〕｜四～都有山｜東～有條河。❷ 方面；方；邊兒：你企呢，我企嗰～〔你站這邊兒，我站那邊兒〕｜～～都有人站崗〔幾方面都有人站崗〕。

*便利店 bin⁶ léi⁶ dim³ 晝夜營業的雜貨店。

辯駁 bin⁶ bog³ 辯解：你唔使即刻～〔你用不着馬上辯解〕。

bing

冰 bing¹ ❶ 冷凍：條魚係～過嘅〔魚是冷凍過的〕。❷ 冰凍的：～肉。❸ 冰毒。

冰片糖 bing¹ pin³ tong⁴ 一種優質片狀紅糖。

冰室 bing¹ sed¹ 冷飲店。

乒乓波 bing¹ bem¹ bo¹ 乒乓球；枱球。〖"乒乓"和"波"分別是英語 ping pong 和 ball 的譯音。〗

乒鈴嘭唥 bing⁴ ling⁴ bang⁴ lang⁴（嘭，罷盲切。乒，讀音 bing¹）象聲詞。劈里啪啦（槍聲，鞭炮聲）：燒炮仗～咁響〔放鞭炮劈里啪啦地響〕。

兵哥 bing¹ go¹ 兵士（對軍人友好的稱呼）。

biu

飆（標） biu¹ ❶ 噴；迸；射出：水 ～ 出嚟〔水噴出來〕。❷ 竄：條魚畀佢 ～ 咗出去〔魚竄了出去〕。❸ 出（芽）；冒：落咗場雨，啲豆就即刻 ～ 芽〔下了一場雨，豆子就馬上出芽了〕｜～ 汗。❹ 長高：一年就 ～ 咗半尺高〔一年就長高了半尺〕。

飆高 biu¹ gou¹ 長高；竄高。指植物或兒童迅速長高：一落雨啲菜就 ～ 咗好多〔一下雨菜就竄高了許多〕。

飆冷汗 biu¹ lang⁵ hon⁶ 冒冷汗，捏一把冷汗：我畀你嚇到 ～〔我讓你嚇得冒了一身冷汗〕。

飆芽 biu¹ nga⁴ 發芽（種子或樹木長出嫩芽）：綠豆浸一日就 ～ 咯〔綠豆浸一天就發芽了〕。

標青 biu¹ céng¹ ❶ 貌美出眾：呢個女仔好 ～〔這姑娘貌美出眾〕。❷ 拔尖兒；超群：呢班學生有幾個好 ～〔這班學生有幾個很拔尖兒〕。

標參 biu¹ sem¹ 綁票。

錶蓋 biu¹ goi³ 錶蒙子。

表錯情 biu² co³ qing⁴ 發生誤會（多指跟人打錯了招呼或誤解別人的意思而作了某種反應）。

*表叔 biu² sug¹ 戲稱內地駐港幹部或訪港人員。

表少 biu² xiu³ ❶ 丈夫的表弟。❷ 舊時婦女泛稱一般的男性。

bo

¹波 bo¹ 波紋：頭髮電咗一個 ～〔頭髮燙了一個波紋〕。

²波 bo¹ 球（籃球、排球、足球、乒乓球、皮球等球類籠統的稱呼）：打 ～｜～ 板〔球拍〕｜～ 枱。〖羽毛球、康樂球、網球等不能稱 "波"。"波" 是英語 ball 的音譯詞。〗

³波 bo¹ 檔；排檔（汽車、拖拉機等用來改變動力或牽引力的裝置）：二 ～｜三 ～｜換 ～。

波板 bo¹ ban² 乒乓球拍。

波砵 bo¹ bud¹ 球鞋；運動鞋（詼諧的說法）。〖"波砵" 是英語 ball boot 的譯音詞。〗

波鞋 bo¹ hai⁴ 運動鞋。

波子 bo¹ ji² 同下。

波珠 bo¹ ju¹ ❶ 滾珠。❷ 彈(dàn) 子；彈(tán) 球兒；玻璃球兒。

波牛 bo¹ ngeo⁴ 酷愛打球的人（含貶義）：成日顧住打波，好似一隻 ～ 噉咯〔整天想着打球，着了迷了〕。

波袖 bo¹ sêd¹ (袖，恤) 絨衣。〖"波袖" 是由英語 ball 和 shirt 兩個詞的譯音結合而成的詞。因打球的人常穿這種衣服，故名。〗

*波士 bo¹ xi² 總經理；大老闆；資本家。〖"波士" 是英語 boss 的譯音。〗

坡紙 bo¹ ji² 新加坡貨幣。

玻璃生菜 bo¹ léi⁴⁻¹ sang¹ coi³ 生菜的一種，葉和幫都極脆。

菠蘿蓋 bo¹ lo⁴ goi³ 膝蓋骨；髕骨。

菠蘿麻 bo¹ lo⁴ ma⁴ 劍麻。

嚤 bo³ (播) 語氣詞。❶ 表示轉告、商量、祈求、警告：大家要你表演一次 ～，你去嗎？｜噉做唔係幾妥 ～〔這樣做不大妥當吧〕？｜記得同我買 ～〔記住給我買啊〕！❷ 表示醒悟、讚歎：係 ～〔可也是啊〕！｜佢幾叻 ～〔他真能幹啊〕！｜係幾好手勢 ～〔手藝的確不錯〕。

bog

¹撲 bog¹（薄¹）用棍子從上面往下打：攞條棍 ～ 晒啲李落嚟〔拿棍子把李子全部打下來〕｜你嗰條棍因住 ～ 親人哋個頭〔你的棍子當心敲了人家的腦袋〕。

²撲 bog¹（薄¹）土；土裏土氣：呢種花款好 ～〔這種款式很土〕。

撲撲齋 bog¹ bog¹ zai¹（撲，薄¹）私塾（詼諧的説法）：讀過兩年 ～。

撲佬 bog¹ lou²　鄉下人；鄉巴佬（含譏諷意）。

撲帽 bog¹ mou⁶⁻²　瓜皮帽，舊時私塾教書先生所戴的帽子，頂上有小圓球。

撲濕 bog¹ seb¹（撲，薄¹）原意是"打出血"，引申為打得頭破血流，給予重創：邊個敢嚟，一於 ～ 佢〔誰敢來，非把他揍痛不可〕。

¹駁 bog³ ❶ 接；連接：～ 長條棍〔把棍子接長〕｜坐完火車重要 ～ 半日汽車〔坐完火車還要接着坐半天汽車〕。❷ 套（指私人之間的匯兑）：我想搵人 ～ 啲錢翻屋企〔我想找人套些錢回家〕。❸ 繁殖果木的一種方法，即接枝。

²駁 bog³　一段的時間（若干天）：呢 ～ 落咗好多雨〔最近下了很多的雨〕｜先嗰 ～ 好旱〔前些日子很旱〕。

駁艔 bog³ dou⁶⁻²（艔，度）同"艔"。

駁火 bog³ fo²　❶ 引火。❷ 交火（小規模的槍戰）。

駁腳 bog³ gêg³　接力（指一個接一個地往目的地走去）：搬呢堆李上樓，有人 ～ 就搬得快〔搬這堆行李上樓，有人接力就搬得快〕。

駁骨 bog³ gued¹　接骨（接上已斷的骨頭）。

駁輪 bog³ lên⁴　同"駁艔"和"艔"。

駁秤 bog³ qing³　顧客要求復稱貨物。

駁艇 bog³ téng⁵　駁船。

駁嘴 bog³ zêu²　❶ 頂嘴：唔好成日同人 ～〔不要整天跟人家頂嘴〕。❷ 插嘴表示反對意見或提出質疑。

搏 bog³　❶ 拼；兑：一炮 ～ 雙象。❷ 同"搏命"。❸ 同"搏彩"。

搏彩 bog³ coi²　碰運氣：考試唔能夠靠 ～〔考試不能靠碰運氣〕。

搏出位 bog³ cêd¹ wei⁶⁻²　故意做出一些與眾不同的事情以引起別人的注意。

搏大膽 bog³ dai⁶ dam²　辦事不經過周密的考慮而只靠膽量魯莽行事。

搏到盡 bog³ dou³ zên⁶　全力拼搏；孤注一擲。

搏亂 bog³ lün⁶　渾水摸魚（指趁混亂的時候謀取私己利益，或者在人家不注意的時候，順手拿別人的東西）：要注意啲壞人 ～ 呀〔要注意壞人渾水摸魚〕。

搏命 bog³ méng⁶　拼命：同敵人 ～ ｜ ～ 咁走〔拼命地跑〕｜搏晒老命〔拼了老命〕。

搏懵 bog³ mung²　趁人不留神、不警惕從中謀利：靠 ～ 係唔得嘅〔靠人家不留神、不警惕從中取利是不行的〕！

搏殺 bog³ sad³　指豪賭，大賭。

搏傻 bog³ so⁴　裝瘋扮傻從中取利：你想 ～ 咩〔你想靠裝瘋扮傻從中取利嗎〕？

搏同情 bog³ tung⁴ qing⁴　裝出可憐相，以取得別人的同情。

搏盡 bog³ zên⁶　竭盡全力拼搏：你打呢場波真係 ～ 喇〔你打這場球真是拼盡全力了〕。

髆 bog³　肩：左 ～ ｜兩個人搭住 ～ 嗽行〔兩個人搭着肩走路〕｜縮 ～。

髆頭 bog³ teo⁴　肩膀。

髆頭高過耳 bog³ teo⁴ gou¹ guo³ yi⁵　熟語。人瘦得兩肩上聳。多形容吸毒者的體態。

餺餭 bog³ cang¹（餺，博）糯米粉煎餅。

壆 bog³（博）❶ 堤壩：河～｜塘～。❷ 圍圍子（圍圍子的土埂，上面多種滿荊棘）。

薄皮 bog⁶ péi⁴ 小心眼兒（形容小孩容易哭）：一話就喊，咁一個嗝〔一說就哭，那麼小心眼兒的〕！

薄笠 bog⁶ leb¹ 薄絨衣；秋衣。

薄削 bog⁶ sêg³ 稀薄（指布類）：呢隻布好～〔這種布很薄〕。

薄身 bog⁶ sen¹ 物體薄：呢種紙～啲〔這種紙薄了一點〕。

薄英英 bog⁶ ying¹ ying¹ 薄薄的。

薄絨 bog⁶ yung⁴⁻² 薄呢子；料子（如凡爾丁等）：～褲〔料子褲〕。

bong

幫 bong¹ ❶幫助。❷替：我～你值班。

幫補 bong¹ bou² 從經濟上幫助補貼：我每個月都要寄錢翻屋企～下〔我每個月都要寄錢回家補貼一下〕。

幫襯 bong¹ cen³ 光顧：呢啲嘢咁貴，冇人嚟～〔這些東西那麼貴，沒人來光顧〕。

幫下眼 bong¹ ha⁵ ngan⁵ 幫別人看管一下：唔該～〔請你幫看着點兒〕｜幫下我眼〔幫我看着點兒〕。

幫口 bong¹ heo² 幫忙說話；幫腔：呢度唔使你～〔這裏不用你幫腔〕。

幫手 bong¹ seo² 幫忙：大家都想嚟～〔大家都想來幫忙〕｜要我～嗎？〖普通話的"幫手"是名詞，即"幫助工作的人"的意思；廣州話的"幫手"是動詞。〗

綁 bong² 捆；繫：～行李〔捆行李〕｜～鞋帶〔繫鞋帶〕｜實啲〔繫緊一點〕。

傍 bong⁶ ❶依靠：成日～住個老細〔整天靠着老闆〕。❷緊靠着；看守着；護着：你兩個～住佢，唔好畀佢走甩〔你兩個看着他，別讓他跑了〕｜攞條棍～住呢喬樹〔拿跟棍子護着

這棵樹〕。

*傍友 bong⁶ yeo⁵⁻² 有錢有勢的人的食客。

傍家 bong⁶ ga¹ 顧家；依戀家庭。

磅 bong⁶ 過磅；用磅稱：～一～睇有幾重〔過一過磅，看有多重〕。

磅水 bong⁶ sêu² 舊社會的黑暗勢力向人勒索錢財時所說的黑話，即"交保護費"、"交買路錢"的代用語。一些說俏皮話的人也使用這個詞，作"交錢"、"交款"等意思：要買就快啲〔要買就快點交錢〕｜磅住啲水嚟先〔先給一點錢來吧〕。

bou

煲 bou¹ ❶有底有壁的鍋。❷（用有底有壁的鍋）煮，熬：～飯｜～水｜～茶〔熬藥〕。❸暗害：畀人～咗〔給人暗害了〕。❹量詞。下：呢～正晒咯〔這下打中要害了〕。

煲茶 bou¹ ca⁴ ❶煮開水沏茶，燒開水。❷煎、熬中藥。

煲電話粥 bou¹ din⁶ wa⁶⁻² zug¹ 長時間地打電話；用電話聊天。

煲老藕 bou¹ lou⁵ ngeo⁵ ❶比喻老年夫妻相恩相愛。❷覓老伴（老年再婚）。

煲冇米粥 bou¹ mou⁵ mei⁵ zug¹ 比喻搞無米之炊或做沒有成果的事情。

煲腍 bou¹ nem⁴（腍，拿吟切）煮爛，比喻痛打。

煲燶粥 bou¹ nung¹ zug¹（燶，農¹）把粥煮燶了，意為雖然費了心思，但把事情搞黃了。

煲水新聞 bou¹ sêu² sen¹ men⁴ 表面很熱鬧但並沒有多少實際內容的新聞。

*煲呔 bou¹ tai¹ 蝴蝶領帶：啲侍仔個個都帶上～企住〔服務員個個都帶上蝴蝶領帶站着〕。

煲藥 bou¹ yêg⁶ 煎、熬中藥。

煲煙 bou¹ yin¹ 吸煙（指長時間地吸煙）。

煲仔菜 bou¹ zei² coi³ 砂鍋菜，用砂鍋燒製的菜餚，有多樣，省稱"煲"，如豬腳煲、羊肉煲等。

煲仔飯 bou¹ zei² fan⁶ 沙鍋飯（用沙鍋燜的帶有菜肉的飯）。

補秤頭 bou² qing³ teo⁴ 買東西分量不足時補足分量。

補瘌 bou² na¹（瘌，拿¹）補釘。

補水 bou² sêu² ❶補回應得的錢。❷發加班費。

補數 bou² sou³ 補（補給、補發等）：呢次爭住先，下次 ～〔這次先欠着，下次補〕。

補鑊 bou² wog⁶ ❶補鍋。❷補救失誤。

補靨 bou² yim²（靨，掩）補釘：呢件衫有兩窟 ～〔這件衣服有兩塊補釘〕。

布甸 bou³ din⁶ 布丁，一種半固體的甜點心。〚"布甸"是英語 pudding 的音譯。〛

布菲 bou³ féi¹ 自助餐：細路仔中意食 ～〔小孩喜歡吃自助餐〕。〚"布菲"是英語 buffet 的音譯詞。〛

布冧 bou³ lem¹（冧，林¹）洋李子。〚"布冧"是英語 plum 的音譯。〛

布碎 bou³ sêu³⁻² 碎布。

布帳 bou³ zêng³ 作遮擋或分隔用的幔帳。

步級 bou⁶ keb¹ 台階。

哺（菢）bou⁶ 孵：～ 雞仔〔孵小雞〕。

哺竇 bou⁶ deo³（竇，讀音 deo⁶）（母雞）抱窩：～ 雞乸〔抱窩母雞〕。

埗頭 bou⁶ teo⁴（埗，步）碼頭；渡口：上 ～｜喺呢個 ～ 落船〔在這個碼頭上船〕。〚"埗頭"本作"埠頭"，現在廣州話多講"碼頭"。"埠"字廣州話口語讀 bou⁶，讀書音為 feo⁶。〛

暴暴 bou⁶ bou⁶⁻² 副詞。乍；忽；剛：～ 冷 ～ 熱｜我 ～ 一睇，差啲唔認得〔我乍一看，差點認不出來〕｜佢 ～ 嚟，重唔係幾習慣〔他剛來，還不怎麼習慣〕。

暴冷暴熱 bou⁶ lang⁵ bou⁶ yid⁶ 乍寒乍熱。

簿 bou⁶⁻² 本子；本兒：記錄～｜日記～。

bud

缽櫃 bud¹ guei⁶（缽，讀音 bud³）酒櫃。

*缽酒 bud¹ zeo² 葡萄牙產的暗紅色濃葡萄酒。〚"缽"是英語 port 的譯音。〛

嘟 bud¹（缽¹）象聲詞。嘟（汽車喇叭聲）。

嘟嘟車 bud¹ bud¹ cé¹ 汽車（兒童用語）。

缽頭 bud³ teo⁴ 缽。

缽仔糕 bud³ zei² gou¹ 用小缽蒸的發麵糕。

bug

卜位 bug¹ wei⁶⁻² 預定位置、座位。〚"卜"是英語 book 的音譯。〛

伏 bug⁶（讀音 fug⁶）趴；俯伏：唔好 ～ 喺枱上面睇書〔不要趴在桌子上面看書〕。

伏低 bug⁶ dei¹（伏，讀音 fug⁶）趴下。

伏匿匿 bug⁶ néi¹ néi¹（伏，讀音 fug⁶；匿，讀音 nig¹）捉迷藏。

伏兒人 bug⁶ yi⁴⁻¹ yen⁴⁻¹（伏，讀音 fug⁶）同上。

bui

*杯葛 bui¹ god³ 抵制。〚"杯葛"是英語 boycott 的音譯。〛

杯耳 bui¹ yi⁵ 杯子的把兒。

¹焙 bui⁶⁻² 醭麵（做麵食或粉食時，防止粉麵黏連的乾粉）。

²焙 bui⁶⁻² 烘荔枝乾的作坊（包括灶、棚子、曬場等設備）：開 ～。

背後 bui³ heo⁶ ❶後面：我屋企喺學校 ～〔我家在學校後面〕。❷背面：門 ～ 有眼釘〔門背面有一口釘子〕。❸背地裏：你唔好喺 ～ 講人哋〔你不要背地裏議論人家〕。

背脢 bui³ mui⁴ 背上的肉，泛指背部(現已少用)。

背脊 bui³ zég³ 背部；脊背。

背角 bui⁶ gog³ 背；偏僻：呢度太 ～，人嚟得少〔這裏太背了，人來得少〕。

背手 bui⁶ seo² 行賄的東西：佢收咗 ～〔他接受了賄賂〕。

背手影 bui⁶ seo² ying² (寫字時) 背光：坐喺呢度寫字有啲 ～〔坐在這裏寫字有點背光〕。

背語 bui⁶ yü⁵ 隱語；黑話。

焙 bui⁶ 烘烤 (只用於烤乾)：～ 乾件衫〔把衣服烤乾〕。〖普通話“焙”一般用於烘烤藥物，廣州話泛指烤一切東西。〗

焙火爐 bui⁶ fo² lou⁴ 烤火。

bun

搬屋 bun¹ ngug¹ 搬家。

本地老番 bun² déi⁶ lou⁵ fan¹ 戲指只懂一點外國文字而不會説外國語的中國人。

本地狀元 bun² déi⁶ zong⁶ yün⁴ 麻風病人(詼諧的説法)。

本嚟 bun² lei⁴ 本來；原來。

本銀 bun² ngen⁴⁻² 本金。

本心 bun² sem¹ 良心：做嘢要講 ～〔做事要講良心〕。

本事 bun² xi⁶ ❶ 本領；能耐：佢嘅 ～ 真大〔他的本領真大〕。❷ 能幹：冇人有佢咁 ～〔沒有人像他這樣能幹〕。

半 bun³ 單獨用時與普通話相同，但在兩個反義形容詞之前，普通話則多用

“半……不……”或“半……半……”的格式：～ 親疏〔半親不疏〕｜～ 新舊〔半新不舊〕｜～ 鹹淡〔半鹹不淡〕｜煮到 ～ 生熟〔煮得半生不熟〕｜～ 肥瘦嘅豬肉〔半肥不瘦的豬肉〕｜呢件衫 ～ 唐番〔這件衣服半中不西〕｜～ 公私〔半公半私〕。

半鹹淡 bun³ ham⁴ tam⁵ 一半鹹一半淡，半鹹不淡。引申為不地道、不標準等意思：你講嘅普通話有啲 ～〔你説的普通話有點不地道〕。

半裏 bun³ léi⁵ 衣服裏子不完全。

半揢揯 bun³ leng³ keng³ (揢，啦凳切；揯，卡凳切) 半截兒；半中腰 (事情未完成，只做了一半)：唔好做到 ～ 就收檔〔不要做到半截兒就收攤兒〕。

半賣 bun³ mai⁶⁻² 半個 (專指炒粉麵，相當於小盤的)：兩個 ～ 炒粉。

半天吊 bun³ tin¹ diu³ 掛在半空中，比喻沒有依傍。

半條命 bun³ tiu⁴ méng⁶ 半死不活：睇佢 ～ 嘅，行都行唔喐〔看他半死不活的樣子，走都走不動〕。

半唐番 bun³ tong⁴ fan¹ ❶ 中外混血兒。❷ 半中不西 (中西合璧的事物)。

半桶水 bun³ tung² sêu² 半瓶醋：我學咗半年，重係 ～〔我學了半年，還是半瓶醋〕。

bung

埲 bung⁶ (罷哄切) 量詞。堵 (用於牆)：一 ～ 牆〔一堵牆〕｜一 ～ 板障〔一堵板牆〕。

飇 (薜) bung⁶ (罷哄切) 量詞。股 (用於氣味)：一 ～ 臭嘅〔一股臭味兒〕｜一 ～ 火爆嘅〔一股火煙味兒〕。

C

ca

差唔多 ca¹ m⁴ do¹　差不多。

差皮 ca¹ péi⁴⁻²　差勁：乜咁～㗎〔怎麼那麼差勁〕？｜咁樣做確實太～囉〔這樣做確實太差勁了〕！

差遲 ca¹ qi⁴　差錯；失誤；漏洞：你唔使驚，保證有乜～〔你不用害怕，保證沒有甚麼差錯〕｜檢查清楚至得，有乜～就唔妥㗎喇〔檢查清楚才行，有甚麼漏洞就不妥了〕。

差一皮 ca¹ yed¹ péi⁴　(技術、水平) 差一等，低一等。

跐 ca¹　(不小心) 踩；踏：唔好～落個水氹度〔不要踩進水坑裏〕｜一腳～咗落去〔一腳踏下去〕。

跐錯腳 ca¹ co³ gêg³　踏錯腳；失足，比喻不小心犯錯誤：要注意唔好～〔要注意不要犯錯誤〕。

茶 ca⁴　❶ 茶：焗～〔沏茶〕。❷ 開水：飲啖～〔喝一口開水〕｜斟杯～〔倒一杯開水〕。❸ 湯藥 (中藥)：煲～〔煎藥〕｜一劑～〔一服中藥〕｜飲苦～〔喝苦藥〕。❹ 某些用人工製成的飲料，如菊花茶、杏仁茶、山楂茶、蛋茶等。〖廣州話"茶"包括"開水" (廣州話叫"滾水")，"開水"可以說"茶"，但"茶" 不能說成"滾水"。〗

¹茶煲 ca⁴ bou¹　❶ 燒開水的鍋。❷ 熬中藥的砂鍋。

²茶煲 ca⁴ bou¹　麻煩 (香港多用)。〖"茶煲" 是英語 trouble 的音譯。〗

*茶餐廳 ca⁴ can¹ téng¹　一種特色的西式餐飲的快餐店。起源於香港。

茶芥 ca⁴ gai³　芥辣、辣椒等調味品。

茶腳 ca⁴ gêg³　喝剩的茶或隔夜的茶。

茶居 ca⁴ gêu¹　茶館 (供喝茶吃點心及吃飯的館子)。

茶竿竹 ca⁴ gon¹ zug¹　一種細而硬的竹子，多作掛蚊帳用。

茶瓜 ca⁴ gua¹　醃製的小白瓜，爽甜可口。

茶果 ca⁴ guo²　糕點；點心。

茶樓 ca⁴ leo⁴　同"茶居"。

茶寮 ca⁴ liu⁴　過去鄉間民眾喝茶吃點心的地方，比較簡陋。

查實 ca⁴ sed⁶　查明，其實：～係你唔啱嘅〔其實是你的不對〕｜～你唔使噉做吖〔其實你不必這麼做〕。

茶仔 ca⁴ zei²　❶ 茶樹籽。❷ 茶樹籽研成的粉末，可以用來洗頭。又叫"茶仔粉"或"茶仔頭"。

茶盅 ca⁴ zung¹　有蓋有墊碟的茶碗。

喳喳 ca⁴ ca⁴⁻²　鈸：打～。

搽脂蕩粉 ca⁴ ji¹ dong⁶ fen²　塗脂抹粉。

扠 ca⁵ (茶⁵)　塗 (用筆畫掉)：一筆～咗兩個字〔一筆塗了兩個字〕｜唔好亂～〔不要亂塗〕。

扠亂 ca⁵ lün⁶　攪亂，攪局：呢件事畀佢～咗〔這件事被他攪亂了〕。

扠腡 ca⁵ wo⁵ (腡,和我切)　弄壞(事情)；搞黃：呢件事又畀～咗咯〔這件事又給搞黃了〕。

cab

插 cab³　掖扶：～住佢行〔扶着他走〕。

插手 cab³ seo²　扒手；小偷：因住～偷嘢〔當心小偷偷東西〕。

插水 cab³ sêu² 跳水。

插蘇 cab³ sou¹ 插銷：三腳 ～。

cad

擦 cad³ 吃（粗俗的説法）：～ 飯｜～ 嘢〔吃東西〕。

擦錯鞋 cad³ co³ hai⁴ 擦鞋：拍馬屁。擦錯了鞋即拍錯了馬屁，多用於諷刺那些愛拍馬屁而又找錯了對象或用錯方法的人的愚蠢行為。近似普通話"熱臉貼個冷屁股"的説法。

擦鞋 cad³ hai⁴ 拍馬屁。

擦鞋仔 cad³ hai⁴ zei² 指慣於逢迎拍馬人。

擦紙膠 cad³ ji² gao¹ 橡皮。

cag

坼（破） cag³ ❶ 裂開；破裂；皸：手腳都凍 ～ 晒〔手腳都凍皸了〕｜枝竹 ～ 咗〔竹子裂了〕。❷ 破；沙啞：聲喉 ～〔嗓子沙啞〕。

拆檔 cag³ dong³ 拆夥；散夥：兩個人做咗冇幾耐就 ～ 咯〔兩個人做了沒多久就散夥了〕。

拆家 cag³ ga¹ 包攬到大生意或大工程後再轉分給其他人承包，自己從中取利的人。

拆骨 cag³ gued¹ 脱骨。

拆籤 cag³ qim¹ 請人解説所求得的籤的義。

拆肉 cag³ yug⁶ 脱骨。

賊亞爸 cag⁶ a³ ba¹ 指向發了不義之財的人索取錢財的人。

賊公 cag⁶ gung¹ 強盜；賊。

賊佬 cag⁶ lou² 賊；小偷；強盜。

賊仔 cag⁶ zei² 小偷。

cai

差館 cai¹ gun² 警察局。

差佬 cai¹ lou² 舊時指警員。

差人 cai¹ yen² 警察。

猜枚 cai¹ mui⁴⁻² 劃拳。

猜呈尋 cai¹ qing⁴ cem⁴ 猜拳以定勝負的一種方法，首先各人同時説"呈尋"，然後伸出手來：五指張開叫"包"，伸出食指和中指叫"剪"，伸出拳頭叫"揰"。"包"勝"揰"，"揰"勝"剪"，"剪"勝"包"。這種做法北京話叫 céi。

搓 cai¹（讀音 co¹）❶ 摵；揉：～ 麵｜～ 泥。❷ 托（排球）：～ 排球。

踩 cai² 蹬；騎（車）：～ 三輪車〔蹬三輪兒〕｜～ 單車〔騎自行車〕。

踩沉船 cai² cem⁴ xun⁴ 乘人之危加害；落井下石。

踩錯腳 cai² co³ gêg³ 踏空；失足：～ 跌咗落去〔一失足跌了下去〕。

踩低 cai² dei¹ ❶ 搞垮：擠垮。❷ 壓低。

踩地盤 cai² déi⁶ pun⁴ 侵入別人的勢力範圍；損害別人的利益：你咪踩我嘅地盤〔你別侵佔我的地盤〕。

踩燈花 cai² deng¹ fa¹ 舊時指小偷趁華燈初上時分進行盜竊活動。

踩界 cai² gai³ 踏線(多用於體育比賽)。

踩鋼線 cai² gong³ xin³⁻² 走鋼絲。

踩過界 cai² guo³ gai³ 比喻侵佔了別人的地盤：大家都唔好 ～〔大家都不要侵佔別人的地盤〕。

踩死蟻 cai² séi² ngei⁵ 形容人走路慢騰騰。

踩水影 cai² sêu² ying² 踩水，人直立水中，兩腿交叉踩動，保持身體不下沉。

踩台 cai² toi⁴ 演出前到舞台實地試台走位，試音響效果及燈光，熟習演出場地。

踩雪屐 cai² xud³ kég⁶ 溜旱冰。

¹**柴** cai⁴ 柴火;木柴;劈柴。〖普通話也有"柴"這個詞,但口語單獨使用時,多叫"柴火"、"木柴"、"劈柴"。〗

²**柴** cai⁴ 同"柴台"。

柴花 cai⁴ fa¹ 引火用的劈成小片的木柴。

柴台 cai⁴ toi⁴ 喝倒彩。

柴哇哇 cai⁴ wa¹ wa¹ ❶ 隨隨便便;馬馬虎虎:～又一日,真可惜〔隨隨便便又過了一天,真可惜〕。❷ 鬧着玩兒:～嘅嘛,唔使理佢〔鬧着玩兒罷了,不必理他〕。❸ 熱熱鬧鬧的:一個人太冷清喇,～噉至好〔一個人太冷清了,人多熱熱鬧鬧的才好〕。

柴魚 cai⁴ yü⁴ 明太魚。

cam

參詳 cam¹ cêng⁴ 考慮;研究;斟酌:大家 ～ 一下。

慘情 cam² qing⁴ 情況淒慘:又漏雨又吹風,真係 ～ 咯〔又漏雨又颳風,真淒慘啊〕。

箖 cam² ❶ 簸箕;泥箕:一 ～ 泥〔一泥箕土〕|撮一 ～ 垃圾〔撮一簸箕垃圾〕。❷ 箕(指紋):左手有三個胳兩個 ～〔左手有三個斗兩個箕〕。

杉 cam³ 粗杉木條或其他木材的粗木條。

杉木靈牌 cam³ mug⁶ ling⁴ pai⁴ 歇後語,下一句是"唔做得主"(做不得主),因杉木一般不能用來製作靈牌。

蠶蟲 cam⁴ cung⁴⁻² 蠶。

蠶蟲師爺 cam⁴ cung⁴⁻² xi¹ yé⁴ 比喻作繭自縛、害人反害己的人。

巉眼 cam⁴ ngan⁵ (強光) 刺眼;晃眼:日頭 ～〔太陽晃眼〕|呢盞燈太 ～ 喇〔這盞燈太晃眼了〕。

劖 cam⁵ (參⁵) 扎 (刺);剮:界嘞 ～ 親隻腳〔給刺扎了腳〕|玻璃 ～ 損手掌〔玻璃剮破了手掌〕。

can

餐 can¹ 量詞。頓;場:一 ～ 飯 | 鬧一 ～〔罵一頓〕| 喊一 ～〔哭一頓〕。〖"餐"作動量詞時,前面的數詞多用"一";數詞是"二"以上時,量詞多用"次"或"輪"。〗

餐櫃 can¹ guei⁶ 酒櫃。

餐卡 can¹ ka¹ 餐車 (指火車上的)。

餐牌 can¹ pai⁴⁻² 餐館向顧客介紹所供應菜餚的牌子。

餐搵餐食 can¹ wen² can¹ xig⁶ (搵,穩) 有上頓沒有下頓。

鏟 can² ❶ 搶 (刀):～ 刀磨鉸剪〔搶刀磨剪子〕。❷ 推剪(頭髮):～ 光頭〔推光頭〕。❸ 鏟除:～ 草。

鏟地皮 can² déi⁶ péi⁴ 舊指貪官污吏。

殘 can⁴ 破舊;破損:本書翻到 ～ 晒〔這本書被翻得殘破不堪〕。

cang

撐艇 cang¹ téng⁵ 走之底(漢字偏旁"辶")。

撐枱腳 cang³ toi⁴ gêg³ 指二人同桌吃飯,尤指夫妻或情侶共餐:你快啲翻去同你老婆 ～ 啦〔你趕快回去跟你老婆吃飯吧〕。

罉 cang¹ (撐) 平底鍋 (指除了炒菜鍋以外的鍋):煲一 ～ 飯〔燜一鍋飯〕|瓦 ～〔沙鍋〕。

瞠 cang³ (撐³) 瞪;睜:～ 大雙眼〔瞪大眼睛〕| 眼 ～ 唔開〔眼睛睜不開〕。

棖雞 cang⁴ gei¹ 潑野 (用於婦女)。

棖雞婆 cang⁴ gei¹ po⁴⁻² 潑婦;潑辣貨。

cao

觕 cao¹ (抄) 牴;頂 (牛用角觸頂人):嗰隻牛會 ～ 人〔那頭牛會頂人〕。

*抄牌 cao¹ pai⁴ 警察對違章車輛登記處理。

炒更 cao² gang¹ 業餘時間兼職以增加收入。

炒貴刁 cao² guei³ diu¹ 一種以乾河粉、鮮蝦仁、叉燒、葱、雞蛋、辣椒、沙爹等炒製成的食品。

炒蝦拆蟹 cao² ha¹ cag³ hai⁵ 指某些人下流話不離嘴：個嘢成日喺度 ~，邊個都討厭〔那個傢伙整天罵娘，誰都討厭〕。

炒埋一碟 cao² mai⁴ yed¹ dib⁶ 把各種菜炒作一碟，比喻把新賬舊賬一起算。

炒米餅 cao² mei⁵ béng² 廣東農家自製的米餅，多在春節前製作。將炒熟後的大米磨成細粉，與糖漿糅合後，用模子壓打成餅烘乾。

炒粒粒 cao² neb¹ neb¹ 指炒肉丁和菜蔬丁等的菜餚。

炒鑊 cao² wog⁶ 炒菜鍋。一般只說"鑊"。

炒魷魚 cao² yeo⁴ yü⁴⁻² 比喻被解僱，捲起鋪蓋離去。因為鋪蓋捲起來像炒熟的魷魚那樣捲作筒狀。

炒友 cao² yeo⁵ 炒買炒賣的人；倒爺。

吵耳 cao² yi⁵ （聲音）刺耳；喧嘩嘈雜。"吵耳"這詞廣東地區過去的江湖藝人常用："打得鑼多鑼 ~，打得更多夜又長"。（"吵"是普通話"嘈"字的模音）。

抄 cao³（讀音 cao¹）亂翻；搜查：~ 櫃桶〔翻抽屜〕| 唔好亂 ~ 我嘅嘢〔不要亂翻我的東西〕| ~ 身〔搜身〕。

巢 cao⁴ ❶ 皺：嗰件衫太 ~ 喇〔那件衣裳太皺了〕| 揸 ~ 張紙〔把紙捏皺了〕| 面皮都 ~ 晒〔臉皮都皺了〕。❷ 蔫：花 ~ 咗〔花蔫了〕| 菜葉 ~ 咗就唔新鮮咯〔菜葉蔫了就不新鮮了〕。

巢嘜嘜 cao⁴ meng¹ meng¹（嘜，盟¹）（又音 cao⁴ meng¹ meng³）皺皺的：呢張紙 ~，唔寫得字〔這張紙皺皺的，不能寫字〕。

巢皮 cao⁴ péi⁴ 表面起皺紋；蔫：曬得多個面就容易 ~ 㗎〔曬得多臉容易起皺紋〕| 矮瓜巢咗皮就唔食得喇〔茄子皮蔫了就不能吃了〕。

巢皮咪嘜 cao⁴ péi⁴ mi¹ meng¹⁻³（咪，摸衣切）皮皺皺的：老到 ~〔老得皮膚皺皺的〕。

cé

¹車 cé¹ ❶ 用縫紉機縫，北京話叫"砸"（zá），一般寫作"軋"：~ 衫〔縫衣服〕。❷ 軋（yà）：嗰架車差啲 ~ 親人〔那輛車差點兒軋了人〕。❸ 縫紉機：借你架 ~ 做件衫〔借你的縫紉機做件衣服〕。

²車 cé¹ ❶ 扔；擲（扔大件的或長條的東西）：成張椅 ~ 過去〔整把椅子扔過去〕。❷ 轉身：~ 轉身嚟〔轉過身來〕。

³車 cé¹ 吹（誇口）；吹噓；吹牛：亂 ~ 一通〔亂吹一氣〕。〖"車"是"車大炮"的省略。〗

車大炮 cé¹ dai⁶ pao³ 吹牛；吹牛皮；說大話：唔好 ~，做過至知〔不要吹牛，做過才知道〕。

車房 cé¹ fong⁴ 車庫：買屋帶埋 ~ 嗎〔買房帶車房嗎〕？

車腳 cé¹ gêg³ 車錢；乘車的費用。

車卡 cé¹ ka¹ 火車廂。

車厘子 cé¹ léi¹ ji² 櫻桃。〖"車厘"是英語 cherry 的音譯。〗

車歪 cé¹ mé² 陀螺。

車尾箱 cé¹ méi⁵ sêng¹ 汽車後面的後備箱：你啲行李放喺 ~ 度啦〔你的行李放在後備箱裏吧〕。

車牌 cé¹ pai⁴ 駕駛執照。

車轆 cé¹ lug¹ 車輪；車軲轆。

車呔 cé¹ tai¹ 同"呔"。

車天車地 cé¹ tin¹ cé¹ déi⁶ 胡吹亂謅。

車糖 cé¹ tong⁴ 方糖。由機器壓成小立方體的綿白糖。

車位 cé¹ wei⁶⁻² ❶ 停放汽車的地方。❷ 容許汽車通過的寬度：呢度唔夠 ～，汽車唔過得去〔這裏寬度不夠，汽車過不去〕。

車衣 cé¹ yi¹ 用縫紉機縫製衣服。

車葉 cé¹ yib⁶ 螺旋槳。

車仔 cé¹ zei² 人力車；黃包車（現已不用）。

啤 cé¹ 歎詞。呸（婦女多用）：～！乜你講呢啲話〔呸！怎麼你説這些話〕！

¹扯 cé² ❶ 抽；吸：煙通高，～風～得犀利〔煙筒高，抽風抽得厲害〕｜石灰 ～ 到地都乾晒〔石灰把地面都吸乾了〕。❷ 升（旗）：～ 旗。

²扯 cé² 走；回去：你唔好 ～ 自〔你先別走〕｜我聽日 ～ 咯〔我明天回去了〕。

扯鼻鼾 cé² béi⁶ hon⁴ 同"打鼻鼾"。

扯風 cé² fung¹ 通風；使空氣向外流動。

扯記 cé² géi³ 回去；走人（詼諧的説法）：唔好睇住 ～ 算咯〔不好看就乾脆回去算了〕｜ 咁早就 ～ 㗎啦〔這麼早就走人啦〕？

扯痕 cé² ha¹ 哮喘。

扯氣 cé² héi³ 捯氣（人將死時緊促呼吸）。

扯纜 cé² lam⁶ 拉縴。

扯貓尾 cé² mao¹ méi⁵ 同"搣貓尾"。

扯頭纜 cé² teo⁴ lam⁶ 同"拉頭纜"。

扯線 cé² xin³ 同"拉線"。

扯線公仔 cé² xin³ gung¹ zei² 提線木偶，比喻受人操縱的人。

扯人 cé² yen⁴ 同"²扯"。

邪不勝正 cé⁴ bed¹ xing³ jing³ 邪惡敵不過正義的力量：你唔使怕，～〔你不必害怕，邪不壓正〕。

斜 cé⁴⁻² 斜紋布（咔嘰、華達呢等）：黃 ～〔黃色斜紋布〕。

斜 cé⁴⁻³ ❶ 傾斜；陡：呢張枱有啲 ～〔這張桌子有點傾斜〕｜呢段路好 ～〔這段路很陡〕。❷ 斜坡：上 ～ ｜落 ～〔下坡〕。

斜髆 cé⁴⁻³ bog³ 削肩膀。〖又叫"斜肩"、"削髆"。〗

斜喱眼 cé⁴ léi¹ ngan⁵ ❶ 斜眼（眼睛有斜視的毛病）。❷ 患斜視的人。〖"斜喱眼"又叫"蛇喱眼"。〗

*斜牌 cé⁴ pai⁴ 指出賣色相的女子。

ceb

*緝蛇 ceb¹ sé⁴ 追捕非法入境者。

ced

七七八八 ced¹ ced¹ bad³ bad³ 指工作量的大部分（百分之七八十）：都做到囉，做埋佢啦〔都完成七八成了，幹完它吧〕。

七除八扣 ced¹ cêu⁴ bad³ keo³ 七扣八扣；七折八扣：一個月收入 ～，最多唔夠一萬文〔一個月收入七扣八扣，最多不到一萬元〕。

七彩 ced¹ coi² 頭暈眼花：呢排做到我 ～〔近來忙得我頭暈眼花〕。

七個一皮 ced¹ go³ yed¹ péi⁴ ❶ 數數目時亂點亂報。如數雞蛋，一般以五個為一皮，把七個作一皮的是把數目弄錯了。❷ 引申指忙亂、忙碌的樣子：呢排忙到我 ～〔最近我忙得一塌糊塗〕。

七扶八插 ced¹ fu⁴ bad³ cab³ ❶ 形容得到大家的扶持和幫助：我有今日完全係靠大家 ～〔我有今天完全是靠大

家的支援和幫助〕。❷ 形容眾人前呼後擁的樣子。

七國咁亂 ced¹ guog³ gem³ lün⁶ 形容秩序非常亂。

七支八離 ced¹ ji¹ bad³ léi⁴ ❶ 形容散亂、無秩序的樣子：呢間公司～嘅，唔慌好嘢〔這家公司亂糟糟的，不會是好東西〕。❷ 形容十分勞累，身體像散了架似的：一連幾日加班，做到我～〔一連幾天加班，累得我散了架似的〕。

七窮六絕 ced¹ kung⁴ lug⁶ jud⁶ 形容人達到貧窮、困頓的狀態：佢前幾年真係～咯〔他前幾年真是到了山窮水盡的地步了〕。

七零一 ced¹ ling⁴ yed¹ 七加一等於八，是"八卦"或"八卦婆"的省說，指人愛管閒事或太注重帶迷信色彩的舊習俗：個嘢正～嚟嘅〔那傢伙夠八卦的〕|咪咁～啦〔別太八卦了〕。（又叫"七加一"。）

出更 cêd¹ gang¹ 值班：今晚我要～。

七老八十 ced¹ lou⁵ bad³ seb⁶ 形容年紀大（約七八十歲）：佢都～咯，重好硬淨〔他都七八十歲了，還挺硬朗〕。

七情上面 ced¹ qing⁴ sêng⁵ min⁶⁻² 形容人面部表情豐富或表演賣力。

七星茶 ced¹ xing¹ ca⁴ 一種供小兒服用的平安藥，湯劑，由燈芯花、淡竹葉、薏米、穀芽（或麥芽）、蟬蛻、鈎藤、山楂等七種中藥配成。

七姐 ced¹ zé² 民間神話中稱的織女星。

céd

*****吷** céd¹ 核查；檢查；核對：數字要～一下。〖"吷" céd¹ 是英語 check 的音譯。〗

味 céd⁶ 軟物滑動摩擦的聲音：唔小心～一聲滑倒〔不小心刺溜一聲滑倒了〕。

cêd

出便 cêd¹ bin⁶ ❶ 外面（屋外等）：佢企喺～〔他站在外面〕|入嚟啦，～落雨〔進來吧，外面下雨〕。❷ 外邊（指在靠近門口或邊緣的地方）：坐喺～聽唔到〔坐在外面聽不見〕。

出車 cêd¹ cé¹ 當妓女（婉辭）。

出底 cêd¹ dei² 同"出便"。農村各地多用。

出痘 cêd¹ deo⁶⁻² 出水痘。

出頂 cêd¹ ding² 轉讓；出盤：我要將呢間店～畀人〔我要把這家店轉讓給別人〕。

出街 cêd¹ gai¹ 上街：～買嘢〔上街買東西〕。

出機器 cêd¹ géi¹ héi³ 出謀劃策，出點子：我唔瞭解情況，冇辦法～〔我不瞭解情況，沒辦法出點子〕。

出骨 cêd¹ gued¹ 露骨；流露出（某種感情）：佢嬲到～〔他生氣得掩飾不住憤怒的表情〕。

出鏡 cêd¹ géng³ 在電視上露面。

出蠱惑 cêd¹ gu² wag⁶ 耍滑頭；出鬼點子。

出公數 cêd¹ gung¹ sou³ 費用由公家負擔。

出光 cêd¹ guong¹ ❶ 能出頭露面。❷ 形容較佳的服飾，可以外出見人。

出氣 cêd¹ héi³ ❶ 反潮（指炒乾或烘乾了的食物因吸收了空氣中的水分而變軟了）：餅乾出咗氣咯〔餅乾皮了〕。❷ 泄氣；跑氣：嗰樽汽水出晒氣囉〔那瓶汽水跑了氣了〕。❸ 發泄怒氣。

出欄 cêd¹ lan⁴⁻¹ 家畜養大後出賣。

出糧 cêd¹ lêng⁴ 發工資，廣州現已少用。

出力 cêd¹ lig⁶ 使勁：～抬 | ～搣〔使勁拉〕。

倒了〕。

出爐 cêd¹ lou⁴ 剛從烤爐裏出來的：～麵包。

出老千 cêd¹ lou⁵ qin¹ 同"出千"。

出麻 cêd¹ ma⁴⁻² 出麻疹。

出貓仔 cêd¹ mao¹ zei² ❶ 學生考試作弊。❷ 工作上出了差錯。

出面 cêd¹ min⁶⁻² 表露出來；露骨：嬲到～〔氣得臉色都變了〕。

出門 cêd¹ mun⁴ ❶ 離家遠去。❷ 出嫁；出門子。

出年 cêd¹ nin⁴⁻² 明年：佢～就畢業〔他明年就畢業〕。

出千 cêd¹ qin¹ 作弊；耍騙術。

出山 cêd¹ san¹ 出殯。

出術 cêd¹ sêd⁶ 出鬼點子；打鬼主意：你點～我都唔怕你〔你怎麼出鬼點子，我都不怕你〕｜個嘢好鬼馬㗎，唔知又出乜術略〔那傢伙夠狡猾了，不知又出甚麼鬼花樣了〕。

出世 cêd¹ sei³ 出生。

*出世紙 cêd¹ sei³ ji² ❶ 出生證。❷ 戲稱產品合格證。

出身 cêd¹ sen¹ 自立：佢嘅仔女個個都～略〔他的子女個個都自立了〕。

出聲 cêd¹ séng¹ 作聲；吭聲：大家靜啲，唔好～〔大家靜一點，不要作聲〕｜人哋問佢都唔～〔人家問他也不吭聲〕。

出水 cêd¹ sêu² 焯（把蔬菜放在開水裏略一燙就拿出來）：苦瓜出過水就冇咁苦〔苦瓜焯過就沒那麼苦〕。

出水紙 cêd¹ sêu² ji² 提貨單。

出橫手 cêd¹ wang⁴ seo² 使出不光明的手段（以達到目的）：佢唔鬥得過人就想～〔他鬥不過人就想使暗招〕。

出位 cêd¹ wei⁶⁻² 用超出常規的行為來凸顯自己：佢噉做無非係想出位嘅〔他這樣做無非是想凸顯自己罷了〕。

*出入口 cêd¹ yeb⁶ heo² 進出口：搞～生意。

出樣 cêd¹ yêng⁶⁻² 像樣：佢做乜都～〔他幹甚麼都很像樣〕。

出盡八寶 cêd¹ zên⁶ bad³ bou² 用盡辦法；使盡手段：今次真係～咯〔這次真是用盡辦法了〕。

*出鐘 cêd¹ zung¹ 舞女伴舞時開始計算時間。

cég

*呎 cég¹ 檢查，覆核，核查：等我～過一次至話過你知〔等我核查過一遍再告訴你〕。〖英語 check 的音譯。〗

赤（刺） cég³ ❶ 疼痛；刺痛：頭～｜笑到肚都～晒〔笑得肚子都疼了〕。❷ 冰涼：凍到手好～〔冷得手很冰涼〕。

赤腳大仙 cég³ gêg³ dai⁶ xin¹ 戲稱喜歡赤腳走路的人。

赤口 cég³ heo² 迷信的人認為農曆正月初三是"赤口"日，人與人容易發生爭吵，因此初三不出門，以避免招惹是非。

赤米 cég³ mei⁵ 紅米。

cêg

卓 cêg³ 形容人機靈，善於見機行事。

卓頭 cêg³ teo⁴ 噱頭：佢又出～〔他又弄噱頭了〕。

cei

淒涼 cei¹ lêng⁴ ❶ 可憐：睇佢真～〔看他真可憐〕。❷ 悲哀：佢喊得好～〔他哭得很悲哀〕。❸ 引申作厲害：瘦得真～｜今日熱得真～。

砌 cei³ 揍；打：佢畀人～咗一餐〔他讓人揍了一頓〕。

砌生豬肉 cei³ sang¹ ju¹ yug⁶ 誣陷：佢畀人～，夾硬話佢有份偷嘢〔他被人誣陷，硬說他參加偷東西〕。

齊 cei⁴ ❶ 到齊：人～未〔人到齊了沒

有〕? ❷ 完；光：講 ~ 未呀〔説完了嗎〕? ❸ 整齊：將啲書擺 ~ 啲〔把書擺整齊些〕。

齊茸茸 cei⁴ ceb¹ ceb¹ 整整齊齊：頭髮剪得 ~。

齊齊 cei⁴ cei⁴ 一齊；一起：~ 恭賀新年。

齊黑 cei⁴ heg¹ 傍晚 (天剛黑時)：~ 就放電影。

齊整 cei⁴ jing² 整齊：放 ~ 啲〔放整齊一點〕 | 擺得好 ~。

齊全 cei⁴ qun⁴ 應有盡有：乜都 ~〔甚麼都應有盡有〕。

齊數 cei⁴ sou³ 數目正確無誤；帳目收齊：呢度有三萬零五百文，~ 喇〔這裏有三萬零五百元，數目對了〕。

齊頭 cei⁴ teo⁴ 整 (剛剛好)：五文 ~〔五元整〕。

齊頭數 cei⁴ teo⁴ sou³ 整數：啱啱 ~〔剛剛是一個整數〕 | 畀個 ~ 啦〔給一個整數吧〕。

cem

¹**侵** cem¹ 添；加；續：~ 水 | ~ 啲油落去〔加點油下去〕。

²**侵** cem¹ 讓……參加：~ 我一齊玩啦〔讓我參加一塊兒玩吧〕 | ~ 埋佢啦〔讓他一起參加吧〕。

侵早 cem¹ zou² 清早；清晨。

譖 cem³ 同 "譖氣"。

譖氣 cem³ héi³ 囉唆；嘮叨：講話唔好咁 ~〔説話別那麼囉唆〕。

譖趙 cem³ jiu⁶ 同上。

譖醉 cem³ zêu³ 同上。

沉 cem⁴ 失勢；因失勢而少露面。指地位下落，官場失勢：呢兩年李局長好似 ~ 咗嘅噃〔這兩年李局長好像不怎麼得勢了〕。

尋晚 cem⁴ man⁵ 同 "琴晚"。

尋晚黑 cem⁴ man⁵ hag¹ 同 "琴晚黑"。

尋日 cem⁴ yed⁶ 同 "琴日"。

cen

親 cen¹ 助詞。❶ 用在動詞後面，表示受動或感受：佢嚇 ~ 你呀〔他使你受驚了〕? | 我隻腳屈 ~〔我的腳扭傷了〕 | 隻馬嚇 ~ 咯〔馬受驚了〕 | 你係唔係冷 ~ 呀〔你是不是受涼了〕? ❷ 表示動作一發生馬上會引起某種反應，相當於 "一……(就……)"，"每次…… (都……)" 的意思：睇 ~ 就識〔一看就懂〕 | 一坐 ~ 船就頭暈〔一坐船就頭暈〕 | 叫 ~ 佢都嚟〔每次叫他都來〕 | 逢 ~ 星期日都休息〔每逢星期日都休息〕。

親力親為 cen¹ lig⁶ cen¹ wei⁴ 自己動手：做事要 ~ 至得〔做事要自己動手才行〕。

親朋戚友 cen¹ peng⁴ qig¹ yeo⁵ 親戚朋友。

親生 cen¹ sang¹ ❶ 自己生育的或生育自己的：~ 仔女〔親生子女〕 | ~ 父母。❷ 親 (同父母所生的)：~ 姐妹 | ~ 大佬〔親哥哥〕。

親家老爺 cen³ ga¹ lou⁵ yé⁴ 親家公。

親家奶奶 cen³ ga¹ nai⁵⁻⁴ nai⁵⁻² 親家母。

趁地脸 cen³ déi⁶ nem⁴ (脸，拿吟切) 罵人語，趁泥土鬆軟以便挖坑埋人。

趁風使桿 cen³ fung¹ sei² léi⁵ (桿，里) 見風使舵。引申為趁着有利條件趕快行動。

趁高興 cen³ gou¹ hing³ 湊熱鬧：我去係 ~ 嘅嘛〔我去是為了湊熱鬧罷了〕。

趁墟 cen³ hêu¹ 趕集。

趁佢病，攞佢命 cen³ kêu⁵ béng⁶, lo² kêu⁵ méng⁶ 乘人危難而給予重擊。

趁熱鬧 cen³ yid⁶ nao⁶ 湊熱鬧。

趁手 cen³ seo² 順手：~ 幫我做埋佢〔順手幫我幹完它〕。

襯 cen³ 陪襯：噉就要靠大家嚟～咯〔這就要靠大家來陪襯了〕。

*陳大文 cen⁴ dai⁶ men⁴ 香港的影視片裏一些次要的男配角常叫"陳大文"，人們就用"陳大文"代指普通一個人、隨便一個人："有人就人，冇人就～"〔香港俗語：有理想的人就用，沒有的話隨便一個人也可以〕。

陳皮 cen⁴ péi⁴ 舊的：你對鞋夠晒～咯〔你那雙鞋夠舊的了〕｜通通都係～嘢〔全都是舊東西〕。

塵 cen⁴ 塵土；土；灰塵：馬路邊好大～〔馬路邊塵土很大〕｜你睇張枱幾多～〔你看桌上多少土啊〕。

塵氣 cen⁴ héi³ 神氣。

cên

春（橢）cên¹ 蛋；卵（一般不獨用，常與某些動物名稱構成合成詞，如雞春、鴨春、魚春、蝦春等）。

春袋 cên¹ doi⁶ 陰囊。

春茗 cên¹ ming⁵ 農曆年初為與親友聯絡感情所設的酒宴。

蠢鈍 cên² dên⁶ 愚鈍。

蠢仔 cên² zei² 傻瓜；笨蛋（罵人語）。

巡 cên⁴ 巡視；巡邏：夜晚要有人去～下至得〔夜裏要有人去巡邏一下才行〕。

巡城馬 cên⁴ xing⁴ ma⁵ ❶ 原指舊時在城中作治安巡邏的騎兵。❷ 指以替人帶貨物為業的人。❸ 指專門從城裏採購小百貨到農村販賣的貨郎。❹ 指滿城跑的人。

循例 cên⁴ lei⁶ 按照慣例：大家都要～嚟做〔大家都要按照慣例來做〕。

ceng

層 ceng⁴ 量詞。❶ 步（指事情）：我未想到呢 ～〔我沒有想到這一步〕。❷

點：呢 ～ 我知〔這點我知道〕。

*層面 ceng⁴ min⁶⁻² 社會階層，社會上某一族群，如婦女、老人、商人等。

céng

青 céng¹ 搪瓷釉。

青啤啤 céng¹ bi¹ bi¹（啤，波衣切）青青的（指未熟的水果）；（臉色）白白的：嚇到佢個面 ～ 噉〔嚇得他臉色白白的〕。

青瓜 céng¹ gua¹ 黃瓜的別名。

青口 céng¹ heo² 貽貝。其乾品稱"淡菜"。

青磚沙梨 céng¹ jun¹ sa¹ léi⁴ 歇後語，下一句是"咬唔入"，比喻十分吝嗇的人，也比喻滿身正氣的人。

青靚白淨 céng¹ léng³ bag⁶ zéng⁶ 人清秀漂亮、皮膚白皙。

青頭女 céng¹ teo⁴ nêu⁵⁻² 未婚少女。

*青頭仔 céng¹ teo⁴ zei² 未婚男青年。

青竹蛇 céng¹ zug¹ sé⁴ 竹葉青蛇，全身綠色、瞳孔紅色，尾端焦紅色，有毒，常棲息在路邊小樹上。

請槍 céng² cêng¹ 考試請人代筆。

請飲 céng² yem² 請喝喜酒；吃喝酒席。

請春茗 céng² cên¹ ming⁴ 農曆年初，宴請親友或客戶等，以維繫親情或友誼。

請飲茶 céng² yem² ca⁴ ❶ 請喝茶。❷ 請親友到茶樓品茗吃茶點。

cêng

長 cêng⁴⁻¹（昌）"長"的變音，"短"的意思：咁 ～，點夠吖〔這麼短，哪裏夠呢〕｜得咁 ～～ 咋〔才這麼短呀〕？

窗口 cêng¹ heo² 窗戶：打開 ～。

窗枝 cêng¹ ji¹ 窗上的鐵欄條。

窗鈎 cêng¹ ngeo¹ 窗釘錦兒。

長 cêng4-2（搶）“長”的變音，“僅僅這麼長”的意思：呢啲竹仔都係咁～㗎喇〔這些竹子都是這麼長的了〕。

搶鏡頭 cêng2 géng3 teo4 ❶ 處於最引人注目的地位：呢個活動好～〔這個活動很引人注目〕。❷ 爭出風頭：呢個人最中意～〔這個人最喜歡出風頭〕。

搶眼 cêng2 ngan5 顯眼；奪目：嗰件紅衫最～〔那件紅衣裳最顯眼〕。

搶手 cêng2 seo2 暢銷；受歡迎（多人要）：呢啲書好～〔這類書很暢銷〕｜～貨〔熱門貨〕。

*__搶閘__ cêng2 zab6 搶先過關卡，轉指早於規定時間搶先做某事。

腸粉 cêng4-2 fen2 一種粉食，米粉調水蒸熟後捲成筒狀，是豬腸粉的簡稱。

唱 cêng3 到處說；胡說；宣揚某人的缺點：你唔好周圍～人哋〔你不要到處說人家的不是〕。

唱碟 cêng3 dib6-2 唱片。

*__唱家班__ cêng3 ga1 ban1 指唱歌出名的人。

唱口 cêng3 heo2 ❶ 籠養鳥的鳴唱：呢隻畫眉真好～〔這隻畫眉唱得好〕。❷ 諷刺別人賣乖。

唱好 cêng3 hou2 對某人、某機構或某事說好話，宣揚其優點：我哋一定幫你～佢〔我們一定要給你宣傳宣傳〕。

*__唱片騎師__ cêng3 pin3-2 kéi4 xi1 廣播電台或電視台音樂節目主持人。

唱生晒 cêng3 sang1 sai3 誇張地宣揚別人的缺點、錯誤，以至損毀其形象：人哋嘅事唔使你周圍～〔人家的事，用不着你來到處宣揚〕。

唱衰 cêng3 sêu1 宣揚別人的缺點過錯以達到某種目的：～佢〔把他的醜陋東西抖摟出來〕。

唱衰晒 cêng3 sêu1 sai3 宣揚別人的缺點錯誤，甚至有意詆毀別人，以達到某一目的：你成日唱衰～人地係唔公平嘅〔你整天詆毀別人是不公平的〕。

熗 cêng3 ❶（火舌）噴吐：火～晒出嚟〔火全噴了出來〕。❷ 灼；燎：隻手畀火～親〔手給火灼傷了〕｜火一～，頭髮就燒咗〔火一燎，頭髮就燒掉了〕。

暢 cêng3 破開（鈔票）：～十文散紙〔破十塊錢零票〕｜～唔開〔破不開〕。

長腳蜢 cêng4 gêg3 mang5-1 腿長的人（詼諧的說法）。

長頸罌 cêng4 géng2 ngang1 戲稱胃或肚子：早就入晒～咯〔早就進了肚子了〕。

長氣 cêng4 héi3 ❶ 囉唆：講嘢唔好咁～〔說話別那麼囉唆〕。❷ 引申指說話或哭持續的時間長：呢個仔好～嘅，喊開就好難得佢停〔這孩子很愛哭，哭起來就不容易停〕。

長氣袋 cêng4 héi3 doi6-2 ❶ 指說話沒完沒了的人。❷ 指善於長跑或長時間運動的人。

長殀𡁻 cêng4 lai4 kuai4（殀，羅鞋切；殀，群鞋切）長長的（有貶意）：呢條褲～，唔好睇〔這條褲子長長的，不好看〕。

長賴賴 cêng4 lai4 lai4 長長的（長得有點過分）：你條辮～嘅，剪咗佢啦〔你的辮子長長的，剪了它吧〕。

長流流 cêng4 leo4 leo4 時間太長：要等十年～〔要等十年時間太長了〕。

長命工夫 cêng4 méng6 gung1 fu1 工期很長的工作，費工費時的工作。

長命雨 cêng4 méng6 yü5 下個不停的雨。

長撓撓 cêng4 nao4 nao4（時間）很長遠：五年～，幾時至到吖〔五年太長了，甚麼時候才到啊〕！

長衫 cêng4 sam1 男長袍和女旗袍的統稱。

長生板 cêng⁴ sang¹ ban² 棺材；壽板（婉辭）。

長時 cêng⁴ xi⁴ 經常；常常：星期日我～喺圖書館〔星期日我常常在圖書館〕。

腸肚 cêng⁴ tou⁵ 頭腦；心眼：你好有～〔你很有頭腦〕。

腸熱症 cêng⁴ yid⁶ jing³ 傷寒。

ceo

抽波 ceo¹ bo¹ 抽球，指打乒乓球的一種技法。

抽筋種 ceo¹ gen¹ zung² 罵人語，壞種。

抽行水 ceo¹ hang⁴ sêu² 舊時地方惡勢力攔截水道向船隻收取通行費。

抽後腳 ceo¹ heo⁶ gêg³ 抓辮子：你顧住畀人～〔你當心讓人抓辮子〕。

抽秤 ceo¹ qing³ 挑眼，挑剔人家的缺點、毛病加以指責。

抽水 ceo¹ sêu² 抽頭（賭博時莊家從贏家的錢提取一小部分）。

抽油 ceo¹ yeo⁴⁻² 醬油。

秋色 ceo¹ xig¹ 一種民間藝術表演，多在些傳統節日時出遊。

揪 ceo¹ 量詞。嘟嚕；串；掛：一～荔枝〔一嘟嚕荔枝〕｜一～鎖匙〔一串鑰匙〕｜一～豬肉〔一掛豬肉〕。

揪褸 ceo¹ leo¹ 形容東西一串一串的：鎖匙要整成一～一～至好擰〔鑰匙要弄成一串串的才好拿〕。

揪痛腳 ceo¹ tung³ gêg³ 抓住弱點；抓住把柄。又作"揸痛腳"。

焻 ceo¹ 煙燻火燎或水蒸氣灼：我隻手畀火～得好痛〔我的手被火燎得很痛〕。

綢 ceo⁴⁻² ❶ 綢子。❷ 同"黑膠綢"。

綢仔 ceo⁴⁻² zei¹ 綢子。

醜 ceo² ❶ 形容詞。羞（難為情）；難看：唔知～〔不知羞〕｜個樣好～〔樣子很難看〕。❷ 動詞。羞（使難為情）：～下佢〔羞他一下〕。

醜頸 ceo² géng² 脾氣壞：佢呢個人係幾好嘅，就係～啲〔他這個人是不錯的，就是脾氣壞一點〕。

醜怪 ceo² guai³ ❶ 醜；難看：佢生得唔算～〔他長得不算醜〕｜呢個字寫得太～喇〔這個字寫得太難看了〕。❷ 羞（感到難為情）：咁大個仔重着開裲褲，真～〔這麼大的孩子還穿開裲褲，真羞〕！

醜死鬼 ceo² séi² guei² 羞死了；丟人現眼：咁大個重喊～咯〔這麼大還哭，羞死人了〕。

醜人 ceo² yen⁴ 紅臉；得罪人的人：一個做好人，一個做～〔一個唱白臉，一個唱紅臉〕。

醜樣 ceo² yêng⁶⁻² 難看，樣子不好看。

籌 ceo⁴⁻² 號兒；牌兒：派～〔發號兒〕｜擺個～掛號〔拿個牌兒掛號〕。

籌 ceo⁴ 量詞。次；回：我做過兩～。

臭品 ceo³ ben² 形容人脾氣或品行不好。

臭崩天 ceo³ beng¹ tin¹ 極臭。

臭青 ceo³ céng¹ 生的青菜的味道：～嚫〔臭青味〕｜呢碟青菜未熟，重～〔這盤青菜沒有煮熟，還有股臭青味〕。

臭草 ceo³ cou² 北方俗稱"香草"。

臭花 ceo³ fa¹ 馬纓丹，又稱"五色繡球"。

*臭飛 ceo³ féi¹ 對流氓阿飛憎恨的稱呼。

臭火爛 ceo³ fo² lo³ 燒布、頭髮等的氣味；食物中的煙火味。

臭亨亨 ceo³ heng¹ heng¹ 臭烘烘：嗰間房～嘅，唔知幾邋遢〔那個房間臭烘烘的，不知有多髒〕。

臭口 ceo³ heo² 說話傷人。

臭燶 ceo³ nung¹（燶，農¹）飯等帶有煳味。

臭烹烹 ceo³ pang¹ pang¹（又讀 ceo³ bang¹ bang¹）同"臭亨亨"。

臭屁𧅙 ceo³ péi³ lad³ 一種昆蟲，灰黑色，扁圓形，常生活在樹上，能放出臭汁液，北京話叫"臭大姐"。

臭水 ceo³ sêu² 同"拉蘇"。

臭狐 ceo³ wu⁴ 狐臭。

臭屎密扟 ceo³ xi² med⁶ kem²（扟，琴²）把醜事遮掩，不讓透露。

臭油膱 ceo³ yeo⁴ yig¹（膱，益）哈喇味：呢啲臘肉都 ～ 喇，唔好食咯〔這些臘肉都哈喇味了，別吃了〕。

臭丸 ceo³ yün⁴⁻² 衛生球；樟腦球。

湊 ceo³ ❶ 照料（小孩）：～ 細蚊仔〔照料小孩〕｜邊個 ～ 大你㗎〔誰把你帶大的〕？❷ 跟（與）：冇人 ～ 你玩咩〔沒人跟你玩嗎〕？

湊蹺 ceo³ kiu² 碰巧：真係～，我一估就估中〔真是碰巧，我一猜就猜中〕。

湊埋 ceo³ mai⁴ ❶ 湊夠；湊齊；拼湊起來：～ 嗰條數〔湊夠那個數目〕｜～ 有幾多呀〔湊齊有多少〕？｜兩家 ～ 喺度討論罷啦〔雙方湊在一起討論得了〕。❷ 連同：～ 細佬哥總共十個人〔連小孩總共十個人〕｜馬牛羊 ～ 豬狗都算畜牲。

湊啱 ceo³ ngam¹（啱，岩¹）剛好；恰巧：一出街就 ～ 落雨〔一上街就剛好下雨〕｜～ 大家都喺度〔恰巧大家都在場〕。

湊仔嫲 ceo³ zei² na² 帶孩子的母親。

湊仔婆 ceo³ zei² po⁴⁻² 帶孩子的女人或老年保姆。

囚 ceo⁴ ❶ 同"槽"。❷ 同"䯒"。

cêu

吹 cêu¹ 抽（大煙）：舊社會嫖、賭、飲、蕩、～ 五毒俱全。

吹爆 cêu¹ bao³ 氣死；氣壞：真畀佢 ～〔真給他氣死〕。

吹雞貨 cêu¹ gei¹ fo³ "吹雞"為"草雞"的變音。"吹雞貨"即"賤賣貨"。

吹唔脹 cêu¹ m⁴ zêng³ 奈何不了：你吹佢唔脹〔你奈何不了他〕。

吹水 cêu¹ sêu² 往宰殺後的禽畜體內注水。

吹鬚瞌眼 cêu¹ sou¹ lug¹ ngan⁵ 吹鬍子瞪眼：佢嬲到 ～〔他氣得吹鬍子瞪眼〕。

吹脹 cêu¹ zêng³ ❶ 奈何：佢唔理你，你 ～ 佢呀〔他不理你，你能奈他何嗎〕？｜吹佢唔脹〔奈何不了他〕。❷ 氣死；氣壞：真係畀佢 ～ 喇〔真給他氣壞了〕。

催捆 cêu¹ gug¹ ❶ 加強進補。❷ 採取措施，促使達到某一程度。

催命 cêu¹ méng⁶ 比喻緊急催逼：你好似 ～ 噉催，我都趕唔切〔你怎麼催逼，我都來不及〕。

取錄 cêu² lug⁶ 錄取。

趣趣地 cêu³ cêu³ déi⁶⁻² 給別人一點小禮物表示好意：一啲啲嘢，～ 啦〔一點點東西，讓他高興高興〕。

趣怪 cêu³ guai³ 有趣；有意思：呢個古仔好 ～〔這個故事很有趣〕。

趣致 cêu³ ji³ 逗；有趣。

除 cêu⁴ ❶ 脫（脫下身上穿戴的）：～ 衫〔脫衣服〕｜～ 襪｜～ 手錶。❷ 退（柴火）：飯滾就要 ～ 柴〔飯開了就要退火〕。

除笨有精 cêu⁴ ben⁶ yeo⁵ zéng¹ ❶ 形容愚笨的人偶爾也會有聰明之處。❷ 除了吃虧還有得益之處。

除大隻腳 cêu⁴ dai⁶ zég³ gêg³ 光着腳。又作"打赤腳"。

除咗 cêu⁴ zo²（咗，左）除了：～ 你，大家都去。

捶 cêu⁴ ❶ 捶打：～ 兩下。❷ 量詞。拳：抍咗兩 ～〔打了兩拳〕。

廚房 cêu⁴ fong⁴⁻² ❶ 做飯菜的地方。❷ 炊事員；廚師；大師傅：佢做咗十

幾年 ～〔他當了十幾年廚師〕。〚"廚
房"原指煮飯的地方,也用來指在這
裏工作的人。指人時,一般只作引
稱;對稱時叫"師傅"或"工友"等。〛

隨得 cêu⁴ deg¹ 隨便;任隨:～ 你│～
大家自由出入。

隨街 cêu⁴ gai¹ ❶ 滿街:唔好 ～ 食嘢
〔不要滿街吃東西〕。❷ 到處:呢種
貨 ～ 都有〔這種貨到處都有〕。

隨口噏 cêu⁴ heo² ngeb¹ 形容人隨便説
話,信口開河:你唔好 ～ 啦,冇人
信你嘅〔你不要信口開河了,沒人信
你的〕。

隨身帶 cêu⁴ sen¹ dai³ 可攜式收錄機。

嚱 cêu⁴（除）氣味;味兒:一鑊乜嘢 ～
呀〔一股甚麼味兒〕?│一朕酒 ～〔一
股酒味兒〕。

co

初不初 co¹ bed¹ co¹ 同"初初"。

初初 co¹ co¹ 起初:～ 我唔識得佢〔起
初我不認得他〕。

初哥 co¹ go¹ 第一次幹某種事情的人;
生手:做呢啲嘢佢重係 ～〔幹這些事
他還是個生手〕。〚"初哥"一般不自
稱,因含輕蔑意。〛

初時 co¹ xi⁴ 早先;起初。

初嚟甫到 co¹ lei⁴ bou⁶ dou³（甫,讀音
fu²）新來乍到:我 ～,唔了解情況
〔我剛剛來,不了解情況〕。

搓圓撳扁 co¹ yün⁴ gem⁶ bin² 形容人很
隨和或隨意由人擺佈:呢個人好好
相與,～ 都冇所謂〔這個人很隨和,
你怎麼打發他都行〕。

錯蕩 co³ dong⁶ 對突然到家裏來的客氣
話,意思是"我這裏本來是不值得您
來的,您竟然光臨了,是不是閒逛
錯了地方呀":乜今日咁 ～ 呀〔怎麼
今天您竟然找錯了地方 —— 真難得

您光臨〕!

錯手 co³ seo² 失手:人有 ～,馬有失
蹄 (熟語)。

錯有錯着 co³ yeo⁵ co³ zêg⁶ 歪打正着:
亂答都答對,真係 ～。

坐低 co⁵ dei¹ 坐下:大家 ～,唔好企
住〔大家坐下,不要站着〕!

坐花廳 co⁵ fa¹ téng¹ 坐牢 (詼諧的説
法)。

坐飛機位 co⁵ féi¹ géi¹ wei⁶⁻² ❶ 看表演
時坐在最高的位置上。❷ 指某些工
廠的替工人員,他們沒有固定的工
作位置。

坐監 co⁵ gam¹ 坐牢。

坐正 co⁵ jing³ 由副職升任正職或得到
正式的名分。

坐穩車 co⁵ wen² cé¹ 送人乘車遠行時
的套話,相當於"一路平安"。

坐穩船 co⁵ wen² xun⁴ 送人乘船遠行時
的套話。

坐夜 co⁵ yé⁶ 夜裏守靈。

坐月 co⁵ yüd⁶ 坐月子。

坐月婆 co⁵ yüd⁶ po⁴⁻² 產婦 (坐月子的
婦女)。

cog

剒 cog³（初確切）❶ 拖 (突然用力拉):
條繩一 ～ 就斷〔繩子一拖就斷了〕。
❷ 引申作逗引出來:佢頭頭唔肯
講,卒之畀我 ～ 咗出嚟〔他開始不
肯説,最後終於讓我套了出來〕。

coi

啋 coi¹（采¹）歎詞。表示斥責或嫌棄的
感情 (婦女多用):～ !你亂噏啲乜
嘢〔呸!你胡説些甚麼〕!│ ～ !冇
人有你咁衰〔去你的!沒人有你這樣
討厭〕!

唻過你 coi¹ guo³ néi⁵（唻，采¹）婦女在聽到厭惡或不吉利的說話時的用語，意思為把這些討厭的東西還給對方：～，大吉利事。

彩數 coi² sou³ 運氣：好～〔運氣好〕｜碰～。

採青 coi² céng¹ 廣東民俗，春節期間舞獅子的隊伍到商舖拜年，商家贈送利市時，將紅包與青菜或樹葉捆在一起，吊在高處，舞獅子隊伍則疊成人梯，讓獅子爬上去摘取。

睬 coi² 理；理會；理睬：唔～佢〔不理他〕。〖普通話也有"睬"，但多用"理"或"理睬"。〗

睬佢都傻 coi² kêu⁵ dou¹ so⁴ 表示對某人某事不屑理睬：呢啲事～〔這類事情不用管它〕｜佢呢種人～〔他這種人，誰理睬他〕！

菜膽 coi³ dam² 菜心兒。

菜腳 coi³ gêg³ 剩菜（吃剩的菜餚）。

菜乾 coi³ gon¹ 乾菜（一般指乾白菜）。

菜椒 coi³ jiu¹ 做菜用的不辣的辣椒，普通話叫青椒、甜椒或柿子椒。

菜牌 coi³ pai⁴⁻² 飲食店的菜單。

菜脯 coi³ pou² 由蘿蔔等醃製成的鹹菜。

菜心 coi³ sem¹ ❶ 菜薹。❷ 同"拗心白菜"。

菜心喬 coi³ sem¹ po¹ 尚未充分長大的拗心白菜。

菜薳 coi³ yün⁵（薳，遠）嫩菜薹：～牛〔炒菜薹牛肉〕。

財主佬 coi⁴ ju² lou² 有錢人。

cong

牀下底 cong⁴ ha⁶ dei² 牀底；牀下面：～破柴〔歇後語，下一句是"包撞板"〕。

牀鋪被蓆 cong⁴ pou¹ péi⁵ zég⁶ 鋪蓋蚊帳、牀上用品。

鯧魚 cong¹ yü⁴（鯧，讀音cêng¹）平魚。

cou

粗重嘢 cou¹ cung⁵ yé⁵ ❶ 重體力勞動。❷ 花氣力的家務。

粗嘥 cou¹ hai⁴（嘥，鞋）粗糙，不細膩：呢種米粉太～，唔好食〔這種米粉太粗了，不好吃〕。

粗口 cou¹ heo² ❶（說話）粗鄙，粗俗難聽：佢好～〔他說話很粗鄙〕。❷ 下流話：唔好講～〔不要說下流話〕。

粗口爛舌 cou¹ heo² lan⁶ xid⁶ 說話粗鄙下流。

粗生 cou¹ sang¹ 指植物對環境、條件要求不高，繁殖力強：呢啲花好似草咁～〔這些花像草一樣容易活〕。

粗身大勢 cou¹ sen¹ dai⁶ sei³ 形容孕婦體形粗大，行動不便的樣子。

粗聲粗氣 cou¹ séng¹ cou¹ héi³ 形容人說話嗓門大、粗魯。

粗手大腳 cou¹ seo² dai⁶ gêg³ ❶ 手腳粗大。❷ 做事不細心。❸ 花錢大手大腳。

粗食 cou¹ xig⁶ 食量大或飲食上不挑揀。

粗鹽 cou¹ yim⁴ 大鹽；原鹽。

粗着 cou¹ zêg³ 平日穿的衣服。

草花頭 cou² fa¹ teo⁴⁻² 草頭兒；草字頭兒（漢字偏旁"艹"）。

草雞（竿） cou² gei¹ 草標。舊時集市上插在要賣物品上的標誌。

草根灰 cou² gen¹ fui¹ 混有搗爛稻草的石灰漿，近似北方的麻刀灰，抹牆用。

草果 cou² guo² 豆蔻。

草紙 cou² ji² 手紙。

草蜢 cou² mang⁵⁻² 同"蜢"。

草披 cou² péi¹ 草地。

取耳 cou² yi⁵（取，讀音cêu²）理髮師替人挖耳垢。又作"採耳" coi² yi⁵。

醋埕 cou³ qing⁴ 愛吃醋的人。

燥熱 cou³ yid⁶ ❶ 食物性熱。❷ 上火。

躁 cou³ ❶ 煩躁：呢排有啲～，成晚瞓唔着〔最近有點煩躁，整晚睡不着〕。❷ 燥（指某些食物具有使人煩躁的性質）。

躁火 cou³ fo² 同"躁"❷。

嘈 cou⁴ ❶ 吵（嘈雜）：唔好～〔不要吵〕｜～到死〔吵得要命〕。❷ 爭吵：唔好同佢～〔不要跟他爭吵〕。

嘈吵 cou⁴ cao² ❶ 喧嘩；吵鬧。❷ 吵架。

嘈嘈閉 cou⁴ cou⁴ bei³ 吵吵鬧鬧；鬧個不停：成日～〔整天吵吵鬧鬧〕｜靜啲，唔好～〔安靜點，不要鬧個不停〕。

嘈交 cou⁴ gao¹ 吵架。

嘈喧巴閉 cou⁴ hün¹ ba¹ bei³ 鬧哄哄；吵吵嚷嚷：呢度～，冇辦法睇書〔這裏鬧哄哄的，沒辦法看書〕｜嗰啲人喺度～，好似趁墟噉〔那些人吵吵嚷嚷，像趕集似的〕。

嘈生晒 cou⁴ sang¹ sai³ 吵吵鬧鬧；吵個不停（說話人帶有討厭的情緒）：咪喺度～〔別在這裏吵吵鬧鬧的影響別人〕。

槽 cou⁴ 把將要宰殺的雞鴨鵝關起來餵養，使之變肥：～雞。

鱛白 cou⁴ bag⁶⁻² 鰽魚；快魚。

儲 cou⁵（草⁵，讀音 qu⁵）積蓄；攢：～錢買單車〔攢錢買自行車〕｜～郵票｜～埋好多錢〔積蓄了許多錢〕。

儲錢 cou⁵ qin⁴⁻² 攢錢。

cug

畜牲 cug¹ sang¹ 牲口；牲畜：養～。

cung

沖茶 cung¹ ca⁴ 沏茶。

沖菜 cung¹ coi³ 大頭菜的一種，常醃製成鹹菜，切成片狀的又叫"梳菜"。

沖滾水 cung¹ guen² sêu² 灌開水；續水。

沖涼 cung¹ lêng⁴ 洗澡：食咗飯先～〔吃完飯再洗澡〕｜沖過涼〔洗了澡〕。

沖涼房 cung¹ lêng⁴ fong⁴⁻² 洗澡間；洗澡房。

沖淡水 cung¹ tam⁵ sêu² ❶ 潑冷水，挫傷別人的積極性。❷ 緩解矛盾。

充大頭鬼 cung¹ dai⁶ teo⁴ guei² 充闊氣；打腫臉充胖子。

充電 cung¹ din⁶ 比喻補習、進修，增加新的知識。

充硬晒 cung¹ ngang⁶ sai³ 硬裝，冒充闊氣：冇錢就唔好～啦〔沒有錢就別冒充闊氣了〕｜你唔使～，我知到你嘅底細〔你不必裝模作樣，我知道你的底細〕。

涌 cung¹ ❶ 河汊子。❷ 珠江三角洲常用作地名。

葱度 cung¹ dou⁶⁻² 葱段兒。

抌（揰）cung³（沖³）杵；捅：攞條竹篙～咗個沙田柚落嚟〔拿根竹竿把柚子捅下來〕。

松柴 cung⁴ cai⁴ 松樹柴。

松雞 cung⁴ gei¹ 松果。

松毛 cung⁴ mou⁴⁻¹ 松針。

從嚟 cung⁴ lei⁴ 從來。

蟲蟲蟻蟻 cung⁴ cung⁴ ngei⁵ ngei⁵ 泛指昆蟲。

重揞揞 cung⁵ deb⁶ deb⁶（揞，杜合切）同下。

重泅泅 cung⁵ neb⁶ neb⁶（泅，挪合切）沉甸甸：呢把刀～嘅，唔好使〔這把刀沉甸甸的，不好使〕。

重皮 cung⁵ péi⁴⁻² 成本重；費用高：用呢種原料好 ～ 嘅〔用這種原料成本很高的〕。

重秤 cung⁵ qing³ 壓秤（東西重）：鐵線好 ～ 㗎〔鐵絲很壓秤〕。

重身 cung⁵ sen¹ 物體的比重較大（人不容易感覺到其分量）：呢種石 ～ 啲〔這種石頭比較重〕。

重手 cung⁵ seo² ❶ 幹活時手重、魯莽。❷ 手重，做菜下鹽多。

D

da

打 da² ❶ 在計算數目時，用來表示加的意思：兩個二 ～ 兩個四一共四個六〔兩塊二搭兩塊四總共四塊六毛錢〕。❷ 計算在內；預計：呢條數已經 ～ 喺入便喇〔這筆賬已經算在裏頭了〕｜有冇 ～ 埋我份呀〔有沒有把我的那份預計在內〕？

打靶 da² ba² 槍決；槍斃。〖"打靶"不帶賓語，"槍決"可以帶賓語。〗

打靶鬼 da² ba² guei² 罵人的話。

打白鴿轉 da² bag⁶ geb³ jun⁶（走，飛）打一個轉：打個白鴿轉至翻嚟〔打個轉才回來〕。

打敗仗 da² bai⁶ zêng³ 戲稱生病（尤指傷風感冒等突然發生的病）：我睇你今日好似 ～ 噉嘅〔我看你今天好像有病似的〕。

打包單 da² bao¹ dan¹ 打保票。

打包踭 da² bao¹ zang¹（踭，爭）用胳膊肘撞擊人。

打鼻鼾 da² béi⁶ hon⁴ 打呼嚕；打鼾。又叫"扯鼻鼾"。

打崩頭 da² beng¹ teo⁴ 形容鬥爭十分激烈，各不相讓，有"拼命地"的意思：為咗買飛，大家 ～ 咁逼〔為了買票，大家擠得不可開交〕｜～ 噉搶〔拼命地搶〕。

打邊鼓 da² bin¹ gu² 敲邊鼓，比喻幫腔或從旁協助。

打邊爐 da² bin¹ lou⁴ 涮（shuàn）鍋子；吃火鍋兒（冬天圍着爐子隨煮隨吃）。

打攞成 da² bog¹ xing²（攞，駁¹）打西洋拳。〖"攞成"是英語 boxing 的譯音。〗

打背語 da² bui⁶ yü⁵ 説暗語；説黑話。

打出 da² cêd¹ 露出：～ 手骨〔露出胳膊〕｜～ 膝頭哥〔露出膝蓋〕。

打赤腳 da² cég³ gêg³ 光着腳；光腳丫子：～ 落田〔光着腳下田〕。

打赤肋 da² cég³ leg⁶ 打赤膊：熱到大家 ～〔熱得大家打赤膊〕。

打沉 da² cem⁴ 打倒；打敗。又作"拼沉" péng¹ cem⁴。

打大赤肋 da² dai⁶ cég³ leg⁶ 同"打赤肋"。

打大翻 da² dai⁶ fan¹ 翻跟頭（兩手按地滾翻或騰空滾翻）。

打大交 da² dai⁶ gao¹ ❶ 比較激烈的搏鬥。❷ 過去指械鬥。

打得埋 da² deg¹ mai⁴ 合得來，兩人意氣相投：你同亞峰 ～ 嗎〔你跟小峰合得來嗎〕？｜兩個人好 ～〔兩個人意氣很相投〕。

打得少 da² deg¹ xiu² 警告犯錯誤的人不要胡作非為，相當於"欠揍了"的意思：你 ～ 呀〔你欠揍啦〕？

打的 da² dig¹ 僱出租小汽車。

打單 da² dan¹ 盜匪給人寫恐嚇信，勒索錢財。

打突兀 da² ded⁶ nged⁶ 事情來得很突然，使自己愣了一下：我聽到呢件事，當堂～〔我聽到這件事，馬上愣了一下〕。

打低 da² dei¹ 打倒；打垮；搞垮：畀人～咗〔被人搞垮了〕。

打底 da² dei² 墊底：白斬雞有蘿蔔～〔白切雞下面有蘿蔔墊底〕｜飲酒要食啲餸～〔喝酒要吃點菜墊底〕｜白裇衫～〔白襯衣墊底〕。

打地氣 da² déi⁶ héi³ 把東西放在地上，使受潮濕：呢個皮喼放喺地下，～打到發晒毛〔這個皮箱放在地上，潮濕得發霉了〕。

打地鋪 da² déi⁶ pou¹ 把鋪蓋鋪在地上睡覺。

打掂 da² dim⁶ 直着(放、睡等)：～放｜～瞓〔直着睡〕。

打定輸數 da² ding⁶ xu¹ sou³ 事先作好失敗的思想的準備：呢次你嘅實力唔夠人哋嘅強，你就～啦〔這次你的實力不如人家的強，你就做好輸的思想準備吧〕。

打倒掟 da² dou³ déng³ (掟，釘³)頭朝下，腳朝上：呢樽油唔好～放〔這瓶油不要倒過來放〕。

打倒褪 da² dou³ ten³ 倒退；後退：後便有人，唔好～〔後面有人，不要倒退〕。

打𢴈 da² dung⁶ 豎着：個箱要～放〔箱子要豎着放〕。

打飯炮 da² fan⁶ pao³ 錯過了吃飯時間：一點鐘至翻嚟，～咯〔一點鐘才回來，沒飯吃嘍〕。

*打飛機 da² féi¹ géi¹ 婉辭，指男人手淫。

打斧頭 da² fu² teo⁴ 揩油（指代買東西或辦事從中佔點小便宜）。

打風 da² fung¹ 颳颱風。

打風噚 da² fung¹ geo⁶ 舊時指颱風。

打交 da² gao¹ 打架。

打交叉 da² gao¹ ca¹ 打叉兒：～嘅題目係做錯咗嘅〔打叉兒的題目是做錯了的〕。又叫 da² kao¹ ca¹。

打腳骨 da² gêg³ gued¹ ❶攔路搶劫。❷敲竹槓。

打救 da² geo³ 搭救。

打個嘩 da² go³ kuag¹ (嘩，跨黑切)轉個圈；繞個圈：我出去～就翻嚟〔我出去轉個圈兒就回來〕。

*打個冷 da² go³ lang¹ 轉一個圈兒。〖“冷”是英語 round 的譯音。〗

打估 da² gu² ❶猜謎語：細佬哥中意～〔小孩喜歡猜謎語〕。❷出謎語：打個估畀你估下啦〔出個謎語給你猜猜吧〕。

打鼓趁興 da² gu² cen³ hing³ 乘興；趁勢。

打關斗 da² guan¹ deo² 翻跟頭；翻筋斗。

打工 da² gung¹ 當傭工；替人做工：佢舊時喺廣州～〔他以前在廣州當傭工〕｜打過十年工〔當過十年傭工〕。

打工妹 da² gung¹ mui⁶⁻¹ 外地來務工的女青年。

*打工皇帝 da² gung¹ wong⁴ dei³ 指工資高待遇優厚的白領階層。

打工仔 da² gung¹ zei² 外地來務工的男青年。

打功夫 da² gung¹ fu¹ 打拳；練武術：～鍛煉身體。

打國技 da² guog³ géi⁶ 同上(現已少用)。

打鞋碼 da² hai⁴ ma⁵ 釘鞋釘。

打喊露 da² ham³ lou⁶ 打呵欠；打哈欠。

打乞嗤 da² hed¹ qi¹ 打噴嚏。

打起 da² héi² 加上；加起：～總共五十文〔加起總共五十元〕。

打饎 da² hin³ (饎，獻)勾芡（炒菜時在菜裏放澱粉）。

打荷包 da² ho⁴ bao¹ 掏腰包（指小偷偷人身上的錢）。

打櫼 da² jim¹（櫼，讀音 qim¹）加塞兒（不守秩序隨意插進排好的隊）。

打住家工 da² ju⁶ ga¹ gung¹ 做傭人（在僱主家居住的）。

打轉 da² jun⁶ ❶ 流水起漩渦。❷ 繞個圈兒。

打爛齋鉢 da² lan⁶ zai¹ bud³ 原指不能堅持修行，破了戒約。比喻為事情沒有希望了。引申指違背原來約定的行為：呢次又畀佢 ～〔這次又讓他爽了約〕。

打冷 da² lang¹（冷，讀音 lang⁵）到潮州風味小吃店吃東西。

打冷震 da² lang⁵ zen³ 打哆嗦；打寒顫；發抖：凍到我 ～〔冷得我直打哆嗦〕。

打理 da² léi⁵ ❶ 料理；管理：屋企有個老人 ～〔家裏有個老人料理〕｜ 呢個禮堂有冇人 ～〔這個禮堂有沒有人管理〕？ ❷ 管（理睬）：你 ～ 佢〔你管他〕！

打纈 da² lid³ 打結。

打籠通 da² lung⁴ tung¹ 互相串通。

打唔埋 da² m⁴ mai⁴ 合不來，指人性情不相投，不能相處或合作共事：佢哋兩個性格唔同，～〔他們兩個性格不相同，合不來〕。

打孖 da² ma¹（孖，媽）成雙成對；雙倍：食臘腸 ～ 嘅食〔吃香腸成對兒地吃〕｜ 繩要 ～ 綁至夠力〔繩子要用雙股來捆才吃得住〕。

打麻雀 da² ma⁴ zêg³ 打麻將。

打埋 da² mai⁴ 連……也包括在內：～ 我呀〔連我也包括在內〕｜ ～ 運費要幾多錢〔連運費要多少錢〕？

打右頭關斗 da² mou⁵ teo⁴ guan¹ deo² 空翻（身體騰空翻轉）。

打霧 da² mou⁶ 把東西放在露天的地方過夜，讓露水將它濕潤：喺外便瞓怕 ～〔在外面睡怕着了露水〕。

打牙鉸 da² nga⁴ gao³ 閒聊；閒扯：我唔得閒同你 ～〔我沒功夫跟你閒聊〕。

打硪 da² ngo⁴ 打夯。

打仰 da² ngong⁵（仰，昂 ⁵）仰着：～ 瞓〔仰睡〕。

打尿震 da² niu⁶ zen³ 小孩在小便前或成年人小便後打冷戰。

打瀉茶 da² sé³⁻² ca⁴ 指女子訂婚之後未婚夫死亡。

打蛇隨棍上 da² sé⁴ cêu⁴ guen³ sêng⁵ 比喻順着對方的話，馬上提出自己的要求或看法。

打賞 da² sêng² 賞賜；給小費。

打水撇 da² sêu² pid³ 同下。

打水片 da² sêu² pin³⁻² 在水面上扔瓦片或石片，讓它擦着水面飛去。

打頭鑼 da² teo⁴ lo⁴ 原指演戲時打的開場鑼鼓，引申指帶頭做事：你嚟 ～ 啦〔你來開個頭吧〕。

打頭陣 da² teo⁴ zen⁶ 打頭；領頭。

打通關 da² tung¹ guan¹ 在劃拳、賭博或比賽中擊敗所有對手。

打同通 da² tung⁴ tung¹ 串通起來作壞事。

打壞 da² wai⁶ 是"打壞種"（配壞了種）的省略，一般用來形容人體孱弱或畸形發育。

打橫 da² wang⁴ 橫着（放、睡等）：～ 寫｜ ～ 放。

打橫嚟 da² wang⁴ lei⁴ 比喻作橫行霸道：唔准你 ～〔不許你橫行霸道〕！

打色 da² xig¹ ❶ 擲色子。❷ 掌管：呢間公司邊個 ～〔這家公司由誰掌管〕？ ❸ 決斷：咪議論咯，快啲 ～ 啦〔別議論了，趕快決斷吧〕。

打思噎 da² xi¹ yig¹（噎，讀音 yid³。又音 da² xi¹ yid¹）打嗝兒。

打醒精神 da² xing² jing¹ sen⁴ 提起精神；

當心;提高警惕:呢條路好難行,要~呀〔這條路很難走,要當心啊〕。

打友誼波 da² yeo⁵ yi⁴ bo¹ 做聯絡感情的舉動。

打噎 da² yig¹(噎,讀音 yid³。又音 da² yid¹)同"打思噎"。

打預 da² yü⁶ 估計;預料。

打褶 da² zab³ ❶ 做衣服時做出褶子。❷ 皮膚產生皺紋。

打齋 da² zai¹ 舊時迷信的人請和尚到家裏誦經拜懺。

打齋鶴 da² zai¹ hog⁶ 引誘青年墮落的教唆犯。

打踭 da² zang¹(踭,爭)❶ 給鞋釘後掌。❷ 用胳膊肘撞擊人。

打窒 da² zed⁶ 説話、動作等忽然停頓;愣住:嚇到佢~〔嚇得他愣了一下〕。

打雀噉眼 da² zêg³ gem² ngan⁵ 死盯着看。

打仔 da² zei² 打手:睇佢好似個~噉頭〔看他像個打手似的〕。

打掣 da² zei³ 開閘(指合上開關,即開閘通電)。

打針雞 da² zem¹ gei¹ 注射過催長素的雞。

打針咁快 da² zem¹ gem³ fai³ 比喻迅速:呢件事叫我嚟做,~啦〔這件事讓來做,一眨眼工夫〕。

*打真軍 da² zen¹ guen¹ 真幹:呢次係~㗎〔這次是動真格的〕。

打震 da² zen³ 發抖;打哆嗦。

打掌 da² zêng² 釘掌;掌鞋:呢對鞋兩隻都要~〔這雙鞋兩隻都要釘掌〕。

打種 da² zung² (動物)配種。

dab

嗒 dab¹ ❶ 咂(嚐味道時,舌頭與上顎接觸發聲):~話梅|~糖|越~越有味。❷ 象聲詞。嚐味道或吃糖果等時發出的聲音:食到~~聲〔吃得津津有味〕。

搭 dab³ 委託:~人買本書。

搭膊 dab³ bog³ 挑東西時墊肩或擦汗用的布(多為正方形)。

搭沉船 dab³ cem⁴ xun⁴ 指某人搭上船就會使船沉沒,相當於普通話的"喪門星"、"害群之馬"的意思:呢個~,邊個都怕佢〔這個喪門星,誰都怕〕。

搭錯線 dab³ co³ xin³ 錯誤地領會別人的意思因而答非所問。

搭檔 dab³ dong³ 合作:我哋兩個~搞就得〔我們兩人合作搞就行〕。

搭客 dab³ hag³ 乘客。

搭口 dab³ heo² 幫腔:我嘅事唔使你~〔我的事用不着你幫腔〕。

搭路 dab³ lou⁶ 搭關係;拉關係。

搭埋 dab³ mai⁴ 湊上,加上,搭上。

搭秤 dab³ qing³ ❶ 賣東西時遇重量不足,再加一點以補足分量。❷ 賣東西時售貨者配以次貨。

搭秤藕 dab³ qing³ ngeo⁵ 比喻不重要的、陪襯的人物。

搭孖 dab³ qun³ 搭夥。

搭順風車 dab³ sên⁶ fung¹ cé¹ 搭腳兒(免費乘搭順路的車)。

搭上搭 dab³ sêng⁶ dab³ 被委託辦事的人再託別人去辦。

搭手 dab³ seo² 請人順手幫忙:~買張票。

搭頭搭尾 dab³ teo⁴ dab³ méi⁵ 商販賣魚時,一般要剁一小塊魚頭或魚尾加上去,以補足一定的分量。也指買水果或其他東西時,商販把不好的貨也搭配出售:我買半斤魚肉,你就唔好~啦〔我買半斤魚肉,你就別給我加魚頭魚尾了〕。

搭台 dab³ toi⁴⁻² 與不相識的人共用一個桌子吃:你同佢哋~一齊食得嗎

〔你可以跟他們拼桌吃嗎〕？

搭通天地線 dab³ tung¹ tin¹ déi⁶ xin³ 打通上下左右各種關係。

搭食 dab³ xig⁶ 搭伙：喺公司～〔在公司搭伙〕。

搭線 dab³ xin³ 牽線，撮合。

搭嘴 dab³ zêu² 插嘴。

¹**沓** dab⁶ 量詞。疊；座：一～銀紙〔一疊鈔票〕｜一～樓〔一座樓房〕。

²**沓** dab⁶ ❶ 疊；摞：將啲書一本本～埋佢〔把這些書一本一本疊在一起〕｜～起嚟有成尺高〔摞起來有一尺來高〕。❷ 指鐘錶的長針指在某一個數字上面：五點～四〔五點二十分〕。

沓正 dab⁶ zéng³（正，讀音 jing³）整（指時點）：～九點開身〔九點整開船〕｜而家～三點〔現在是三點整〕。

dad

¹**笪** dad³ 粗竹蓆（曬糧食等用）：竹～。

²**笪** dad³ 量詞。塊：呢～埞乾淨〔這塊地方乾淨〕｜一～瘌〔一塊疤〕。

撻（笪） dad³ ❶ 摔（一般指摔軟的東西）：～爛泥｜將啲灰沙～上墻嗰度〔把灰沙摔到牆上〕｜～生魚〔摔黑魚〕｜你擒咁高，因住～咗落嚟〔你爬那麼高，當心摔了下來〕。❷ 突然倒下：佢真瘡，一～落牀就瞓着咗囉〔他真累，一倒在牀上就睡着了〕。

dai

大 dai⁶⁻¹（帶¹）"大"的變音，"小"的意思：咁～，我唔要〔這麼小，我不要〕｜咁～～個就想開車啦〔這麼小小的就想開汽車了〕？｜啲咁～個〔小不點兒〕。

大 dai⁶⁻²（帶²）"大"的變音，"僅僅這麼大"的意思：呢啲西瓜就係咁～嘅喇〔這些西瓜就是這麼大的了〕｜有幾～〔沒多大〕。

***帶街** dai³ gai¹ 導遊：後生仔做～都幾好〔年輕人做導遊也不錯〕。〖"街"是英語 guide 的譯音。〗

帶歇（帶挈） dai³ hid³ 關照；提攜：記得～下呀〔記得關照着點兒〕｜大家互相～。

帶子 dai³ ji² 鮮貝或乾貝。

帶眼 dai³ ngan⁵ ❶ 長眼睛；注意周圍事物。❷ 有識別人的能力。

帶眼識人 dai³ ngan⁵ xig¹ yen⁴ 善於辨別人的好壞：做主管要～至得〔做主管要善於識別好人和壞人才行〕。

帶水 dai³ sêu² 領航或領航員。

大把 dai⁶ ba² 很多；有的是：呢啲嘢我哋嗰度～〔這些東西我們那裏有的是〕｜佢有～公仔書〔他有很多小人兒書〕。

大把世界 dai⁶ ba² sei³ gai³ 指掙錢機會多，日子過得好：你就～啦〔你的日子過得真不錯〕。

大伯 dai⁶ bag³⁻² 丈夫的哥哥（引稱）；大伯（bǎi）子。

大班 dai⁶ ban¹ 洋行裏的總經理。

大板牙 dai⁶ ban² nga⁴ 特大的門牙。

大包 dai⁶ bao¹ 肉包（肉片或雞肉作餡的包子，個兒也較大）。

大髀 dai⁶ béi² 大腿。

***大鼻** dai⁶ béi⁶ 驕傲：有啲人好～，我都唔想同佢合作〔有些人很驕傲，我都不想跟他合作〕。

大笨象 dai⁶ ben⁶ zêng⁶ 大象。

大煲 dai⁶ bou¹ 多指用來煮湯等的大砂鍋、大鋁鍋。

大寶號 dai⁶ bou² hou⁶ ❶ 尊稱他人的商號、招牌：你間～生意幾好嗎〔你的商店生意可好嗎〕？ ❷ 戲稱別人的名字：我唔知你嘅～叫乜嘢〔我不知道你的尊姓大名是甚麼〕？

大柴纈 dai⁶ cai⁴ lid³ 喻難辦、棘手的

D

事：呢次又遇到 ～ 喇〔這次又碰到棘手的問題了〕。

大車 dai⁶ cé¹ 大副，船上主管機器的人。又作 "大偈" dai⁶ gei²。

大出血 dai⁶ cêd¹ hüd³ 虧本出售。

大腸頭 dai⁶ cêng⁴ teo⁴ 直腸。

大菜 dai⁶ coi³ ❶ 瓊脂。❷ 西餐中的牛肉。

大菜糕 dai⁶ coi³ gou¹ 用瓊脂製作的冷食。

大牀 dai⁶ cong⁴ 雙人牀。

大大話話 dai⁶ dai⁶ wa⁶ wa⁶ 誇張地説；粗略估計：呢度 ～ 都有一千人〔這裏粗略估計都有一千人〕。

大單 dai⁶ dan¹ 同 "大鑊"。

大帝 dai⁶ dei³ 傢伙（一般指不受歡迎而又難以對付的人）：呢班 ～ 真討厭〔這班傢伙真討厭〕。

大地魚 dai⁶ déi⁶ yü⁴ 鰨目魚。

大豆芽 dai⁶ deo⁶⁻² nga⁴ 黃豆芽兒。

大豆芽菜 dai⁶ deo⁶⁻² nga⁴ coi³ 黃豆芽。又作 "大豆芽"。

大鈍 dai⁶ dên⁶ 遲鈍；不靈活。

大碟 dai⁶ dib⁶ 大型唱片。

大癲大廢 dai⁶ din¹ dai⁶ fei³ 形容人大大咧咧，不經心，遇事過分樂觀。

大冬瓜 dai⁶ dung¹ gua¹ ❶ 比喻舉止笨拙、不靈活的人。❷ 形容人舉止笨拙、不靈活。

大花大朵 dai⁶ fa¹ dai⁶ dê² 形容花布上的花或圖案過大：花布我唔中意 ～ 嘅〔花布我不喜歡大花兒的〕。

大花面 dai⁶ fa¹ min⁶⁻² 大花臉（傳統戲劇裏的角色）。

大花灑 dai⁶ fa¹ sa² 大手大腳亂花錢的人。

大花筒 dai⁶ fa¹ tung⁴ 指大手大腳亂花錢的人。

大快活 dai⁶ fai³ wud⁶ ❶ 形容人性格樂觀、開朗。❷ 樂觀、開朗、活潑的人。

大番薯 dai⁶ fan¹ xu⁴⁻² 比喻愚笨的人。

大飛 dai⁶ féi¹ 一種在粵港海面進行走私活動的特別快艇。

大掯 dai⁶ keng³（掯，科凳切）大手大腳（形容花錢、用東西沒有節制）：要節約啲、唔好咁 ～〔要節省一些，不要這樣大手大腳的〕。

大埠 dai⁶ feo⁶ 美國三藩市的別稱。

大家好做 dai⁶ ga¹ hou² zou⁶ 彼此方便；雙方滿意。

大覺瞓 dai⁶ gao³ fen³ 睡大覺：佢乜都唔理，一味 ～〔他甚麼都不管，只是睡大覺〕｜唔理幾嘈佢都可以 ～〔不管多吵鬧他都可以睡他的大覺〕。

大吉利事 dai⁶ ged¹ lei⁶ xi⁶（利，讀音 léi⁶）迷信的人遇到一些倒霉或不吉利的事時説聲 "大吉利事"，祈望化凶為吉。

大腳式 dai⁶ gêg³ xig¹ 腳板大的人。

大雞唔食細米 dai⁶ gei¹ m⁴ xig⁶ sei³ mei⁵ 俗語。比喻不屑於幹小事。

大雞三味 dai⁶ gei¹ sam¹ méi⁶⁻² 一雞三吃（指一隻雞做成三樣菜式）。

大偈 dai⁶ gei²（偈，讀音 gei⁶）大副（船長的主要助手）。

大頸泡 dai⁶ géng² pao¹（泡，讀音 pao³）甲狀腺腫。

大嚿 dai⁶ geo⁶ 大塊頭，大個兒：你個仔好 ～〔你兒子個兒真大〕｜牛肉切成 ～ 啲至好炆〔牛肉切得塊兒大一點才好燉〕。

大嚿衰 dai⁶ geo⁶ sêu¹（嚿，舊）形容塊頭較大而愚笨的人。

大件事 dai⁶ gin⁶ xi⁶ 事態嚴重：呢次 ～ 咯〔這次事情嚴重了〕。

大哥大 dai⁶ go¹ dai⁶ ❶ 原是香港幫會成員對其首領的稱呼，現指某一領域的領頭人。❷ 老式的無線移動電話。

大個 dai⁶ go³ ❶ 個兒大：～ 咗好多〔大

了好多〕。❷ 年紀較大(多對小孩説):
你 ～ 要照顧細佬妹呀〔你年紀大要
照顧弟弟妹妹啊〕|咁 ～ 重喊〔那麼
大還哭〕。

大個女 dai⁶ go³ nêu⁵⁻² 已經長大了的女
孩子:你都 ～ 咯,要勤力呀〔你都
長大了,要用功啊〕。

大個仔 dai⁶ go³ zei² 長成的大孩子:～
囉,唔好成日玩喇〔長大了,不要
整天玩了〕。〖對女孩可以用"大個女
(nêu⁵⁻²)"。〗

大姑 dai⁶ gu¹ 對一般年長婦女的稱呼。

大光燈 dai⁶ guong¹ deng¹ 汽燈;煤氣
燈 (打氣的煤油燈)。引申指那些咋
咋呼呼的人。

大喊十 dai⁶ ham³ seb⁶ ❶ 指那些嗓門大、
修養差,常為一些小事情就大叫大
喊的人。❷ 光説不做的人。

大戲 dai⁶ héi³ 粵劇的通稱:睇 ～〔看
粵劇〕|做 ～〔演粵劇〕。

大鄉里 dai⁶ hêng¹ léi⁵ 土包子 (對鄉下人
或沒去過大城市的人輕蔑的稱呼)。

大口扒 dai⁶ heo² pa⁴⁻² 嘴巴大的人。

大喉 dai⁶ heo⁴ 粵劇唱腔的一種,花臉
用。

大喉欖 dai⁶ heo⁴ lam⁵⁻² 比喻人胃口大、
貪心多要:咁 ～ 都得嘅〔這樣貪多
求大哪裏行呢〕? |你咁 ～,因住挣
壞㗎〔你胃口那麼大,小心撑壞了肚
子〕。

大後日 dai⁶ heo⁶ yed⁶ 大後天。

大海欖 dai⁶ hoi² lam⁵⁻² 胖大海,一種
中藥,可治喉炎。

大圈 dai⁶ hün¹ 舊指省城廣州。江湖黑
話稱城為"圈"。此詞僅香港地區還
在使用。

大圈仔 dai⁶ hün¹ zei² 指大陸到香港作
案的人。

大資爺 dai⁶ ji¹ yé⁴⁻² 驕傲;傲慢:呢個
人唔理人乜滯,鬼咁 ～〔這個人不怎

麼理人,傲慢得很〕。

大枝嘢 dai⁶ ji¹ yé⁵ 同上。

大姊 dai⁶ ji² 長姐。

大紙 dai⁶ ji² 面額大的紙幣。

大字 dai⁶ ji⁶ 毛筆字 (多指大楷字)。

大蕉 dai⁶ jiu¹ 芭蕉。

大襟衫 dai⁶ kem¹ sam¹ 大褂 (中式女上
衣,扣子在右側)。

大妗 dai⁶ kem⁵⁻² 臨時請來陪伴新娘的
老婦人。

大妗姐 dai⁶ kem⁵⁻² zé² 臨時請來陪伴新
娘的年輕婦女。

大舅 dai⁶ keo⁵ 大舅子 (丈夫稱妻子的
哥哥)。

大葵扇 dai⁶ kuei⁴ xin³ 媒人的別名。

大懶使二懶 dai⁶ lan⁵ sei² yi⁶ lan⁵ 指懶
人互相推脱不願承擔工作。

大褸 dai⁶ leo¹ (褸,樓 ¹) 大衣。

大佬 dai⁶ lou² ❶ 哥哥 (引稱):你有幾
個 ～ ? ❷ 對同輩男性的尊稱,相當
於"大哥"、"老兄"等。

大老倌 dai⁶ lou⁵ gun¹ 舊時指名藝人。

大轆木 dai⁶ lug¹ mug⁶ 比喻呆板、愚笨、
不機靈的人。

大路貨 dai⁶ lou⁶ fo³ 大批量生產的、質
量一般、價格低廉的貨物。

大轆藕 dai⁶ lug¹ ngeo⁵ ❶ 煙槍 (抽鴉片
的用具,詼諧的説法):食 ～〔抽大
煙〕。❷ 花錢大手大腳的人。

大轆竹 dai⁶ lug¹ zug¹ 水煙筒 (用短竹
筒做成的煙具)。

大唔透 dai⁶ m⁴ teo³ 形容人的舉止與年
齡不相稱,顯得幼稚:都十八九歲
咯重係 ～ 噉〔都十八九歲了,還是
像個孩子似的〕| 呢個仔正一 ～〔這
孩子還沒長心眼兒〕。

大孖 dai⁶ ma¹ 孿生兄弟或姐妹中的先
出生者。

大孖瘡 dai⁶ ma¹ cong¹ 癰 (往往有多個
膿頭)。

D

大媽 dai⁶ ma¹ 舊時妾所生子女稱父親的原配。

大馬 dai⁶ ma⁵ 指馬來西亞。

大馬站 dai⁶ ma⁵ zam⁶ 廣州舊地名，轉指該地有名的美食 —— 蝦膠、肥肉燒豆腐。

大賣 dai⁶ mai⁶ 傲慢；自滿：佢咁 ～，人人都唔騷佢〔他那麼傲慢，人人都不理他〕。

大米 dai⁶ mei⁵ 戲稱薯類或芋頭，尤指甘薯。

大命 dai⁶ méng⁶（命，讀音 ming⁶）命大（指遇到危險而安然無恙）：咁高跌落嚟，唔死算佢 ～ 喇〔那麼高摔了下來，不死算他命大〕。

大面缽 dai⁶ min⁶ bud³ 大面龐（臉長得寬）。

大模屍樣 dai⁶ mou⁴ xi¹ yêng⁶ 大模大樣，傲慢、滿不在乎的樣子。

大懵 dai⁶ mung² 懵懂。

大懵鬼 dai⁶ mung² guei² 糊裏糊塗的人；神志不清醒的人。

大拿拿 dai⁶ na⁴ na⁴ 大大的（一份）：～ 幾千文一下就拎出去〔大大的幾千塊錢一下子就拿出去〕。

大蚺蛇 dai⁶ nam⁴ sé⁴ 比喻懶惰的人。

大粒佬 dai⁶ neb¹ lou² 俗稱有權有勢的人。

大粒神 dai⁶ neb¹ sen⁴⁻² 同 "大粒嘢"。

大粒嘢 dai⁶ neb¹ yé⁵（嘢，野）大人物（指有地位有名望的人。詼諧的説法）。

大泥磚 dai⁶ nei⁴ jun¹ ❶ 比喻礙手礙腳的人。❷ 指對顧客態度不好的店員，妨礙生意的人。

大諗頭 dai⁶ nem² teo⁴（諗，讀音 sem²）諸多考慮；費思量：呢件事好簡單，唔使咁 ～〔這件事很簡單，不必那麼費思量〕。❷ 志向遠大；野心勃勃。

大淰 dai⁶ nem⁶（淰，拿任切）身體虛胖，動作不靈便。

大淰壽 dai⁶ nem⁶ seo⁶ 虛胖而不靈活的小孩。

大娘 dai⁶ nêng⁴⁻¹ ❶ 指打扮舉止俗氣的女人。❷ 指多嘴多舌的女人。

大牙 dai⁶ nga⁴ 臼齒；槽牙。

大眼雞 dai⁶ ngan⁵ gei¹ ❶ 鹹魚的一種。❷ 漁船的一種。

大眼乞兒 dai⁶ ngan⁵ hed¹ yi⁴⁻¹ 比喻人貪多貪大，少了不要，小的也不要。

*__大牛__ dai⁶ ngeo⁴ 香港五百元的鈔票：一餐飯要一張 ～，太貴喇〔一頓飯要五百元港幣，太貴了〕。

大安主義 dai⁶ ngon¹ ju² yi⁶ 過分放心而放任不管。

大糯 dai⁶ no⁶ 糯米的一種，米粒圓而大。

大牌 dai⁶ pai⁴⁻² 氣派大；架子大。

大牌檔 dai⁶ pai⁴ dong³ 領有執照在街邊擺賣食品雜物的小攤。

大朋 dai⁶ pang⁴⁻² 大家；眾人：你問下 ～ 啦〔你問問大家吧〕｜係 ～ 嘅事〔是大家的事〕。

大泡和 dai⁶ pao¹ wo⁴（泡，讀音 pao³）❶ 無能的人；糊塗蟲。❷ 糊塗：窩囊：醒一啲，唔好咁 ～〔放聰明點，別那麼糊塗〕。

大炮 dai⁶ pao³ ❶ 大話（虛誇的話）：我講嘅唔係 ～，真㗎〔我説的不是大話，是真的〕。❷ 愛説大話的；愛吹牛皮的；誇誇其談的（作定語時加在姓或名字之前）：你咁 ～，邊個信你吖〔你那麼愛吹，誰信你〕！｜唔好咁 ～ 咯〔別那麼誇誇其談了〕。

大炮友 dai⁶ pao³ yeo⁵⁻² 愛吹牛皮的人。

大婆 dai⁶ po⁴⁻² 大老婆。

大沙炮 dai⁶ sa¹ pao³ 只是聲音大，並無多大殺傷力的大炮，比喻虛張聲勢的人。

大嘥 dai⁶ sai¹ 浪費：咁好嘅布就攞嚟擦地，真 ~〔那麼好的布就拿來擦地，真浪費〕｜ ~ 大使〔大手大腳花錢〕。

大晒 dai⁶ sai³ 老大；高人一等：係你 ~ 呀〔你以為你是老大〕？

大石責死蟹 dai⁶ ség⁶ zag³ séi² hai⁵ 比喻用強力壓服別人。

大使 dai⁶ sei²（使，讀音 xi²）愛花錢的；揮霍：佢好 ~〔他很愛花錢〕｜唔好咁 ~〔不要那麼揮霍了〕｜ ~ 大食〔大吃大喝〕。

大細老嫩 dai⁶ sei³ lou⁵ nün⁶ ❶ 男女老少：呢條村 ~ 有成千人〔這條村子男女老少有上千人〕。❷ 一家大小：我屋企 ~ 有十二個〔我家大大小小有十二口〕。

大細路 dai⁶ sei³ lou⁶ 戲稱個子較大的未成年人，即半大小子：中學生個個都係 ~。

大細超 dai⁶ sei³ qiu¹ 分配不均勻。

大嬸 dai⁶ sem² 對中年婦女的泛稱。北方所稱的大嬸是指年紀比自己母親要小的婦女，對年紀大的多稱大媽、大娘。

大信封 dai⁶ sên³ fung¹ 戲稱解僱通知書。

大聲夾冇準 dai⁶ séng¹ gab³ mou⁵ zên² 形容人說話不靠譜，只是聲音大而已：個組長講話 ~，冇人聽佢支笛〔這位組長說話只嚷嚷，很不靠譜，沒人聽他的〕。

大聲夾惡 dai⁶ séng¹ gab³ ngog³ 形容人蠻不講理，只靠大聲吵鬧，態度兇惡。

大聲公 dai⁶ séng¹ gung¹ ❶ 大嗓門的人。❷ 手提式擴音喇叭。

大手骨 dai⁶ seo² gued¹ 形容人慷慨，出手大方。

大水喉 dai⁶ sêu² heo⁴ 水喉，水龍頭。廣州話以水喻錢財，大水喉出水

多，即富翁。

大傻 dai⁶ so⁴ 無知的人；神經很不正常的人。

大餸 dai⁶ sung³ 指吃飯時吃菜多：呢個仔好 ~〔這孩子很能吃菜〕。

大歎 dai⁶ tan³ 形容人生活舒適而幸福：你就 ~ 咯〔你活的夠舒服的〕。

大頭佛 dai⁶ teo⁴ fed⁶ 舞獅子（一種遊藝）時逗引"獅子"的人戴在頭上的面具。

大頭狗 dai⁶ teo⁴ geo² ❶ 油葫蘆（昆蟲名，像蟋蟀，比蟋蟀大）。❷ 大人物（有貶意）。

大頭鬼 dai⁶ teo⁴ guei² 闊氣的人：充 ~〔充闊氣〕。

大頭轟 dai⁶ teo⁴ gueng¹ 戲稱頭大的人。

大頭蝦 dai⁶ teo⁴ ha¹ 粗枝大葉的人；馬大哈。

大頭六火 dai⁶ teo⁴ lug⁶ fo² 一種土製手槍。

大頭綠衣 dai⁶ teo⁴ lug⁶ yi¹ 舊稱警察（兒童多用）。

大頭懵星 dai⁶ teo⁴ mung² xing¹ 比喻糊塗的人。

大頭魚 dai⁶ teo⁴ yü⁴ 鱅魚的俗稱，簡稱大魚，普通話稱花鰱，口頭多稱胖頭魚。

大天二 dai⁶ tin¹ yi⁶⁻² 舊日珠江三角洲一帶的土匪惡霸頭子。

大堂 dai⁶ tong⁴ 酒樓、茶樓的大廳，與包間相對。

大肚 dai⁶ tou⁵ 懷孕。

大肚腩 dai⁶ tou⁵ nam⁵ ❶ 大肚皮：躯起個 ~〔挺着個大肚皮〕。❷ 大腹賈（指富商）。

大肚婆 dai⁶ tou⁵ po⁴⁻² 孕婦。

大話 dai⁶ wa⁶ 謊話：係真嘅，唔係 ~〔是真的，不是謊話〕。

大位事 dai⁶ wei⁶ xi⁶ 眾人的事：~ 有人負責。

D

大鑊 dai⁶ wog⁶ 事態嚴重：呢次～咯〔這次問題可嚴重了〕｜你搞得咁～，叫我點收科呀〔你弄得這麼嚴重，叫我怎麼收場〕。

大鑊飯 dai⁶ wog⁶ fan⁶ 大鍋飯，比喻大家待遇一律相同。

大王眼 dai⁶ wong⁴ ngan⁵ 比喻貪心或胃口大。

大視 dai⁶ xi⁶ 驕傲自大，自以為了不起：有人話你有啲～嘑〔有人說你有點兒驕傲呐〕。

大食 dai⁶ xig⁶ ❶ 能吃（食量大）：好似豬咁～〔像豬一樣地能吃〕。❷ 大吃：大使～〔大吃大喝〕。

大食懶 dai⁶ xig⁶ lan⁵ 好吃懶做：～嘅人最有用〔好吃懶做的人最沒有出息〕。

大小通殺 dai⁶ xiu² tung¹ sad³ 賭博活動的術語，不管賭眾押大還是押小都被莊家吃掉。又叫"大小通食"。

大少 dai⁶ xiu³ 大少爺的簡稱。

大笑姑婆 dai⁶ xiu³ gu¹ po⁴ 戲稱愛笑的女子。

大嘢 dai⁶ yé⁵（嘢，野）架子大；傲慢：要虛心啲，唔好咁～〔要虛心一點，架子不要那麼大〕。

大日子 dai⁶ yed⁶ ji² 重要的紀念日或節日，包括個人的生日等。

大飲大食 dai⁶ yem² dai⁶ xig⁶ 大吃大喝。

大人婆 dai⁶ yen⁴ po⁴ 舊時媳婦引稱夫之母。

大癮 dai⁶ yen⁵ 癮頭大：你食煙太～喇〔你抽煙的癮頭太大了〕。

大人大姐 dai⁶ yen⁴ dai⁶ zé² 大人（與小孩相對而言）：～咪咁小氣啦〔都是大人了，別那麼小氣吧〕！｜做呢樣嘢，～可以，細路仔就唔得〔幹這件事，大人可以，小孩就不行〕。

大人公 dai⁶ yen⁴ gung¹ 公公（丈夫的父親。引稱）。

大姨媽 dai⁶ yi⁴ ma¹ 婉稱月經。

大耳窿 dai⁶ yi⁵ lung¹ 指放高利貸的人。

大耳牛 dai⁶ yi⁵ ngeo⁴ 不聽教誨、不受勸戒的人。

大熱症 dai⁶ yid⁶ jing³ 傷寒。

大魚 dai⁶ yü⁴ 鱅魚；胖頭魚。

大肉飯 dai⁶ yug⁶ fan⁶ 豬肉蓋飯（上面蓋有豬肉及青菜的碟飯）。

大姐大 dai⁶ zé² dai⁶ 某一行業內成就突出的女性。

大姐仔 dai⁶ zé² zei² 小姑娘。

大隻 dai⁶ zég³ 個兒大而健壯：佢好～〔他的個兒大〕｜呢種豬最～〔這種豬個兒最大〕。〔〔廣州話。"大（細）＋隻"相當於普通話"個兒＋大（小）"的格式，其他量詞加"大（細）"也可以構成這種格式，如：大粒〔粒兒大〕｜細粒〔粒兒小〕｜大嚿〔塊兒大〕｜細嚿〔塊兒小〕。〕

*****大只講** dai⁶ zég³ gong² 指愛吹牛，誇誇其談的人。

大隻騾騾 dai⁶ zég³ lêu⁴ lêu⁴ 個子大大的（形容人身材又高又大，有貶意）：你～，邊個敢碰你吖〔你個子大大的，誰敢碰你〕。

大隻佬 dai⁶ zég³ lou² 身體健壯的大個子；大個兒。

大劑 dai⁶ zei¹ 同"大鑊"。

大掣 dai⁶ zei³（掣，讀音qid³）總開關；總閘。

大陣仗 dai⁶ zen⁶ zêng⁶ ❶ 排場大，隆重：乜咁～呀，求其就得啦〔為甚麼那麼隆重，隨便就可以了〕｜一啲小事就搞得咁～〔一點小事就搞得那麼大的排場〕。❷ 虛張聲勢：你搞得咁～，目的係為乜〔你虛張聲勢地搞目的是為了甚麼〕？

*****大狀** dai⁶ zong⁶ 專門替人打官司的律師。又叫"老狀"。

大早 dai⁶ zou² 早已；很早的時候：我～

話你知㗎喇〔我早已告訴你了〕。

大造 dai⁶ zou⁶ 大年，某種水果豐產的一年。

dam

¹**擔** dam¹ 抬（頭）：～高個頭〔抬起頭來〕。

²**擔** dam¹ ❶挑：～沙｜～水。❷搬：～張櫈出嚟〔搬個櫈子出來〕。❸扛：～鋤頭。❸打（傘）：～遮〔打傘〕。

³**擔** dam¹ 叼：隻貓～走咗一條魚〔貓叼走了一條魚〕｜嗰隻狗～住一隻雞〔那隻狗叼着一隻雞〕。

擔戴 dam¹ dai³ 擔待；承擔責任：呢件事邊個敢～〔這件事誰敢擔待〕？｜我唔～得起〔我可負不起責任〕。〔“擔戴”是普通話“擔待”的音轉。〕

擔幡 dam¹ fan¹ 指喪家孝子出殯時扛着幡走在靈柩前面。轉指孝子在喪禮中盡孝。

擔綱 dam¹ gong¹ 負主要責任。

擔沙塞海 dam¹ sa¹ seg¹ hoi² 比喻做徒勞無功的事。

眈天望地 dam¹ tin¹ mong⁶ déi⁶ 東張西望。

膽 dam² ❶某些像膽的東西：燈～。❷某些青菜的中心部分：白菜～｜菜～牛肉。❸舊指電子管：五～收音機。

膽生毛 dam² sang¹ mou⁴ 形容人膽大妄為。

膽正命平 dam² jing³ méng⁶ péng⁴ 光明正大，無私無畏。

擔竿 dam³ gon¹ 扁擔。

擔挑 dam³ tiu¹ 扁擔。

擔膶 dam³ yên⁶⁻² 扁擔。〔參看“膶”條。〕

啖 dam⁶ 量詞。口：飲～茶〔喝口茶〕｜食兩～飯〔吃兩口飯〕｜咬一～〔咬一口〕。

淡定（澹定） dam⁶ ding⁶ ❶穩重；穩健：佢做乜都好～〔他幹甚麼都很穩重〕。❷鎮定：～啲，唔使慌〔鎮定一點，不要慌〕。

淡市 dam⁶ xi⁵ 生意冷淡，買賣不興旺。

淡月 dam⁶ yüd⁶ 淡季，生意冷淡的時期。

dan

¹**單** dan¹ 量詞。多用於事情及比較隱晦的東西：呢～生意唔做得過〔這筆生意做不得〕｜做呢～嘢要諗過至得〔做這件事要想過才幹〕｜你嗰～嘢呢〔你的那些東西呢〕？

²**單** dan¹ ❶閉上（一隻眼睛）：～起隻眼。❷閉上一隻眼睛看：～下條線睇畫得直唔直〔用一隻眼睛瞄瞄這條線，看畫得直不直〕。

單車 dan¹ cé¹ 自行車：踩～〔騎自行車〕。

單打 dan¹ da² 諷刺，影射：有話直講，咪～我〔話就直說，別對我指桑罵槐〕。

單單彳 dan¹ dan¹ qig¹（彳，戚）單獨一個。

單丁 dan¹ ding¹ 孤單；孤獨；不成對的：一個人出差太～喇〔一個人出差太孤單了〕｜剩番一個～〔剩下一個單的〕。

單吊西 dan¹ diu³ sei¹ ❶只有一件西服。❷裏子不完全的西服。

單房 dan¹ fong⁴⁻² 單鋪間兒（旅館內只有一張牀的房間）：開一個～。

單行 dan¹ hang⁴ ❶船單獨運行（機動船不拖帶任何船）。❷比喻男人沒有女伴，獨自行走。

單係 dan¹ hei⁶ 光；光是：～大人就有五十個。

單企人 dan¹ kéi⁵ yen⁴ 單立人；單人旁（漢字偏旁“彳”）。

單眼簷 dan¹ ngan⁵ yem⁴（簷，讀音 yim⁴）單眼皮。

單身寡佬 dan¹ sen¹ gua² lou² 單身漢：一個 ～ 去邊度都方便〔一個單身漢去哪裏都方便〕。

單身寡仔 dan¹ sen¹ gua² zei² 同上。

*__單身貴族__ dan¹ sen¹ guei³ zug⁶ 戲稱獨身的人。

*__單拖__ dan¹ to¹ 獨自一人（指尚未結婚的人）：一個 ～ 去邊度都方便〔獨自一人到哪兒都方便〕

單齋牆 dan¹ yü⁴⁻² cêng⁴ 單磚牆（一層磚的牆）。

箪咁大個頭 dan¹ gem³ dai⁶ go³ teo⁴ 指因遇到困難而使頭腦發脹：呢件事搞到我 ～〔這件事弄得我頭腦發脹〕。

蛋茶 dan⁶⁻² ca⁴ 糖水雞蛋（一種甜食，糖水煮整個去了殼的熟雞蛋）。

但凡 dan⁶ fan⁴ 凡是：～ 十八歲以下，都唔准參加〔凡是十八歲以下的都不准參加〕。

但係 dan⁶ hei⁶ 但是。

疍家 dan⁶ ga¹ 疍民，過去指水上居民。

疍家雞 dan⁶ ga¹ gei¹ 歇後語，下一句是“見水唔飲得”。廣州話以“水”喻錢財，比喻經手大量的錢財卻不能得到分文的人。

蛋饊 dan⁶ san² 排叉兒（一種油炸食物，一般在上面澆糖漿）。

蛋撻 dan⁶ tad³⁻¹ 一種西式點心，像小碟子，上面有一層雞蛋奶油和糖做成的“餡”。〖“撻”是英語 tart 的譯音。〗

蛋筒 dan⁶ tung⁴⁻² 蛋捲兒。

彈叉 dan⁶ ca¹ 彈弓的叉子，也指彈弓。

彈弓 dan⁶ gung¹ ❶ 射鳥用的器具。❷ 彈（tán）簧：～ 牀 ｜ ～ 椅。

dé

*__爹哋__ dé¹ di³ 爸爸。〖“爹哋”是英語 daddy 的音譯詞。〗

嗲 dé² 嬌（指女孩撒嬌的聲音和姿態）：～ 聲 ～ 氣 ｜ 咁大個女講話重咁 ～〔那麼大的女孩說話還那麼嬌〕。

嗲嗲吊 dé² dé² diu³ 形容人做事拖沓，責任心不強。

嗲吊 dé² diu³ 同上。

嗲 dé⁴ ❶ 象聲詞。滴答（水不斷地落下的聲音）：個桶 ～～ 咁漏水〔水桶滴滴答答地漏〕。❷ 引申指較長時間地談話：快啲啦，～ 咁耐做乜吖〔快點吧，扯那麼長時間幹嗎〕！

嗲嗲沸 dé⁴ dé⁴⁻¹ dei³（沸，帝）（水往下）流個不停：口水 ～ ｜ 漏雨漏到 ～〔漏雨漏得滴答不停〕。

dê

哆 dê¹（多靴切）“多”的變音，“少”的意思：咁 ～，我唔要〔這麼一點點，我不要〕｜畀咁 ～ 過人太唔似樣喇〔給人家這麼一點兒，太不像樣了〕。〖“多”dê¹ 一般只跟“咁”和“啲”連用。〗

蛥 dê³（多靴³切）蜇：黃蜂 ～ 人。

deb

耷（㩥） deb¹（多急切）耷拉；垂下：～ 低頭〔耷拉着腦袋〕｜嗰隻狗 ～ 住條尾〔那隻狗耷拉着尾巴〕｜ ～ 耳狗 ｜ 眼瞓到眼皮都 ～ 咗落嚟〔睏得眼皮都垂了下來〕。

耷尾 deb¹ méi⁵ 形容人做事後勁不繼。

耷尾狗 deb¹ méi⁵ geo² 耷拉着尾巴的狗，比喻因失敗而垂頭喪氣的人。

耷濕 deb¹ seb¹ 寒磣；不體面；簡陋：畀咁少過人哋，太 ～ 喇〔給人家那

麼少，太寒磣了〕｜呢間公司門面咁
窄，有啲 ～〔這家公司門面這麼窄，
有點簡陋〕。

耷頭耷腦 deb¹ teo⁴ deb¹ nou⁵ 垂頭喪氣，
精神不振作的樣子。

耷頭雞 deb¹ teo⁴ gei¹ 比喻垂頭喪氣的
人：受到一啲啲挫折就變成一隻 ～
噉〔受到一點點挫折就變得垂頭喪氣
了〕。

耷頭佬 deb¹ teo⁴ lou² 詭計多端的人；
愛出鬼點子而不露聲色的人。

揸 deb⁶（特合切）❶ 砸；捶打：～ 欖核
〔砸橄欖核〕｜因住嗰嚿石 ～ 親隻腳
〔當心那塊石頭把腳砸了〕。❷ 掉；
摔：隻手錶 ～ 咗落地〔手錶掉在地
上〕｜嗰個花盆畀風吹到 ～ 咗落嚟
〔那個花盆被風吹得掉了下來〕。❸
（雨水）淋打：～ 到周身都濕晒〔淋
得全身都濕了〕｜紅毛泥畀雨 ～ 過
就變質㗎喇〔水泥給雨水淋過就會變
質的了〕。❹ 打：～ 鐵 ｜ ～ 一拳。

揸跤 deb⁶ gao¹ 跌跤。

揸骨 deb⁶ gued¹ 按摩的一種方式，用手
捶打身體或四肢。又作 "鬆骨" sung¹
gued¹。

揸腳骨 deb⁶ gêg³ gued¹（揸，特合切）同
"打腳骨"。

揸金龜 deb⁶ gem¹ guei¹（揸，特合切）比
喻向妻子要錢。

ded

吲 ded¹（突¹）❶ 隨意放置（放在別的東
西的上面）：盆底咁污糟，唔好 ～ 上
張枱度〔盆底那麼髒，不要隨便放在
桌子上〕｜個煲唔好 ～ 落地〔鍋不要
放在地上〕。❷ 引申指隨便亂坐：你條
褲重濕就 ～ 上張牀〔你的褲子還濕就
一屁股坐在牀上〕。❸ 頂撞；斥責；
搶白：～ 咗佢一句〔頂撞了他一句〕。

凸 ded⁶ 數量超過；有富餘：你要買
一百文就有 ～〔你要買一百塊錢就
足夠有餘〕｜使 ～ 咗幾百文〔超支
了幾百塊錢〕。

凸腸頭 ded⁶ cêng⁴ teo⁴ 脫肛。

凸眼 ded⁶ ngan⁵ 眼球凸出。

突兀 ded⁶ nged⁶ 突然：好～〔很突然〕｜
～ 到死〔非常突然〕。

deg

得 deg¹ ❶ 行（xíng）；成；可以（表
示答應、認可）：唔 ～〔不行〕 ｜
畀咁多你 ～ 喇啩〔給你那麼多成
了吧〕？ ｜ ～ 未呀〔可以了嗎〕？
❷ 使得；盼望到：你幾時至 ～ 佢
大吖〔你甚麼時候才能盼望到他長
大呢〕！ ❸ 在某種情況下，可以作
"只有" 用：～ 十張票咋〔只有十張
票〕 ｜ ～ 個靚字〔只有一個美字〕。
❹ 用在動詞的後面作補語，表示允
許做某事：去 ～〔可以去〕 ｜ 睇 ～
〔可以看〕 ｜ 入 ～ 嚟嗎〔可以進來
嗎〕？ ❺ 用在動詞的後面作補語，
表示能夠做某事：你重行 ～ 嗎〔你
還能走嗎〕？ ｜ 唔喐 ～ 咯〔動不了
了〕｜架車開 ～〔車能開〕｜豬食 ～
淅就肥〔豬能吃食就肥〕。❻ 用在動
詞的後面作補語，有 "值得"、"可
以（一試）" 等意思：買 ～ 過〔值
得買〕 ｜ 星湖去 ～ 下㗎〔星湖值得
一去〕 ｜ 呢件衫都睇 ～ 下嘅〔這件
衣服樣子還可以〕。❼ 用在動詞的
後面作補語，表示 "能"（善於）的
意思（動詞前一般有 "好"、"幾"、
"真"、"真係" 等副詞）：佢好講 ～
〔他很能說〕 ｜ 呢個演員真唱 ～〔這
個演員真能唱〕 ｜ 呢個工人幾做 ～
喇〔這個工人很能幹〕。〔此外，
"得" 還用在動詞和補語之間，如

D

“講得出”、“做得到”等，這種用法
跟普通話相同。〗

得把口 deg¹ ba² heo² 形容人光説不做：
要自己嘅手，唔好成日 ~〔要自己動
手，不要整天光説不做〕。

得把聲 deg¹ ba² séng¹ 形容人只説不幹：
做吓喇，咪喺度 ~〔幹一下吧，別在
這裏光説不幹〕。

得啖笑 deg¹ dam⁶ xiu³ 只得一笑罷了：
睇呢個小品冇乜意思，最多 ~〔這個
小品沒甚麼意思，頂多只是笑一笑
而已〕。

得啲 deg¹ di¹ 動不動：~ 就話人〔動不
動就説人〕|~ 就喊〔動不動就哭〕。

得啲就…… deg¹ di¹ zeo⁶ 啲：一些，
一點，動不動就……。形容人很容
易做出某種過分的反應，帶有貶
義：你脾性唔好，~ 嬲〔你的脾氣
不好，動不動就生氣〕。也説“嘟啲
就”、“嘟下就”。

得掂 deg¹ dim⁶ 了得；(不) 得了：你
噉搞 ~ 嘅〔你這樣做還了得〕？

得記 deg¹ géi³ 了了；成了；行了：~
未呀〔行了沒有〕？

得個吉 deg¹ go³ ged¹ 一場空；毫無收
穫：做咗三日 ~〔幹了三天毫無收
穫〕。〖參看“吉”條。〗

得個……字 deg¹ go³…ji⁶ 只有……：
得個亂字 | 得個講字〔只説不幹〕。

……得過 deg¹ guo³ 助詞。❶ 用在動
詞之後，表示值得：做 ~ | 買 ~。
❷ 用在動詞或形容詞之後，表示優
於或勝於：你唱 ~ 佢〔你比他能
唱〕。

得閒 deg¹ han⁴ 有空閒；有空：星期
日我 ~ | 你幾時 ~〔你甚麼時候有
空〕？|~ 嚟坐啦〔有空來坐吧〕。

……得嚟 …deg¹ lei⁴ ❶……起來：呢
條路行 ~ 都幾遠呀〔這條路走起來
也相當遠的〕。❷……得：紅 ~ 幾好

睇〔紅得相當好看〕。

……得埋 deg¹ mai⁴ 用在動詞之後，表
示關係融洽：兩個人行 ~〔兩個人相
處得很好〕| 傾 ~〔談得來〕。

得米 deg¹ mei⁵ 得手 (指達到目的，年
青人多用)。

得棚牙 deg¹ pang⁴ nga⁴ ❶ 形容人大笑
的樣子：你睇佢笑到 ~〔你看他笑得
嘴都合不攏〕。❷ 同“得把口”。

……得切 deg¹ qid³ 來得及：而家去
重 ~〔現在去還來得及〕。

得戚 deg¹ qig¹ 洋洋自得；得意忘形：你
睇佢個樣幾 ~〔你看他的樣子多得意
洋洋〕| 偶然成功之嘛，咪咁 ~〔偶
然成功罷了，別那麼得意忘形〕！

得失 deg¹ sed¹ 得罪：做事就唔怕 ~ 人
〔做事就不怕得罪人〕。

得食 deg¹ xig⁶ ❶ 得到吃的，指得到
好處：近廚 ~(近廚房容易得到吃
的 —— 近水樓台先得月)。❷ 同“得
米”。

得人驚 deg¹ yen⁴ géng¹ 可怕；使人吃驚
的：呢件事好 ~〔這件事很可怕〕。

得人怕 deg¹ yen⁴ pa³ 同上。

得意 deg¹ yi³ 有趣；有意思；奇怪：
呢個仔好 ~〔這孩子很有趣〕| 呢
本書幾 ~〔這本書挺有意思〕| 佢
嘅脾氣好 ~ 嘅啫〔他的脾氣可奇怪
了〕。

……得滯 deg¹ zei⁶ 助詞。用在形容詞
的後面，表示程度過分：遠 ~〔太遠
了〕| 水熱 ~〔水太熱了〕| 你客氣 ~
喇〔你太客氣了〕。

特 (楴) deg⁶ 短木樁；橛子。

特登 deg⁶ deng¹ 故意；特意：佢嘅話
係 ~ 講畀你聽嘅〔他的話是故意説
給你聽的〕| 我今日 ~ 嚟搵你〔我今
天特意來找你〕。

dég

笛 dég⁶⁻² 話；言語；使喚（詼諧的説法，有貶意）：佢成日車大炮，大家唔聽佢 ～〔他整天説大話，大家不聽他的〕｜你唔以身作則，人哋就唔聽你 ～〔你不以身作則，人家就不聽你的〕｜我怕佢唔聽我 ～〔我怕他不聽我的話〕。〖"唔聽佢笛"往往説成"唔聽佢枝死人笛"，更帶有輕蔑的感情色彩。〗

趯 dég³（笛³）（讀音 tig¹）❶ 逃跑；跑：睇你 ～ 得去邊度〔看你能逃到哪裏去〕！｜你琴日 ～ 咗去邊度〔你昨天跑到哪裏去了〕？｜細佬哥唔好周圍 ～〔小孩不要到處亂跑〕。❷ 驅趕；驅逐：～ 咗隻牛出去〔把牛趕了出去〕。

趯更 dég³ gang¹ 開小差（私自脫離隊伍逃跑）；逃亡；逃命。

趯路 dég³ lou⁶ 同"趯更"。

糴 dég⁶ 買（糧食）：～ 穀｜～ 米。

dêg

斫(劚) dêg³ 剁：～ 豬肉｜～ 薯藤〔剁白薯蔓〕。

dei

低 dei¹ 用在動詞的後面作補語，相當於普通話的"下"：放 ～ ｜坐 ～ ｜跍～〔蹲下〕｜解 ～ 佢〔把他解下來〕。

低波 dei¹ bo¹ ❶ 低速（即低速度的排檔）：～ 行駛。❷ 風格低；小氣。

低格 dei¹ gag³ 品德不好，人格低下：呢個人做事好 ～〔這個人做事很差勁〕。

低眉塞額 dei¹ méi⁴ seg¹ ngag⁶ 髮際低，腦門低，形容人的相貌醜陋。

低威 dei¹ wei¹ 沒骨氣；沒自尊心的；妄自菲薄：唔使咁 ～〔不必妄自菲薄〕。

底 dei² 量詞。用於未切開的整塊糕點烙餅等：蒸兩 ～ 年糕｜一 ～ 切開十二件｜煎一 ～ 餶𩣙〔烙 ～ 塊糯米粉烙餅〕。

底褲 dei² fu³ 褲衩；內褲。

底衫 dei² sam¹ 汗衫；內衣。

¹抵 dei² ❶ 耐：～ 冷〔耐寒〕。❷ 挨；忍受：～ 肚餓〔挨餓〕。

²抵 dei² ❶ 值得；划得來：～ 食〔值得吃 —— 食品價廉物美〕｜～ 唔 ～〔划得來划不來〕？｜～ 買。❷ 該；活該：～ 鬧〔該罵〕｜～ 打｜～，自作自受〔活該，自作自受〕！❸ 便宜：呢啲柑兩毫子一斤真 ～〔這些桔子兩毛錢一斤真便宜〕。

抵埗 dei² bou⁶ 到達（現已少用）。

抵得 dei² deg¹ ❶ 能夠忍受；挺得住：你 ～ 痛嗎？❷ 值得：呢架爛車唔 ～ 幾多錢〔這輛破車值不了多少錢〕。

抵得頸 dei² deg¹ géng² 忍得住氣：你 ～ 嗎？｜我唔 ～〔我忍不住氣〕。

抵得諗 dei² deg¹ nem²（諗，稔²）同"抵諗"。

抵到爛 dei² dou³ lan⁶ 形容價錢太賤，有"太便宜了"、"太值得了"等意思：呢啲嘢一文兩斤，～ 啦〔這些東西一元兩斤，太便宜了〕。

抵頸唔住 dei² géng² m⁴ ju⁶ 忍不住；氣不過。

抵冷 dei² lang⁵ ❶ 捱凍：捱飢 ～〔捱餓捱凍〕。❷ 防寒；禦寒：呢種衫好 ～〔這種衣服很能禦寒〕。

抵力 dei² lig⁶ 吃力；費勁：做呢件事好 ～〔做這件事很吃力〕。

抵諗 dei² nem²（諗，稔²）形容人能忍讓，不怕吃虧，不計較利益：呢個人真 ～，乜都肯做〔這個人真老實，甚

麼都肯做〕｜都係自己人，大家 ～ 啲啦〔都是自己人，大家忍讓點吧〕。〖"抵諗"又叫"抵得諗"。〗

抵錢 dei² qin⁴⁻² 值錢：呢啲嘢好 ～〔這些東西很值錢〕。

抵死 dei² séi² ❶ 該死；缺德（罵人的話，語氣較輕）：真 ～，邊個打爛我隻杯〔真該死，誰把我的杯子打破了〕｜邊個咁 ～ 亂抄人哋嘅櫃桶〔誰那麼缺德亂翻人家的抽屜〕！❷ 糟糕；討厭：真 ～，又唔記得話畀佢知〔真糟糕，又忘了告訴他〕｜呢個仔真 ～，成日纏實我〔這孩子真討厭，整天纏着我〕。

抵手 dei² seo² 能幹；有能耐；手巧：你乜都會做，真 ～〔你甚麼都會做，真能幹〕｜你 ～ 就試下吖嗱〔你有能耐就來試試看吧〕。

抵死友 dei² séi² yeo⁵⁻² 該死的人，缺德的人：呢個 ～ 周圍掉垃圾〔這個缺德鬼到處扔垃圾〕。

底薪 dei² sen¹ 基本工資。

淠 dei³（帝）滴：將條魚掛喺度，～ 乾水至煎〔把魚掛起來，滴乾了水再煎〕。

諦 dei³ 諷刺；挖苦：有意見就提，唔使亂 ～ 人〔有意見就提，不必亂諷刺人家〕。

弟嫂 dei⁶ sou² 弟婦；弟妹（只用於引稱或書面上）。

第啲 dei⁶ di¹ 同"第二啲"。

第九 dei⁶ geo² 形容人的成績或某些表現不好，或者貨物的質量不好，相當於"差勁"、"沒出息"或"劣等"、"次"等：唱個歌都唔敢，真 ～〔唱個歌都不敢，真沒出息〕｜呢停貨算佢係 ～ 個咯〔這種貨數它是最次的了〕。

第尾 dei⁶ méi⁵⁻¹ 最末尾；倒數第一：考試考 ～ ｜住喺 ～ 嗰間房〔住在最末尾的那個房間〕。

第世 dei⁶ sei³ 來世；下輩子。

第時 dei⁶ xi⁴ ❶ 以後；下一次；回頭（過一段時間以後）：～ 再去｜呢次可以，～ 就唔得㗎喇〔這次可以，下一次可不行的了〕！｜～ 至算啦〔回頭再説吧〕。❷ 同"第日"。

第一時間 dei⁶ yed¹ xi⁴ gan³ 最短的時間；盡快：我 ～ 就打電話翻去〔我立即就打電話回去〕。

第日 dei⁶ yed⁶ 將來；以後：按部就班噉學，～ 畢業之後就好好㗎喇〔按部就班地學，將來畢業之後就很好的了〕｜～ 先講啦〔以後再説吧〕。

第二 dei⁶ yi⁶ 別的；另外的：叫 ～ 個醫生睇下〔請別的大夫看看〕｜去 ～ 度搵下〔去別的地方找找〕｜～ 次至嚟話畀你知〔下次再來告訴你〕｜～ 啲好唔好〔別的好不好〕？〖"第二"經常合音作"第" dei⁶。〗

第二啲 dei⁶ yi⁶ di¹ 另外的一些，別的：我話 ～ 品質好啲〔我説另外的一些品質較好〕。

第二個 dei⁶ yi⁶ go³ ❶ 別人：你畀 ～ 啦〔你給別人吧〕。❷ 另外一個：換 ～ 好啲〔換另外一個好一點〕。

第二朝 dei⁶ yi⁶ jiu¹ 第二天，特指結婚後的第二天。

遞 dei⁶ 舉起；抬起：～ 高隻手〔舉起手來〕！｜～ 高隻腳〔把腳抬起來〕！｜佢 ～ 起嚿石想掟過嚟〔他舉起了石頭想扔過來〕。

déi

¹地 déi⁶⁻² 助詞。用在疊音形容詞的後面，表示輕微、稍微等意思：呢啲蘋果有啲酸酸 ～〔這些蘋果有點兒酸〕｜佢個面有啲紅紅 ～〔他的臉有點兒紅〕｜衫重濕濕 ～〔衣服還有點兒濕〕｜佢嘅字寫得靚靚 ～〔他的字

寫得還算漂亮〕。〖廣州話的"地"跟普通話的"地"用法不同。廣州話的疊音形容詞加"地"之後一般只作謂語或補語,而普通話疊音或多音形容詞以及詞組的後面加"地"之後,一般只作狀語。〗

²**地** déi⁶⁻² 指某一地方或場所:香港 ~〔香港這地方〕| 西關 ~〔廣州西關〕| 煙花 ~〔色情場所〕| 曬 ~〔曬場〕。

地 déi⁶ 用在姓氏之後,表示某一世家大族:一直到山邊嘅田都係陳 ~ 嘅〔一直到山邊的田都是陳家的〕。

地坵 déi⁶ bou⁶ ❶ 地址:你寫個 ~ 畀我啦〔你給我寫個地址吧〕。❷ 地方:就係呢個 ~ 咯〔就是這個地方了〕。

地膽 déi⁶ dam² ❶ 指地痞的頭子。❷ 指熟悉情況的本地人。

地底 déi⁶ dei² 地下,即地表面的下面:聽講呢度 ~ 有礦〔聽說這裏地下有礦〕。

地底下 déi⁶ dei² ha⁶ 同"地底"。

地檔 déi⁶ dong³ 地攤。

地方 déi⁶ fong¹ ❶ 區域。❷ 目的地:到咗 ~ 就寫信翻嚟啦〔到達目的地就寫信回來吧〕。

地庫 déi⁶ fu³ 地下室(貯物用)。

地腳 déi⁶ gêg³ 地基。

地下 déi⁶ ha⁶⁻² ❶ 地上:放喺 ~〔放在地上〕| 唔好坐喺 ~〔不要坐在地上〕。❷ 一樓:住喺 ~〔住在一樓〕| 五號 ~〔五號一樓〕| ~ 近街,嘈啲〔樓下近街,吵一點〕。

地氈 déi⁶ jin¹ 地毯。

地喱 déi⁶ léi¹ 飲食店幹粗活或給顧客端飯菜的雜工。

地牢 déi⁶ lou⁴ 地下室;地窖。

地牢商場 déi⁶ lou⁴ sêng¹ cêng⁴ 地下商場。

地踎 déi⁶ meo¹ 地痞;二流子。

地盤 déi⁶ pun⁴ 建築工地。

地頭 déi⁶ teo⁴ 地盤(勢力範圍)。

地頭蟲 déi⁶ teo⁴ cung⁴ 地頭蛇(指地方上的惡勢力)。

地拖 déi⁶ to¹ 拖把;墩布。

地塘 déi⁶ tong⁴ 同"禾塘"。

地王 déi⁶ wong⁴ 最好地區的地產。

地羊 déi⁶ yêng⁴ 狗的雅稱。餐飲行業往往將作菜餚的狗肉稱作"地羊"或"香肉"。

地藏 déi⁶ zong⁶ ❶ 動詞。收藏;擁有(但不為外人所知):呢間廠 ~ 咗好多鋼材〔這家工廠藏有很多鋼材〕。❷ 名詞。私蓄:佢有好多 ~〔他有不少私蓄〕。

哋 déi⁶ 用在人名或親屬稱謂之後,表示某某等的意思:亞娟 ~ 有幾個人呀〔亞娟她們有幾個人〕?| 亞三姑 ~ 開咗唔少舖頭〔三姑他們開了不少商店〕。

dem

揼 dem¹ (多庵切) 磨(時間):~ 時間畀佢 ~ 咗好耐〔給他磨了好長時間〕。

揼工 dem¹ gung¹ 費工夫;費時間。

揼時間 dem¹ xi⁴ gan³ 拖延時間:你要認真做至得,唔好 ~〔你要認真幹才行,不要磨洋工〕。

扰 dem² (多砍切) ❶ 用拳頭或石塊等捶砸:~ 咗佢一捶〔打了他一拳〕| 攞嚿石 ~ 門〔拿石頭砸門〕| ~ 印〔蓋章〕。❷ 扔:~ 嚿石落井〔扔石頭下井〕| ~ 遠啲〔扔遠一點〕。

扰低 dem² dei¹ 隨意放下:啲工具 ~ 就得咯〔那些工具放下就行了〕。

扰腍 dem² nem⁴ 揍癟,即把人狠狠地毆打了一頓。

扰心扰肺 dem² sem¹ dem² fei³ 捶胸頓足,表示極度懊惱或悲傷。

扰心口 dem² sem¹ heo² ❶ 捶胸（多轉指懊悔）：呢次佢又 ～ 咯〔這回他又後悔了〕。❷ 敲詐勒索。

烎 dem²（多砍切）象聲詞。撲通（東西落水聲）：嘥石 ～ 一聲跌咗落水〔石頭撲通一聲掉到水裏去了〕。

髧 dem³（多暗切）（讀音 dam⁶）❶ 垂：佢條辮 ～ 到腰〔她的辮子垂到腰部〕｜ ～ 條繩落去〔垂一根繩子下去〕。❷ 引申作釣（比較隨便的）：～ 田雞｜ ～ 蟛蜞〔釣小螃蟹〕。

吭吭測 dem⁴ dem⁴ cag¹（吭，杜含切）懶散地幹活；慢條斯理地：嗰班人喺度 ～，唔知幾時至做得完〔那幫人在那兒磨洋工，不知甚麼時候才幹得完〕。

吭吭轉 dem⁴ dem⁴ jun³（吭，杜含切）同"趯趯轉"tem⁴ tem⁴ jun³。

吭吭嗙 dem⁴ dem⁴ kuag³⁻¹（嗙，箍扼切）繞圈子：～ 噉轉〔繞着圈子轉〕。

跊 dem⁶（杜任切）踩：～ 腳｜一腳 ～ 死隻老鼠。

跊蹄跊爪 dem⁶ tei⁴ dem⁶ zao² 連連踩腳。

跊腳 dem⁶ gêg³（跊，杜任切）踩腳。

den

朳 den² ❶ 座兒；墩子：蠟燭 ～｜柱 ～｜橋 ～。❷ 量詞。座（用於樓房等）：一 ～ 樓｜一 ～ 銅像。❸ 量詞。擩：一 ～ 磚。

蕇 den² ❶ 放：呢包書 ～ 喺你度先〔這包書先放在你這裏〕｜ ～ 低〔放下〕｜ ～ 落地〔放在地上〕。❷ 囤積：～ 貨。❸ 某些人：擁 ～（崇拜者）｜監 ～（長期坐牢的人）｜香爐 ～（舊指獨生子）。

蕇低 den² dei¹ 放下：你 ～ 啲行李先啦〔你先把行李放下吧〕。

扽 den³ ❶ 震；躉（用力猛放）：喺地下破柴，～ 到杯都響晒〔在地上劈柴，杯子都震響了〕｜ ～ 下個樽〔把瓶子躉一躉〕。❷ 顛簸：公路唔平，坐車 ～ 到腰骨痛晒〔公路不平，坐車顛得腰都痛了〕。❸ 撞擊：～ 手踭〔用胳膊肘撞人〕。

扽蝦籠 den³ ha¹ lung⁴ 比喻口袋裏的錢全部掏光，或被人掏了錢包。

扽氣 den³ héi³ 發泄怨氣。

扽荷包 den³ ho⁴ bao¹ 花光身上的錢：行街買嘢，佢經常扽乾淨荷包至罷〔上街買東西，她經常花光身上的錢才甘休〕。

燉 den⁶ 清蒸；隔水蒸：～ 雞｜ ～ 蛋〔蒸雞蛋羹〕。

燉品 den⁶ ben² 加上滋補藥材隔水蒸成的肉和湯。

燉蛋 den⁶ dan⁶⁻² ：蒸雞蛋羹，分鹹甜兩種。又叫"蒸水蛋"。

燉冬菇 den⁶ dung¹ gu¹ ❶ 被冷落。❷ 被作弄。❸ 降職；貶職。

燉盅 den⁶ zung¹ 蒸肉湯用的帶蓋湯碗。

dên

敦款 dên¹ fun² 擺架子；做作：佢敦起個處長款〔他擺起個處長的架子〕。

鈍 dên⁶ 愚笨。

deng

登 deng¹ ❶ 蹺：～ 起手指公〔蹺起大拇指〕。❷ 抬起：～ 起隻腳〔把腳抬起來〕。

登對 deng¹ dêu³ 相稱；配得起：佢兩個幾 ～〔他倆十分相稱〕。

燈膽 deng¹ dam² 同"電燈膽"❶。

燈籠椒 deng¹ lung⁴ jiu¹ 青椒；柿子椒。

燈油火蠟 deng¹ yeo⁴ fo² lab⁶ 燈油錢；

照明費用。

燈盞花 deng¹ zan² fa¹ 鳳仙花。又叫"指甲花"。

瞪眉突眼 deng¹ méi⁴ ded⁶ ngan⁵ 橫眉怒目；瞪眼怒視：你為乜 ～ 嗽睇住我呀〔你為甚麼瞪着眼睛看着我〕？

等 deng² 介詞。讓：～ 我睇下〔讓我看看〕｜打開窗口，～ 啲新鮮空氣入嚟〔把窗戶打開，讓新鮮空氣進來〕。

等陣 deng² zen⁶ 待會兒；等一會兒：～ 我去。

櫈仔 deng³ zei² 小板櫈。

¹戥 deng⁶ 為；替：你做咗嗽嘅錯事，我都 ～ 你難受〔你幹了這樣的錯事，我都替你難受〕｜你爬咁高，我都 ～ 你牙煙〔你爬這麼高，我都為你感到危險〕。

²戥 deng⁶ ❶ 使平衡；壓：四兩 ～ 千斤〔四兩壓千斤〕。❷ 扶穩(稱東西或挑擔時，用手扶着，使它平穩)：你 ～ 住把秤〔你扶着秤桿〕。

戥興 deng⁶ hing³ 湊熱鬧：我嚟係 ～ 嘅啫〔我來是湊熱鬧罷了〕｜去戥吓興啦〔去湊湊熱鬧吧〕。

戥豬石 deng⁶ ju¹ ség⁶ 挑小豬去賣時，用一塊石頭放在擔子的另一邊，使擔子平衡。小豬賣完後，石頭即可丟掉。比喻臨時被採用的人。相當於"敲門磚"。

戥秤 deng⁶ qing³ 相配；般配：你兩個人好 ～〔你們兩個很般配〕。

***戥穿石** deng⁶ qun¹ ség⁶ 伴娘；伴郎。

戥手 deng⁶ seo² ❶ 指東西拿着覺得重：呢把刀好 ～〔這把刀拿着覺得很沉〕。❷ 稱手；好用：把刀唔 ～〔這把刀不好用〕。

戥頭 deng⁶ teo⁴ 平衡：呢擔嘢一便輕一便重，唔 ～〔這挑東西一頭輕一頭重，不平衡〕。

déng

釦 déng¹ 掐(用指甲擠壓)：～ 狗蝨〔掐跳蚤〕。

釦咗 déng¹ zo² 戲謔語，即死了。

掟 déng³ (多鏡切) 擲；扔 (一般指向着目標或一定的方向投擲)：～ 手榴彈｜～ 石頭｜～ 得好遠。

掟煲 déng³ bou¹ (夫妻或未婚男女之間) 感情破裂 (詼諧的説法)：佢兩個早就 ～ 咯〔他們倆早就吹了〕｜嗌一場交，唔至於 ～ 啩〔吵了一架，感情不至於破裂吧〕？｜嗌傾咗幾句就 ～〔剛談了幾句就崩了〕。

掟死狗 déng³ séi² geo² 形容糕點很堅硬，足以把狗砸死。

掟葫蘆 déng³ wu⁴ lou⁴⁻² 同"放葫蘆"。

定 déng⁶ (讀音 ding⁶) 定金：落 ～〔下定金〕。

埞 déng⁶ 地兒；地方；冇 ～ 放〔沒地兒放〕｜入便有 ～ 坐〔裏邊有地方坐〕。

埞方 déng⁶ fong¹ 地方；位置：呢度放一張牀唔夠 ～〔這裏放一張牀地方不夠〕。

dêng

¹啄 dêng¹ (多香切) 小尖兒；小勾兒；鷹嘴 (勾尖等形狀)：鼻哥 ～〔鼻子尖兒〕。

²啄 dêng¹ (多香切。讀音 dêg³) ❶ 啄食：雞 ～ 米。❷ 叮咬：畀蚊 ～ 親〔給蚊子叮了〕。

³啄 dêng¹ ❶ 某些不良行為較為突出的人：是非 ～〔專門撥弄是非的人〕。❷ 針對：你講話係 ～ 住我嘅〔你説話是針對着我的〕。❸ 督促，釦着：～ 住佢去做〔督促他去做〕｜要搞清呢件事，～ 住佢冇錯〔要搞清楚這件事，釦着他沒錯〕。

deo

¹兜 deo¹ ❶ 雞、狗吃食的用具。❷ 盛飯用的較大的搪瓷器皿。

²兜 deo¹ ❶ 捧；掬：～啲水上嚟〔捧一點水上來〕｜攞手 ～ 金魚〔用手捧金魚〕。❷ 用鍋鏟翻動鍋裏的菜。

³兜 deo¹ ❶ 承托；托舉：～起張枱〔把桌子托起來〕。❷ 朝着；迎着：一盆水 ～ 頭潑過嚟〔一盆水迎頭潑過來〕｜～ 肚一腳〔朝肚子踢了一腳〕。

⁴兜 deo¹ 拐，拐彎：行到好遠又 ～ 翻轉頭〔走了很遠又拐了回來〕｜呢條路唔直，～ 嚟 ～ 去〔這條路不直，曲裏拐彎兒的〕。

兜搭 deo¹ dab¹ 理睬；招人：你唔好 ～ 呢個人呀〔你不要招這個人〕。

兜篤將軍 deo¹ dug¹ zêng¹ guen¹ 迂迴到後方給予打擊。

兜風耳 deo¹ fung¹ yi⁵ 耳輪較大而向前傾斜的耳朵。

兜踎 deo¹ meo¹ 寒磣；寒酸。

萸 deo¹ 量詞。❶ 棵（用於幼小的植物）：一 ～ 草｜種一 ～ 樹。❷ 叢（用於成叢的植株）：一 ～ 禾〔一叢水稻〕。❸ 條：一 ～ 金魚｜嗰 ～ 友真衰〔那條漢子真糟糕〕。

篼 deo¹ 篼子，滑竿（走山路時，供人乘坐的竹轎）。

斗令 deo² ling⁶⁻² 指半角錢（舊時的商業行話，用支、神、斗、蘇、馬、令、侯、莊、彎、享分別代替一、二、三、四、五、六、七、八、九、十。抗戰以前銀幣一元為七錢二分，一角為七分二釐，半角便是三分六釐。"三分六"用行話來說就是"斗令"）。

¹鬥 deo³ ❶ 碰；動：唔好 ～ 呢啲嘢〔別碰這些東西〕｜～ 得多就爛㗎喇〔動得多就壞了〕。❷ 逗：～ 細佬哥〔逗小孩〕。

²鬥 deo³ 比賽：～快｜～大膽｜～龍船游水 ～ 游得遠〔游泳比賽游得遠〕。

³鬥 deo³ ❶ 拼合（指做木器）：～ 一張枱〔做一張桌子〕｜～ 個木盆。❷ 同 "合（夾）" gab³。

鬥負氣 deo³ fu³ héi³ (負，讀音 fu⁶) 鬧彆扭；賭氣。

鬥架勢 deo³ ga³ sei³ 比威風，比排場，比鬧氣。

鬥雞眼 deo³ gei¹ ngan⁵ 對眼；內斜視（斜眼的一種，兩眼珠的瞳孔向中間傾斜）。

鬥氣 deo³ héi³ 賭氣；慪氣；鬧彆扭：唔好專門同人 ～〔不要成心跟人家賭氣〕。

鬥靚 deo³ léng³ 認真打扮自己，以求比別人更漂亮：一到過節，啲女仔個個都着得一身光鮮，大家鬥靚〔一到節日，姑娘們個個打扮得花枝招展，比着看誰漂亮〕。

鬥木 deo³ mug⁶ 做木器工作：學～｜～師傅。

鬥韌 deo³ ngen⁶ 賭氣；鬧彆扭。

鬥啤 deo³ pé¹ (啤，破些切) 用撲克牌進行賭博的一種方法。參加的人每人先後發五張牌，先發一張暗的，然後發四張明的，每發一張牌各人都可以反覆追加賭注，最後以牌面大的取勝。

竇 deo³ (鬥。讀音 deo⁶) 窩；巢穴：雀仔～〔鳥窩〕｜山豬～〔野豬穴〕｜蟻～〔螞蟻窩〕。

竇口 deo³ heo² (竇，讀音 deo⁶) ❶ 指壞人的巢穴或活動地點。❷ 住地。

豆丁 deo⁶ ding¹ (又讀 deo⁶ déng¹) 比喻人或東西極小（有輕蔑意）：～ 咁大〔小豆那麼大〕。

豆粉 deo⁶ fen² 糰粉；芡粉。

豆枯 deo⁶ fu¹ 豆餅（大豆榨油後所剩的

豆渣）。

豆腐花 deo⁶ fu⁶ fa¹ 豆腐腦兒（一般加糖作甜食）。

豆腐膘 deo⁶ fu⁶ pog¹（膘，撲¹）豆泡兒。

豆腐膶 deo⁶ fu⁶ yên⁶⁻² 豆腐乾兒。〔參看"膶"條。〕

豆角 deo⁶ gog³ 長豇豆。

豆泥 deo⁶ nei⁴ 質量差；次：～ 嘢〔次貨〕｜呢張紙好～〔這張紙質量很差〕。

豆芽夢 deo⁶ nga⁴ mung⁶ 指少女對愛情的憧憬。

豆膘 deo⁶ pog¹ 同"豆腐膘"。

豆沙 deo⁶ sa¹ 紅小豆或綠豆煮成帶水的甜食。

豆沙喉 deo⁶ sa¹ heo⁴ 沙嗓子：我呢個～唔唱得歌〔我這個沙嗓子唱不了歌〕｜佢咳到好交關，變咗～咯〔他咳得很厲害，成了沙嗓子了〕。

豆豉眼 deo⁶ xi⁶ ngan⁵ ❶ 指非常小的眼睛。❷ 指視力不好的眼睛。民間認為，豆豉吃多了會影響視力。

豆潤 deo⁶ yên⁶⁻² 同"豆腐潤"。

揓 deo⁶（豆）取；拿：～ 啲嚟〔拿一點來〕｜有嘢 ～〔有東西可拿〕。

揇 deo⁶（豆）用手或別的東西輕輕托住或兜住：～ 住個袋〔托住口袋〕｜攞個網絡 ～ 住佢就穩陣啲〔拿個網兜着它就穩當一點〕。

痘皮 deo⁶ péi⁴ 麻子（人出天花後留下的疤痕）。

dêu

揼 dêu²（堆²）❶ 捅；伸：～ 一條棍入去〔捅一根棍子進去〕。❷ 撑：～ 住度門〔把門撑着〕。

揼鬼 dêu² guei² 慫恿：你唔好 ～ 佢去亂搞呀〔你別慫恿他去亂搞啊〕。

對 dêu³⁻² 對聯：一副 ～。

膭 dêu³ 膀（pāng）；浮腫：瞓唔夠，眼有啲 ～〔睡不夠，眼睛有點兒膀〕｜你個面有啲～～地〔你的臉有點兒膀〕。

¹對 dêu³ 量詞。雙（用於成雙的東西）：一 ～ 鞋｜一 ～ 襪｜一 ～ 孖仔〔一雙孿生子；一對雙胞胎〕。

²對 dêu³ 二十四小時（從第一天某一時刻到第二天同一時刻）：一個 ～ 再食藥〔二十四小時之後再服藥〕。

對板（辦） dêu³ ban² 與樣板相符或符合規矩和要求。

對出 dêu³ cêd¹ 靠外面的：我張牀 ～ 有個書架〔我的牀外面有個書架〕。

對開 dêu³ hoi¹ 同上。

對胸衫 dêu³ hung¹ sam¹ 對襟衫。

對摳 dêu³ keo¹ 兩樣東西各一半攙和在一起。

對落 dêu³ log⁶ ❶ 以下（指排行）：我 ～ 嗰個係細佬嚟㗎〔我下面的是弟弟〕。❷ 靠下面的：呢度 ～ 就係電影院〔這裏往下走就是電影院〕。

對唔住 dêu³ m⁴ ju⁶ 對不起。

對埋 dêu³ mai⁴ 靠裏邊的：張牀放喺張柏 ～ 嗰度〔牀放在桌子裏邊〕。

對眼 dêu³ ngan⁵ 內斜視。

對年 dêu³ nin⁴ 一週年。

對上 dêu³ sêng⁵ ❶ 靠上面的：我屋企 ～ 有間公司〔我家往上走有一家公司〕。❷ 上面；以上（指排行）我 ～ 重有兩個大佬〔我上面還有兩個哥哥〕。

對歲 dêu³ sêu³ 週歲。

對時 dêu³ xi⁴ 同"²對"。

膭 dêu³ 浮腫

di

啲 di¹（多衣切。又音 did¹）❶ 些（表示不定的數量）：有 ～ 人｜呢 ～ 係乜嘢〔這些是甚麼東西〕？❷ 那些：你 ～ 衫放喺邊度〔你那些衣服放在甚麼地方〕？❸ 一點兒；一些（表示少量）：

D

界～佢〔給他一點兒〕｜佢好咗～喇〔他好了一點兒了〕｜呢種藥貴～〔這種藥貴一些〕｜今日熱～。

啲吖 di¹ da³（吖，多亞切）❶嗩吶：吹～。❷同“八音”。❸象聲詞。號聲；嗩吶聲。

啲吖佬 di¹ da³ lou²（啲，多衣切）吹鼓手（舊時逢紅白喜事給人吹奏鼓樂的人）。

¹**啲哆** di¹ dê¹（啲，多衣切。又音 did¹ dê¹）同“啲咁多”。

²**啲哆** di¹ dê¹（啲，多衣切）說話多；多嘴：唔使你咁～〔不用你多嘴〕。

啲啲 di¹ di¹（啲，多衣切）❶所有的；統統；一切：呢間房嘅書，～都係佢嘅〔這間屋子的書統統都是他的〕｜～蕉都係兩毫子一斤〔所有的芭蕉都是兩毛錢一斤〕。❷一丁點兒（表示極少量）：一～就夠喇〔一丁點兒就夠了〕。

啲咁哆 di¹ gem³ dê¹（啲，多衣切；咁，禁。又音 did¹ gem³ dê¹）一點點兒；一丁點兒：放～味精就夠。

弟弟 di⁴ di² 家裏人昵稱小弟。

啲啲震 di⁴ di⁴⁻² zen³（啲，杜宜切）直打哆嗦。

dib

碟飯 dib⁶ fan⁶ 同“碟頭飯”。

碟頭 dib⁶ teo⁴ 餐館菜餚的分量：呢間飯店嘅～唔係幾大〔這家飯館的菜量不怎麼足〕。

碟頭飯 dib⁶ teo⁴ fan⁶ 蓋飯（盛在碟子上，蓋有菜肉的飯）。

疊埋心水 dib⁶ mai⁴ sem¹ sêu² 專心致志；集中精神：～讀書。

did

啲 did¹ 極少的量：一～就夠〔一點兒就夠〕。

啲哆 did¹ dê¹ 一點兒，一丁點兒。

跌價 did³ ga³ 降價；落價。

跌跤 did³ gao¹ 摔跤：路好滑，因住～〔路很滑，當心摔跤〕。

跌眼鏡 did³ ngan⁵ géng³ 看錯；估計錯；預測錯誤：呢次又算我～嘞〔這回又算我看走了眼了〕。

跌咗 did³ zo²（咗，左）丟失；丟了：我～一枝筆｜我本書唔知～喺邊度〔我的書不知道丟在甚麼地方〕。

dig

的 dig¹ ❶提拿；提溜（dī · liu）：一手就～起嚟〔一隻手就提溜起來〕。❷（用手指）按；摁：～實個窿仔〔用手指摁着那個小窟窿〕。

的斜 dig¹ cé⁴⁻² “的確涼斜紋布”的簡稱，相當於“棉滌卡”、“的卡”。

的起心肝 dig¹ héi² sem¹ gon¹ 立下決心；專心致志：～噉學習〔專心致志地學習〕。

的士 dig¹ xi² 出租汽車；計程車；小轎車。〖“的士”是英語 taxi 的音譯詞。〗

*__的士夠格__ dig¹ xi⁶ geo³ gag³ 唱片夜總會或有小型樂隊伴奏的夜總會。

的士佬 dig¹ xi² lou² 計程車司機。

的式 dig¹ xig¹ 精緻；輕巧；小巧玲瓏：呢隻錶真～〔這塊錶真精緻〕。

滴水 dig⁶⁻¹ sêu² 鬢角。

dim

¹**點** dim² 怎麼；怎麼樣：～搞呀？｜呢個字～寫〔這個字怎麼寫〕？｜你話～就～〔你說怎麼樣就怎麼樣吧〕｜噉～得呢〔這怎麼行〕！

²**點** dim² 蘸：～豉油。豉油碟——任你～〔歇後語。隨你怎麼樣。〕

D

點不知 dim² bed¹ ji¹ 誰知；料想不到：我以為講過就算數，～佢唔認賬〔我以為説過就算數，想不到他不認賬〕。

點得 dim² deg¹ ❶ 怎麼行：唔翻工 ～ 呀〔不上班怎麼行〕？❷ 怎麼才能：～ 你承認呢〔怎麼才能使你承認呢〕？

點解 dim² gai² 為甚麼；甚麼原因：～ 佢唔嚟〔為甚麼他不來〕？｜～ 咁熱呀〔為甚麼那麼熱〕？｜我亦唔知 ～ 〔我也不知道為甚麼〕。

點係呀 dim² hei⁶ a³ 怎麼行；怎麼會呢；哪能行（拒絕別人的好意或不同意對方意見時用）：～，都界晒我咯〔那怎麼行，都全給了我了〕。

點紅點綠 dim² hung⁴ dim² lug⁶ 亂指點；亂評論。

點知 dim² ji¹ 同 "點不知"。

點脈 dim² meg⁶ 點穴。傳説點擊人體某穴位，使人受傷。

點話點好 dim² wa² dim² hou² 怎麼説就怎麼辦；怎麼説都可以：我冇所謂，～ 啦〔我沒問題，怎麼説就怎麼辦吧〕。

點醒 dim² xing² ❶ 指點。❷ 提示；提醒。

點算 dim² xun³ 怎麼辦：唔知 ～ 好〔不知怎麼辦好〕｜你話 ～ 呢〔你説該怎麼辦〕？

點樣 dim² yêng⁶⁻² 怎樣；怎麼樣：整成 ～ 喇〔搞得怎麼樣了〕？｜～ 最好？｜～ 都得〔怎麼樣都成〕。

點鐘 dim² zung¹ ❶ 點（鐘點）：五 ～ 開會。❷ 鐘頭；小時：我等咗你三 ～〔我等了你三個鐘頭〕｜一日做八 ～ 嘅工〔一天幹八小時的活兒〕。〖廣州話的 "點鐘" 既指時點，也指時量；普通話的 "點"、"點鐘" 只指時點，指時量要用 "鐘頭"、"小時"（廣

州話也有 "鐘頭" 這個詞）。〗

玷 dim³（店）觸碰；摸：你唔好 ～ 佢〔你不要碰它〕｜嗰種嘅樹唔好成日 ～〔剛種的樹不要整天摸〕。

掂 dim⁶（店⁶）❶ 直：呢條路好 ～〔這條路很直〕｜橫紋 ～ 紋｜打 ～ 瞓〔直着睡〕。❷ 妥當；(弄) 好；(説) 服：安排 ～ 晒先至去都唔遲〔安排好了再去也不遲〕｜講 ～ 晒〔講妥了〕｜講到佢 ～ 喇〔説得他服了〕｜講你唔 ～〔説不服你〕。❸ 清楚；通順：講句話都唔講得 ～〔説句話都説不清楚〕。

掂筆甩 dim⁶ bed¹ led¹（甩，啦一切）❶ 筆直。❷ 徑直：你可以 ～ 去搵佢〔你可以徑直去找他〕。

掂過條蔗 dim⁶ guo³ tiu⁴ zé³ ❶ 事情辦得非常順利。❷ 日子過得十分舒心。

掂喉吞 dim⁶ heo⁴ ten¹ 直着吞下去，囫圇吞棗般吞下去。

din

癲 din¹ 瘋：～ 狗｜發 ～。

癲癲廢廢 din¹ din¹ fei³ fei³ 傻裏傻氣。

癲佬 din¹ lou² 瘋子。

攧 din²（典）打滾：馬 ～ 地〔馬在地上打滾〕｜佢肚痛到 ～ 牀 ～ 蓆〔他肚子疼得在牀上滾來滾去〕。

攧地沙 din² déi⁶ sa¹ 在地上打滾。

墊褥 din³ yug⁶⁻² 褥子。

電 din⁶ ❶ 電池（用在量詞之後才有此義）：一嘴 ～〔一節電池〕。❷ 觸電：因住 ～ 親〔當心觸電〕。

電單車 din⁶ dan¹ cé¹ 摩托車。

電燈杉 din⁶ deng¹ cam³ 電線杆。

電燈膽 din⁶ deng¹ dam² ❶ 燈泡。❷ 比喻人不懂人情，不會體貼別人，不知趣：人哋都未休息你就去坐，真

係 ～ 唔通氣咯〔人家還沒休息你就
去坐,真是不懂人情〕。

電髮 din⁶ fad³ 燙髮。

電飯煲 din⁶ fan⁶ bou¹ 電鍋。

電風扇 din⁶ fung¹ xin³ 電扇。

電心 din⁶ sem¹ 電池。

電船 din⁶ xun⁴ 汽艇。

電油 din⁶ yeo⁴ 汽油。

電掣 din⁶ zei³(掣,讀音 qid³)電鈕;電
門(小型的);電閘(大型的);開關。

ding

¹**丁** ding¹ 疙瘩;疣狀突起物(多指物體
上的突起物,如小肉瘤等)。

²**丁** ding¹ 量詞。❶ 個(用於人):兩 ～
友〔兩個傢伙〕。❷ 極少量:～ 咁多
〔一丁點兒〕。

丁香 ding¹ hêng¹ ❶ 形容人嬌小或物品
小巧。❷ 形容東西量少。

定 ding⁶⁻² 副詞。當然(用在動詞或形
容詞的後面):佢去 ～ 啦〔他當然去
了〕| 要 ～ 啦〔當然要了〕| 好睇 ～
啦〔當然好看了〕。〔〝定〟字普通話也
有類似的用法,如〝這次我去定了〟〝這
東西我買定了〟,但意思不同。普通話
這種情況的〝定〟是表示説話人的決心
不可變更,而廣州話的〝定〟表示動作
或狀態的必然如此。〕

¹**頂** ding² ❶ 支撐;支持;挺:～ 門 |
幾大都要 ～ 住〔無論如何也要挺
着〕。❷ 抵擋:～ 肚餓〔充飢〕。

²**頂** ding² 盤出,盤進:呢間店 ～ 咗畀
人咯〔這家店盤了給別人了〕| ～
間舖頭要幾多錢〔盤一家店要多少
錢〕?

頂包 ding² bao¹ 冒名頂替;以假充真。

頂檔 ding² dong³ 頂替;暫時攞佢嚟 ～
〔暫時拿他來頂替〕| 搵人嚟同我頂
住檔先〔先找人來給我頂替一下〕。

頂頸 ding² géng² 拌嘴;抬槓:佢好好
相與,唔會同人 ～〔他脾氣很好,不
會跟人家拌嘴〕。

頂喉頂頸 ding² heo⁴ ding² géng² 同〝頂
心頂肺〟。

頂趾鞋 ding² ji² hai⁴ 比喻對丈夫限制
嚴厲的妻子(歧視婦女的説法)。

頂證 ding² jing³ 作證;對證。

頂住上 ding² ju⁶ sêng⁵ 知難而上,堅持
着:困難會有嘅,大家 ～ 就好喇〔困
難是會有的,大家堅持着就好了〕。

頂住條氣 ding² ju⁶ tiu⁴ héi³ 比喻忍氣
吞聲:佢話喺嗰度打工,成日 ～
噉,有話唔敢講〔他説在那裏打工,
整天要忍氣吞聲的,有話不敢説〕。

頂㪗 ding² lem³(㪗,撇林³)使倒閉;頂
垮。商家因競爭不過對手而倒閉:呢
間舖頭畀隔籬嗰間 ～ 咗〔這家商店被
隔壁那家擠垮了〕。

頂籠 ding² lung⁴⁻² ❶ 滿(滿員,滿座):
間間旅店都咁 ～〔每一家旅店都那
麼滿〕| 咁 ～,叫我坐邊度好吖〔那
麼滿座,叫我坐哪兒好啊〕。❷ 引申
作豐富、齊全:嗰間超市咁多嘢,
夠 ～ 㗎喇〔那家超市東西那麼多,
夠齊全的了〕。

頂唔住 ding² m⁴ ju⁶ 吃不消;受不了:
工作咁緊張,我怕你 ～〔工作那麼緊
張,我怕你吃不消〕。

頂唔順 ding² m⁴ sên⁶ 同上。

頂硬檔 ding² ngang⁶ dong³ 全力支撐,
使勁挺着。

頂硬上 ding² ngang⁶ sêng⁵ 硬着頭皮頂
着;忍耐着;忍受着:幾大都要 ～
〔無論如何也要硬着頭皮頂着〕。

頂心杉 ding² sem¹ cam³ 比喻經常作梗、
使人不快的人。

頂心頂肺 ding² sem¹ ding² fei³ 窩心;被
人頂撞得十分不舒服。

頂手 ding² seo² 頂盤兒(指買下出倒的

工廠或商店，繼續經營)。

頂數 ding² sou³ ❶ 充數：唔夠人要你～〔人不夠要你充數〕。❷ 頂替：搵邊個去～〔找誰去頂替〕?

頂頭陣 ding² teo⁴ zen⁶ 打頭陣。

頂肚 ding² tou⁵ 充飢；解餓：食點心唔頂得肚〔吃點心不能解餓〕｜食件糕頂住肚先啦〔先吃塊糕充飢吧〕。

頂肚餓 ding² tou⁵ ngo⁶ 同上。

椗 ding³ 蒂；把兒(bàr)：❶ 柄：桔～｜瓜～｜梨～。❷ 懸掛：臘腸～喺外面〔臘腸掛在外面〕。

椗吟帶賴 ding⁴ ling¹ dai⁴ lai³ (又作 ding⁴ ling¹ deng⁴ leng³) 懸掛物搖擺狀。

椗吟鄧掋 ding⁴ ling¹ deng⁶ leng³ (掋,啦凳切) 一串串地懸掛着：辣椒～掛滿一屋。

¹定 ding⁶ ❶ 穩：架車開得好～〔車子開得很穩〕｜企～，唔好郁〔站穩，不要動〕。❷ 鎮定；鎮靜：～啲，唔使慌〔鎮定一點，不要害怕〕。❸ 放心(有不以為然的意思)：你～啲啦，我唔要你嘅〔你放心吧，我不要你的〕!

²定 ding⁶ 連詞。❶ 還是(用在問句裏，表示選擇)：夏天南方熱～北方熱?｜你去～佢去〔你去還是他去〕?｜呢隻係鴨仔～係鵝仔〔這隻是小鴨子還是小鵝〕?｜你要呢個～嗰個〔你要這個還是那個〕? ❷ 或者(用在陳述句裏，表示選擇)：你去～我去由你決定〔學英文～俄文都可以〔學英文或者俄文都可以〕。

³定 ding⁶ ❶ 用在動詞之後，有 "預先" 的意思：快落車喇，行～出嚟啦〔快下車了，先出來吧〕｜放～喺度〔預先放在這裏〕。❷ 用在動詞之後，有"好"、"妥當" 的意思：商量～〔商量好〕｜安排～晒〔安排妥當〕。

定必 ding⁶ bid¹ 必定(多書面上用)。

定點 ding⁶ dim² ❶ 點(小數點)；三～一四｜百分之七～五。❷ 小數點：你漏咗個～〔你漏了一個小數點〕。

定當 ding⁶ dong³ ❶ 穩；穩重：事情咁急佢重咁～〔事情那麼緊急他還那麼穩〕。❷ 停當：準備～｜佈置～。

定過抬油 ding⁶ guo³ toi⁴ yeo⁴ 指由於有把握而顯得鎮定自若：你唔使急，佢～〔你不必着急，他心裏有數〕。

定係 ding⁶ hei⁶ 同 "²定" ❶。

定晒形 ding⁶ sai³ ying⁴ 形容人發愣，發呆：佢諗到～〔他想得發愣〕｜嚇到成個人～〔嚇得整個人發呆了〕。

定性 ding⁶ xing³ ❶ 性格文靜；穩重：女仔都係比男仔～啲嘅〔女孩一般是比男孩文靜一點〕。❷ 性情穩定(指兒童長大變得成熟)：細路仔重未～，叫佢做靠唔住〔小孩子家還沒有長心眼，叫他幹靠不住〕。

diu

刁僑扭擰 diu¹ kiu⁴ neo² ning⁶ 形容人調皮，不聽話，難以對付。

刁蠻 diu¹ man⁴ 蠻橫；不講理。

刁蚊 diu¹ men¹ 刁蠻。

刁時 diu¹ xi⁴ 乒乓球、排球等比賽終局前的平分。〖"刁時"是英語 deuce 的音譯。〗

丟荒 diu¹ fong¹ ❶ 拋荒；撂荒。❷ 荒疏；荒廢(學業)。

丟架 diu¹ ga³⁻² 丟臉：怕～就學唔到嘢〔怕丟臉就學不到東西〕。

丟那媽 diu¹ na⁵ ma¹ 他媽的(粗魯話)。

丟眼角 diu¹ ngan⁵ gog³ 送秋波；使眼色兒。

丟生 diu¹ sang¹ 荒疏；荒廢(指學業、技術等)：學完唔用就容易～〔學完不用就容易荒疏〕。

丟疏 diu¹ so¹ 同上。

屌 diu² 操，罵人用的下流話（指男子的性交動作）。

吊煲 diu³ bou¹ 停炊；斷絕生活來源，即失業。

吊釘 diu³ déng¹ 蹊蹺的；古怪的；少見的。

¹**吊腳** diu³ gêg³ ❶ 傢具等底部不平整，不能貼切接觸地面。❷ 衣服邊角等處做得不平整，皺縮吊起。

²**吊腳** diu³ gêg³ 指地點邊遠不方便：你嗰度好 ~ 個喎〔你那兒可是很偏僻的〕。

吊頸 diu³ géng² 上吊；吊脖子。

吊靴鬼 diu³ hê¹ guei² 指那些胡攪蠻纏的人。

吊起嚟賣 diu³ héi² lei⁴ mai⁶（嚟，黎）指商人待價而沽，引申指要人之急而提高要價：你噏佢，佢就 ~〔你求他，他就提高要價〕。

吊渠 diu³ kêu⁴ 舊式平房橫吊在屋簷下的排泄雨水的裝置，多用粗竹剖開製成。

吊籃 diu³ lam⁴ 吊掛起來的籃子，存放食物用。

吊尾 diu³ méi⁵ 盯梢。

吊味 diu³ méi⁶ 調味。

吊命 diu³ méng⁶ 給垂危的病人吃點補藥或強心劑，以暫時延長生命：~藥。

吊門桔 diu³ mun⁴ ged¹ 原指為圖吉利而吊在門前的橘子，日久則風乾縮小，比喻乾瘦的人：睇佢瘦到隻 ~ 噉〔你看他瘦得乾癟的樣子〕。

吊砂煲 diu³ sa¹ bou¹ 停炊，斷絕生活來源，意指失業。

吊癮 diu³ yen⁵ 某些癖好沒有得到滿足時的感覺：有煙食，真 ~〔沒煙抽，真難受〕｜落雨有辦法打波，唔知幾 ~〔下雨沒法打球，真沒勁兒〕。

釣魚郎 diu³ yü⁴ long⁴ 翠鳥。

¹**吊鐘** diu³ zung¹ 小舌；懸雍垂。

²**吊鐘** diu³ zung¹ 花名，木本，春節前後開花，花粉紅色，形狀似鐘。

吊吊揈 diu³⁻⁶ diu³⁻¹ fing⁶⁻³（揈，扶慶切）❶ 悠蕩；晃來晃去；搖來擺去（指懸掛着的東西）：風吹到啲燈籠 ~〔風把燈籠吹得晃來晃去〕。❷ 引申指事情未有結果，仍然掛着：嗰件事到而家重係 ~，未有着落〔那件事至今仍然掛在那裏，沒有着落〕。

掉 diu⁶ 丟；扔（拋棄）：~ 咗佢算咯〔把它扔了算了〕｜果皮唔好亂咁 ~〔果皮不要亂扔〕。

調轉 diu⁶ jun² 倒過來，顛倒過來：呢度啲人中意將福字 ~ 嚟貼〔這裏的人喜歡把福字倒過來貼〕。

調轉頭 diu⁶ jun² teo⁴ ❶ 轉身：~ 就走。❷ 掉頭（轉成相反的方向）：汽車 ~ 入嚟〔汽車掉頭進來〕。❸ 顛倒；倒過來：筷子 ~ 喇〔筷子顛倒了〕｜~，遞嗰頭過嚟〔倒過來，遞那頭過來〕。

do

多除少補 do¹ cêu⁴ xiu² bou² 多退少補。

多得 do¹ deg¹ 多虧：呢次 ~ 你幫助，唔係就搞唔掂喇〔這次多虧你幫助，不然就不好辦了〕。

多得唔少 do¹ deg¹ m⁴ xiu² 字面上是非常感激，但實際意思正相反，相當於"別麻煩我了""饒了我吧"。

多多 do¹ do¹ 多（有強調的意味）：你好過我 ~ ｜呢件事麻煩 ~ 喇〔這件事太麻煩你了〕。

多多聲 do¹ do¹ séng¹ 大大超過（用於比較）：你高過佢 ~ 啦〔你比他高得多了〕｜而家好過舊時 ~ 咯〔現在比過去好得太多了〕

多多事幹 do¹ do¹ xi⁶ gon³ ❶ 事情很多。

❷ 多管閒事：你呢個人唔好 ~〔你這個人別多管閒事〕。

多多少少 do¹ do¹ xiu² xiu² 多少；或多或少：我手頭 ~ 重有啲錢〔我手裏多少還有一點錢〕。

多煩 do¹ fan⁴ 客套語，煩勞；勞駕。

多計 do¹ gei³⁻² 形容小孩鬼主意多：呢個仔真 ~〔這孩子鬼主意真多〕｜"矮仔 ~"〔矮小子計謀多〕。

多句嘴 do¹ gêu³ zêu² 多說一句話：記得 ~ 提醒佢呀〔記得多說一句話提醒他啊〕。

多口 do¹ heo² 多嘴。

多羅羅 do¹ lo⁴ lo⁴ 多多的（有貶意）：事情 ~，我點行得開〔事情多多的，我怎麼離得開〕？｜人 ~。

多手 do¹ seo² 指愛動別人的東西。

多手多腳 do¹ seo² do¹ gêg³ 同"多手"。

多數 do¹ sou³ ❶ 大部分：呢個機構嘅人 ~ 都係廣東人〔這個機構的人大部分是廣東人〕。❷ 多半兒；大概；很可能：我 ~ 唔去咯，你唔使等我〔我多半兒是不去了，你不必等我〕｜我話今日 ~ 會落雨〔我說今天很可能會下雨〕。

多士 do¹ xi² 烤麵包片：牛油 ~〔黃油乾麵包片〕。〔"多士"是英語 toast 的音譯詞。〕

多事 do¹ xi⁶ 愛管閒事；多嘴；胡鬧：細佬哥咪咁 ~〔小孩子別那麼愛管閒事〕｜亂噏乜嘢吖，~〔胡說些甚麼，多嘴〕！

多事牯 do¹ xi⁶ gu² 愛惹是非，不斷製造麻煩的人。

多事實 do¹ xi⁶ sed⁶ 同"多事"。

多少 do¹ xiu² 一點兒；一些：要 ~ 就夠喇〔要一點兒就夠了〕｜佢呢排有 ~ 進步〔他最近有一些進步〕。

多謝 do¹ zé⁶ 謝謝：真 ~ 你喇〔真該謝謝你了〕｜~ 晒〔謝謝〕！

多謝夾盛惠 do¹ zé⁶ gab³ xing⁶ wei⁶ 感謝不盡；連聲道謝。

躲懶 do² lan⁵ 藉故逃避某種勞動或活動。

墮 do⁶ 墜（往下垂）：帆布牀中間 ~ 晒落嚟〔帆布牀中間墜了下來〕。

墮角 do⁶ gog³ 偏僻：嗰度 ~ 啲，冇咁旺〔那裏比較偏僻，沒有那麼繁華〕。

墮落雞 do⁶ log⁶ gei¹ ❶ 落水狗（形容人失意的樣子）。❷ 下流東西（罵女性的話）。

dog

¹度 dog⁶ 量；比（二物相比着量）：~ 一 ~ 隻腳睇有幾長〔把腳量一量看有多長〕｜兩隻鞋都一樣長，唔使 ~ 嚟 ~ 去喇〔兩隻鞋都一樣長，不必比來比去了〕｜你兩個 ~ 一下睇邊個高〔你們兩個比一比，看誰高〕。

²度 dog⁶ 溜達：出去 ~ 下〔出去溜達一下〕。

度街 dog⁶ gai¹ 在街上逛蕩：冇咁得閒同你去 ~〔沒功夫跟你去逛蕩〕。

度蹺 dog⁶ kiu² 想計謀；找竅門：呢次佢點 ~ 都冇符解嘅〔這次他怎麼想計謀都無法解脫的〕。

度身定做 dog⁶ sen¹ déng⁶ zou⁶ 原意為量體裁衣，引申指針對某事物的特點進行策劃製作。

度水 dog⁶ sêu² 要錢（詼諧的説法）：佢又想問個老竇 ~ 咯〔他又想問父親要錢了〕。

鐸叔 dog⁶ sug¹ 吝嗇的人。

doi

袋 doi⁶⁻² ❶ 口袋（衣服上的）；兜兒：衫 ~｜褲 ~。❷ 用紙或塑料等製成裝東西的口袋：紙 ~｜塑膠 ~

〔塑料袋〕｜行李 ～。〖"袋"，讀音是 doi⁶，指大的布口袋。讀 doi⁶⁻² 時是指 衣袋、小口袋或用其他原料製成的口 袋。〗

袋錶 doi⁶ biu¹ 懷錶。

待薄 doi⁶ bog⁶ 虧待：我唔會 ～ 你嘅 〔我不會虧待你的〕。

袋袋平安 doi⁶ doi⁶ ping⁴ ngon¹ 照收不 誤（詼諧的説法）：工廠又發乜又發 物，大家 ～〔工廠又發這個又發那 個，大家照收不誤〕。

袋屜 doi⁶ yim² 衣服口袋上的蓋。

dong

當差 dong¹ cai¹ 香港指當警察，廣州 舊時指當兵（現已少用）。

當髧 dong¹ dem³ 剛好碰上倒楣事：呢 排算你 ～ 係啦〔這一陣子算你倒楣 就是了〕。

當黑 dong¹ heg¹ 倒楣：輪到你 ～ 咯〔該 你倒楣了〕。

當紅 dong¹ hung⁴ 當前走紅。

***當紅炸子雞** dong¹ hung⁴ za³ ji² gei¹ 戲 稱當紅的年輕人。

當眼 dong¹ ngan⁵ 顯眼；容易看到：呢 樽花擺呢度好 ～〔這瓶花擺在這裏很 顯眼〕。

當衰 dong¹ sêu¹ 該倒霉：佢啱啱行過， 條椿就揹落嚟，～ 係啦〔他剛走過， 椿子就倒下來，該倒霉就是了〕｜查 清呢件事，佢就 ～〔查清了這件事， 他就該倒霉〕。

當堂 dong¹ tong⁴ 當場；馬上：～ 識破 佢嘅陰謀〔當場識破他的陰謀〕｜大 家 ～ 選出一位代表。

當時得令 dong¹ xi⁴ deg¹ ling⁶ 正合時 宜：而家冷天打邊爐最 ～ 喇〔現在 天氣冷，吃火鍋最合時宜〕。

當災 dong¹ zoi¹ 倒霉；遭殃：黑狗偷 食，白狗 ～（熟語）。

當佢冇嚟 dong³ kêu⁵ mou⁵ lei⁴ 對某事情 表示極端輕視，根本不放在眼裏： 呢啲困難算乜吖，～〔這些困難算得 了甚麼，管它〕！

當佢透明 dong³ kêu⁵ teo³ ming⁴ 當他 （它）不存在，表示極度輕視對方： 幾個人就想嚟搞亂，我 ～ 呀〔幾個 人就想來搞亂，我才不把他放在眼 裏〕。

檔 dong³ ❶ 攤兒：煙仔 ～〔香煙攤兒〕｜ 生果 ～〔水果攤兒〕。❷ 量詞。攤（用 於所賣的東西）：有一 ～ 豬肉〔有一 攤賣豬肉的〕。

檔口 dong³ heo² 攤子：呢個 ～ 賣乜嘢 〔這個攤子賣甚麼〕？

檔位 dong³ wei⁶⁻² 貨攤或店舖所佔的位 置。

¹蕩 dong⁶ 逛蕩；遛：出街 ～ 一陣〔上 街遛一會兒〕｜唔識路就亂 ～〔不認 得路就亂逛〕。

²蕩 dong⁶ 抹（灰）；粉刷；塗刷：～ 平 啲（抹平一點）｜～ 灰水。

蕩街 dong⁶ gai¹ 逛街。

蕩失路 dong⁶ sed¹ lou⁶ 迷路：行行下 就 ～〔走着走着就迷了路〕。

蕩西 dong⁶ sei¹（颱風）由東轉向西。 廣東颱風行蹤的一般規律是剛開始 時颳東風，到轉颳西風就表示颱風 即將過去。

dou

刀仔 dou¹ zei² 小刀。

都 dou¹ 副詞。都；也：大家 ～ 一樣｜ 佢 ～ 係我嘅同學〔他也是我的同學〕｜ 我 ～ 去｜我一啲 ～ 唔知〔我一點 也不知道〕。〖廣州話"都"和"亦" 〔也〕區分不嚴，"亦"〔也〕一般都可 以用"都"或"亦都"。普通話"也"

和"都"區分是嚴格的:"也"表示同樣、並行的意思,或者表示強調,一般與"連"、"一點"等連用;"都"(讀音 dōu)有總括的意思,或者表示強調,有"已經"的意思。〗

都唔定 dou¹ m⁴ ding⁶ 説不定,也有可能(指某事的發生):今日落雨 ～〔今天説不定下雨〕。

…都似 dou¹ qi⁵ 很可能:今日落雨 ～〔今天有可能下雨〕。

…都有嘅 dou¹ yeo⁵ gé³⁻² 用在句子末尾,略帶反詰語氣,有"怎麼能""哪能"等意思:咁大個人坐喺張台度 ～〔這麼大的人居然坐在桌子上〕!｜噉 ～〔哪能這樣〕!

都重係 dou¹ zung⁶ hei⁶ 還是:我話 ～ 佢好〔我説還是他好〕。

賭啤 dou² pé¹(啤,破些切)同"鬥啤"。

到 dou³⁻² 助詞。用在動詞後面,表示目的已經達到或者事情有了結果,或存在某種情況。相當於普通話的"到了"、"着"(zháo)、"有":買 ～ 未呀〔買到了沒有〕?｜未見 ～〔沒見着〕｜搵唔 ～〔找不着〕｜執 ～ 一枝筆〔拾到了一枝筆〕｜門口寫 ～ 字嘅〔門上寫有字的〕。〖"到"dou³⁻² 是 dou³ 和"咗"zo² 的合音("到"的音節加"咗"的聲調),二者已合成一個詞,不能分開。〗

¹度 dou⁶⁻² 製成一定長度的東西:鞋 ～〔與鞋同一長度的帶子、繩子等東西,買鞋時量鞋用〕｜葱 ～〔葱段兒〕。

²度 dou⁶⁻² 用在數量詞之後,表示大概的數量,相當於普通話"上下"、"左右":五十斤 ～｜十個人 ～｜佢去咗有四個字 ～〔他去了有二十分鐘左右〕｜三十歲 ～ 嘅人〔三十歲左右的人〕。

倒米 dou² mei⁵ 捅婁子(多指損害自己方面的利益)。

倒模 dou² mou⁴⁻² 鑄;鑄模(指把熔化後的金屬倒在模子裏)。

倒瓤 dou² nong⁴ 瓜類過熟,瓤爛了,北京口語叫"婁"(lóu):～ 西瓜。

倒瓤冬瓜 dou² nong⁴ dung¹ gua¹ 外表強壯、體質虛弱的人;比喻徒有虛名的人。

倒瀉茶 dou² sé² ca⁴ 舊時指已訂婚尚未過門的女子喪了未婚夫。

倒瀉籮蟹 dou² sé³⁻² lo⁴ hai⁵ 形容秩序大亂,像打翻了一籮螃蟹,螃蟹滿地爬的樣子:開完會,班學生好似 ～ 噉亂走〔開完會之後,學生們紛紛四散〕。

倒灶 dou² zou³ 砸鍋(比喻辦事失敗)。

艔 dou⁶⁻²(島)❶ 由機動船牽引的客船:江門 ～｜梧州 ～｜肇省 ～〔肇慶到廣州的"艔船"〕｜搭 ～。❷ 渡船:有 ～ 過海嗎〔有渡船過河嗎〕?〖"艔"❶ 也叫"拖艔",但帶地名時,一般只叫"××艔"。〗

到 dou³ 助詞。❶ 用在動詞或形容詞的後面,連接後面的補語,相當於普通話的"得":笑 ～ 肚都痛晒〔笑得肚子都疼了〕｜行 ～ 腳都癐咯〔走得腿都累了〕｜白 ～ 好似雪噉〔白得像雪一樣〕｜紅 ～ 發紫。❷ 有時用在形容詞或不帶賓語的動詞的後面,聲調變作 dou³⁻²,仍然表示達到某種程度或甚麼樣子,後面的補語可省略:哎吔,今日熱 ～〔哎喲,今天熱得……〕｜睇佢惡 ～〔看他兇得……〕!｜睇你喊 ～〔看你哭得……〕。

到埠 dou³ bou⁶(埠,讀音 feo⁶)到達(比較少用):五點鐘 ～。

……到夠 …dou³ geo³ ……個夠:呢餐要食 ～〔這一頓要吃個夠〕。

到其時 dou³ kéi⁴ xi⁴ 到時候:～ 你就知〔到時候你就知道〕。

……**到唔恨** …dou³ m⁴ hen⁶ 表示達到某種難以忍受的程度：今日熱 ～〔今天熱得夠嗆〕。

到時到候 dou³ xi⁴ dou³ heo⁶ 到時候：你唔使急，～人就會嚟嘅〔你不用急，到時候人就會來的〕。

倒掟 dou³ déng³（掟，釘³）顛倒（指倒掛、倒置等）：個相 ～ 咗〔相片掛倒了〕｜～ 嚟吊住〔倒過來吊着〕。

倒掟頭 dou³ déng³ teo⁴（掟，釘³）❶ 顛倒：你枝筆擟 ～ 喇〔你的筆拿顛倒了〕。❷ 倒立；拿頂：玩 ～。

倒吊荷包 dou³ diu³ ho⁴ bao¹ 比喻甘願花大錢或虧本。

倒吊砂煲 dou³ diu³ sa¹ bou¹ 比喻窮得揭不開鍋。

倒翻轉 dou³ fan¹ jun³ 反而；反過來：人哋幫你，你 ～ 重話人〔人家幫你，你反而說人家〕。

倒汗水 dou³ hon⁶ sêu² 蒸餾水（指鍋蓋滴下來的水）。

倒轉 dou³ jun³ ❶ 顛倒：呢個字 ～ 掛喇〔這個字掛倒了〕。❷ 反而。又作"倒轉頭" dou³ jun³ teo⁴。

倒轉頭 dou³ jun² teo⁴ 調頭：車要 ～ 停至啱〔車要調頭停才對〕。

倒扱 dou³ keb⁶ 嘴巴閉合時，下齒比上齒更靠前。

倒牙 dou³ nga⁴⁻² 左旋螺紋（羅紋的方向與一般的螺絲相反）。

倒眼 dou³ ngan⁵ 同"鬥雞眼"。

倒拗 dou³ ngao³ 倒過來；對着幹：個個都係噉，係你 ～ 嘅嘛〔大家都這樣，就是你跟大家對着幹〕。

倒刺 dou³ qi³ 倒欠（手指甲附近翹起的小片表皮）。

倒褪 dou³ ten³ 後退：後面有人，唔好 ～〔後面有人，不要後退〕｜大家 ～ 兩步。

到爆 dou³ bao³ 形容程度極高：勁 ～〔非常帶勁〕｜靚 ～〔漂亮極了〕。

到定（到埞） dou³ déng⁶ 埞，地方。到達地方，到達要去的地方。

到極 dou³ gig⁶ 達到極點，相當普通話的"極了"：今日熱 ～〔今天熱極了〕。

到死 dou³ séi² 形容達到非常高的程度，多用於負面的情況：佢惡 ～〔他兇極了〕。

杜 dou⁶ 毒殺（魚和害蟲等）：有人用呢種草嚟 ～ 魚〔有人用這種草毒魚〕｜～ 蟻。

¹**度** dou⁶ 表示處所：喺我 ～〔在我這兒〕｜喺辦公室 ～〔在辦公室那兒〕｜放上張枱 ～〔放在桌子上〕｜嗰封信放喺老張 ～〔那封信放在老張那兒〕。

²**度** dou⁶ ❶ 量詞。用於門、橋等：一 ～ 門〔一扇門〕｜一 ～ 橋〔一座橋〕。❷ 用於本領、能耐、功夫等：有翻兩 ～〔有兩下子〕。

度度 dou⁶ dou⁶ 處處；到處；無論何處：～ 都係一樣〔處處都是一樣〕｜都咁乾淨〔到處都那麼乾淨〕。

度數 dou⁶ sou³ 譜兒；分寸準兒：冇 ～ 嘅，幾多都得〔沒準兒，多少都成〕。

渡頭 dou⁶ teo⁴ 碼頭。較小的碼頭叫"埗頭"。

道行 dou⁶ heng⁶ 高強的本領；高深的修養。

***道友** dou⁶ yeo⁵ 吸毒者（舊時指吸鴉片者）。

dug

督（丒） dug¹ ❶ 刺；戳；扎；杵：攞針 ～〔用針刺〕｜一 ～ 就穿〔一戳就破〕｜用手指頭 ～ 咗佢一下〔用指頭杵了他一下〕。❷ 督促；監督：細佬哥要 ～ 住佢至得㗎〔小孩要督促着他才行〕｜～ 實嗰啲壞蛋〔要監督好那些壞蛋〕。

督爆 dug¹ bao³ 揭穿，揭破：佢啲籠嘢界人～咗〔他的那些事讓人揭穿了〕。

督背脊 dug¹ bui³ zég³ 戳脊樑骨（在背後指責）：唔好界人～〔不要被人戳脊樑骨〕。

督口督鼻 dug¹ heo² dug¹ béi⁶ 形容人說話時用手指指點點，不禮貌的樣子。

督卒 dug¹ zêd¹ 象棋術語。拱卒子，比喻為偷渡到香港。

¹篤（㞘） dug¹ 底（指容器或物體的底部）：桶～｜碗～｜巷～〔街巷的盡頭〕。

²篤（㞘） dug¹ 量詞。泡（用於屎尿）；口（用於痰、口水）：一～牛屎｜一～口水痰〔一口痰〕。

篤底（㞘底） dug¹ dei² 底下的；底層的：最～嗰啲水就倒咗佢啦〔最底下的那些水就倒了吧〕。

毒 dug⁶ 習慣指某些食物容易引起瘡癤化膿的性質，相當於"發"。

*獨腳馬 dug⁶ gêg³ ma⁵ 獨自一人作案的竊賊。

獨沽一味 dug⁶ gu¹ yed¹ méi⁶⁻² 原意為單賣一味藥，引申為單賣一種貨物或只幹某一種工作。

獨係 dug⁶ hei⁶ 只是；只有：唔通～你至有〔難道只有你才有〕？

獨行俠 dug⁶ heng⁴ hab⁶ ❶ 指單獨做某事、單獨闖蕩的人。❷ 指獨自進行盜竊作案的人。

獨睡 dug⁶ sêu⁶⁻² 單人牀：一張～｜～蓆。

獨頭公 dug⁶ teo⁴ gung¹ 孤獨的老頭子。

獨頭物 dug⁶ teo⁴ med⁶ 唯一的東西。

獨市生意 dug⁶ xi⁵ sang¹ yi³ 獨家生意。

獨食 dug⁶ xig⁶ 吃獨食（形容小孩吃東西不愛分給別人）：～仔〔吃獨食的孩子〕｜"～剃頭痛"（跟小孩開玩笑的話）。〖廣州話"獨食"是形容詞，普通話"吃獨食"是動賓詞組，二者用法略有不同。〗

獨食罌 dug⁶ xig⁶ ngang¹ 後頸窩。

讀口黃 dug⁶ heo² wong⁴⁻² 順口溜（指不假思索地背誦課文）。

讀歪音 dug⁶ mé² yem¹ 讀音不準，即把字音讀歪了。

讀破字膽 dug⁶ po³ ji⁶ dam² 讀別字。

düd

嚉 düd¹（奪¹）噘（嘴）：～起個嘴〔噘着嘴〕。

dün

短度闊封 dün² dou⁶⁻² fud³ fung¹ 形容人矮而胖：呢個肥仔～，好似個冬瓜噉〔這個胖小子又矮又胖，像個冬瓜似的〕。

短火 dün² fo² 短槍的別名。

短褲 dün² fu³ 褲衩兒（短內褲）。

短命 dün² méng⁶ ❶ 壽命不長。❷ 性急：乜咁～㗎，一話就要攞到〔怎麼這樣性急，一說就要拿到手〕。

短命種 dün² méng⁶ zung² 性急的人（罵人的話，較輕）。

短切切 dün² qid³⁻¹ qid³⁻¹ 短短的：呢條褲～，唔啱佢着〔這條褲子短短的，不合他穿〕。

短莛 dün² yün⁵（莚·遠）掐尖；打頂；打尖（掐去農作物的嫩莖，使生出分枝）。

斷 dün³ 論（按照某種單位或規格進行交易）：呢度賣雞蛋～隻賣定～斤賣〔這裏賣雞蛋是論個兒賣還是論斤賣〕？

斷搶 dün³ cêng² 像搶一樣：大家做乜都～嘅〔大家做甚麼都搶着幹〕。

斷斷 dün³ dün³ 絕對（不）：我～估計唔到〔我萬萬沒想到〕｜佢～唔會反對〔他絕對不會反對〕。

斷估 dün³ gu² 瞎猜；瞎矇：答題要準

確，～唔得㗎〔答題要準確，瞎猜是不行的〕。

dung

冬 dung¹ 冬至（節氣）：今日係～〔今天是冬至〕|"～大過年"〔俗語。冬至比春節隆重〕。

冬菇 dung¹ gu¹ 香菇。

冬瓜豆腐 dung¹ gua¹ deo⁶ fu⁶ 三長兩短：有乜～就唔好喇〔有甚麼三長兩短就不好了〕。

冬瓜盅 dung¹ gua¹ zung¹ 粵菜之一。把冬瓜的上端切開，下端去瓤後放進肉丁、鮮蝦或蝦米、香菇等和水，然後蒸熟。

冬果 dung¹ guo² 各色油炸小麵食，多作年貨。

東風螺 dung¹ fung¹ lo⁴⁻² 一種大蝸牛，可吃。

凍 dung³ ❶ 冷；凍：今日好～〔今天很冷〕|我隻手～硬晒〔我的手凍僵了〕。❷ 涼：洗～水面〔洗涼水臉〕|杯茶攤～咗至飲〔茶涼(liàng)涼(liáng)了再喝〕。

凍冰冰 dung⁶ bing¹ bing¹ 冷冰冰；冰涼的：汽水～嘅，好好飲〔汽水冰涼冰涼的，很好喝〕|～嗽，出去做乜吖〔冷冰冰的，出去幹甚麼〕。

凍親 dung³ cen¹ 着涼：夜晚唔冚被就會～〔夜裏不蓋被子就會着涼〕。

凍過水 dung³ guo³ sêu² 比水還涼，比喻處境惡劣，毫無希望。

凍飲 dung³ yem² 冷飲。

¹戙 dung⁶（洞）蹾：～齊嗰沓紙〔把那疊紙蹾齊了〕。

²戙 dung⁶（洞）量詞。摞：一～瓦|一～磚|一～牌。

³戙 dung⁶（洞）豎；立：～起條棍〔把棍子豎着〕|～起隻腳〔支起腿〕。

戙篤企 dung⁶ dug¹ kéi⁵（戙，洞）（棍子等）垂直豎着：寫大字枝筆要～至好〔寫毛筆字筆要垂直才好〕。

戙起牀板 dung⁶ héi² cong⁴ ban²（戙，洞）原意是把牀板豎起來，比喻整夜不睡覺：今晚佢～都抄唔晒〔今晚他開夜車不睡覺也抄不完〕。

戙企 dung⁶ kéi⁵（戙，洞）同"戙篤企"。

戙企水魚 dung⁶ kéi⁵ sêu² yü⁴⁻²（戙，洞）俗稱胖而矮的人。〔〖"水魚"即"王八"、"鼈"。〕

***動粗** dung⁶ cou¹ 動武。

E

ê

噓 ê¹ ❶ 亂説：你又亂～啲乜呀〔你又亂説些甚麼〕？❷ 同"嘅"。

êd

噎 êd⁶ ❶ 飽嗝：打咗一個～〔打了一個飽嗝〕。❷ 象聲詞。打飽嗝的聲音。

F

fa

花 fa¹ 指幼小期的某些動物：魚～｜雞～｜鴨～。

花菜 fa¹ coi³ 菜花。

花墩 fa¹ dên¹ ❶ 置放花盆用的磚砌墩子。❷ 舊時一些人若無子女，則買一女孩來做養女，名叫"花墩"，現已少用。

花花哘 fa¹ fa¹ fid¹（哘，科熱¹切）輕浮：睇佢～噉，怕唔係幾踏實〔看他那輕浮的樣子，恐怕不怎麼踏實〕。

花哘 fa¹ fid¹（哘，科熱¹切）愛打扮；趕時髦；花俏。

花款 fa¹ fun² 花色；款式；花樣；式樣。

花假 fa¹ ga² 虛偽的；虛假的；徒有其表的：佢講嘅都係實話，冇乜～嘅〔他說的都是實話，沒有甚麼虛假的地方〕｜呢啲嘢好～嘅〔這些東西真是徒有其表〕。

花階磚 fa¹ gai¹ jun¹ 花瓷磚（鋪設室內地面用）。

花基 fa¹ géi¹ 街邊圍起來的種有花草的園地。

花菇 fa¹ gu¹ 香菇的一種，頂上有花紋，質量最好。

花鼓 fa¹ gu² 瓷製的墩子，中空，形似鼓，供人坐或放花盆用。

花圈 fa¹ hün¹ 馬路交匯處用以分隔車輛的花壇：小北～（在廣州）。

花紅 fa¹ hung⁴ 利息。

花旗參 fa¹ kéi⁴ sem¹ 西洋參。

花冧 fa¹ lem¹（冧，林¹）花蕾，花骨朵。

花嚶 fa¹ léng³⁻¹ 同下。

花嚶擎 fa¹ léng³⁻¹ kéng¹（擎，卡廳切）同"花靚仔"。

花嚶仔 fa¹ léng³⁻¹ zei² 喜歡打扮，流裏流氣，不圖長進的男青年。

花哩花碌 fa¹ li¹ fa¹ lug¹ 同"花哩碌"。

花哩碌 fa¹ li¹ lug¹ 花裏胡哨：幅畫畫得～，一啲都唔好睇〔這幅畫畫得花裏胡哨的，一點兒也不好看〕。

花哩胡碌 fa¹ li¹ wu⁴ lug¹ 同"花哩碌"。

*花令紙 fa¹ ling² ji² ❶ 逮捕證。❷ 傳票。〖"花令"是英語 warrant 的譯音。〗

花尾艔 fa¹ méi⁵ dou⁶⁻² 來往於廣州與江門、三埠、肇慶、梧州等地的一種客船。這種船由另外的動力船拖帶，在船尾漆有花紋，故名。

花名 fa¹ méng⁴⁻² 綽號；外號。

花面貓 fa¹ min⁶ mao¹ 比喻臉上骯髒的小孩：睇你個面，成隻～噉〔看你的臉，就像一隻花臉貓似的〕。

花女 fa¹ nêu⁵⁻² 結婚儀式中的女喜童。

花灑 fa¹ sa² ❶ 噴壺（澆花用）。❷ 蓮蓬頭；噴頭（洗澡用）。

花生腳 fa¹ sang¹ gêg³ 不飽滿或乾癟的花生。

*花生騷 fa¹ sang¹ sou¹ 指時裝表演。〖英語 fashion show 的音譯。〗

花生肉 fa¹ sang¹ yug⁶ 花生米；花生仁兒。

花心 fa¹ sem¹ 形容人愛情不專一。

花心大少 fa¹ sem¹ dai⁶ xiu³ 逢場作戲的好色之徒。

花心蘿蔔 fa¹ sem¹ lo⁴ bag⁶ 比喻愛情不專一的男性。

花臣 fa¹ sen⁴⁻² ❶ 式樣：有幾種～。❷ 點子；花樣（有貶意）。❸ 時髦：真

狗 ～。〖"花臣"是英語 fashion 的音譯詞。〗

花手巾 fa¹ seo² gen¹ 小魚的一種，全身有綠色條紋，尾巴很美麗，生性愛鬥。

花王 fa¹ wong⁴ 花匠；園丁。

花士令 fa¹ xi⁶ ling⁶⁻² 凡士林。〖"花士令"是英語 vaseline 的音譯詞。〗

花仔 fa¹ zei² 結婚儀式中的男喜童。

花樽 fa¹ zên¹ 花瓶。

化 fa³ ❶ 有開通、開化等意思（多用於否定語句）：你都唔 ～ 嘅〔你的腦筋一點也不開竅〕。❷ 引申為透、透徹、徹底等意思：睇 ～ 晒咯〔看透一切了〕｜撚到佢 ～ 晒〔把他捉弄得夠了〕。

化骨龍 fa³ gued¹ lung⁴ 民間傳說中的一種極像黑魚的種類，人吃了之後，其骨骼會化為血水。現用來戲指消費特別大的孩子，即甚麼都能被他吃光，使父母辛勞不已。

化學 fa³ hog⁶ ❶ 原義為名詞，經常引申作形容詞，相當於"易壞的"、"不耐用的"、"質量差的"等意思：呢張櫈真 ～，一坐就爛〔這把椅子真不結實，一坐就壞〕｜呢件衫 ～ 到極〔這件衣服真不耐穿〕。❷ 引申為"靠不住"、"玄"等意思：小道消息最 ～ 㗎喇，我唔信〔小道消息最靠不住，我可不信〕｜你放心啦，唔會咁 ～ 嘅〔你放心吧，不至於那麼玄〕。

化學公仔 fa³ hog⁶ gung¹ zei² 用賽璐珞做成的洋娃娃。

化水 fa³ sêu² 洇：呢停紙寫字 ～〔這種紙寫字會洇〕。

化算 fa³ xun³ 划算；合算：噉做最 ～〔這麼做最划算〕。

fad

法 fad³ 助詞。一般跟謂語動詞或動賓、動補詞組相結合，前面往往跟指示代詞"咁"、"噉"或疑問代詞"點（樣）"配合使用，起加強語氣的作用：一日睇幾場戲，點樣睇 ～〔一天看幾場戲，怎樣看法〕｜佢點樣蝦你 ～〔他怎樣欺負你〕｜你咁惡死 ～，人人都嬲死你〔你這樣兇，人人都恨死你〕。

發 fad³ ❶ 繁衍：呢條村嘅人 ～ 得快〔這條村子的人繁衍得快〕。❷ 同"發達"。

發大水 fad³ dai⁶ sêu² 洪水泛濫；洪水漲。

發青光 fad³ céng¹ guong¹ 青光眼（眼病之一，瞳孔放大，角膜水腫，呈灰綠色）。

發達 fad³ dad⁶ 發財。

發癲 fad³ din¹ 發瘋。

發花癲 fad³ fa¹ din¹ 發瘋（專指因相思過度而神經錯亂）。

發粉 fad³ fen² 焙粉；起子。

發風 fad³ fung¹ ❶ 麻風病。❷ 患麻風病。

發風發出面 fad³ fung¹ fad³ cêd¹ min⁶⁻² 比喻醜事敗露、外揚。

發腳 fad³ gêg³ 拔腿（跑）：～ 追過去。

發雞盲 fad³ gei¹ mang⁴ ❶ 患夜盲症。❷ 罵人之語。

發雞瘟 fad³ gei¹ wen¹ 形容人糊塗、愣頭愣腦。

發驚青 fad³ géng¹ céng¹ 形容人急不可待。也説"發青驚"。

發姣 fad³ hao⁴ 指女子性興奮，在行動上對異性有所表現，多用於罵人。

發燆 fad³ hing³ 發燒。

發開口夢 fad³ hoi¹ heo² mung⁶ 説夢話。

發窮惡 fad³ kung⁴ ngog³ 因貧窮而生氣、發牢騷。

發爛鮓 fad³ lan⁶ za² 發潑，蠻橫不講道理。

發冷 fad³ lang⁵ 發瘧(yào)子；打擺子。

發嘟厲 fad³ long¹ lei⁶⁻² 突然放肆地發脾氣；大發雷霆。

發貓寒 fad³ mao¹ hon⁴ 形容人怕冷，因為貓比較怕冷。

發矛 fad³ mao⁴ 指人因過於衝動而不顧一切、紅了眼：打百分輸到 ~〔打百分輸得紅了眼〕。

發瘟瘤 fad³ meng² zeng² 脾氣突然變得暴躁，歇斯底里。

發毛 fad³ mou⁴⁻¹ 發霉：呢啲嘢好容易 ~〔這些東西很容易發霉〕。

發懵 fad³ mung² ❶ 昏迷；迷糊：佢發燒，熱到 ~〔他發燒，熱得迷糊了〕。❷ 糊塗：你真係 ~ 喇〔你真是糊塗了〕。

發夢 fad³ mung⁶ 做夢：~ 都未見過〔做夢也沒有見過〕｜發咗一個夢〔做了一個夢〕。

發嬲 fad³ neo¹ 生氣。

發啞瘴 fad³ nga² zêng³ 戲指賭氣不答話的人：你為乜唔出聲，~ 呀〔你為甚麼不做聲，啞巴啦〕？

發牙痕 fad³ nga⁴ hen⁴ ❶ 指幼兒愛咬東西。❷ 指人想吃零食：我 ~ 隨便揾啲嘢嚼下〔我想吃零嘴，隨便找些東西嚼嚼〕。❸ 形容人多嘴：你唔好 ~ 亂講啊〔你不要多嘴亂說啊〕。

發噏風 fad³ ngeb¹ fung¹（噏，挨急切）胡說八道；胡言亂語：你唔好 ~ 喇〔你別胡言亂語了〕。

發暗話 fad³ ngem⁶ wa⁶（暗，暗⁶）說夢話；說昏話。

發吽哣 fad³ ngeo⁶ deo⁶（吽，牛⁶；哣，豆）發愣；發呆：佢點解成日 ~ 㗎〔他幹嗎整天發愣〕？｜呢個細蚊仔成日 ~，係唔係想作病呀〔這個小孩整天發呆，是不是想生病呀〕？

發錢寒 fad³ qin⁴⁻² hon⁴ 財迷心竅。〖"發……寒"這種格式，中間可以套好些名詞，表示想……想得着迷了，如"發書寒""發仔寒"等等。〗

發散 fad³ san³ 散發：~ 廣告。

發身 fad³ sen¹ 青年身體發育。

發神經 fad³ sen⁴ ging¹ 瘋；神經病（責備人時用）：你噉做，~ 咩〔你這樣幹，瘋了嗎〕！｜噏啲乜呀，~〔胡説些甚麼，神經病〕！

發水 fad³ sêu² 發（用水浸泡食物，使之膨脹變軟）。

發條 fad³ tiu⁴ 時鐘上的鏈兒。

發癲 fad³ wen¹ 指人神經錯亂，舉動失常；發瘋：好似 ~ 噉〔像瘋了似的〕。

發市 fad³ xi⁵ ❶ 開市（指賣東西時，有人來光顧，買賣成交）：一早就 ~｜唔 ~〔沒人光顧〕。❷ 買賣興隆：呢間舖頭今日真 ~〔這個商店今天買賣真好〕。

發硝 fad³ xiu¹ 柿餅、薯乾等食物起白霜。

發燒友 fad³ xiu¹ yeo⁵⁻² 指對某一事物十分有興趣以致入了迷的人；狂熱者。

發羊吊 fad³ yêng⁴ diu³ 癲癇；發羊癇風；發羊角風。

發軟蹄 fad³ yün⁵ tei⁴ ❶ 牲畜因腿軟而失蹄。❷ 戲稱人突然腿腳發軟而跌倒。

發酒寒 fad³ zeo² hon⁴ 醉酒後出現頭痛、怕冷等症狀。

髮腳 fad³ gêg³ 髮邊（後頸直到兩鬢頭髮與寒毛之間的地方）：剃 ~。

髮尾 fad³ méi⁵ 髮梢；髮尖。

fag

搣（攉） fag³（科客切）❶ 用小棍子或鞭子亂打：唔好亂 ~ 隻牛〔不要亂打耕牛〕｜攉條竹 ~ 啲樹葉落嚟〔拿根竹子打些樹葉下來〕。❷ 攪打：~ 雞蛋。

揻水蛋 fag³ sêu² dan⁶⁻² (揻，科客切) 雞蛋羹。

fai

快把 fai³ ba¹ 快巴的確涼。〖"快把"是英語 fibre 的音譯詞。〗

*__快勞__ fai¹ lou² ❶檔案。❷檔案夾。〖"快勞"是英語 file 的音譯詞。〗

快脆 fai³ cêu³ 快；快當；利索：好 ~ 就翻嚟〔很快就回來〕｜佢做嘢好 ~ 〔他幹活很利索〕。

快快脆脆 fai³ fai³ cêu³ cêu³ 快快；趕忙：~ 做完佢算啦〔趕忙把它幹完算了〕。

快高長大 fai³ gou¹ zêng² dai⁶ 快快長大 (對兒童的祝福語)。

*__髮型屋__ fad³ ying⁴ ngug¹ 理髮店。

快過打針 fai³ guo³ da² zem¹ 有些疾病，打針比吃藥生效快。人們用打針生效的速度來比喻事情變化的快速，僅是誇張的說法而已。

快手 fai³ seo² (幹活) 迅速：佢做嘢好 ~〔他幹活很迅速〕｜快啲手啦，就嚟夠鐘喇〔快點幹吧，快要到點了〕。

快手快腳 fai³ seo² fai³ gêg² 幹活麻利；趕快：大家 ~ 做埋就收工〔大家趕快做完了就收工〕。

快掣 fai³ zei³ 自動式的；連發的(槍)：~ 駁殼。

筷子碗碟 fai³ ji² wun² dib⁶ 餐具的總稱。

fan

番 fan¹ 助詞。用在動詞後面作補語，表示回復，相當於"回"、"重新"、"再"等意思：畀 ~ 我〔還給我〕｜呢件衫濕咗又乾 ~〔這件衣服濕了又乾了〕｜着 ~ 件衫啦〔穿上衣服吧〕｜

唔要就留 ~ 畀佢〔不要就留給他〕｜整 ~ 好架單車〔把自行車修理好〕。

番啄 fan¹ dêng¹ (啄，讀音 dêg³) 十字鎬；鶴嘴鋤。

番梘 fan¹ gan² (梘，簡) 肥皂。

番狗 fan¹ geo² 泛指小型的洋犬。

番狗仔 fan¹geo² zei² 哈巴狗。

番瓜 fan¹ gua¹ 南瓜；老倭瓜。

番鬼 fan¹ guei² ❶同"番鬼佬"。❷蠻不講理：呢個人好 ~ 㗎〔這個人很不講理〕。

番鬼荔枝 fan¹ guei² lei⁶ ji¹ 一種水果，皮有瘤狀突起，灰綠色，形狀像小菠蘿。

番鬼佬 fan¹ guei² lou² 洋鬼子 (舊時指侵略我國的西洋人)。

番蠻 fan¹ man⁴ 野蠻，蠻橫：大家文明啲，唔好咁 ~〔大家文明一點，不要蠻橫〕。

番鴨 fan¹ ngab³ 旱鴨子。又叫"泥鴨"、"洋鴨"。

番石榴 fan¹ ség⁶ leo⁴⁻² 南方常見的一種果樹，小喬木，樹身光滑，果圓形或橢圓形，果核小而多，皮和果肉、果核一併食用。又叫"雞屎果"。

番攤 fan¹ tan¹ 一種類似押寶的賭博。

番薯 fan¹ xu⁴⁻² 白薯；紅薯；甘薯。

番薯糖 fan¹ xu⁴ tong⁴⁻² 糖水白薯(甜食)。

翻(番、返) fan¹ 回；返：~ 屋企〔回家〕｜~ 宿舍｜佢 ~ 咗公司〔他回公司去了〕。

翻本 fan¹ bun² 撈回成本，撈回投資：開發呢個項目，好快就會 ~〔開發這個項目，很快就會撈回成本〕。

翻抄 fan¹ cao¹ 再製；再生：~ 子彈。

翻扯 fan¹ cé² 回去：幾點鐘 ~〔幾點回去〕？

翻尋味 fan¹ cem⁴ méi⁶ 指吃過好吃的東西想回頭再吃：包你食過 ~〔保證你吃過還要回頭再吃〕。

翻草 fan¹ cou² 反芻。

翻風 fan¹ fung¹ 颶風；起風：今晚會
　～｜～落雨。

翻歸 fan¹ guei¹ 回家。

翻工 fan¹ gung¹ 上班兒。

翻去 fan¹ hêu³ 回去：你幾時～？｜攞～
　〔拿回去〕。

翻學 fan¹ hog⁶ 上學（指每天由家裏到
　學校去上課）：幾點鐘～？

翻轉頭 fan¹ jun² teo⁴ ❶ 回頭：你～想
　下〔你回頭想一想〕｜諗～就諗通喇
　〔回頭想一想就想通了〕。❷ 回去：
　天黑咯，～罷啦〔天黑了，回去吧〕。

翻企 fan¹ kéi² "翻屋企"的省説。

翻屋企 fan¹ ngug¹ kéi² 回家。

翻嚟 fan¹ lei⁴（嚟，黎）回來：叫佢～
　〔叫他回來〕｜收～。

翻生 fan¹ sang¹ ❶ 復活：死咗又～〔死
　了又復活〕。❷ 再生：～父母。❸ 已
　婚婦女死後，其丈夫另娶一女子續
　弦，原來女方的親屬稱這女子為"翻
　生××"：～大姐｜～表妹｜～女。

翻頭嫁 fan¹ teo⁴ ga³ 再嫁。

翻頭婆 fan¹ teo⁴ po⁴⁻² 二婚頭；二婚兒
　（舊社會稱再婚的婦女，這是歧視婦
　女的稱呼）。

翻渣 fan¹ za¹ ❶ 把沏過的茶葉曬乾炒
　過，重新製作：～茶葉。❷ 煎第二
　次藥：～第二次〔再煎第二次〕。

仮 fan² 玩兒；鬧；開玩笑：你唔好亂
　嚟，我唔同你～㗎〔你別亂來，我
　是不跟你開玩笑的〕！

反斗 fan² deo² 頑皮；淘氣：呢個仔最～
　〔這孩子最淘氣〕｜佢～到冇譜〔他
　頑皮得不像話〕。

反斗星 fan² deo² xing¹ 指淘氣搗蛋的
　小孩。

反瞓 fan² fen³ 睡覺不老實，不安穩（多
　指兒童）：呢個仔好～〔這孩子睡覺
　很不老實〕。

反轉 fan² jun³（裏面）翻過來。

反領 fan² léng⁵ 翻領。

反骨 fan² gued¹ 無情義的：～無情〔忘
　恩負義〕。

反面 fan² min⁶⁻² 翻臉：～唔認人〔翻
　臉不認人〕。

反仰 fan² ngong⁵（仰，讀音 yêng⁵）仰
　着：～瞓〔仰睡〕。

反水 fan² sêu² 叛變。

反為 fan² wei⁴ 反而：你鬧佢～唔好
　〔你罵他反而不好〕。

煩 fan⁴ 麻煩：申請手續好～㗎〔申請
　手續夠麻煩的〕｜做呢啲嘢最～嘞
　〔幹這些事最麻煩了〕。

犯 fan⁶⁻² 犯人：嫌～｜監～〔監牢裏
　的犯人〕。

犯 fan⁶ 妨（迷信的人指某人或某物對
　人不利）。

犯小人 fan⁶ xiu² yen⁴ 迷信的人認為做
　了某些事，衝撞了鬼神。

犯眾憎 fan⁶ zung³ zeng¹ 人人憎恨：做呢
　件咁陰功嘅事，一定會～〔幹這件那
　麼缺德的事情，一定會人人憎恨〕！

飯煲 fan⁶ bou¹ 煮米飯用的鍋，多為砂
　鍋、鋁鍋等。煮飯或炒菜用的鐵鍋
　叫"鑊"。

飯鏟 fan⁶ can² 炒菜及盛飯用的鍋鏟。

飯鏟頭 fan⁶ can² teo⁴ 眼鏡蛇。

飯店 fan⁶ dim³ 飯館，餐館。

*飯盒 fan⁶ heb⁶⁻² 盒飯：晏晝都食～〔中
　午都吃盒飯〕。

飯殼 fan⁶ hog³ 飯勺。

飯焦 fan⁶ jiu¹ 鍋巴。

飯鏱 fan⁶ pang¹ 盛飯用的鍋。

飯湯 fan⁶ tong¹ 米湯。

飯蕊 fan⁶ yêu⁵ 瘊子（皮膚上長的不痛
　不癢的疣瘩）。

瓣 fan⁶ ❶ 業務範圍；專業範圍；行業：
　你做邊～呀〔你做的是哪一行業〕？
　❷ 片；塊：呢～種菜〔這片種菜〕。

fé

咈 fé⁴（扶耶切）❶ 象聲詞。刺（漏氣聲）：車轆 ～～ 咁漏氣〔軲轆刺刺地漏氣〕。❷ 噴射：～ 水。

fed

忽必烈 fed¹ bid¹ lid⁶ 元朝開國之君。他的先人和他先後攻滅了金國和宋朝，即"吞金滅宋"。廣州話"宋"與"餸"（菜）同音，人們把私吞集體伙食錢的人比喻為吞了金（菜金），減少了"餸"（宋）的忽必烈，以示不滿。

揔 fed¹（忽）舀：～ 水｜～ 粥。〖"揔"這個詞廣州市外各地很普遍，但市內一般說"揮"。〗

窟 fed¹ 量詞。塊(指較小的)：一～布。

佛口蛇心 fed⁶ heo² sé⁴ sem¹ 形容人心裏狠毒但說話裝得很仁慈。

佛爺 fed⁶ yé⁴ ❶ 佛像。❷ 比喻脾氣極好的人。❸ 比喻整天坐着不幹活的人。

fei

揮春 fei¹ cên¹ 春聯（春節時貼在門旁的對聯）。

費事 fei³ xi⁶ ❶ 免得；以免：我唔想入去，～ 影響大家學習〔我不想進去，以免影響大家學習〕。❷ 懶得（不願意花時間或精力做某事）：我好瘡，～ 去街咯〔我很疲倦，懶得上街了〕。❸ 麻煩：嫌 ～｜做採購好 ～ 㗎〔做採購很麻煩的〕。普通話"費事"指事情複雜，或手續麻煩而不容易辦。

廢 fei³ 窩囊：乜都唔會，真係 ～ 嘅〔甚麼都不會，真窩囊〕！

féi

¹飛 féi¹ 票：買一張 ～｜撲 ～〔設法找票〕。〖"飛"是英語 fare 的音譯詞。〗

²飛 féi¹ 厲害；了不起（有貶意）：呢個人真 ～〔這個人真厲害〕。

³飛 féi¹ 香港指人穿着新潮：呢個人着得真 ～〔這個人衣着很新潮〕。

⁴飛 féi¹ 去掉，把東西的邊緣去掉一部分：呢塊木料太大，要 ～ 去一寸〔這塊木料太大，要裁去一寸〕。

飛翔船 féi¹ cêng⁴ xun⁴ 氣墊船。

飛單 féi¹ dan¹ 收款而不入賬。

飛髮 féi¹ fad³ 理髮。

飛髮剪 féi¹ fad³ jin² 理髮推子。

飛髮佬 féi¹ fad³ lou² 理髮師。

飛風咁快 féi¹ fung¹ gem³ fai³ 像颳風那麼快。

飛髮舖 féi¹ fad³ pou³⁻² 理髮店。

飛機欖 féi¹ géi¹ lam⁵⁻² 小販賣橄欖時，遇到二樓的顧客，能把橄欖準確地拋到樓上去。孩子們戲稱這種橄欖為"飛機欖"。

飛機袖 féi¹ géi¹ sêd¹ 夾克（短外套）。

飛機師 féi¹ géi¹ xi¹ 飛行員。

飛起 féi¹ héi² 非常；厲害；要命（一般只作補語，有貶意）：熱到～｜瘦到～。

飛起嚟咬 féi¹ héi² lei⁴ ngao⁵ 拼命地咬，比喻索價過高，宰客嚴重：旅遊點收費太離譜，直程 ～〔旅遊點收費太厲害，簡直是狠宰顧客〕。

飛擒大咬 féi¹ kem⁴ dai⁶ ngao⁵ 瘋狂地撲過去狠狠地咬一口。形容一些過分的舉動或出格的行為，如高價宰客等。

飛利 féi¹ léi⁶ 犀利；厲害（有貶意）。

飛來蜢 féi¹ loi⁴ mang⁵⁻² 自動送上門來的事情（一般是對本人或本單位有利的）。

飛水 féi¹ sêu² 把食材放進開水裏略燙一下，以除腥味，比焯時間短。

F

飛天本事 féi¹ tin¹ bun² xi⁶ 高強的本領：任你有 ～ 都難過我呢關〔任你有天大的本領也難過我這一關〕。

飛天蠄蟧 féi¹ tin¹ kem⁴ lou⁴⁻² 指善於攀緣的小偷。

飛鼠 féi¹ xu² 蝙蝠。

飛翼 féi¹ yig⁶ 有翅膀的白蟻。

飛站 féi¹ zam⁶ 甩站（公共汽車過站不停）。

飛仔 féi¹ zei² 阿飛；小流氓。

非禮 féi¹ lei⁵ 多指對婦女做出不禮貌的行為。特指調戲、猥褻婦女：有人要 ～ 少女〔有人要調戲少女〕｜差啲畀人 ～〔差點遭人猥褻〕。

菲林 féi¹ lem² 照相膠捲。〖"菲林"是英語 film 的音譯詞。〗

*菲傭 féi¹ yung⁴ 菲律賓女傭。年輕的又叫"賓妹"。

緋聞 féi¹ men⁴ 桃色新聞，指有關男女關係的消息或傳聞。

匪類 féi² lêu⁶ ❶ 形容人粗鄙：周身 ～〔為人粗鄙下賤〕。❷ 指輕狂浮躁的人：新出 ～〔輕狂的年輕人〕｜冇膽 ～〔愛搞蛋卻又膽小的人〕。

肥 féi⁴ ❶ 肥；胖：～ 肉｜～ 豬｜～仔〔胖小子〕。❷ 油膩：呢隻碗裝過油，太 ～ 喇〔這個碗盛過油，太油膩了〕。

肥腯腯 féi⁴ ded¹ ded¹（腯，凸¹）肥肥胖胖（專指小孩）。

肥嘟嘟 féi⁴ düd¹ düd¹（嘟，奪¹）同上。

肥肥白白 féi⁴ féi⁴ bag⁶ bag⁶ 白白胖胖。

*肥佬 féi⁴ lou² 原意是"失敗"，用來表示考試不及格：呢次考試 ～〔這次考試不及格〕｜佢考車牌又肥咗佬〔他考駕駛執照又不及格〕。〖英語 fail 的音譯詞。〗

肥淰淰 féi⁴ nem⁶ nem⁶ 形容肉類過肥，或者器皿上沾上的油過多的樣子。

肥膩 féi⁴ néi⁶ 油膩。

肥年 féi⁴ nin⁴ 豐盛的新年，指過春節時手頭寬裕，年貨豐足：今年春節你得嘅獎金最多，呢次你要過個 ～ 咯〔今年春節你得的獎金最多，這回你該過個豐足的年了〕。

肥水 féi⁴ sêu² 有肥效的水，包括糞尿、溝渠坑池內的水。

肥數 féi⁴ sou³ 巨大的數目，可觀的錢財、利益。

肥腯腯 féi⁴ ten⁴ ten⁴（腯，吞⁴）❶ 胖呼呼（有貶意）：嗰個佬 ～ 嘅，好論盡〔那個人胖呼呼的，笨手笨腳〕。❷ 肥肥的：啲豬肉 ～，唔好食〔豬肉肥肥的，不好吃〕。

肥頭耷耳 féi⁴ teo⁴ deb¹ yi⁵ 形容人肥頭肥腦。

肥田料 féi⁴ tin⁴ liu⁶⁻² 肥田粉；化學肥料；化肥。

肥肚腩 féi⁴ tou⁵ nam⁵ 同"大肚腩"。

肥屍大隻 féi⁴ xi¹ dai⁶ zég³ 形容人肥胖，個子大（有貶意）：咁 ～，一百斤都擔唔喐〔個子這麼大，一百斤還挑不動〕？

肥仔 féi⁴ zei² 小胖子。

肥仔嘜 féi⁴ zei² meg¹（嘜，麥¹）小胖兒。

肥仔米 féi⁴ zei² mei⁵ ❶ 粳稻米，因稻粒粗短得名。❷ 爆米花。

fen

分分鐘 fen¹ fen¹ zung¹ 時刻；隨時：我 ～ 都準備好｜～ 都想去。

分賬 fen¹ zêng³ 分配（按一定的比例分配錢財）：兩人三七 ～。

粉 fen² ❶ 麵（糧食磨成的粉）：粟米 ～〔玉米麵〕。❷ 麵兒(粉末)：胡椒 ～｜辣椒 ～｜藥 ～。❸ 粉條兒（用大米粉製成的粉條）：炒 ～。❹ 形容詞。麵（指含澱粉多的食物熟後軟而鬆散）：～ 芋頭｜～ 藕。

粉刷 fen² cad³⁻² 板擦兒。

粉槍 fen² cêng¹ 火槍（從槍口裝火藥和鐵沙的獵槍）。

粉腸 fen² cêng⁴⁻² ❶ 一種粉食，米粉蒸熟後捲成筒狀。❷ 同 "豬粉腸"。

*粉腸 fen² cêng⁴⁻² ❶ 指容貌不端正的男子。❷ 罵人語。混蛋。

粉葛 fen² god³ 葛薯。

粉角 fen² gog³ 一種類似餃子的鹹點心。

粉果 fen² guo² 一種用米粉作皮，用肉丁、鮮蝦等作餡製成的鹹點心（一般蒸着吃）。

粉蕉 fen² jiu¹ 芭蕉的一種，皮薄，淡黃色。

粉牌 fen² pai⁴ 食肆、大牌檔等用以公佈菜色、價格及臨時記事的木牌。（又叫 "水牌"。）

瞓 fen³（訓。少數人讀 hen³）❶ 睡：～着咗〔睡着了〕｜～晏覺〔睡午覺〕。❷ 躺：～低〔躺下〕｜～喺草地上便〔躺在草地上〕。

瞓低 fen³ dei¹ 躺下：打針要唔要～〔打針要不要躺下〕?

瞓得 fen³ deg¹ ❶ 可以睡：而家～囉嗎〔現在可以睡了吧〕?｜呢度瞓唔～〔這裏可以睡嗎〕? ❷ 能睡，好睡：佢真～，坐喺度都瞓着〔他真能睡，坐着也能睡着〕。

瞓得覺落 fen³ deg¹ gao³ log⁶ 能睡個安穩覺：個仔考到大學你就～喇啩〔兒子考上了大學，你就放心了吧〕?

瞓覺 fen³ gao³ 睡覺。

瞓振頸 fen³ lei² géng²（振，讀音 lei⁶）落（lào）枕。

瞓淰 fen³ nem⁶ 熟睡，形容人睡覺睡得很深：佢～未呀〔他睡熟了嗎〕?｜佢瞓得好淰〔他睡得很熟〕。

瞓着眼 fen³ zêg⁶ ngan⁵ 睡着：我～都想呢個問題〔我睡着了也想這個問題〕。

墳山 fen⁴ san¹ 墳地。（也説 "山墳"。）

…份人 fen⁶ yen⁴ 這人，對某人有不良的評價時用：佢嗰～我怕晒嘞〔他這人我真沒辦法對付了〕。

忿 fen⁶ 服：我唔～〔我不服〕。

忿低威 fen⁶ dei¹ wei¹ ❶ 自認能力、成果等不如別人。❷ 忍氣吞聲：佢咁惡，你忿下低威算咯〔他這麼兇，你就忍着點吧〕。

忿氣 fen⁶ héi³ 服氣：唔～〔不服氣〕。

忿老 fen⁶ lou⁵ 服老：你都八九十歲咯，要～至得㗎〔你都八九十歲了，要服老才行〕。

忿輸 fen⁶ xu¹ 服輸。

feng

搵 feng⁴（扶恆切）用拳頭或棍子打（比較用力的）：～咗一捶〔打了一拳〕｜一棍～過去。

feo

否 feo¹（讀音 feo²）淘汰：呢個籃球隊第二輪比賽就～咗〔這個籃球隊第二輪比賽就被淘汰了〕。〖"否" 是英語 fault 的音譯詞。〗

浮 feo⁴ 輕浮：佢嘅作風太～〔他的作風太輕浮〕。

浮浮泛 feo⁴ feo⁴ fan³ 漂浮的樣子。（又叫 pou⁴ pou⁴ pan³。）

浮泥 feo⁴ nei⁴ 淤泥；浮土。

浮皮 feo⁴ péi⁴ 用沙炒的豬皮，做菜餡用。

埠 feo⁶ ❶ 港口；商埠（多指外國的港口和城市）：出～｜過～〔指過去華僑出國〕。❷ 堆棧：米～。

埠頭 feo⁶ teo⁴ 外國的商埠。

fid

拂（咈） fid¹（科必切）❶ 用小枝條抽打：～咗一下〔抽了一下〕。❷ 象聲詞。揮動樹枝或皮鞭的聲音。

fing

抭 fing⁶（扶認切）甩 (shuǎi)：～一～枝墨水筆〔把鋼筆甩一甩〕｜～乾隻手〔把手上的水甩掉〕。

fiu

咈士 fiu¹ xi²（咈‧科夭切）保險絲（電路上的保險裝置用的導線）：燒咗～〔保險絲燒了〕。〖"咈士"是英語 fuse 的音譯詞。〗

fo

科錢 fo¹ qin⁴⁻²　湊錢；湊份子。

火 fo²　燈泡的瓦數：四十～嘅燈膽〔四十瓦的燈泡〕。

火灰 fo² fui¹　爐灶灰或草木灰。

火灰籮 fo² fui¹ lo⁴　裝着火灰的籮筐無論放到哪裏都會留下一些火灰，比喻到處都留下劣跡的人：佢真係一個～，邊個都唔中意〔他是一個不受歡迎的人，誰都不喜歡〕。

火攪米 fo² gao² mei⁵　機米（指用碾米機碾的米，現已少用）。

火機 fo² géi¹　打火機。

火頸 fo² géng²　脾氣暴躁；脾氣不好。

火蓋頂 fo² goi³ déng²　突然間發脾氣。也説"火壅頂"。

火滾 fo² guen²　惱火；生氣：真～｜唔使咁～〔用不着那麼生氣〕。

火滾火燎 fo² guen² fo² liu⁴　形容人十分焦急、煩躁、惱怒。

火起 fo² héi²　發火；冒火；火兒：激到佢～〔氣得他發火〕｜佢～喇〔他火兒了〕。

火氣 fo² héi³　脾氣（多指不好的脾氣）：佢嘅～唔係幾好〔他的脾氣不怎麼好〕｜乜～咁猛呀〔為甚麼發那麼大脾氣〕？

火紅火綠 fo² hung⁴ fo² lug⁶　怒不可遏；怒氣沖沖。

火鑽 fo² jun³　紅寶石：～戒指。

火鉗 fo² kim⁴　火剪（夾柴炭的用具）。

火麒麟 fo² kéi⁴ lên⁴　歇後語，下一句是"周身引（癮）"。意指對甚麼事都感興趣。

火燶 fo² lo³（燶‧羅 ³）❶ 同"燶" lo³。❷ 煙味兒（指飯菜煮煙後的氣味）：呢鑊飯有～嘞〔這鍋飯有煙味兒〕。

火路 fo² lou⁶　❶ 火候：炒菜要掌握～。❷ 指煮東西的時間：呢煲粥夠晒～〔這鍋粥熬的時間夠長的〕。

火尾 fo² méi⁵　火舌。

火牛 fo² ngeo⁴　❶ 變壓器。❷ 日光燈的鎮流器。

火鵝 fo² ngo⁴　烤鵝，燒鵝(現已少用)。

火水 fo² sêu²　煤油。

火水燈 fo² sêu² deng¹　煤油燈。

火水爐 fo² sêu² lou⁴　煤油爐。

火燂塵 fo² tam⁴ cen⁴（燂‧譚）塔灰（廚房屋頂或牆壁上的煙灰及塵土）。

火燂煤 fo² tam⁴ mui⁴　同上。

火筒 fo² tung⁴　吹火筒。

火屎 fo² xi²　❶ 火星（打鐵或燒柴時飛濺出來的火星）。❷ 火炭（燃燒不透存在灰爐裏的小粒火炭）。

火星撞地球 fo² xing¹ zong⁶ déi⁶ keo⁴　激烈地碰撞、爭吵，矛盾表面化：佢哋兩個嗌起上嚟真係～〔他們兩個吵起來真是不得了〕。

火燒眼眉 fo² xiu¹ ngan⁵ méi⁴　火燒眉毛，情勢急迫。

火蒜 fo² xun³ 用火燻過的蒜頭。

火船 fo² xun⁴ 輪船；火輪（多指以煤作燃料或比較大的船）。

火船仔 fo² xun⁴ zei² 過去在內河裏牽引渡船用的小輪船。（現已少見。）

火秧簕 fo² yêng¹ leg⁶ 一種肉質植物，叢生，有刺。

火油 fo² yeo⁴ 同"火水"。

火遮眼 fo² zé¹ ngan⁵ 形容人氣極了而失去理智。

火酒 fo² zeo² 酒精。

火嘴 fo² zêu² 火花塞；電嘴（內燃機上的點火裝置）。

火燭 fo² zug¹ 火警；火災；着火：注意 ～｜～ 喇〔着火啦〕。

火燭車 fo² zug¹ cé¹ 消防車；救火車。

伙 fo² 量詞。戶：呢間屋住兩 ～ 人〔這所房子住兩戶人家〕。

伙夫 fo² fu¹ 舊時稱炊事員。

伙記（伙計）fo² géi³ ❶ 店員；長工（過去指商店的店員及地主所僱的長工）：請 ～。❷ 伙計；夥伴。〖"計"字的讀音是 gei³，不管寫作"伙記"或"伙計"，口語一律說 fo² géi³。〗

伙頭 fo² teo⁴⁻² 伙夫；火夫（過去對炊事員不尊敬的稱呼）。

伙頭君 fo² teo⁴ guen¹ 同上。

貨辦 fo³ ban² 貨物的樣品。

貨腳 fo³ gêg³ 運輸貨物的費用。

貨櫃 fo³ guei⁶ 集裝箱：～車｜～碼頭。

貨尾 fo³ méi⁵ 剩貨；殘貨。

貨仔 fo³ zei² （充其量不過……）貨色（帶有輕蔑之意）：呢種鞋都係一年 ～ 嘅〔這種鞋充其量不過穿一年的貨色〕｜係噉嘅 ～ 喇〔就是這樣的貨色了〕！

fong

慌 fong¹ ❶ 慌；怕：唔使 ～〔不必害怕〕｜我 ～ 你唔同意〔我怕你不同意〕

意〕｜心好 ～〔心很慌〕。❷ 擔心：我 ～ 你遲到。

慌住 fong¹ ju⁶ 擔心着，考慮到某些問題而不敢下決心：我 ～ 你重嬲緊〔我擔心你還在生氣〕。

慌怕 fong¹ pa³ 怕；擔心：我 ～ 你趕唔切〔我擔心你來不及〕。

慌失失 fong¹ sed¹ sed¹ 慌手慌腳；慌慌張張：呢個人嘅行動有啲 ～，大概有問題〔這個人的行動慌慌張張，大概有問題〕。

慌死 fong¹ séi² 生怕，害怕（帶有貶意）：有人做多啲嘢就 ～ 蝕抵〔有人多做了一點事就生怕吃虧〕。

房 fong⁴⁻² 房間；屋子：一廳兩 ～｜大 ～ 細 ～ 都住滿人〔大屋小屋都住滿了人〕｜入 ～ 坐〔進屋裏坐〕。〖廣州話的"房"等於普通話的"屋子"或"房間"，"屋"等於普通話的"房子"，二者意義正相反。〗

房車 fong² cé¹ 小轎車。

放白鴿 fong³ bag⁶ geb³ 二人串通行騙。

放膽 fong³ dam² 放心（做某事）：～ 做｜你即管 ～ 去啦〔你儘管放心去吧〕。

放低 fong³ dei¹ 放下：～ 個桶〔把桶放下〕。

放電 fong³ din⁶ 指女人向男人拋媚眼，賣弄風騷。

放飛機 fong³ féi¹ géi¹ 對方失約或失信。

放監 fong³ gam¹ 出獄。

放貴利 fong³ guei³ léi⁶⁻² 放高利貸。

放工 fong³ gung¹ 下班兒。

放光蟲 fong³ guong¹ cung⁴ ❶ 一種有熒光的蟲，像蚯蚓。❷ 螢火蟲的別名。

放落 fong³ log⁶ 存放：呢個噉 ～ 你度先〔這個箱子先存放在你這裏〕。

放脡 fong³ pé⁵（脡，婆罵切）撒野。

*放蛇 fong³ sé⁴ ❶ 因約束不嚴而偷懶。❷ 指警察喬裝顧客，深入非法經營場所查案。

放聲氣 fong3 séng1 héi3 放風聲。

放水 fong3 sêu2 私下給人方便；有意通融：放下水啦〔通融一下吧〕| 注意～嗜〔方便着點兒，啊〕。

放數 fong3 sou3 放高利貸。

放葫蘆 fong3 wu4 lou4-2 吹牛；撒謊。

fu

枯 fu1 乾枯腐爛：欖腳～咗咯〔欖腿朽爛了〕。

夫 fu1 量詞。塊：一～田〔一塊地〕。

骷顱頭 fu1 lou4 teo4 骷髏頭。

苦茶 fu2 ca4 味苦的"涼茶"。

苦刁刁 fu2 diu1 diu1 非常苦：嗰啲茶～嘅〔那些湯藥苦得很〕。

苦瓜噉嘅面 fu2 gua1 gem2 gé3 min6 同"苦口苦面"。

苦瓜乾 fu2 gua1 gon1 形容人愁眉苦臉的樣子：唔好成日～噉嘅面〔不要整天愁眉苦臉的〕。

苦過弟弟 fu2 guo3 di4 di4-2（弟，讀音 dei6）（景況）非常困苦：屋漏更兼連夜雨，真係～咯〔破房子加上連夜雨，真是苦得很啊〕！

苦口苦面 fu2 heo2 fu2 min6 哭喪着臉；耷拉着臉：睇佢擔心到成日～〔看他擔心得整天耷拉着臉〕。

苦麥 fu2 meg6 苦蕒菜；苣蕒菜。

虎鳳燴三蛇 fu2 fung6 wui6 sam1 sé4 粵菜名，即貓、雞燴金環蛇等三種蛇。

戽斗邊 fu3 deo2 bin1 左耳刀（漢字偏旁"阝"，在字的左邊）。

戽被 fu3 péi5 蹬被子（指小孩睡覺時把被子蹬掉）。

戽魚 fu3 yü4 戽水捉魚。

負氣 fu3 héi3（負，讀音 fu6）形容人牢騷滿腹，態度不好：佢唔知做乜咁～〔他不知道為甚麼牢騷滿腹〕| 佢咁～，人哋睇見就怕〔他態度那麼不好，人家看見就怕〕。〖普通話的"負氣"是"賭氣"的意思，與廣州話略有不同。〗

副 fu3 量詞。套（用於機器）：一～機器 | 一～工具。

褲袋 fu3 doi6-2 褲兜。

褲腳 fu3 gêg3 褲腿的下端。

褲骨 fu3 gued1 褲子左右兩邊的縫兒。

褲頭 fu3 teo4 ❶ 褲腰。❷ 褲衩兒。

褲頭帶 fu3 teo4 dai3-2 褲帶；腰帶。

芙達 fu4 dad6 苦瓜（僅用於兒歌）："……子薑辣，買～，……"

芙翅（芙脛） fu4 qi3 雞鴨鵝的胗肝：炒～。

符彿 fu4 fid1（彿，科必切）辦法；絕招（詼諧的說法）：冇晒～〔毫無辦法〕。

負累 fu6 lêu6 連累：我怕～大家。

腐皮 fu6 péi4 豆腐皮。

腐皮卷 fu6 péi4 gün2 用豆腐皮包上蝦肉、豬肉等餡製成的食品。

fud

闊 fud3 ❶ 寬：呢條路有十米～〔這條路有十米寬〕| ～窄。❷（衣服）肥大：呢件衫好～〔這件衣裳很肥〕| ～褲腳〔肥褲腿〕。❸ 闊氣：佢呢排好～〔他最近很闊氣〕。

闊綽 fud3 cêg3 闊氣：有錢都唔使咁～吖〔有錢也用不着這麼闊氣吧〕？

闊封 fud3 fung1（布）幅面寬。

闊口拿扒 fud3 heo2 na4 pa4 形容器皿的口很奓。

闊扒扒 fud3 pa4 pa4 同"闊咧啡"。

闊咧啡 fud3 lé4 fé4（啡，扶耶切）（衣服）寬寬的，肥肥大大的（有貶意）：呢件衫佢着起嚟～嘞，真肉酸〔這件衣裳他穿着肥肥大大的，真難看〕。

闊落 fud3 log6 寬暢：呢間屋幾～嗜〔這所房子相當寬暢〕。

闊佬 fud³ lou² ❶ 財主;闊氣的人。❷ 闊氣:呢件衫啱洗過幾次就唔想着,太 ～ 喇〔這件衣服剛洗過幾次就不想穿,太闊氣了〕|充 ～ |唔好咁 ～〔別那麼闊氣〕。

闊佬懶理 fud³ lou² lan⁵ léi⁵ 不理不睬;不聞不問:大家都 ～,呢啲事邊個做呀〔大家都不理不睬,這些事誰來幹〕?

fug

複 fug¹ 複核數目:你 ～ 一下呢張單〔你核算一下這張單子〕。

幅 fug¹ 量詞。片;面;張;塊:一 ～ 畫 | 一 ～ 田。

福心 fug¹ sem¹ 積德;修好:你 ～ 啦〔你積積德吧〕。

福頭 fug¹ teo⁴ 愚笨的人。

福壽膏 fug¹ seo⁶ gou¹ 婉辭,指鴉片煙。

福壽魚 fug¹ seo⁶ yü⁴ 羅非魚。又叫"非洲鯽"、"越南魚"。

蝠鼠 fug¹ xu² 蝙蝠。

服輸 fug⁶ xu¹ 認輸;服氣。

fui

灰匙 fui¹ qi⁴ 抹子(瓦工的用具)。

灰沙地 fui¹ sa¹ déi⁶ 用石灰、沙子、黏土混合後夯實的場地。

灰水 fui¹ sêu² 石灰水,刷牆等用。

晦氣 fui⁵ héi³ ❶ 倒楣:睇佢一身 ～〔看他滿身倒楣氣的樣子〕。❷ 形容人態度生硬,給人不好臉色:呢個人好 ～ 㗎,唔好揾佢〔這個人態度很不好,別找他〕。

晦氣星 fui³ héi³ xing¹ 倒楣鬼。

fun

歡場 fun¹ cêng⁴ 指歌舞廳或色情場所。

歡喜 fun¹ héi² ❶ 高興;快樂:大家都 ～ |歡歡喜喜過年〔高高興興過年〕。❷ 喜歡;愛好:～ 唱歌。〔普通話"歡喜"、"喜歡"都説,但口語習慣用"喜歡"。〕

歡容 fun¹ yung⁴ 歡笑慈祥的容顏,面容和藹:你睇佢生得幾 ～ 吖〔你看她長得多慈祥〕。

款 fun² 樣式;花色;款式:新 ～ |舊 ～ |呢個茶壺幾好 ～〔這個茶壺樣式不錯〕。

款頭 fun² teo⁴ 同上。

fung

風槍 fung¹ cêng¹ 氣槍。

風腸 fung¹ cêng⁴⁻² 臘腸的別名。

風嚙 fung¹ geo⁶ 舊時指颱風,現已少用。

風櫃 fung¹ guei⁶ 扇車;風車(除去穀米中的秕糠用的農械)。

風栗 fung¹ lêd⁶⁻² 栗子。

風涼水冷 fung¹ lêng⁴ sêu² lang⁵ 涼爽空氣濕潤,環境宜人:呢度三面有河,～,夠舒服呀〔這裏三面有河,濕潤涼爽,真舒服啊〕。

風褸 fung¹ leo¹(褸,樓¹)風衣;風雨衣。

風流 fung¹ leo⁴ ❶ 出風頭:佢而家就 ～ 囉〔他現在就大出風頭了〕。❷ 閒情逸致:冇你咁 ～,成日去睇戲〔沒有你那麼多閒心,整天去看戲〕。

風爐 fung¹ lou⁴⁻² 小爐子(一般指用陶土燒製的或用鐵皮製的燒柴及炭的爐子)。

風瘰 fung¹ nan³ 蕁(qián)麻疹。

風炮 fung¹ pao³ 風鎬(礦山用的採掘工具)。

風水佬 fung¹ sêu² lou² 陰陽生;堪輿家

（指舊時專門傳播迷信思想，以相宅、相墓為業的人）。

風水尾 fung¹ sêu² méi⁵ ❶ 指運氣到了盡頭。❷ 指敗家子。

風頭火勢 fung¹ teo⁴ fo² sei³ 處在風頭上（多指鬥爭局面或群眾運動等方面）：而家正係 ～，你講話要注意呀〔現在正處在風頭上，你說話可要注意啊〕。

風色 fung¹ xig¹ ❶ 風勢：撐船要睇 ～〔撐船要看風勢〕。❷ 形勢：我睇 ～好似唔係幾啱〔我看形勢好像不怎麼對頭〕。

風筒 fung¹ tung⁴⁻² 電吹風；電熱吹風器。

封 fung¹ 幅面；幅兒（指布疋的寬度）：闊 ～ 布〔寬面兒布〕｜呢隻布二尺四 ～〔這種布二尺四寸寬〕。

封包 fung¹ bao¹ 賞封；紅封。

逢親 fung⁴ cen¹ 每逢：～ 過節我都要翻屋企〔每逢過節我都要回家〕。

逢人憎 fung⁴ yen⁴ zeng¹ 任何人都討厭的人。

奉旨 fung⁶ ji² ❶ 總是，一向；照例：佢 ～ 遲到嘅〔他總是遲到〕｜～ 噉做〔一向這樣做〕｜次次都 ～ 做好準備工作〔每次都照例做好準備工作〕。❷ 一定(不)；決(不)；準(不)：佢好老實，～ 唔會呃人〔他很誠實，決不騙人〕｜～ 唔會話你〔一定不會說你〕｜佢好孤寒，呢啲嘢 ～ 唔買〔他很吝嗇，這些東西準不買〕。

鳳爪 fung⁶ zao² 婉辭，指做成菜餚的雞爪子。

鳳姐 fung⁶ zé² 妓女的謔稱。

G

ga

加把口 ga¹ ba² heo² 幫腔，幫說話，敲邊鼓：你記得同我 ～ 呀〔你記得給我幫腔啊〕｜呢件事唔使你 ～〔這件事用不着你敲邊鼓〕。

加菜 ga¹ coi³ 加餐。

加底 ga¹ dei² 酒家或家宴中為了節省而又使菜餚顯得豐富足，在主要的菜餚下面加一些蔬菜。不增加的叫"免底"。

加餸 ga¹ sung³（餸，送）打牙祭（在某一頓飯餐中增加好的菜餚）：今日 ～ 有乜好嘢食呀〔今天打牙祭有甚麼好吃的〕？

家嘈屋閉 ga¹ cou⁴ ngug¹ bei³ 形容家裏吵鬧：呢家人成日 ～ 嘅〔這家人整天吵吵鬧鬧的〕。

家肥屋潤 ga¹ féi⁴ ngug¹ yên⁶ 家庭富足；豐衣足食。

家家觀世音 ga¹ ga¹ gun¹ sei³ yem¹ 每家都供奉着觀世音菩薩。指情況雖然不一樣，但人情世道上是一致的。

家機 ga¹ géi¹ ❶ 家用織布機，指舊時在家裏用的織布機。❷ 家庭手工生產的：～ 貨｜～ 米｜～ 布。

家機布 ga¹ géi¹ bou³ 過去農村用土織布機所織的布。

家眷 ga¹ gün³ 家屬：歡迎帶 ～ 參加。

家公 ga¹ gung¹ 公公（丈夫的父親，引稱）。

家下 ga¹ ha⁵ 現在：～ 唔同舊時喇〔現在跟過去不同了〕。

家欄雞 ga¹ lan⁴⁻¹ géi¹ 家庭飼養的雞。

家婆 ga¹ po⁴⁻² 婆婆（丈夫的母親，引稱）。

家山 ga¹ san¹ 祖墳。

家山發 ga¹ san¹ fad³ 迷信的人指因為祖墳風水好而蔭及子孫。

家山有眼 ga¹ san¹ yeo⁵ ngan⁵ 祖宗有靈。

家嫂 ga¹ sou² 兒媳婦（多用於對稱）。

家頭細務 ga¹ teo⁴ sei³ mou⁶ 家庭瑣事；家務事。

家爺仔嫲 ga¹ yé⁴ zei² na² 一家大小，全家人：我哋 ～ 十幾個人〔我們一家大小十幾個人〕。

家用 ga¹ yung⁶⁻² 上等（貨）；雙料（貨）：～ 手抽〔雙料手提籃〕。

家姐 ga¹ zé²⁻¹ 親姐姐（一般指長姐）。〖普通話"家姐"是謙辭，只用於引稱而不用於對稱，與"家父"、"家兄"等詞類似。廣州話的"家姐"不是謙辭，引稱對稱都可用。〗

家陣 ga¹ zen⁶⁻² 同"家下"。

家陣時 ga¹ zen⁶ xi⁴⁻² 現在：～ 你想買乜都有〔現在你想買甚麼都有〕。

傢俬 ga¹ xi¹ 傢具。

傢俬雜物（傢俬什物） ga¹ xi¹ zab⁶ med⁶ 傢什（shi）；傢具。〖"雜"一般寫作"什"，應讀 seb⁶，但一般讀作 zab⁶，音如"雜"。〗

嘉年華會 ga¹ nin¹ wa⁴ wui⁶⁻² 狂歡節。〖"嘉年華"是英語 carnival 的音譯。〗

嘉應子 ga¹ ying³ ji² 蜜餞李子（因為舊嘉應州即今梅州的李子最有名）。

嘉魚 ga¹ yü⁴ 產於西江流域的一種淡水魚。

假 ga² ❶ 跟"就"字連用，表示相當肯定或堅決的語氣：唔係佢就 ～ 嘅〔不是他才怪呢〕｜你唔翻去，我唔罰你就 ～ 嘅〔你不回去，我不罰你才怪呢〕！❷ 跟"都"字連用，表示無用或徒勞的意思：有人願意負責做，講乜都 ～ 啦〔沒有人願意負責做，說甚麼也是白搭〕｜洗油漆你唔用電油，洗極都 ～ 啦〔洗油漆你不用汽油，怎麼洗也是白費勁〕。

假膊 ga² bog³ 墊肩（襯在上衣肩部的三角形襯墊物）。

假柳 ga² leo⁵ 假情假意的；工藝質量差的。

假使間 ga² xi² gan¹ 假如。

架 ga³ 量詞。輛：一 ～ 車｜一 ～ 拖拉機。〖"架"的其他用法和普通話大致相同。〗

*架步 ga³ bou⁶ 比較固定的進行非法活動的地方。

架撐 ga³ cang¹（撐，撐）工具；傢伙：鬥木佬嘅 ～〔木匠的工具〕｜你啲 ～ 呢〔你的傢伙呢〕？

架勢 ga³ sei³ 堂皇；威風；了不起：呢間屋起得好 ～〔這房子蓋得很堂皇〕｜着起件軍褸真夠 ～〔穿起一件軍大衣真夠威風〕｜做出啲啲成績就以為好 ～〔做出一點點成績就以為很了不起〕。

㗎 ga³（架）語氣詞。用在陳述句或疑問句裏，相當於"的"：我 ～ ｜佢好高 ～〔他很高〕｜邊個 ～〔誰的〕？

㗎喇 ga³ la³（㗎，架）語氣詞。❶ 表示有把握、認可：實得 ～〔一定成的〕｜有九十分就算優秀 ～ ｜佢改咗好多 ～〔他改了很多了〕。❷ 表示說理、警告：樹仔唔淋水就會旱死 ～〔小樹不澆水就會旱死的〕｜唔快啲就趕唔切 ～〔不快點就來不及的了〕。

㗎啦 ga³ la⁴（㗎，架）語氣詞。表示疑問，多在對某事不十分相信或感到出乎意料時用：咁快就做完 ～〔這麼快就做完了〕？｜噉就得 ～〔這就成了嗎〕？｜放學 ～ ？

㗎咋 ga³ za³（㗎，架；咋，詐）同"咋"。

㗎咋 ga³ za⁴（㗎，架；咋，詐⁴）同"咋"。

嫁人 ga³ yen⁴ 出嫁。

駕步 ga³ bou⁶ 架勢：擺出官老爺 ～。

㗎 ga⁴〔㗎，架⁴〕語氣詞。表示疑問（對某事已經知道或略有所知，但仍提問時用）或反詰：係你 ～〔是你的嗎〕？｜我哋 ～〔我們的嗎〕？｜原來噉 ～〔原來是這樣〕？｜唔通係你 ～〔難道是你的嗎〕？

***㗎佬** ga⁴ lou² 戲指日本人。

gab

甲克 gab³ heg¹ 夾克。〖英語 jacket 的音譯。〗

合(夾) gab³〔又音 geb³〕❶ 湊；聚合：～錢｜～份〔合股〕｜～埋有幾多〔湊起來有多少〕？❷ 連同：兩造禾 ～ 埋一造麥畝產有千五斤〔兩茬水稻連同一茬小麥畝產有一千五百斤〕。

合檔(夾檔) gab³ dong³〔又音 geb³ dong³〕同"拍檔"。

合份 gab³ fen⁶⁻² ❶ 湊份子：大家 ～ 買。❷ 合夥：五個人 ～ 開公司。

合計(夾計) gab³ gei³⁻²〔又音 geb³ gei³⁻²〕合謀（指共同商量進行某種活動）：兩個人 ～ 去捉魚。

合口 gab³ heo²（合又讀 geb³）介面。

合埋 gab³ mai⁴ 合起來：～有幾多人？

合牙 gab³ nga⁴⁻² ❶ 合得來。❷ 合拍。

合錢（夾錢） gab³ qin⁴⁻²（又音 geb³ qin⁴⁻²）湊錢（為了辦某事而眾人湊錢）。

合手(夾手) gab³ seo²（又音 geb³ seo²）緊密配合：如果大家 ～，一兩日就完成喇〔如果大家配合得好，一兩天就完成了〕。

合榫 gab³ sên² 榫子，包括榫頭和榫眼，又指榫頭與榫眼對接。

合手合腳（夾手夾腳） gab³ seo² gab³ gêg³（又音 geb³ seo² geb³ gêg³）互相配合：大家 ～ 快啲做完佢算囉〔大家七手八腳快點幹完算了〕。

夾 gab³ 連詞。用在某些意義有關連的兩個形容詞中間，有"而且"或"又……又……"的意思：爽 ～ 甜〔脆而且甜〕｜呢啲嘢平 ～ 靚〔這些東西又便宜又好〕｜腌尖 ～ 孤寒〔又挑剔又吝嗇〕。

夾板 gab³ ban² 膠合板：三 ～〔三合板〕｜五 ～〔五合板〕。

夾粗 gab³ cou¹ 同"監粗嚟"。

夾萬 gab³ man⁶ 保險櫃。

夾衲 gab³ nab⁶ 夾衣。

夾硬 gab³ ngang⁶ 硬着；用強制手段迫使：～ 要佢去〔硬是要他去〕｜～ 迫入去〔硬着擠進去〕｜唔好 ～ 嚟呀〔不要硬來〕。

夾心階層 gab³ sem¹ gai¹ ceng⁴ 比喻處於上級和下級或對立面之間的人：兩家都有意見，我呢個 ～ 真係好難做個嘴〔雙方都有意見，我這個中間人可不好當啊〕。

挾 gab³ 搛（jiān）：～ 餸〔搛菜〕。

袷 gab³（夾）裋〔衣服腋下前後相連的部分）。

gad

甲由 gad⁶ zad⁶（甲，舊辣切；由，扎⁶）（又音 ged⁶ zed⁶）蟑螂；偷油婆。

甲由屎 gad⁶ zad⁶ xi²（又音）ged⁶ zed⁶ xi² 雀斑（臉上的小黑斑點）。

gag

格 gag³ 窟（壞人聚集做壞事的場所）：煙 ～〔秘密吸毒的地方〕。

***格價** gag³ ga³ 對比商品的價錢。

胳肋底 gag³ lag¹ dei²（肋，讀音 leg⁶）腋下；腋窩；胳肢窩。

隔 gag³ 過濾：～ 渣。

G

隔籬 gag³ léi⁴ ❶ 隔壁：佢住喺我～〔他住在我隔壁〕。❷ 旁邊：佢坐喺我～〔他坐在我旁邊〕。

隔籬飯香 gag³ léi⁴ fan⁶ hêng¹ 鄰居的飯菜特別香，形容一些人對自己的東西習以為常，而對別人的東西則十分羨慕。

隔籬鄰舍 gag³ léi⁴ lên⁴ sé³ 鄰居；街坊。

隔山買牛 gag³ san¹ mai⁵ ngeo⁴ 指未了解實情，心中無數就貿然行事。

隔夜茶 gag³ yé⁶ ca⁴ 歇後語，下一句是"唔倒（賭）唔安樂"，用來形容賭徒嗜賭成性。

隔夜素馨 gag³ yé⁶ sou³ hing¹ 素馨花雖然乾了，但仍可以做藥材。比喻人雖然起不到原來的作用，卻仍然有其他價值。

隔渣 gag³ za¹ ❶ 過濾渣滓。❷ 比喻吝嗇。

㗎 gag³〔格〕語氣詞。表示十分肯定或理所當然：係～，佢親自講畀我知～〔是的，他親口對我說的〕｜我去過～〔我是去過的〕｜畀嚟至得～〔拿來才行嘛〕！｜噉唔得～〔這樣不行嘛〕！

gai

佳章 gai¹ zêng¹ 打麻將時所得到的好牌，借喻好的辦法、好的主意。

階磚 gai¹ jun¹ 鋪設在地面上的方磚。

街邊仔 gai¹ bin¹ zei² ❶ 無固定職業，在街邊閒遊的人。❷ 指在街邊擺攤的小販。

街斗 gai¹ deo² 可以在較窄的街巷行走的小貨車。

街坊大姐 gai¹ fong¹ dai⁶ zé² 搞街道工作的婦女。

街口 gai¹ heo² 路口（指街道的路口）：出～等佢〔到路口去等他〕。

街喉 gai¹ heo⁴ ❶ 街邊的自來水龍頭。

❷ 馬路上的自來水管。

街巷 gai¹ hong⁶ 街道；胡同。

街知巷聞 gai¹ ji¹ hong⁶ men⁴ 家喻戶曉。

街招 gai¹ jiu¹ 廣告；啟事；海報。

街市 gai¹ xi⁵ 菜市場：呢度好近～〔這裏離菜市場很近〕。

街市仔 gai¹ xi⁵ zei² 在市場上混日子的人。

街線 gai¹ xin³ 外線（能接通市內電話的電話線或電力線）。

皆因 gai¹ yen¹ 都是因為：佢咁曳，～父母管教唔嚴〔他這麼壞，都是因為父母管教不嚴〕。

解 gai² 解釋：呢個字點～呀〔這個字怎麼解釋〕？

解究 gai² geo³ 理由：你噉做有乜～呀〔你這樣做有甚麼理由〕？

介乎 gai³ fu⁴ 在……之間；介於：今日氣溫～15度至16度之間。

芥辣 gai³ lad⁶ 芥末：攻鼻～〔鑽鼻子的芥末〕。

芥蘭 gai³ lan⁴⁻² 一種蔬菜，莖粗壯直立，華南各地都有栽培，近年北方也有種植。

芥蘭頭 gai³ lan⁴⁻² teo⁴ 苤藍。

戒方 gai³ fong¹ 戒尺（舊時私塾教師用來拍擊教桌使學生注意聽講或對學生施行體罰的方形木條）。

戒口 gai³ heo² 忌嘴；忌口。

戒奶 gai³ nai⁵ 斷奶。

鍥 gai³〔界〕鋸；裁；割：～板〔把木材鋸成板子〕｜～紙〔裁紙〕｜～崩手〔割破手〕。

鍥刀 gai³ dou¹ 裁紙或切割薄木板用的刀。

gam

監 gam¹ 強迫；勉強：食唔落就咪～佢食〔吃不下就別強迫他吃〕｜呢件

事冇人～你做〔這件事沒有人強迫你做〕。

監倉 gam¹ cong¹ 監獄；牢房。

監躉 gam¹ den² ❶ 刑期長的犯人。❷ 惡毒罵人的話。

監犯 gam¹ fan⁶⁻² 在押的犯人。

減 gam² 撥（用筷子或棍子等撥）：唔食得咁多就～啲畀佢〔吃不了那麼多就撥點給他〕。

減筆字 gam² bed¹ ji⁶ 簡化字。

減實 gam² sed⁶ 減到最低價格：～幾多錢吖〔減下來最低多少錢〕？

監 gam³ 帶着；趁着（指硬要在某種情況下幹某事）：～熱食〔熱着吃〕｜件衫～濕着〔衣服還濕就穿〕｜～嫩摘｜～生壅〔活埋〕。

監粗嚟 gam³ cou¹ lei⁴（嚟，黎）硬幹；蠻幹。

監硬 gam³ ngang⁶ 硬着；強使：～拖佢出去〔硬把他拖出去〕｜～要佢食〔強迫他吃〕。〖"監硬"是"夾硬"的變音。〗

監平賣 gam³ péng⁴ mai⁶ 賤賣，甩賣。

監生 gam³ sang¹ 活活地；活生生地：要你～食咗條魚〔要你活生生地把這條魚吃了〕｜～壅〔活埋〕。

gan

奸狡 gan¹ gao² 狡猾；奸詐。

奸賴 gan¹ lai³（賴，讀音 lai⁶）賴皮；耍賴皮：抵賴不認賬：你講過又唔認，咁～〔你說過又不認賬，真賴皮〕。

奸賴貓 gan¹ lai³ mao¹（賴，讀音 lai⁶）耍賴皮、抵賴不認賬的人(小孩多用)。

奸貓 gan¹ mao¹ 同"奸賴"。

間 gan¹ 量詞，用於房屋、學校、工廠等，普通話一般用不同的量詞：一～屋〔一所房子〕｜一～學校〔一所學校〕｜一～工廠〔一家工廠〕｜一～廟〔一座廟〕。

梘 gan²（揀）肥皂：洗衫～｜香～｜～片〔肥皂片兒〕｜～盒。

梘粉 gan² fen²（梘，揀）洗衣粉；肥皂粉。

梘水 gan² sêu² 食用鹼水，用草木灰加水過濾而成，多做鹼水粽用。

梘水粽 gan² sêu² zung³⁻² 糯米加鹼水做成的粽子。民間多在端午節期間包製。

揀 gan² 挑；挑選：任～唔嬲〔隨便挑選也不在乎〕｜"左～右～，～個爛燈盞"〔俗語。挑來挑去，最後還是挑了個壞的〕。

揀手 gan² seo² ❶ 挑選：佢賣嘢冇～㗎〔他賣東西不許挑的〕。❷ 經過挑選的，上等的：呢啲係～嘅貨〔這些是精選上等貨〕。｜～冬菇〔經過精選的香菇〕。

揀手貨 gan² seo² fo³ 精選貨品。

揀剩尾 gan² xing⁶ méi⁵ 殘貨；尾貨，賣剩的貨物。

揀飲擇食 gan² yem² zag⁶ xig⁶ 挑吃；偏食：細路仔～就會營養不良〔小孩挑吃得厲害就會營養不良〕。

揀擇 gan² zag⁶ ❶ 挑選。❷ 挑剔：咁好嘅都唔要，太～喇〔這麼好的都不要，太挑剔了〕。

間 gan³ ❶ 依着尺子劃線條：～格〔劃格子〕｜～三條線。❷ 隔開：呢個廳可以～一間房〔這個廳可以隔出一個房間來〕。

間尺 gan³ cég³ 直尺（一般指短的直尺）。

間花腩 gan³ fa¹ nam⁵ 五花肉。

間格 gan³ gag³ 格子：有～嘅簿〔有格子的本子〕。

間開 gan³ hoi¹ 隔開：呢個大房～成兩間房〔這個大房隔開成兩間房間〕。

間中 gan³ zung¹ 間或：一個月 ～ 休息幾日。

gang

耕 gang¹ ❶ 被套上的線網。❷ 蜘蛛絲。〖"耕"是"經緯"的"經"的變音。〗

耕田佬 gang¹ tin⁴ lou² 農民；莊稼漢。

耕仔 gang¹ zei² ❶ 僱農；長工。❷ 以前泛指農民。

徑（逕） gang³〔讀音 ging³〕小路。

浭 gang³〔耕³〕涉水：～水｜～過河。

浭水 gang³ sêu² 涉水：呢條河好淺，～都過得去〔這條河很淺，涉水都能過去〕。

捵 gang³〔耕³〕❶ 攪拌：開鹽水要唔停噉 ～ 住佢先至溶得快〔化鹽水要不斷地攪拌才化得快〕。❷ 撈：～渣。❸ 比試，較量。

踭手踭腳 gang⁶ seo² gang⁶ gêg³ 諸多妨礙：你企喺度 ～，行開啦〔你站在這裏妨礙着別人，走開吧〕。

gao

交叉 gao¹ ca¹ 叉兒，叉形符號：打一個 ～。〖普通話的"交叉"指幾個方向不同的線條互相穿過。〗

交帶 gao¹ dai³ 交代；吩咐：要 ～ 個仔鎖門〔要交代兒子鎖門〕。

***交更** gao¹ gang¹ 交班。

交吉 gao¹ ged¹ 交出空房子：規定要 28 日之前 ～ 個嘑〔規定要在 28 日之前交出空房子的啊〕。〖廣州話"空"與"凶"同音，人們為了避諱，把"交空"改叫"交吉"。〗

交關 gao¹ guan¹ 厲害：今日熱得真 ～｜乜事嘈得咁 ～〔甚麼事吵得那麼厲害〕？

茭筍 gao¹ sên² 茭白。

膠 gao¹ ❶ 橡膠。❷ 塑料的別名。

膠擦 gao¹ cad³ 橡皮（文具）。

膠喉 gao¹ heo⁴ 橡膠或塑料做的管子。

膠紙袋 gao¹ ji² doi⁶⁻² 塑膠薄膜包裝袋。

膠箍 gao¹ ku¹ 橡皮筋。

膠拖 gao¹ to¹ 橡皮或塑料拖鞋。

膠通 gao¹ tung¹ 同"膠喉"。

膠絲 gao¹ xi¹ 尼龍絲。

搞邊科 gao² bin¹ fo¹ 搞甚麼鬼；搞甚麼名堂：你喺度 ～〔你在這裏搞甚麼名堂〕？

搞掂 gao² dim⁶ 弄妥；辦妥；弄清楚；處理好：賬目 ～ 晒未呀〔賬目弄妥了沒有〕？｜手續 ～ 晒咯〔手續全部辦妥了〕｜我同你 ～ 佢〔我替你處理好它〕｜感冒食呢啲藥一劑 ～〔感冒服這種藥一劑就解決問題〕。

搞搞震 gao² gao² zen³ 形容人不停地瞎鬧，以致妨礙別人：你哋喺度 ～，人哋都冇辦法休息喇〔你們在這兒鬧個沒完，人家沒法休息了〕。

搞唔掂 gao² m⁴ dim⁶ ❶ 吃不消；無能為力：呢幾日事情好多，～〔這幾天事情很多，忙不過來〕｜呢件工作要佢一個人做，怕佢 ～ 呀〔這件工作要他一人幹，怕他吃不消〕｜佢仔女多，有啲 ～〔他子女多，有點困難〕。❷ 不得了：打爛咗就 ～ 喇〔打破了就不得了了〕｜呢個消息走漏咗就 ～ 㗎〔這個消息泄漏出去就不得了了〕。

搞手 gao² seo² 某件事的創始者。

搞吪晒 gao² wang¹ sai³ 搞黃了，弄壞了：呢件事畀佢 ～ 咯〔這件事讓他給搞黃了〕。

搞腡 gao² wo⁵〔腡，窩⁵〕弄壞；弄糟。

搞笑 gao² xiu³ ❶ 逗樂：我同你 ～ 嘅嘑〔我跟你逗樂罷了〕。❷ 好笑：呢齣戲好 ～〔這齣戲很好笑〕。

搞笑片 gao² xiu³ pin³⁻² 目的是使觀眾

發笑的影視片。

搞作 gao² zog³ 搞；弄；搞法：噉 ～ 唔係幾好嘛〔這麼搞法不怎麼好吧〕？

攪吵 gao² cao² 吵嚷，騷擾：隻貓成晚唔知幾 ～〔這隻貓整夜不知多吵鬧〕。

攪腸痧 gao² cêng⁴ sa¹ 腸梗阻。

攪風攪雨 gao² fung¹ gao¹ yü⁵ 興風作浪；播弄是非：有人專門 ～。

攪腳 gao² gêg³ ❶ 搬弄是非的人。❷ 愛出餿主意的人。

攪生晒 gao² sang¹ sai³ 形容人胡亂做一些無意義的事，妨礙別人：你唔好成日喺度 ～〔你不要整天在這裏胡弄了〕。

攪屎棍 gao² xi² guen³ 比喻愛挑撥離間、搬弄是非的人；愛出壞主意搞亂的人。

攪是攪非 gao² xi⁶ gao² féi¹ 撥弄是非；惹是生非。

校 gao³ ❶ 校正（儀器）；調節；對（鐘錶等）：將個鐘 ～ 到五點半響〔把鐘撥到五點半響〕｜ ～ 鐘〔對錶〕。❷ 安裝（電燈等）。

校味 gao³ méi⁶ 烹調時加上調料調味。

校奶 gao³ nai⁵ 用奶粉兌水，調成牛奶餵嬰兒。

教飛 gao³ féi¹ 搞冒險性的試驗：你冇把握就咪將啲嘢嚟 ～ 喇〔你沒有把握就別拿這些東西來試驗了〕｜ 你投資落去，就等於將錢 ～ 嘞〔你投資下去，就等於拿錢去冒險〕。

教宗 gao³ zung¹ 香港人稱羅馬教皇。

鉸 gao³ 合頁；鉸鏈：門 ～｜釘個 ～。

鉸剪 gao³ jin² 剪刀；剪子。

較為 gao³ wei⁴ 比較；稍微：呢間屋好啲〔這所房子比較好一點〕。

滘 gao³（教）❶ 分支的水道：思賢 ～〔水名，在三水縣〕。❷ 水圍着的地面。❸ 廣東省地名用字：道 ～｜新 ～。

覺覺豬 gao³⁻⁴ gao³⁻¹ ju¹ 睡覺覺（對幼兒用語）：快啲 ～ 啦〔快點睡覺覺吧〕｜重唔 ～ 呀〔還不睡覺覺呀〕！

gé

嘅 gé²（哥扯切）語氣詞。表示反詰、疑問及同意：噉都得 ～〔這樣還成〕？｜呢本書係你 ～〔這本書是你的〕？｜做乜嘅〔為甚麼會這樣〕？｜都好 ～〔也好〕。

嘅 gé³（哥借切）❶ 助詞。的(表示修飾、領有關係)：好大間 ～ 屋〔很大的房子〕｜我 ～ 事｜布 ～ 原料｜有噉 ～ 規定咩〔有這樣的規定嗎〕？❷ 語氣詞。的(一般用在陳述句末)：唔怕 ～〔不怕的〕｜廣東好熱 ～〔廣東很熱的〕｜佢實嚟 ～〔他一定來的〕。

嘅噃 gé³ bo³ 語氣詞，表示聲明、提醒的語氣，相當與普通話的"的啊"：要交錢 ～〔得交錢的啊〕。

嘅喇 gé³ la³ 語氣詞，表示理應如此：大家都係噉 ～〔大家都是這樣的了〕。

嘅咩 gé³ mé¹ 語氣詞，表示疑問：呢本書係你 ～〔這本書真是你的嗎〕?

嘅嗻 gé³ zé¹（嗻，遮）語氣詞。表示說理、申辯：你同佢嘈起嚟，大家賺冇癮 ～〔你跟他吵起來，大家落得沒趣罷了〕｜你啲乜事都話佢，佢又唔理你 ～〔你一點點事都說他，他又不理你的〕。

嘅啫 gé³ zég¹（啫，脊¹）語氣詞。❶ 表示的確如此（語氣比較婉轉）：佢好得意 ～〔他是很有趣的〕｜佢去 ～〔他真的去〕。❷ 表示疑問：你去唔去 ～〔你到底去不去〕?

gê

呴 gê¹（哥靴切）嘟（嘴）；噘：～ 起個

嘴做乜呀〔嘟着嘴幹嗎〕？｜得啲
就～長個嘴〔動不動就嚹着嘴〕。

鋸扒 gê³ pa⁴⁻² 戲指用刀叉吃牛排或豬
排。

喎 gê⁴ 甘心，服氣，多用於否定句：
呢次輸咗，大家都唔～〔這次輸了，
大家都不服氣〕。

geb

急急腳 geb¹ geb¹ gê³ 匆匆忙忙地走：～
噉，去邊度呀〔匆匆忙忙的，到哪兒
去〕？

急口令 geb¹ heo² ling⁶ ❶ 繞口令。❷
曲藝的一種，邊敲着木魚邊説唱。

蛤蜗 geb¹ guai¹（蜗，拐）青蛙。

蛤㜷 geb¹ na²（㜷，拿²。又音 geb³ na²）
田雞；大青蛙。

蛤 geb³ 青蛙或田雞。

合口 geb³ heo² 介面，機件間的接合處。

及第粥 geb⁶ dei⁶⁻² zug¹ 一種肉粥，內
有肉片、豬肝、豬腸或丸子等三樣
東西。又叫"三及第"。

ged

吉 ged¹ 空的。〖"空"與"凶"同音，
迷信的人認為不吉利，改用"吉"。因
此，"空屋"、"空車"、"空手"、"空
身"等常有人叫作"吉屋"、"吉事"、
"吉手"、"吉身"。〗

吉屋 ged¹ ngug¹ 空房。

刮 ged¹（吉）刺；扎：～個窿〔扎一個
眼兒〕｜～親手〔扎破了手〕。

咭 ged¹（吉）球隊的後衛：打～〔充當後
衛〕。〖"咭"是英語 guard 的音譯詞。〗

桔 ged¹ 柑橘的一種，皮薄，黃色，味
酸甜。

吃口吃舌 ged⁶ heo² ged⁶ xid⁶（吃，讀音
hég³）結結巴巴：講話～，一啲都

唔清楚〔説話結結巴巴，一點也不清
楚〕。

趷（趒，趌） ged⁶（吉⁶）❶ 一拐一拐
地走路：佢行到～下～下，腳好似
好痛〔他走得一拐一拐的，腳似乎很
疼〕。❷ 單腳跳。❸ 蹺（qiāo）：～起
隻腳〔把腿蹺起來〕。❹ 翹（qiào）；欠
（身）：～起手指公〔翹起大拇指〕｜隻
狗～起條尾〔狗翹起尾巴〕｜～起身
〔欠起身〕。❺ 踮（提起腳跟站着）：～
高腳都睇唔到〔踮起腳也看不見〕。
❻ 走；滾：快啲～開〔快點滾開〕。

趷跛跛 ged⁶ bei¹ bei¹（趷，吉⁶）單腳跳
（一種兒童遊戲）。

趷趷貢 ged⁶ ged⁶ gung³ 原指人一拐
一拐地走路。轉指在別人跟前走來
走去，妨礙着別人辦事：人哋開緊
會，你成日喺度～做乜嘢呀〔人家
正在開會，你整天在這裏走來走去
幹甚麼〕？

趷腳 ged⁶ gê³（趷，吉⁶）同"趷"❶。

趷路 ged⁶ lou⁶ 滾蛋。

gêg

¹**腳** gêg³ ❶ 腳：落～踹〔用腳踩〕。❷
腿：佢隻～好長，條褲要三尺半至
夠〔他的腿很長，褲子要三尺五長才
夠〕｜枱～〔桌子腿〕。❸ 遊戲或賭
局中的人手：唔夠～〔人手不夠〕｜
差一個～〔差一個人〕。

²**腳** gêg³ ❶ 沉渣；殘渣；液體的剩腳。
❷ 殘貨：賣剩～唔值錢〔賣剩的殘
貨不值錢〕。

腳板底 gêg³ ban² dei² 腳掌，腳心。

腳板堂 gêg³ ban² tong⁴ 腳掌；腳心。

腳甲 gêg³ gab³ 腳趾甲。

腳鉸 gêg³ gao³ 腿腳的關節，即腳坳
（膝蓋），腳腕子（腳脖子）。

腳瓜 gêg³ gua¹ 腿肚子（小腿的腓腸

肌）。

腳瓜肒 gêg³ gua¹ dem¹（肒，多陰切）同上。

腳瓜瓤 gêg³ gua¹ nong⁴⁻¹ 同上。

腳骨 gêg³ gued¹ 小腿；腿桿子：打出～〔露出小腿〕｜佢～好使得，一日行七八十里路重好平常〔他的腿桿子很棒，一天走七八十里路還很平常〕。

腳骨力 gêg³ gued¹ lig⁶ 腿力（走路的耐久力）。

腳趾公 gêg³ ji² gung¹ 腳拇趾。

腳趾罅 gêg³ ji² la³ 腳趾縫兒。

腳趾尾 gêg³ ji² méi⁵⁻¹ 腳小趾。

腳面 gêg³ min⁶⁻² 腳背。

腳眼 gêg³ ngan⁵ 踝子骨。

腳坳 gêg³ ngao³ 膕窩（膝部的後面）。

腳肚 gêg³ tou⁵ 同"腳瓜"。

腳肚瓤 gêg³ tou⁵ nong⁴⁻¹ 同上。

腳魚 gêg³ yü⁴ 鼈；王八。

腳踭 gêg³ zang¹（踭，爭）腳後跟。

腳掣 gêg³ zei³（掣，讀音 qid³）腳動剎車。

gei

雞 gei¹ 扳機：撳～〔扣扳機〕｜滑咗～〔走了火〕。

雞 gei¹ 哨子：吹～。

雞 gei¹ 妓女。

雞 gei¹ 植物長在節上的芽：竹～｜蔗～。

雞春 gei¹ cên¹ 雞蛋。

雞蛋果 gei¹ dan⁶ guo² 西番蓮果，形似雞蛋，味酸甜。

雞啄唔斷 gei¹ dêng¹ m⁴ tün⁵（啄，讀音 dêg³）形容人說話很多，老說不完：佢鬼咁譖氣，講話好似～嘅〔他嘮叨極了，說話沒個完〕。

雞竇 gei¹ deo³（竇，讀音 deo⁶）雞窩。

雞花 gei¹fa¹ 小雛雞。

雞芙翅 gei¹ fu⁴ qi³ 雞胗肝。

雞腳 gei¹ gêg³ ❶ 雞爪子。❷ 把柄（被人用以攻擊的過失）：你係唔係有～畀佢揸住〔你是不是有把柄讓他抓住〕？

雞髻 gei¹ guan¹ 雞冠。

雞公車 gei¹ gung¹ cé¹ 手推獨輪木車。

雞公花 gei¹ gung¹ fa¹ 雞冠花。

雞噉腳 gei¹ gem² gêg³ 形容人急急忙忙走路（有貶意）。

雞公 gei¹ gung¹ 公雞。

雞殼 gei¹ hog³ 雞架子（雞除去皮肉和內臟所剩下的骨架）。又叫"雞樸"。

雞項 gei¹ hong⁶⁻² 小母雞（未下過蛋或雖下過蛋但未抱窩孵過小雞的母雞）。

雞紅 gei¹ hung⁴ 婉辭，雞血，比較少用。

雞子 gei¹ ji² 公雞的睾丸。

雞塒 gei¹ ji⁶（塒，讀音 xi⁴ 時）雞窩（一般指固定的雞窩，多為木製）。

雞咳 gei¹ ked¹ ❶ 比喻不屑一顧的事：呢件事我當係～〔這事不值一提〕。❷ 乾咳。

雞䴉 gei¹ léng³⁻¹ 童子雞。

雞尾 gei¹ méi⁵ 雞屁股，雞尾巴錐形的肥肉。

雞忘記 gei¹ mong⁴ géi³ 雞的脾臟。民間傳說人吃了它會健忘。

雞毛鴨血 gei¹ mou⁴ ngab³ hüd³ 形容十分狼狽、慘敗：呢次畀佢搞到～〔這次讓他搞得慘了〕。

雞毛掃 gei¹ mou⁴ sou³⁻² 雞毛撢子。

雞乸 gei¹ na²（乸，拿²）母雞。

雞乸竇 gei¹ na² deo³ ❶ 母雞產卵孵小雞的窩。❷ 形容人的頭髮蓬鬆而亂：睇你個頭髮好似～嘅〔看你的頭髮亂得像個雞窩似的〕。

雞乸婆 gei¹ na² po⁴ 同上。

雞㞎 gei¹ nen¹（㞎，挐恩切）雞的稀屎。

雞皮 gei¹ péi⁴ 雞皮疙瘩：凍到我起晒～〔冷得我起了雞皮疙瘩〕。

G

雞皮紙 gei¹ péi⁴ ji² 牛皮紙。

雞樸 gei¹ pog³ 雞的骨架子。

雞泡魚 gei¹ pou⁵ yü⁴ (泡，讀音 pao³) 河豚 (一種有毒的魚)。

雞生腸 gei¹ sang¹ cêng⁴ 母雞的子宮。

雞心柿 gei¹ sem¹ qi⁵⁻² 柿子的一種，個兒小，形狀像雞心。

雞腎 gei¹ sen⁶⁻² 雞胗 (雞的胃)。

雞腎衣 gei¹ sen⁶⁻² yi¹ 雞內金 (雞胃的內皮)。

雞手鴨腳 gei¹ seo² ngab³ gêg³ 毛手毛腳：呢個人 ～，做乜都唔得〔這個人毛手毛腳，幹甚麼都不行〕。

雞歲 gei¹ sêu³ 雞嗉囊。

雞頭 gei¹ teo⁴ 控制、操縱妓女的人。

雞士 gei¹ xi² 元 (貨幣單位，一般用於少量的錢，現已少用)。

雞屎果 gei¹ xi² guo² 番石榴。

雞翼 gei¹ yig⁶ 雞翅。

雞翼袖 gei¹ yig⁶ zeo⁶ 極短的袖子。

雞仔餅 gei¹ zei² béng² 一種餅食，糖和肉作餡，味甜帶鹹。

雞仔蛋 gei¹ zei² dan⁶⁻² 半孵化的雞蛋。

雞仔媒人 gei¹ zei² mui⁴ yen⁴ ❶ 愛管閒事的人：佢正一係 ～〔他真正是個好管閒事的人〕。❷ 做吃力不討好的事或多管閒事：唔好專做埋晒啲 ～〔別盡是多管閒事〕。

偈 gei² (讀音 gei⁶) 話：傾 ～〔閒談；談心〕｜有乜 ～ 好傾吖〔有甚麼可聊的〕！

偈油 gei² yeo⁴ (偈，讀音 gei⁶) 機器潤滑油。

計 gei³⁻² 計謀；辦法；主意：諗 ～〔想辦法〕｜出 ～。

計仔 gei³⁻² zei² 同上。

計 gei³ ❶ 算；計算：～ 數〔算賬〕｜～ 一下睇幾多錢〔算一下，看多少錢〕。❷ 照；按照；依：～ 我睇今年會增產〔照我看今年會增產〕｜～ 你

話點好吖〔依你説怎麼好呢〕？

計帶 gei³ dai³ 計較；在意；介意：任你點都得，佢冇 ～ 嘅〔隨你怎麼都成，他不會計較的〕｜你講乜我都唔～〔你説甚麼我也不在意〕｜你唔好 ～ 呀〔你不要介意啊〕。

計我話 gei³ ngo⁵ wa⁶ 按照我的意思；依我看：～ 重係參加好〔依我看還是參加好〕。

計數 gei³ sou³ 計算；算賬。

計數機 gei³ sou³ géi¹ 計算機；計算器。

計正 gei³ zéng³ (正，讀音 jing³) 按理説，本來：～ 佢唔應該噉做〔按理説他不應該這樣做〕｜～ 佢唔使出錢嘅〔本來他是不必出錢的〕。

髻是丁 gei³ xi⁶ ding¹ 把辮子盤在腦後的髮髻。

géi

基 géi¹ 埲子：桑 ～ 魚塘｜"木棉花開透，築 ～ 兼使牛"(農諺)。〖"基" 是 "田基"、"基圍" 的簡稱。〗

*基佬 géi¹ lou² 同性戀者。〖"基" 是英語 gay 的音譯。〗

基圍 géi¹ wei⁴ 防潮水或洪水的堤壩。

基圍蝦 géi¹ wei⁴ ha¹ 生長在鹹淡水交匯處的蝦。

機褸 géi¹ sêu¹ "飛機褸" 的簡稱，即飛行員穿的夾克。

幾 géi² ❶ 多；多少 (表示疑問)：佢 ～ 大呀〔他多大了〕？｜路有 ～ 遠〔路有多遠〕？｜～ 個人？❷ 多；多麼 (表示驚異、讚歎)：睇佢 ～ 好〔看他多好〕｜佢做得 ～ 快呀〔他幹得多快〕！❸ 相當；算是；還算：呢度冬天都 ～ 冷㗎〔這裏冬天相當冷的〕｜工作都 ～ 順利㗎〔工作還算順利〕｜今年嘅收成都 ～ 好〔今年的收成還算不錯〕。❹ (不) 太；

（不）很；（不）怎麼（用在否定詞後面）：冇～遠〔不很遠〕｜唔算～快〔不算太快〕｜香蕉未係～熟〔香蕉不怎麼熟〕。〖"幾"還表示不大的數目，這和普通話的用法差不多。但廣州話"幾"可用在十、百、千、萬和量詞之間；普通話除了用在十和量詞之間外，百、千、萬和量詞之間都不用"幾"，只用"多"。如：百～斤〔一百多斤〕｜千～文〔一千多元〕｜三萬～人〔三萬多人〕。〗

幾大 géi² dai⁶（又音 géi² dai⁶⁻²）表示決心大：～都要去〔無論如何也要去〕｜～就～，我橫掂都唔怕〔怎麼樣就怎麼樣，我反正不怕〕。

幾多 géi² do¹ ❶ 多少(問未知數)：有～人嚟參觀〔有多少人來參觀〕？｜你想借～本？❷ 多少（表示不定數）：有～錢就辦～事 ❸ 多麼多：嗰度～嘢賣呀〔那裏多麼多東西賣呀〕！

幾咁 géi² gem³ 同"幾"❷。

幾咁閑 géi² gem³ han⁴ 很隨便；無所謂；算不了甚麼：呢件事～，使乜咁緊張吖〔這事算不了甚麼，不必那麼緊張〕。

幾夠 géi² geo³ 相當：呢度都～熱呀〔這裏也相當熱的〕。

幾……下 géi²…ha⁵ 相當；挺……的：呢幅畫幾好睇下〔這幅畫挺好看的〕。

幾係 géi² hei⁶ 認為事物在某方面達到相當的程度，但又不明白説出，近似普通話的"相當那個"或"夠甚麼的"：行咗一日山路，隻腳都～嚟〔走了一天山路，我的腿相當那個〕｜叫佢帶咁多嘢，都～嚟〔讓他帶那麼多東西，夠甚麼的〕。

幾難先至 géi² nan⁴ xin¹ ji³ 好容易才……：～起好呢間屋〔好容易才蓋好這所房子〕｜～等到你畢業。

幾耐 géi² noi⁶ 多久；多長時間：重

有～至畢業〔還有多久才畢業〕？

幾耐世秋 géi² noi⁶ sei³ ceo¹ 好長一段時間：我唔知～冇打波咯〔我不知有多長時間沒有打球了〕。

幾十百 géi² seb⁶ bag³ 無數；很多很多：我講咗～次你都唔明〔我説了無數次你都不明白〕。

幾時 géi² xi⁴⁻² ❶ 甚麼時候；多會兒：你～去廣州？｜你係～嚟㗎〔你是多會兒來的〕？❷ 指任何時間：佢～都有理〔他甚麼時候都有理〕。

記 géi³ ❶ 做某些名詞、動詞的後綴：老友～｜走～。❷ 做小商店店名末一個字：陳～｜占～。❸ 加在單音人名之後，表示親熱：輝～｜強～。

記掛 géi³ gua³ 掛念；惦念：咁大個仔出門，你唔使～佢嘅〔那麼大的孩子出門，你不必惦着他〕。

記認 gé³ ying⁶ 記號：我把刀有～嘅〔我的刀是有記號的〕。

既然之 géi³ yin⁴ ji¹ 既然。

寄住 géi³ ju⁶ 寄居。

寄聲 géi³ séng¹ 捎口信；寄語："悲歌一曲～入漢邦"（粵曲《昭君出塞》唱詞）。

忌 géi⁶ 提防：你唔使成日～住人嘅〔你用不着整天提防着別人〕。

忌廉 géi⁶ lim¹ 奶油：～餅乾｜～威化餅〔奶油維夫餅乾〕。〖"忌廉"是英語 cream 的音譯詞。〗

gem

今個月 gem¹ go³ yüd⁶ 本月；這個月。
今朝 gem¹ jiu¹ 早上；今天早上。
今朝早 gem¹ jiu¹ zou² 今早，今天早上。
今晚 gem¹ man⁵ 今天晚上。
今晚黑 gem¹ man⁵ heg¹ 今天晚上，今晚。

今晚夜 gem¹ man⁵ yé⁶ 今晚，今天夜裏：～ 我值班。

今次 gem¹ qi³ 這次。

今勻 gem¹ wen⁴ 這次；這一回。

今時 gem¹ xi⁴ 現在，現今：～ 還 ～，往日還往日〔現在是現在，過去是過去〕。

今日 gem¹ yed⁶ 今天。〖由於同化作用，也變讀作 gem¹ med⁶，音如"今物"。〗

甘 gem¹ 吃含油脂較多的食物時所感覺到的味道：椰子乾越嚟越 ～〔椰子乾兒越嚼越香〕。

甘涼 gem¹ lêng⁴ 指食物甘甜而清涼，像吃青橄欖、油甘果等的味道。

甘心忿氣 gem¹ sem¹ fen⁶ héi³ 甘心情願。

甘筍 gem¹ sên² 胡蘿蔔的別名。

甘甜 gem¹ tim⁴ 香甜可口，像吃帶有油脂性的東西如椰子、核桃、花生、腰果或香芋頭、榴槤等的味道。

金笪籮 gem¹ bo¹ lo¹ 父母所寵愛的子女，掌上明珠。

金雞瓦 gem¹ gei¹ nga⁵ 牆頭上插着的防盜用的破碎玻璃片、破瓷片等。

金腳帶 gem¹ gêg³ dai³ 金環蛇，身上黃黑相間，多在夜間出動，為兩廣地區常見的毒蛇。

金禧 gem¹ héi¹ 某一組織或單位五十週年慶典。

金睛火眼 gem¹ jing¹ fo² ngan⁵ ❶ 極度疲勞的樣子：今日瘦到我 ～〔今天累得我眼冒金星〕。❷ 因疲勞而眼睛充血發紅：連做二十幾鐘頭，個個都 ～〔連續幹了二十幾個鐘頭，個個都眼睛發紅〕。

金豬 gem¹ ju¹ 供神、祭奠或婚嫁時用的烤全豬。

金銀膶 gem¹ ngen⁴ yên⁶⁻² (膶，閏²) 臘豬肝，中間夾有肥肉。

金鈪 gem¹ ngag³⁻² 金鐲子。

*__金牛__ gem¹ ngeo⁴ 俗指面額為一千元的

港幣。

金埕 gem¹ qing⁴ 裝屍骨的罈子，外面塗有金黃色的釉。

金山 gem¹ san¹ 指美國三藩市（又名舊金山），後又泛指北美洲。

金山伯 gem¹ san¹ bag³ 指從北美洲歸國的老華僑。

金山橙 gem¹ san¹ cang⁴⁻² 美洲出產的橙子。

*__金山丁__ gem¹ san¹ ding¹ 指美洲或澳洲華僑中富有而又易受欺騙的人。

金山客 gem¹ san¹ hag³ 美洲歸國華僑。

金山翅 gem¹ san¹ qi³ 指美洲中部地區所產的魚翅。

金魚黃 gem¹ yu⁴ wong⁴⁻² 桔黃色；杏黃色。

金針 gem¹ zem¹ 黃花菜。

金橘 gem¹ gued¹ 一種小橘子，味甜，可連皮吃。又叫"金桔" gem¹ ged¹。

感暑 gem² xu² 中暑。

噉 gem² (敢) ❶ 這樣；那樣；這麼；那麼：大家都 ～ 做 ｜ ～ 嘅機會唔多〔這樣的機會不多〕｜個個都話係 ～〔大家都説是這樣〕｜ ～ 都得嘅〔這還行〕! ❷ (像)……似的；(像)……一樣的：佢大力到隻牛 ～〔他力氣大得像牛似的〕｜佢好似有病 ～〔他像有病似的〕｜老鼠 ～ 眼〔像老鼠似的眼睛〕｜瘦到也 ～〔累得甚麼似的〕。 ❸ 助詞。用在象聲詞、形容詞、詞組或重疊的數量詞的後面，相當於普通話的"地"或"的"：嘡 ～ 跌咗落地〔嘡的一聲掉在地上〕｜一步一步 ～ 行〔一步一步地走〕｜佢個面紅紅 ～，好似發燒〔他的臉紅紅的，像是發燒〕｜揸住手 ～ 教佢〔手把手地教他〕。 ❹ 用在動詞或形容詞的後面，表示行為、性質狀態或數量達到某種程度（又讀 gam²）：我界 ～ 好多佢喇〔我給了他很多了〕｜佢要 ～

成半〔他要了足有一半〕｜減 ～ 兩成〔減少了兩成〕｜佢嘅病好 ～ 啲咯〔他的病好一些了〕｜你件衫好似長 ～ 啲〔你的衣服似乎長了一點〕。〖由於普通話的影響，普通話"形容詞＋地"作狀語的格式，廣州話也大量採用"形容詞＋嗽"的格式。如：頑強 ～ 戰勝咗大旱〔頑強地戰勝了大旱〕｜光榮 ～ 出席代表大會。〗

嗽唔係 gem² m⁴ hei⁶ 可不是：～，我都話過咯〔可不是嗎，我都說過了〕。

……嗽頭 gem² teo⁴ 成了…的樣子：你睇佢着得經理 ～〔你看他穿得像個經理的樣子〕｜ 照睇好似冇行 ～ 㗎〔看來像是沒有希望的樣子了〕。

嗽又得 gem² yeo⁶ deg¹ 表示驚訝，有"居然可以這樣"的意思：吓，～，真估唔到〔啊，居然可以這樣，真想不到〕。

嗽樣 gem² yêng⁶⁻² 這樣；這麼樣：不然 ～ 罷啦〔要不然這樣算了〕｜大家都似你 ～ 就好咯〔大家都像你這樣就好了〕。

嗽又係 gem² yeo⁶ hei⁶ 可也是（表示從對方的話中有所啟發）：你話唔買好，～ 㗎〔你說不買好，可也是啊〕。

嗽就 gem² zeo⁶ 那就：如果落雨 ～ 唔去咯〔如果下雨那就不去了〕。

咁 gem³（禁）❶ 這麼；那麼；這樣；那樣：唔好行 ～ 快〔不要走得那麼快〕｜做乜 ～ 開心呀〔為甚麼那麼高興〕？｜冇你 ～ 叻〔沒有你這麼聰明能幹〕。❷ 助詞：地，那樣。用在某些詞或詞組的後面，共同作後面的動詞的狀語：猛 ～ 鋤〔一個勁兒地鋤〕｜搏命 ～ 做〔拼命地幹〕｜成日 ～ 講〔整天地說〕。

咁多位 gem³ do¹ wei⁶⁻² 諸位；各位（指在場的所有人）：～ 都請晒〔在場的各位都邀請〕。

咁滯 gem³ zei⁶ 助詞。用在動詞或形容詞後面，表示快要、即將、差不多等意思：飯熟 ～ 咯〔飯快要熟了〕｜佢有三十歲 ～ 咯〔他差不多有三十歲了〕｜人嚟齊 ～ 㗎喇〔人差不多來齊了〕。

咁大個仔（女） gem³ dai⁶ go³ zei²(nêu⁵⁻²) 長這麼大了：～ 都未見過。

揿 gem⁶（金⁶）按；摁：～ 掣〔摁電鈕〕｜ ～ 實張紙〔把紙摁着〕。

揿沉 gem⁶ cem⁴ 壓垮。

揿地游水 gem⁶ déi⁶ yeo⁴ sêu² 雙手着地游泳，比喻沒有進步，也比喻做事穩當。

揿釘 gem⁶ déng¹ 圖釘；摁釘。

揿雞腳 gem⁶ gei¹ gêg³ 一種類似抓鬮兒式的遊戲。在紙上畫若干條平行直線，在各直線之間任意畫上若干條連線。各直線的一端標上號碼後讓參加者選擇，另一端標明所競爭的目的物或數位。然後各人從自己所選擇的號碼開始，沿着彎曲的線路追尋至標明目的物或數位的終點。

揿住頭 gem⁶ ju⁶ teo⁴ 不停地；一個勁兒地；頭也不抬地：～ 嗽做〔不停地幹〕｜ ～ 嗽睇〔頭也不抬地看〕。

揿鷓鴣 gem⁶ zé³ gu¹ 比喻乘機敲竹槓。

揿掣 gem⁶ zei³ 摁開關，摁電鈴、門鈴。

揿鐘 gem⁶ zung¹ 摁鈴（用手摁打的鐵鈴）。

gém

噷 gém¹ ❶ 局(球賽的一局)：一個 ～ ｜五 ～ 三勝。❷ 輸（輸一場球，多用於乒乓球）：佢 ～ 咗〔他輸了〕。〖"噷"（gém¹）是英語 game 的音譯詞。〗

gen

根荄 gen¹ gêng² ❶ 植物的根部，包括主根和鬚根。❷ 來頭，原由：佢發達係有 ～ 嘅〔他發達是有原由的〕。

跟風 gen¹ fung¹ 跟潮流；隨風轉向。

跟紅頂白 gen¹ hung⁴ ding² bag⁶ 對權貴諂媚，對普通人則蠻橫。

跟住 gen¹ ju⁶ 接着；緊跟着：開完會 ～ 討論。

跟尾 gen¹ méi⁵ 尾隨；跟隨；排在……後面：你 ～ 嚟啦〔你跟在後面來吧〕｜咪跟住佢尾〔別跟着他〕｜你跟佢尾〔你排在他後面〕。

跟尾狗 gen¹ méi⁵ geo² 指總是跟着別人後面走，自己毫無主見，人云亦云的人。

跟眼 gen¹ ngan⁵ 用眼睛看看；盯一下；稍加注意：我呢啲行李唔該同我跟下眼〔我這些行李請你幫照看一下〕。

跟手 gen¹ seo² 緊接着；跟着；順手：食完飯 ～ 洗碗〔吃完飯接着洗碗〕｜你 ～ 做埋佢啦〔你順手把它做完了吧〕。

跟手尾 gen¹ seo² méi⁵ "手尾" 指未做完的工作，"跟手尾" 即替人家完成未做完的工作，引申為承接人家的麻煩事兒。

跟進 gen¹ zên³ 接着要做；緊接着做：你做開頭，～ 啦〔你做開頭，接着做吧〕。❷ 跟蹤注意：呢件事我會 ～ 嘅〔這件事我會繼續注意的〕。

緊 gen² 助詞。用在動詞後面，説明動作正在進行：佢開 ～ 會〔他正在開會〕｜呢個問題我哋研究 ～〔這個問題我們正在研究〕。

緊身 gen² sen¹ 緊身衣：棉 ～。

緊要 gen² yiu³ ❶ 要緊。❷ 厲害：凍得好 ～〔冷得很厲害〕。

艮 gen³ 身體接觸或靠近冰冷的東西時的感覺：冬天瞓蓆好 ～ 肉〔冬天睡蓆子挺冰涼的〕。

近廚得食 gen⁶ cêu⁴ deg¹ xig⁶ 比喻依靠有利地位獲得更多利益，相當於 "近水樓台先得月"。

近住 gen⁶ ju⁶ 靠近；接近：我屋企 ～ 學校〔我家靠近學校〕｜～ 年尾〔接近年底〕。

近身妹 gen⁶ sen¹ mui⁶⁻¹ 舊時指貼身婢女。

近一排 gen⁶ yed¹ pai⁴ 最近一段時間。

geng

¹梗 geng² ❶（機件轉動）不靈活；緊：水喉好 ～，唔擰得喐〔水龍頭很緊，擰不動〕｜擰高頭睇嘢，頸到頸都 ～ 咗〔抬着頭看東西，仰得脖子都動不了了〕。❷ 固定的；定死的：定 ～ 星期五晚開會〔鐵定星期五晚開會〕｜幾多租金要講 ～ 呀〔多少租金要定死啊〕。

²梗 geng² ❶ 當然：～ 係啦〔當然是了〕｜學咁耐 ～ 會啦〔學那麼長時間當然會了〕。❷ 一定：～ 落雨〔今天一定下雨〕｜佢 ～ 知〔他一定知道〕。

梗板 geng² ban² ❶ 死板；機械；不會變通：呢個人好 ～〔這個人很機械〕｜要注意靈活性，太 ～ 亦唔得〔要注意靈活性，太死板也不行〕。❷ 固定的；定死的：～ 係佢嘅任務〔固定是他的任務〕。

梗頸 geng² géng² 脾氣拗，不聽從別人的勸告。

梗系 geng² hei⁶ 當然：我 ～ 唔應承啦〔我當然不答應了〕。

更之 geng³ ji¹ 更加：呢個辦法 ～ 唔妥〔這個辦法更加不妥〕。

géng

驚 géng¹〔讀音 ging¹〕怕；害怕：唔使 ～〔不要怕〕| 我唔 ～ 佢〔我不怕他〕| 嚇一 ～〔嚇了一跳〕。

驚青 géng¹ céng¹（青，讀音 qing¹）慌張：定啲，咪咁 ～〔鎮定一點，不要那麼慌張〕。

驚住 géng¹ ju⁶ 擔心：我 ～ 佢唔同意〔我擔心着他不同意〕| ～ 帶唔夠錢〔擔心錢帶不夠〕。

驚死 géng¹ séi² 很擔心；生怕：我 ～ 佢唔嚟〔我很擔心他不來〕| 我 ～ 你講錯咗呀〔我生怕你説錯了〕。

頸 géng² 脖子。

頸巾 géng² gen¹ 圍巾；圍脖兒。

頸喉 géng² heo⁴ 喉嚨：～ 痛。

頸喉鈕 géng² heo⁴ neo² 上衣靠近喉頭的扣子。

頸渴 géng² hod³ 渴；口渴：熱到好 ～〔熱得很渴〕。

頸癧 géng² lég² 瘰癧（頸部淋巴腺結核）。

頸鏈 géng² lin⁶⁻² 項鏈。

頸性 géng² xing³ 脾氣；脾性。

鏡架 géng³ ga³⁻² 鏡框子。

鏡面 géng³ min⁶⁻² 較厚的衣服因長期壓磨而形成的光面。

鏡屏 géng³ ping⁴ 鑲有座腳的大鏡子；作為禮物的鏡框。

喺 géng⁶〔鏡⁶〕❶ 提防：要 ～ 住扒手〔要提防着扒手〕。❷ 打架或發生糾紛時，強者對弱者採取忍讓、克制的態度：佢細個，你要 ～ 下佢〔他小，你要讓着他一點〕。❸ 小心：～ 住，咪打爛嘢〔小心點，別打破了東西〕。❹ 妨礙：～ 手 ～ 腳〔礙手礙腳〕| 企喺度 ～ 住晒〔站在這裏太妨礙人了〕。

喺惜 géng⁶ ség³（喺，鏡⁶；惜，讀音 xig¹）❶ 同上 ❷。❷ 小心；愛惜：公家嘅嘢要特別 ～ 至係〔公家的東西要特別愛惜才是〕| 搬缸瓦要好 ～ 至得〔搬缸瓦陶器要很小心才行〕。

喺手喺腳 géng⁶ seo² géng⁶ gêg³ ❶ 礙手礙腳：你企喺我旁邊有啲 ～〔你站在我旁邊有點礙手礙腳〕。❷ 輕手輕腳，小心翼翼：佢哋開緊會，我 ～ 行過去〔他們正在開會，我小心翼翼地走過去〕。

gêng

薑醋 gêng¹ cou³ 用薑和醋燉豬蹄子（產婦食用）。

薑酌 gêng¹ zêg³ 滿月酒。

薑酒 gêng¹ zeo² 同“薑酌”。

羗 gêng²（姜²）根：樹 ～ | 有根有 ～。

geo

尻 geo¹ 男陰（粗鄙話）。

九出十三歸 geo² cêd¹ seb⁶ sam¹ guei¹ 高利貸的盤剝方式。只付出借額的九成，卻按原借額加三成收回。

九大簋 geo² dai⁶ guei² 豐盛隆重的筵席（“簋”是古代盛食物的器皿，過去人們擺筵席一般以九個簋盛九種菜餚為最隆重，故名）。

九曲十三彎 geo² kug¹ seb⁶ sam¹ wan¹ 形容道路彎曲。

九唔搭八 geo² m⁴ dab³ bad³ 形容人思維紊亂，做事沒有條理：佢講話 ～〔他説話雜亂無章〕。

九成九 geo² xing⁴ geo² 百分之九十九，表示可能性極大：我話 ～ 係佢〔我説很可能是他〕| 呢件事冇十足嘅把握都有 ～ 嘅嘞〔這件事沒有十足的把握也有百分之九十九的可能性〕。

九因歌 geo² yen¹ go¹ 九九歌；乘法口訣。

久不久 geo² bed¹ geo² 同“久唔久”。

久唔久 geo² m⁴ geo² ❶ 久而久之：大家 ～ 就習慣晒喇〔大家久而久之就完全習慣了〕。❷ 不時：大家 ～ 見下面都幾好嘅〔大家不時見一下面也很不錯的〕。

久一……久二…… geo² yed¹ … geo² yi⁶ … 指斷斷續續地幹某事：久一做啲久二做啲，冇幾耐就做完喇〔一下子做一點，一下子又做一點，不多久就做完了〕｜久一寫啲久二寫啲，重怕寫唔完咩〔今天寫一點，明天寫一點，還怕寫不完嗎〕？

狗髀架 geo² béi² ga³ 三角架。

狗尾粟 geo² méi⁵ sug¹ 小米。

狗毛蟲 geo² mou⁴ cung⁴ 毛蟲；毛毛蟲。

狗牙 geo² nga⁴⁻² 鋸齒狀的：～ 邊嘅手巾仔〔鋸齒邊的手絹〕。

狗眼睇人低 geo² ngan⁵ tei² yen⁴ dei¹ 諷刺勢利的人瞧不起人。

狗咬狗骨 geo² ngao⁵ geo² gued¹ 狗咬狗；互相勾心鬥角。

狗蝨 geo² sed¹ 跳蚤。

狗蝨覺 geo² sed¹ gao³ 睡得不安寧的覺。

狗爪邊 geo² zao² bin¹ 反犬旁；犬猶兒（漢字偏旁“犭”）。

狗爪豆 geo² zao² deo⁶⁻² 豆子的一種，豆莢厚，產量多，可以吃。

狗仔 geo² zei² 手槍，詼諧的說法

狗仔隊 geo² zei² dêu⁶⁻² 經常緊隨某些名人，偷拍其照片的攝影者。

¹夠 geo³ 副詞。表示申辯、反詰，用在動詞前面，有“還不是（也）”、“不也”的意思：你有，我 ～ 有咯〔你有，我還不是有〕！｜佢錯，你 ～ 錯啦〔他錯，你不也錯嗎〕！｜人哋 ～ 唔噉做咯〔人家不也沒這樣幹嗎〕！｜你 ～ 會唱啦〔你還不是也會唱〕！

²夠 geo³ 二人互相比較，表示甲如同乙一般，達到乙的程度：你都 ～ 我高咯〔你已經有我一般高了〕｜你都 ～ 大學生嘅水準喇〔你已經達到大學生的水準了〕｜我唔 ～ 你叻〔我沒有你聰明〕。

夠本 geo³ bun² 比喻滿足，足夠：食到 ～〔吃個夠〕。

夠膽 geo³ dam² 敢；有膽量：～ 就放馬過嚟〔有膽量就放馬過來 —— 跟人挑戰時用語〕｜一個人去我唔 ～〔一個人去我不敢〕。

夠膽死 geo³ dam² séi² 指幹有危險性的事情或明知犯法而仍然去幹：嗰個嘢明知犯法都重 ～〔那個傢伙明知犯法還要去幹〕｜好危險個噃，你 ～ 嗎〔很危險的，你敢嗎〕？

夠捷 geo³ gang³ （捷，耕³）拼得過；足以匹敵：你唔夠佢捷〔你敵不過他〕。

夠勁 geo³ ging⁶ 帶勁：呢場球賽真 ～〔這場球賽真帶勁〕。

夠喉 geo³ heo⁴ 滿足；吃個夠。

夠照 geo³ jiu³ 同“夠派”。

夠嚟 geo³ lei⁴ 比得過；足以匹敵：你唔夠佢嚟〔你比不過他〕｜飲白酒你唔夠我嚟喇〔喝白酒你是比不過我了〕。

夠力 geo³ lig⁶ 指物體承受得住壓力或拉力：呢條棍太細，唔 ～〔這根棍子太小，承受不了壓力〕｜條繩要打雙至 ～〔繩子要做成雙股才經得住〕。

夠味 geo³ méi⁶ ❶ 食物夠鹹：呢碗湯唔 ～〔這碗湯不夠鹹〕。❷ 夠餓：我行到好 ～〔我走得很夠餓〕。

夠派 geo³ pai¹（派，讀音 pai³）夠派頭；時髦（指衣着講究）。

夠皮 geo³ péi⁴⁻² ❶ 夠本：賣五百文至 ～〔賣五百塊錢才夠本〕。❷ 引申指足夠：呢啲嘢食一碗就 ～〔這些東西吃一碗就夠〕｜你攞咁多重唔 ～ 呀〔你拿那麼多還不夠嗎〕？

夠秤 geo³ qing³ 足秤。

夠數 geo³ sou³ 夠；齊：重界十個嚟就 ～

喇〔還拿十個來就夠了〕｜爭兩個先
至～〔差兩個才夠〕｜～咁滯喇〔差
不多齊了〕。

夠威 geo³ wei¹ 夠威風；帥。

夠運 geo³ wen⁶ 走運：唔見咗又搵番，
算你～〔丟了又找回來，算你走運〕。

夠晒 geo³ sai³ 足夠，達到標準：件衫
～靚〔衣服夠漂亮的〕｜做得～好〔做
得夠好的〕｜兩個～數〔兩個就足
夠了——香港計生口號〕。

夠算 geo³ xun³ ❶足夠；滿足：睇到～
咯〔看夠了〕。❷引申作夠餓：呢次
瘤到佢～咯〔這次累得他夠餓〕。

夠有凸 geo³ yeo⁵ ded⁶ 綽綽有餘：一百
文就～咯〔一百元就綽綽有餘了〕。

夠鐘 geo³ zung¹ 到點（時間到了）：～
上堂未呀〔到上課的時間沒有〕？｜
重未～〔還沒有到點〕。

救火車 geo³ fo² cé¹ 消防車。

舊底 geo⁶ dei² 從前；以前；過去：而
家唔同～咯〔現在跟過去不一樣
了〕｜～呢度係瓦渣崗〔從前這裏是
瓦礫堆〕。

舊口 geo⁶ heo² ❶不新鮮（多指食物）：
呢條鹹魚係～嘅〔這條鹹魚是不新
鮮的〕。❷東西原有的破損：呢條裂
痕係～嘅〔這條裂縫是原有的〕。

舊招牌 geo⁶ jiu⁶ pai⁴ 老字號。

舊曆年 geo⁶ lig⁶ nin⁴ 陰曆新年；春節：
過～。

舊年 geo⁶ nin⁴ 去年。

舊生 geo⁶ sang¹ 原有的在校學生，與
"新生"相對而言。

舊時 geo⁶ xi⁴（又音 geo⁶ xi⁴⁻²）過去：～
嘅習慣〔過去的習慣〕。

舊日 geo⁶ yed⁶ 同上。

舊陣時 geo⁶ zen⁶ xi⁴⁻² 同上。

嚿 geo⁶ 量詞。塊；團：一～石｜
一～泥〔一塊土〕｜一～飯。

嚿溜 geo⁶ leo⁶ 一塊塊的：一～一～

唔知係乜嘢嚟〔一塊塊兒的不知是甚
麼東西〕。

gêu

舉薦 gêu² jin³ 推薦：大家都～你做主
任喎〔大家都推薦你做主任呢〕。

巨掬 gêu⁶ feng⁴（掬，扶恆切）同"大掬
(feng⁴)"。

gi

齮齕 gi¹ ged⁶（齮，哥衣切；齕，吉⁶）梗
阻：做乜嘢總有啲～，唔係幾順利
〔幹甚麼總有點梗阻，不怎麼順利〕。

齮齮齕齕 gi¹ gi¹ ged⁶ ged⁶ ❶結結巴巴
的：佢講話～，唔知講乜〔他說話
結結巴巴的，不知說甚麼〕。❷礙手
礙腳的：行開啲，咪喺度～〔走開
點，別在這裏礙手礙腳〕。

gib

¹**唊** gib¹（劫¹）箱子（除了用木或金屬製
造的以外）：藤～｜皮～｜一～書。

²**唊** gib¹ ❶底火（子彈或炮彈底部的發
火裝置）。❷火帽（火槍上的發火
器）。

唊槍 gib¹ cêng¹ 同"粉槍"。

*__唊咈__ gib¹ fid¹ 減肥。〔英語 keep fit 的
音譯。〕

唊紙 gib¹ ji² 紙炮（玩具手槍用的紙製
彈藥）。

唊帽 gib¹ mou⁶⁻² 鴨舌帽；前進帽。〔"唊"
是英語 cap 的譯音。〕

唊汁 gib¹ zeb¹ 一種調味醬液，用番茄、
醬油等配成。〔"唊汁"是英語 ketchup
或 catchup，catsup 的音譯詞。〕

澀 gib³（讀音 seb¹，sab³）澀（吃生柿子
時舌頭的感覺）：呢啲柿重有啲～〔這

些柿子還有點兒澀〕｜瞓唔夠，眼好 ～〔睡不夠，眼睛很澀〕。〚"澀"字廣州話讀 seb¹ 或 sab³，但常有人俗讀作 gib³，音如"劫"，這是按照廣州方言"澀"的意思來讀"澀"這個字，"澀"讀 gib³ 是訓讀字。〛

挾 gib⁶（讀音 hib⁶，hab⁶）夾；擠：佢 ～ 住個皮包〔他夾着一個皮包〕｜鞋有啲 ～ 腳〔鞋有點擠腳〕｜因住界門親隻手〔當心給門掩了手〕。

挾腳 gib⁶ gêg³（鞋）擠腳：隻鞋好 ～〔這隻鞋很擠腳〕。

gid

結恭 gid³ gung¹ 便秘；大便乾結。

結屨 gid³ yim²⁻²（屨，掩）結痂。

傑 gid⁶ 稠：～ 粥。

傑吣吣 gid⁶ ded¹ ded¹（吣，凸¹）稠稠的。

傑嘢 gid⁶ yé⁵ 重大事件：呢煲係 ～ 嚟〔這件事非同小可啊〕。

gig

戟 gig¹ 西式點心的一種，無餡：椰子 ～ ｜奶油 ～。

激 gig¹ 氣（用話刺激人）：～ 到佢嬲咗〔把他氣火兒了〕｜ ～ 死人。

激爆 gig¹ bao³ 氣壞了，被氣得發怒了：真畀你 ～ 咯〔真給你氣壞了〕。

激氣 gig¹ héi³ 氣人（令人生氣）：真 ～，話極佢都唔聽〔真氣人，怎麼説他都不聽〕｜咁細嘅事使乜 ～ 呢〔那麼小的事，何必生氣呢〕！

激夭 gig¹ ngen¹（夭，銀¹）氣壞：界佢 ～ 晒〔叫你給氣壞了〕｜ ～ 咗佢〔氣壞了他〕。

極 gig⁶ ❶ 用在形容詞或一些表示心理活動的動詞的後面，説明某些情況達到極點：佢嘅字真係靚到 ～ 喇〔他的字真是漂亮極了〕｜用牛犂田快都冇拖拉機咁快〔用牛犂田再快也沒有拖拉機快〕｜想 ～ 都想唔通〔怎麼想也想不通〕。❷ 用在動詞的後面，説明動作反覆的次數多或者持續的時間長：呢幅畫睇 ～ 都唔厭〔這幅畫看多少次都不厭〕｜佢行 ～ 都唔瘤〔他怎麼走也不累〕｜講 ～ 都冇用〔怎麼説也沒有用〕｜叫 ～ 佢都唔嚟〔怎麼叫他也不來〕。

極之 gig⁶ ji¹ 非常；極為：呢齣戲 ～ 好睇〔這齣戲非常好看〕｜大家 ～ 高興。

極其量 gig⁶ kéi⁴ lêng⁶ 充其量：我估 ～ 一百文就夠咯〔我估計充其量一百元就夠了〕。

gim

兼夾 gim¹ gab³ 連詞。而且；並且；加上：工作緊張 ～ 休息唔夠〔工作緊張加上休息不夠〕｜翻風 ～ 落雨〔颳風而且下雨〕。

兼且 gim¹ cé² 並且；而且：頭痛 ～ 發燒。

兼開 gim¹ hoi¹ 間隔開：兩種花 ～ 種。

劍花 gim³ fa¹ 令箭荷花的一種，常綠植物，漿莖呈三棱披針形，邊緣有鈍鋸齒，花生在莖的凹入部，很美，曬乾後可吃。又名"量天尺"或"霸王花"。

gin

堅 gin¹ ❶ 好的；優秀的：呢位工程師係 ～ 嘅〔這位工程師有真才實學〕。❷ 真實的；確切的：你件名牌衫 ～ 嘅咩〔你的名牌衫是真的嗎〕？

堅料 gin¹ liu⁶⁻² 確切的消息；有價值的材料。

堅嘢 gin¹ yé⁵ 好貨，品質好的東西：

你買到 ～ 呀〔你買到了好東西啊〕。

見 gin³ ❶ 看到。❷(病人) 覺得：呢兩日 ～ 點呀〔這兩天覺得怎樣了〕？｜ ～ 好啲咯〔覺得好一點了〕。

見飯 gin³ fan⁶ (米飯) 出數兒；出飯多：早造米煮飯 ～。

見風使悝 gin³ fung¹ sei² léi⁵ (悝，理) 看風使舵；見風轉舵。

見工 gin³ gung¹ 求職時應顧主面試。

見功 gin³ gung¹ 見效：一劑就包你 ～〔一服就保證你見效〕。

*__見紅__ gin³ hung⁴ ❶ 見血。對別人威脅時用語。❷ 拿到或交出一百元港幣：捐款起碼 ～ 啦〔捐款起碼一百元啦〕。

見連丸 gin³ lin⁴ yun⁴⁻² 奎寧丸。

見使 gin³ sei² (錢) 耐花：呢度嘢平，錢好～〔這裏東西便宜，錢很耐花〕。

見食 gin³ xig⁶ 耐吃。

件 gin⁶ 量詞。塊 (多用於切開後的小塊)：一 ～ 豬肉｜一 ～ 蛋糕｜一 ～ 月餅。

件頭 gin⁶ teo⁴⁻² 樣兒；件兒 (通常用在數目字之後)：家家都有三 ～〔家家都有三大件兒〕｜四 ～ 五文雞〔四大件五塊錢〕｜飛髮五毫子四 ～〔理髮五毛錢四樣兒 —— 理髮、洗頭、吹乾、上蠟〕。

ging

京果 ging¹ guo² 北方所產的果脯及乾果。

矜貴 ging¹ guei³ 珍貴；貴重：～藥材。

經已 ging¹ yi⁵ 已經：事情 ～ 辦妥。

景轟 ging² gueng² (轟，讀音 gueng¹) ❶ 意外的阻梗 (詼諧的説法)：咪想得咁順利，聽晤中間有乜 ～ 就難搞咯〔別想得太順利，萬一中間碰到甚麼意外就難辦了〕。❷ 曖昧事。

勁爆 ging⁶ bao³ 同 "勁到爆"。

勁秋 ging⁶ ceo¹ 棒，了不起：呢個人嘅數學唔知幾 ～〔這個人的數學不知有多了不起〕。

勁到爆 ging⁶ dou³ bao³ 形容事物達到非常美好的地步，相當於普通話口語 "酷斃了"。

勁歌 ging⁶ go¹ 帶勁的歌，節奏比較強烈的歌。

giu

嬌嗲 giu¹ dé² 同 "嗲"。

撟 giu² (嬌²) 拭擦：～汗｜～眼淚｜"偷食唔會 ～ 嘴"〔俗語。偷吃不懂擦嘴〕。

叫起手 giu³ héi² seo² 隨時；臨時：我準備住先，～ 搦得出㗎〔我先準備着，隨時能拿得出來〕｜～ 有得用〔臨時有可用的〕。

叫數 giu³ sou³ 飲食店顧客將離去時，服務員結賬後將錢數高聲報與掌櫃。

撬牆腳 giu⁶ cêng⁴ gêg³ 挖牆腳 (指用不道德的手段佔有別人的情人或者屬於他人的東西)。

撬馬腳 giu⁶ ma⁵ gêg³ 象棋術語，蹩馬腳。

go

哥記 go¹ géi³ 對不相識的同齡男性的稱呼。

歌喉 go¹ heo⁴ 嗓子；嗓音。

嗰 go² (哥²) 那：～個人｜～間學校〔那所學校〕｜～啲〔那些〕。

嗰笪 go² dad³ 那兒，那裏：你放低喺 ～ 得咯〔你放在那兒可以了〕。

嗰啲 go² di¹ 那些：呢啲好過 ～〔這些比那些好〕。

嗰度 go² dou⁶ (嗰，哥²) 那裏；那兒：

你去～做乜〔你去那裏幹甚麼〕？｜放喺枱～〔放在桌子那兒〕｜喺辦公室～開會〔在辦公室那兒開會〕。

喎槓嘢 go² lung⁵ yé⁵（槓，讀音 gong³）那檔事兒：你估你～人哋唔知道咩〔你以為你那檔事兒人家不知道嗎〕？

喎排 go² pai⁴⁻² （喎，哥²）同"先喎排"。

喎頭近 go² teo⁴ ken⁵ 戲稱快要死了。

喎處 go² xu³（喎，哥²）同"喎度"。

喎陣 go² zen⁶（喎，哥²）那個時候：你喺邊度〔那個時候你在哪兒〕？｜我細個～〔我小的時候〕｜到～你就知喇〔到時候你就知道〕。

個 go³ 量詞。塊（錢）；元：兩～四〔兩元四角〕｜三～銀錢〔三元；三塊錢〕。〘廣州話的"個"多用在十以下的數目字之後，十位數之後用得少，百位數以上多用"文" men⁴⁻¹，如"百零文"〔百來塊錢〕｜千五文〔一千五百塊錢〕。〙

個噃 go³ bo³（噃，播）語氣詞。❶ 表示勸告、警告、聲明：噉搞法唔得～〔這樣搞法可不行啊〕｜呢啲嘢好貴～〔這些東西很貴的〕。❷ 表示肯定：呢間房幾乾淨～〔這個房間挺乾淨的〕｜呢個隊的確係幾強～〔這個隊的確很強〕。

個囉 go³ lo³ 語氣詞。表示肯定、滿足：就係噉～〔就是這樣的了〕｜一啲啲就夠～〔一點點就夠了〕｜得～〔行了〕。

個喎 go³ wo⁴（喎，禾）同下。

個喎 go³ wo⁵（喎，窩⁵）語氣詞。表示不滿（比較婉轉）：佢咁懶～〔他多懶啊〕｜話過都唔算數～〔說過也可以不認賬的〕！｜咁爛～，我唔要〔那麼爛的，我不要〕。

god

割青禾 god³ céng¹ wo⁴ ❶ 比喻勉強去做時機尚未成熟的事，相當於"拔苗助長"。❷ 指賭錢時贏錢就溜之大吉。

gog

各適其適 gog³ xig¹ kéi⁴ xig¹ 各人做自己愛好的事。

各有各 gog³ yeo⁵ gog³ 各自：我哋幾個人～食〔我們幾個人各吃各的〕。

角落頭 gog³ log⁶⁻¹ teo⁴⁻² 角落；屋角：櫃桶～〔抽屜的角落〕｜掃把放喺～〔掃帚放在屋角〕。

角仔 gog³ zei² 一種油炸小甜餃子，春節時民間普遍自製的應節食品。

閣 gog³ 閣樓（在平房內的木板樓，一般存放東西用）。

閣仔 gog³ zei² 同上。

覺眼 gog³ ngan⁵ ❶ 顯眼：放喺呢度太～喇〔放在這裏太顯眼了〕。❷ 注意：我唔～，冇見佢〔我沒注意，沒有見他〕。

覺意 gog³ yi³ ❶ 當心；留神。一般用於否定形式：唔～打爛咗〔不留神打破了〕。❷ 留意：佢來了沒有我唔～噃〔他來了沒有我可沒有留意呀〕。

goi

該專 goi¹ jun¹ 倒楣；糟糕。惋惜損失時用：哎呀，～咯，你打爛咗個盆〔哎喲，糟糕了，你把盆打破了〕！

該煨 goi¹ wui¹ 糟糕（帶有可憐、心疼的感情）：真～咯，跌到佢腳都損晒〔真糟糕，踤得他腳都破了〕。

改 goi² 描（指寫字重複地畫）：寫大字要一筆過，唔好～〔寫毛筆字要一筆過，不要描〕。

改轉 goi² jun³ 變換；改換。

改名 goi² méng⁴⁻² (名，讀音 ming⁴) 起名；取名：呢個臊蝦仔重未 ～〔這個嬰兒還沒有起名〕｜佢改個乜嘢名好呢〔他取個甚麼名字好呢〕？

gon

乾 gon¹ 白白（得到）：～ 得〔不勞而獲〕｜～ 撈咗〔白得了〕。

乾包 gon¹ bao¹ 指菠蘿蜜、榴蓮等果實中果肉較乾而爽脆的那種。

乾炒 gon¹ cao² 戲指不用水洗臉：冇水洗面就 ～ 囉〔沒有水洗臉就乾擦唄〕。

乾鯁 gon¹ keng² 在沒有水的情況下吞吃乾的食物。

乾鯁鯁 gon¹ keng² keng²（食物）乾巴巴：食呢啲餅 ～，吞唔落〔吃這些餅乾巴巴的，嚥不下〕。

乾涸 gon¹ kog³ 乾燥，多指空氣乾燥：天氣好 ～ ｜喉嚨 ～。

乾濕褸 gon¹ seb¹ leo¹（褸，樓¹）風雨衣的一種，兩面可用，既防寒，又防雨。

乾水 gon¹ sêu² 去掉水分（一般指收穫後的植物）：～ 嘅蘋果唔好食〔水分乾了的蘋果不好吃〕。

乾塘 gon¹ tong⁴ ❶ 把魚塘的水放乾：冬天 ～ 捉魚。❷ 比喻錢花光了。

乾淨企理 gon¹ zéng⁶ kéi⁵ léi⁵ ❶ 整齊清潔。❷ 辦事利索：一定要辦得 ～。

趕工 gon² gung¹ 加班：工作一忙起嚟，夜晚都要 ～〔工作一忙起來，晚上都要加班〕。

趕得切 gon² deg¹ qid³ 趕得上；來得及。

趕注 gon² ju³⁻² 趕着去下賭注，比喻迫不及待：急乜呢，～ 係唔係呀〔急甚麼，下賭注去是嗎〕？

趕唔切 gon² m⁴ qid³ 來不及：食完飯至去，～ 囉〔吃過飯才去，來不及了〕。

gong

江湖佬 gong¹ wu⁴ lou² 過去穿州過縣靠賣藝賣藥為生的人。

江珧柱 gong¹ yiu⁴ qu⁵ 乾貝。

剛啱 gong¹ ngam¹ ❶ 剛好：佢 ～ 出咗去〔他剛好出去了〕。❷ 剛才：～ 你話乜〔剛才你說甚麼來着〕？

缸瓦 gong¹ nga⁵ 陶瓷器皿的總稱：～ 舖。

崗柴 gong¹ cai⁴ 農村做燃料用的雜草。又叫"崗草"。

崗棯 gong¹ nim¹（棯，念¹）同"棯仔"。

港客 gong² hag³ 來自香港的客人。

港紙 gong² ji² 港幣。

*港姐 gong² zé² 香港小姐。

講粗口 gong² cou¹ heo² 說粗話；說下流話。

講大話 gong² dai⁶ wa⁶ 說謊；撒謊：唔好 ～ 呃人〔不要說謊騙人〕。

講得口響 gong² deg¹ heo² hêng² 說得好聽；唱高調。

講到尾 gong² dou³ méi⁵ 說到底：～，你重係唔去好〔說到底你還是不去為好〕。

講到話 gong² dou³ wa⁶ 表示另提一件事，相當於"至於"：～ 佢呢，唔使理都得咯〔至於他，不必管也可以了〕｜～ 呢件事，我係唔同意嘅〔至於這件事，我是不同意的〕。

講假 gong² ga² 說假話：你唔好 ～ 呃我〔你不要說假話騙我〕。

講古 gong² gu² 講故事。

講閒話 gong² han⁴ wa⁶⁻² 背後議論別人：我唔怕人哋 ～〔我不怕別人背後議論〕。

講起又講 gong² héi² yeo⁶ gong² 一般的口頭禪，有"說起來呀"、"依我說"等意思：～ 吖，係佢唔對嘅〔依我說，是他的不對〕。

講口齒 gong² heo² qi² 講信用。

講漏嘴 gong² leo⁶ zêu² 說走了嘴；説話走了火。

講三講四 gong² sam¹ gong² séi³ 說三道四；説長論短。

講實 gong² sed⁶ 說定：～幾時完成就幾時完成｜～幾多錢一斤〔説好多少錢一斤〕。

講心嗰句 gong² sem¹ go² gêu³ 說真心話；説實在的：～，我唔贊成你去〔説實在話，我不贊成你去〕。

講數 gong² sou³ 談判；講條件；講價錢：等我同個老闆～先〔先讓我跟老闆談好條件〕。

講數口 gong² sou³ heo² 討價還價。

講話 gong² wa⁶ 説；説的是：隊長～要大家討論一下｜佢～要你快啲翻去喎〔他説要你快點回去〕｜你大佬～佢唔得閒〔你哥哥説的是他沒空〕。〔"講"和"話"都是説的意思，"講話"是並列式的合成詞。一般只在轉達第三者的意見時用。〕

講話有骨 gong² wa⁶ yeo⁵ gued¹ 說話帶刺兒。

講笑 gong² xiu³（又音 gong² xiu³⁻²）開玩笑。

講説話 gong² xud³ wa⁶ 講話；説話：鸚鵡會～｜佢三歲至會～〔他三歲才會説話〕。

*講耶穌 gong² yé⁴ sou¹ 説大道理。

講人事 gong² yen⁴ xi⁶⁻² 講人情；講情面。

講真 gong² zen¹ 說正經話；説真格的：我係同你～㗎〔我是跟你講認真的〕｜呢次要～至得嘞〔這次要説真格的才行〕。

槓㳠 gong³ cong⁴⁻² 同"炕牀"。

槓架 gong³ ga³⁻² 單槓和雙槓的總稱。

鋼骨 gong³ gued¹ 鋼筋：～水泥。

踭 gong⁶（江⁶）螯(螃蟹的鉗子)：蟹～。

摃（撠）gong⁶（江⁶）撞擊；碰撞（多指兩物相撞，比堅硬）：～刀｜～拳頭｜畀佢～咗一下〔給他撞了一下〕。

gou

高大衰 gou¹ dai⁶ sêu¹ 形容年輕人個子雖然高大，但不懂事甚至幹壞事：咁大個重蝦細蚊仔，正一～〔這麼大了還欺負小孩，真是傻大個〕。

高大威猛 gou¹ dai⁶ wei¹ mang⁵ 身材高大，相貌威武。

高竇 gou¹ deo³（竇，讀音 deo⁶）傲慢：叫佢都唔睬，真～〔叫他也不理，真傲慢〕。

高竇貓兒 gou¹ deo³ mao¹ yi⁴⁻¹ 傲慢的人：你唔好太䁻尖喇，人哋話你係～喇〔你不要太挑剔了，別人説你瞧不起人了〕。

高洞洞（高䃟䃟）gou¹ dung⁶ dung⁶ 高高的（一般用來形容細長而且豎着的東西）：呢個人～，似條電燈杉〔這個人高高的，像根電燈杆〕。

高櫃 gou¹ guei⁶ 立櫃；大衣櫃。

高粱粟 gou¹ lêng⁴ sug¹ 高粱米，也指高粱。

高佬 gou¹ lou² 高個子。

*高買 gou¹ mai⁵ 戲稱在商場裏偷竊貨物。

高嫋嫋 gou¹ niu¹ niu¹ 高而細，多指身材：嗰個女生得～，好苗條呀〔那個女孩長得高高的，挺苗條的〕。

高踭鞋 gou¹ zang¹ hai⁴（踭，爭）高跟鞋。

高章 gou¹ zêng¹ 高招。

膏 gou¹ 脂肪(專指動物脂肪)：豬～｜呢隻雞好多～〔這隻雞油很多〕。

膏蟹 gou¹ hai⁵ 體內有蟹黃的雌螃蟹。

篙竹 gou¹ zug¹ 撐篙竹，做船篙用。

糕盤 gou¹ pun⁴ 蒸糕點用的盤子。

告白 gou³ bag⁶ 廣告：賣～〔登廣告〕。

告地狀 gou³ déi⁶ zong⁶ 指社會上有些人因遭不幸,生活無着,因而將記述自己身世及境遇的"狀紙"擺在路旁,祈求過往行人幫助或施捨的做法。

告假 gou³ ga³ 請假:佢今日有事要 ~ 〔他今天有事要請假〕| 告三日假〔請三天假〕。

gu

孤單單 gu¹ dan¹ dan¹ 孤獨;孤零零:一個人住會唔會覺得 ~ 呀〔一個人住,會不會覺得很孤獨〕? | 喺度 ~ 一間屋,周圍都冇人〔那兒孤零零的一所房子,四周都沒有人〕。

孤丁丁 gu¹ ding¹ ding¹ 孤獨的樣子。

孤寒 gu¹ hon⁴ 吝嗇。

孤寒鐸 gu¹ hon⁴ dog⁶ 同下。

孤寒種 gu¹ hon⁴ zung² 吝嗇的人。

咕喱 gu¹ léi¹ 苦力(對搬運工人不尊敬的稱呼)。〖"咕喱"是英語 coolie 的音譯詞。〗

姑表 gu¹ biu² 一方的父或母與另一方的母或父是兄妹或姐弟,雙方間的關係為"姑表"。

姑媽 gu¹ ma¹ 姑母(父親的姐姐)。

姑勿論 gu¹ med⁶ lên⁴ 且不說:~ 佢點,首先你要做好〔且不說他怎麼樣,首先你要做好〕。

姑奶 gu¹ nai¹ 丈夫的姐姐,大姑子:大 ~ | 二 ~。

姑娘 gu¹ nêng⁴ ❶ 未婚女子。❷ 護士。❸ 香港指某些職業女性,如從事護理工作的女性,在教會中工作的女性,工廠中的女管工等。

姑娘仔 gu¹ nêng⁴ zei² 小姑娘。

姑婆 gu¹ po⁴ 祖父的姐妹。

姑太 gu¹ tai³ 丈夫的姑母。

姑爺仔 gu¹ yé⁴ zei² 指唆使女人出賣色相的人。

姑姐 gu¹ zé²⁻¹ 姑母(父親的妹妹)。

姑仔 gu¹ zei² 小姑子(丈夫的妹妹)。

姑丈 gu¹ zêng⁶⁻² 姑父。

古 gu² 故事:講 ~ | 聽 ~ 咪駁 ~ 〔聽故事不要插嘴〕。

古氣 gu² héi² 呆板;不靈活。

古靈精怪 gu² ling⁴ jing¹ guai³ 古古怪怪:撚成 ~ 噉,太肉酸喇〔打扮得古古怪怪,太難看了〕。

古老大屋 gu² lou⁵ dai⁶ ngug¹ 老房子;祖屋。

古老十八代 gu² lou⁵ seb⁶ bad³ doi⁶ 年代久遠;很久以前:~ 嘅嘢,唔講就算咯〔很久以前的事,不說也就罷了〕。

古老石山 gu² lou⁵ ség⁶ san¹ 比喻思想守舊的人。

古縮 gu² sug¹ 蔫兒(形容人性情內向,不合群,沉默寡言):佢嘅脾氣就係咁 ~,唔中意講話乜滯〔他的脾氣就是那麼蔫兒,不怎麼喜歡説話〕。

古月粉 gu² yüd⁶ fen² 胡椒粉的別名。

古仔 gu² zei² 同"古"。

估 gu² ❶ 猜:你 ~ 我有幾歲?❷ 以為(多作反詰用):你 ~ 我唔知呀〔你以為我不知道〕? | 你 ~ 好容易㗎〔你以為很容易的嗎〕?

估估下 gu² gu² ha² 瞎猜;隨便猜想:我隨便 ~ 嘅嗻〔我隨便猜想罷了〕| 佢 ~ 就估中咗〔他隨便猜猜就猜中了〕。

估唔到 gu² m⁴ dou³ 沒想到;料想不到:我 ~ 你會畀咁多我〔我想不到你會給我這麼多〕。

估話 gu² wa⁶ 以為;猜想:你 ~ 好容易? | 你 ~ 佢會唔會嚟呢〔你猜想他會不會來呢〕?

鼓氣 gu² héi³ 憋氣,悶悶不樂。形容人生氣的樣子。

G

鼓氣袋 gu² héi³ doi⁶⁻² 形容人因生氣而氣鼓鼓的，像充滿氣的袋子。

蠱惑 gu² wag⁶ 詭計多端：嗰條友太～喇，因住上佢當〔那個傢伙太詭計多端了，當心上他的當〕。

蠱惑友 gu² wag⁶ yeo⁵⁻² 奸詐的人；滑頭。

蠱惑仔 gu² wag⁶ zei² 小滑頭。

蠱脹 gu² zêng³ 血吸蟲病等使肚子腫脹的疾病。

估衣 gu³ yi¹ 舊衣服：～檔〔估衣攤〕。（普通話所指的估衣還包括質地較次的新衣物）

固然之 gu³ yin⁴ ji¹ 固然：你～緊急，但係人哋重更急添〔你固然緊急，但人家更緊急呢〕｜噉做～好，不過未到時候〔這樣做固然好，不過還沒到時候〕。

顧住 gu³ ju⁶ ❶ 當心；留意：～唔好打爛咗〔當心不要打破了〕｜你～嘰〔你當心着〕！❷ 惦着：佢好好，唔使成日～佢嘅〔他很好，不用整天惦着他〕。

顧面 gu³ min⁶⁻² 愛護面子，指因照顧面子而不便做或説某些事：佢唔當面講係顧你面之嗎〔他不當面説是照顧你的面子罷了〕。

咕咕 gu⁴ gu¹ 戲稱小男孩的生殖器。

咕咕聲 gu⁴ gu⁴⁻² séng¹ ❶ 咕咕響（肚內腸鳴聲）。❷ 形容人內心不滿而發出怨恨聲：嬲到佢～〔氣得他直嘀咕〕｜佢冇道理，～又點呀〔他沒有道理，嘀咕又怎麼樣〕！

gua

瓜 gua¹ 死；完蛋（詼諧的説法）：嗰個壞蛋～咗咯〔那個壞蛋完蛋了〕。

瓜柴 gua¹ cai⁴ 同上。

瓜得 gua¹ deg¹ 同上。

瓜子菜 gua¹ ji² coi³ 馬齒莧，肉質草本植物，葉淡紫紅色，形似瓜子，全株味酸，可入藥。

瓜子口面 gua¹ ji² heo² min⁶ 瓜子臉。

瓜直 gua¹ jig⁶ 同“瓜”。

瓜老襯 gua¹ lou⁵ cen³ 同上。

瓜英 gua¹ jing¹ 用糖醃製的木瓜絲。

呱呱嘈 gua¹ gua¹ cou⁴ 吵吵嚷嚷：你哋唔好喺度～〔你們不要在這裏吵吵嚷嚷〕。

寡 gua² 因吃酸性或苦寒的東西而引起口腔、腸胃不適的感覺。

寡佬 gua² lou² 光棍兒；單身漢：單身～。

寡母婆 gua² mou⁵ po⁴⁻² 中年以上的寡婦。

寡淡 gua² dam⁶(tam⁵) 淡而無味。

掛 gua³ ❶ 掛念；惦念：你老母好～住你〔你母親很掛念你〕｜唔使成日～住我〔不必整天惦念着我〕。❷ 盼望：細佬哥成日～住過年〔小孩整天盼望着過年〕。

掛帶 gua³ dai³ 掛念；惦念：我會照顧自己嘅，你唔使～〔我會照顧自己的，你不必掛念〕。

掛住 gua³ ju⁶ 惦念着；懷念着；想着：大家都成日～你嘅安全〔大家整天都惦念着你的安全〕｜你做作業就唔好～去玩啦〔你做作業就不要想着去玩啦〕。

掛臘鴨 gua³ lab⁶ ngab³ 比喻上吊（詼諧的説法）。

掛爐鴨 gua³ lou⁴ ngab³ 明火燒烤的鴨。

掛綠 gua³ lug⁶ 廣東增城出產的一種名貴的荔枝，果皮上有一圈綠色條紋，產量極少。

掛望 gua³ mong⁶ 同“掛”❶。

啩 gua³（卦）語氣詞。吧（表示疑問，半信半疑或不十分肯定）：唔係～〔不是吧〕？｜今日星期五～｜借界我，

得 ～〔借給我，行吧〕？

guad

刮粗龍 guad³ cou¹ lung⁴⁻² 用不正當的手段撈了一大筆錢。

刮龍 guad³ lung⁴⁻² 貪污：舊時嗰啲官吏 ～ 刮得好犀利〔以前那些官吏貪污得很厲害〕。〖"刮龍"不能帶賓語，"貪污"可以帶賓語。帶賓語時，廣州話只用"刮"。〗

刮削 guad³ sêg³ 剝削；剋扣：嗰個工頭專門 ～ 工人〔那個工頭專門剋扣工人〕。

guag

摑 guag³ 打耳光：～ 一巴掌。〖普通話也有"摑"一詞，但一般少用。〗

guai

乖豬 guai¹ ju¹ 小乖乖。對幼兒用。

拐子佬 guai² ji² lou² 拐子，拐賣人口的人。

怪之得 guai³ ji¹ deg¹ 怪不得；難怪：～ 佢唔去啦，原來佢有事〔怪不得他不去了，原來他有事〕。〖"怪之得"是"唔怪之得"的省略。〗

怪意 guai³ yi³ 責怪；埋怨；在意：我講話直啲，你唔好 ～ 呀〔我說話有點直，你可別在意啊〕。

怪責 guai³ zag³ 責怪；埋怨：自己做錯咗，唔會 ～ 人哋嘅〔自己做錯了，不會責怪別人的〕。

guan

關 guan¹ 與某人或某事有關（多用於否定句或反詰句）：呢件事唔 ～ 你

事〔這件事與你無關〕｜ 你發燒唔 ～ 話食咗雞蛋〔你發燒與吃了雞蛋無關〕。

關斗 guan¹ deo² 跟頭；筋斗：打咗一個 ～〔翻了一個跟頭〕｜一個 ～ 轆落嚟〔一個跟頭滾下來〕。

關刀 guan¹ dou¹ 有長柄的大刀。

關乎 guan¹ fu⁴ 關到：呢件係 ～ 身家性命嘅大事〔這是關係到身家性命的大事〕。

關顧 guan¹ gu³ 關照。

關人 guan¹ yen⁴ 表示某些事情與己無關或不願過問某事時的用語：～ 喇，我好少理〔管它，我才不理〕｜ ～ 屁事〔關我甚麼事〕！

蹎 guan³ 蹸；蹸跤；跌跤：路好滑，因住 ～ 低〔路很滑，當心蹸倒〕｜ ～ 咗一跤〔蹸了一跤〕。

蹎低 guan³ dei¹ 同"蹎跤"。

蹎跤 guan³ gao¹ 摔交，跌倒。

攢 guan³ 拿東西往地上摔：～ 仙〔摔銅錢〕。

慣 guan³ ❶ 習慣：喺度住咗咁耐我都未 ～〔在這裏住了這麼長時間我還沒有習慣〕｜我早就 ～ 曬咯〔我早就習慣了〕。❷ 經常：你 ～ 唔 ～ 去游水呀〔你經常去游泳嗎〕？｜佢好 ～ 去你度坐嗎〔他很常去你那裏坐嗎〕？

慣熟 guan³ sug⁶ 相熟；親近；相互瞭解：大家咁 ～，你知我嘅脾氣㗎〔大家這麼熟，你是知道我的脾氣的〕

gud

咭 gud⁶（跪活切）❶ 象聲詞。咕嘟（喝水的聲音）：～ 一聲，飲咗一啖水〔咕嘟一聲，喝了一口水〕｜飲到 ～～ 聲〔喝得咕嘟咕嘟地響〕。❷ 引申作喝：～ 咗一啖水〔喝了一口水〕。

güd

櫊 güd⁶ 量詞。截；段：斷咗兩 ~〔斷了兩截〕｜呢條路有一 ~ 唔好行〔這條路有一段不好走〕｜"黃瓜打狗——唔見咗一 ~"〔歇後語。黃瓜打狗——丟了一截〕。

gued

¹骨 gued¹ ❶ 骨頭。❷ 關卡；關：呢次畀我過 ~ 咯〔這回讓我過關了〕｜唔知過唔過得 ~〔不知能不能過關〕。

²骨 gued¹ 四分之一 (見 "一個骨")。

³骨 gued¹ ❶ 衣縫兒；接縫兒：衫 ~ ｜被單有兩條 ~〔被裏有兩條接縫兒〕。❷ 稈兒；支架：青 ~ 白菜 ｜鋼 ~ 遮〔鋼絲支架的布傘〕。〖"骨"作 "稈兒"、"支架" 等用時常跟另一名詞詞素結合成合成詞，如 "菜骨"、"麻骨"、"腳骨"、"手骨"、"腰骨"、"鋼骨" 等。〗

骨痹 gued¹ béi³ 肉麻：講埋啲嗰嗰嘢，唔怕人 ~〔盡講這些東西，不怕人家肉麻〕｜撚得咁古怪，睇見都 ~ 呀〔打扮得這樣古怪，看着都肉麻〕。

骨子 gued¹ ji² 精緻；別致；雅致；玲瓏：呢把檀香扇做得好 ~〔這把檀香扇做得很精緻〕｜呢間房好 ~〔這個房間很別致〕。

¹倔 gued⁶ ❶ 禿；鈍：~ 尾雞〔禿尾巴雞〕｜筆寫到 ~ 晒〔筆寫禿了〕｜~ 鋤頭〔鈍鋤頭〕。❷ 固執；不近情理：佢嘅性情好 ~〔他的脾氣很倔強〕。

²倔 gued⁶ 瞪：~ 佢一眼〔瞪了他一眼〕。

倔篤 gued⁶ dug¹ 盡頭；無路可通：呢條巷係 ~ 嘅，唔出得去〔這條小巷是不通的，出不去〕｜唔通行到 ~ 啦〔難道走到盡頭了〕?

倔擂槌 gued⁶ lêu⁴ cêu⁴ 禿禿的；鈍鈍的：條棍 ~，唔插得入去〔棍子禿禿的，插不進去〕。

倔籠 gued⁶ lung⁴⁻² 不通的 (巷道、竹筒等)：呢條巷係 ~ 嘅〔這條胡同是不通的〕。

倔尾龍 gued⁶ méi⁵ lung⁴ 傳說中的攪風攪雨的動物，也比喻指那些愛闖禍的人。

倔情 gued⁶ qing⁴ 無情；不近人情；(對人) 冷淡：人哋幾次請你都唔去，太 ~ 喇啩〔人家幾次請你都不去，太無情了吧〕?

倔聲倔氣 gued⁶ séng¹ gued⁶ héi³ 粗聲粗氣：睇你講話 ~，好似嗌交噉〔看你說話粗聲大氣，像吵架似的〕。

倔頭 gued⁶ teo⁴ 同 "倔篤"。

倔頭巷 gued⁶ teo⁴ hong⁶⁻² 死胡同。

倔頭路 gued⁶ teo⁴ lou⁶ 死路；死胡同；走不通的路：呢度好多 ~，唔容易行得出去〔這裏很多死胡同，不容易出去〕｜我勸你諗清楚，唔好走 ~ 呀〔我勸你想清楚，不要走死路〕。

倔頭掃把 gued⁶ teo⁴ sou³ ba² 禿掃帚。

guei

歸 guei¹ 家：去 ~〔回家〕｜你幾時翻 ~ 呀〔你什麼時候回家〕?

歸西 guei¹ sei¹ 婉辭，指死亡。

歸位 guei¹ wei⁶ 整齊。

歸一 guei¹ yed¹ 整齊：房間噉佈置 ~ 好多〔屋子這樣佈置整齊多了〕｜啲書要擺得 ~ 啲〔書籍要擺得整齊一點〕。

龜蛋 guei¹ dan⁶⁻² 王八蛋 (罵人的話)。

龜公 guei¹ gung¹ ❶ 王八 (指妻子有外遇的人)。❷ 蓄妓賣淫的男人。

龜婆 guei¹ po⁴⁻² 鴇母，老鴇。

¹鬼 guei² 表示說話人某種感情的襯字，

起加強語氣的作用。❶ 任指，意思是 "誰"、"任何人"，帶厭惡色彩。1. 用在動詞前面，表示 "任何人都不會這樣做"：咁貴，~ 買咩〔這麼貴，誰買呀〕！｜~ 理佢〔管他呢〕！｜待遇咁差，~ 做呀〔待遇這麼低，誰幹呀〕！2. 後面加 "都"，表示 "任何人都會這樣"：~ 都怕｜~ 都唔制啦〔誰也不會幹的〕。❷ 起加強語氣的作用。1. 用在 "咁" 或副詞與形容詞之間，使程度加深：咁 ~ 嘈〔這麼嘈鬧〕｜咁 ~ 容易〔這麼容易〕｜咁 ~ 靚〔這麼漂亮〕｜好 ~ 靚〔很漂亮〕｜真 ~ 客氣。2. 插在雙音節形容詞或疑問代詞中間，以加強語氣，多用於消極意義：討 ~ 厭｜麻 ~ 煩｜邊 ~ 個〔誰〕？｜邊 ~ 處〔哪裏〕。3. 用在動詞和補語之間，表示帶有某種感情：真畀佢考 ~ 起〔真讓他給問住了〕｜佢又有 ~ 咗咯〔她又懷孕了〕｜咪阻 ~ 住〔別妨礙着別人〕！4. 用在動詞與賓語之間，起加強語氣作用：你呃 ~ 我〔你可是騙了我〕？｜一啖食 ~ 咗佢〔一口就把它吃了〕。❸ 表示否定或加強否定語氣。1. 插在表示積極意義的雙音節形容詞中間，表示否定：中 ~ 意咩〔喜歡甚麼〕！｜企 ~ 理〔說甚麼整潔〕！｜快 ~ 活〔還說甚麼快活〕！｜時 ~ 興〔還說時髦吶〕！2. 用在動詞與賓語中間，表示否定：打 ~ 工咩〔還哪有工作可做〕！｜發 ~ 補貼呀〔還發甚麼補貼〕！｜人未到齊，開 ~ 會〔人還沒到齊，開甚麼會〕！3. 放在否定詞 "唔"（不）與動詞之間，加強否定語氣：唔 ~ 去〔才不去呢〕｜唔 ~ 食〔堅決不吃〕｜唔 ~ 制〔可不願意幹〕。❹ 組成 "鬼咁" 放在形容詞前面表示程度深：~ 咁好｜~ 咁壞｜~ 咁苦｜~

咁醜怪。❺ 組成 "到鬼嗽" 放在形容詞後面，表示程度很深：熱到 ~ 嗽｜惡到 ~ 嗽｜多人到 ~ 嗽〔人多得不得了〕。

²**鬼** guei² ❶ 指外國人，特指西洋人：~ 佬｜~ 妹｜~ 仔。❷ 指外國的：~ 槍｜~ 鎖。

³**鬼** guei² 撲克的王（小丑）。

鬼打 guei² da² 罵人的話，近似 "活見鬼"、"鬼迷心竅" 等意思：~ 你咩，一下就整爛咗〔真活見鬼，一下子就給你弄壞了〕｜~ 呀，嗽都唔識計〔鬼迷了你心竅嗎，這樣都不會算〕！

鬼打咁…… guei² da² gem³ 同 "鬼咁"。

鬼打鬼 guei² da² guei² 狗咬狗（壞人與壞人爭鬥）。

鬼嗽 guei² gem² 用在形容詞後面，表示程度很深，往往帶厭惡情感：今日冷到 ~〔今天冷得要命〕。有時也可以用於正面的描寫：佢叻到 ~〔他聰明極了〕。

鬼咁 guei² gem³ 相當；非常；很；太：今日 ~ 冷〔今天冷極了〕｜~ 遠，我唔去咯〔太遠了，我不去了〕。

鬼古 guei² gu² 有關鬼的故事。

鬼鬼馬馬 guei² guei² ma⁵ ma⁵ 不正經的；詭異的：佢哋幾個 ~，唔知做乜〔他們幾個人形跡詭異，不知幹甚麼〕。

鬼鬼鼠鼠 guei² guei² xu² xu² 鬼鬼祟祟，行為不光明正大。

鬼靈精怪 guei² ling⁴ jing¹ guai³ 形容人鬼點子多或行為怪異。

鬼零秤 guei² ling⁴ qing³ 衣服穿得不對稱，不整齊。

鬼佬 guei² lou² 同 "番鬼佬"。

鬼佬涼茶 guei² lou² lêng⁴ ca⁴ 戲稱啤酒。

鬼馬 guei² ma⁵ ❶ 機巧而滑稽：呢種玩具整得真 ~〔這種玩具做得真機巧逗人〕。❷ 狡猾：嗰個嘢好 ~ 㗎，唔好上佢當〔那個傢伙很狡猾，不要上他的當〕。❸ 不正經：佢嘅作風咁～，好人都有限嘞〔他的作風這樣不正經，多半不是好人〕。

鬼馬雜 guei² ma⁵ zab⁶⁻² 舞台上的丑角，比喻詼諧的人。

鬼迷 guei² mei⁴ 罵人糊塗：～你咩，搞成噉〔你中了魔了嗎，弄成這個樣子〕！

*__鬼妹__ guei² mui⁶⁻¹ 西洋女孩子。

鬼五馬六 guei² ng⁵ ma⁵ lug⁶ ❶ 烏七八糟：舊時呢度乜嘢～嘅人都有〔過去這裏甚麼烏七八糟的人都有〕| 佢呢個人～嘅事靈舍多〔他這個人烏七八糟的事特別多〕。❷ 不正經的；油頭滑腦的：咪搞埋晒嗰啲～嘅嘢〔不要盡做那些見不得人的東西〕。

鬼揞眼 guei² ngem² ngan⁵ 比喻一時糊塗，鬼迷心竅。

*__鬼婆__ guei² po⁴⁻² 西洋婦女。

鬼殺咁嘈 guei² sad³ gem³ cou⁴ 形容人大吵大鬧，吵得要命。

G

鬼死 guei² séi² 同"¹鬼"❹。

鬼上身 guei² sêng⁵ sen¹ 迷信的人認為鬼魂附體，也用來形容人胡說八道。

鬼聲鬼氣 guei² séng¹ guei² héi³ 討厭的聲音，怪聲怪氣：有意見就提，唔好～講話〔有意見就提，不要怪聲怪氣地說話〕。

鬼鎖 guei² so² 洋鎖（現已少用）：修洋遮，整～〔修理洋傘洋鎖〕。

鬼頭仔 guei² teo⁴ zei² 黑社會組織稱其內部向警方告密的人。

鬼畫符 guei² wag⁶ fu⁴ 形容人寫字潦草難認。

鬼搰 guei² wed⁶（搰，屈⁶）狡猾；詭計多端：冇人有佢咁～〔沒有人像他這樣狡猾〕。〖"鬼搰"是"鬼蜮"的變音。〗

鬼市 guei² xi⁵ 舊時珠江邊的夜市，時間為半夜至天亮。又叫"天光墟" tin¹ guong¹ hêu¹。

鬼鼠 guei² xu² 鬼祟：嗰個人有啲～，要吼住佢〔那個人有點鬼祟，要注意着他〕。

鬼責（鬼矺） guei² zag³ 魇（夢中驚叫或覺得有東西壓着身體，不能動彈）。

*__鬼仔__ guei² zei² 西洋男孩。

鬼仔戲 guei² zei² héi³ 舊稱布袋傀儡戲。

桂花蟬 guei³ fa¹ xim⁴ 一種蟬，相傳可以用來治病。

桂魚 guei³（fa¹）yü⁴ 又叫"桂花魚"，即鱖魚。

桂林埕 guei³ lem⁴ qing⁴ 一種罈子，較高，上大下小，原產於桂林。

桂味 guei³ méi⁶⁻² 荔枝的一種，味香甜，核較小，是最好的品種之一。

貴妃牀 guei³ féi¹ cong⁴ 有扶手的古式長椅，一般用硬木製成。

貴氣 guei³ héi³ 形容人氣質高貴，儀態優雅。

貴利 guei³ léi⁶ 高利貸。

貴細 guei³ sei³ 嬌貴；斯文。

貴相 guei³ sêng³ 形容人相貌端正，舉止端莊。

貴姓名 guei³ xing³ ming⁴ 貴姓（初次見面時問對方姓氏用語，回答時可只說姓）。

櫃面 guei⁶ min⁶⁻² 櫃枱：企～〔站櫃枱〕| 坐～〔坐櫃枱〕。

櫃桶 guei⁶ tung² 抽屜：呢張枱有三個～〔這張桌子有三個抽屜〕。

櫃圍 guei⁶ wei⁴ 櫃枱。

guen

均碼 guen¹ ma⁵ 衣服、鞋等，不分大、中、小號碼，都一樣價錢。

君之 guen¹ ji¹ 反正；橫豎：呢次～唔去咯，重講乜吖〔這次反正不去了，還談甚麼〕| ～唔要咯，掉咗佢重

好〔橫豎不要了，扔了更好〕。

君是 guen¹ xi⁶ 同上。

君真 guen¹ zen¹ 認真；照章辦事。

¹**滾** guen² ❶ 沸騰；(水) 開：水要～過至飲得〔水要開過才能喝〕｜水～喇〔水開了〕。❷ 稍微一煮：～魚片湯〔汆魚片湯〕｜筷子碗～過就可以消毒〔筷子和碗煮過就可以消毒〕。❸ 熱；滾燙的：佢發燒，個額頭好～〔他發燒，額頭很燙〕。

²**滾** guen² ❶ 攪：唔好～濁啲水〔別把水攪渾了〕。❷ 揚 (塵土)：汽車一起一埲泥塵〔汽車揚起了一陣塵土〕。

³**滾** guen² 同 "棍 (捃)"。

滾攪 guen² gao² 打擾；打擾：真對唔住，～晒你哋添〔真對不起，打擾了你們了〕｜唔好成日～人〔不要整天打擾人家〕。

滾熻 guen² hing³ 物體發熱、發燙：你個頭有啲～〔你的頭有點發燙〕。

滾紅滾綠 guen² hung⁴ guen² lug⁶ ❶ 搗亂；胡鬧；亂搞：呢條友喺度～，事情都畀佢搞搞晒〔這傢伙在這裏瞎搗亂，事情全給他搞壞了〕。❷ 胡說八道；信口胡吹：咪聽佢～，其實佢乜都唔識〔別聽他胡說八道，其實他甚麼都不懂〕。

滾瀉 guen² sé² 粥、湯等噴出，溢出：煮粥用猛火就容易～㗎喇〔熬粥用太旺的火就容易噴出來〕。

滾水 guen² sêu² 開水：沖～〔打開水〕｜凍～〔涼開水〕。

滾水淥腳 guen² sêu² lug⁶ gêg³ 形容人走路急匆匆：睇你～噉，去邊呀〔看你急匆匆的到哪兒去〕？

滾友 guen² yeo⁵⁻² 騙子。

滾熱辣 guen² yid⁶ lad⁶ 滾燙：啲粥～，慢啲食〔粥是滾燙的，慢點喝〕。

棍(捃) guen³ ❶ 騙：佢差啲畀壞人～咗〔他差點給壞人騙了〕｜畀人～咗

十文雞〔給人騙了十塊錢〕。❷ 不問自取：我本書唔知畀邊個～咗去〔我的書不知道給誰拿了去〕。

棍波 guen³ bo¹ 手動換檔，汽車手動變速裝置。

gug

谷古 gug¹ gu² 可可。〖"谷古" 是英語 cocoa 的音譯詞。〗

菊普 gug¹ pou² 菊花普洱茶（兩種茶同沏於一壺）。

穀 gug¹ 稻穀：一粒～。

穀牛 gug¹ ngeo⁴ 米中的小黑蟲。

穀圍 gug¹ wei⁴ 用粗竹篾編成的囤，存稻穀用。

掬 gug¹ ❶ 憋；努：嚿石好重，～到佢面都紅晒都搬唔郁〔石頭很重，憋得他臉都紅了還是搬不動〕｜成百斤重嘅嘢，佢一～就托上膊〔上百斤重的東西，他一努就扛上肩膀〕。❷ 催；促使 (快長)：落啲化肥～猛佢〔下點化肥催它快長〕。

掬氣 gug¹ héi³ 憋氣；受氣。

掬奶 gug¹ nai⁵ ❶ 乳房因奶水過多而發脹。❷ 為產婦催奶。

趜腳 gug¹ gêg³ 鞋太小，夾腳難受：呢對鞋細啲，有些少～〔這雙鞋小了點兒，穿着有點兒擠〕。

焗 gug⁶(局) ❶ 用熱氣焗：～飯〔燜飯〕｜～茶〔沏茶〕。❷ 用煙燻：用硫磺～過就變白｜～老鼠｜～蛇。❸ 悶 (空氣不流通)：呢間房冇窗口，好～〔這個房間沒有窗戶，很悶〕｜今日咁～，一定會落雨〔今天這樣悶，一定會下雨〕。❹ 強迫：～住我行呢步棋〔逼着我走這一着棋〕｜唔好～佢食藥〔不要強迫他吃藥〕。

焗茶 gug⁶ ca⁴ 沏茶；泡茶。

焗漆 gug⁶ ced¹ 烤漆。

焗親 gug⁶ cen¹（焗，局）受暑（夏天熱出毛病了）。

焗腳 gug⁶ gêg³（焗，局）鞋焗腳，汗水不能揮發。穿着時有擠而悶的感覺：呢對鞋唔透氣，着起嚟～〔這雙鞋不透氣，穿着焗腳〕。

焗汗 gug⁶ hon⁶（焗，局）發汗；焗汗。

焗住嚟 gug⁶ ju⁶ lei⁴ 被迫而為；不得已而為：我未讀過師範，要我教書～係啦〔我沒讀過師範，要我教書只好勉為其難了〕。

焗爐 gug⁶ lou⁴（焗，局）烤箱；烤爐。

焗悶 gug⁶ mun⁶（焗，局）同"悶熱"。

焗傷風 gug⁶ sêng¹ fung¹ 因感暑而傷風。

焗縮 gug⁶ sug¹ ❶ 形容人行為拘束。❷ 形容地方狹小。

焗縮氣 gug⁶ sug¹ héi³ 窩囊氣。

焗暑 gug⁶ xu² 中暑。〖又叫"感暑" gem² xu²。〗

焗油 gug⁶ yeo⁴ 頭髮加上保護劑和營養素後，用電熱燻悶。

焗熱 gug⁶ yid⁶（焗，局）同"焗悶"。

焗雨 gug⁶ yü⁵ 天氣悶熱將要下雨。

焗盅 gug⁶ zung¹（焗，局）沏茶用的碗，有蓋。

gui

癐 gui⁶（跪匯切）累；疲倦；疲乏：～就休息下先啦〔累了就先休息一下吧〕｜行到我～晒〔走得我累了〕。

癐狀狀 gui⁶ lai⁴ lai⁴（狀，羅鞋切）十分疲倦的樣子：成個～，唔想郁〔整個人累得不得了，不想動〕。

gun

官非 gun¹ féi¹ 官司：我唔想惹咁多～〔我不想招惹那麼多官司〕。

官仔骨骨 gun¹ zei² gued¹ gued¹ 指年青人擺出一副官少爺的派頭。含貶義。

棺材本 gun¹ coi⁴ bun² 準備買棺材的本錢。比喻最後的本錢，相當於"老本"。

觀音兵 gun¹ yem¹ bing¹ 舊時指稱那些特別樂意為女性奔走效勞的人。

觀音竹 gun¹ yem¹ zug¹ 羅漢竹，竹身較矮，節間膨出，多作觀賞用。

gün

捐（蜎） gün¹ 鑽：條蛇～咗入窿〔蛇鑽進洞裏去了〕｜由呢個山窿～過去〔從這個山洞鑽過去〕。

捐（蜎）窿捐罅 gün¹ lung¹ gün¹ la³ ❶ 指人善鑽空子，無孔不入。❷ 指找遍旮旯兒兒：我～至搵到呢啲原料〔我找遍旮旯兒兒才找到這些原料〕。❸ 指善於找門路：佢～走後門〔他削尖腦袋走後門〕。

捲粉 gün² fen² 捲成筒狀的熟米粉。

捲閘 gün² zab⁶ 金屬捲門。

gung

工 gung¹ 工作；職業：搵一份～做唔容易呀〔找一份工作做可不容易啊〕。

工多藝熟 gung¹ do¹ ngei⁶ sug⁶ 某一工作幹得多了就熟練，相當於普通話的"工多出巧藝"的説法。

工夫 gung¹ fu¹ 工作；活兒：呢種～好易做〔這種工作很容易幹〕。

工夫長過命 gung¹ fu¹ cêng⁴ guo³ méng⁶ 指工作永遠幹不完。

工人 gung¹ yen⁴ 舊稱從事家務勞動的保姆。

工友 gung¹ yeo⁵ ❶ 對工人及服務性行業人員的稱呼。❷ 對城市裏一般不

認識的人的稱呼。〖廣州話"工友"是尊敬的稱呼；普通話不用這個詞，一般要稱"師傅"或"同志"。〗

*工業行動 gung¹ yib⁶ hang⁴ dung⁶ 指怠工。

工仔 gung¹ zei² 僱工：做～〔當僱工〕。

公 gung¹ ❶公的（雄性動物）：呢窩雞仔有八隻～七隻乸〔這窩小雞有八隻公的七隻母的〕。❷用在某些關於人的名詞或形容詞的後面，構成男性的稱謂（多指年長的）：伯爺～〔老大爺〕|鬍鬚～〔大鬍子〕|壽星～〔壽星〕|盲～〔瞎子〕|乞兒～〔老乞丐〕|廟祝～〔廟祝〕。❸用在某些動物名稱的後面，表示雄性：雞～〔公雞〕|狗～〔公狗〕|老虎～〔公老虎〕。❹象棋裏的"將"、"帥"。❺同"亞公"。

公德心 gung¹ deg¹ sem¹ 公共道德觀念：有人好冇～，周圍掉垃圾〔有人很沒有公共道德觀念，隨地扔垃圾〕。

公公 gung¹ gung¹（gung⁴ gung¹）外祖父。

公證 gung¹ jing³ ❶公正的見證人。❷裁判員；仲裁員。

公事包 gung¹ xi⁶ bao¹ 公文包。

公仔 gung¹ zei² ❶人像玩具；洋娃娃；人兒（小的人形）。❷畫中人；有人物的圖畫：畫～〔畫人〕|呢本書有好多～〔這本書有很多人物畫〕。

公仔紙 gung¹ zei² ji² 印有兒童圖畫的小卡片。

公仔佬 gung¹ zei² lou² 戲稱畫家或畫匠。

公仔麵 gung¹ zei² min⁶ 速食麵。

公仔書 gung¹ zei² xu¹ 小人書。

功夫 gung¹ fu¹ 拳術；武術：會～|打～〔練拳術〕。

攻鼻 gung¹ béi⁶ 刺鼻子；鑽鼻子（指氣味）：～芥辣〔鑽鼻子的芥末〕。

*供 gung¹ 定期分批交付此前所購物的款項：～樓要～二十年|～車。

*供樓 gung¹ leo⁴⁻² 交房貸，分期付款購買樓房：一個月收入除咗～就剩番冇幾多錢喇〔一個月的收入除了交房貸，就所剩無幾了〕。

貢 gung³ 鑽：～枱底〔鑽桌底〕|老鼠～入牆窿〔老鼠鑽進了牆洞〕|一落雨啲黃蟺就～晒出嚟〔一下雨蚯蚓就都鑽了出來〕。

共 gung⁶ ❶同；跟；與：冇人～佢做〔沒有人跟他一塊兒幹〕|～佢講〔同他講〕。❷湊；參與：我亦想～一份〔我也想湊上一份〕。❸和：唔知頭～尾〔不知道頭和尾〕。

共埋 gung⁶ mai⁴ 合在一起；湊在一起：我想～你食〔我想跟你合在一起吃〕。

guo

果占 guo² jim¹ 果醬：～麵包。〖"占"是英語 jam 的譯音。〗

果欄 guo² lan¹ 收購批發水果的商行。

果皮 guo² péi⁴ 烤曬乾的橘子皮。藥用時稱"陳皮"。

裹蒸粽 guo² jing¹ zung³⁻² 綠豆豬肉作餡的鹹粽子。

¹過 guo³ ❶漂洗；投：～乾淨啲衫〔把衣服漂洗乾淨〕|呢件衫～唔乾淨，重有梘嘴〔這件衣服投不乾淨，還有肥皂味〕。❷量詞，漂洗的次數：洗咗兩～〔漂洗了兩次〕。

²過 guo³ 介詞。❶用在動詞的後面和間接賓語（指人賓語）之前，表示給予：佢界咗一本書～我〔他給了我一本書〕|你老母叫我話～你知〔你母親叫我告訴你〕|我界咗好多～佢㗎喇〔我已經給了他很多了〕。❷用在形容詞的後面，表示比較：飛機快～汽車〔飛機比汽車快〕|睇書好～行街

〔看書比逛街好〕｜使乜坐車吖，行路重快 ～〔何必坐車呢，走路更快〕｜我話噉重好 ～〔我說這樣還好呢〕。〚"過" 表示曾經、已經時，廣州話和普通話大致相同，但用在合成趨向動詞後面時，用法略有不同：普通話把 "過" 放在趨向動詞的後面，廣州話則把 "過" 插在趨向動詞中間。如：呢座山冇人上 ～ 去〔這座山沒有人上去過〕｜佢琴日入 ～ 嚟〔他昨天進來過〕｜我重未出 ～ 去〔我還沒出去過〕。〛

³**過** guo³ 用在動詞之後，有另外、重新、再等意思：買 ～ 一本還畀你〔另外買一本還給你〕｜攞去洗 ～〔拿去再洗〕｜你計 ～ 佢〔你重新計算一下〕。

⁴**過** guo³ 用在 "一" 和量詞之後，表示一下完成某一事情或動作，不再繼續：一筆 ～ 畫完條線｜買就趁手，一批 ～ 咋〔買就趕快，就這一批了〕｜佢噉搞，一次 ～，以後咪制喇〔他這樣搞，就這一次算了，以後別（跟他）幹了〕。

過底紙 guo³ dei² ji² 複寫紙的別名。

過電 guo³ din⁶ 傳電。

過冬 guo³ dung¹ 過冬至節（指在冬至節時舉行慶祝活動）。

過費 guo³ fei³ 客套語，破費：唔使你 ～ 喇〔你不必破費了〕。

過埠 guo³ feo⁶ 出洋：舊時呢度有好多人 ～ 做生意〔過去這裏有許多人出洋做生意〕。

過基峽 guo³ géi¹ hab⁶ 同 "銀腳帶"。

過基甲 guo³ géi¹ gab³ 同上。

過江龍 guo³ gong¹ lung⁴ 戲稱敢於到外地拼搏創業的能人：能夠嚟呢度辦企業嘅個個都係 ～〔能來這裏辦企業的個個都是強人〕。

過骨 guo³ gued¹ 過關：呢次畀佢 ～ 添〔這次給他過關了〕！

過氣 guo³ héi³ ❶ 藥物存放過久，失去效力：～ 藥，食都冇用〔失了效的藥，吃了也沒有用處〕。❷ 油炸煎炒食物涼後失去香味：隔夜油炸鬼 ～ 喇〔隔天的油條，皮了〕。❸ 過時的：～ 主任〔卸任主任〕｜～ 青年〔中年人〕。

過氣老倌 guo³ héi³ lou⁵ gun¹ ❶ 指曾紅極一時的老藝人。❷ 引申指失去權勢、地位或資財的人。

過口癮 guo³ heo² yen⁵ ❶ 隨便吃些小零食。❷ 隨便閒聊幾句。

過至 guo³ ji³ 過頭；過度（帶貶義）：你係唔係咁 ～ 喇〔你是不是太聰明了〕。

過冷河 guo³ lang⁵ ho⁴ 一種烹調方法，將食物煮過後立即放在涼水裏浸一下再進行烹製。

過羅過篩 guo³ lo⁴ guo³ sei¹ 用篩子或羅兜再篩一次，比喻經過嚴格挑選或檢驗。

過龍 guo³ lung⁴ 過了頭（指超過了標準限度或走過了目的地等）：講話講 ～｜行 ～ 都唔知〔走過了頭還不知道〕。

過唔去 guo³ m⁴ hêu³ 過不去；刁難：邊個同你 ～ 啫〔誰跟你過不去〕？

過廟 guo³ miu⁶⁻² ❶ 走過頭：注意唔好走 ～ 呀〔注意別走過頭啊〕。❷ 過了時間：九點鐘至到，～ 咯〔九點鐘才到，過了時間了〕。

過門 guo³ mun⁴ 出嫁：佢個女重未 ～〔他的女兒還沒有出嫁〕｜佢過咗門咯〔她出嫁了〕。

過山風 guo³ san¹ fung¹ 眼鏡蛇。

過手 guo³ seo² 經手：呢件事係我 ～ 嘅〔這件事是我經手的〕。

過手寶 guo³ seo² bou² 經手的東西雖好，但不是自己的：呢件嘢唔係我嘅，～ 嘴〔這東西不是我的，經手罷了〕。

過水 guo³ sêu² 用錢賄賂或應付各種人。

過塑 guo³ sog³（塑，讀音 sou³）塑封（在

照片上加上一層薄塑膠）。

過身 guo³ sen¹ 去世（婉辭）：佢亞爺啱 ～〔他爺爺剛去世〕。

過頭 guo³ teo⁴ ❶ 沒頂：水好深，都～咯〔水很深，都沒頂了〕。❷ 用在形容詞的後面，表示某些狀態超過了某一程度或限度：呢件衫長～〔這件上衣太長了〕｜耐～喇〔太久了〕。〔廣州話的"過頭"❷ 義跟普通話的"太"不完全相等。"過頭"只表示"過於"、"過分"的意思，一般用於否定意義的句子。"太"除此之外，還有"非常"、"極端"、"最"等意思，可以用於肯定意義的句子，如"他太勇敢了"、"這樣做太好了"。這類句子，廣州話都不能用"過頭"，一般只用"真"、"最"等詞。〕

過頭笠 guo³ teo⁴ leb¹ 套頭穿的衣服。

過雲雨 guo³ wen⁴ yü⁵ 陣雨：落咗一場～〔下了一場陣雨〕。

過樹榕 guo³ xu⁶ yung⁴ 灰鼠蛇；灰背蛇；過樹龍。

過日 guo³ yed⁶ 過日子。

過造 guo³ zou⁶ 過了時節；過了嗰兒：而家荔枝～咯〔現在荔枝過了嗰兒了〕。

過鐘 guo³ zung¹ 過時；過了點（超過了時間）：而家至嚟，早就～咯〔現在才來，早就過了點了〕｜哎，又過晒鐘〔哎，又過了時〕！

guog

國腳 guog³ gêg³ 國家足球隊隊員。

國技 guog³ géi⁶ 舊稱武術（現已少用）。

國字口面 guog³ ji⁶ heo² min⁶ 四方臉。

國票 guog³ piu³ 全國通用糧票的簡稱。

guong

光 guong¹ 亮：呢盞燈唔夠～〔這盞燈不夠亮〕｜呢間屋好～〔這房子很亮〕｜

頭髮發～。

光瞠瞠 guong¹ cang⁴ cang⁴（瞠，撐⁴）亮堂堂（指光線過亮而刺眼）：間房～嘅，我唔中意〔屋子亮堂堂的，我不喜歡〕。

光雞 guong¹ gei¹ 宰殺後去了毛和內臟的雞。

光棍 guong¹ guen³ 騙子：～遇着冇皮柴〔俗語，騙子碰上騙子〕。

光管 guong¹ gun² 日光燈。

光劣出 guong¹ lüd³⁻¹ qud¹（出，讀音 cêd¹）同"光脫脫"。

光猛 guong¹ mang⁵ 光線強烈；豁亮。

光面工夫 guong¹ min⁶ gung¹ fu¹ 表面工作；華而不實的工作。

光瓦 guong¹ nga⁵ 透明瓦（多用玻璃做成）。又叫"明瓦" ming⁴ nga⁵。

光鴨 guong¹ ngab³ 宰殺後去了毛和內臟的鴨。

光暗掣 guong¹ ngem³ zei³（掣，讀音 qid³）燈具上的無級別開關，用以調節燈光的亮度。

光身 guong¹ sen¹ ❶ 空身，不帶東西：你～去呀〔你空着手去啊〕？❷ 素的；無花紋圖案的：～玻璃杯。❸ 傢具等未上油漆的：～枱椅。

光脫脫 guong¹ tüd³⁻¹ tüd³⁻¹ ❶ 光禿禿：嗰扁樹落晒葉，成扁～嗷〔那棵樹葉子全落了，整棵光禿禿的〕。❷ 赤條條（光着身體）。

光鮮 guong¹ xin¹ 形容衣着整齊美觀：今日過節，大家一身～〔今天過節，大家穿得整整齊齊〕｜入咗一次城，翻嚟就一身～〔進了一次城，回來就變得一身整齊〕。

廣府 guong² fu² 舊指廣州府：～話（泛指以廣州為中心的粵語）。

G

H

ha

蝦 ha¹ 欺負：～人｜唔好～佢〔不要欺負他〕。

蝦霸 ha¹ ba³ ❶ 欺負：成日～人哋太曳咯〔整天欺負人家太壞了〕。❷ 愛欺負人的；橫行霸道的：唔准你咁～〔不准你那樣橫行霸道〕！｜呢個仔太～喇〔這孩子太欺負人了〕。

蝦春(蝦䁂) ha¹ cên¹ 一種浮游生物，可以吃。因像蝦卵，故名。

蝦餃 ha¹ gao² 用鮮蝦作餡的米粉蒸餃。

蝦笱 ha¹ geo² 捕蝦的小竹籠。

蝦公 ha¹ gung¹ ❶ 蝦（一般的蝦）：一隻～〔一隻蝦〕。❷ 大蝦。

蝦蝦霸霸 ha¹ ha¹ ba³ ba³ 到處欺壓，橫行霸道：你唔好成日～〔你不要整天欺行霸道〕。

蝦蜊 ha¹ lad³ 小螃蟹的一種，生活在稻田、小溝旁等地方。

蝦轆 ha¹ lug¹ 蝦段兒。

蝦毛 ha¹ mou¹ 小蝦；蝦皮：大魚食細魚，細魚食～〔大魚吃小魚，小魚吃小蝦（俗語）〕。

蝦眼水 ha¹ ngan⁵ sêu² 鍋底起了小水泡即將沸騰的水，即魚眼水。

*****蝦仔餅** ha¹ zei² béng² 丈夫（詼諧的説法）。〔英語 husband 的音譯。〕

蝦仔飯 ha¹ zei² fan⁶ 硬的米飯，顆粒分明，像小蝦似的米飯。

痕淋咳嗽 ha¹ lem⁴ ked⁴ seo³ 久咳。

霞霞霧霧 ha⁴ ha⁴ mou⁶ mou⁶ ❶ 眼睛模糊不清。❷ 糊糊塗塗。

霞氣 ha⁴ héi³ 在冷而平滑的物件上凝結的水汽。

霞霧 ha⁴ mou⁶ 霧；霧氣。

吓 ha² 歎詞。❶ 應聲：～，做乜嘢〔欸，幹甚麼〕？❷ 表示疑問、質問：邊個叫你做㗎，～〔誰叫你幹的，啊〕？｜～？你講大聲啲〔啊？你説大聲一點〕！❸ 表示徵求意見：噉做好唔好呢，～〔這樣做好不好呢，啊〕？｜呢本書借畀我睇下先，～〔這本書先借給我看，啊〕？

¹下 ha⁵ 助詞。❶ 用在動詞之後，表示動作的短暫：入嚟坐～啦〔進來坐坐吧〕｜你去～啦〔你去一下吧〕｜你問～佢〔你問問他〕。❷ 動詞加"下"之後再重疊，表示動作緩慢和輕微地持續着：行～行～，唔經唔覺就到咯〔走着走着，不知不覺就到了〕｜兩個傾～傾～連飯都唔記得食〔兩人談呀談呀，連飯都忘了吃〕。❸ 助詞。用在重疊動詞之後，表示動作正在進行時發生變化或發生某事：睇睇～就瞓着咗咯〔看着看着就睡着了〕｜行行～唔知佢去咗邊度〔走着走着，不知道他到哪裏去了〕｜整整～就整番好〔弄來弄去就弄好了〕。❹ 用在"幾"及形容詞的後面，使意思變得婉轉：你包行李幾重～個嘢〔你這包行李夠分量的〕｜呢齣戲幾好睇～㗎〔這齣戲挺好看的〕。

²下 ha⁵ 收摘（指將果子全部從樹上摘下來）：～荔枝｜呢扁柑～得咯〔這棵柑子可以摘了〕。

下下 ha⁵ ha⁵ 每次；每回；每樣：咪～都要人哋話至得〔不要每次都要人家説才行〕｜～都要聽佢嘅〔每樣都要

聽他的〕。

下便 ha⁶ bin⁶ 下面；底下：～係乜嘢節目〔下面是甚麼節目〕？｜嗰本書喺報紙 ～〔那本書在報紙底下〕。

下半晝 ha⁶ bun³ zeo³ 下半天，即下午。

下低 ha⁶ dei¹ 下面（指比較低的地方）：放喺枱 ～〔放在桌子下面〕。

下底 ha⁶ dei² 底下：橋 ～ 有兩丈高｜"牀 ～ 破柴——撞板"〔歇後語。牀底下劈柴——碰板，即碰釘子〕。

下間 ha⁶ gan¹ 廚房（現已少用）。

下腳 ha⁶ gêg³ 下腳料；廢料。

下氣 ha⁶ héi³ 煮東西煮到一定火候時，用某種方法（揭開鍋蓋、在鍋內點些水或把鍋拿下來）使鍋內溫度下降。

下欄 ha⁶ lan⁴ ❶ 飯館的殘羹剩飯。❷ 服務性行業的老闆將顧客交付的小費或其他額外收入的一部分給所僱的人員，作為外快。這份收入叫"下欄"。

下流賤格 ha⁶ leo⁴ jin⁶ gag³ 下流猥褻。

下晏 ha⁶ ngan³ 下午。

下扒 ha⁶ pa⁴ 下巴；下巴頦兒。

下陰 ha⁶ yem¹ 人的生殖器。

下雜 ha⁶ zab⁶ 下水，豬牛羊的大小腸、肚子、膀胱等。

下晝 ha⁶ zeo³ 下午。

下作 ha⁶ zog³ 舉止不文明、粗鄙：佢食嘢唔知幾 ～〔他吃東西時舉止太粗鄙了〕。

hab

呷 hab³ 吸飲：～ 兩啖粥〔喝兩口粥〕｜～啖茶先〔先喝口水〕。

呷醋 hab³ cou³ 吃醋（指在男女關係上的忌妒情緒）。

呷乾醋 hab³ gon¹ cou³ 乾吃醋，比"呷醋"略帶詼諧意味。

英 hab³（讀音 gab³）❶ 菜幫：菜 ～。❷ 量詞。用於菜葉：一 ～ 芥菜〔一張芥菜葉子〕。

hag

***克戟** hag¹ gig¹ 烤餅。〚英語 hotcake 的音譯。〛

客飯 hag³ fan⁶ 份兒飯。

客仔 hag³ zei² 顧客。

嚇 hag³ 嚇唬：唔怕你 ～〔不怕你嚇唬〕。

嚇親 hag³ cen¹ 受驚；嚇着了。

嚇驚 hag³ géng¹ 嚇了一跳：我畀你 ～咗〔我被你嚇了一跳〕。

嚇窒 hag³ zed⁶ 嚇呆了（被嚇得愣了）：畀佢 ～ 咗〔給他嚇呆了〕。

hai

揩 hai¹ 蹭；擦：～ 咗一身油〔蹭了一身油〕｜手黐咗漆，～ 都 ～ 唔甩〔手黏了油漆，擦也擦不掉〕。

揩快 hai¹ fai¹ 組合音響。〚英語 hifi 的音譯。〛

揩油 hai¹ yeo⁴⁻² 佔人便宜。

鞋抽 hai⁴ ceo¹ 鞋拔子。

鞋碼 hai⁴ ma⁵ 鞋釘子，釘在皮鞋底部的小鐵片，腰子形，防鞋底磨損用：打 ～。

鞋踭 hai⁴ zang¹（踭，爭）鞋後跟。

嘥 hai⁴（鞋）澀；粗糙：條脷好 ～〔舌頭很澀〕｜呢塊板未刨過太 ～ 喇〔這塊板沒刨過太粗糙了〕。

嘥熠熠 hai⁴ sab⁶ sab⁶（嘥，鞋；熠，讀音 yeb¹）粗粗的；粗糙的：張紙 ～，冇辦法寫字〔紙太粗糙了，沒法寫字〕。

蟹 hai⁵ 螃蟹。

蟹踭 hai⁵ gong⁶ 螃蟹的螯，即螃蟹的第一對腳。

蟹柳 hai⁵ leo⁵ 做成條狀的螃蟹肉。

蟹㞑 hai⁵ yim²（㞑，掩）蟹腹下面的薄殼。

右欄上方：芥菜葉子〕。

H

蟹爪筆 hai⁵ zao² bed¹ 小楷毛筆。

ham

喊 ham³ 哭：～得好凄涼〔哭得好傷心〕｜又～又笑。

喊包 ham³ bao¹ 愛哭的小孩。

喊噉口 ham³ gem² heo² 形容人將要哭的樣子，哭喪着臉：批評佢兩句就～，太冇骨氣喇〔批評他兩句就哭喪着臉，太沒骨氣了〕。

喊驚 ham³ géng¹ 舊時迷信風俗，小孩得了重病，大人在野外到處呼喚病孩的名字，認為這樣便可將其魂魄招回來。

喊欄 ham³ lan⁴⁻¹ 指商店結業前的大拍賣，賣貨人高聲叫喊以廣招徠，廣州現已少用。

咸豐年 ham⁴ fung¹ nin⁴ 指很遠以前的年代：都～嘅事咯，重提佢做乜吖〔都很久以前的事，還提它幹甚麼〕！

鹹 ham⁴ ❶ 指衣服或身體髒，尤指汗味濃：一件～衫〔一件髒衣服〕｜呢件衫～晒〔這件衣服髒透了〕｜呢個仔成身都～晒〔這孩子滿身汗味〕！❷"鹹濕"的簡稱。

鹹臭 ham⁴ ceo³ 髒而臭（多指衣着或身體）：呢對襪幾日都唔洗，夠晒～〔這雙襪子幾天都不洗，夠髒的〕。

鹹菜 ham⁴ coi³ ❶ 經醃製過的菜或味道比較鹹的菜（如豆豉、大頭菜、鹹蘿蔔、鹹魚等）的總稱。❷ 酸芥(gài)菜（整棵泡酸的芥菜）。

鹹蟲 ham⁴ cung⁴ 好色的人；色情狂。

鹹苦 ham⁴ fu² （生活）艱難困苦。

鹹乾花生 ham⁴ gon¹ fa¹ sang¹ 煮熟後曬乾的帶殼鹹味花生。

鹹蝦 ham⁴ ha¹ 滷蝦；蝦醬。

*鹹蝦燦 ham⁴ ha¹ can³ 香港有人用"亞燦"來指新從大陸來的人，用"鹹蝦燦"指從國外來的人。

鹹煎餅 ham⁴ jin¹ béng² 炸麵餅。

鹹豬手 ham⁴ ju¹ seo² 比喻對女性動手非禮的男人。

鹹龍 ham⁴ lung⁴⁻² 港幣（詼諧的説法，現已少用）。

鹹趷趷 ham⁴ nan⁵⁻² nan⁵⁻² 鹹鹹；鹹苦：呢碟餸～，冇辦法食〔這盤菜鹹鹹，沒法吃〕。

鹹粒 ham⁴ neb¹ 皮炎（皮膚因發炎或受刺激後所起的紅色小粒點，很癢）。

鹹片 ham⁴ pin³⁻² 色情片，即色情電影或色情影碟。

鹹濕 ham⁴ seb¹ ❶ 下流的；淫穢的；黃色的：～話｜～書｜～佬〔下流的人〕。❷ 戲謔語。不地道的，不標準的：我哋～普通話唔上得大堂〔我的不標準普通話登不了大雅之堂〕。

鹹水 ham⁴ sêu² ❶ 海水。❷ 與海水有關的事物：～魚｜～草。❸ 國外的；境外的。

鹹水草 ham⁴ sêu² cou² 水草的一種，編織蓆子或在菜市捆綁魚肉菜蔬等用。又叫"鹹草"。

鹹水貨 ham⁴ sêu² fo³ 外來貨；進口貨。

鹹水歌 ham⁴ sêu² go¹ 舊時指水上居民（疍民）的情歌，現在成為流行於珠江三角洲一帶的一種民歌。

*鹹水喉 ham⁴ sêu² heo⁴ 指香港部分住宅樓輸送海水沖刷廁所的管道，其管道與普通食水不同。

*鹹水樓 ham⁴ sêu² leo⁴ 指香港曾經使用海水攪拌混凝土建築的樓房，現已取消這一做法。

鹹水妹 ham⁴ sêu² mui⁶⁻¹ 舊時珠江河上的水上居民中從事色情行業的女子。

鹹水話 ham⁴ sêu² wa⁶⁻² 不純正的話。

鹹水魚 ham⁴ sêu² yü⁴⁻² 海魚。

鹹餸 ham⁴ sung³（餸，送）用來下飯的鹹味小菜，如鹹魚、鹹鴨蛋、鹹蘿蔔等。

鹹書 ham⁴ xu¹ 黃色書刊。

鹹酸 ham⁴ xun¹ 泛稱用醋醃製的瓜菜。

鹹酸菜 ham⁴ xun¹ coi³ 同"鹹菜" ❷

鹹嘢 ham⁴ yé⁵ 有關色情的東西。

鹹魚翻生 ham⁴ yü⁴ fan¹ sang¹ 鹹魚復活，比喻絕對不可能的事情：要我同意除非 ～〔要我同意除非太陽從西邊出來〕。

銜頭 ham⁴ teo⁴ 頭銜。

han

慳 han¹ ❶ 形容詞，省儉；節省：佢好 ～，存咗好多錢〔他很省儉，存了很多錢〕｜呢個計劃最 ～ 㗎喇〔這個計劃是最節省的了〕。❷ 動詞，節省；節約；省（錢）：你唔要，我就番〔你不要，我就節省下來了〕｜呢個建議為國家 ～ 咗幾萬文〔這個建議為國家節約了幾萬元〕｜呢架車好 ～ 油〔這輛車很省油〕。〖普通話的"慳"（qiān）是"吝嗇"的意思，跟廣州話的不相同。〗

慳雞 han¹ gei¹ 節省（略帶貶意）：要顧身體，飲食唔好咁 ～〔要注意身體，飲食不要太節省〕。

慳儉 han¹ gim⁶ 省儉；節省：要 ～ 啲，唔好咁大嘥至得〔要省儉一點，不要那麼浪費才是〕。

慳皮 han¹ péi⁴⁻² 省錢；節省；經濟：佢呢個人唔講究着食，好 ～ 嘅〔他這個人不講究吃穿，很節省〕｜兩三毫子食一餐飯，夠 ～ 咯〔兩三毛錢吃一頓飯，夠經濟了〕。

慳濕 han¹ seb¹ 吝嗇。

閒閒地 han⁴ han⁴⁻² déi⁶⁻² 形容輕而易舉地實現某事或達到某一水平：一日行五十里路係 ～ 啦〔一天走五十里路是平常事〕｜一張蠟紙印三五百份就 ～ 咯〔一張蠟紙印三五百份不在話下〕｜一畝田 ～ 收得千零斤穀〔一畝田隨便能打一千來斤稻子〕。

閒口 han⁴ heo² 零食：開會唔好食 ～〔開會不要吃零食〕。

閒事 han⁴ xi⁶ 很容易辦到的事：呢啲係 ～ 嘞，濕濕碎啦〔這事好辦，小菜一碟〕。

閒嘢 han⁴ yé⁵ ❶ 閒事。❷ 小物件；無關重要的東西。

閒日 han⁴ yed⁶⁻² 背集（不逢集的日子）。

hang

坑 hang¹ 溝：挖一條 ～。

坑渠 hang¹ kêu⁴ 溝渠；下水道。

坑腩 hang¹ nam⁵ 豬牛等硬肋上的肉，即去掉肋骨後的胸肉。

行 hang⁴ ❶ 走；步行：一日 ～ 幾遠路〔一天走多遠路〕？｜ ～ 埋嚟〔走近這兒來〕｜佢 ～ 頭〔他走在前頭〕｜出去 ～ 下〔出去走走〕。❷ 走開：～啦，有人同你講〔走吧，沒人跟你說〕｜ ～ 啦你〔去你的吧〕！❸ 比喻來往：唔好同佢 ～ 呀〔不要跟他來往〕。

行大運 hang⁴ dai⁶ wen⁶ 走好運。

行得起 hang⁴ deg¹ héi² 走得動。

行得埋 hang⁴ deg¹ mai⁴ 合得來：佢兩個好 ～〔他倆很合得來〕｜唔 ～〔合不來〕。

行地方 hang⁴ déi⁶ fong¹ 到處去遊玩。

行花街 hang⁴ fa¹ gai¹ 專指農曆除夕前幾天逛花市。

行街 hang⁴ gai¹ ❶ 逛街；散步；溜達。❷ 商家派在外面兜攬生意的人（港澳多用）。

行經 hang⁴ ging¹ 來月經。

行公司 hang⁴ gung¹ xi¹ 逛商店。

行開 hang⁴ hoi¹ 離開：～啲〔離開一點〕｜唔行得開〔離不開〕｜佢啱～〔他剛離開〕。

行開行埋 hang⁴ hoi¹ hang⁴ mai⁴ 走來走去；來來去去：你間舖頭 ～ 都要有人睇住〔你的商店來來去去的都得有人盯着〕。

行轉背 hang⁴ jun² bui³ 掉轉過身：真奇怪，～ 就唔見人〔真奇怪，剛一轉身就不見人了〕。

行雷 hang⁴ lêu⁴ 打雷。

行路 hang⁴ lou⁶ 走路；步行：～ 定坐車〔步行還是坐車〕？

行唔埋 hang⁴ m⁴ mai⁴ 合不來。

行埋 hang⁴ mai⁴ ❶走近；靠近：叫佢～我度〔叫他過我這裏來〕。❷婉辭，指過性生活。

行青 hang⁴ qing¹ 清明節掃墓。

行山 hang⁴ san¹ ❶同"拜山"。❷也指到山上步行，藉此鍛煉身體。

行衰運 hang⁴ sêu¹ wen⁶ 背時；倒楣；不走運。

行水 hang⁴ sêu² 買路錢（指土匪向行人勒索的錢財）。

行運 hang⁴ wen⁶ 走運。

行時 hang⁴ xi⁴ ❶流行：而家着西裝好 ～〔現在穿西服很流行〕。❷吃得開，受歡迎：呢位中醫好 ～ 㗎〔這位中醫很吃得開呀〕。

行船 hang⁴ xun⁴ 走船；通船：～ 走馬三分險（俗語）｜呢條河 ～ 嗎〔這條河通船嗎〕？

行人路 hang⁴ yen⁴ lou⁶ 人行道。

桁角 hang⁴ gog³ 椽子，屋頂上承放瓦片的木板條。

hao

考起 hao² héi² 難住；考住了（答不出來）：呢個問題真界你 ～ 咯〔這個問題真給你考住了〕。

考師傅 hao² xi¹ fu² 形容遇到了棘手的難題：開車行呢條路真係 ～ 嘞〔開車走這條路可難倒人了〕。

姣 hao⁴（考⁴）淫蕩（專指女性）。〖"姣好"的"姣"讀 gao²。〗

姣氣 hao⁴ héi³（姣，考⁴）威風（詼諧的說法）：發下 ～〔抖抖威風〕｜冇晒 ～〔滅了威風〕。

姣婆 hao⁴ po⁴ 淫婦；風騷的女人。

姣婆藍 hao⁴ po⁴ lam⁴ 翠藍；艷藍。

姣屍扽篤 hao⁴ xi¹ den³ dug¹（姣，考⁴）形容女子故作嬌媚姿態。

hé

嗬（喇） hé²（哈扯切）歎詞。要求對方作同意自己意見的回答時用：唔係啫，～〔不是的，啊〕？｜噉樣好啲，～〔這樣好一點，啊〕？｜呢本小說好好睇 ～〔這本小說很好看啊〕？

揢 hé³（哈借切）扒；敞（衣服）：雞乸 ～ 開咗嗰堆泥〔母雞扒開了那堆土〕｜～ 開啲禾稈曬下〔把稻草扒開曬曬〕｜熱到佢 ～ 開心口〔熱得他敞開胸膛〕。

hê

嘘 hê¹（靴）（又音 ê¹）❶噓；起哄：佢界大家 ～ 走咗〔他被大家噓走了〕｜～ 佢〔噓他〕！｜唔好亂 ～〔不要瞎起哄〕！❷引申為喝倒彩：佢哋界人 ～ 得真慘〔他們被人家喝倒彩弄得真狼狽〕。

嘘咁大隻腳 hê¹ gem³ dai⁶ zég³ gêg³ 形容遇到為難的事而腳步沉重。

嘘 hê⁴（靴⁴）哈氣：～ 一啖氣〔哈一口氣〕。

嘘哆 hê⁴ dê¹（嘘，靴⁴；哆，多靴切）像喇叭一樣的東西：～ 花〔喇叭形的花〕｜ ～ 嘴〔撅嘴〕。

heb

恰 heb¹ 欺負：冇人敢 ～ 佢〔沒有人敢欺負他〕。

瞌 heb¹〔讀音 heb⁶〕合（眼）；假睡（閉目養神）：一夜未 ～ 過一眼〔一宿沒合過眼〕｜ ～ 咗一陣〔養了一會兒神〕｜ ～ 着咗〔打瞌睡睡着了〕。

瞌眼瞓 heb¹ ngan⁵ fen³ 打瞌睡。

合襯 heb⁶ cen³ 般配；配得上：呢條褲配呢件衫好 ～〔這條褲子配那件上衣很般配〕。

合眼 heb⁶ ngan⁵ ❶ 合乎自己的眼光，對眼：家私噉樣擺設幾 ～〔傢具這樣擺放挺對眼的〕。❷ 合意，中意：你覺得 ～ 就買啦〔你覺得合意就買唄〕。

合眼緣 heb⁶ ngan⁵ yün⁴ 一看上去就有良好的印象。

合心水 heb⁶ sem¹ sêu² 合心意；中意。

合桃 heb⁶ tou⁴ 核桃。

合桃酥 heb⁶ tou⁴ sou¹ 桃酥。

盒仔飯 heb⁶ zei² fan⁶ 盒飯，用盒子盛裝出售的飯菜。

hed

乞 hed¹ 討；乞求：舊時佢去 ～ 過〔過去他討過飯〕｜ 周圍 ～ 人幫手〔到處求人幫忙〕。

乞嗤 hed¹ qi¹ 噴嚏。

乞食 hed¹ xig⁶（又音 had¹ xig⁶）要飯；討飯。

乞人憎 hed¹ yen⁴ zeng¹ 令人討厭：背後講人哋會 ～ 㗎〔背後議論人家會令人討厭的〕｜ 你咁百厭，有乜法子唔 ～ 吖〔你這麼淘氣，有甚麼辦法不叫人討厭呢〕！

乞兒 hed¹ yi⁴⁻¹ ❶ 乞丐；叫化子；要飯的。❷ 形容人厚着臉皮向人要東西：咪咁 ～ 啦，周圍問人哋攞〔別那麼不要臉了，到處向別人要〕。

乞兒裝 hed¹ yi⁴⁻¹ zong¹ 故意弄成破爛、弄髒的衣服。

heg

克力架 heg¹ lig⁶ ga² 一種奶油鬆脆餅。〔英語 cracker 的音譯。〕

黑 heg¹ ❶ 光不足：街燈下面太 ～，唔睇得書〔路燈太黑，不能看書〕。❷ 火熄滅：～ 燈｜風爐 ～ 咗〔爐子滅了〕。❸ 倒楣，不順利，運氣差：呢排好 ～〔近來很不順利〕｜ 頭頭碰着 ～〔俗語。處處碰釘子〕。

黑底 heg¹ dei² 加入了黑社會的人。

黑膠綢 heg¹ gao¹ ceo⁴⁻² "雲紗" 一類的絲織品，但無明顯的花紋，質地較硬，表面深黑色，背面褐色，是夏天的衣料。

黑古勒特 heg¹ gu² leg⁶ deg⁶ 黑不溜秋；黑黑的（有貶意）。

黑過墨斗 heg¹ guo³ meg⁶ deo² 十分倒楣；運氣差：呢次真係 ～ 咯，乜都唔順〔這次真倒霉，甚麼都不順利〕。

黑口黑面 heg¹ heo² heg¹ min⁶ 滿臉不高興的樣子：睇佢個樣 ～ 嘅，唔知為乜〔看他的樣子，滿臉不高興的，不知為甚麼〕。

黑孖孖 heg¹ ma¹ ma¹（孖，媽）黑咕隆冬；黑漆漆：山窿入便 ～，乜都睇唔見〔山洞裏面黑咕隆冬，甚麼也看不見〕。

黑馬 heg¹ ma⁵（又音 hag¹ ma⁵）突起的異軍：呢次比賽，甲隊係隻 ～〔這次比賽甲隊是一支突起的異軍〕。

黑墨墨 heg¹ meg⁶ meg⁶（又音 hag¹ meg⁶⁻¹

H

meg⁶⁻¹〕黑漆漆；黑黝黝：曬到 ～ 嘅
〔曬得黑黝黝的〕。

黑墨屎 heg¹ meg⁶ xi²（又音 hag¹ meg⁶ xi²）
雀斑。

黑米 heg¹ mei⁵ 婉辭。❶ 指鴉片煙。❷
指香煙。

黑瞇掹 heg¹ mi¹ meng¹（瞇，讀音 mei⁴）
（又音 hag¹ mi¹ meng¹）黑糊糊的；黑
黑的。

黑面神 heg¹ min⁶ sen⁴ 戲稱臉上膚色比
較黑的人，也指滿臉怒色的人：呢
個仔曬成個 ～ 嘅咯〔這孩子曬成黑
人似的〕｜ 呢兩日佢為乜變成個黑
面神嘅嘅〔這兩天他為甚麼變得氣呼
呼的樣子〕？

黑超 heg¹ qiu¹ 黑色太陽鏡。

黑市夫人 heg¹ xi⁵ fu¹ yen⁴ 姘婦。

黑葉 heg¹ yib⁶⁻²（又音 hag¹ yib⁶）荔枝的
一種，近似"槐枝"。

hei

喺 hei²（係²）❶ 動詞。在（表示人或事
物所處的位置）：我聽日 ～ 屋企〔我
明天在家裏〕｜ 趁大家都 ～ 度，你
快啲講啦〔趁大家都在場，你快點説
吧〕。❷ 介詞。在；於（表示時間、
處所、範圍等）：你 ～ 邊度等我〔你
在哪兒等我〕？｜ ～ 禮堂開會〔在禮
堂開會〕｜ 佢生 ～ 一九四八年〔他生
於一九四八年〕。

喺度 hei² dou⁶ 在這裏；在那裏：唔好
成日 ～ 嘈〔別整天在那兒吵〕。

喺處 hei² xu³ 同"喺度"。

係 hei⁶ ❶ 是：～ 唔 ～〔是不是〕？｜
你 ～ 邊個〔你是誰〕？｜ ～ 就話 ～
〔是就説是〕。❷ 只有（與"至"配
搭着用）：～ 你佢至服〔只有你他才
服〕｜ ～ 嘅至好〔只有這樣才好〕。
❸ 無論如何：佢 ～ 都唔承認〔他無

論如何也不承認〕｜佢 ～ 都唔同意買
〔他無論如何也不同意買〕。

係都要 hei⁶ dou¹ yiu³ 堅決要；無論如
何：佢 ～ 去喎〔他説無論如何也要
去〕｜你 ～ 嘅做我亦有辦法〔你堅決
要這樣做我也沒辦法〕。

係啦 hei⁶ la¹ …就是了：我今日做好 ～
〔我今天做好就是了〕。

係咯喎 hei⁶ lo³ wo⁵ 咯喎：表示帶諷刺
意味的反詰語氣。有"才不是呢"的
意思。如：你以為大家選你，～〔你
以為大家選你，想得美〕！

係唔係 hei⁶ m⁴ hei⁶ 不管怎樣：佢 ～
都話我〔他不管怎樣都説我〕。

係咪 hei⁶ mei⁶ 是不是：你應該做，～？
〖"咪"是"唔係"的合音。〗

係呢 hei⁶ né¹ 用在句子開頭，表示突
然想起某件事，引出新話題：～，
佢而家點呀〔對了，現在他怎麼樣
了〕？

係威係勢 hei⁶ wei¹ hei⁶ sei³ ❶ 似乎很
有來頭的樣子：咪睇佢 ～ 嘅，其實
冇料嘅〔別看他來勢洶洶，其實沒有
甚麼東西〕。❷ 像煞有介事：佢 ～
嘅巴閉咗一陣，我以為係真個咯〔他
像煞有介事地鬧騰了一番，我以為
是真的了〕。

係要 hei⁶ yiu³ 只有；一定要：呢篇文
章 ～ 你寫至得〔這篇文章一定要你
寫才行〕。

係嗻 hei⁶ zé¹ 用在句子開頭，表示退
讓性的轉折，相當於"雖然這樣"，
常與"但係"、"不過"、"重係"等連
用：～，不過佢唔同喎〔雖然這樣，
但是他不同啊〕｜ ～，重係去好〔雖
然這樣，還是去好〕。

héi

稀冧冧 héi¹ lem¹ lem¹（冧，啦陰切）（又

音 héi¹ lem² lem²）稀溜溜：啲粥～，食飽一陣就餓〔粥稀溜溜兒的，吃飽一會兒就餓〕。

稀削 héi¹ sêg³ 稀，不稠：粥煮得唔夠火候，太～喇〔粥熬得不夠火候，太稀了〕。

起 héi² 用在動詞之後，有"完成"或"得"的意思：做～略〔做完了〕｜寫～略〔寫好了〕。

起病 héi² béng⁶ 發病。

起膊 héi² bog³ 上肩（挑或托東西時上肩）。

起菜 héi² coi³ 開始上菜(宴席上用語)。

起底 héi² dei² 翻出老底：呢次佢畀人起咗底略〔這次他被人翻出老底了〕。

起釘 héi² déng¹ 開始計算利息：即日～。

起筷 héi² fai³ 宴席上勸客人動筷子：大家～，唔使客氣〔大家請，不必客氣〕。

起飛腳 héi² féi¹ gêg³ 突然行動暗算別人。

起貨 héi² fo³ 工程完工，交付使用；取貨：呢棟樓今年～〔這棟樓今年交付使用〕。

起價 héi² ga³ 漲（zhǎng）價。

起腳 héi² gêg³ ❶動身；啟程。❷踢人。

起骨 héi² gued¹ 剔骨頭：～豬肉｜羊肉要～至賣〔羊肉要剔了骨才賣〕。

起行 héi² hang⁴ 起程；動身。

起樓 héi² leo⁴⁻² 蓋樓房。

起字容 héi² ji⁶ yung⁴ 查清別人的底細；揭人隱私。

起嚟 héi² lei⁴（嚟，黎）起來：佢笑～就冇停嘅〔她笑起來就沒個完〕｜今日又熱～喇〔今天又熱起來了〕。

起尾注 héi² méi⁵ ju³ ❶被騙財物。❷吃現成。

起眼 héi² ngan⁵ 顯眼；有意引人注意。

起屋 héi² ngug¹ 蓋房子。

起勢噉 héi² sei³ gem²（噉，敢）不停地；一股勁兒地：～唱〔不停地唱〕｜～

做〔一股勁兒地幹〕。

¹起心 héi² sem¹ 動了念頭（多指動了不良念頭）。

²起心 héi² sem¹（青菜等）抽薹：菜～略〔菜抽薹了〕。

起身 héi² sen¹ ❶起來：～，咪坐喺度〔起來，別坐在這兒〕｜企～〔站起來〕。❷起牀：六點鐘～〔六點鐘起牀〕。

起身嚟 héi² sen¹ lei⁴（嚟，黎）用在動詞的後面，表示動作的開始或進行：佢惡～就唔得咭〔他一生起氣來就不得了〕｜嗰塊板一曬就趷～〔那塊板一曬就翹了起來〕。

起上嚟 héi² sêng⁵ lei⁴（嚟，黎）同"起嚟"。

起首 héi² seo²（從…）開始：四月一號～。

起水 héi² sêu²（雌性豬、牛等大牲畜）發情。

起痰 héi² tam⁴ 起了不良的慾念。

起頭 héi² teo⁴ 起初；開頭：～大家都唔熟〔起初大家都不熟〕。

起鑊 héi² wog⁶ 把菜或其他食物從鍋裏鏟起來。

起市 héi² xi⁵ ❶價錢貴；要價高。❷高傲；擺架子。

起先 héi² xin¹ ❶起初；開頭：～佢唔肯，後尾先至答應〔開頭他不肯，後來才答應〕。❷剛才：～佢講乜嚟呀〔剛才他說甚麼來着〕？

起意 héi² yi³ 同"¹起心"。

起踭 héi² zang¹ 用胳膊肘撞擊人。

起租 héi² zou¹ 加租（一般指房租）。

喜慶事 héi² hing³ xi⁶ 喜事。

喜酌 héi² zêg³ 婚宴。

喜幛 héi² zêng³ 祝賀婚姻所送的綢布幛子。

氣泵 héi³ bem¹ 打氣筒。

氣頂 héi³ ding² 憋氣；呼吸不順。

氣定神閒 héi³ ding⁶ sen⁴ han⁴ 神色自若，態度安閒。

氣喸喸 héi³ hê⁴ hê⁴ 氣喘吁吁：走到佢 ～ 噉〔跑得他氣喘吁吁的〕。

氣咳 héi³ ked¹ 工作忙碌；情緒緊張：呢幾日做到 ～ 呀〔這幾天忙得真夠戧〕。

氣羅氣喘 héi³ lo⁴ héi³ qun² 氣吁吁的：走到佢 ～〔跑得他氣吁吁的〕。

氣順 héi³ sên⁶ 順心；心裏舒暢：大家都講道理，我就 ～ 咯〔大家都講道理，我就順心了〕。

戲子佬 héi³ ji² lou² 戲子，舊時對戲曲演員的不尊重的稱呼。

戲橋 héi³ kiu⁴⁻² 戲劇或電影的故事情節說明書。

戲肉 héi³ yug⁶ 戲劇的精彩部分。

餼 héi³（氣）餵：～ 豬 ｜ ～ 雞。〖"餼"古義是"贈送（食物）"的意思，現在廣州話用作"餵養（禽畜）"，而且只限於具體的動作。〗

hem

坎 hem² ❶ 坑穴；埯（ǎn）：一個 ～ 種一喬樹〔一個坑種一棵樹〕。❷ 白：一個舂米 ～ ｜ 一 ～ 米。❸ 量詞。門（用於炮）：一 ～ 炮。

扻 hem²（砍）碰：咪 ～ 爛個缸〔別把水缸碰破〕｜因住 ～ 親個頭〔當心碰着頭〕。

嵌 hem³ 拼合；組裝：我 ～ 咗一張枱〔我組裝了一張桌子〕。

塪 hem³ 碼頭。

含含聲 hem⁴ hem⁴⁻² séng¹ 形容人聲鼎沸：呢條街 ～，好似趁墟噉〔這條街鬧哄哄的，像趕集似的〕。

含笑 hem⁴ xiu³ 花名，小喬木，花香味甚濃。

冚 hem⁶（含⁶）嚴密（兩物結合得緊，沒有空隙）：杯蓋扱得好 ～〔杯子蓋蓋得很嚴〕｜呢度門閂唔 ～〔這扇門關不嚴〕。

冚唪唥 hem⁶ bang⁶ lang⁶（冚，含⁶；唪，罷硬切；唥，冷⁶）全部；統統：題目 ～ 做對晒〔題目全都做到了〕｜呢啲枱椅 ～ 都係公家嘅〔這些桌椅板櫈統統都是公家的〕。

冚啲 hem⁶ di¹（啲，多衣切）同上。

冚家鏟 hem⁶ ga¹ can² 罵人的話，全家死絕的意思。

冚盅 hem⁶ zung¹ 帶蓋的瓦罐或瓷碗，盛鹽、糖等東西或燉食物用。

hen

痕 hen⁴ 癢：搲 ～〔撓癢癢〕。

恨 hen⁶ ❶ 悔恨：佢考試唔及格，～ 到成晚瞓唔着〔他考試不及格，悔恨得一宿都睡不着〕。❷ 惋惜：嗰本書買唔到，幾咁 ～ 呀〔那本書買不到，多惋惜啊〕。❸ 巴望；巴不得：大家都 ～ 你快啲嚟〔大家都巴望你快點來〕｜～ 佢快啲走〔巴不得他快點走〕。❹ 羨慕；喜歡：佢哋呢度環境咁好，邊個睇見都 ～ 呀〔他們這裏環境這麼好，誰看見都羨慕〕｜咁曳嘅嘢冇人 ～〔那麼賴的東西沒人喜歡〕。

恨錯 hen⁶ co³ 悔恨：到時你 ～ 都趕唔切咯〔到時你悔恨都來不及了〕。

恨死隔籬 hen⁶ séi² gag³ léi⁴ 恨，羨慕；隔籬，隔壁。讓鄰居或別人羨慕之極：你呢間屋咁大又平，真係 ～ 呀〔你的房子這麼大又便宜，真把鄰居羨慕死了〕。

heng

哼哈勒榨 heng¹ ha¹ leg⁶ za³ 敲詐勒索。

摼 heng¹（亨）敲；搕：～ 下個缸聽下

有冇裂〔敲敲那個水缸聽聽有沒有裂〕｜～煙斗。

衡 heng⁴ ❶ 緊；拉緊；繃緊：摀～條繩〔把繩子拉緊〕。❷ 鼓脹：單車咪泵得太～〔自行車打氣不要打得太鼓〕｜呢個籃球唔夠～〔這個籃球不夠脹〕。❸ 轉速大：個轆轉得好～〔車輪轉得很快〕。

衡晒 heng⁴ sai³ 用在動詞後面，表示動作正在緊張地進行着：咪催～〔別老催着人〕｜逼～〔緊緊地逼着〕｜佢成日車～，你聽佢講〔他整天儘吹牛，你信他的〕！

杏領 heng⁶ léng⁵ 雞心領（一種衣領）。

héng

輕嚿 héng¹ kéng⁴（嚿，求鯪切）（又音 héng¹ céng⁴）輕便；靈巧；小巧玲瓏：呢個鐘幾～〔這個鐘相當小巧玲瓏〕。

輕嫽嫽 héng¹ liu⁴⁻¹ liu⁴⁻¹ 輕飄飄（指東西不重）：呢個蘿蔔～，奒晒喇〔這個蘿蔔輕飄飄，都糠了〕。

輕秤 héng¹ qing³ 東西輕，稱起來不佔份量，不壓秤：餅乾～，一斤咁大包〔餅乾不壓秤，一斤有這麼一大包〕。

輕身 héng¹ sen¹ 物體輕：薤菜好～，一把至得半斤〔薤菜很輕，一把才有半斤〕。

hêng

香 hêng¹ 婉辭。指死亡(不嚴肅的説法)。

香波 hêng¹ bo¹ 洗髮劑。〖"香波"是英語 shampoo 的音譯。〗

香梘 hêng¹ gan²(梘，簡) 香皂。

香雞 hêng¹ gei¹ 香棒(燒香剩下的棒兒)。

香雞腳 hêng¹ gei¹ gêg³ 瘦而長的腿。

*****香港地** hêng¹ gong² déi⁶⁻² 意為"香港這個地方"，有慨歎的意味。

香港腳 hêng¹ gong² gêg³ 腳癬；腳氣。

香口膠 hêng¹ heo² gao¹ 香口糖。

香蕉仔 hêng¹ jiu¹ zei² 戲指西化了的華人(如香蕉那樣黃皮白心)。

香料粉 hêng¹ liu⁶ fen² 五香粉。

香爐不 hêng¹ lou⁴ den²(不，薹) 香爐下面的座台只有一個，比喻獨生子。

香牙蕉 hêng¹ nga⁴ jiu¹ 蕉的一種，皮薄，淡黃色，肉豐滿。

香信(香蕈) hêng¹ sên³ 香菇的一種，較大，質量次於"冬菇"。

香雲紗 hêng¹ wen⁴ sa¹ 雲紗的一種。主產於廣東的一種提花絲織物，面上塗上薯莨汁液，用於製作夏天衣服。品質較差的一種叫"薯莨綢"。

香油 hêng¹ yeo⁴ 指香油錢(在廟裏敬神時所交的香燭錢)。

香肉 hêng¹ yug⁶ 狗肉(婉辭)。

*****香咗** hêng¹ zo² 婉辭，即已死亡。

鄉下 hêng¹ ha⁶⁻² 老家；家鄉：我～喺從化〔我家鄉在從化〕。

鄉里 hêng¹ léi⁵ ❶ 同鄉：我同佢係～〔我跟他是同鄉〕。❷ 擴大指同一個縣(在縣外説)、同一個省(在省外説)的人。❸ 老鄉：唔識路就請問嗰個～〔不認得路就問問那位老鄉〕。

鄉談 hêng¹ tam⁴ 土話；鄉音。

响 hêng² 同"喺"。

响度 hêng² dou⁶ 同"喺度"。

响處 hêng² xu³ 同"喺處"。

heo

吼(瞴) heo¹（讀音 heo³）❶ 看守：你～住啲穀，唔好畀雞嚟食〔你看着這些稻穀，別讓雞來吃〕。❷ 注意；留意：～住佢〔注意着他〕｜～

住你個荷包呀〔留意你的錢包〕！❸ 光顧(詼諧的説法)：呢啲曳嘢有人～〔這些次貨沒人光顧〕。❹ 追求 (特指向異性求愛)。

吼斗 heo¹ deo² ❶ 同 "吼" ❸。❷ 希望得到；想要：我唔～〔我不想要〕。

吼機會 heo¹ géi¹ wui⁶ 等待時機；尋找機會。

吼實 heo¹ sed⁶ 緊盯着：你同我～隻狗〔你給我緊盯着這隻狗〕。

後尾 heo⁶⁻¹ méi⁵⁻¹ ❶後來；最後：佢～點樣啫〔他後來怎樣了〕？｜～大家都同意。❷ 末尾；最後 (指位置)：最 ～ 嗰喬係李樹〔最末尾的那棵是李樹〕。

口 heo ❶ 嘴；嘴巴：擘開個～〔張開嘴〕。❷ 量詞。用於香煙、針、釘等：食～煙仔〔抽支香煙〕｜一～針。

口多多 heo² do¹ do¹ 多嘴多舌：唔關你事，～ 做乜〔沒你的事兒，多嘴多舌幹甚麼〕！

口多身賤 heo² do¹ sen¹ jin⁶ 指因多説話而被人瞧不起；因嘴多而招人毆打。

口毒 heo² dug⁶ 指人説話惡毒。

口花花 heo² fa¹ fa¹ 形容人多嘴，亂説話：～嘅人唔一定有料〔能説會道的人不一定有學問〕。

口苦 heo² fu² 由於消化不良而嘴裹苦澀。

口噽脷素 heo² hai⁴ léi⁶ sou³（噽，鞋；脷，利）口淡而澀：我唔知點解 ～，唔想食飯〔我不知道為甚麼口淡而澀，不想吃飯〕。

口趷趷 heo² ged⁶ ged⁶（趷，吉⁶）結巴；口吃的樣子：佢講話 ～，唔知講乜〔他説話結結巴巴，不知説甚麼〕。

口乖 heo² guai¹ 嘴甜；説話討人喜歡。

口果 heo² guo² 做零食的蜜餞果品。

口痕 heo² hen⁴ 嘴巴癢癢 (指人愛説話)：你唔出聲唔得咩，～ 呀〔你不

作聲不行，嘴巴癢癢嗎〕？

口痕痕 heo² hen⁴ hen⁴ 形容人愛説話的樣子。

***口痕友** heo² hen⁴ yeo⁵⁻² 貧嘴的人。

口輕 heo² héng¹ 輕諾 (隨便許諾)。

口輕輕 heo² héng¹ héng¹ 形容人説話信口開河。

口響 heo² hêng² 口頭上説得漂亮；唱高調：你咪咁 ～，做出嚟睇過至知〔你別説得那麼漂亮，幹出來看看才知道〕。

口立濕 heo² leb⁶ seb¹ 零食：細佬哥食埋啲 ～ 就唔想食飯〔小孩子淨吃零食就不想吃飯〕。

口唔對心 heo² m⁴ dêu³ sem¹ 心口不一。

口碼 heo² ma⁵ 口才：好 ～。

口擘擘 heo² mag³ mag³ 形容人張口結舌或氣喘吁吁的樣子。

口密 heo² med⁶ 嘴嚴；沉默寡言：呢個人好 ～ 㗎，多一句話都唔講〔這個人嘴很嚴，多一句話也不説〕。

口面 heo² min⁵ 臉兒；面孔：瓜子～｜佢 ～ 好熟〔他很面熟〕。

口訥 heo² neb⁶ 嘴笨，言語不流暢。

口訥訥 heo² neb⁶ neb⁶（訥，拿入切）木訥，不善言辭。

口丫角 heo² nga¹ gog³ 嘴角：～ 爛〔爛嘴角〕。

口啞啞 heo² nga² nga² 啞口無言；無言以對：我問到佢 ～〔我問得他啞口無言〕。

口硬 heo² ngang⁶ 口氣強硬；堅持己見。

口硬心軟 heo² ngang⁶ sem¹ yün⁵ 刀子嘴，豆腐心。

口噏噏 heo² ngeb¹ ngeb¹（噏，鴉邑切）嘴巴不停地動；説個不停。

口齒 heo² qi² 信用：講 ～｜冇 ～〔沒有信用；説話不算數〕。

口唇 heo² sên⁴ 嘴唇。

口唇膏 heo² sên⁴ gou¹ 口紅。

*口水騷 heo² sêu² sou¹ 電視節目之一，即脱口秀。〖"騷"是英語 show 的音譯。〗

口水花 heo² sêu² fa¹ 唾沫星子：佢講話激動到 ～ 噴噴〔他説話激動得唾沫横飛〕。

口水肩 heo² sêu² gin¹ 圍嘴兒（嬰兒防口水用）。

*口水佬 heo² sêu² lou² 嘴把式（指光會説不會幹的人）。

口水溦 heo² sêu² méi⁴⁻¹ 唾沫星子：講話時 ～ 飛晒出嚟〔説話時唾沫星子全噴了出來〕｜執人 ～〔學舌；拾人牙慧〕。

口水蚊 heo² sêu² men¹ 同"口水溦"。

口水痰 heo² sêu² tam⁴ 痰（一般指吐出來的痰）。

口疏 heo² so¹ 嘴快：佢 ～ 到鬼噉，一句話都忍唔住〔他嘴快得要命，一句話也藏不住〕。

口數 heo² sou³ 口算；心算：佢 ～ 好使得〔他心算很厲害。（現已少用。）

口淡 heo² tam⁵ 口内淡而無味，食慾不振。

口甜脷滑 heo² tim⁴ léi⁶ wad⁶ 油嘴滑舌：呢個人 ～，唔信得過〔這個人油嘴滑舌，信不過〕。

口窒窒 heo² zed⁶ zed⁶ 結結巴巴：講話 ～，聽都聽唔清楚〔説話結結巴巴，聽都聽不清楚〕｜嚇到 ～。

口盅 heo² zung¹ 漱口杯。

喉 heo⁴ ❶ 管子：膠 ～〔塑膠管子；橡膠管子〕｜水 ～〔自來水管〕。❷ 嗓子：聲 ～〔嗓音；嗓門〕｜豆沙 ～〔沙啞的嗓子〕。❸ 粵劇唱腔：平 ～〔生腔〕｜子 ～〔旦腔〕｜大 ～〔花臉腔〕。

喉底 heo⁴ dei² 歌手唱歌的基本功。

喉急 heo⁴ geb¹ 性急；心急；着急；焦急：佢好 ～，一陣間就想學會〔他很心急，一下子就想學會〕｜唔好咁 ～，慢慢抄〔不要那麽焦急，慢慢抄〕。

喉乾頸渴 heo⁴ gon¹ géng² hod³ 極度口渴：行咗成日都冇水飲，搞到我 ～〔走了一天都沒水喝，弄得我渴得要命〕。

喉管 heo⁴ gun² 水管（指小口徑的）。

喉欖 heo⁴ lam⁵⁻² 喉結。

喉嚨椗 heo⁴ lung⁴ ding³（椗，多慶切）小舌，兼指咽喉：我飽到上 ～ 咯〔我飽得東西都上喉頭了〕。

喉核 heo⁴ wed⁶（核，讀音 hed⁶）同"喉欖"。

喉嘴 heo⁴ zêu² 氣門心（自行車輪胎上的小零件）。

猴擒 heo⁴ kem⁴ 同"喉急"。

厚揼揼 heo⁵ deb⁶ deb⁶（揼，杜合切）厚厚的。

厚吮吮 heo⁵ dem⁴ dem⁴（吮，杜含切）厚厚的；厚墩墩：呢啲餅 ～，太肉酸喇〔這些餅厚厚的，太難看了〕。

厚笠 heo⁵ leb¹ 厚絨衣。

厚身 heo⁵ sen¹ 厚實：呢隻布好 ～〔這種布厚實〕。

厚噌噌 heo⁵ seng⁴ seng⁴（噌，蛇恆切）同上"厚吮吮（heo⁵ dem⁴ dem⁴）"。

厚淨 heo⁵ zéng⁶ 物體厚實，結實。

後便 heo⁶ bin⁶ 後面：屋 ～〔房子後面〕｜企喺 ～〔站在後面〕。

後背 heo⁶ bui³ 後面；背面。

後背底 heo⁶ bui³ dei² 同上。

後底 heo⁶ dei² 同上。

後底乸 heo⁶ dei² na²（乸，拿²）繼母；後媽；後母；後娘。

後底爺 heo⁶ dei² yé⁴⁻¹ 繼父；後父；後爹。

後腳 heo⁶ gêg³ ❶ 後腿或後腳，比喻把柄：畀人抽 ～〔讓人揪辮子〕。❷ 跟着：我前腳入屋，佢 ～ 就到〔我前面進屋，他隨後就到〕。

後朝 heo⁶ jiu¹ 後天早上。

後嚟 heo⁶ lai⁴ 後來：你 ～ 點呀〔你後來怎麼樣〕？

後晚 heo⁶ man⁵ 後天晚上。

後尾 heo⁶ méi⁵（heo¹ méi¹）後來；最後；後面：佢 ～ 點呀〔他後來怎麼樣了〕？｜你高，企 ～ 啦〔你高，站在後面吧〕。

後尾枕 heo⁶ méi⁵ zem² 同 "後枕"。

後生 heo⁶ sang¹ ❶ 年青人（過去多指受僱於人的年青人）。❷ 年輕：佢未夠三十，重好 ～〔他不足三十，還挺年輕〕。

後生哥 heo⁶ sang¹ go¹ 年輕人。

後生女 heo⁶ sang¹ nêu⁵⁻² 年青女子；姑娘。

後生細仔 heo⁶ sang¹ sei³ zei² 小青年。

後生仔 heo⁶ sang¹ zei² 年青人；小夥子。

後日 heo⁶ yed⁶ 後天。

後枕 heo⁶ zem² 後腦勺。

候鑊 heo⁶ wog⁶⁻² 廚師；掌勺兒的；大師傅。

hêu

虛 hêu¹ 體質虛弱。

墟 hêu¹ 集市：趁～〔趕集〕｜七日一～。

墟巴嘈閉 hêu¹ ba¹ cou⁴ bei³ 像 "墟場"（集市）一樣吵鬧，吵鬧得很厲害：咁多人喺度 ～，唔知做乜〔那麼多人在那兒吵吵鬧鬧，不知道為甚麼〕。

墟場 hêu¹ cêng⁴ 集市（指集市的所在地）。

墟冚 hêu¹ hem⁶（冚，含 ⁶）❶ 嘈鬧（像集市一樣嘈雜）；人聲嘈雜：呢度近街，成日都好 ～〔這裏近街，整天都很嘈鬧〕。❷ 引申指張揚：啱有啲成績就咁 ～ 做乜〔剛有一點成績就到處張揚幹甚麼〕。

墟日 hêu¹ yed⁶ 逢集；集日。

去埞 hêu³ déng⁶ 外出；出門(到某處)。

去歸 hêu³ guei¹ ❶ 同 "翻歸"。❷ 同 "翻歸"。

hib

怯 hib³ 掐：啲菜老到手指甲都 ～ 唔入〔這些菜老得連指甲也掐不進去〕。

瞴 hib³（脅）閉（眼）：一夜都未 ～ 過眼〔一宿都沒有閉眼〕。

hid

歇 hid³ 停止：琴晚成晚打風，天光至 ～〔昨晚整夜颳風，天亮才停止〕｜喊起嚟就冇辦法得佢 ～〔哭起來就沒法子叫他停〕。〖"歇" 普通話也有 "停止" 的意思，但用法不同。廣州話的 "歇" 一般不帶賓語，而普通話一般要帶賓語，如 "歇枝"、"歇業"。〗

歇腳 hid³ gêg³ 同 "歇宿"。

歇口 hid³ heo² 停止說話；停止吃東西。

歇宿 hid³ sug¹ 住宿；過夜：今晚喺邊度 ～〔今晚在哪裏過夜〕？

*歇暑 hid³ xu² 避暑。

him

謙厚 him¹ heo⁵ 謙和厚道。

險過剃頭 him² guo³ tei³ teo⁴ 比喻十分危險。

hin

蜆 hin² 蛤蜊：～ 殼。

蜆殼 hin² hog³ 蛤蜊殼。

蜆鴨 hin² ngab³ 野鴨。

獻世 hin³ sei³ 丟臉、出醜。罵人的話，即活在世上是多餘的。

hing

馨香 hing¹ hêng¹ 聲譽好；名聲好：呢個人好 ～〔這個人聲譽很好〕。

熻（焮） hing³（慶）❶ 烤（指烤乾、烤熱）：～ 乾件衫〔把衣服烤乾〕｜～ 熱煲水〔把鍋裏的水烤熱〕。❷ 熱；燙（溫度高）：佢額頭好 ～，發燒都唔定〔他額頭很燙，說不定是發燒〕｜呢間屋有西斜熱，下晝好 ～〔這房子有西曬，下午很熱〕。❸ 熱鬧；高興：呢度咁 ～ 呀〔這裏那麼熱鬧〕！❹ 熱乎；來勁：佢 ～ 起嚟就幾好嘅〔他勁頭來的時候還算不錯〕。❺ 發怒：激到佢發 ～〔氣得他發怒〕。

熻過焮雞 hing³ guo³ nad³ gei¹（熻，慶；焮，拿壓切）比電烙鐵還熱。形容人對某事熱情很高，或指人頭腦不夠冷靜。

熻焓焓 hing³ heb⁶ heb⁶（熻，慶；焓，合）熱辣辣；熱烘烘：馬路曬到 ～〔馬路曬得熱辣辣的〕｜呢間房曬到 ～，冇辦法瞓〔這屋子曬得熱烘烘的，沒法睡〕。

hiu

曉 hiu²　懂；會：你 ～ 幾種外文？｜學 ～ 未呀〔學會了沒有〕？

ho

呵 ho¹　小孩踤跤之後，大人撫摸其痛處，或者往痛處呵氣，邊說"呵"，以示痛惜：～ 兩下就唔痛咯〔呵兩下就不痛了〕｜"～ 一 ～，好過舊時多"〔慣用語。呵一下，比過去還好〕。

可 ho²　歎詞，徵詢對方同意時用：係噉 ～｜行嗰邊 ～｜你去 ～。（又讀 hé²）

合尺 ho⁴ cé¹（何奢。讀音 heb⁶ cég³）工尺（gōng chě）（我國民族音樂音階上各個音的總稱）。

河 ho⁴⁻²"沙河粉"的簡稱：牛肉炒 ～｜炒齋 ～〔素炒沙河粉〕。

河柴 ho⁴ cai⁴　過去廣東各地通過河流運送至廣州販賣的木柴。

河涌 ho⁴ cung¹　珠江三角洲的小河道。

河粉 ho⁴ fen²　沙河粉的簡稱。

河鮮 ho⁴ xin¹　淡水魚蝦、螃蟹等的總稱。

荷包 ho⁴ bao¹　錢包。

荷包友 ho⁴ bao¹ yeo⁵⁻²　偷錢包的小偷。

荷包仔 ho⁴ bao¹ zei²　同上。

*荷官 ho² gun¹　賭場中的洗牌者。

荷蘭豆 ho⁴ lan⁴⁻¹ deo⁶⁻²　一種帶豆莢吃用的豌豆，豆粒小而嫩，是廣東地區常見蔬菜。又叫"蘭豆"（lan⁴⁻¹ deo⁶⁻²）。

荷蘭水 ho⁴ lan¹ sêu¹　舊稱汽水。

荷蘭水蓋 ho⁴ lan¹ sêu² goi³　戲稱勛章或獎章。

荷蘭薯 ho⁴ lan⁴⁻¹ xu⁴⁻²　馬鈴薯；土豆。（現已少說。）

賀咭 ho⁶ ked¹　賀卡。

hod

曷（餲） hod³　同"腥曷"。

喝 hod³　鋼（gàng）；鐾（把刀在石或缸沿上用力磨擦幾下，使它快些）：～ ～ 把刀〔把刀鋼一鋼〕。

喝生晒 hod³ sang¹ sai³　大聲吆喝（對大聲吆喝的人有反感時用）：人哋開緊會，你唔好喺度 ～ 啦〔人家正在開會，你不要在這裏大聲吆喝〕。

喝神喝鬼 hod³ sen⁴ hod³ guei²　隨意大聲斥責人。

渴市 hod³ xi⁵　供不應求。

hog

殼 hog³　勺；瓢：飯 ～｜一 ～ 水。

煻 hog³（殼）烤（在鍋裏烘烤）：～乾
啲魚仔〔把小魚放在鍋裏烤乾〕。

學 hog⁶ 引申作像：個個都 ～ 你噉就
好啦〔人人都像你這樣就好了〕｜邊
個 ～ 你咁叻吖〔誰像你那樣聰明能
幹〕！

學行車 hog⁶ hang⁴ cé¹ 幼兒的學步車。

學似 hog⁶ qi⁵ 像：人人都～你就好啦。

學生哥 hog⁶ sang¹ go¹ 年輕學生。

*學神 hog⁶ sen⁴ 實習汽車駕駛員。

學是非 hog⁶ xi⁶ féi¹ 挑撥是非；搬弄是
非。

學是學非 hog⁶ xi⁶ hog⁶ féi¹ 同上。

學師仔 hog⁶ xi¹ zei² 學徒。

學樣 hog⁶ yêng⁶⁻² 依照別人的樣子去
做。

鶴嘴鋤 hog⁶ zêu² co⁴ 十字鎬。

hoi

¹開 hoi¹ ❶ 調配：～ 顏料｜～ 好啲叻
㗎先〔先把清漆調好〕。❷ 溶化；稀
釋：～ 鹽水飲｜～ 牛奶〔用煉乳對
水調成牛奶〕。

²開 hoi¹ 辦（酒席）；擺（飯桌）：～ 咗
兩圍〔辦了兩桌酒席〕｜～ 枱食飯〔擺
桌子吃飯〕。

³開 hoi¹ 助詞。用在動詞的後面，表示
動作正在或曾經進行：呢張櫈係我
坐 ～ 嘅〔這個櫈子是我坐的〕｜呢本
書你睇 ～ 就畀你睇埋先啦〔這本書
你正看着就先讓你看完吧〕｜我用 ～
嘅嗰把鋤頭去咗邊度〔我用着的那
把鋤頭哪裏去了〕？〖「開」和「緊」
都是表示動作正在進行，但「開」除
了表示動作正在進行外，還表示動作
曾經進行過，現在可能仍在進行，也
可能暫時停止，但今後還要繼續進
行，而「緊」只側重在說話時動作仍在
進行。〗

⁴開 hoi¹ 表示開外，靠外面，離得遠：
唔好企咁 ～〔不要站得太遠了〕｜～
便〔外面〕。

開便 hoi¹ bin⁶ 外面（靠外面的）：埋便
嗰個姓李，～ 嗰個姓張〔靠裏的那
個姓李，靠外的那個姓張〕｜坐
嗰張櫈啦〔坐靠外面的那張櫈子吧〕。

開波 hoi¹ bo¹ 發球。

開初 hoi¹ co¹ 同"初初"。

開錯口 hoi¹ co³ heo² ❶ 講錯了話。❷
指求人時遭到拒絕，有"白說了"的
意思。

開牀 hoi¹ cong⁴ 安放牀鋪；鋪上牀上的
被褥。

開底 hoi¹ dei² 同"開便"。

開檔 hoi¹ dong³ ❶ 開張（開始營業）；
開攤兒。❷ 開始（詼諧的說法）：～
打牌。

開刀 hoi¹ dou¹ ❶ 動手術。❷ 向人敲竹槓。

開伙爨 hoi¹ fo² qün³ 開伙；生火做飯。

開講有話 hoi¹ gong² yeo⁵ wa⁶ 口頭禪，
相當於"俗話說"、"常言道"：～，
善有善報，惡有惡報。

開古 hoi¹ gu² 揭謎底。引申為揭露秘
密。

開氣 hoi¹ héi³ 形容人性格開朗、樂觀：
呢個人都幾 ～ 嘅〔這個人的性格算
比較開朗〕。

開口 hoi¹ heo² ❶（新刀）開刃。❷ 引申
指張嘴說話。

開口有話 hoi¹ heo² yeo⁵ wa⁶ 同"開講
有話"。

開口棗 hoi¹ heo² zou² 同"笑口棗"。

開枝散葉 hoi¹ ji¹ san³ yib⁶ 比喻繁衍子
孫。

開嚟 hoi¹ lei⁴（嚟，黎）出來（從裏面往
外面走）。

開籠雀 hoi¹ lung⁴ zêg³⁻² 比喻得到自由
而歡欣鼓舞的人，比喻因高興而話
說個不停的人：也你好似 ～ 噉，成

日都咁好唱口〔你怎麼像一隻出籠小鳥似的，整天都叫個不停〕。

開明車馬 hoi¹ ming⁴ gêu¹ ma⁵ 說明意圖：呢次 ～ 同佢講清楚〔這次把意圖明白跟他講清楚〕。

開硬弓 hoi¹ ngang⁶ gong¹ 硬來，使用強硬手段：要慢慢講道理，～ 係唔喺嘅〔要慢慢講道理，硬來是不行的〕。

開年 hoi¹ nin⁴ 舊俗正月初一吃素，初二則吃葷，叫"開年"。

開片 hoi¹ pin³⁻² 打羣架。

開舖 hoi¹ pou³ 店舖開門：九點鐘 ～。

*開盤 hoi¹ pun⁴ 開始發售。

開心 hoi¹ sem¹ 高興。

開心果 hoi¹ sem¹ guo² 比喻逗人喜愛的孩子；給人帶來歡樂的幽默演員。

開身 hoi¹ sen¹ 開船；啟航：紅星艔六點落船，八點 ～〔紅星號船六點上船，八點開船〕。

開新燈 hoi¹ sen¹ deng¹ 舊俗生男孩後，於次年元宵節前在祖先靈位前張掛一盞宮燈。

開聲 hoi¹ séng¹ 作聲；吭聲：有意見就 ～ ｜ 佢唔敢 ～〔他不敢吭聲〕。

開手 hoi¹ seo² 開始動手。

開首 hoi¹ seo² 開始；起初：我 ～ 唔會做〔我開始不會幹〕。

開攤 hoi¹ tan¹ 設賭（專指開設"番攤"的賭局）。

開頭 hoi¹ teo⁴ 用在動詞後面，表示動作開始並將持續：唱 ～ 就有人跟喫嘞〔唱起來之後就有人跟着唱的了〕｜一做 ～ 就唔想歇手〔一開始做了就不想停手〕。

開天索價 hoi¹ tin¹ sog³ ga³ 開高價：～，落地還錢（熟語）。

開枱 hoi¹ toi⁴ ❶ 擺桌子（準備吃飯或打麻將等）。❷ 開場（開始演戲）。

開懷 hoi¹ wai⁴ 婉辭。女人第一次生育。

開胃 hoi¹ wei⁶ ❶ 胃口好：我今餐 ～〔我這一頓飯胃口好〕。❷ 使人胃口好：山楂、麥芽最 ～。❸ 引申指人不切實際的空想（一般拒絕別人的要求或諷刺別人的冒昧行為時用）：唔下苦功就想成功，～ 咯〔不下苦功就想成功，真是異想天開〕！｜你想要晒呀，真 ～〔你想全都要了，好大的胃口〕！

開膳 hoi¹ xin⁶ 開伙：我哋公司自己 ～〔我們公司自己開伙〕。

開齋 hoi¹ zai¹ ❶ 比喻恢復某些飲食。❷ 比喻球隊或賭博初次得分或得勝。

海 hoi² ❶ 海洋：出 ～。❷ 江；河：過 ～〔過河；過江〕｜ ～ 面好闊〔河面很寬〕。〖"江"、"河"在專名之後，廣州話仍叫"江"、"河"，如"珠江"、"黃河"，但對一般水比較深或比較寬的江和河，可以叫"海"。如從廣州珠江北岸到南岸叫"過海"。〗

海傍 hoi² bong⁶ 海邊或大河邊。

海軍藍 hoi² guen¹ lam⁴ 深藍色。

海豬 hoi² ju¹ 海豚。

海皮 hoi² péi⁴ ❶ 海邊。❷ 江邊。

海鮮 hoi² xin¹ ❶ 新鮮的海魚。❷ 泛指新鮮的海產動物食品。

海鮮醬 hoi² xin¹ zêng³ 甜醬。

害人害物 hoi⁶ yen⁴ hoi⁶ med⁶ 連累別人；危害百姓。

hon

看更 hon¹ gang¹ 守夜。

看牛 hon¹ ngeo⁴ 放牛。

看護 hon¹ wu⁶ 舊指護士。

寒 hon⁴ ❶ 虛寒：佢病啱好，有啲 ～〔他病剛好，有點虛寒〕。❷ 寒性：熱咳 ～ 咳 ｜ 蘿蔔好 ～〔蘿蔔性很寒〕。❸ 驚怕：嚇到成個 ～ 晒〔嚇得怕極了〕｜心 ～ 。❹ 同"寒背"。

H

寒背 hon⁴ bui³ 輕微的駝背：佢有啲 ～
〔他有點兒駝背〕。

寒底 hon⁴ dei² ❶ 形容人底子虛寒：佢
好 ～〔他的底子很虛寒〕。❷ 引申為
底子很薄，寒酸：佢收入唔少，但
重係好 ～〔他收入不少，但底子仍然
很薄〕｜你慳儉人哋唔會會話你 ～〔你
省儉人家不會說你寒酸〕。

*寒飛 hon⁴ féi¹ 衣着較差的阿飛。

寒涼 hon⁴ lêng⁴ 同 “寒” ❷。

寒削 hon⁴ sêg³ 指食物性寒。

寒暑表 hon⁴ xu² biu² 溫度計。

旱橋 hon⁵ kiu⁴ 立交橋（立體交叉路）。

汗毛 hon⁶ mou⁴ 寒毛。

hong

康健 hong¹ gin⁶ 健康。

粠（粒）hong²（康²）❶ 陳米的氣味：～
米〔發霉的米〕｜呢啲米 ～ ～ 地〔這
些米有點兒霉味兒〕。❷ 乾燥（指皮
膚等因缺乏油脂而乾燥）：一到天
冷，手就有啲 ～〔一到冬天，手就有
點乾燥〕。❸ 引申指錢少：荷包 ～。

糠耳（粒耳）hong² yi⁵（糠，讀音 hong¹，
又音 hong¹ yi⁵）習慣認為，人的耳
朵有兩種：分泌黃色黏液的叫 “油
耳”，不分泌這種黏液的叫 “糠耳”。

炕 hong³（讀音 kong³）❶ 烤；烘：～ 麵
包｜～ 乾。❷ 晾放：啲番薯乾要 ～
喺個篩度〔薯乾要晾在篩子上面〕｜
瞓覺唔拕被，成晚 ～ 喺度會冷親㗎
〔睡覺不蓋被子，整夜露着身子會着
涼的〕。

炕起 hong³ héi² 架設起，把東西架起
來或晾着。

炕沙 hong³ sa¹（船隻）擱淺。

行 hong⁴ 擺；鋪（牀）：呢間房 ～ 得三
張牀〔這間房間能擺三張牀〕｜朝 ～
晚拆〔晚上鋪牀，早上拆掉——應作

“晚 ～ 朝拆”，但習慣上說顛倒了〕。

行牀 hong⁴ cong⁴ 鋪牀，臨時擺設牀
鋪。

行檔 hong⁴ dong³ 希望：有冇 ～ 呀〔有
沒有希望〕？｜冇晒 ～〔完全沒有希
望〕。

行貨 hong⁴ fo³ 普通產品；大路貨。

行家 hong⁴ ga¹ ❶ 內行人。❷ 同一行
業的人。

行口 hong⁴ heo² 行（專營某類商品的
商店）。

行頭 hong⁴ teo⁴ 行業：你係做乜 ～ 㗎
〔你是幹甚麼行業的〕？

行尊 hong⁴ jun¹ 某一行的專家，權
威：老 ～｜佢係粵劇嘅 ～〔他是粵
劇界的權威〕。

桁 hong⁴ 張開兩臂攔起（禽畜）：～
雞｜～ 一 ～ 隻豬〔把豬攔一攔〕。

巷篤 hong⁶ dug¹ 死胡同的盡頭。

hou

好 hou² ❶ 很；非常：今日 ～ 熱〔今天
很熱〕｜～ 好｜～ 靚〔很漂亮〕｜～
緊要〔很要緊〕。❷ 該（提醒別人時
用）：～ 去囉喎〔該去了〕｜～ 瞓喇〔該
睡了〕。

好唱口 hou² cêng² heo² 原意是嗓子好，
唱戲唱得好，引申指說得好聽或只
說風涼話：你唔使喺度咁 ～〔你不必
在這裏說風涼話〕。

好醜 hou² ceo² 好歹：～ 你都要佢讀
到畢業吖〔好歹你也讓他讀到畢業
吧〕｜佢 ～ 都係個中學生吖〔他好
歹也是個中學生吧〕。

好彩 hou² coi² ❶ 走運：真 ～，一搵就
搵到〔真走運，一找就找到了〕｜～
就釣到幾條魚，唔 ～ 就一條都冇〔走
運的話就能釣到幾條魚，不走運的
話一條也沒有〕。❷ 幸虧；幸好；

好在：～冇打爛〔幸虧沒有打破〕。

好彩數 hou² coi² sou³ 運氣好：一抽就中獎，我真係～〔一抽就中獎，我真是運氣好〕。

好膽 hou² dam² 大膽：你咁～，一個人去游水〔你這麼大膽，一個人去游泳〕。

好得 hou² deg¹ 同"好彩"❷。

好地地 hou² déi⁶ déi⁶ 好好的；好端端：琴日都～嘅，今日就發燒喇〔昨天還是好好的，今天居然發起燒來〕｜人哋～坐喺度，你撩佢做乜〔人家好好的坐在那兒，你去惹他幹甚麼〕！

好多人 hou² do¹ yen⁴ ❶ 很多人：呢度～｜圖書館～。❷ 反語，表示沒有人：咁曳嘅嘢～買咯｜佢咁高竇，～睬佢。

好翻 hou² fan¹ ❶ 傷病痊癒。❷ 關係修好：佢哋兩個又～咯〔他們兩個又和好了〕。

好瞓 hou² fen³（瞓，訓）睡得香；能睡：琴晚真～〔昨晚睡得真香〕。

好頸 hou² géng² 脾氣好：佢真～，激佢都唔嬲〔他脾氣真好，氣他也不火兒〕。

好景 hou² ging² 景況好（包括生活、生意等）。

好勁 hou² ging⁶ 很不錯；很了不起（對某一事物或行為表示讚羨的意味）。

¹**好鬼** hou² guei² 形容某一狀態達到極端的地步，有"很、十分、非常"等意思：呢個人～聰明呀〔這個人十分聰明〕。

²**好鬼** hou² guei² 對情況表示否定的態度：公園咁多人逼嚟逼去，～咩〔公園那麼多人擠來擠去，有甚麼好呢〕。

好過 hou² guo³ 相對更好，還要好：噉做重～〔這樣做還好呀〕｜買嗰樣～〔倒不如買那樣好〕｜重係搵佢幫忙～咯〔還是找他幫忙好了〕。

好閒 hou² han⁴ ❶ 表示無所謂（有安慰或寬恕的意思）：～之嘛，我做得到一定應承〔算不了甚麼，我做得到一定答應〕｜攞啲翻去用啦，～嘅〔拿點回去用吧，小意思〕｜打爛就算囉，～嘅〔打破了就算了，沒事兒〕。❷ 表示拒絕對方的要求（態度堅決而冷淡）：你重想我同你去講，～喇〔你還想我給你說去，沒功夫〕！｜我同你執手尾呀？～啦〔我跟你收拾？別夢想〕！

好閒嘅 hou² han⁴ zé¹ 沒甚麼了不起；小意思；不足一提。如：借三兩千之嗎，好閒嘅〔不就借三兩千嗎，小意思〕。

好氣 hou² héi³ ❶ 健談；囉嗦：成日都講唔完，冇人有佢咁～〔整天都說不完，沒人有他這麼囉嗦〕｜冇你咁～〔沒有你那麼囉嗦〕。❷ 耐心；脾氣好：問乜佢都答，真～〔問甚麼他都回答你，真耐心〕。

好行 hou² hang⁴ 套話。客人離去時主人對客人的禮貌用語，有"走好"、"慢走"的意思。

好口 hou² heo² 嘴巴甜；說話好聽。

好好聲 hou² hou² séng¹ 好聲好氣地；態度溫和地：你～同佢講嘛〔你和藹地跟他說嘛〕。

好好睇睇 hou² hou² tei² tei² 體體面面：佢嘅七十大壽要辦得～至得〔他的七十大壽要辦得體體面面才行〕。

好傾 hou² king¹ 健談；談得來：兩個好～〔兩個很談得來〕。

好橋 hou² kiu⁴⁻² 好主意：你呢個～都幾啱〔你這個好主意挺不錯〕。

好力 hou² lig⁶ 有力氣；力氣大：佢真～〔他力氣真大〕。

好賣 hou² mai⁶ 暢銷。

好命水 hou² méng⁶ sêu² 命運好；運氣好。

好眼 hou² ngan⁵ 眼力好（指望遠和分辨能力強）：真 ～，咁遠都睇得清楚〔眼力真好，這麼遠都看得清楚〕｜重係你 ～，一搵就搵到〔還是你眼力好，一下子就找到了〕。

好眼界 hou² ngan⁵ gai³ 眼力好（打槍、射箭、投擲容易命中）：射擊打三發中二十七八環就算 ～ 喇。

好耐 hou² noi⁶ 很久；很長時間：我 ～ 冇見你喇〔我很長時間沒見到你了〕。

好似 hou² qi⁵ 好像；似乎：～ 落雨噉嘞〔好像下雨了〕｜啲人亂到 ～ 倒瀉籮蟹噉〔人們亂得像倒了一筐螃蟹似的〕。

好清 hou² qing¹ 痊癒：病 ～ 晒咯〔病痊癒了〕。

好世界 hou² sei³ gai³ 生意或事業興旺發達，生活美好幸福：大家都 ～ 我就安樂嘞〔大家生活都美好我就安心了〕。

好死 hou² séi² 好（對人抱否定的態度時用，有貶意）：佢邊有咁 ～ 吖〔他哪有這麼好〕｜咁 ～，送埋嚟添〔有這麼好啊，居然送來了〕！

好心 hou² sem¹ ❶ 心腸好：你真 ～〔你的心腸真好〕。❷ 積德（用於勸阻）：～ 你收聲啦〔你積積德吧，別説了〕。

好心機 hou² sem¹ géi¹ 耐心；細心：咁厚本書佢都抄晒，真係 ～〔這麼厚的書他都抄完了，真有耐心〕｜女仔 ～ 過男仔〔女孩比男孩細心〕。

好心你 hou² sem¹ néi⁵ ❶ 請求別人時用，有 "請你行行好"、"勞駕" 等意思：～ 幫我講兩句話啦〔勞您駕幫我美言兩句〕。（❷ 表示輕度的責怪：～ 啦，潑到人成身水〔你瞧你潑得人家滿身是水〕！

好聲 hou² séng¹ 小心：～ 行呀〔小心走啊〕｜～ 抬，唔好打爛〔小心抬，別打破了〕。

好聲好氣 hou² séng¹ hou² héi³ 心平氣和（多指説話時的態度）：大家都 ～ 噉討論，問題就容易解決喇〔大家都心平氣和地討論，問題就好解決了〕｜有乜事都要 ～ 講〔有甚麼事都要心平氣和地説〕。

好相與 hou² sêng¹ yü⁵ 形容人厚道，易相處，有事好商量：佢最 ～ 嘞，邊個都中意同佢接近〔他為人最厚道了，誰都樂意跟他接近〕｜嗰條友唔算 ～〔那個傢伙態度不算好〕。

好手腳 hou² seo² gêg³ 手腳乾淨，形容人不貪不偷。

好手尾 hou² seo² méi⁵ 形容人做事有頭有尾。

好手勢 hou² seo² sei³ 手藝高超：大姐真係 ～，整餸整得幾好〔大姐真是手藝高超，菜做得多好啊〕。

好衰唔衰 hou² sêu¹ m⁴ sêu¹ 真倒霉（有 "偏偏這個時候發生不如意的事" 或 "倒霉得不是時候" 等意思）：真係 ～，又碰到佢〔真倒霉，又叫我遇上了他〕｜你 ～，邊個叫你搵佢吖〔你倒霉也不是時候，誰叫你找他去〕！

好天 hou² tin¹ 晴天：等 ～ 至曬被〔等晴天再曬被子〕｜今日 ～。

好話 hou² wa⁶ 回答別人的問候或讚揚時的用語：～ 喇，呢排算幾好嘅〔謝謝，近來還算挺好〕｜～ 喇 ～ 喇，我邊有你咁好〔哪裏哪裏，我哪有你這麼好〕！

好話唔好聽 hou² wa⁶ m⁴ hou² téng¹ 口頭禪，好話不中聽，表示下面將直言不諱地説出自己的意見：噉安排，～，以後有乜冬瓜豆腐，你都唔使怕呀〔這樣安排，説句不中聽的，以後有甚麼三長兩短你都不用害怕呀〕。

好話為 hou² wa⁶ wei⁴ ❶ 好辦：呢件

事 ～〔這件事好辦〕。❷ 好商量：呢
個人 ～〔這個人好商量〕。

好市 hou² xi⁵ 生意興隆；暢銷。

好笑口 hou² xiu³ heo² 滿面笑容；笑口
常開：睇你咁 ～，一定有好事嘞〔看
你滿面笑容，一定有好事了〕。

好少理 hou² xiu² léi⁵ ❶ 不管：呢件事
佢一於 ～〔這件事他就是不管〕｜佢
中意點就點，我 ～ 佢呀〔他愛怎麼
着就怎麼着，我才不管他〕！❷ 不理
睬：佢想同我合份，我 ～ 佢〔他想
參加一份，我不理睬他〕。

好喫味 hou² yag³ méi⁶ 味道好吃。廣
州外地一些地方（如中山、珠海、台
山、肇慶等）把吃叫“喫” yag³，或
“吃” hég³，從外地到廣州的小販多
用“好喫味”來招引顧客。

好嘢 hou² yé⁵〔嘢，野〕❶ 好東西；好貨。
❷ 好（歡呼或讚歎時用）：～，又得
兩分〔好球，又得兩分〕！｜呢場比
賽真 ～〔這場比賽真好〕。

好日 hou² yed⁶ 在一定場合下使用，有
“難得”（機會）的意思：佢 ～ 都唔
嚟一下〔難得他來一下〕｜ ～ 都唔
見佢〔難得見到他〕。（“好日”後連
接一個否定的意思）。

好人 hou² yen⁴ ❶ 品行、心腸好的人。
❷ 形容人人品好，心腸好：佢幾 ～
㗎〔他人品不錯〕｜佢好 ～，實會
幫你嘅〔他人很好，肯定會幫你的〕。

好人好姐 hou² yen⁴ hou² zé² 好端端的
一個人：琴日重係 ～，點解今日就
病咗呢〔昨天還是好好的一個人，今
天怎麼就病了呢〕。

好人事 hou² yen⁴ xi⁶⁻² 心腸好；和藹：
人人都話佢 ～〔人人都説他心腸好〕。

好人有限 hou² yen⁴ yeo⁵ han⁶ 不會是
很好的人，這人好不到哪裏去，不
是甚麼好人。

好樣 hou² yêng⁶⁻² 容貌好；式樣好。

好意頭 hou² yi³ teo⁴ 好兆頭；吉利：
攞個 ～〔圖個吉利〕。

好耳 hou² yi⁵ 聽力好。

好瘀 hou² yü² 非常倒楣；丟人；現
世：主任賭錢畀人睇見，～ 呀〔主
任賭博讓人看見，夠丟人現眼的〕。

好嬒 hou² zan² 非常愜意，很幸福美
滿：你呢度風涼水冷，喺呢度住，～
哦〔你這裏空氣濕潤，氣候宜人，住
在這裏夠愜意的〕。

好仔 hou² zei² ❶ 品質好的男青年。❷
沒有不良嗜好的男青年。

好在 hou² zoi⁶ 幸好；幸虧。

好食懶飛 hou³ xig⁶ lan⁵ féi¹ 好（hào）
吃懶做。

毫 hou⁴ 量詞。角；毛：一文六 ～〔一
元六角〕｜兩 ～ 半〔兩毛五分〕。

毫子 hou⁴ ji² 角；……毛錢：兩 ～ 買
一斤｜四毫六子〔四角六分錢；四毛
六分錢〕｜毫零子〔一毛多錢〕。

濠江 hou⁴ gong¹ 澳門的舊稱。

蠔 hou⁴ 牡蠣。

蠔豉 hou⁴ xi⁶⁻² 煮熟曬乾的牡蠣肉。

蠔油 hou⁴ yeo⁴ 用鮮牡蠣肉熬汁加上鹽
等製成的調味品。

hüd

血色 hüd³ xig¹ 氣色：你今日 ～ 幾好
〔你今天的氣色相當好〕。

hug

哭 hug¹ 訴苦，叫屈：佢話受咗冤屈，
周圍 ～〔他説受了冤屈，到處訴苦〕。

哭媽娘 hug¹ ma¹ nêng⁴⁻² 廣東民俗，舊
時某些地區農村女子出嫁前數天在
家裏哭嫁。 一般邊哭邊訴，對離別
依依不捨。哭訴的話語近似押韻的
詩歌。

H

熇 hug⁶（酷）酷熱；悶熱。

酷 hug⁶　嗾使：～ 狗打交〔嗾狗打架〕。

hün

喧巴嘈閉 hün¹ ba¹ cou⁴ bei³　喧嘩吵鬧：呢度近街市，成日 ～〔這裏近菜市場，成天喧嘩吵鬧〕。

圈聲 hün¹ séng¹　讀某字時，不讀本調而讀其他調。過去一些古書，某字變讀他調時，在字的左下角、左上角、右上角、右下角加一小圈，分別表示平、上、去、入。如“衣”字本調為陰平，作動詞時讀陰去，寫作“衣°”，音如“意”，叫“讀衣的圈聲”。

勸交 hün³ gao¹　勸架（勸人停止爭吵或停止打架）。

hung

兇神惡煞 hung¹ sen⁴ ngog³ sad³　形容人相貌、態度兇惡：睇見佢 ～ 嗽，邊個都怕〔看他那麼兇，誰都怕〕｜ 咪睇佢有時 ～ 嗽，其實心地係好嘅〔別看他有時兇，其實心地是好的〕。

空降 hung¹ gong³　從外地或外單位調人來本單位當領導。普通話的“空降”只指利用飛機由空中着陸。

空口講白話 hung¹ heo² gong² bag⁶ wa⁶　❶ 說話無依據：你 ～，邊個信吖〔你說話無依據，誰信〕。❷ 說話空洞無內容。❸ 只說不做：一定要自己做，唔好 ～〔一定要自己做，光說沒用〕。

空寶寶 hung¹ kuang¹ kuang¹（寶，箍罌切）空蕩蕩：呢間屋 ～，乜野都冇〔這房子空蕩蕩的，甚麼都沒有〕。

空寶哴 hung¹ kuang¹ lang¹（寶，箍罌切；哴，啦罌切）同上。

空寥寥 hung¹ liu⁴⁻¹ liu⁴⁻¹　空空的。

空籠 hung¹ lung⁴⁻²　❶ 空的：呢個箱係 ～ 嘅〔這個木箱是空的〕。❷ 寬暢：一個人住咁大間房，太 ～ 咯〔一個人住那麼大的房間，太寬暢了〕。

空身伶俐 hung¹ sen¹ ling⁴ léi⁶　獨自一人，沒有牽累。

空頭白契 hung¹ teo⁴ bag⁶ kei³　未經有關部門蓋章的、無效力的單據或契約，相當於“白條”。又叫“白契”。

胸圍 hung¹ wei⁴　❶ 乳罩；文胸。❷ 胸部的周長。

嗅 hung³（烘 ³。讀音 ceo³）嗅；聞：隻狗喺度 ～ 嚟 ～ 去〔狗在那裏聞來聞去〕。

紅 hung⁴　血（婉辭）：豬 ～ ｜ 見 ～〔流血〕。

紅底 hung⁴ dei²　戲稱面值為一百元的港幣。

紅豆 hung⁴ deo⁶⁻²　紅小豆。

紅豆沙 hung⁴ deo⁴ sa¹　甜小豆粥。

紅當蕩 hung⁴ dong¹ dong⁶　紅彤彤。

紅冬冬 hung⁴ dung¹ dung¹　紅彤彤。

紅粉緋緋 hung⁴ fen² féi¹ féi¹（臉色）紅潤：佢身體好好，個面 ～ 嗽〔他的身體很好，臉是紅潤的〕。〚又作“紅粉花緋”。〛

紅咣咣 hung⁴ guang⁴ guang⁴（咣，跪盲切）紅紅的（有貶意）：呢件衫 ～，唔好睇〔這件衣裳紅紅的，不好看〕。

紅汞水 hung⁴ hung³ sêu²　紅藥水。

紅契 hung⁴ kei³　經官方蓋章認證過的房屋、田地的買賣契約。

紅蘿蔔 hung⁴ lo⁴ bag⁶　胡蘿蔔。

紅面關公 hung⁴ min⁶ guan¹ gung¹　滿面通紅的人。

紅毛泥 hung⁴ mou⁴ nei⁴　水泥；洋灰。

紅衫魚 hung⁴ sam¹ yü⁴⁻²　金線魚。紅色，體側有黃色縱紋數條。

紅鬚軍師 hung⁴ sou¹ guen¹ xi¹　愛出餿

主意的人。

鴻運扇 hung⁴ wen⁶ xin³ 帶有轉動斜向送風葉片的電扇，其風力柔和，接近自然風。

熊人 hung⁴ yen⁴ 熊，常指狗熊。

熊人婆 hung⁴ yen⁴ po⁴ 童話故事中的狗熊。

¹**哄** hung⁶ ❶ 水銹；痕跡；汗鹼：窗簾上面有一大笪 ~〔窗簾上有一大塊水銹〕｜張枱笪 ~ 擦極都唔甩〔桌上的痕跡怎麼擦也不掉〕｜你件衫咁多 ~ 重唔攞去洗〔你的衣服汗鹼那麼多還不拿去洗〕！❷ 日暈，月暈。

²**哄** hung⁶ 圍攏：咁多人 ~ 喺度做乜〔那麼多的人圍在一起幹甚麼〕？｜唔好 ~ 住我〔別圍着我〕！

J

ji

之 ji¹ 表示語氣的轉折，相當於"但是"、"可"：人哋都做得咁好，~ 你呢〔人家都幹得這麼好，可你呢〕？｜個個都係噉做，~ 佢偏偏要另出花樣〔每個人都這麼幹，但是他偏要另搞花樣〕｜只手唔痛嘞，~ 重係冇力〔手不痛了，可還是使不上勁〕。

之不過 ji¹ bed¹ guo³ 連詞，表示轉折關係。❶ 後面的句子或分句是對前面所説事情作修正性補充，相當於"只是"、"不過"：佢做嘢好快手，~ 有時揦西啲〔他幹活很快捷，只是有時馬虎些〕｜呢齣電影幾好睇，~ 攝影技術差啲〔這齣電影還好看，不過攝影技術差一些〕。〖如果與後面的語氣助詞"罷喇"或"之嘛"相呼應，則表示加強前面那個結論的肯定意味，例如：佢哋嘅意見係一致嘅，~ 講法唔同罷喇〔他們的意見是一致的，不過説法不同罷了〕。〗❷ 前面先肯定地提出一個事實或結論，然後用它引出在意義上不同的另一個事實或結論。它的作用相當於"但是"：阿爺比五年前老咗好多，~ 精神重好好〔爺爺比五年前老了好些，但是精神還很好〕。

之但係 ji¹ dan⁶ hei⁶ 同"之不過"。

之嗽 ji¹ gem² 連詞，用在句首，表示轉折，相當於普通話的"不過"：~，你都要負一部分責任嘅噃〔不過，你也應該負一部分責任的〕。

之嘛 ji¹ ma⁵ 語氣詞，表示無所謂的語氣，相當於普通話的"罷了"，有時帶有輕蔑的意思：啲咁多 ~〔一點點罷了〕｜幾個人 ~｜啱啱學識 ~〔剛剛學會罷了〕。

之唔係 ji¹ m⁴ hei⁶ 可不是：~，我早就話噉樣唔得嘅啦〔可不是嗎，我早就説這樣不行的〕。（"係"字末尾聲調略上揚。）

之先 ji¹ xin¹ 之前（指在某一時間之前）：喺你未嚟到 ~，會就開完咯〔在你沒來到之前，會就開完了〕。

支 ji¹ 量詞。❶ 瓶：一 ~ 奶｜一 ~ 汽水。❷ 根：三 ~ 火柴｜兩 ~ 煙〔兩根香煙〕。❸ 枝；桿：一 ~ 槍。

支長 ji¹ cêng⁴ 超支：呢個月 ~ 咗〔這個月超支了〕。

支支整整 ji¹ ji¹ jing² jing² ❶同"支整"。❷ 東搞西搞；搞來搞去：~ 一日又過咗去咯〔東搞西搞一天又過去了〕。

支整 ji¹ jing² 形容人過分講究打扮和做

作：咁 ～ 做乜呢〔那麼講究打扮幹甚麼〕？

支離 ji¹ léi⁴ 語言破碎不完整。

支離蛇拐 ji¹ léi⁴ sé⁴ guai² 說話吞吐、閃爍其詞。

支質 ji¹ zed¹ 名堂；囉唆事：乜咁多 ～ 㗎〔怎麼那麼多名堂的〕？｜佢係最 ～ 㗎喇〔他是最多囉唆事的了〕！

吱喳 ji¹ za¹ ❶ 吵鬧：細路仔唔好咁 ～ 啦〔小朋友別那麼吵鬧了〕！❷ 愛講話：咁多人之中佢特別 ～ 嘅〔那麼多人裏面他特別愛説話〕。

吱喳婆 ji¹ za¹ po⁴⁻² 愛説閒話的女人。

枝竹 ji¹ zug¹ 捲成條狀的乾豆腐皮。

知 ji¹ 知道：唔 ～ 佢去咗邊度〔不知道他去了哪裏〕｜你話畀佢 ～〔你告訴他〕｜邊個唔 ～〔誰不知道〕。〖普通話的書面語也有用"知"這個詞，但口語一般多用"知道"。〗

知醜 ji¹ ceo² 知恥；懂得羞恥：十幾歲重唔 ～〔十幾歲還不懂得羞恥〕。

知啲唔知啲 ji¹ di¹ m⁴ ji¹ di¹ 一知半解：你 ～ 就咪亂講〔你一知半解就別亂説〕。

知到 ji¹ dou³ 知道：我 ～ 佢大佬係喺銀行做嘢嘅〔我知道他的哥哥是在銀行工作的〕｜我 ～ 晒咯〔我全知道了〕。〖廣州話的"知到"和普通話的"知道"是同一個詞，但廣州話的"到"dou³ 和"道"dou⁶ 不同音。廣州人寫東西時容易把"知道"誤寫作"知到"，使用時要注意。〗

知機 ji¹ géi¹ 機敏；懂得時機：買股票要好 ～ 至得〔買股票要懂得時機才行〕。

知客 ji¹ hag³ ❶ 寺廟中管接待工作的僧人。❷ 婚喪禮事中被請來接待招呼賓客的人。❸ 酒樓中負責接待客人的服務員。

知慳識儉 ji¹ han¹ xig¹ gim⁶ 會過日子；會精打細算：佢真係 ～ 喇〔他真會精打細算〕。

知微 ji¹ méi⁴⁻¹ 形容人小心眼；斤斤計較：呢啲嘢唔使咁 ～ 嘅〔對這些事情用不着斤斤計較〕｜嗰個人好 ～ 㗎〔那個人心眼太小了〕。

知微麻利 ji¹ méi⁴⁻¹ ma⁴ léi⁶ 形容人小心眼、斤斤計較比較厲害。

知死 ji¹ séi² 知道厲害：今次你 ～ 喇啩〔這次你知道厲害了吧〕？

知醒 ji¹ séng² 警醒，驚醒（指人睡眠時容易醒來）：佢好 ～ 嘅，你喐下佢都醒〔他睡覺很驚醒，你一動他就醒〕。

知頭唔知尾 ji¹ teo⁴ m⁴ ji¹ méi⁵ 只知其一，不知其二。

知書識墨 ji¹ xu¹ xig¹ meg⁶ 有文化。

滋味 ji¹ méi⁶ 可口；有味兒：呢種豆食起嚟好 ～〔這種豆子吃起來很可口〕。

滋悠 ji¹ yeo⁴ ❶ 不慌不忙；悠然自得：張師傅做嘢好 ～ 㗎〔張師傅幹活不慌不忙的〕。❷ 慢騰騰的；慢條斯理的：行快啲，咪咁 ～ 啦〔走快點，別慢騰騰的〕。

滋悠淡定 ji¹ yeo⁴ dam⁶ ding⁶ 同上。

蟣 ji¹（茲）指一些極微小的昆蟲或寄生蟲，如雞蝨、菜上或花上的小蟲和傳染疥瘡的疥蟲等：雞 ～｜菜 ～｜癩 ～。

子雞 ji² gei¹ 筍雞；童子雞。

子薑 ji² gêng¹ 嫩薑：～ 唔辣〔嫩薑不辣〕。

子喉 ji² heo⁴ 粵劇中旦角的唱腔。

*子母牀 ji² mou⁵ cong⁴ 母嬰牀。

子鴨 ji² ngab¹ 嫩鴨。

子孫根 ji² xun¹ gen¹ 婉辭，指男性生殖器。

子姪 ji² zed⁶ 後輩的泛稱。

止咳 ji² ked¹ 有效；靈驗：佢一講話

就 ～〔他一説話就有效〕｜ 呢個辦
法唔止得咳〔這個辦法不靈〕。

紙 ji² ❶ 紙幣，鈔票：十文 ～〔十元的
鈔票〕｜ 港 ～〔港幣〕｜ 西 ～〔外
幣〕｜ 銀 ～〔鈔票〕。注意：其他具
體的某國貨幣，如英鎊、美元等都
不能叫 "紙"。❷ 證明、憑證等：出
生 ～〔出生證明〕｜打針 ～〔打防疫
針證明〕。

紙角 ji² gog³ 用紙做成的三角形包裝
袋。

紙皮 ji² péi⁴ 一般指馬糞紙：～盒｜～
箱。

紙鷂 ji² yiu⁴⁻² 風箏。

姊妹 ji² mui⁶⁻² ❶ 姐妹。❷ 兄妹；姐
弟。❸ 統稱兄弟姐妹。❹ 女儐相。

指 ji² 指使，指揮：咪聽佢亂 ～〔不要
聽他瞎指揮〕。

指甲鉗 ji² gab³ kim⁴⁻² 指甲刀；指甲剪
子：借你個 ～ 嚟剪下〔借你的指甲
剪子剪一下〕。

指天督地 ji² tin¹ dug¹ déi⁶ 説話時加上
手勢亂説。

指天椒 ji² tin¹ jiu¹ 辣椒的一種，個兒
小，底朝天。

指擬 ji² yi⁵ 指望：大家都 ～ 你㗎喇〔大
家都指望你的了〕｜想不勞而獲你就
唔使 ～〔想不勞而獲你就別指望了〕。

裣口 ji² heo² 衣服接縫的地方。

至 ji³ 副詞。❶ 才；再：噉 ～ 得㗎〔這
樣才行〕｜沖完涼 ～ 睇戲〔洗完澡才
看戲〕｜佢講完先 ～ 講〔他説完了你
再説〕｜洗乾淨 ～ 食〔洗乾淨了再
吃〕。❷ 最（較少用）：～ 難搞係呢
個問題喇〔最難辦是這個問題了〕｜～
嘈就係嗰個市場喇〔最吵鬧就是那個
市場了〕。

至得 ji³ deg¹ 才行；才成：你要努力～｜
你出面 ～ 呀〔你出面才行〕。

至多 ji³ do¹ 大不了；頂多是：使乜噉

吖，～ 我唔要就係啦〔何必這樣呢，
大不了我不要就是了〕。

至多唔係⋯⋯ ji³ do¹ m⁴ hei⁶⋯ 大不
了；頂多是⋯⋯：～ 呢次唔去〔大
不了這次不去〕｜～ 賠番畀佢〔大不
了賠給他〕。

至到 ji³ dou³ ❶ 到；及至：～ 過年嘅
時候〔到過年的時候〕｜～ 我走，佢
都重未嚟〔到我走的時候，他還沒有
來〕。❷ 至於：～ 嗰層你就唔使憂嘅
〔至於那一點你就不用擔心〕。

至好 ji³ hou² ❶ 才好：你要小心 ～ ｜
要落足工夫 ～〔要下足工夫才好〕。
❷ 最好：～ 你去｜～ 噉做〔最好
這樣做〕。❸ 才能夠：水滾 ～ 沖茶
〔水開了才好沏茶〕｜做完晒功課 ～
去玩〔做完了功課才能去玩〕。❹ 希
望，但願：～ 唔係你〔但願不是你〕。

至無 ji³ mo⁴ 同 "甚至無"。

至話 ji³ wa⁶ 同 "正話"。

至誠 ji³ xing⁴ 誠實；老實。

志在 ji³ zoi⁶ ❶ 在乎：幫朋友做嘢唔 ～
錢嘅〔幫朋友辦事情不在乎錢〕｜你
點話佢，佢都唔 ～〔你怎麼説他，他
都不在乎〕。❷ 目的在於：老陳嚟呢
度 ～ 了解下情況〔老陳來這裏的目
的在於了解一下情況〕｜人哋話你 ～
幫助你〔人家勸告你，目的在於幫助
你〕。

置家 ji³ ga¹ 指男子結婚、成家：佢
都三十幾喇，為乜重未 ～ 呀〔他都
三十好幾了，為甚麼還沒成家呢〕？

置業 ji³ yib⁶ 立業，創辦事業：有人
話 ～ 難過置家〔有人説立業比成家
還難〕。

寺門 ji⁶ mun⁴ 寺廟。

自 ji⁶ 助詞，經常與否定副詞（"咪"、
"唔"、"未" 等）和動詞配合使用，有
"先別"、"暫時不⋯⋯" 的意思：你
咪去 ～〔你先別去〕｜咪行 ～〔先別

走〕｜而家唔講 ～〔現在暫時不說〕｜
未得 ～〔還不行〕。

自不然 ji⁶ bed¹ yin⁴ 自然而然。

自動波 ji⁶ dung⁶ bo¹ 汽車的自動擋，
自動變速裝置。

自己工 ji⁶ géi² gung¹ 計件工。

自己友 ji⁶ géi² yeo⁵⁻² ❶ 自己人。❷ 志
趣相投的人。

自自然然 ji⁶ ji⁶ yin⁴ yin⁴ 自然而然：
細蚊仔 ～ 就學會〔小孩子自然而然
就會學好〕。

自乜來由 ji⁶ med¹ loi⁴ yeo⁴ 由於甚麼
原因：～ 佢會噉做〔甚麼原因會讓
他這樣做〕？

自細 ji⁶ sei³ 從小：佢 ～ 就中意讀書〔他
從小就喜愛讀書〕。

自梳 ji⁶ so¹ 舊時珠江三角洲一帶（主
要是順德、番禺、南海等縣）的女
子由於受族權、神權、夫權的壓迫
而有不結婚的風氣。女子到了成年
時，將辮子梳成髮髻，表示從此不
嫁人，叫“自梳”或“梳起”。

自梳女 ji⁶ so¹ nêu⁵⁻² 獨身女子。

自搵自食 ji⁶ wen² ji⁶ xig⁶ 自謀生計，
自己獨立生活：都三十歲咯，應
該 ～ 喇〔都三十歲了，應該自己獨
立生活了〕。

自然 ji⁶ yin⁴ 舒服，比喻沒有病痛：老
人家食得做得，都好 ～〔老人家能
吃能做，沒有病痛〕。（廣州話“唔自
然”是婉辭，病痛的意思。）

自在 ji⁶ zoi⁶ 舒服：後生仔唔好貪舒 ～
〔年輕人不要貪舒服〕。〖普通話的“自
在”有舒暢、自由、無拘束等意思，
跟廣州話的“自在”不完全相同。〗

字 ji⁶ 鐘錶上的“字”，表示五分鐘：坐
咗幾個 ～ 就走咯〔坐了一二十分鐘
就走了〕｜重有兩個 ～ 就開會咯〔還
有十分鐘就開會了〕。

字花 ji⁶ fa¹ 過去的一種賭博形式。

字墨 ji⁶ meg⁶ 文化；文化知識：佢唔
識 ～〔他沒有文化〕｜呢個人有啲
㗎〔這個人有點文化水平〕。

字粒 ji⁶ neb¹ 鉛字：執 ～〔排字〕。

治 ji⁶ 對付；制伏；鎮；降 (xiáng)：
等我嚟 ～ 佢〔讓我來對付他〕｜要
佢大佬至 ～ 得佢掂〔要他哥哥才鎮
得住他〕｜“生魚 ～ 塘蝨”〔俗語〕：
黑魚制伏鬍子鯰——喻一物降一物〕。

治邪 ji⁶ cé⁴ 辟邪（迷信用語，驅除邪惡
的意思）。

jib

接駁 jib³ bog³ 接力：我擔到村口你
嚟 ～〔我挑到村口你來接力〕。

接續 jib³ zug⁶ 接二連三地：喜訊 ～ 嚟
〔喜訊接二連三地傳來〕。

摺手工 jib³ seo² gung¹ 摺紙遊戲，用紙
摺疊成各種形狀。

jid

瀄 jid¹（節¹）❶ 擠壓（液體）：喺針筒裏
便 ～ 啲水出嚟〔從注射器裏面擠壓
一點水出來〕。❷ 噴射；濺：～ 到成
身都係水〔噴射得滿身都是水〕｜～
到一腳泥〔濺得滿腿泥漿〕。

鳜 jid¹（節¹）撓癢癢（抓腋下，使人發
癢）：～ 胳肋底〔撓胳肢窩〕｜～ 到
佢哈哈笑〔撓得他哈哈笑〕。

折墮 jid³ do⁶ ❶ 迷信用語，指因幹壞事
多而後來得到應有的報應。❷ 引申
作缺德，沒良心：唔好咁 ～ 呀〔別
那麼缺德〕｜真係 ～ 咯〔真缺德〕！

折頭 jid³ teo⁴ 折扣。

浙醋 jid³ cou³ 一種佐味醋，淡紅色。

節瓜 jid³ gua¹ 一種長圓形的瓜，類
似冬瓜，但個兒小而長。〖又叫“毛
瓜”。〗

jig

即管 jig¹ gun² 副詞，表示動作不受條件限制或不必考慮條件就可進行，相當於"儘管"、"只管"：有意見 ～ 提〔有意見儘管提〕| 你 ～ 攞去〔你儘管拿去〕。

即係 jig¹ hei⁶ 就是：你 ～ 話唔去嘅〔你就是說不去罷了〕| 一 ～ 一，二 ～ 二〔一就是一，二就是二〕。

即使間 jig¹ sei² gan¹ 即使；即便。

即食麵 jig¹ sig⁶ min⁶ 速食麵。

即時 jig¹ xi⁴ 當時：我 ～ 就簽咗名〔我當時就簽了名〕〖普通話「即時」是立即的意思〗。

跡 jig¹ 藍圖；設計圖：起屋先畫 ～〔蓋房子先畫藍圖〕| 畫個 ～ 出嚟再研究〔畫了設計圖再作研究〕。

漬 jig¹（讀音 ji³）❶ 污垢；髒東西：個碗生晒 ～〔碗積滿了垢〕| 茶 ～〔茶銹〕| 牀單有好多 ～ 洗唔甩〔牀單有很多髒東西，洗不掉〕。❷ 衣服上面的黑色霉點：汗 ～。〖普通話的"漬"是動詞，指油、泥等積在上面難以除去。〗

¹積 jig¹ 撲克牌中的"J"牌。〖"積"是英語 jack 的音譯詞。〗

²積 jig¹ ❶ 積累：～ 埋 ～ 埋 ～ 咗唔少〔一點一點地累積了不少〕。❷ 攢：你 ～ 埋咁多呢啲嘢做乜呀〔這些東西你攢那麼多幹甚麼〕。

積積埋埋 jig¹ jig¹ mai⁴ mai⁴ 陸續積累起來：～ 有一百多斤。

積陰功 jig¹ yem¹ gung¹ 積德。

織針 jig¹ zem¹ 毛衣針。

瘌 jig¹（積）疥積：生 ～〔生疥積〕| 細路仔吮手指容易生 ～〔小孩吮手指容易生疥積〕。

瘌滯 jig¹ zei⁶ 消化不良。

織 jig¹ ❶ 織：～ 布〔織布〕。❷ 編：～ 蓆〔編蓆子〕| ～ 籮〔編籮筐〕。❸ 打（毛衣等）：～ 冷衫〔打毛衣〕。

織蟀 jig¹ zêd¹ 蟋蟀。

直白 jig⁶ bag⁶ 直率；坦白：～ 講〔坦率地說〕| 佢講話好 ～ 㗎〔他說話是很坦率的〕。

直板 jig⁶ ban² 挺括，無褶皺（多指新鈔票等）。

直筆甩 jig⁶ bed¹ led¹（甩，啦一切）筆直的；直直的：呢條馬路 ～ 嘅〔這條馬路筆直的〕| 成個人 ～ 噉企喺度〔整個人直直的站在那兒〕。

直程 jig⁶ qing⁴ ❶ 直接；逕直：你 ～ 入去得咯〔你直接進去得了〕| 我 ～ 去工廠。❷ 當然；肯定：～ 係啦〔當然是啦〕。

直身裙 jig⁶ sen¹ kuen⁴ 下襬較窄的西式連衣裙。

直頭 jig⁶ teo⁴ 一直；直接：～ 去學校 | 佢開完會 ～ 翻屋企〔他開完會直接回家〕。

直通巴士 jig⁶ tung¹ ba¹ xi² 長途直達公共汽車。

jim

*占 jim¹ 果醬。〖"占"是英語 jam 的音譯詞。〗

尖筆甩 jim¹ bed¹ led¹（甩，啦一切）尖尖的：嗰個山 ～ 嘅〔那個山尖尖的〕| 鉛筆刻到 ～〔鉛筆削得尖尖的〕。

尖頭佬 jim¹ teo⁴ lou² 善於投機鑽營的人。

尖嘴雞 jim¹ zêu² gei¹ 說話尖酸刻薄的人。

沾寒沾凍 jim¹ hon⁴ jim¹ dung³（身體感覺）忽冷忽熱：你覺得 ～ 嘅話就係發燒喇〔你覺得忽冷忽熱的話就是發燒了〕。

J

粘米 jim¹ mei⁵ ❶ 粳米；籼米(米細長、質量較好)。❷ 泛指一般非黏性米。

粘仔 jim¹ zei² 同"粘米"❶。

樴 jim¹ ❶ 打入楔子：～實榫口〔用楔子接牢榫口〕。❷ 從中間插進：～隊〔加塞兒〕。

樴隊 jim¹ dêu⁶⁻² 加塞兒；不按次序，插進排好的隊：大家守秩序，唔好 ～〔大家遵守秩序，不要加塞兒〕。

樴頭對腳 jim¹ teo⁴ dêu³ gêg³ 兩人同牀，各睡一頭：呢張牀咁窄，～ 至瞓得落〔這張牀那麼窄，一人睡一頭才睡得下〕。

樴頭到腳 jim¹ teo⁴ dou³ gêg³ 同上。

jin

揃(煎) jin¹ 撕；剝：～咗張郵票出嚟〔把郵票撕了出來〕｜ ～ 牛皮〔剝牛皮〕。

煎饉 jin¹ dêu¹ 一種油炸食物，糯米粉作皮，爆穀、瓜子、芝麻、白糖或豆沙作餡，圓球形。一般春節時吃。

氈(氊) jin¹ 毯子：羊毛 ～ ｜ 棉 ～ ｜ 地 ～ 。

*氈酒 jin¹ zeo² 杜松子酒。〖"氈"是英語 gin 的音譯。〗

薦褥 jin³ yug⁶⁻² 褥子。

煎 jin³ ❶ 久熬，慢慢地煎：～豬板油〔把豬板油煉出油來〕｜ ～ 藥〔熬藥〕。❷ 把生的油燒成熟油：～啲熟油淋上青菜度〔熱點熟油澆到青菜上去〕。與作為烹飪方法之一的"煎" jin¹ 不同。

箭豬 jin³ ju¹ 豪豬。

脮(腱) jin²(展) 牛羊的腱子肉；人身上發達的肌肉：手瓜起 ～〔胳膊上起了腱子〕。

薦 jin³ 墊：～枱腳〔墊桌腿〕｜ ～ 高

啲枕頭〔把枕頭墊高一點〕｜ ～ 一張紙。

賤格 jin⁶ gag³ 下賤(罵人的話)。

纏腳娘 jin⁶ gêg³ nêng⁴⁻¹ (纏，讀音 qin⁴) 小腳女人；纏腳女人。

jing

蒸生瓜 jing¹ sang¹ gua¹ 指不靈活、笨頭笨腦的人。

精靈 jing¹ ling⁴⁻¹ 機靈：你夠晒 ～ 㗎喇〔你真夠機靈的〕。與作為名詞的"精靈" jing¹ ling⁴ 的聲調不同。

精神 jing¹ sen⁴ ❶ 形容人由於衣着整潔、儀表美好而顯得有氣質：着起件制服好 ～〔穿起制服真神氣〕。❷ 精神好，神采奕奕：都八九十歲咯重咁 ～〔都八九十歲了，還那麼神采奕奕〕。❸ 形容人身體狀況好：食咗藥，～咗好多〔吃了藥，感覺好多了〕。

精神爽利 jing¹ sen⁴ song² léi⁶ 精神飽滿，心情舒暢：佢老人家 ～〔他老人家精神飽滿，心情舒暢〕。

整 jing² ❶ 整理：～ 資料。❷ 弄；搞：我啲書你唔好 ～ 亂晒吓〔我的書你別弄亂了啊〕｜ ～ 乜嘢鬼呀〔搞甚麼鬼〕! ❸ 做：你哋想 ～ 邊一種花款吖〔你們想做哪一種款式呢〕? ｜ ～個公仔畀細路仔玩下〔做個小人兒給小孩玩玩〕。❹ 修理：修橋 ～ 路〔修橋補路〕｜我幫你 ～ 番好喇〔我幫你修理好了〕。

整菜 jing² coi³ 同"整餸"。

整定 jing² ding⁶ 某種客觀規律決定；注定：侵略者 ～ 要失敗〔侵略者注定要失敗〕。

整古(蠱) jing² gu² 捉弄：唔好 ～ 人〔不要捉弄人〕｜成日 ～ 人，真衰〔整天捉弄人，真缺德〕!

整蠱弄怪 jing² gu² lung⁶ guai³ 做鬼臉；

故意出洋相；做小動作：唔好再 ～
引人笑喇〔別再做鬼臉逗人笑了〕。

整鬼 jing² guei² 作弄：唔好成日 ～ 人
〔別整天作弄人〕。

整鬼整怪 jing² guei² jing² guai³ 同 “整
蠱弄怪”。

整鬼整馬 jing² guei² jing² ma⁵ 對人不滿
時發出來的怨言，有 “（還）搞甚麼
鬼” 的意思：畀佢搞壞咯，重 ～ 咩
〔給他弄壞了，還搞甚麼〕！

整餸 jing² sung³（餸，送）弄菜（指烹
調菜餚）：我好識 ～ 食〔我很會弄菜
吃〕。

整色水 jing² xig¹ sêu² 比喻裝模作樣或
作表面功夫：冇就冇，何必 ～ 吖〔沒
有就沒有，何必裝模作樣呢〕｜ 佢
係 ～ 之嘛〔他是故作姿態罷了〕。

整食 jing² xig⁶ 烹飪；烹調；弄吃。

¹正 jing³ ❶ 十足的：～ 膽小鬼。❷ 地
道的：呢啲係 ～ 英德紅茶〔這是地
道的英德紅茶〕。

²正 jing³（又音 zéng³）剛好符合：話
到 ～ 晒〔説得剛好符合〕。

³正 jing³ 陽光的輻射熱或反射熱：晏晝
日頭好 ～〔中午太陽很熱〕｜ 企喺呢
度好 ～〔站在這兒很熱〕。

正喺度 jing³ hei² dou⁶ 正在：我哋 ～
討論緊你嘅申請〔我們正在討論你的
申請〕。

正係 jing³ hei⁶ 正因為是（這樣）：～ 噉
樣先叫你去〔正因為是這樣才叫你去〕。

正氣 jing³ héi³ 指食物清涼而性不寒，
有一定營養價值：～ 馬蹄粉｜ ～ 葛
菜湯。

正行 jing³ hong⁴ 正當的職業。

正其時 jing³ kéi⁴ xi⁴ 正是時候，正當
其時：天冷咯，而家食羊肉正 ～〔天氣
冷了，現在吃羊肉正是時候〕。

正啱 jing³ ngam¹（啱，岩 ¹）剛好；正
巧；正合適：呢件衫 ～ 你着〔這件

上衣正合適你穿〕｜ 當時你 ～ 喺度〔當
時你剛好在場〕。

正話 jing³ wa⁶（又音 zéng³ wa⁶）副詞。
❶ 剛才；剛剛：～ 入嚟嗰個人係邊
個〔剛才進來的那個人是誰〕？｜ ～
講你嚟〔剛説你來着〕。❷ 正在：呢
個問題 ～ 研究緊〔這個問題正在研
究〕。❸ 正；正要：我 ～ 想搵你傾
下〔我正要想找你談一下〕｜ ～ 要去
翻工，你就嚟咗〔正要去上班，你就
來了〕。

正式 jing³ xig¹ 同下。

正一 jing³ yed¹ 真是；十足；確屬；～
係好人〔真正是好人〕。

淨 jing⁶ 光；僅；只：～ 會講，唔會
做係唔得㗎〔只會講，不會做是不行
的〕｜ ～ 你一個人嚟咩〔光是你一個
人來嗎〕？

淨係 jing⁶ hei⁶ ❶ 單是；只是；僅僅；
光：～ 一種顏色〔單是一種顏色〕｜ ～
你一個人喺屋企咩〔光你一個人在家
嗎〕？❷ 盡是；全是：你嗰個車間 ～
廣東人咩〔你那個車間全是廣東人
嗎〕？❸ 老是：唔好 ～ 問人〔別老
問人〕。

淨只 jing⁶ ji² 只剩下；只有；僅僅：
到最後 ～ 我哋三個人爬到山頂〔到
最後只剩下我們三個人登上山頂〕｜
唔 ～ 我一個人睇見〔不是只有我一
個人看見〕。

淨麵 jing⁶ min⁶ 素麵條；陽春麵：淥
一碗 ～〔煮一碗素麵條〕。

剩得 jing⁶ deg¹（剩，讀音 xing⁶）❶ 只
有：～ 我一個人知到〔只有我一個
人知道〕。❷ 只剩下：～ 呢個重未爛
〔只剩下這個還沒有破〕。

剩番 jing⁶ fan¹ 剩下；只剩：～ 兩個｜ ～
地理未考完〔只剩地理還沒考完〕。

靜雞雞 jing⁶ gei¹ gei¹ ❶ 靜悄悄：點解
呢度 ～ 嘅〔為甚麼這裏靜悄悄的〕？

J

❷ 悄悄地：佢 ～ 噉坐喺度〔他悄悄地坐在這裏〕。

靜局 jing⁶ gug⁶ 僻靜，寂靜：住喺郊區有啲 ～〔住在郊區有點兒僻靜〕。

靜水 jing⁶ sêu² 性格、舉止文雅安靜。

靜英英 jing⁶ ying¹ ying¹ 靜悄悄；靜靜地：大家 ～ 噉聽〔大家靜靜地聽着〕｜夜晚黑周圍都 ～〔夜裏到處都靜悄悄的〕。

jiu

招呼 jiu¹ fu¹ ❶ 打招呼：見人要 ～｜嚟到呢度應該 ～ 一聲嘛〔來到這裏該打個招呼嘛〕。❷ 招待：你好好 ～ 你嘅同學吓〔你好好招待你的同學啊〕。

招紙 jiu¹ ji² ❶ 海報；牆上的廣告。❷ 商品上標有產品商標、生產廠家內容的説明書。

招積 jiu¹ jig¹ 洋洋自得並傲視他人；顯擺：你唔使喺度 ～ 成噉〔你不必在這裏顯擺得這個樣子〕｜睇佢得啲成績就咁 ～〔看他得到一點成績就那麼洋洋自得〕。

招郎入舍 jiu¹ long⁴ yeb⁶ sé³ 招贅。

招牌菜 jiu¹ pai⁴ coi³ 代表飯店水準的特色菜餚。也可以説"招牌點心""招牌飯"等。

招牌飯 jiu¹ pai⁴ fan⁶ 一種配好肉菜的蓋飯。

招人仇口 jiu¹ yen⁴ seo⁴ heo² 招惹仇恨；討人嫌。

朝 jiu¹ ❶ 早上：我等你幾 ～ 㗎喇〔我等了你幾個早上的了〕｜～ ～ 都鍛煉〔每天早上都鍛煉〕。❷ 天（較少用）：三 ～ 回門〔女子婚後第三天回娘家〕。

朝九晚五 jiu¹ geo² man⁵ ng⁵ 稱有些單位（如某些公司）早上九點上班，下午五點下班的作息制度。

朝頭夜晚 jiu¹ teo⁴ yé⁶ man⁵ 早晚；早晨和晚上：我 ～ 都要到外便行下〔我早晚都到外面走走〕。

朝頭早 jiu¹ teo⁴ zou² 早晨；早上：～ 做早操。

朝早 jiu¹ zou² 同上。

蕉 jiu¹ 香蕉、芭蕉等的統稱。

蕉蕾 jiu¹ lêu⁴ 芭蕉或香蕉果實串末端的花蕾。

照 jiu³ 當；對着；迎：～ 頭一棍〔當頭一棒〕｜～ 頭淋〔迎頭澆〕。

照板煮碗 jiu³ ban² ju² wun² 依樣畫葫蘆：～ 抄一份就得喇〔依樣畫葫蘆抄一份就行了〕。〚又作"照板煮糊"。〛

照單執藥 jiu³ dan¹ zeb¹ yêg⁶ 比喻按照開列的事項去辦。

照計 jiu³ gei³ 照理；照估計：～ 今年一定會豐收嘅〔照理今年一定會豐收的〕｜～ 佢琴日應該翻嚟〔照理他昨天應該回來〕。

照……可也 jiu³…ho² ya⁵ 中間嵌上動詞，表示理直氣壯地去做某事：你唔使理，照食可也〔你不用管，照吃不誤〕。

照直 jiu³ jig⁶ ❶ 一直，不拐彎：你 ～ 行就得嘞〔你一直走就行了〕。❷ 據實：你 ～ 講。

照住 jiu³ ju⁶ ❶ 照顧着，指請別人照顧自己的東西或小孩：唔該你同我 ～ 啲行李啦〔謝謝你幫我照顧一下我的行李〕。❷ 依仗有權勢的人來護衛：你以為有老豆 ～ 你就唔怕啦〔你以為有老爹護着你就不怕了〕？

照殺 jiu³ sad³ ❶ 賭場莊家贏了，把各人所押的賭注吃了叫"殺"或"照殺"。❷ 答應做某事時，表示堅決而有把握：呢件事幾大都 ～〔這件事（我們）怎麼也要完成〕。

嗼 jiu⁶ 嚼：食嘢要 ～ 爛先吞〔吃東西要嚼爛了才嚥〕｜～ 唔郁〔嚼不動〕。

〖"嗽"普通話多用於文言或書面語的
語句裏。〗

搋（搣，嗽） jiu⁶（趙） 狠揍；痛打：～
佢一輪〔痛打一頓〕｜ ～ 到佢瞓晒〔把
他揍癱了〕。

ju

朱咕叻（朱古力） ju¹ gu¹ lig¹ 巧克力。
〖"朱古力"是英語 chocolate 的音譯
詞。〗

朱油 ju¹ yeo⁴⁻² 濃醬油，臘臘味或燉肉
時用。

朱義盛 ju¹ yi⁶ xing⁶⁻² 仿金首飾。引申
為贗品、冒牌貨：呢啲係 ～ 嚟㗎〔這
些是冒牌貨〕。（"朱義盛"是廣州
早年一家有名的專售仿金首飾的商
號。）

珠豆 ju¹ deo⁶⁻² 一種顆粒小的花生。

珠被 ju¹ péi⁵ 線毯：～ 可以墊牀又可
以用嚟拡〔線毯既可以墊牀又可以用
來蓋〕。

珠羅 ju¹ lo⁴ 一種稀疏但結實的紗。

豬 ju¹ 愛稱小孩：乖 ～ ｜ 曳～〔淘氣
鬼〕｜ 爛瞓 ～〔愛睡的小傢伙〕。

豬八怪 ju¹ bad³ guai¹ 指相貌醜陋的人。

豬腸粉 ju¹ cêng⁴⁻² fen² 熟米粉捲兒。
又叫"腸粉"。

豬兜肉 ju¹ deo¹ yug⁶ 豬腮幫上的肉。

豬花 ju¹ fa¹ 小豬崽。

豬腳 ju¹ gêg³ 豬蹄（多指豬的後蹄）；
豬爪尖兒。

豬腳筋 ju¹ gêg³ gen¹ 豬蹄筋。

豬腳薑 ju¹ gêg³ gêng¹ 廣東民俗，產婦
坐月時要吃甜醋燉豬蹄老薑，又稱
薑醋。

豬肝色 ju¹ gon¹ xig¹ 褐色；醬色。

豬膏 ju¹ gou¹ 豬油；板油；大油：煎 ～
〔煉豬油〕。

豬公 ju¹ gung¹ 公豬。

豬紅 ju¹ hung⁴ 豬血（婉辭）：～ 粥 ｜ ～
湯。

豬薖 ju¹ lai¹ 一窩小豬裏長得最小的
豬。

豬欄 ju¹ lan⁴⁻¹ 專門買賣生豬的商行或
市場。

豬脷 ju¹ léi⁶ 豬舌頭；豬口條。

豬料 ju¹ liu⁶ 由豬血混和石灰製成的填
充料。

豬郎 ju¹ long⁴ 種豬。

豬陸 ju¹ lug⁶ 豬圈。

豬籠車 ju¹ lung⁴ cé¹ 木板車；排子車。

豬嘜 ju¹ meg¹（嘜，麥¹） 蠢豬；豬一樣
的蠢（罵人的話）。

豬網油 ju¹ mong⁵ yeo⁴ 豬的網膜；水
油。

豬㜪 ju¹ na²（㜪，拿²） 母豬。

豬㜪菜 ju¹ na² coi³ 莙薘菜；牛皮菜。

豬尿煲 ju¹ niu⁶ bou¹ 豬膀胱；豬小肚。

豬扒 ju¹ pa⁴⁻² 豬排（西餐菜名）：焗 ～
飯〔爛豬排飯〕｜ 炸 ～。

豬朋狗友 ju¹ peng⁴ geo² yeo⁵ 不三不四
的朋友。

豬奀腩 ju¹ peo³ nam⁵（奀，破漚切） 同
"奀腩"。

豬生腸 ju¹ sang¹ cêng⁴ 母豬的子宮。

豬潲 ju¹ sao³ 豬食。

豬上雜 ju¹ sêng⁶ zab⁶ 豬上水（豬的心
肝肺）。

豬手 ju¹ seo² 豬的前蹄。一般亦稱"豬
腳"。

豬頭 ju¹ teo⁴ 相貌醜陋的人；愚笨的人。

豬頭丙 ju¹ teo⁴ bing² 同"豬頭三"。

豬頭骨 ju¹ teo⁴ gued¹ 比喻難辦的事。

豬頭三 ju¹ teo⁴ sam¹ 指愚蠢的人。

豬天梯 ju¹ tin¹ tei¹ 作為食品的豬上顎。

豬肚綿 ju¹ tou⁵ min⁴ 絲綿（指做成片狀
的絲綿）。

豬橫脷 ju¹ wang⁴ léi⁶（脷，利） 豬的沙
肝兒。

J

豬屎鴟 ju¹ xi² za² 喜鵲。

豬膶 ju¹ yên² (膶，潤²) 豬肝兒。〖廣州話"肝"與"乾"同音，因忌諱而把"肝"改為"滋潤"的"潤"，寫作"膶"。〗

豬雜 ju¹ zab⁶ 豬雜碎。

豬蹄 ju¹ zang¹ 豬肘子。

豬蹄肉 ju¹ zang¹ yug⁶ (蹄，爭) 豬小肘。

豬仔 ju¹ zei² ❶ 小豬。❷ 被收買了的：～議員｜佢做咗～〔他被收買了〕。❸ 被賣到國外去做苦工的人：佢嗰年賣 ～ 去咗南洋〔他那年被賣到南洋做苦工去了〕。

諸事 ju¹ xi⁶ ❶ 多管閒事：你咪咁 ～ 啦〔你別多管閒事了〕｜ ～ 婆〔多管閒事的大媽〕｜ ～ 丁〔好管閒事的人〕。❷ 同"諸事理"。

諸事理 ju¹ xi⁶ léi⁵ 愛管閒事的人。

煮 ju² 煮；燒；做：～ 飯〔燒飯；做飯〕｜ ～ 水。

煮重米 ju² cung⁵ mei⁵ (在上級或長輩面前) 誇大別人的不是：佢呢個人中意 ～〔他這個人喜歡在領導面前誇大別人的不是〕｜ 佢畀人 ～ 咯〔他被別人在領導面前說了壞話〕。

煮飯婆 ju² fan⁶ po⁴⁻² 戲稱妻子。

煮飯仔 ju² fan⁶ zei² 過家家，兒童的一種遊戲，模仿成年人的生活。(又叫"煮飯家"。)

煮鬼 ju² guei² 背後指控 (含貶義)。

煮食 ju² xig⁶ 做飯：翻去 ～〔回去做飯〕｜有人 ～ 嗎？

蛀米大蟲 ju³ mei⁵ dai⁶ cung⁴ 米蟲，飯桶 (比喻只會吃飯，不會或不願意幹事的人)。

住 ju⁶ 助詞。❶ 用在動詞後，表示動作的持續，相當於"着"：你攞 ～ 乜嘢〔你拿着甚麼〕？｜等 ～ 佢〔等着他〕。❷ 同"自"條。〖除上述用法外，還可以作補語，這點與普通話相同，如：好好記 ～ 老師嘅教導〔牢牢

記住老師的教導〕。〗

住家工 ju⁶ ga¹ gung¹ 家庭保姆的工作：打 ～〔當家庭保姆〕。

住家男人 ju⁶ ga¹ nam⁴ yen⁴ 暫時沒有工作的男人。

住家艇 ju⁶ ga¹ téng⁵ 過去珠江三角洲各地的疍民 (水上居民) 只用於居住而不用於生產或運輸的小船。

住埋 ju⁶ mai⁴ 同居：兩個人 ～ 一度〔兩個人住在一起〕。

住年妹 ju⁶ nin⁴⁻² mui⁶⁻¹ 舊時指年齡較大的，非賣身的婢女，其地位比傭人低，一般沒有工資。

住年仔 ju⁶ nin⁴ zei² 指舊時長年在某一店舖打工的年輕店員。

住月 ju⁶ yüd⁶ 坐月子。

箸筒 ju⁶ tung⁴ 筷子筒。

jud

啜 jud³ ❶ 吸飲；吸食：～ 奶。❷ 親吻：～ 咗一啖〔親了一口〕。

絕情 jud⁶ qing⁴ 無情；不夠朋友：噉做未免 ～ 啲〔這樣做未免有點不夠朋友〕。

jun

專登 jun¹ deng¹ ❶ 專門：呢味餸係 ～ 整畀你食嘅〔這個菜是專門做給你吃的〕。❷ 故意：佢 ～ 做畀你睇〔他故意做給你看〕。

磚 jun¹ 量詞。用於形狀近似磚塊的東西：一 ～ 腐乳｜一 ～ 豆腐。

轉下眼 jun² ha⁵ ngan⁵ 一轉眼：～ 又開學咯〔一轉眼又到開學時候了〕｜ ～ 咁高咯〔一轉眼長得這麼高了〕。

轉角 jun² gog³ 拐彎的地方。

轉口 jun² heo² 改口，改變説法：你唔能夠一下又 ～ 唔承認㗎〔你不能一

下子又改口不承認〕。

轉行 jun² hong⁴ 轉業；改行。

轉聲 jun² séng¹ ❶ 聲音改變了：我重感冒，你聽都 ～ 咯〔我得了重感冒，你聽聲音都變了〕。❷ 男孩進入青春期聲音改變：佢重未 ～〔他還沒有變聲〕。

轉軚 jun² tai⁵ 軚，船舵、車駕駛盤。轉動原來的方向，比喻改變主意：呢個精仔一見情況變化就即刻 ～〔這個機靈鬼一見情況變化就馬上改變主意〕。

轉頭 jun² teo⁴ 回頭：～ 嚟過〔回頭再來〕｜ ～ 話你聽〔回頭再告訴你〕。

轉性 jun² xing³ 性情改變。一般指到了一定年紀的人在性格、愛好上有比較明顯的改變，或指人遇到重大的刺激或意外事（如疾病）後，性格起了較大的變化。

轉 jun⁶ ❶ 漩渦：河轉彎嗰度有個 ～，唔游得水〔河拐彎那裏有一個漩渦，不能游泳〕。❷ 髮旋。

K

ka

卡 ka¹ ❶ 車皮；車廂。一個 ～。❷ 量詞，用於車皮、車廂：一 ～ 貨物｜第八 ～。

卡口 ka¹ heo² 收費的關卡。

卡住 ka¹ ju⁶ ❶ 壓住：呢次比賽我哋第一佢哋第二，又 ～ 佢哋咯〔這次比賽我們第一他們第二，又壓住他們了〕。❷ 卡壓，阻壓：佢唔能夠升職都因為嗰個人 ～〔他不能提升都因為那個人卡壓着〕。

卡拉 ka¹ la⁴ 彩色（相片）。〖"卡拉"是英語 colour 的音譯詞。〗

卡通片 ka¹ tung¹ pin³⁻² 動畫電影片。〖"卡通"是英語 cartoon 的音譯詞。〗

卡位 ka¹ wei⁶⁻² 酒樓餐廳中一種半阻隔的座位，形如火車車廂的座位。

卡士 ka¹ xi⁶ 演員表。〖"卡士"是英語 cast 的音譯詞。〗

卡式機 ka¹ xig¹ géi¹ 盒式收錄機。〖"卡式"是英語 cassette 的音譯。〗

卡罅 ka³ la³ 兩物之間的間隙；縫兒：山 ～〔山谷；山口〕。

kai

楷 kai² 量詞，用於柚子、柑桔瓣兒：一 ～ 沙田柚。

揩（搣） kai³ 將；把（廣州少用）：你 ～ 佢點呀〔你把他怎麼處置啊〕。

kao

靠滾 kao³ guen² 指人專門以欺騙手段攞取他人財物：呢個人成日 ～ 呃人〔這個人整天靠詐騙騙人〕。

靠害 kao³ hoi⁶ 坑人；害人(存心害人)：你噉搞唔係 ～ 咩〔你這樣搞不是存心害人嗎〕？咪 ～ 啦〔別害人了〕。

靠藉 kao³ qi¹ 指人專門佔別人便宜，多指蹭飯蹭吃：有啲人食煙唔買煙，成日 ～〔有的人抽煙不買煙，全靠蹭別人的煙來抽〕。

ké

屎 ké¹（茄 ¹）❶ 屎。❷ 一種口頭禪，沒有實際的詞彙意義，但有不滿、輕

蔑的感情色彩：唔 ～ 去〔不去〕｜
咪 ～ 要〔不要〕！

*茄喱啡 ké¹ lé¹ fé¹ 無關重要的角色。

*茄士咩 ké¹ xi⁶ mé¹ 開士米。用山羊絨
　製成的毛線或織品。〖"茄士咩"是英
　語 cashmere 的音譯詞。〗

茄瓜 ké² gua¹ 同"矮瓜"。

茄汁 ké² zeb¹ 番茄汁；番茄醬。

茄醬 ké² zêng³ 番茄醬。

騎膊馬 ké⁴ bog³ ma⁵ 小孩騎在大人的
　肩上。

騎劫 ké⁴ gib³ 打劫，搶劫：因住賊佬
　專門 ～ 啲老人〔當心盜賊專門搶劫
　那些老人〕。

騎呢 ké⁴ lé⁴（呢，羅耶切）❶ 人的服飾或
　姿態奇形怪狀。❷ 彆扭；尷尬：瞰樣
　唔係好 ～ 咩〔這樣不是很彆扭嗎〕?

騎呢蝸 ké⁴ lé⁴ guai² ❶ 蛙的一種，體
　瘦，生活在樹上，善跳，體色和枝幹
　相似。❷服飾或姿態奇形怪狀的人。

騎樓 ké⁴ leo⁴⁻² ❶ 跨過人行道的樓房。
　❷ 陽台。❸ 走廊（屋前半露天的過
　道）。

騎樓底 ké⁴ leo⁴ dei² 上面有樓房的人行
　道。

kê

抾(㧬) kê¹（卡靴切）搉(揉搓成團)：～
　埋一嚿〔搉成一團〕。

跔(痀) kê⁴（卡靴⁴切）(手足) 凍僵：
　凍到手都 ～ 晒〔凍得手都僵了〕。

keb

扱 keb¹（吸）罩；扣；蓋：搵紗罩 ～
　實啲餸〔用紗罩把這些菜罩上〕｜
　攞個碗 ～ 實個碟〔拿個碗把碟子扣
　上〕｜～ 印〔蓋章〕。

扱 keb⁶（及）(動物) 迅速而大口地咬：

界狗 ～ 咗一啖〔給狗咬了一口〕。

㩴 keb⁶（給⁶）盯，目不轉睛地盯着：～
　實佢〔緊緊盯着他〕。

ked

¹咳 ked¹ 咳嗽。〖普通話除"百日咳"、"止
　咳藥"等外，一般都用"咳嗽"。〗

*²咳 ked¹ 使中斷。〖"咳"是英語 cut 的
　音譯詞。〗

咭片 ked¹ pin³⁻²（咭，卡一切）人名卡片。
　〖"咭"是英語 card 的音譯。〗

keg

搉 keg¹（卡握切）❶ 卡 (qiǎ)：嗰條棍 ～
　實喺裏頭，拎唔出〔那條棍子卡死在
　裏頭，拿不出來〕。❷ 坎（指像梯級
　的東西）：擔挑兩頭有個 ～〔扁擔兩
　端有個坎〕｜佢嘅頭髮飛得一個 ～〔他
　的頭髮剪成一個坎〕。

搉手 keg¹ seo²（搉，卡握切）棘手；難
　辦：你件事好 ～〔你的那件事很棘
　手〕。

kég

屐 kég⁶ 木屐；木板拖鞋。〖普通話的
　"屐"字只出現在"木屐"、"屐履"等
　詞中，一般不獨用；而且除作"木板
　鞋"解外，還泛指一般鞋，詞義範圍
　比廣州話大。〗

劇集 kég⁶ zab⁶ 電視連續劇。

kei

溪錢 kei¹ qin⁴ 紙錢(迷信用品)。

契 kei³ 認乾親戚；～ 咗佢做仔〔認了
　他做乾兒子〕。

契弟 kei³ dei⁶ 罵人的話，相當於"王

八”、“混蛋” 等。

契家佬 kei³ ga¹ lou² 情夫；姘頭。

契家婆 kei³ ga¹ po⁴ 情婦；姘頭。

契媽 kei³ ma¹ 乾媽。

契𡛕 kei³ na² (𡛕，拿²) 同上。

契相知 kei³ sêng¹ ji¹ 舊時風俗，立志不嫁的女子相約守志。

契爺 kei³ yé⁴ 乾爹。

契仔 kei³ zei² 乾兒子。

kéi

K 客 kéi¹ hag³ 戲稱來自香港的客人。

畸士 kéi¹ xi² 案件；事件。〖“畸士” 是英語 case 的音譯詞。〗

祈福 kéi⁴ fug¹ 請道士設壇唸經，求神降福。

旗下佬 kéi⁴ ha⁶⁻² lou² 旗人，即滿族八旗人。

奇 kéi⁴ 奇怪：呢件事真係 ～ 喇〔這件事情真奇怪了〕。

奇異果 kéi⁴ yi⁶ guo² 獼猴桃。〖“奇異” 是英語 kiwi 的音譯。〗

棋屎 kéi⁴ xi² 指棋藝不高明的人。

蜞𡛕 kéi⁴ na² (𡛕，拿²) 螞蟥。

企 kéi⁵⁻² 家：喺 ～〔在家〕｜翻 ～〔回家〕。〖“企” 是 “屋企” 的省略，用法僅限於上面的例子。〗

企定 kéi⁵ ding⁶ ❶ 站住：～ 喺處〔站在那裏〕。❷ 事先站着（在某處）：你 ～ 喺門口等佢啦〔你先站在門口等他吧〕。

企街 kéi⁵ gai¹ 婉辭，指站在街邊攬客的妓女。

企起身 kéi⁵ héi¹ sen¹ 站起來：～，睇下你有幾高〔站起來，看看你有多高〕。

企位 kéi⁵ wei⁶⁻² 車、船或一些需買票進入的場所的站位，即站立的位置：坐位冇嘞，買 ～ 啦〔坐位沒有了，買站位吧〕。

企穩 kéi⁵ wen² 站住腳。指人在新的環境裏，生活、工作、事業等已經穩定。

企 kéi⁵ ❶ 站：～ 起身〔站起來〕｜～ 喺度〔站在這兒〕。❷ 立：啲書 ～ 起嚟放〔書立着放〕。❸ 直立（接近垂直）：竹竿放得太 ～，因住跌〔竹竿放得太直了，小心倒下來〕。

企㝵 kéi⁵ dung⁶（㝵，洞）舊式店舖門口防盜用的活動粗木柱。

企理 kéi⁵ léi⁵ 整齊而清潔：間屋執得幾 ～〔房子收拾得很整潔〕。

企領 kéi⁵ léng⁵ 豎領。

企歪啲 kéi⁵ mé² di¹（歪，摸扯切；啲，多衣切）讓開一點：唔該 ～〔請讓開一點；借光〕！

企身 kéi⁵ sen¹ 同類器物中較高的一種：～ 盆｜～ 碗。

企身煲 kéi⁵ sen¹ bou¹ 一種身高的砂鍋，熬湯等用。

企堂 kéi⁵ tong⁴⁻² 舊時稱茶樓的招待員。

企堂 kéi⁵ tong⁴ 過去學校處罰學生的一種手段，罰學生在課堂上站着。

企人邊 kéi⁵ yen⁴ bin¹ 立人旁；單立人兒（漢字偏旁“亻”）。

kem

禁 kem¹（讀音 gem³）經得起；耐：～ 用｜～ 磨｜身子好嘅人 ～ 冷又 ～ 熱〔身體好的人耐寒又耐熱〕｜十年咁耐 ～ 等咯〔十年那麼久，夠等的〕。〖普通話 “禁 (jīn)” 只表示 “耐穿”、“耐用” 等意思，廣州話 “禁” 的詞義較廣。〗

禁得睇 kem¹ deg¹ tei² 耐看，百看不厭。轉指人相貌俊美，經得起挑剔：呢個女仔青淨白靚，好 ～〔這女孩肌膚白皙漂亮，怎麼看都順眼〕。

K

禁計 kem¹ gei³　數目複雜，難以計算。引申指數目龐大：全廠一萬幾人，開銷幾 ~ 㗎〔全廠一萬多人，開銷夠可以的〕。

禁行 kem¹ hang⁴　指路途遙遠，走半天還沒到達：八十里路咁遠，~ 咯〔八十里路這麼遠，夠你走的〕。

禁諗 kem¹ nem²〔諗，呢砍切〕費腦筋：呢道題 ~ 咯〔這個題目費腦筋啊〕。

禁死 kem¹ séi²　不易死（生命力強）：蟛蟧好 ~，你打極都唔死〔螞蟻生命力很強，你怎麼打也不死〕。

禁新 kem¹ sen¹　耐用而不顯舊：呢種顏色最 ~〔這種顏色最耐新〕。

禁睇 kem¹ tei²　耐看，看很久也不覺得厭煩。

禁做 kem¹ zou⁶　工作費時：搞呢種工程好 ~ 嘅〔搞這種工程夠你幹的〕。

襟章 kem¹ zêng¹　徽章；胸章。

襟兄弟 kem¹ hing¹ dei⁶　連襟，姐妹丈夫的互稱。

扻 kem²〔琴²〕　❶ 蓋：~ 被｜~ 蓋〔蓋蓋兒〕。❷ 用手掌從上往下打：~ 一巴掌。

扻斗 kem² deo²　倒閉(指工廠、商店等)。

扻檔 kem² dong³　倒閉（多指小商店、貨攤）。

扻賭 kem² dou²　掃除賭窩，捉拿賭徒。

琴晚 kem⁴ man⁵　昨晚；昨夜。

琴晚黑 kem⁴ man⁵ hag¹　同上。

琴晚夜 kem⁴ man⁵ yé⁶　昨晚，昨天夜裏。

琴日 kem⁴ yed⁶　昨天。〖由於同化作用，也變讀作 kem⁴ med⁶，音如"琴物"。〗

擒 kem⁴　爬；攀登：~ 樹｜唔好 ~ 咁高〔別爬那麼高〕。

擒青 kem⁴ céng¹〔青，讀音 qing¹〕　❶ 魯莽；莽撞：睇住嚟，咪咁 ~〔看着點，別那麼魯莽〕。❷ 匆匆忙忙的樣子：咁 ~ 去邊度〔這麼匆忙去哪兒〕？

擒擒青 kem⁴ men⁴ céng¹　同"擒青❷"。

擒騎 kem⁴ ké⁴　愛攀緣的；淘氣：呢個仔最 ~ 喇〔這孩子最愛爬上爬下〕。

蟛蜞 kem⁴ kêu⁴〔禽渠〕癩蛤蟆。

蟛蟧 kem⁴ lou⁴〔禽勞〕大蜘蛛。

蟛蟧絲網 kem⁴ lou⁴ xi¹ mong⁵⁻¹　蜘蛛網。

妗母 kem⁵ mou⁵　舅母。

妗婆 kem⁵ po⁴　舅奶奶（父親的舅母）。

妗有 kem⁵ yeo⁵　舅母（婉辭）。廣州話的母與表示沒有的"冇"同音，人們忌諱不吉利，把"冇"改作"有"。這說法僅見於廣東部分農村。

ken

勤力 ken⁴ lig⁶　❶ 勤奮；用功：~ 讀書。❷ 勤快；勤勞：佢做嘢好 ~〔他幹活很勤快〕。

keng

鯁 keng²（鯁，讀音 geng²）　❶ 噎：~ 親〔噎着了〕。❷ 嚥(yàn)：呢啖氣我 ~ 唔落〔這口氣我嚥不下〕。

鯁頸 keng² géng²（鯁，讀音 geng²）　❶ 噎（食物堵住食道）：食餅乾冇水飲好 ~ 㗎〔吃餅乾沒有水喝噎得慌〕。❷ (骨頭等）卡在喉嚨裏：魚骨 ~〔魚骨頭卡在嗓子裏〕。❸ 比喻功敗垂成：真 ~，差啲都唔得〔真糟糕，差一點兒都不成功〕。

𠺘 keng³　❶ (酒味) 醇厚；(煙) 勁足。❷ 有本事；有能耐：佢噉都做得，真 ~〔他這樣也能幹，真有本事〕。

kéng

噔 kéng⁴（求綾切）　物體四周的邊緣：缸 ~｜碗 ~｜帽 ~。

keo

摳 keo¹ 攪和；調；對：黃泥 ～ 沙 | 牛奶 ～ 水 | 紅色 ～ 藍色變紫色。

摳亂 keo¹ lün⁶ 摻和；混雜：呢兩種穀種咪 ～ 呀〔這兩種稻種別摻和在一起了〕。

溝渠 keo¹ kêu⁴ 為排水而挖的水道。又叫"坑渠"。普通話的"溝渠"兼指灌溉水道。

溝渠鴨 keo¹ kêu⁴ ngab³ ❶ 比喻人滿身泥水、骯髒的樣子。❷ 歇後語，下一句是"顧口唔顧身"，即只管吃而不管穿得好壞。又叫"坑渠鴨" hang¹ kêu⁴ ngab³。

溝女 keo¹ nêu⁵⁻² 勾引、玩弄女孩。

叩頭 keo³ teo⁴ 磕頭；叩首。

扣 keo³ 用別針固定：搵扣針 ～ 住〔找別針別住〕。

扣布 keo³ bou³ 未經漂白的粗白布。

扣針 keo³ zem¹ 別針。

扣盅 keo³ zung¹ 沏茶用的碗，有蓋。

釦 keo³ 蛙類或鴿子的胃。

求其 keo⁴ kéi⁴ ❶ 隨便（不加選擇）：～界張紙我〔隨便給我一張紙〕| ～ 放喺度得咯〔隨便放在這裏行了〕。❷ 馬虎：認真啲，唔好 ～ 做下就算〔認真一點，不要馬虎地幹一下就算了〕。

求先 keo⁴ xin¹ 同"頭先"。

球證 keo⁴ jing³ 球賽裁判員。

舅公 keo⁵ gung¹ 舅爺（父親或母親的舅舅）。

舅仔 keo⁵ zei² 小舅子（妻子的弟弟）。

舅仔鞋 keo⁵ zei² hai⁴ 舊俗新郎送給新娘眾兄弟的鞋。

kêu

拘 kêu¹ 客氣（多用於否定句）：咪～〔別客氣〕| 大家都係自己人，唔使 ～

〔大家都是自己人，不必客氣〕| 使乜 ～ 吖〔用不着客氣〕。

拘禮 kêu¹ lei⁵ 過於講究禮儀：熟不 ～（熟語）。

拘執 kêu¹ zeb¹ ❶ 計較：呢啲舊禮唔使 ～ 囉〔這些舊禮法不必計較了〕。❷ 客氣：大家咁熟，重咁 ～〔大家那麼熟，還這樣客氣〕？

佢（倨、渠） kêu⁵〔拒〕❶ 他；她。❷ 在祈使句裏有命令的作用：洗淨件衫 ～〔把衣服洗乾淨〕| 鎖埋度門 ～ 啦〔把門鎖上吧〕。

佢哋 kêu⁵ déi⁶〔哋，地〕他們；她們。

ki

啱卡 ki¹ ka¹〔啱，卡衣切〕象聲詞，像人笑聲：～ 咁笑〔嘻哈地笑〕。

啱啱卡卡 ki¹ ki¹ ka¹ ka¹ 笑聲；嘻嘻哈哈：成日 ～，一啲都唔正經〔整天嘻嘻哈哈，一點都不正經〕。

kib

呡 kib¹〔卡鎳切〕❶ 盯；守（多為球賽用語）：～ 住中鋒 | ～ 硬佢，咪界佢恤〔死釘着他，別讓他投籃〕。❷ 控制：佢 ～ 得嗰個男嘅好緊〔她把那個男的控制得很緊〕。〖"呡"是英語 keep 的音譯詞。〗

kid

*咭 kid¹〔揭¹〕年輕。〖"咭"是英語 kid 的音譯詞。〗

揭盅 kid³ zung¹ 揭曉；公開真相。

kig

¹噉 kig¹（卡益切）❶ 同 "攗" keg¹。❷ 阻：～手～腳。

²噉 kig¹（卡益切）較量：～過至知〔較量過才知（勝負）〕｜唔夠佢～〔比不過他〕。

³噉 kig¹（卡益切）蛋糕。〖"噉" 是英語 cake 的音譯詞。〗

噉手 kig¹ seo²（噉，卡益切）同"攗（keg¹）手"。

kim

鉗工 kim⁴ gung¹ 對扒手的戲稱。

kin

搌 kin²（虔²）揭：～煲蓋〔揭鍋蓋〕。

king

¹傾 king¹ 撲克牌中的"K"。

²傾 king¹ 談；聊：佢想搵你～下〔他想找你談談〕｜佢好～得〔他很健談〕。

傾偈 king¹ gei⁶⁻² 聊天；傾談；談話：一邊唞涼一邊～〔一邊乘涼一邊聊天〕｜傾兩句偈〔談兩句話〕。

傾閒偈 king¹ han⁴ gei² 聊天；閒談。

傾唔埋 king¹ m⁴ mai⁴ 話不投機，談不來：兩個人牌性唔啱，大家～〔兩個人性格不合，話不投機〕。

瓊 king⁴ ❶ 澄：碗茶～清咗至飲〔這碗藥澄清了再喝〕。❷ 凝結：冷到油都～咗〔凍得油都凝結了〕。

kiu

蹺 kiu²（橋²。讀音 hiu¹）湊巧：真～，一講佢佢就到〔真巧，一說他他就到〕｜"有咁啱得咁～"〔俗語。説那麼巧，有那麼巧〕。

蹺妙 kiu² miu⁶ 巧妙；蹺蹊；奇妙。

橋 kiu⁴⁻² 主意，辦法：好～〔好主意〕。

橋凳 kiu⁴⁻² deng³ 長凳，一般與八仙方桌相配，或承架木板牀用。

橋段 kiu⁴⁻² dün⁶ ❶ 戲劇情節。❷ 辦法。

橋躉 kiu⁴ den² 橋墩。

喬溜 kiu⁴ liu² 愛挑剔；脾氣古怪：呢個人好～呀〔這個人夠古怪的〕。

僑 kiu⁴ ❶ 洋氣：呢條友打扮得好～〔這傢伙打扮得很洋〕。❷ 美好；舒適：佢屋企好～〔他家裏陳設得很舒適〕。❸ 好：好～〔很好〕！

繑 kiu⁵（橋⁵）纏繞：～冷〔纏毛線〕｜～火牛〔繞變壓器〕。

繑絲邊 kiu⁵ xi¹ bin¹ 絞絲旁兒（漢字偏旁"糸"）。

ko

可惱也 ko¹ nao¹ yé¹ 原為粵劇借用官話的摹音語句。口語中作為比較風趣的説法，有氣死人、令人氣憤、豈有此理等意思：話死都唔聽，真係～〔怎麼勸告都不聽，真氣死人〕！｜呢件事夠晒～〔這件事真氣人〕。

kog

搝 kog³⁻¹ ❶ 敲打：～頭殼〔敲腦袋〕。❷ 象聲詞，敲擊硬東西的聲音。

涸 kog³ 乾燥（指鼻、喉所感到的乾燥）。

涸喉 kog³ heo⁴ 嗆（指吃乾燥食物時刺激咽喉，難以嚥下）。

kong

炕牀 kong³ cong⁴⁻² 睡、坐兼用的長椅，一般為木製。又叫"槓牀"。

ku

箍煲 ku¹ bou¹ 採取措施彌補已有裂痕的關係，尤指夫妻或情侶之間的關係。

箍頸 ku¹ géng² ❶ 勒脖子。❷ 引申為打劫，相當於 "打悶棍"。

箍臣 ku¹ sên² 軟墊子。〖"箍臣" 是英語 cushion 的音譯詞。〗

箍頭攬頸 ku¹ teo⁴ lam⁵⁻² géng² 搭肩抱腰：兩個人行街唔好 ~〔兩個人走路不要搭肩抱腰〕。

kuag

嘩 kuag³⁻¹（箍扼切）圈兒；彎兒：兜咗一個大 ~〔兜了一個圈兒〕。

嘩 kuag³（箍客切）❶（用繩子）圍：攞條繩 ~ 住，唔畀人入去〔拿根繩子圍着，不讓人進去〕。❷ 繞（路）：~ 嗰邊行〔繞那邊走〕。❸ 遊逛：我想去公司 ~ 下〔我想到公司逛逛〕。

kuang

莖 kuang²（箍罌²切）稈兒；莖（多指菜莖，也指菜幫）：芹菜食 ~ 唔食葉〔芹菜吃稈兒不吃葉子〕｜芥菜 ~〔芥菜幫兒〕。

kuei

規矩 kuei¹ gêu² 慣例，老規矩：佢係老行尊，你新嚟，~ 要先去拜訪佢〔他是業內權威，你剛來，按照老規矩你要先去拜訪他〕｜~ 係嗰嘅〔老規矩就是這樣的〕。

規例 kuei¹ lei⁶ 例規：呢個係 ~，大家要遵守〔這個是例規大家要遵守〕。

虧 kuei¹ 虛弱；氣虧：佢啱病好，重好 ~〔他剛病好，還很虛弱〕｜你

咁 ~，要鍛煉至得〔你身體那麼虛弱，要鍛煉才行〕。

虧柴 kuei¹ cai⁴ 同下（詼諧的説法）。

虧佬 kuei¹ lou² ❶ 身體虛弱的男人。❷ 同 "虧"。

葵瓜子 kuei⁴ gua¹ ji² 葵花子。

葵鼠 kuei⁴ xu² 豚鼠。

kuen

坤 kuen¹ 哄；騙：~ 掂佢〔哄好他〕｜畀人 ~ 咗〔讓人騙了〕。

緄 kuen² 鑲（多指衣服）：~ 黑邊衫〔鑲黑邊衣裳〕。

緄邊 kuen² bin¹ 鑲邊（多指衣服）。

群埋 kuen⁴ mai⁴ 結交；與……作伴：咪 ~ 啲爛仔玩〔別跟那些小流氓鬼混〕｜~ 晒嗰啲人冇益嘅〔結交那些人是沒有好處的〕。

裙腳妹 kuen⁴ gêg³ mui⁶⁻¹ 舊時指貼身丫鬟。

裙腳仔 kuen⁴ gêg³ zei² 指嬌生慣養的男孩。

裙褂 kuen⁴ gua³ 中式女裙禮服，新娘穿用。

裙拉褲甩 kuen⁴ lai¹ fu³ led¹（甩，啦一切）形容人衣衫不整，狼狽不堪的樣子：你哋幾個為乜走到 ~ 嘅呀〔你們幾個為甚麼跑得這麼狼狽〕？

kueng

框 kueng³（箍凳切）❶ 劂（被尖銳的東西勾劃破）：唔覺意 ~ 爛件衫〔不小心把衣服劂破了〕。❷ 絆：呢條竹放咁低，容易 ~ 親人〔這條竹竿放得那麼低，容易絆着人家〕。❸ 扣；拴：~ 埋度門〔把門扣上〕｜~ 住隻狗〔把狗拴住〕。❹ 掛：~ 埋眼釘處〔掛在釘子上〕。

K

捶揆 kueng³ leng³（捶，箍凳切；揆，啦凳切）量詞。❶ 串（指大小不一的一串）：一～鎖匙〔一串鑰匙〕。❷ 嘟嚕：一～臘味。

kug

曲尺 kug¹ cég³ ❶ 木工用來求直角的尺。❷ 手槍的一種。

*__**曲奇**__ kug¹ kéi⁴ 小甜餅。〖"曲奇"是英語 cookie 或 cooky 的音譯詞。〗

kuig

圓嚦 kuig¹ kuag³⁻¹（嚦，箍扼切）同下。

圓礫嚦嘞 kuig¹ lig¹ kuag³⁻¹ lag¹（嚦，箍扼切）❶ 象聲詞。物件相碰撞的聲音；穿木板鞋走路的聲音。❷ 各種各樣的；雜七雜八的：佢乜～嘅嘢都會做〔他各種各樣的活兒都會幹〕｜佢個櫃桶乜～都有〔他的抽屜甚麼雜七雜八的東西都有〕。

kung

簕 kung¹（又音 kung⁴）量詞。嘟嚕（用於果子、成穗的糧食等）；包（一般指玉米）：一～葡提子〔一嘟嚕葡萄〕｜一～粟米〔一包玉米〕。

窮到燶 kung⁴ dou³ nung¹（燶，農¹）形容十分貧窮。

L

la

啦 la¹ 語氣詞。❶ 表示命令、請求：快啲～〔快點吧〕｜畀我～〔給我吧〕。❷ 表示允許、同意：就噉～〔就這樣吧〕｜去就去～。

啦嗎 la¹ ma⁵ 語氣詞。❶ 表示反詰語氣，相當於普通話的"了吧"：呢件事你應承咗～〔這件事你不是答應了嗎〕？｜而家肯去～〔現在肯去了吧〕？❷ 表示理應如此：當然係你去～〔當然是你去了〕｜去～，怕乜啫〔去吧，怕甚麼〕。

捹 la²（啦²）❶ 抓；拿：～拃米餵雞〔抓一把米餵雞〕。❷ 拿（被鹽或其他化學藥品侵蝕的感覺）：石灰水～得隻手好痛〔石灰水把手拿得很疼〕。

捹住 la² ju⁶（捹，啦²）❶ 抓住。❷ 過去飲食店的行業語，結賬時用來代替數目字"五"（原屬隱語）：兩文～〔兩塊五毛〕｜四毫～〔四角五分〕。

捹脷 la² léi⁶（捹，啦²；脷，利）❶ 齁（hōu）（食物過鹹或澀使舌頭有"拿"的感覺）：麵豉鹹到～〔豆瓣醬鹹得齁苦〕。❷ 形容要價過高或成本太高，受不了：補兩個窿仔要一張嘢，太～咯〔補兩個小眼要一塊錢，太厲害了〕｜一畝禾成本四十幾文，都幾～㗎〔一畝水稻成本四十多元，算厲害了〕。

捹埋 la² mai⁴（捹，啦²）❶ 摟（lōu）；收攏：將柴～一拃〔把柴火摟成一把〕｜～啲筷子〔將筷子收攏起來〕。❷ 動不動；一接觸到：要調查研究，咪～就話唔得〔要調查研究，別動不動就說不行〕。❸ 一般來說；隨便碰到的：呢啲西瓜，每個～都有十幾斤〔這些西瓜，每個隨便都有十幾斤重〕。

捹埋口面 la² mai⁴ heo² min⁶ 苦着臉；哭喪着臉。

捹西 la² sei¹〔捹，啦²〕馬虎；(幹活)隨便：我哋蒔田要講求規格，唔好咁 ～〔我們插秧要講究規格，不要那麼馬虎〕。

捹手 la² seo²〔捹，啦²〕難辦；棘手：呢單嘢真 ～〔這件事很難辦〕|"～唔成勢"〔做起來樣樣都棘手〕。

捹屎上身 la² xi² sêng⁵ sen¹ 自找麻煩：我管呢件事真係 ～〔我管這件事真是自找麻煩〕。

捹 la³〔啦³〕❶(用手)在看不見的情況下摸索：喺櫃桶 ～ 出一枝筆嚟〔從抽屜裏摸出一枝筆來〕。❷(用東西)探索：～ 下啲粥，唔好畀佢燶底〔撈一下(正在煮的)粥，別讓它焦了〕。

喇(嚹) la³ 語氣詞。❶用在陳述句裏，相當於"了"：佢嚟～〔他來了〕|夠 ～ |人哋走晒 ～〔人家走光了〕。❷用在祈使句裏表示命令、請求：快啲行 ～〔快點走〕|記住 ～〔記住啦〕！

喇嗎 la³ ma³ 表示疑問的語氣詞，問情況如何：你做完 ～〔你做完了嗎〕？

喇咩 la³ mé¹ 表示疑問的語氣詞，再確認已知的情況：你做完 ～〔你真的做完了〕？

磖 la³ 縫兒：門 ～ |手指 ～。

啦 la⁴ 語氣詞，表示疑問：冇 ～〔沒有了嗎〕？ |會開完咗 ～〔會開完了嗎〕？ |落雨 ～〔下雨了嗎〕？

啦啦亂 la⁴ la⁴⁻² lün⁶ 同"立立亂"。

啦啦聲 la⁴ la⁴⁻² séng¹ 形容動作迅速：大家 ～，一陣間就做完咯〔大家呼嚕嘩啦的，一會兒就幹完了〕| ～ 去啦〔快點去吧〕| ～ 做嘢〔迅速地幹活〕。

啦聲 la⁴ séng¹ 同上。但多用於祈使句。

捹鮓 la⁵ za²〔捹，啦⁵；鮓，炸²〕❶骯髒：呢個地方好 ～〔這個地方很骯髒〕。❷ 不乾淨；不吉利：放過死人嘅地方，好 ～ 㗎〔放過死人的地方，很不乾淨的〕。

lab

擸 lab³〔臘³〕❶ 收攏：～ 埋枝竹啲衫〔把竹竿上晾着的衣服收起來〕| ～ 埋枱面啲資料塞晒入櫃桶〔把桌面的資料全收起來塞進抽屜裏〕。❷ 摟(lōu)(把東西抱起來)：～ 把草嚟煮飯〔摟一把草燒飯〕。❸ 搜羅；搜刮：剩番幾份雜誌都畀佢 ～ 晒咯〔剩下的幾份雜誌都讓他搜羅去了〕| ～ 光晒〔搜刮一空〕。❹ 套購；搶購：～ 嘢〔搶購東西〕。❺ 粗略地看；掃(一眼)：今日報紙我 ～ 咗一眼，未詳細睇〔今天的報紙我粗粗地看了一下，沒有詳細看〕|佢 ～ 咗大家一眼〔他向大家掃了一眼〕。❻ 併：三步 ～ 埋兩步走〔三步併作兩步走〕。❼ 邁、跨(步)：呢步 ～ 得好大〔這一步跨得很大〕。

擸擸炩 lab³ lab³ ling³〔擸，臘³〕鋥亮：佢部機器擦到 ～〔他那台機器擦得鋥亮〕。

擸炩 lab³ ling³〔擸，臘³〕同上。

擸網頂 lab³ mong⁵ déng²〔擸，臘³〕取得最高成績：佢每次都 ～〔他每次都取得最高成績〕。

擸晒網頂 lab³ sai³ mong⁵ déng²〔擸，臘³〕取得全部第一名；取得全部最高成績：呢次運動會佢哋學校 ～〔這次運動會他們學校取得全部第一名〕|數學同化學比賽佢一個人 ～〔數學和化學比賽他一個人全得第一名〕。

爉 lab³〔蠟³〕火燎：我隻手畀火 ～ 親〔我的手讓火燎了一下〕。

立定心水 lab⁶ ding⁶ sem¹ sêu² 同 "立實心腸"。

立實心腸 lab⁶ sed⁶ sem¹ cêng⁴ 橫下一條心；下定決心：我哋要 ～，唔達目的誓不罷休〔我們要下定決心，達不到目的誓不罷休〕。

立心 lab⁶ sem¹ 決心；成心（故意）：佢 ～同你拗頸〔他成心跟你過不去〕。

立雜 lab⁶ zab⁶ ❶ 雜亂；拉雜：食嘢食得咁 ～〔吃東西吃得那麼雜亂〕｜間房好 ～〔屋裏很雜亂〕。❷ 複雜：嗰個單位好 ～，乜嘢人都有〔那個單位很複雜，甚麼人都有〕。

垃圾篸（攏揪篸）lab⁶ sab³ cam²（篸，慘）泥箕；簸箕（盛垃圾、髒土用的）。

垃圾崗 lab⁶ sab³ gong¹ 堆放垃圾的場所。

*__垃圾蟲__ lab⁶ sab³ cung⁴ 亂扔垃圾的人：垃圾唔好亂倒，唔好做 ～〔垃圾不要亂扔，不要做亂扔垃圾的人〕。

臘腸 lab⁶ cêng⁴⁻² 香腸。

臘腸褲 lab⁶ cêng⁴⁻² fu³ 褲腿較瘦，形似臘腸的褲子。

蠟板 lab⁶ ban² 用來刻寫油印蠟紙的鋼板：刻 ～〔刻寫蠟紙〕｜ ～ 生咗鏍〔鋼板長了銹〕。

蠟青 lab⁶ céng¹ 瀝青。

lad

瘌瘌（鬎鬎）lad³ léi⁶⁻¹ 頭癬：～ 頭｜生 ～〔長頭癬〕。

迣 lad⁶（辣）量詞。排；列；行：一 ～ 屋〔一排房子〕｜一壁種三 ～〔一畦種三行〕｜離行離 ～〔不成行列〕。

辣手 lad⁶ seo² ❶ 棘手。（錯把 "棘" 字讀作 "辣" 字。）❷ 手段厲害或毒辣：你點落得嗰嘅 ～〔你怎麼下得了這樣的毒手〕！｜ ～ 神探。

邋遢 lad⁶ tad³（讀音 lad⁶ tab³）同 "揦鮓"。〖"邋遢" 普通話是 "不利落"、"不整潔" 的意思，跟廣州話不完全相同。〗

lag

嘞 lag³ 語氣詞。了（表示有把握或者放心）：你知到就得 ～〔你知道了就行了〕｜呢次有辦法 ～〔這下可有辦法了〕｜食埋呢包藥就好 ～〔吃完這服藥就一定會好的〕。〖"嘞" 與 "喇" ❶ 相通。〗

lai

拉 lai¹ ❶ 抓、捕：嗰個賊佬 ～ 咗去坐監〔那個強盜被抓了去坐牢〕。❷ 押：～ 嗰個犯人去審〔押那個犯人去受審〕。❸ 叼：魚畀貓 ～ 咗去咯〔魚給貓叼走了〕。

拉柴 lai¹ cai⁴ 死（詼諧的説法）：佢早就 ～ 咯〔他早就死了〕。

拉扯 lai¹ cé² 平均：電燈水喉一個月 ～ 要兩三百文度〔水電費平均每月兩三百塊錢左右〕。

拉尺 lai¹ cég³ 卷尺。

拉腸 lai¹ cêng⁴⁻² "豬腸粉" 的一種，比普通的粉韌性較大。

拉大纜 lai¹ dai⁶ lam⁶ 拔河。

拉客仔 lai¹ hag³ zei² 為長途汽車或旅店拉客的人。

拉纜 lai¹ lam⁶ 拉縴。

拉埋天窗 lai¹ mai⁴ tin¹ cêng¹ 意指完婚：佢兩個就快 ～ 咯〔他們兩個快要結婚了〕。

拉參 lai¹ sem¹ 綁票兒，綁架人質，勒索贖金。同 "標參"。

*__拉臣__ lai¹ sen² 執照；牌照。〖"拉臣" 是英語 license 的音譯詞。〗

拉箱 lai¹ sêng¹ 溜走，不辭而別：人哋重開緊會，佢就想 ～ 咯〔人家還開着，他就想溜走了〕。

拉手仔 lai¹ seo² zei² 指戀人手拉着手。借指談戀愛。

拉蘇 lai¹ sou¹⁻⁴ 煤酚皂溶液；來沙爾（一種消毒藥水）。〖"拉蘇" 是英語 Lysol 的音譯詞。〗

拉頭纜 lai¹ teo⁴ lam⁶ ❶ 打頭炮（首先發言）：呢次討論會你嚟 ～〔這次討論會你來打頭炮〕。❷ 帶頭（領頭做事）：佢做乜都 ～〔他幹甚麼都帶頭〕。

拉匀 lai¹ wen⁴ 平均；拉平：一個人 ～ 都唔使兩文〔平均一個人不用兩塊錢〕｜～ 就冇咁多咯〔拉平就沒有那麼多了〕。

拉士 lai¹ xi² 最後。〖英語 last 的音譯。〗

拉線 lai¹ xin³ 給雙方拉關係。

拉油 lai¹ yeo⁴ 過油，把魚、肉等食材先用油略炸一下。

蕾 lai¹（拉）❶同"蕾尾"。❷同"亞蕾"。

蕾瓜 lai¹ gua¹ 拉秧瓜。

蕾屘 lai¹ méi⁵⁻¹ ❶ 同 "蕾尾" 末尾；後：佢去得遲，排隊排 ～〔他去得晚，排隊排在最末尾〕。❷ 後來：～ 點呀〔後來怎麼樣了〕？

蕾女 lai¹ nêu⁵⁻² 老閨女（最小的女兒）。

蕾仔 lai¹ zei² 老兒子（最小的兒子）。

蕾仔拉心肝 lai¹ zei² lai¹ sem¹ gon¹ 指最小的孩子最讓父母牽掛。

瀨 lai²（拉²）舔：～ 嘴唇。

賴貓 lai³ mao¹（賴，讀音 lai⁶）賴皮（形容人做事不正直，抵賴不認賬）：係點你就話點，咪 ～〔是怎麼樣你就説怎麼樣，別賴皮〕｜輸就輸啦嘛，唔好咁 ～〔輸就輸了嘛，不要那麼賴皮〕。

賴貓君 lai³ mao¹ guen¹ 無賴、賴皮的人：嗰條嘢正一係 ～ 嚟㗎〔那個傢伙真正是個無賴〕。

癩 lai³ 疥瘡。

癩瘡 lai³ cong¹ 同上。

癩渣 lai³ za¹ 同上。

歾歾（歾䚡） lai⁴ kuai⁴ ❶（衣着）不整齊：件衫長 ～〔這件衣裳長得難看〕。❷ 調皮；頑皮。

歾歾晒晒 lai⁴ lai⁴ sai⁴ sai⁴（歾，賴⁴；晒，曬⁴）衣着不整貌。

醨 lai⁶ 倒；澆；灑（順着一定的方向澆灑）：～ 酒｜～ 啲油落鑊〔倒一點油下鍋〕｜～ 石灰水劃界〔澆石灰水劃線〕。

醨（瀨）粉 lai⁶ fen² 一種米粉條，將濕的米粉放在有孔的容器內，再擠壓到開水鍋裏煮熟。

賴 lai⁶ ❶ 落（1à）；丟失；遺漏：第三行 ～ 咗兩個字〔第三行落了兩個字〕｜睇下重有冇 ～ 低啲乜嘢〔看看還有沒有遺漏些甚麼東西〕｜嘥咯，～ 咗串鎖匙添〔糟糕，丟了一串鑰匙了〕。❷ 遺（大小便失禁）；～ 屎｜～ 尿〔尿牀；遺尿〕。

賴尿蝦 lai⁶ niu⁶ ha¹ ❶ 一種淺海蝦類動物，北京話叫 "皮皮虾"。❷ 比喻經常尿牀的小孩。

賴頭賴尾 lai⁶ teo⁴ lai⁶ méi⁵ 丟三落四，做事有頭無尾：佢做嘢總係 ～ 嘅〔他做事總是丟三落四的〕。

lam

攬 lam⁵⁻² ❶ 摟；抱：～ 住個仔〔摟着孩子〕｜呢喬樹三個人合埋都 ～ 唔過〔這棵樹三個人合着都抱不過〕。❷ 包攬；全部承擔：乜嘢事你都 ～ 埋嚟做〔甚麼事情你都包攬起來做〕。

攬頸 lam⁵⁻² géng² 搭肩。

攬埋死 lam⁵⁻² mai⁴ séi² 比喻一塊兒倒楣，同歸於盡：你將佢逼得太犀利，怕佢要同你 ～ 喎〔你把他逼得太厲害，怕他要跟你搞個魚死網破啊〕。

攬身攬勢 lam⁵⁻² sen¹ lam⁵⁻² sei³ 摟摟抱抱的；半摟半抱的樣子 (含貶意)。

攬頭攬頸 lam⁵⁻² teo⁴ lam⁵⁻² géng² 兩人摟着脖子或搭着肩膀走路。

杬 (欖) lam⁵⁻² 橄欖。

杬角 (欖角) lam⁵⁻² gog³ 把洋橄欖煮熟，去核，切成兩段，加鹽醃製後即成，作鹹菜用。

杬豉 (欖豉) lam⁵⁻² xi⁶ 同上。

杬仁 (欖仁) lam² yen⁴ 橄欖仁兒。

婪劣 lam⁴ lüd³ 貪心重。

攬 lam⁶ 圍；環繞：～頸巾〔圍圍巾〕。

lan

欄 lan⁴⁻¹ 專門收購和批發某一商品的商店：魚～│豬～│生果～。

躝 lan¹ (蘭¹) ❶ 爬行：啲蟻～得好快〔螞蟻爬得很快〕。❷ 滾：你～咗去邊度〔你滾到哪兒去了〕?

躝開 lan¹ hoi¹ 滾開，斥責別人離開該地：你快啲～〔你趕快滾開〕!

躝屍 lan¹ xi¹ 滾蛋 (斥責或罵人的話)。

躝屍趷路 lan¹ xi¹ ged⁶ lou⁶ (趷，吉⁶) 同上。

躝 lan² 裝作某種樣子：你唔好～有經驗嘅啦〔你不要裝得很有經驗的樣子〕│你唔使同佢～熟落嘅〔你不要跟他套近乎〕。

躝得戚 lan² deg¹ qig¹ 得意洋洋的樣子。

躝闊佬 lan² fud³ lou² 裝闊氣：你去睇老婆就要實實在在，冇必要～嘅〔你去相親就要實實在在，沒必要裝闊氣〕。

躝架勢 lan² ga³ sei³ 同"躝 (lan²) 叻"。

躝起市 lan² héi² xi⁵ 有意把自己抬得很高。

躝正經 lan² jing³ ging¹ 假正經。

躝叻 lan² lég¹ (叻，啦尺¹切) 不自量；好表現自己：唔會就咪咁～〔不會就別那麼不自量〕│人哋講完你至講都

未遲，咁～做乜〔人家說完你再說也不晚，幹嗎這麼好表現自己〕。

躝熟落 lan² sug⁶ log⁶ 套近乎，與人裝出很熟悉的樣子。

躝醒 lan² xing² 驕傲自大 (指人自以為很了不起)。

躝有嘢 lan² yeo⁵ yé⁵ 自以為很有本事的樣子。

躝在行 lan² zoi⁶ hong⁴ 自以為很內行。

攔河 lan⁴ ho⁴ 欄杆。

懶刮 lan⁵ guad³ 懶得管(粗俗的用語)。

懶理 lan⁵ léi⁵ 少管；不管：呢啲事我先～〔這些事我才不管〕│嗰啲唔三唔四嘅嘢邊個都～〔那些不三不四的事情誰也不管〕。

懶佬工夫 lan⁵ lou² gung¹ fu¹ 容易做的工作；不費工夫的工作：呢啲係～，邊個都做得〔這是容易幹的活兒，誰幹都可以〕│咪以為種麥係～，都要費神㗎〔別以為種小麥工夫不多，還是要用心的〕。

懶佬鞋 lan⁵ lou² hai⁴ 便鞋 (沒有鞋帶或襻帶的鞋，北京又叫"懶漢鞋")。

懶佬椅 lan⁵ lou² yi² 躺椅。

懶蛇 lan⁵ sé⁴ ❶ 懶漢：呢個～咁晏都唔起身〔這懶漢這麼晚還不起牀〕。❷ 懶：佢真～嘅〔他真懶〕。

爛 lan⁶ ❶ 破：衫～咗〔衣服破了〕，打～咗隻碗〔打破了一個碗〕。❷ 壞：我架單車～咗〔我的自行車壞了〕│唔好整～個鐘〔別把鐘弄壞了〕。❸ 撒野；無賴：嗰個嘢好～，咪同佢行〔那傢伙很無賴，別跟他來往〕。❹ 愛好成癖：～賭〔好 (hào) 賭〕│～酒〔好 (hào) 酒〕。

爛泵 lan⁶ ban⁶ (泵，辦) 爛泥；稀泥。

爛茶渣 lan⁶ ca⁴ za¹ 比喻沒有用的東西。

爛打 lan⁶ da² 好 (hào) 鬥；愛打架：呢隻雞公最～〔這隻公雞最好鬥〕。

爛笪笪 lan⁶ dad³ dad³ (笪，多壓切) ❶

稀巴爛。❷形容人放肆，無所顧忌：佢～噉，一啲道理都唔講〔他那樣放肆，一點道理都不講〕。

爛地 lan⁶ déi⁶ 瓦礫地；廢墟。

爛寶 lan⁶ deo³（寶，讀音 deo⁶）貓、狗到處拉屎拉尿。

爛賭 lan⁶ dou² 好（hào）賭。

爛賭二 lan⁶ dou² yi⁶⁻² 賭博成性的人。

爛飯 lan⁶ fan⁶ 軟飯。

爛瞓 lan⁶ fen³（瞓，訓）愛睡覺；不容易睡醒：個仔咁～，叫都叫唔醒〔這孩子真愛睡，叫都叫不醒〕。

爛瞓豬 lan⁶ fen³ ju¹（瞓，訓）愛睡覺而且不容易睡醒的人（詼諧的説法）。

爛鬼 lan⁶ guei² 破爛（帶輕蔑意）：邊個要你啲～嘢〔誰要你這些破爛貨〕｜你張～椅，睇見就唔開胃咯〔你那把破爛椅子，看見就不舒服〕。

爛喊 lan⁶ ham³ 愛哭：冇人有佢咁～〔沒有人像他那樣愛哭〕。

爛喊貓 lan⁶ ham³ mao¹ 比喻愛哭的孩子。

爛口 lan⁶ heo² ❶下流話：咪講～〔別説下流話〕。❷愛説下流話的：咁～，似乜樣呢〔説話那樣下流，像甚麼樣子〕！

爛口角 lan⁶ heo² gog³ 口角炎。

爛喉痧 lan⁶ heo⁴ sa¹ 猩紅熱，一種急性傳染病。

爛賤 lan⁶ jin⁶ ❶不值錢的：呢種李唔好食，最～喇〔這種李子不好吃，最不值錢了〕。❷便宜；賤（指東西供過於求而售價低廉）：呢排白菜～到鬼噉〔最近白菜賤極了〕。

爛佬 lan⁶ lou² 惡棍；放肆、不講道理的人。

爛尾 lan⁶ méi⁵ 事情到了中途無法進行下去：呢件事肯定會～喇〔這件事肯定會辦不下去了〕。

爛尾樓 lan⁶ méi⁵ leo⁴ 已建成框架，後因資金不足等原因而中途停建的樓房。

爛命 lan⁶ méng⁶ 兇狠；不顧一切：打波單靠～係唔得嘅〔打球光靠兇狠是不行的〕。

爛女 lan⁶ nêu⁵⁻² 女流氓。

爛生 lan⁶ sang¹ 同"粗生"。

爛數 lan⁶ sou³ 壞賬，爛賬，收不回來的賬。

爛熟 lan⁶ sug⁶ 十分熟；滾瓜爛熟：呢啲詩佢背到～〔這些詩他背到滾瓜爛熟〕。

爛頭蟀 lan⁶ teo⁴ zêd¹ 舊時鬥蟋蟀，要求蟋蟀必須全身完好無缺，如果身上某部有了損傷，則不能參加比賽。相傳身體有了傷殘的蟋蟀鬥鬥時特別勇猛，因此人們用"爛頭蟀"（頭部受了傷的蟋蟀）來比喻那些破罐破摔、無所顧忌的人。

爛頭粥 lan⁶ teo⁴ zug¹ 供幼兒吃的軟飯。

爛市 lan⁶ xi⁵ 滯銷：呢排蘿蔔好～〔近來蘿蔔很滯銷〕｜～貨〔滯銷貨；次貨〕。

爛食 lan⁶ xig⁶ 愛吃；貪吃：呢隻豬～，大得快〔這頭豬愛吃食，長得快〕｜佢好～㗎〔他很貪吃〕。

爛癮 lan⁶ yen⁵ 愛好成癖；癮頭大：佢好～捉棋〔他下棋的癮頭很大〕。

爛蓉蓉 lan⁶ yung⁴ yung⁴ 爛爛兒的；稀巴爛。

爛仔 lan⁶ zei² 流氓；無賴。

爛造 lan⁶ zou⁶ 果蔬等因產量過多而不值錢：今年荔枝太多，～咯〔今年荔枝產量過多，不值錢了〕。

lang

冷 lang¹ 毛線：呢啲～好靚〔這些毛線很漂亮〕｜～衫〔毛線衣〕。〔〝冷〞是法語 laine 的音譯詞。〕

L

唥 lang¹ (冷¹) ❶ 象聲詞，鈴聲。❷ (鈴) 響：鬧鐘～咗未呀〔鬧鐘響了沒有〕?

唥佬 lang¹ lou² 指說潮州話的人，帶戲謔意味。潮州話的"人"字讀 nang¹ (lang¹)。"潮州唥"即潮州人，簡稱"唥佬"。

唥鐘 lang¹ zung¹ ❶ 鈴；電鈴；自行車鈴鐺。❷ 鬧鐘。

冷 lang⁵ ❶ 寒冷。❷ 凍：手指都～到硬咗〔手指都凍僵了〕。❸ 着涼：因住～親〔當心着涼〕。❹ 涼：洗～水。

冷親 lang⁵ cen¹ 着涼：琴晚瞓覺冇揪被～咯〔昨晚睡覺沒蓋被子着涼了〕。

冷飯 lang⁵ fan⁶ 剩飯：～菜汁〔殘羹剩飯〕| 炒～〔炒剩飯。比喻重複過去的做法〕。

冷巷 lang⁵ hong⁶⁻² ❶ 夾道；小胡同：橫街～。❷ 過道；走廊：呢條～好窄〔這條過道很窄〕。

冷天 lang⁵ tin¹ ❶ 天氣冷的時候：呢度～都種得菜〔這裏天氣冷的時候還能種菜〕。❷ 冬天：廣州～都唔會落雪〔廣州冬天也不會下雪〕。

lao

撈佬 lao¹ lou² (撈，啦哮切) 同"撈鬆"。

撈女 lao¹ nêu⁵⁻² 說北方話的女子。("撈"是模擬普通話"老"字的諧音)。

撈鬆 lao¹ sung¹ (撈，啦敲切) 指說普通話的外省人 (略帶輕蔑意)。〖"撈鬆"是普通話"老兄"(lǎo xiōng) 的摹音。〗

撈話 lao¹ wa⁶⁻² 北方話。

撈仔 lao¹ zei² 說北方話的青少年。

摎挍 lao² gao⁶ (摎，啦考切；挍，交⁶) ❶ 亂七八糟；雜亂無章：工具放得太～喇〔工具放得太亂了〕| 呢篇文章鬼咁～〔這篇文章雜亂得很〕| 搞到摎 (lao²) 晒挍 (gao⁶) 〔搞得亂七八糟〕。❷ 引

申作麻煩、夠戧、品質不好等：呢條數噉計太～喇〔這筆賬 (或這道算題) 這樣算太麻煩了〕| 嗰個嘢專靠滾人過日子，好～㗎〔那個傢伙專靠哄騙過日子，品質很糟糕的〕。

撈哨 lao⁴ sao⁴ (哨，捎⁴) 馬虎；不細心；敷衍：做作業要認真啲，咁～點似樣呀〔做作業要認真一點，這麼馬虎怎麼像樣呀〕!

lé

咧 lé⁴ 語氣詞。❶ 表示商量：出去行下～〔出去走一走吧〕| 畀佢～〔給他吧〕? ❷ 表示責難：係唔係～，唔聽我話啦〔是不是呀，不聽我的話〕! | 我都話過你～，重係噉樣〔我都對你說過了，還是這樣〕! ❸ 表示讚賞：係～〔是啊〕| 幾好睇嘅～〔相當好看的啊〕! | 大家都表揚你～。❹ 表示命令、央求：去～〔去吧〕! | 睇下～〔看一看吧〕!

咧㩒 lé⁴ hé³ (㩒，哈借切) ❶ 吊兒郎當：扣好啲鈕，唔好咁～〔把扣子扣上，不要那麼吊兒郎當的〕。❷ 狼狽；夠戧：啱先唔見咗車票，搞到佢好～〔剛才車票不見了，弄得他很狼狽〕。

咧啡 lé⁴ fé⁴ (啡，扶爺切。又音 lé⁵ fé⁵) 吊兒郎當；衣冠不整；不修邊幅：睇佢幾～，紐又唔扣，鞋帶又唔綁〔看他多吊兒郎當，扣子又不扣上，鞋帶又沒繫好〕。

咧 lé⁵ (羅野切) ❶ 語氣詞，表示事情不出所料：係～，冇錯啩〔是了吧，沒有錯吧〕| 我都話佢唔制～〔我不是說他不願意的嗎〕? ❷ 語氣詞，表示事情或個人意見確實如此：冇～，呃你做乜〔確實沒有，騙你幹嗎〕? | 我唔去～〔我真的不去〕| 係佢嘅～〔確實是他的〕。

lê

䠈 lê¹（啦靴切）吐（tǔ）：～蔗渣〔吐甘蔗渣〕｜～飯。

䠈飯應 lê¹ fan⁶ ying³ 忙不迭地答應，正在吃飯也把飯吐出來先答應。

踎 lê²（啦靴²切）❶ 反覆揩擦；蹭：你喺邊度～咗一身油〔你在甚麼地方蹭了一身油〕？❷ 鬧：任你點～，我都要堅持原則〔隨你怎麼鬧，我都要堅持原則〕。❸ 糾纏；蘑菇：你噉～我，我都係冇法子㗎〔儘管你這樣糾纏我，我還是沒辦法的〕。

踎地 lê² déi⁶ 在地上打滾（指孩子哭鬧時）：呢個仔好蠻，一喊就～〔這孩子挺蠻的，一哭就滾地〕。

踎脷 lê² léi⁶ 大舌頭；口齒不清：佢講話有啲～，聽唔清〔他說話有點大舌頭，聽不清楚〕。

leb

笠 leb¹ ❶ 竹簍。❷ 從上往下套、罩：～番件衫啦〔套（穿）上衣服吧〕！｜搵頂帽～住個頭殼〔拿頂帽子罩着腦袋〕。❸ 哄；吹拍：～細路仔〔哄小孩〕｜有人～佢兩句就唔知幾得意〔有人吹他兩下就不知道有多高興〕。❹ 收攏：～遮〔收傘〕。

笠高帽 leb¹ gou¹ mou⁶⁻² 用好話恭維人：佢好中意人哋～㗎〔他很喜歡人家用好話恭維他〕。

笠衫 leb¹ sam¹ 汗衫（多指針織的長、短袖汗衫）。

立品 leb⁶ ben² 修身自律，建立好品行：咁大個重唔～〔這麼大的人還不做些好事〕。

立疊 leb⁶ deb¹ ❶ 雜亂：啲嘢丟得咁～〔東西放得這麼亂〕。❷（環境）髒亂潮濕：呢間房好～嘅〔這房間很髒亂〕。❸ 衣冠不整潔：佢個人好～嘅〔他這人衣衫不整潔〕。

立立亂 leb⁶ leb⁶⁻² lün⁶ ❶ 亂糟糟；亂七八糟：乜呢度～㗎〔幹嗎這兒亂糟糟的〕？｜搞到～〔搞得亂糟糟的〕。❷ 心神不安；心亂如麻：你嘈到我個心都～〔你吵得我心亂如麻〕。

立亂 leb⁶ lün⁶ ❶ 亂：你啲書放得咁～〔你的書放得那麼亂〕。❷ 隨便：呢啲話唔好～講呀〔這些話不要隨便說〕｜唔好～攞人哋嘅嘢〔不要隨便拿人家的東西〕。

立時間 leb⁶ xi⁴ gan¹ 在極短的時間內：～點籌得咁多錢吖〔一下子怎麼能籌到那麼多的錢呢〕。

立時立緊 leb⁶ xi⁴ leb⁶ gen² 時間緊迫；一時半會兒的：～搵唔到〔一時半會兒的找不到〕。

led

甩 led¹（啦一切）脫落；掉：～咗一粒鈕〔掉了一個扣子〕｜～皮～骨〔剝落、脫落得很嚴重〕｜～色〔掉色〕。〚廣州話的"甩"與普通話作"揮動"、"拋開"、"掄"、"扔"講的"甩"（shuǎi）無關。〛

甩青 led¹ céng¹（甩,啦一切）搪瓷器皿掉了瓷：咁靚嘅碗畀佢跌～〔這麼漂亮的（搪瓷）碗被他摔得掉瓷了〕。

甩底 led¹ dei² ❶ 失約；不守承諾：你唔能夠～呀〔你不能失約啊〕。❷ 失敗：呢件事千祈唔好～〔這件事千萬不要失敗〕。❸ 丟臉：當堂～〔丟人現眼〕。

甩鉸 led¹ gao³ 脫臼：佢只手撞～〔他的胳膊被碰脫臼了〕。

甩下扒 led¹ ha⁶ pa⁴ 掉下巴；下巴脫臼：笑到～咯〔笑得掉下巴了〕。

甩甩離 led¹ led¹ léi⁴ 將要脫落的樣子：

櫃門 ～ 喇，整下佢啦〔櫃門要掉了，修理一下吧〕。又叫 "甩甩離離"。

甩牙餃 led¹ nga⁴ gao³ 講話不算數：你講過嘅話要算數，唔好 ～ 呀〔你說過的話要算數，不要說過不認帳啊〕。

甩身 led¹ sen¹ 脫身：～ 唔倒〔脫不了身〕｜呢匀 ～ 喇〔這回脫身了〕。

甩手 led¹seo² 脫手。指將貨物賣出：嗰批貨 ～ 未呀〔那批貨脫手了沒有〕?

甩鬚 led¹ sou¹ 丟臉；出醜：人哋問乜都唔知，真係 ～〔人家問甚麼都不知道，真丟臉〕｜當堂 ～〔當場出醜〕。

甩拖 led¹ to¹ ❶ 戀愛失敗，兩人分手：佢哋兩個人行咗幾日就 ～ 咯〔他們兩個人談了幾天戀愛就告吹了〕。❷ 失約：真弊，佢冇嚟，～ 喇〔真糟糕，他沒有來，失約了〕。

甩色 led¹ xig¹ 掉色；退色。

lêd

律師樓 lêd⁶ xi¹ leo⁴ 律師事務所。

leg

呖 leg¹（啦握切）眼、喉等器官受外物刺激或發炎所感到的疼痛或不舒服：眼入咗粒沙，好 ～〔眼睛進了沙子，很痛〕。

呖撠 leg¹ keg¹（呖，啦握切；撠，卡握切）❶（道路）崎嶇不平：條路好 ～，小心啲行〔路坑坑窪窪的，小心點走〕。❷ 說話不流利；結巴：佢讀報紙鬼咁 ～〔他讀報非常結巴〕。

勒 leg⁶ 把(屎、尿)：～ 臊蝦仔屙尿〔給小嬰兒把尿〕。

簕 leg⁶（勒）植物的刺：劖親 ～〔被刺刺着〕。

簕竇 leg⁶ deo³（竇，讀音 deo⁶）難商量的；

難打交道的；難相處的：嗰個嘢好 ～，搵佢都冇用〔那個傢伙很難打交道，找他是不能解決問題的〕。

lég

叻 lég¹（啦尺 ¹ 切）聰明能幹；棒：呢個學生真 ～，一點就明〔這個學生真聰明，一說就明白〕。

叻出骨 lég¹ cêd¹ gued¹ 叻：聰明能幹。用於譏笑那些善於耍小聰明的人。指聰明過頭，反被聰明誤：佢呢次得罪人就係因為叻出骨咯〔他這次得罪別人就是因為耍了小聰明了〕。

叻唔切 lég¹ m⁴ qid³ 形容人迫不及待地表現自己：人哋都未講完，你就亂插嘴，咁 ～ 做乜〔人家還沒有講完你就亂插嘴，這麼好表現幹嗎〕!

叻女 lég¹ nêu⁵⁻² ❶ 聰明的女孩子。❷ 聰明人（用於女性）。❸ 聰明（用於女性）。

叻仔 lég¹ zei² ❶ 聰明的孩子。❷ 聰明人。❸ 聰明：佢好 ～，一年就自修完高中課程〔他很聰明，一年就自修完高中的課程〕。

劙 lég⁶（劙，離劇切）用刀劃開。

壢 lég⁶（啦笛切）畦：一 ～ 菜｜起 ～〔分畦；起壟〕。

瀝 lég⁶（讀音 lig⁶）珠江下游河流汊道的俗稱。

lêg

略略 lêg⁶ lêg⁶⁻² 稍微；大體上：～ 有啲似〔稍微有點像〕｜～ 介紹一下。

lei

捩 lei²（讀音 lei⁶）擰（nǐng）；扭轉：～ 轉身〔轉過身去〕｜～ 埋片面〔背過

臉去〕。

捩轉頭 lei⁶⁻² jun² teo⁴ 轉過頭；回過頭：你 ～ 睇下〔你回過頭看看〕。

捩歪面 lei² mé² min⁶ 轉過臉去，扭轉頭：佢故意 ～，裝睇唔見〔他故意轉過臉去，假裝沒看見〕。

捩手掉咗 lei⁶⁻² seo² diu⁶ zo²（捩，讀音 lei⁶；咗，左）反過手扔掉，表示對某樣東西十分嫌棄：咁曳嘅嘢都話買，～ 喇〔這麼次的東西還說要買，是我的話，早就把它扔了〕。

嚟 lei⁴（黎。又音 léi⁴）❶ 來：你得閒就 ～ 啦〔你有空就來吧〕｜攞張紙 ～〔拿張紙來〕。❷ 助詞。用在動詞後面，表示曾經發生甚麼事情，類似普通話的"來着"：佢頭先搵你 ～〔他剛才找你來着〕｜啱先你講乜嘢 ～ 呀〔剛才你説甚麼來着〕？❸ 在動詞和助詞"住"後面，表示按照某一動作行事：企住 ～〔站着罷；就站着行了〕｜坐住 ～ 傾啦〔就坐着談吧〕。〖"嚟"在動詞和助詞"住"後面的格式，普通話沒有相當的説法。廣州人説普通話時，往往把這類句子中的"嚟"譯成"來"，把上述兩個例句説成"站着來"、"坐着來談吧"，聽起來十分彆扭。遇到這類句子，只要把"嚟"字去掉再譯成普通話就可以了。〗

嚟得切 lei⁴ deg¹ qid³ 來得及：你三點鐘以前出發重 ～〔你三點以前出發還來得及〕。

嚟㗎 lei⁴ ga³（嚟，黎；㗎，架）語氣詞，表示強調、加重的語氣：呢啲係水 ～〔這是水 —— 而不是別的液體〕｜佢係隊長 ～〔他是隊長 —— 而不是一般隊員〕｜等我睇下佢係乜嘢 ～ 先〔讓我看看它到底是甚麼東西〕。〖普通話沒有相當的説法。廣州人説普通話時，往往把這類句子中的"嚟㗎"譯成"來的"，把"呢啲係水嚟㗎"説成"這

是水來的"，把"佢係隊長嚟㗎"説成"他是隊長來的"，等等，聽起來非常彆扭。遇到這類句子，只要把"嚟㗎"去掉再説成普通話就可以了。〗

嚟葵 lei⁴ kuei⁴ 調皮；頑皮：細蚊仔要聽話啲，唔好咁 ～〔小孩要聽話一點，不要那麼頑皮〕｜呢個仔好 ～ 㗎〔這個小孩很調皮的〕。

嚟神 lei⁴ sen⁴⁻² 來勁兒：你一表揚佢就 ～〔你一表揚他就來勁兒〕。

嚟唔切 lei⁴ m⁴ qid³ 來不及。

禮拜 lei⁵ bai³ ❶ 星期：～ 三。❷ 數詞。過去飲食店結賬時用來代替數目字"七"（原屬隱語）：～ 毫二〔七角二分〕｜一文 ～〔一元七角〕。

禮數 lei⁵ sou³ 禮貌；禮節：識 ～〔懂得禮節〕。

禮勻 lei⁵ wen⁴ 禮貌周到：做事要講究 ～。

禮衣邊 lei⁵⁻² yi¹ bin¹ 衣補兒；衣字旁兒（漢字偏旁"衤"）。

利市 lei⁶ xi⁶（讀音 léi⁶ xi⁵）❶ 在農曆除夕及春節期間大人給小孩的壓歲錢。❷ 每逢紅白喜事為了酬謝親友的幫忙而贈送的錢，叫"利市錢"。❸ 迷信的人聽了一些不吉利的話，或者看了他認為不吉利的事物之後，連聲説"利市"或"大吉利市"，以避"晦氣"。〖"利市"古時只有"吉利"的意思。《水滸》第五回："見酒家是個和尚，他道不利市，吐了一口唾，走入去了。"廣州話詞義擴大了。〗

利市封 lei⁶ xi⁶ fung¹ 裝鈔票用的紅封包。

例規 lei⁶ kuei¹ 規矩；規則：邊個都要遵守 ～〔誰都要遵守規矩〕。

例牌 lei⁶ pai⁴⁻² ❶ 慣例：呢度嘅 ～ 就係噉嘅〔這裏的慣例就是這樣〕。❷ 理應這樣：我噉做 ～ 嘅〔這樣做是理所當然的〕｜佢咁畀面，～ 要上門多謝嘅〔他這麼賞臉，按理要上門答謝的〕。

例牌菜 lei⁶ pai⁴⁻² coi³ 飯館當天供應的有固定標準的菜餚。

例湯 lei⁶ tong¹ 飯館當天預先備好的某一種肉湯（每天各不相同）。

覤 lei⁶（厲）瞟（偷看或含責備、制止意思的看）：～佢一下佢就唔敢郁〔瞟他一眼他就不敢動了〕。

léi

籬 léi¹ 曬東西用的疏篩子。

*__籬士__ léi¹ xi² 通花布。〖"籬士"是英語 lace 的音譯詞。〗

籬更竹 léi⁴ gang¹ zug¹ 一種細而結實的竹子，可作籬笆用。

籬竹 léi⁴ zug¹ ❶ 同"籬更竹"。❷ 一種捶裂浸泡後作火把用的小竹子。有的農村叫"籬" léi²。

厘戥 léi⁴ deng⁶⁻² 戥子。

離晒譜 léi⁴ sai³ pou² 完全不靠譜；牛頭不對馬嘴：你呢個計劃簡直係～〔你這個計劃簡直就不靠譜〕。

離遠 léi⁴ yün⁵ 相隔很遠；離得遠；在遠處：～就見到佢〔相隔很遠就見到他〕｜油畫要～至好睇〔油畫要離得遠才好看〕。

悝 léi⁵（李）帆：扯～〔揚帆〕｜駛～〔駕帆船〕。

理氣 léi⁵ héi³ 好管閒事：使乜你咁～呀〔用不着你多管閒事〕。

理數 léi⁵ sou³ ❶ 管賬：搵個人～〔找個人來管賬〕。❷ 管賬人：佢做咗兩年～〔他當了兩年管賬人〕。

裏 léi⁵ 衣服的襯裏，裏子：用綢做～唔怕有靜電〔用綢子做裏子不怕有靜電〕。

利 léi⁶ 快；鋒利。〖普通話也有"利"這個詞，但一般只見於書面語，如"利刃"、"利劍"、"利器"等，口語只講"快"。〗

利便 léi⁶ bin⁶ 便利：啲材料噉放，大家使用都好～〔這些材料這樣放，大家使用都很便利〕。

利疊利 léi⁶ dib⁶ léi⁶ 利滾利。

利口 léi⁶ heo² 會說話（略帶貶意）：呢個人好～〔這個人很會說話〕。

脷 léi⁶（利）舌頭：豬～。〖廣州話"舌"與"蝕本"（虧本）的"蝕"同音，由於忌諱而改用"吉利"、"盈利"的"利"，加月旁作"脷"。人和動物的舌頭都稱"脷"。〗

脷刮 léi⁶ guad³（脷，利）刮舌子。

脷碌碌 léi⁶ lê² lê² 說話含混不清，北方俗稱"大舌頭"：講嘢～，聽唔明〔說話不清楚，聽不明白〕。

脷苔 léi⁶ toi¹（脷，利）舌苔。

lem

¹**冧** lem¹（林¹）❶ 收攏：呢朵花重～埋〔這朵花還收攏着〕。❷ 垂下（指頭髮垂在額前）：你嘅頭髮～晒落嚟，幾唔舒服呀〔你的頭髮都垂下來了，多不舒服啊〕。❸ 同"花冧"。

²**冧** lem¹（林¹）哄；用好話說（多用於小孩）：慢慢～下佢，佢就肯去嘅嘞〔慢慢用好話勸說他，他就願意去的了〕。

*__冧巴__ lem¹ ba¹ 號碼；編號；門牌。〖"冧巴"是英語 number 的音譯詞。〗

*__冧巴溫__ lem¹ ba¹ wen¹ ❶ 第一號。❷ 服務員的頭銜。〖"冧巴溫"是英語 number one 的音譯詞。〗

冧公頭 lem¹ gung¹ teo⁴⁻² 寶蓋兒；寶蓋頭（漢字偏旁"宀"）。

冧篷頭 lem¹ pung⁴ teo⁴⁻² 同上。

冧森 lem¹ sem¹（冧，林¹）癢癢，指皮膚被輕輕觸碰的感覺。

*__冧酒__ lem¹ zeo² 糖酒。〖"冧酒"是英語 rum 的音譯詞。〗

㧱 lem³（林³）倒塌；崩塌：嗰棒牆界

風吹 ～ 咗〔那堵牆被風吹倒了〕。

揼檔 lem³ dong³ ❶ 垮台。❷（商號等）倒閉：生意唔好做，啲嘅舖頭 ～ 咗咯〔生意不好做，那些商店倒閉了〕。

林擒 lem⁴ kem⁴ 匆忙而魯莽；狼吞虎嚥。

林林沈沈 lem⁴ lem⁴ sem² sem² 林林總總；雜七雜八的：百貨公司裏頭 ～，乜都有〔百貨公司裏林林總總，甚麼都有〕。

林林聲 lem⁴ lem⁴⁻² séng¹ ❶ 形容行動迅速的樣子：幾個人 ～ 一下就做完咯〔幾個人呼嚕嘩啦就幹完了〕。❷ 雷鳴聲：你聽 ～，要落雨咯〔你聽隆隆的聲音，要下雨了〕。

林沈 lem⁴ sem² ❶ 形容事情拉雜或有點曖昧：講起佢，唔知幾多 ～ 嘢〔說起他，不三不四的事不知多少〕。❷ 甚麼的（不定指）；麻煩的；烏七八糟的：就嗽算咯，聽暇惹起啲 ～ 事就論盡囉〔就這樣算了，待會兒惹起甚麼事就麻煩了〕。

臨急臨忙 lem⁴ geb¹ lem⁴ mong⁴ 急急忙忙；臨時手忙腳亂：～ 買張票上車。

臨時臨急 lem⁴ xi² lem⁴ geb¹ 事情到了緊急、非處理不可的時候：平時唔溫習，到考試 ～ 開夜車〔平時不溫習，到考試就臨時匆忙開夜車〕｜你唔事先通知，～ 叫我去邊處揾人喎〔你事先不通知，臨時讓我上哪兒去找人啊〕！

凜 lem⁵ 沾（zhān）：～ 啲麵粉炸魚〔沾點麵粉炸魚〕。

凜扰 lem⁵ dem²（扰，多砍切）接連不斷地：呢啲事 ～ 嚟〔這類事接連不斷地出現〕。

琳 lem⁶（林 ⁶）堆砌；架疊；攃；垛：嗰啲紹菜 ～ 得好似座山嗽〔那些大白菜垛得像座山〕｜將櫈 ～ 到枱上面〔把椅子攞到桌子上面去〕。

lên

嗋 lên¹（輪 ¹）啃〔多指啃小的東西）：～ 欖核〔啃橄欖核〕｜ ～ 豬骨。

嗋諄 lên¹ zên¹（嗋，輪 ¹）囉哩囉唆。

倫滘糕 lên⁴ gao³ gou¹ 一種用米粉白糖做的發糕，白色，韌而脆，以順德倫滘墟製作的為最有名。

輪 lên⁴ ❶ 排隊；排隊購買：好多人喺度唔知 ～ 乜嘢〔很多人在那裏不知排隊買甚麼〕｜ ～ 住嚟〔挨個兒來〕。❷ 陣子；陣兒：呢 ～〔這陣子〕｜前嗰 ～〔前一陣兒〕。❸ 量詞。次；頓；趟：排演咗一 ～〔排演了一次〕｜鬧咗一 ～〔罵了一頓〕。❹ 輪流：大家 ～ 住值班〔大家輪流值班〕。

論盡 lên⁶ zên⁶ ❶ 形容人舉動不靈，做事常出毛病：咁 ～，成盆水倒瀉晒〔真是笨手笨腳，整盆水都給灑了〕｜真 ～，又唔記得帶嚟〔真馬大哈，又忘了帶來〕。❷ 不方便；麻煩；累贅：拎住咁多嘢搭車，太 ～ 喇〔拿着那麼多東西搭車，太不方便了〕｜叫佢帶把遮都嫌 ～〔叫他帶把傘都嫌累贅〕。

leng

掕（楞） leng³（啦凳切）量詞，串：一 ～ 菩提子〔一串葡萄〕｜一揪一 ～〔一串串的；(需要提的) 一包一袋〕。

掕掕跳 leng³ leng³ tiu³ 亂蹦亂跳：激到佢 ～〔氣得他亂蹦亂跳〕。

棱 leng⁵（啦亨 ⁵ 切）被鞭打後在皮膚上留下的凸起傷痕：一條 ～〔一條鞭痕〕。

léng

笭 léng¹（啦廳切）捕魚蝦用的小竹籠：入 ～〔比喻中了圈套〕。

嘲嚀 léng³⁻¹ kéng¹（靚，啦廳切；嚀，卡廳切）小子；小傢伙（指小孩）。

嘲妹 léng³⁻¹ mui⁶⁻¹ 小丫頭（略帶輕蔑意）。

嘲女 léng³⁻¹ nêu⁵⁻² 黃毛丫頭。又叫"靚妹"。

嘲仔 léng³⁻¹ zei²（靚，啦廳切）小子：呢個 ～ 做嘢冇心機〔這小子幹活很不專心〕。

靚 léng³（啦鏡切）❶ 漂亮；美麗：呢隻花布幾～〔這種花布多漂亮〕。❷ 好：好 ～ 嘅生油〔很好的花生油〕｜～ 嘢〔好東西；好貨〕。

靚爆鏡 léng³ bao³ géng³ 非常美麗，連鏡子都照得爆裂了。

靚哥 léng³ go¹ 對男服務員的美稱。

靚女 léng³ nêu⁵⁻² ❶ 漂亮的姑娘，美少女。❷ 漂亮，美麗（用於年輕女性）：佢生得幾 ～〔她長得多漂亮〕。❸ 對青年女子的一般稱呼，相當於小姐、姑娘。

靚嘢 léng³ yé⁵ 好東西，珍貴的東西：你睇，我買咗幾多 ～〔你看，我買了多少好東西〕。

靚仔 léng³ zei² ❶ 漂亮的小伙子或男孩。❷ 漂亮（用於年輕男性）：佢白白淨淨嘅，幾 ～ 㗎〔他白白嫩嫩的，很漂亮啊〕。❸ 指青少年的漂亮打扮：佢今日着得幾 ～〔他今天穿得多漂亮〕。

零 léng⁴ 放在整數或量詞之後，表示有零頭：十 ～ 個人〔十多個人〕｜萬 ～ 文〔一萬多元〕｜呢個人三十 ～ 歲〔這個人三十多歲〕｜斤 ～ 重〔一斤多重〕。

鯪魚 léng⁴ yü⁴⁻² 同"土鯪魚"。

靈嚀 léng⁴ kéng⁴（靈，讀音 ling⁴；嚀，卡鯪切）❶ 靈驗：呢種藥真 ～，食咗就唔痛嘞〔這種藥真靈驗，服了就不痛了〕。❷ 技藝高明：佢要把戲好 ～ 㗎〔他玩魔術的技術是很高明的〕。

領當 léng⁵ dong³ 上當：差啲 ～ 喇〔差一點上當了〕。

領呔 léng⁵ tai¹（呔，太¹）領帶。〔"呔"是英語 tie 的音譯詞。〕

領嘢 léng⁵ yé⁵（嘢，野）同"領當"。

lêng

涼茶 lêng⁴ ca⁴ 清涼去火的藥劑，有清熱、消炎、利尿等作用：廣東 ～｜王老吉 ～。

涼粉 lêng⁴ fen² 一種食品，用涼粉草熬水，過濾後再加上米粉漿，煮成糊狀倒在盆裏涼卻後即成，黑色，加糖食用。與普通話所指的不同。

涼瓜 lêng⁴ gua¹ 苦瓜的別名。

涼果 lêng⁴ guo² 用糖醃製過的水果，如糖橄欖、糖柑橘等。

涼水 lêng⁴ sêu² 清涼飲料（用涼性食物熬成的飲料）：攞綠豆煲 ～〔用綠豆熬湯作清涼飲料〕。

涼爽 lêng⁴ song² 涼快：熱天呢間屋好 ～〔夏天這所房子很涼快〕。

涼浸浸 lêng⁴ zem³ zem³ 涼嗖嗖。

樑 lêng⁴ 檁（房屋上托住椽子的橫木）。

量天尺 lêng⁴ tin¹ cég³ 同"劍花"。

糧 lêng⁴ 工資：出 ～〔發工資〕｜雙 ～〔雙工資〕。

兩 lêng⁵ 數詞。二；兩。〔"兩"廣州話和普通話用法略有不同：在傳統度量衡單位前，普通話用"二"為多，廣州話一般用"兩"，如：～ 尺布〔二尺布〕｜～ 斤米〔二斤米〕｜～ 寸長〔二寸長〕。〕

兩份 lêng⁵ fen⁶⁻² ❶ 一起：呢包餅你同細佬 ～ 食啦〔這包餅你和弟弟一起

吃吧〕！｜本書我哋 ～ 睇好唔好〔這本書我們一起看好嗎〕？ ❷ 屬於雙方的；分作兩份：呢間屋係 ～ 㗎〔這所房子是兩家共有的〕｜呢堆嘢 ～ 啦〔這堆東西分一半給我吧〕。

兩家 lêng⁵ ga¹ ❶ 兩個：兩人（同做某事）：我同你 ～ 去啦〔我和你兩個去吧〕｜我哋 ～ 搬咗佢啦〔咱們倆把它搬掉吧〕。❷ 雙方：～ 訂個合同啦｜你哋 ～ 都唔好嘈〔你們雙方都不要吵〕。

兩句 lêng⁵ gêu³ 互相不一致的意見：你同佢有 ～ 都唔緊要〔你跟他意見不一致也不要緊〕｜叫佢做從來冇 ～ 嘅〔叫他做從來沒有異議的〕。

兩公婆 lêng⁵ gung¹ po⁴ 兩夫妻；夫妻倆。

兩公孫 lêng⁵ gung¹ xun¹ 兩祖孫；祖孫倆。

兩開 lêng⁵ hoi¹ ❶ 兩可：你嘅說話 ～ 嘅〔你說話模棱兩可〕。❷ 說不定，不一定：你話你會贏，我睇 ～ 啦〔你說你會贏，我看說不定〕。

兩摳 lêng⁵ keo¹ 兩種東西混合在一起：粘米同糯米 ～ ｜牛奶豆漿 ～ 。

兩撇雞 lêng⁵ pid³ gei¹ 兩撇鬍子（詼諧的說法）。

兩婆孫 lêng⁵ po⁴ xun¹ 祖母與孫子或外祖母與外孫兩個：你哋 ～ 去邊度呀〔你們兩祖孫去哪兒呀〕？

兩嬋母 lêng⁵ sem² mou⁵ 兩妯娌。即合稱兄弟兩人之妻。

兩睇 lêng⁵ tei² 兩看，兩可，兩種可能：呢件事結果點樣，我話係 ～ 啦〔這件事結果如何，我說成與不成都有可能〕。

兩頭蛇 lêng⁵ teo⁴ sé⁴ 搬弄是非，挑撥離間，從中圖利的人。

兩頭揣 lêng⁵ teo⁴ ten⁴（揣，徒雲切）走來走去；轉來轉去。

兩頭走 lêng⁵ teo⁴ zeo² 經常來往於兩

地：我經常廣州、深圳 ～〔我經常來往於廣州、深圳〕。

兩爺孫 lêng⁵ yé⁴ xun¹ 祖孫倆，兩祖孫。

兩仔嫲 lêng⁵ zei² na²（嫲，那²）兩母子；兩母女；母子倆；母女倆。

兩仔爺 lêng⁵ zei² yé⁴ 兩父子；父子倆。

leo

¹**褸** leo¹ ❶ 披：～ 住一件雨衣〔披着一件雨衣〕。❷ 蒙蓋：攞張枱布嚟 ～ 住個茶几〔拿塊桌布來把茶几蒙上〕。❸（蒼蠅、螞蟻等小昆蟲）爬、停留：烏蠅 ～ 過嘅嘢唔好食〔蒼蠅爬過的東西不能吃〕｜"蟻多 ～ 死象"〔成語。比喻人多力量大或比喻弱者聯合起來可以打敗強者〕。

²**褸** leo¹ 大衣：大 ～ ｜絨 ～〔呢大衣〕。

褸裙 leo¹ kuen⁴⁻² 小孩披的斗篷。

褸裙 leo¹ kuen⁴ ❶ 大衣式的連衣裙。❷ 斗篷。

褸尾 leo¹ méi⁵⁻¹ 同"後尾"。

褸髩妹 leo¹ yem⁴ mui⁶⁻²（髩，吟）❶ 小姑娘。❷ 處女（年青的）。〖髩，劉海。因小女孩多留劉海，故名。〗

褸丘 leo¹ yeo¹ 衣衫破舊：狗吠 ～ 人（熟語）。

褸蓆 leo¹ zég⁶ 比喻當乞丐。

樓 leo⁴⁻² 樓房；洋房：住 ～ ｜一疊 ～ 。

摟 leo³（樓³。讀音 leo⁵）搖動容器，使裏面的東西翻滾：將兩種豆裝埋落罐度，～ 佢幾下就均勻喇〔把兩種豆放進罐裏，搖它幾下就勻了〕｜～ 下個盒，睇下裏頭有冇嘢〔搖一下盒子，看裏面有沒有東西〕。

瘤 leo⁴⁻² 腫瘤；包（頭部受撞擊後所起的腫塊）。

嘍 leo³（樓³。讀音 leo⁴）❶ 邀約（較隨便的）：佢 ～ 我去睇電影〔他約我去

看電影〕。❷ 勸；動員：佢～我買
咗嗰部單車〔他勸我買那輛自行車〕。

嘍當 leo³ dong³（嘍，樓³）主動邀約他
人："～唔值錢"〔俗語。主動邀約
別人往往不被重視〕。

嘍口 leo³ heo²（嘍，樓³）口吃。

嘍口佬 leo³ heo² lou² 結巴的人。

流 leo⁴ ❶ 質量差：對鞋着咗幾日就爛，
真～〔這雙鞋穿了幾天就破了，真
次〕。❷ 虛假的：沒有價值的：消息
係～嘅〔消息是不真實的〕。

流口水 leo⁴ heo² sêu²（成績、質量）低
劣：呢班學生好多～嘅〔這班學生
很多人成績是很差的〕｜乜咁～㗎，
考試得五十分〔怎麼這樣差勁，考試
只得五十分〕！｜呢停紙真～〔這種
紙質量真差〕。

流流 leo⁴ leo⁴ ❶ 正當……時候：年初
一～〔正是大年初一〕｜大清早～〔清
晨時候〕｜新年～。❷（女孩子）家：
女仔～。〖一般局限於以上幾個用法，
後面通常要接否定句或表示不吉利、不
希望發生的事情的句子。例如：大清
早～着咁少衫，因住冷親〔大清早的
穿那麼少衣服，當心着涼〕｜年初一～
咪講呢啲〔大年初一的，別說這些〕。〗

流料 leo⁴ liu⁶⁻² 不可靠的消息、材料。

流蚊飯 leo⁴ men¹ fan⁶ 戲謔語。指流
血：打到你～〔打到你頭破血流〕。

留堂 leo⁴ tong⁴ 學校處罰學生的一種手
段，讓學生在放學以後留在教室裏。

留得 leo⁴ deg¹（又讀 leo⁴⁻²）❶ 寬恕；
饒：～你一次。❷ 隨便；任由：你唔
好乜都～佢〔你不要甚麼都隨便他〕。
〖"留得"是"由得"yeo⁴ deg¹ 的變音。〗

留醫 leo⁴ yi¹ 住院治療。

樓底 leo⁴ dei² 樓房最底下的一層。

樓花 leo⁴ fa¹ 尚未建成就出賣的樓盤。

樓契 leo⁴ kei³ 房契。

樓面 leo⁴ min⁶⁻² ❶ 酒樓、餐廳的營業

廳。❷ 酒樓、餐廳營業廳的營業員。

樓宇 leo⁴ yü⁵ 樓房。

柳 leo⁵ 豬、牛、羊等脊部切成條狀的
肉：牛～｜羊～｜魚～。

柳條 leo⁵ tiu⁴⁻² 豎向的平行條紋。～
布｜～衫。

漏 leo⁶ 遺漏；落（là）：我～咗一本書
喺你屋企〔我落了一本書在你家〕｜～
咗一句台詞〔落了一句台詞〕。

漏底 leo⁶ dei² ❶ 步槍的一種，子彈是
從彈槽下面推上去的。❷ 露餡兒（暴
露了秘密）。

漏雞 leo⁶ gei¹ 錯過了機會：呢次參觀
你～，下次補翻〔這次參觀你錯過
機會，下次補〕。

漏氣 leo⁶ héi³ ❶ 撒氣：單車～喇，唔
踹得〔自行車撒氣了，不能騎〕。❷
形容人做事拖沓：佢點咁～㗎，過
咗鐘重唔嚟嘅〔他怎麼這樣拖拉，過
了時間還不來〕！

漏罅 leo⁶ la³ ❶ 漏縫兒：呢個桶有～，
要整㗎〔這個桶有漏縫兒，要修理
了〕。❷ 漏洞；差錯：佢做嘢好好心
機，唔會有～嘅〔他做事很細心，
不會有漏洞的〕。

漏夜 leo⁶ yé⁶ 連夜；星夜：～入城搵
人〔星夜進城找人〕｜～做。

瘦焙 leo⁶ beo⁶（焙，罷後切）❶ 肥胖（指
人過於肥胖，舉動不靈）。❷ 臃腫：
着咁多衫，～到死〔穿那麼多衣服，
臃腫得要命〕。

lêu

¹跍 lêu¹（雷¹）❶ 頭往裏鑽：一頭～入
魚塘〔一頭扎進魚塘去了〕。❷ 突然
倒下：一槍打過去，嗰個敵人就～
低〔一槍打過去，那個敵人就倒下
了〕。❸ 蜷縮着身躺：～喺度做乜
〔蜷在這裏幹甚麼〕？

鏍 lêu¹ 舊時指一分錢的硬幣,銅板。

鏍屎 lêu¹ xi² 文(指最小的錢財,相當於一分錢):一個 ～ 都唔收〔分文不取〕|一個 ～ 都唔值〔一文不值〕。

雷堆 lêu⁴ dêu¹ ❶ 形容衣着臃腫。❷ 舉止粗俗、魯莽。

雷公 lêu⁴ gung¹ 雷神。

雷公火爆 lêu⁴ gung¹ fo² bao³ 大發雷霆。

*雷公轟 lêu⁴ gung¹ gueng¹ 舊時指那些利息甚高而贖期很短的小當舖。

雷公蛇 lêu⁴ gung¹ sé⁴ 四腳蛇。

擂 lêu⁴ ❶ 揍,打。❷ 研磨:～ 茶〔用砂盆和圓棍把茶葉擂爛製成的茶〕。

擂槌 lêu⁴ cêu⁴ 在砂盆上擂東西用的長木棍。

擂漿棍 lêu⁴ zêng¹ guen³ 擂茶、擂米漿等用的木棍。

鐳射唱機 lêu⁴ sé⁶ cêng³ géi¹ 激光唱機。〖"鐳射"是英語 laser 的音譯。〗

裏便 lêu⁵ bin⁶ 裏面;裏頭:喺 ～〔他在裏面〕| ～ 開緊會〔裏面正開着會〕| ～ 有位〔裏頭有位置〕。

裏底 lêu⁵ dei² 同上。

累 lêu⁶ ❶ 連累:呢件事我怕 ～ 埋你〔這件事我怕把你也連累了〕。❷ 害:飲咗嗰杯酒 ～ 我醉咗一晚〔喝了那杯酒害我醉了一宿〕。

累悴 lêu⁶ sêu⁶ 憔悴;衣着不整潔。

累人累物 lêu⁶ yen⁴ lêu⁶ med⁶ 連累別人或成了別人的累贅。

li

哩啦 li¹ la¹ 多嘴;多管閒事:唔使你 ～〔不用你多嘴〕。

哩哩啦啦 li⁴ li⁴ la⁴ la⁴ 動作迅速的樣子:咁多人,～ 就做完晒咯〔那麼多的人,呼嚕嘩啦就幹完了〕。

lib

軩 lib¹ 電梯。〖英語 lift 的音譯。〗

獵 lib⁶ 捋;撫摩:～ 鬍鬚。

獵頭公司 lib⁶ teo⁴ gung¹ xi¹ 介紹職業或人才的機構。

lid

裂 lid³(讀音 lid⁶)裂紋:花樽有條 ～〔花瓶上有一道裂紋〕。

纈 lid³(讀音 kid³)❶ 結子:綁一個 ～〔打一個結〕。❷ 節:竹 ～ | 蔗 ～〔甘蔗節〕| 手指 ～。

lig

叻幣 lig¹ bei⁶ 新加坡貨幣。

叻埠 lig¹ feo⁶ 新加坡。

叻㗎 lig¹ ga³⁻² (叻,礫;㗎,架)清漆。〖"叻㗎"是英語 lacquer 的音譯詞。〗

力行雞 lig⁶ hang⁴ gei¹ 來亨雞。〖"力行"是英語 leghorn 的譯音。〗

lim

淰 lim² 水乾(廣州少用):煲水 ～ 咗咯〔鍋裏的水乾了〕。

斂 lim⁵⁻² (廉²)舔:～ 嘴〔(用舌頭)舔嘴唇〕。

lin

*連仁 lin¹ yen² 亞麻布。〖"連仁"是英語 linen 的音譯詞。〗

連隨 lin⁴ cêu⁴ 接着(做);緊跟着:通知一到,貨 ～ 就到〔通知一到,貨物緊跟着就到〕。

連汁撈埋 lin⁴ zeb¹ lou¹ mai⁴ 比喻全部要走,不剩下任何東西。

鏈 lin⁶⁻² ❶ 鏈子:鎖 ～〔鐵鏈〕｜錶 ～。
❷ 發條;弦(鐘錶弦):上 ～｜鐘 ～。

鏈㧠 lin⁶⁻² kem²(㧠,卡砍切)鏈套(自
行車附件)。

臠 lin⁵⁻²(讀音 lün⁵)量詞,塊(長而大
的):一 ～ 肉。

連氣 lin⁴ héi³ 一連;一口氣地;連續:～
幾日〔一連幾天〕｜～ 食咗四五碗〔連
續吃了四五碗〕｜～ 做咗三個鐘頭〔一
口氣幹了三個小時〕。

連埋 lin⁴ mai⁴ 連同;和:呢條村 ～ 細
佬哥總共有百五人〔這個村莊連同小
孩總共有一百五十人〕。

蓮花 lin⁴ fa¹ 荷花。

蓮子口面 lin⁴ ji² heo² min⁶ 圓形的面龐。

蓮子蓉口面 lin⁴ ji² yung⁴ heo² min⁶ 笑
臉。

蓮藕 lin⁴ ngeo⁵ 藕。

捵 lin⁵ ❶ 收拾好;拿出來;放下去:～
好嗰堆衫〔把那堆衣服收拾好〕｜將
槓裏便啲衫 ～ 出嚟〔把箱子裏面的
衣服拿出來〕｜唔該你將啲雞蛋 ～
入去〔麻煩你把那些雞蛋放進去〕。
❷ 搬;運(距離不遠的):成日將啲
嘢 ～ 嚟 ～ 去做乜呀〔整天把東西搬
來搬去幹甚麼〕?

ling

鈴 ling¹ 小鈴聲。

鈴鈴 ling⁴⁻¹ ling⁴⁻¹ ❶ 小鈴鐺。❷ 道士
用的法鈴:"～ 都掉埋"〔俗語。把
法鈴都扔掉了 —— 比喻輸得很慘,
敗得很狼狽〕。

鈴啷 ling¹ long¹ 連續的鈴聲。門鈴 ～
咁響都冇人開門〔門鈴叮噹叮噹響也
沒有人開門〕。

焫 ling³(鈴³)鋥亮(物體表面光滑得
發亮):單車打過蠟 ～ 咗好多〔自行
車上過蠟亮了很多〕。

焫撤撤 ling³ lab³ lab³(焫,啦慶切)同
"撤撤焫"。

零丁 ling⁴ ding¹ 不是整十、整百、整
千……的數:點得七千零一咁 ～ 嘅
〔為甚麼得七千零一這樣不整齊的
數〕?

零零林林 ling⁴ ling⁴ lem⁴ lem⁴ 行動迅
速發出的聲音,也作動作迅速貌:
大家 ～ 就完成晒咯〔大家很快地完
成了〕。

零舍 ling⁴ sé³ 特別;分外:荔枝蜜 ～
香｜佢搞嘅試驗田 ～ 唔同嘅〔他搞
的試驗田分外不同〕。

零星落索 ling⁴ xing¹ log⁶ sog³ 七零八落。

玲瓏浮突 ling⁴ lung⁴ feo⁴ ded⁶ 玲瓏剔
透。形容物件精巧、細緻、清楚,
有透明感和立體感。

靈灰 ling⁴ fui¹ 人的骨灰。

靈水 ling⁴ sêu² 聰明;機敏。

靈醒 ling⁴ xing² 聰明伶俐;反應敏捷。

令到 ling⁶ dou³ 使,使得:你噉講 ～
我好唔舒服〔你這樣說使我很不舒
服〕。

liu

了哥 liu¹ go¹(了,讀音 liu⁵)俗稱八哥。

溜雞 liu¹ gei¹ 溜號兒(偷偷地離去):
一開會就想 ～〔一開會就想溜號兒〕。

溜之趷之 liu¹ ji¹ ged⁶ ji¹(趷,吉⁶)溜
之大吉;逃走。

溜人 liu¹ yen¹ 溜號兒,偷偷離去。

料 liu⁶⁻² ❶ 餡兒。❷ 比喻學問、才學、
技術:呢個工程師確實有 ～〔這位工
程師確實有才學〕。

寮 liu⁴ ❶ 簡陋的小棚子:茅 ～ ｜
茶 ～ ｜鴨 ～〔看鴨人住的小棚子〕。
❷ 舊式小作坊:糖 ～〔土法榨糖作
坊〕。

寮刁 liu⁴ diu¹ 長而瘦的樣子:高腳 ～

〔腿又細又長〕。

寮口 liu⁴ heo² 舊時指妓院及其行業：老舉 ～〔妓女窩〕。

撩 liu⁴⁻² (用棍子等隨便) 攪；繞：～咗啲蠄蟧絲網落嚟〔把那些蜘蛛網繞下來〕｜～下佢，等啲糖快啲溶〔攪拌一下，讓糖快點化〕。

撩牙 liu⁴⁻² nga⁴⁻² 剔牙。

撩（嬲） liu⁴ (遼) 招惹 (多指用語言挑逗)：唔好 ～ 人哋〔別招惹人家〕｜～ 到佢嬲嘥晒〔惹得他生氣了〕。

撩鬼攞病 liu⁴ guei² lo² béng⁶ 比喻自找麻煩，自討苦吃。

繚繑 liu⁴⁻² kiu⁵⁻² (繑，喬²) (字跡) 潦草。

料兆 liu⁴ xiu⁶ ❶ 實際內容；材料：湯裏頭有乜 ～〔燙裏頭有些甚麼料〕？ ❷ 供消遣的東西：成日坐住，冇乜 ～〔整天坐着，沒甚麼可消遣的〕。

lo

囉 lo¹ 語氣詞，用於反詰：噉唔係得 ～〔這不就行了嗎〕！

囉氣 lo¹ héi³ 勞神：呢啲事由得佢喇，何必咁 ～〔這些事隨便它吧，何必這麼勞神〕！

囉囉攣 lo¹ lo¹ lün¹ (攣，讀音 lün⁴) 小孩因身體不舒服而焦躁不安或哭鬧：細蚊仔成晚 ～〔小孩兒整夜焦躁不安〕。

囉攣 lo¹ lün¹ ❶ 小兒由於不舒服而啼哭：呢個臊蝦仔咁 ～，梗係有病嘅〔這小嬰兒哭得那麼厲害，肯定是有病了〕。 ❷ 肚子不舒服的感覺：我個肚有啲 ～〔我的肚子有點不舒服〕。 ❸ 由於身體不舒服而在牀上輾轉反側。

囉柚 lo¹ yeo⁶⁻² 屁股。

籮 lo⁴⁻¹ 手提小籮；小籃子。

螺 lo⁴⁻² 同"田螺"。

攞 lo² (羅²) ❶ 拿；取：～嚟〔拿來〕｜～

咗三件〔取了三件〕。 ❷ 尋找：～柴。 ❸ 介詞。用；以：～刀斬〔用刀砍〕｜～ 佢做樣〔以他作樣子〕。

攞彩 lo² coi² ❶ 增光；出風頭：今日你夠 ～ 咯〔今天你出盡風頭了〕。 ❷ 炫耀自己；自我表現。

攞膽 lo² dam² (攞，羅²) ❶ 要命：呢個任務唔完成，影響咗全局，噉唔係 ～〔這個任務完成不了，影響了全局，豈不是要命〕！ ❷ 大膽：噉都應承，真係 ～〔那樣都答應，真是大膽〕。

攞掂 lo² dim⁶ 取直；駕駛時把握正直的方向。

攞景 lo² ging² (攞，羅²) ❶ 取鏡頭。 ❷ 故意做某事給某人看以氣他；趁人家失意時加以諷刺。

攞口響 lo² heo² hêng² 形容人光説不做。

攞嚟搞 lo² lei⁴ gao² 自找麻煩；做無效的勞動：你噉做等於 ～ 嘅〔你這樣做等於白幹〕。又叫"搵嚟搞" wen² lei⁴ gao²。

攞嚟講 lo² lei⁴ gong² (攞，羅²；嚟，黎) 對某些不切實際的主張或計劃的評語，有"紙上談兵"、"隨便説説"、"開玩笑"等意思：想三四日就築好條基圍，～ 嘅嘛〔想三四天就修好堤壩，隨便説説罷了〕。

攞嚟賤 lo² lei⁴ jin⁶ (攞，羅²；嚟，黎) 同"攞嚟衰"。

攞嚟辛苦 lo² lei⁴ sen¹ fu² 自找苦吃：有車唔坐，行路去，～ 啦〔有車不坐，走路去，自找苦吃〕。

攞嚟衰 lo² lei⁴ sêu¹ (攞，羅²；嚟，黎) 自找麻煩；自找倒楣：做埋呢啲事，唔係 ～〔幹這些事兒，不是自討苦吃嗎〕！

攞嚟笑 lo² lei⁴ xiu³ 鬧着玩兒。

攞嚟做 lo² lei⁴ zou⁶ 譏諷人做不必做的事。

攞命 lo² méng⁶ (攞，羅²) 要命：真 ～，

打爛咗眼鏡添〔真要命，把眼鏡打破了〕。

攞便宜 lo² pin⁴ yi⁴（攞，羅²）討便宜。

攞意頭 lo² yi³ teo⁴ 圖個好兆頭、吉利：舖頭開張燒炮仗係 ~ 嘅嘛〔店舖開張放鞭炮，圖個好兆頭罷了〕。

囉 lo³（羅³）語氣詞。❶ 了、啦（用在陳述句中）：開會 ~ ｜係噉嘅 ~〔是這樣的了〕｜落雨 ~〔下雨啦〕！❷嘍吧：走 ~。

囉噃 lo³ bo³（噃，播）語氣詞。表示提醒、催促：夠鐘 ~〔時間到了〕｜冇滾水 ~〔開水沒有了〕｜走 ~〔該走了〕。

囉咩 lo³ mé¹ 語氣詞，表示疑問：做完 ~〔做完了嗎〕？

囉喂 lo³ wei² 語氣詞，表示提醒：去 ~〔該去了〕。

囉喎 lo³ wo³ 語氣詞，表示提醒、徵詢：夠 ~〔夠啦〕｜ 好去 ~〔該去了〕。

爐 lo³（羅³）焦味；燒布、頭髮、橡膠等時發出的臭味：風爐燒咗乜嘢？乜咁 ~ 㗎〔爐子裏燒了些甚麼？為甚麼一股焦味的〕？

螺絲批 lo⁴ xi¹ pei¹ 螺絲刀；改錐；螺絲起子。

羅 lo⁴ 語氣詞，表示不言而喻：我話唔係 ~〔我說當然不是〕｜坐車好 ~〔當然是坐車好了〕｜唔識做就學 ~〔不會幹就學唄〕。

羅斗 lo⁴ deo² 用來篩米粉等的器具。

羅經 lo⁴ gang¹ 羅盤，測定方向的儀器。

羅氣 lo⁴ héi³ 費勁；費口舌：要説服佢真 ~〔要説服他真費勁〕。

羅漢齋 lo⁴ hon³ zai¹ 一種素菜，近似素什錦。

羅傘 lo⁴ san³ 同“羅傘帳”。

羅傘帳 lo⁴ san³ zêng³ 圓頂蚊帳。

羅宋湯 lo⁴ sung³ tong¹ 俄式番茄湯。

蘿蔔 lo⁴ bag⁶ 凍瘡：生 ~〔長凍瘡〕｜ ~ 好痕〔凍瘡很癢〕。

蘿蔔頭 lo⁴ bag⁶ teo⁴ 日本侵華時對日本人的蔑稱。

蘿蔔仔 lo⁴ bag⁶ zei² 同上。

籮底橙 lo⁴ dei² cang⁴⁻² ❶ 下腳貨；被人挑剩的東西。❷ 比喻質量差的東西或水平低學識少的人。

log

剁（嘩）log¹（落¹）用鉗子等把硬物拔出或扭斷：~ 牙｜ ~ 釘。

剁咗棚牙 log¹ zo² pang⁴ nga⁴ 使人無話可説：你唔收聲，等陣畀人 ~ 就有得睇嘞〔你不住口，待一會兒讓人掃了你的威風就有好看的〕。

剁剁聲 log¹ log¹ séng¹（嘩，落¹）❶ 能説會道。❷ 名聲響亮。

咯 log³（洛）語氣詞。了：打風 ~〔颳風了〕｜算 ~，咪再提 ~〔算了，別再提了〕。

絡 log³⁻² 網兜。又叫“線絡” xin³ log³⁻²。

絡 log³ 用網絡或繩子等物在下面兜着：用條繩再 ~ 住就穩陣喇〔用一跟繩子從下面兜着就穩了〕。

絡住屎忽吊頸 log³ ju⁶ xi² fed¹ diu³ géng² 比喻辦事穩妥、保險：你唔使怕，~ 你重怕乜吖〔你不用害怕，這是最保險的了〕。

落 log⁶ ❶ 下：~ 鄉｜ ~ 廣州｜ ~ 本〔下本錢〕｜ ~ 車｜ ~ 雪｜呢包行李放 ~ 你度先〔這包行李放（下）在你這裏〕。❷上（船）：~ 船〔上船〕。

落班 log⁶ ban¹ 下班。

落便 log⁶ bin⁶ 下邊，下面：~ 都係啲臨時搭嘅茅寮〔下面都是些臨時搭蓋的茅屋〕。又作“落邊”、“落低”、“落底”。

落單 log⁶ dan¹ 下定單。

落定 log⁶ déng⁶ 給定錢：你要做鞋就要先～至得〔你要做鞋就得先給定錢〕。

落膈 log⁶ gag³ 指吃東西後休息片刻，讓食物在胃裏穩定下來：啱食飽飯都未～，咪走啦〔剛吃完飯還沒休息夠，別跑〕！

落街 log⁶ gai¹ 從樓上下到街上：～去買嘢〔上街去買東西〕。

落降頭 log⁶ gong³ teo⁴ 一種巫術，據說在東南亞地區盛行，把有毒的東西放在食物裏，人吃了如果不及時解毒就會慢慢死去，即放蠱。

落注 log⁶ ju³⁻² 下賭注。

落力 log⁶ lig⁶ 賣力；努力；認真：大家～，一下就做完｜～拍演〔認真地合作表演〕。〖"落力"是"戮力"的變音。〗

落名 log⁶ méng⁴⁻² 署名：呢本書點樣～呀〔這本書怎樣署名〕?

*落柯打 log⁶ ngo¹ da² 下定單。〖"柯打"是英語 order 的譯音。〗

落面 log⁶ min⁶⁻² 丟臉：真係～喇〔真丟臉了〕｜咪落我嘅面啦〔別丟我的臉了〕。

落曬形 log⁶ sai³ ying⁴ 形容人病後或身心受到重大刺激而消瘦：佢病咗幾日就～〔他病了幾天就消瘦了許多〕。

落手 log⁶ seo² 下手。

落手落腳 log⁶ seo² log⁶ gêg³ 親自動手（做）：佢乜嘢都～做㗎〔甚麼事他都親自動手做〕。

落貼 log⁶ tib³ （為衣服）上貼邊：佢高咗，條褲要～咯〔他長高了，褲子要上貼邊了〕。

落堂 log⁶ tong⁴ 下課。

落色 log⁶ xig¹ 着色。

落雪水 log⁶ xud³ sêu² 下冰冷的雨水，近似凍雨。

落船 log⁶ xun⁴ 上船（從岸上到船上）：五點～，六點開身〔五點上船，六點開船〕。

落剩 log⁶ xing⁶ 剩下：冇嘢～〔沒有剩下東西〕｜我哋人咁多，幾多嘢都冇～〔我們人那麼多，有多少東西都沒法剩下〕。

落形 log⁶ ying⁴ 嚴重消瘦以致變了樣兒：病到～〔病得消瘦極了〕。

落雨 log⁶ yü⁵ 下雨。

落雨濕濕 log⁶ yü⁵ seb¹ seb¹ 同下。

落雨絲濕 log⁶ yü⁵ xi¹ seb¹ 天雨路滑；由於下雨室外到處都濕淋淋的：～，邊處都唔想去〔下雨到處濕淋淋的，哪兒都不想去〕。

落賬 log⁶ zêng³ 記賬，登記在賬上。

落妝 log⁶ zong¹ 卸妝：做完戲即刻～〔演完戲馬上卸妝〕。

loi

來經 loi⁴ ging¹ 月經來潮。

來路 loi⁴ lou⁶⁻² 外來的；進口的：～貨｜～嘢〔洋貨〕。

來頭 loi⁴ teo⁴ 形勢；勢頭：～唔對〔形勢不妙〕｜睇～嚟湊啦〔看形勢行事吧〕。

long

嘟 long¹（郎¹）象聲詞，鈴鐺的響聲。

嘟箕 long¹ géi¹ 蕨草的一種，莖細長而硬，有芯，農村多用作柴火。

嘟戾 long¹ lei²（戾，禮²）橫蠻無理地發脾氣：發～〔發脾氣〕。

哴 long²（郎²）涮洗：～下個面盆〔把臉盆涮一涮〕。

哴口 long² heo² 漱口。

哴口盅 long² heo² zung¹ 漱口杯。

哴釉 long² yeo⁶⁻² ❶ 搪瓷器皿上釉。❷ 形容人油嘴滑舌：佢把口～都冇咁滑〔他的嘴巴油滑得很〕。

揦 long³（郎³）墊；架（把東西放在另一物件之上）：～高個木箱〔把箱子墊高〕｜將塊板 ～ 上櫃頂〔把木板架在櫃子頂上〕。

狼 long⁴ ❶ 形容人兇狠，兇惡：嗰班爛仔好 ～，咪惹佢〔那群小流氓十分兇狠，別惹他〕｜～ 過隻癲狗〔比瘋狗還兇惡〕。❷ 形容人兇猛、莽撞：佢打波好 ～〔他打球很愣〕｜開車咁 ～ 好危險㗎〔開車這樣莽撞是很危險的〕。❸ 形容人要求過分，胃口大：你要咗大半，～ 啲啩〔你要了一大半，太狼了吧〕！｜咁 ～，想食我只"車"〔你胃口真大，居然還要狠宰我〕！

狼毒 long⁴ dug⁶ 狠毒。

狼狂 long⁴ kong⁴ 狼狽；匆忙：乜搞得咁 ～ 呀〔怎麼搞得這麼狼狽啊〕？

狼命 long⁴ méng⁶ 同上。

狼忙 long⁴ mong⁴ 匆忙；急忙；過分緊張：咁 ～ 去邊呀〔這麼匆忙，去哪兒呀〕？｜慢慢嚟，唔使咁 ～ 嘅〔慢慢來，用不着那麼急急忙忙的〕。

狼胎 long⁴ toi¹ 兇；狠：食嘢唔好咁 ～〔吃東西不要吃得那麼兇〕｜佢打人好 ～㗎〔他打人很狠〕。

裲(襠) long⁶ 襠：褲～｜橫～｜直～｜開 ～ 褲。

晾 long⁶（浪）❶ 晾曬：～ 衫〔晾衣服〕。❷ 張掛：～ 蚊帳〔掛帳子〕。

lou

撈 lou¹ ❶ 混（日子）：舊時佢喺省城 ～ 咗十幾年〔過去他在廣州混了十多年〕。〔帶"撈"字的詞條，莊重嚴肅的場合一般不用。〕❷ 攪；拌：將沙同石仔 ～ 勻佢〔把沙子和石子拌均勻〕｜～ 汁〔用菜汁拌米飯吃〕。❸ 混合；合：大家嘅嘢都 ～ 亂晒〔大

家的東西都混了〕｜我同你 ～ 埋食〔我跟你合在一起吃〕。

撈得埋 lou¹ deg¹ mai⁴ 合得來。

撈家 lou¹ ga¹ 指沒有正當職業，專靠偷拐詐騙過活的流氓。

撈雞 lou¹ gei¹ ❶ 得到好處、利益（粗俗的説法）。❷ 成功；完成任務（粗俗的説法）：做埋呢下就 ～ 咯〔幹完這一下就成功了〕。

撈過界 lou¹ guo³ gai³ 超越範圍。比喻侵犯別人的利益。

撈起 lou¹ héi² 發跡；高升；飛黃騰達。

撈靜水 lou¹ jing⁶ sêu² 比喻從別人不大注意的地方、或看不起的事物中，取得了很大的好處或利益。

撈捹 lou¹ lin⁵ ❶ 拿來拿去，折騰：你唔好 ～ 咁多喇，～ 多貨就殘喇〔你別老翻來翻去了，翻得多東西就蔫兒了〕。❷ 倒騰錢以取利：揸住一百文，～ 幾下就又賺錢〔拿着一百元錢，倒騰幾下就賺了錢〕。

撈唔起 lou¹ m⁴ héi² 發不了財，發達不了，升不了官。比較粗俗的説法。

撈唔埋 lou¹ m⁴ mai⁴ 無法合作，無法合在一起幹事：我同佢 ～〔我跟他無法合作〕。

撈麵 lou¹ min⁶ 拌麵條（麵煮熟後，用調料拌着吃）：蠔油 ～。

撈女 lou¹ nêu⁵⁻² 女流氓；暗娼。

撈偏門 lou¹ pin¹ mun⁴⁻² ❶ 從事不正當的職業。❷ 搞非法經營。❸ 做少人做的生意。

撈世界 lou¹ sei³ gai³ 混日子；謀生；闖江湖。

撈水尾 lou¹ sêu² méi⁵ 只在別人的後面撈到一些利益。

撈頭 lou¹ teo⁴ 賺頭，賺錢的可能：呢單嘢冇乜 ～〔這宗生意沒甚麼賺頭〕。

撈頭水 lou¹ teo⁴ sêu² 在別人前面佔了先機，獲利豐厚。

撈嘢 lou¹ yé⁵ ❶ 得到利益或便宜：呢次你真係 ~ 咯〔這回你真賺了〕。❷ 反語，倒霉：佢的確 ~ 咯，淋到一頭水〔他的確倒霉，給淋了一頭水〕。

撈汁 lou¹ zeb¹ 用菜湯汁拌飯。

佬 lou² ❶ 男人；漢子(有貶意)：補鞋 ~〔補鞋匠〕| 豬肉 ~〔賣肉的〕| 外江 ~〔外省人〕。❷ 用在某些名詞、形容詞或動賓詞組後面，構成人的稱謂(親暱的或不尊敬的稱呼)：廣東 ~ | 肥 ~〔胖子〕| 補鑊 ~〔補鍋的〕。

嚕 lou³〔啦奧切〕那：~ 便〔那邊〕| 講呢講 ~〔說這說那〕| 嫌呢嫌 ~〔嫌這嫌那〕。〖"嚕" lou³，廣州市區要與"呢"同用，四鄉可以單獨用。〗

勞煩 lou⁴ fan⁴ ❶ 煩勞；勞駕：~ 你去話我大佬知〔勞駕你去告訴我哥哥〕。❷ 生氣：你唔好一啲啲事就 ~ 啦〔你不必一點小事就生氣〕。

勞氣 lou⁴ héi³ ❶ 費話(多說話)；費神：你唔使咁 ~ 嘅〔你用不着那麼費話〕| 使乜你咁 ~ 吖〔你何必那麼費神〕。❷ 生氣：你唔好一啲啲事就 ~ 啦〔你不必一點小事就生氣〕。

嘮嘈 lou⁴ cou⁴ (說話) 聲音大。

爐灰 lou⁴ fui¹ 爐子裏的草木灰。

老 lou⁵ ❶ 年紀大。❷(秤) 大：呢把秤好 ~，人哋一斤佢至夠九兩〔這桿秤大，人家一斤它才九兩〕。❸ 死(婉辭)。

老伯 lou⁵ bag³ 對老年男子的尊稱。

老表 lou⁵ biu² 表親：佢兩個係兩 ~ 嚟㗎〔他們倆是表兄弟(姐妹)〕| 佢係我嘅 ~〔他是我的表親〕。

老波骨 lou⁵ bo¹ gued¹ 老資格的球員。

老差骨 lou⁵ cai¹ gued¹ 戲稱老警察。

老柴 lou⁵ cai⁴ 老傢伙。

老卓 lou⁵ cêg² 老練；老到(有貶意)。

老襯 lou⁵ cen³ 傻瓜；笨：真 ~，直路唔行行彎路〔真傻瓜，直道不走走彎道〕| 噉做 ~ 喇〔這麼幹笨了〕。

老抽 lou⁵ ceo¹ 一種醬油，色較濃做菜時調色用。

老豆(老竇) lou⁵ deo⁶ 父親(引稱)。

老大 lou⁵ dai⁶⁻² ❶ 年老：咁 ~ 唔想去玩咯〔年紀那麼大不想去玩了〕。❷ 老者；老人家：都九十幾歲嘅 ~ 咯，重去玩乜吖〔都九十幾歲的老人家了，還去玩甚麼呢〕。

老定 lou⁵ ding⁶ 鎮定；冷靜；沉住氣：佢好 ~ 㗎〔他很鎮定〕| 你要 ~ 啲〔你要冷靜一些〕。

老番 lou⁵ fan¹ 同 "番鬼佬"。

老番涼茶 lou⁵ fan¹ lêng⁴ ca⁴ 戲稱啤酒。

老番睇榜第一 lou⁵ fan¹ tei² bong² dei⁶ yed¹ 戲稱倒數第一。

老火靚湯 lou⁵ fo² léng³ tong¹ 用文火長時間熬煮成的湯。

老虎機 lou⁵ fu² géi¹ 一種賭具，投進硬幣後摁鈕或者用手搖把兒，熒幕上即顯示輸贏情況。

老虎蟹 lou⁵ fu² hai⁵ ❶ 螃蟹的一種，殼上有花紋。❷ 表示決心大、毫不畏懼時用：~ 都唔怕〔天塌下來也不怕〕| ~ 都要去〔無論如何也要去〕| 呢次唔畀我去，~ 都假〔這次不讓我去，說甚麼也不行〕!

老虎借豬 lou⁵ fu² zé³ ju¹ 歇後語，下一句是"有借無還"：話嘅，其實係想 ~〔說是這樣，其實是想借而不還〕。

老虎乸 lou⁵ fu² na²〔乸，那²〕❶ 雌老虎。❷ 比喻兇悍的婦人。

老階 lou⁵ gai¹ ❶ 階級敵人。❷ 對憎恨的人的蔑稱。

老記 lou⁵ géi³ 戲稱記者。

老舉 lou⁵ gêu² 妓女。

老舉寨 lou⁵ gêu² zai⁶⁻² 妓院。

老姑婆 lou⁵ gu¹ po⁴ 老姑娘。

老倌 lou⁵ gun¹ 過去稱較有名的藝人。

老公 lou⁵ gung¹ 丈夫(引稱)。

L

老坑 lou⁵ hang¹ 老漢；老頭子（含有不尊重的意思）。

老坑公 lou⁵ hang¹ gung¹ 同上。

老坑婆 lou⁵ hang¹ po⁴ 老年婦女；老太婆（帶貶意）：我呢個 ～ 有用咯，乜都唔識〔我這個老太婆沒有用了，甚麼都不懂〕。

老鄉 lou⁵ hêng¹ ❶ 土包子，土氣的人，帶輕蔑意：成個 ～ 樣〔就像一個土包子〕｜ 正一大 ～〔一個土裏土氣的人〕。❷ 形容人土頭土腦，土氣：着起呢脫衫真 ～〔穿着這套衣服真夠土氣的〕。

老糠 lou⁵ hong¹ 礱糠（稻穀殼）。

老行專 lou⁵ hong⁴ jun¹ 某方面的專家、權威。

老積 lou⁵ jig¹ 老成：～ 仔〔舉動言談老成的少年〕｜ 睇佢咁 ～ 唔似七歲仔〔看他這麼老成不像七歲的孩子〕。

老契 lou⁵ kei³ “契家佬”“契家婆”的省稱。

老襟 lou⁵ kem¹ 連襟。

老禽騎 lou⁵ kem⁴ ké⁴ 形容老態龍鍾的樣子（略帶貶意）。

老虔婆 lou⁵ kin⁴ po⁴ 罵人語，即鴇母。

老辣 lou⁵ lad⁶ 老練狠辣：手段 ～。

老來嬌 lou⁵ loi⁴ giu¹ 老來俏。

老媽子 lou⁵ ma¹ ji² ❶ 年老的母親（引稱）。❷ 家中的老婦人（可以是母親，岳母，或其他親戚，也可指保姆）。〖“老媽子”一詞普通話現已少用，過去指女僕（含輕蔑意）。〗

老貓燒鬚 lou⁵ mao¹ xiu¹ sou¹ 比喻有經驗或技術熟練的人一時失手弄出笑話。

老母 lou⁵ mou⁵⁻² 母親（引稱）。

老懵懂 lou⁵ mung² dung² 老糊塗。

老泥 lou⁵ nei⁴ 汗垢。

老嚙嚙 lou⁵ nged⁶ nged⁶（嚙，讀音 ngid⁶）（人、蔬菜等）長得很老。

老奀茄 lou⁵ ngen¹ ké⁴⁻² （奀，銀¹）比喻個子長不高而又老成的孩子。

老藕 lou⁵ ngeo⁵ 上了年紀的婦人（含輕蔑意）。

老外 lou⁵ ngoi⁶ ❶岳父，詼諧的説法。❷ 指“洋人”、“外國人”。

老朋 lou⁵ pang⁴⁻²（朋，讀音 peng⁴）老朋友；知心朋友：“～ 兼死黨”〔俗語。比喻十分要好的朋友〕。

老脾 lou⁵ péi⁴⁻² 脾氣，詼諧的説法：佢嘅 ～ 唔係幾好〔他的脾氣不怎麼好〕。

老婆 lou⁵ po⁴ 妻子（多作引稱）。

老婆㜺 lou⁵ po⁴ na²（㜺，那²）老婆子（不尊敬的稱呼）。

老婆仔 lou⁵ po⁴ zei² 昵稱年輕的妻子。

老千 lou⁵ qin¹ 騙子。

老實 lou⁵ sed⁶ 顏色、式樣比較樸素大方：呢件衫好 ～〔這件衣服樸素大方〕。

老實威 lou⁵ sed⁶ wei¹ 顏色、式樣樸素大方而較鮮艷。

老西 lou⁵ sei¹ 戲稱西裝。

老細 lou⁵ sei³ 老闆：佢係 ～，你係經理〔他是老闆，你是經理〕｜ 陳先生係興隆公司嘅 ～〔陳先生是興隆公司的老闆〕。

老身 lou⁵ sen¹ 植物因生長時間長而顯得成熟或結實：呢隻瓜 ～ 啲可以做種〔這個瓜老一點可以做種〕。

老臣子 lou⁵ sen⁴ ji² 戲稱在某單位裏工作很久的人。

老手 lou⁵ seo² ❶ 對某種事情富有經驗的人。❷ 形容有經驗，熟練：影相佢好 ～ 咯〔照相數他最有經驗了〕｜ 處理呢啲問題，冇人有佢咁 ～〔處理這些問題，沒有人他這麼有經驗〕。

老水 lou⁵ sêu² 幹事情老練、沉着：佢好 ～ 㗎〔他幹事情很老練、沉着〕。

老水鴨 lou⁵ sêu² ngab³ 老練世故的人

（詼諧的説法）。

老太 lou⁵ tai³⁻² 老太太的簡稱。

老頭子 lou⁵ teo⁴ ji² 年老的父親（引稱）。
〖普通話"老頭子"一詞的詞義範圍比廣州話大，它還指年老的男子（含厭惡意）和妻子稱丈夫（用於年老的）。〗

老同 lou⁵ tung⁴ ❶ 名字完全相同或部分相同的人。❷ 年齡相同的拜把子兄弟姐妹。

老少平安 lou⁵ xiu³ ping⁴ ngon¹ 菜名，剁爛的魚肉蒸豆腐。

老鼠斑 lou⁵ xu² ban¹ 一種深海斑魚。

老鼠貨 lou⁵ xu² fo³ 偷出來後低價出賣的貨物。

老鼠拉龜 lou⁵ xu² lai¹ guei¹ 歇後語，下一句是"冇定埋手"，意為無法下手。

老鼠仔 lou⁵ xu² zei² 上臂內側的肌肉受擊後凸起來的疙瘩。

老爺 lou⁵ yé⁴ 舊時指公公（丈夫的父親，對稱）。

老嘢 lou⁵ yé⁵ 老東西；老傢伙（對老人不禮貌的稱呼）。

老一脱 lou⁵ yed¹ tüd³ 老一輩的人。

老人精 lou⁵ yen⁴ jing¹ 老於世故的人；少年老成的人。

老友 lou⁵ yeo⁵ ❶ 好朋友。❷ 老朋友（過去對一般不相識的人的稱呼，江湖客多用）。❸ 友好；有交情：你兩個真 ～〔你們倆真友好〕｜你嗽對佢唔夠 ～ 啩〔你這樣對他不夠朋友吧〕？

老友記 lou⁵ yeo⁵ géi³ 老相識；老朋友。

老友兼死黨 lou⁵ yeo⁵ gim¹ séi² dong² 鐵哥們（十分要好的朋友）：我兩個係 ～，絕對唔成問題〔我們兩個是鐵哥們，絕對不成問題〕。

老友鬼鬼 lou⁵ yeo⁵ guei² guei² 老朋友：～，有乜兩句呀〔老朋友了，好説好説〕｜佢兩個 ～，實好合作〔他倆是老朋友，一定合作得很好〕。

老二 lou⁵ yi⁶⁻² 戲稱警察。

老雀 lou⁵ zêg³⁻² 老手；老謀深算的人。

老祖 lou⁵ zou² 祖先。

老宗 lou⁵ zung¹ 本家（同姓的人）。

鹵味 lou⁵ méi⁶⁻² 醬肉；鹵肉。

鹵水 lou⁵ sêu² 鹵（做鹵味用的調味汁）。

櫓 lou⁵（又音 nou⁵）秤毫：頭～｜二～。

路 lou⁶ 量詞。趟；次（指沏茶或煎藥的次數）：二～茶〔沏第二次的茶〕；煎第二次的湯藥〕。

路邊店 lou⁶ bin¹ dim³ 指在公路兩旁的小餐館、小食店。

路邊蟻 lou⁶ bin¹ ngei⁵ 比喻任人踐踏、欺侮的人：佢唔係 ～，唔好隨便蝦呀〔他可不是省油的燈，不能隨便欺負的〕。

路數 lou⁶ sou³ 門路。

露 lou⁶ 折（zhē），倒騰：～ 凍啲滾水至飲〔把開水折（倒騰）涼了再喝〕。

露台 lou⁶ toi⁴ 陽台；曬台。

lüd

捋手捋腳 lüd³ seo² lüd³ gêg³ 想要動武的樣子：咪 ～，我怕咗你喇〔別打，我怕了你了〕。

lug

睩 lug¹（碌）瞪：～ 咗佢一眼〔瞪了他一眼〕｜～ 大雙眼〔瞪大了眼睛〕。

碌 lug¹ 滾，滾打，轉指拼搏：後生仔由得佢去 ～ 下都好嘅〔年輕人讓他去拼搏一下也是好的〕。

碌地 lug¹ déi⁶⁻² 在地上打滾：佢肚痛到 ～〔他肚子痛得在地上打滾〕。

碌地沙 lug¹ déi⁶ sa¹ 在地上打滾：咁大個唔好 ～〔這麼大了，別在地上打滾〕。

碌架牀 lug¹ ga³⁻² cong⁴ 雙層牀；架牀。

L

碌卡 lug¹ ka¹ 刷卡，指顧客在付款時把銀行卡讓售貨員在收銀機上刷一遍，收取貨款：有銀行卡買嘢好方便，一～就得咯〔有銀行卡買東西很方便，一刷卡就行了〕。

碌柚 lug¹ yeo⁶⁻² 柚子。

轆 lug¹ ❶ 軲轆；輪子。❷ 量詞。用於圓柱形的東西：一～蔗〔一截甘蔗〕| 一～杉〔一段杉木〕。❸ 滾：～鐵圈 | 山上～咗嚿石落嚟〔山上滾了一塊石頭下來〕。❹ 軋：～平條路〔把路軋平〕| 嗰架車差啲～親佢〔那輛車差點兒把他軋了〕。

六國大封相 lug⁶ guog³ dai⁶ fung¹ sêng³ 形容場面熱鬧壯觀。

陸軍裝 lug⁶ guen¹ zong¹ 男子的一種髮型，即平頭。

淥 lug⁶（六）（用開水或熱水）燙：～魚片〔涮魚片〕| ～親手指〔燙傷了指頭〕。

踛 lug⁶ 踩踏，踐踏。與"踃 nug⁶ 光着腳踩"音義相近。

綠豆公 lug⁶ deo⁶ gung¹ 煮不爛的綠豆。

綠豆沙 lug⁶ deo⁶ sa¹ 綠豆糖水。

戮 lug⁶ 踐踏；踩：公園嘅草地唔界～〔公園裏的草地不讓踐踏〕。

lün

攣 lün¹（讀音 lün⁴）❶ 彎曲：呢條棍～嘅〔這根棍子是彎的〕。❷ 蜷縮：～埋身瞓〔蜷縮着身子睡〕。

攣捐 lün¹ gün¹ 彎彎曲曲的：路又遠又～〔路又遠又彎曲〕。

攣弓 lün¹ gung¹ 蜷縮着，彎着身。

攣弓蝦米 lün¹ gung¹ ha¹ mei⁵ 形容人蜷縮的樣子：佢瞓成隻～噉〔他蜷縮着睡得像隻蝦米那樣〕。

攣毛 lün¹ mou⁴⁻¹ ❶ 捲髮。❷ 捲髮的人。

攣毛鉤鼻 lün¹ mou⁴⁻¹ ngeo¹ béi⁶ 卷毛鉤鼻子，指白種人的長相。

戀 lün² ❶ 滾；黏（讓物體滾動着黏上別的東西）：～咗一身泥沙〔滾了一身泥沙〕| ～糖〔黏糖〕。❷ 捲：～包袱 | ～蓆。

聯 lün⁴ 縫：～衫〔縫衣服〕。

亂嚟 lün⁶⁻² lei⁴（嚟，黎）胡來；亂來；瞎搞；胡鬧。

亂龍 lün⁶⁻² lung⁴ 亂；亂了套；亂七八糟：大家輪住嚟睇，唔好～〔大家輪着來看，不要亂了套〕| 搞到啲書亂晒龍〔把書弄得亂七八糟〕。

亂噏 lün⁶ ngeb¹ 胡說。

亂噏風 lün⁶ ngeb¹ fung¹ 指人胡說八道。

亂葬崗 lün⁶ zong³ gong¹ 亂墳崗。

亂撞 lün⁶ zong⁶ ❶ 亂碰：呢個人行路唔睇人，～嘅〔這個人走路不看人，亂碰亂撞〕。❷ 亂蒙，胡亂猜測：畀我～撞啱咗〔讓我亂蒙碰對了〕。

亂咁舂 lün⁶ gem³ zung¹（咁，禁）亂碰亂闖；到處亂蹧：嗰個嘢～去邊度呀〔那個傢伙到處亂蹧蹧到哪裏去了〕？| 行路唔帶眼，～〔走路不帶眼，亂撞亂碰〕。

亂立立 lün⁶ leb⁶ leb⁶ 亂糟糟。

亂晒坑 lün⁶ sai³ hang¹ 同"亂龍"。

lung

窿 lung¹ ❶ 窟窿；孔；洞；眼兒：老鼠～ | 山～ | 穿咗～〔穿了孔〕。❷ 量詞，窩：一～蛇。

窿罅 lung¹ la³ 偏僻的地方，旮旯，角落。

窿路 lung¹ lou⁶ 門路。

窿窿罅罅 lung¹ lung¹ la³ la³ 旮旮旯旯兒（狹窄偏僻的地方）：～都要掃乾淨。

龍 lung⁴ ❶ 對作為食品的蛇的美稱：～

虎鳳大會｜～衣〔蛇皮，蛇蛻〕。❷ 龍舟的省稱：賽～奪錦。

龍䰻 lung⁴ den² 大的石斑魚。

龍虎鬥 lung⁴ fu² deo³ 一種粵菜，用蛇和貓做主要食材。

龍虎鳳 lung⁴ fu² fung⁶ 一種粵菜。用蛇、貓、雞共同製作的菜餚。

龍精虎猛 lung⁴ jing¹ fu² mang⁵ 生龍活虎。

龍門 lung⁴ mun⁴ ❶ 足球、水球、手球等的球門：邊個守～？｜～柱。❷ 足球等球賽的守門員：邊個係～？｜呢個～使得。

龍芽豆 lung⁴ nga⁴ deo⁶⁻² 扁豆（一種菜豆）。

龍牙蕉 lung⁴ nga⁴ jiu¹ 芭蕉的一種，果實較豐滿，皮薄，淡黃色。

龍眼 lung⁴ ngan⁵ 桂圓。

龍穿鳳 lung⁴ qun¹ fung⁶ 飛黃騰達；交好運：終須有日～，唔通一世褲穿窿〔熟語。終歸有一天會飛黃騰達，難道一輩子都這樣衣衫襤褸〕？

龍蝨 lung⁴ sed¹ 一種黑甲蟲，生活在稻田裏，能吃，可入藥（可治小孩遺尿）。

龍鬚菜 lung⁴ sou¹ coi³ 做菜用的豌豆苗。

龍船 lung⁴ xun⁴ 龍舟：鬥～〔划龍船比賽〕。

龍舟 lung⁴ zeo¹ 流行於廣州方言區的一種曲藝。

龍舟節 lung⁴ zeo¹ jid³ 同"五月節"。

龍舟水 lung⁴ zeo¹ sêu² 端午節前後出現的洪水。

槓 lung⁵（讀音 gong³）盛衣物用的大木箱；籠箱。

M

m

唔 m⁴ 副詞，不：～係〔不是〕｜～去｜～贊成｜～知到〔不知道〕。

唔畀面 m⁴ béi² min⁶⁻² 不給面子；不賞臉：請都唔嚟，太過～喇〔請都不來，太不給面子了〕。

唔傍家 m⁴ bong⁶ ga¹ 該在家的時候經常不在家，不着家：佢都～嘅，你點搵得見佢吖〔他經常不在家，你怎麼能找到他呢〕。

唔曾 m⁴ ceng⁴ 沒有（用於疑問句。市區一般少用。）：你去過七星巖～？｜食飯～〔吃過飯沒有〕？

唔瞅唔睬 m⁴ ceo¹ m⁴ coi² 不理不睬，愛理不理。

唔臭米氣 m⁴ ceo³ mei⁵ héi³ ❶ 比喻人幼稚、無知。❷ 指人無人情味，不近人情。

唔臭鯹 m⁴ ceo³ séng³（鯹，蛇鏡切）不懂事；幼稚無知；乳臭未乾：佢好～嘅〔他很不懂事的〕｜咁大個人重咁～嘅〔那麼大的人了還那麼不懂事〕。

唔打得埋 m⁴ da² deg¹ mai⁴ 合不來：佢哋兩個興趣唔同，～〔他們兩個興趣不一樣，合不來〕。

唔打緊 m⁴ da² gen² 無關緊要。

唔單只 m⁴ dan¹ ji² 不僅：食煙～冇益，重有害添〔抽煙不僅沒有好處，而且還有害處〕。

唔嗲唔吊 m⁴ dé² m⁴ diu³ 指對甚麼事情都無所謂、不緊不慢、愛理不理的態度。

唔……得 m⁴ … deg¹ 中間插上一個動

詞，表示不可以或不能夠，相當於普通話"動詞＋不得"的格式：唔去得〔去不得〕｜唔睇得〔看不得〕｜唔坐得〔坐不得〕。〖如果"唔……得"後面還帶補語，普通話則去掉"得"字，然後加補語，成"動詞＋不＋補語"的格式。例如：唔離得開〔離不開〕｜唔打得爛〔打不破〕｜唔記得住〔記不住〕｜唔推得郁〔推不動〕。〗

唔得掂 m⁴ deg¹ dim⁶ 不得了；不可開交：打爛咗就 ～ 喇〔打破了就不得了了〕。

唔得閒 m⁴ deg¹ han⁴ 忙；沒空；沒功夫：呢排我好～〔近來我很忙〕｜你～就咪去啦〔你沒空就別去吧〕｜我同你打牙鉸〔我沒功夫跟你閒扯〕。

唔得切 m⁴ deg¹ qid³ 同"唔切"。

唔抵 m⁴ dei² ❶ 不值得；划不來：用咁多錢買一架舊車，太 ～ 喇〔用那麼多錢買一輛舊車，太不值得了〕。❷ 不忿：覺得有啲 ～〔覺得有點不忿〕。

唔抵得 m⁴ dei² deg¹ ❶ 忍不住：你叫佢唔做嘢，佢 ～ 嘅〔你叫他不幹活，他是忍不住的〕。❷ 受不了：焗到一身汗，真係 ～〔悶得一身汗，真受不了〕。

唔抵得佢 m⁴ dei² deg¹ kêu⁵ 同"唔抵得頸"❶。

唔抵得頸 m⁴ dei² deg¹ géng² ❶ 氣不過：睇見佢咁唔講理，真係 ～〔看他這麼不講理，真氣不過〕。❷ 不服氣：錯咗就承認錯，唔好 ～〔錯了就承認錯，不要不服氣〕。

唔抵得諗 m⁴ dei² deg¹ nem² (諗，稔²) 斤斤計較，不肯吃一點兒虧；不容易順從：出嚟做嘢 ～ 點得㗎〔出來社會上工作，斤斤計較，不願吃一點兒虧怎麼行呢〕！

唔等使 m⁴ deng² sei² 沒有用；無益：

呢啲嘢 ～ 嘅〔這些東西沒有用〕｜咪做埋啲 ～ 嘅嘢〔別盡幹那些無益的事情〕。

唔對路 m⁴ dêu³ lou⁶ 不對頭：睇下睇下覺得有啲 ～，即刻就走咯〔看着看着覺得有點不對頭，馬上就走了〕。

唔定 m⁴ ding⁶ 説不定；沒準兒（表示有某種可能，一般用在謂語之後）：話 ～〔説不定〕｜今日落雨都 ～〔今天説不定下雨〕｜如果肥料足，一畝收得八百斤都 ～〔如果肥料足，一畝説不定能收八百斤〕｜佢唔嚟都 ～〔他沒準不來了〕。〖"唔定"是"話唔定"的省略，如"今日落雨都唔定"即"今日落雨都話唔定"。〗

唔掂 m⁴ dim⁶ ❶ 不行；不妥；不解決問題：噉樣做 ～ 㗎〔這樣做可不行〕｜呢個辦法 ～〔這個辦法解決不了問題〕。❷ 不順利，情況不好：嗰單嘢 ～ 嘑〔那件事情況可不妙啊〕｜呢排乜都 ～〔這段時間甚麼都不順利〕。❸ 做不過來：啲嘢做 ～〔事情做不過來〕｜條數計 ～〔這數算不過來〕。❹ 不了，對某事無能為力：我搞 ～ 嘑〔我搞不了啦〕｜呢個班我搞佢 ～〔這個班我對付不了〕。

唔多 m⁴ do¹ 不大，不怎麼：～ 妥｜～ 好｜～ 似〔不大像〕。

唔多妥 m⁴ do¹ to⁵ 不大對頭；不對勁；身體不大舒服。

唔多唔少 m⁴ do¹ m⁴ xiu² ❶ 或多或少，多少：英文我 ～ 識啲啦〔英文我或多或少懂一點吧〕。❷ 不多不少：啱好三百文，～〔剛好三百元，不多不少〕。

唔多妥 m⁴ do¹ to⁵ ❶ 身體有點不舒服，不怎麼舒服：唔知食錯咗乜嘢，個肚 ～〔不知道吃錯了甚麼東西，肚子不怎麼舒服〕｜今日 ～，要請假添〔今天不怎麼舒服，要請假了〕。❷ 不對勁，不對頭：呢件事想落都係 ～，千祈咪應承〔這事細想起來總覺得不對勁，千萬別答應〕。

唔到 m⁴ dou³⁻² 用在動詞之後，表示該動作不能實現或未能完成：睇 ～〔看不見〕｜買 ～。

唔到 m⁴ dou³ 由不得：～ 你唔服〔你不得不服〕。

唔到你 m⁴ dou³ néi⁵ 不能由你，由不得你；輪不到你：喺人哋屋企就 ～ 亂嚟囉〔在別人家裏就不能由你胡來了〕｜～ 話事〔輪不到你做主〕。

唔化 m⁴ fa³ 固執；不開通；不覺醒。

唔化算 m⁴ fa³ xun³ 不合算；划不來：幾百文買呢件嘢，真係 ～〔幾百塊錢買這件東西，真是不合算〕。

唔忿 m⁴ fen⁶ 不服氣：就噉輸咗真係 ～〔就這樣輸了真不服氣〕！｜我就係 ～ 佢，唔啱再比過〔我就是對他不服氣，要不再比一次〕。

唔忿氣 m⁴ fen⁶ héi³ 不服氣。

唔合（唔夾） m⁴ gab³ ❶ 合不來：佢兩個，好難喺埋一處工作〔他倆合不來，很難在一起工作〕。❷ 配合得不好：呢首男女聲二重唱都 ～ 嘅〔這首男女聲二重唱配合得不好〕。

唔㗎 m⁴ gê⁴（㗎，舊靴⁴切）不服氣：你批評錯佢，佢好 ～〔你錯批評了他，他很不服氣〕。

唔記得 m⁴ géi³ deg¹ 記不得，記不起；忘記。

唔緊要 m⁴ gen² yiu³ 不要緊；沒關係：你幾時還都 ～〔你甚麼時候還都沒關係〕。

唔夠 m⁴ geo³ ❶ 不夠：～ 分。❷ 用在比較對象及動詞之前，表示比較，整個結構相當於普通話“動詞 + 不過 + 賓語”的格式：～ 我行〔走不過我〕｜～ 你打〔打不過你〕。❸ 用在比較對象及形容詞之前，表示比較，相當於普通話“不如”：～ 你高〔不如你高〕｜～ 佢聰明〔不如他聰明〕。

唔夠打 m⁴ geo³ da² 打不過，敵不過。普通話有“不夠打”的説法，但意思跟廣州話不一樣。普通話的意思是對方太弱了，我方不費吹灰之力便把他打敗，打得還不過癮，就像不夠吃，不夠飽一樣。廣州話的意思是打不過對方，側重在説明輸贏的事實：同我打？你 ～ 嘅〔跟我打？你打不過我的〕。

唔夠膽 m⁴ geo³ dam² 膽量不夠，不敢：犯法嘅嘢，邊個都 ～ 做〔犯法的事，誰也不敢幹〕。

唔夠釘 m⁴ geo³ déng³ ❶ 分量不夠，轉指人資歷威望不足：佢擔任呢個職務，怕 ～ 囀〔他擔任這個職務，恐怕資望不夠啊〕。❷ 形容人輕浮、幼稚：佢成日 ～ 嘅，點放心畀佢做呀〔他作風輕浮，怎麼放心讓他去幹呢〕！

唔夠捭 m⁴ geo³ gang³ 敵不過，比不過，贏不了（某人）：你同我比，你一定 ～〔你跟我比，你肯定比不過我〕｜呢次我唔夠你捭㗎〔這次我敵不過你了〕。

唔夠瞓 m⁴ geo³ fen³ 睡眠不足：呢幾日有啲 ～〔這幾天有點睡眠不足〕。

唔夠氣 m⁴ geo³ héi³ 氣短；氣不足：爬到半山腰就覺得有啲 ～〔爬到半山腰就覺得有點氣短〕。

唔夠喉 m⁴ geo³ heo⁴ 原意是吃不飽，引申作不夠、不滿足、不過癮：呢隻鵝食幾多都好似 ～ 嘅〔這隻鵝吃多少都好像吃不飽似的〕｜畀咗咁多過佢重話 ～〔給了他那麼多還説不夠〕。

唔夠佢嚟 m⁴ geo³ kêu⁵ lei⁴（嚟，黎）比不過他；競爭不過他：捉棋我 ～〔下

M

棋我比不過他〕｜～就虛心向人
哋學習〔比不過他就虛心向人家學
習〕。〖"唔夠佢嚟"中的第三人稱代詞
可以根據對象不同換成第二人稱代詞
"你"或第一人稱代詞"我"。〗

唔夠眼 m⁴ geo³ ngan⁵ 眼睛不好使：老
咗就～喇〔人老了眼睛就不好使了〕。

唔夠皮 m⁴ geo³ péi⁴⁻² ❶ 營業收入低於
成本。❷ 不滿足：食咗三碗重～〔吃
了三碗還不滿足〕。

唔夠秤 m⁴ geo³ qing³ 原指斤兩不足，
轉指人資格不夠。

唔夠運 m⁴ geo³ wen⁶ 運氣不夠，不走
運：呢次比賽抽籤抽着個強手，真
係～〔這次比賽抽籤對着一個強手，
真不走運〕。

唔夠攝牙罅 m⁴ geo³ xib³ nga⁴ la³ 熟
語。形容食物少，不夠塞牙縫。

唔夠算 m⁴ geo³ xun³ 手頭拮据，入不
敷出。

唔見 m⁴ gin³ ❶ 沒看見；不見：～你好
耐喇〔很久沒見你了〕。❷ 丟失：我～
咗一枝筆〔我丟失了一枝筆〕。

唔見得光 m⁴ gin³ deg¹ guong¹ 事情見
不得人：你呢啲嘢～〔你這些東西見
不得人〕。

唔經唔覺 m⁴ ging¹ m⁴ gog³ 不知不覺：～
又過咗三年〔不知不覺又過了三
年〕｜～就行到咗咯〔不知不覺就走
到了〕。

唔覺得點 m⁴ gog³ deg¹ dim² 不怎麼樣：
呢個人一般啦，我～〔這個人表現一
般，我覺得不怎麼樣〕。

唔覺眼 m⁴ gog³ ngan⁵ 沒注意：佢嚟過
有我～〔他來過沒有我沒注意〕｜佢
今日着乜嘢衫我～〔他今天穿甚麼衣
服我沒注意〕。

唔覺意 m⁴ gog³ yi³ 不留神；不小心：～
扰親個頭〔不留神碰了頭〕｜～倒瀉
盆水〔不小心灑了一盆水〕。

唔該 m⁴ goi¹ 請；謝謝；勞駕；借光；
對不起（客套語，請求或感謝他人
時用）：～你同我拎住〔請你給我
拿着〕｜～借歪啲〔借光！請讓開一
些。——請人讓路或讓坐時用〕｜～
你喇〔謝謝你了〕｜呢封信～你送畀
老王〔這封信勞駕送給老王〕。

唔該晒 m⁴ goi¹ sai³ 同上。但語氣更重
一些，有"太感謝你了"的意思。

唔該先 m⁴ goi¹ xin¹ 回答"吃飯沒有"
問話時的客套用語，有"不好意思，
吃過了"的意思：甲：食飯未吖？
乙：～〔甲：吃飯沒有？乙：不好意
思，吃過了〕。

唔講話 m⁴ gong² wa⁶ ❶ 不說話。❷ 連
詞。且不說，別說，別說是：～你
啦，你師父嚟都唔一定得〔別說是
你，就是你師父來也不一定行〕。

唔怪得 m⁴ guai³ deg¹ 難怪：原來佢今
日病咗，～冇見佢嚟〔原來他今天
生病，難怪沒見他來〕。

唔怪之得 m⁴ guai³ ji¹ deg¹ 同上。

唔關事 m⁴ guan¹ xi⁶ 否定別人認為某事
發生的原因，有"與……無關"、"不
是因為……""不光是"等意思：佢
呢次病～淨係冷親〔他這次病不光
是因為受涼〕。

唔過制 m⁴ guo³ zei³ 同"唔制得過"。

唔鹹唔淡 m⁴ ham⁴ m⁴ tam⁵ ❶ 不痛不
癢：你講成日，～，唔知講乜〔你說
了半天，不痛不癢，不知說了些甚
麼〕。❷ 半拉子：呢件事～，唔知
幾時至完成〔這件事才做得半拉子，
不知道甚麼時候才完成〕。❸ 半像不
像：你講英語～〔你說的英語不地
道〕。

唔喺度 m⁴ hei² dou⁶ ❶ 不在這兒。❷
婉辭。死亡。又說"唔在"。

唔喺處 m⁴ hei² xu³ 婉辭。不在；已去
世。

唔係 m⁴ hei⁶ ❶ 不是。❷ 不然：你快啲去啦，～人哋扯㗎喇〔你快點去吧，不然人家就回去了〕。❸ 不就；不就是；可不是（多用於反詰語氣）：嗷～得囉〔這不就成了嗎〕！嗷～，我早就話咯〔可不是，我早就說了〕｜你想去～去囉〔你想去就去唄〕。〖"唔係"用於反詰語氣時合音作 mei⁶。〗

唔係嘅話 m⁴ hei⁶ gé³ wa⁶⁻² （嘅，哥借切）不然的話；否則：你要用功啲喇，～考試唔及格㗎〔你要用功一點兒，不然的話考試要不及格的〕。

唔係幾…… m⁴ hei⁶ géi² 不大……；不怎麼……：～快｜～似〔不大像；不怎麼像〕。

唔係嗽話 m⁴ hei⁶ gem² wa⁶ （嗽，敢）❶ 直譯是"不是這麼說"（回答別人感謝性的話時用），相當於"哪裏，哪裏"：～，你過獎喇〔哪裏，哪裏，您過獎了〕。❷ 用在形容詞或少數動詞和助詞"到"的後面，表示較深的程度：熱到～〔熱得夠戧〕｜鬧到～〔罵得很厲害〕｜紅到～〔紅得沒法形容〕。

唔係喇 m⁴ hei⁶ la³ 句首詞。表示改變主意：～，都係嗽好〔不，還是這樣好〕。

唔係路 m⁴ hei⁶ lou⁶ 不對頭：我聽聽下覺得有啲～〔我聽着聽着，覺得有點不對頭〕。

唔恨 m⁴ hen⁶ 不稀罕；不想：我先～〔我才不稀罕〕｜佢～你啲嘢〔他不稀罕你的東西〕｜人人都～得嗰個虛名〔人人都不想得到那個虛名〕。

唔曉 m⁴ hiu² ❶ 不懂，不明白：講解咗幾次咯，佢重話～〔講解幾次了，他還說不明白〕。❷ 不會：煮餸你～，食就曉〔做菜你不會，吃就會〕｜呢方面嘅事冇乜嘢佢～嘅〔這方面的事沒有甚麼是他不會的〕。

唔開氣 m⁴ hoi¹ héi³ 形容人性格憂鬱不開朗或沉默寡言。

唔開胃 m⁴ hoi¹ wei⁶ ❶ 胃口不好：佢發燒，有啲～〔他發燒，胃口有點不好〕。❷ 引申指對某些事物表示討厭：嗰啲嘢咁唔乾淨，食都～〔那些東西那麼髒，吃也吃不下〕｜嗰個爛仔，我睇見佢就～〔那個流氓，我看見就討厭〕。

唔好 m⁴ hou² ❶ 不好。❷ 副詞。不要（表示制止）：你～去自〔你先不要去〕｜～嗽樣講〔不要這樣說〕｜～亂車〔不要瞎吹〕。

唔好彩 m⁴ hou² coi² 不走運：真係～，球飛嗒嗒賣晒咗〔真不走運，球賽的票剛剛賣完〕。

唔好手腳 m⁴ hou² seo² gêg³ 手腳不乾淨（比喻有偷竊行為）。

唔好話 m⁴ hou² wa⁶ 連詞。❶ 不要說，別說：～唔提醒你，呢件事唔做得㗎〔不要說不給你提個醒，這件事幹不得的〕。❷ 在說理時用，表示退一步的意思：～佢啦，就係你都唔得呀〔別說是他，就是你也不行啊〕。又說"咪話"。

唔好市 m⁴ hou² xi⁵ 貨物滯銷，不好賣：今年呢只貨～〔今年這種貨不好賣〕。

唔好意頭 m⁴ hou² yi³ teo⁴ 不好兆頭：佢好迷信，出門跌一跤都話係～〔他很迷信，出門摔一跤都說是不好兆頭〕。

唔好意思 m⁴ hou² yi³ xi³ ❶ 不好意思；過意不去：要你使咁多錢，真～〔要你花那麼多錢，真不好意思〕。❷ 抱歉；對不起：～，我唔得閒〔對不起，我沒有空〕。

唔知醜 m⁴ ji¹ ceo² 不害臊；沒羞。

唔知幾…… m⁴ ji¹ géi²… 不知多……；

M

太……了：～靚〔不知有多漂亮〕｜～好睇〔太好看了〕。

唔知死 m⁴ ji¹ séi² 不知天高地厚（不知事情的厲害或嚴重）：咁危險你都重衝去，你都～嘅〔那麼危險你還闖去，真不知天高地厚〕。

唔知醒 m⁴ ji¹ séng² 睡着後不容易醒：打銅鑼佢都～〔打銅鑼他都醒不過來〕。

唔知衰 m⁴ ji¹ sêu¹ ❶ 不知道別人討厭自己：有女士喺度佢猛講鹹濕嘢，真～〔有女士在場他大講黃段子，真不知道別人討厭〕。❷ 不知道要倒楣：佢～，得罪咁多人〔他不知道要倒楣，得罪那麼多的人〕。❸ 不知羞恥：佢咁下流，真係～〔他這麼下流，真不知羞恥〕。

唔止（只） m⁴ ji² ❶ 不止，不僅：～咁多〔不止那麼些〕｜去嗰度～一堂路〔去那裏不止十里路〕。❷ 不但：佢～聰明，重好孝順〔他不但聰明，還很孝順〕｜佢～係噉講，更重要嘅係噉做添〔他不但這樣說，更重要的是這樣做了〕。

唔志在 m⁴ ji³ zoi⁶ 不在乎：～嗰啲啦〔不在乎這一點兒了〕｜三幾文～嘅〔三幾塊錢，不在乎的〕。

唔自然 m⁴ ji⁶ yin⁴ 不舒服（婉辭）：佢好似有啲～〔他好像有點不舒服〕。

唔自在 m⁴ ji⁶ zoi⁶ 同上。

唔精神 m⁴ jing¹ sen⁴ 不舒服；生病：佢今日～〔他今天不舒服〕。

唔淨衹 m⁴ jing⁶ ji² 同“唔單只”。

唔及得 m⁴ keb⁶ deg¹ 趕不上；比不上：讀書你就～佢喇〔讀書你就趕不上他了〕｜呢本書～嗰本書好睇〔這本書比不上那本書好看〕。

唔拘 m⁴ kêu¹ 無所謂；沒關係：幾多都～〔多少都無所謂〕｜幾時嚟都～〔甚麼時候來都沒關係〕。

唔理 m⁴ léi⁵ ❶ 不理睬：大家都～佢〔大家都不理睬他〕。❷ 不管：～佢點，我哋都要幫佢〔不管他怎麼樣，我們都要幫助他〕。❸ 不論：～好壞，我通通買晒佢〔不論好壞，我全都買了〕。

唔理點 m⁴ léi⁵ dim² 不管怎麼樣：～，我一定要參加〔不管怎麼樣，我一定要參加〕。

唔撈 m⁴ lou¹ ❶ 不行；行不通：你唔辦手續就去，～噃〔你不辦好手續就去，可不行啊〕｜噉做～噃〔這麼幹行不通啊〕。❷ 不划算；划不來：呢件嘢咁貴，當然～啦〔這件東西這麼貴，當然划不來了〕。❸ 不幹：噉嘅事我～〔這樣的事我不幹〕｜～佢〔不幹它；不給他幹〕。

唔嗱耕 m⁴ na¹ gang¹（嗱，那¹）毫不相干；不着邊際：人哋問你呢樣，你又講嗰樣，真係～〔人家問你這樣，你又說那樣，真是牛頭不對馬嘴〕｜你嘅文章同題目有啲～〔你的文章跟題目有點文不對題〕｜佢嘅發言空空洞洞，簡直～〔他的發言空空洞洞，簡直不着邊際〕。

唔嗱腩 m⁴ na¹ nam⁵ 同“唔嗱耕”。

唔嬲就假 m⁴ neo¹ zeo⁶ ga² 不生氣才怪：你噉剃我眼眉，～嘅〔你這樣讓我丟人現眼，不氣才怪呢〕。

唔啱 m⁴ ngam¹（啱，巖¹）❶ 不對：噉講～〔這麼說不對〕｜計得～〔算得不對〕。❷ 不合適：呢粒螺絲～〔這枚螺絲不合適〕｜～着〔不合穿〕。❸ 不然；要不然：～噉啦〔要不然這樣吧〕｜～去罷啦〔不然去吧〕。

唔啱牙 m⁴ ngam¹ nga⁴⁻² 合不來；意見不合：佢哋兩個人唔啱牙，傾唔埋〔他們兩個人合不來，談不攏〕。

唔啱合尺 m⁴ ngam¹ ho⁴ cé¹（啱，巖¹；合尺，何奢）步調不一致；口徑不一。

M

唔啱蕎 m⁴ ngam¹ kiu⁴⁻² (啱，巖¹) 合不來；意見不合：佢哋兩個人～，傾唔埋〔他們兩個人合不來，談不攏〕。

唔怕醜 m⁴ pa³ ceo² 不怕羞，不害臊：咁細個女當住咁多生暴人唱歌佢都～〔這麼小的女孩當着這麼多陌生人的面唱歌她也不怕羞〕。

唔黐家 m⁴ qi¹ ga¹ 黐：粘。不着家，即整天在外很少回家：陳隊長工作太忙喇，成日唔黐家〔陳隊長工作太忙了，整天不着家〕。

唔似 m⁴ qi⁵ ❶ 不像。❷ 不如；比不上：呢隻布～嗰隻布禁着〔這種布不如那種布耐穿〕。

唔似樣 m⁴ qi⁵ yêng⁶⁻² 不像話：佢噉做太～喇〔他這樣做太不像話了〕。

唔切 m⁴ qid³ 來不及：趕～〔來不及〕｜抄～〔來不及抄〕｜整～〔來不及做〕。

唔生性 m⁴ sang¹ xing³ (又音 m⁴ sang¹ séng³) ❶ 不懂事：咁大個仔都～〔這麼大的孩子還不懂事〕。❷ 沒出息：呢個仔咁大咯，重～〔這孩子這麼大了，還沒甚麼出息〕。

唔使 m⁴ sei² 副詞。不用；用不着；不必：～你幫手〔不用你幫忙〕｜你出聲〔你不必作聲〕。

唔使慌 m⁴ sei² fong¹ ❶ 不必害怕。❷ 不用擔心；不必發愁：你～，佢會嚟嘅〔你不用擔心，他會來的〕。❸ 別指望：～佢會嚟〔別指望他會來〕。

唔使計 m⁴ sei² gei³ 不用說了 (有不堪回首或鄙棄的情緒)：講起舊陣時，就～咯〔說起從前呀，就不用提了〕｜講起佢呀，～咯〔說起他呀，不用說了〕。

唔使恨 m⁴ sei² hen⁶ ❶ 不用指望：咁遲嚟重想買到票，～喇〔這麼晚來還想買到票，別指望了〕。❷ 同"唔使計"。

唔使指擬 m⁴ sei² ji² yi⁵ 別指望；別夢想：想不勞而獲，你就～喇〔想不勞而獲，你就別指望了〕｜種嘢唔落肥就～豐收喇〔種莊稼不下肥就別指望豐收了〕｜你估佢肯幫你呀？～喇〔你以為他肯幫助你呀？別夢想了〕！〖"唔使指擬"又叫"咪使指擬"或"咪指擬"。〗

唔使嚟 m⁴ sei² lei⁴ 別指望：你唔好好讀書想考大學，～咯〔你不好好讀書就想考大學，別指望了〕。

唔使審 m⁴ sei² sem² 不用問，明擺着的：～梗係你打爛咗〔不用問，一定是你打破了〕。

唔相干 m⁴ sêng¹ gon¹ 無關係；沒有關係：你同佢～〔你跟他沒有關係〕。

唔聲唔氣 m⁴ séng¹ m⁴ héi³ 不聲不響；不張揚：～坐响角落頭度〔一聲不吭地坐在角落裏〕｜你居然～就做完啦〔你居然不聲不響就幹完啦〕。

唔修 m⁴ seo¹ 表現差勁；夠戧：你真係～〔你真夠戧〕。

唔受得 m⁴ seo⁶ deg¹ 接受不了，特指身體不適應某種食物或藥物：我～寒涼嘅嘢〔我吃不了寒性的食物〕。

唔熟性 m⁴ sug⁶ xing³ 不懂事；不懂人情世故。

唔聽笛 m⁴ téng¹ dég⁶⁻² 不聽調教；不聽指揮；不聽話：大家都～，叫我點做呢〔大家都不聽話，叫我怎麼做呢〕｜唔聽佢笛〔不聽他的〕。

唔妥 m⁴ to⁵ ❶ 不舒服：我今日精神有啲～〔我今天身體有點不舒服〕。❷ 不對頭：呢件事噉樣做～嘅〔這件事這樣做不對頭的〕。

唔通 m⁴ tung¹ 難道：～係你〔難道是你〕？

唔通氣 m⁴ tung¹ héi³ 不知趣 (指妨礙別人)：人哋開會，你哋成日嘈，太～喇〔人家開會，你們整天吵，太不知趣了〕。

唔話得 m⁴ wa⁶ deg¹ 沒有甚麼說的（對人或事情表示滿意，提不出甚麼意見）：你嘅服務態度咁好，真係～咯〔你的服務態度那麼好，真是沒有甚麼說的〕。

唔話得埋 m⁴ wa⁶ deg¹ mai⁴ 同"話唔埋"。

唔時唔候 m⁴ xi⁴ m⁴ heo⁶ 不是時候；不合時宜。

唔識 m⁴ xig¹ ❶ 不認識：我～你。❷ 不會：我～唱歌。

唔識駕步 m⁴ xig¹ ga³ bou⁶ 不懂如何做；不懂人情世故；不熟悉。

唔少得 m⁴ xiu² deg¹ 少不了；少不得：～你嗰份嘅〔少不了你的〕。

唔舒服 m⁴ xu¹ fug⁶ 婉辭。不舒服，病了。

唔輸蝕 m⁴ xu¹ xid⁶ 相比之下並不差：你同佢比～㗎〔你跟他比一點也不差〕。

唔憂 m⁴ yeo¹ 不愁：～食，唔～着〔不愁吃，不愁穿〕｜～賣唔出去〔不愁賣不出去〕。

唔爭在 m⁴ zang¹ zoi⁶ 不差；不計較：～呢十文八文啦〔不差這十元八元了〕。

唔着數 m⁴ zêg⁶ sou³ ❶ 不划算，划不來：呢個項目諗落都係～〔這個項目細想起來還是不划算〕。❷ 不佔便宜，吃虧：同佢拍檔，實係你～〔跟他合作，肯定是你吃虧〕。

唔制 m⁴ zei³ 不幹；不願意：叫佢等耐啲都～〔叫他多等一會兒都不幹〕｜～就罷就〔不願就拉倒〕。

唔制得過 m⁴ zei³ deg¹ guo³ 划不來；不划算：搞呢啲咁危險嘅嘢，～呀〔搞這些那麼危險的事，划不來〕｜用咁多人工去做呢件嘢～〔花那麼多人力去做這件事划不來〕。

唔聚財 m⁴ zêu⁶ coi⁴ 不舒服：睇佢個樣唔聚財嘅〔看他的樣子好像不舒服〕｜周身唔聚財〔全身不舒服〕。

唔阻你 m⁴ zo² néi⁵ 客套語。告別前用，意為不耽誤你的時間：～，我走喇〔不打擾你，我走了〕。

唔在乎 m⁴ zoi⁶ fu⁴ ❶ 不在乎：多一個少一個唔在乎〔多一個少一個不在乎〕。❷ 不介意：你點做佢唔在乎嘅〔你怎麼幹他是不介意的〕。

唔在講 m⁴ zoi⁶ gong² 不在話下；不必說：佢記性好就～喇，重寫得一手好文章添〔他記憶力好就不在話下了，還寫得一手好文章呢〕。

唔在理 m⁴ zoi⁶ léi⁵ 沒道理：呢件事係你～嘅〔這件事是你沒道理〕。

唔在意 m⁴ zoi⁶ yi³ ❶ 沒留意；沒注意：佢講乜嘢我～〔他說甚麼我不注意〕｜❷ 不介意：你點做我都～〔你怎麼做我都不介意〕。

唔中用 m⁴ zung¹ yung⁶ ❶ 不管用；不行：細個嗰陣唔勤力學習，到大個就～咯〔小的時候不用功學習，長大了就不管用了〕。❷ 無能：呢個人好～〔這個人很無能〕。

ma

孖 ma¹（媽）❶ 兩物黏連在一起：～手指〔六指兒〕｜兩隻手指～埋〔兩隻手指連在一起〕。❷ 引申作連帶、合夥、會同等意思：～埋佢去〔叫他一起去〕｜我亦想～份〔我也想參加一份〕。❸ 成雙的（連在一起的）：一隻～蕉〔一個成雙的芭蕉〕。❹ 量詞。雙（用於成雙成對而又連在一起的東西）：一～臘腸〔一對兒香腸〕｜一～油炸鬼〔一根兒油條〕｜兩樽一～嘅綁住〔兩瓶一對兒地捆着〕。

孖辮 ma¹ bin¹ 雙辮子：梳～〔留雙辮子〕。

孖瘡 ma¹ cong¹ 癰。因癰往往有兩個或多個膿頭，故名。

孖份 ma¹ fen⁶⁻² 合夥：佢共你 ～ 做生意咩〔他跟你合夥做生意嗎〕?

孖公仔 ma¹ gung¹ zei² ❶ 指兩人合影的半身照。❷ 比喻兩個非常要好、形影不離的人。

孖指 ma¹ ji² 六指（多出一隻手指）。

孖展 ma¹ jin² ❶ 商人。〖英語 merchant 的音譯。〗❷ 利潤，賺頭。〖英語 margin 的音譯。〗

孖女 ma¹ nêu⁵⁻² 孿生姐妹。

孖鋪 ma¹ pou¹ 兩人同睡一牀：兩個人 ～。

孖生 ma¹ sang¹ 孿生；雙生。

孖四 ma¹ séi³ 兩個四，即八。譏諷人"八卦"，即多管閒事。

孖煙通 ma¹ yin¹ tung¹ 原指有並排兩個煙囱的火輪，現多戲稱褲腿稍長的平腳內褲。

孖仔 ma¹ zei² 孿生子；孿生兄弟：生咗一對 ～〔生了一對孿生子〕｜呢兩個係 ～〔這兩個是孿生兄弟〕。

馮媽聲 ma¹ ma¹ séng¹ 形容用粗俗的語言罵起來：有理就講清楚，～ 係唔啱嘅〔有道理就說清楚，罵街是不對的〕。

馮咪 ma¹ mi³ 媽媽（對稱、引稱都可）。〖"媽咪"是英語 mammy 的音譯詞。〗

馬姐 ma¹⁻² zé² 女傭人。

麻查 ma⁴ ca⁴ ❶ 模糊；矇矓：佢對眼一啲都唔 ～〔他的眼睛一點也不模糊〕｜啱瞓醒覺，對眼重有啲 ～〔剛睡醒，眼睛還有點矇矓〕。❷ 不清楚：呢件事我都有啲 ～〔這件事我都不太清楚〕。

麻骨 ma⁴ gued¹ 麻稈兒。

麻骨柺杖 ma⁴ gued¹ guai² zêng⁶⁻² 比喻沒有用或靠不住的東西。

麻甩 ma⁴ led¹（甩，啦一切）麻雀。

麻甩佬 ma⁴ led¹ lou²（甩，啦一切）缺德鬼。

麻甩女 ma⁴ led¹ nêu⁵⁻² 年輕而又潑辣的女孩子（謔稱）。

麻叻 ma⁴ lég¹（叻，啦尺¹切）精明能幹：呢個仔好 ～ 㗎〔這個孩子很精明能幹〕。

麻利 ma⁴ léi⁶ 同上。

麻麻 ma⁴ ma⁴⁻² 不怎麼樣；勉強可以；質量不算高：呢齣電影 ～ 啫〔這部影片不怎麼樣〕｜嗰幅畫畫得 ～ 啫〔那幅畫畫得很平常〕。

麻麻地 ma⁴ ma⁴⁻² déi⁶⁻²（又音 ma⁴ ma⁴ déi⁶⁻²）勉強過得去；差不多；湊合（指質量或成績中等）：佢嘅成績 ～ 啦，唔算好〔他的成績勉強過得去，不算好〕｜搵一個 ～ 嘅就得喇〔找一個差不多的就成了〕。

麻米 ma⁴ mei⁵ ❶ 小氣；吝嗇。❷ 刻薄；過分挑剔。

麻石 ma⁴ ség⁶ 花崗岩；花崗石。

麻糖雞㲋 ma⁴ tong⁴ gei¹ nen¹（㲋，呢恩切）雞的稀屎，咖啡色。

麻通 ma⁴ tung¹ 一種圓筒形的膨化麵食，外面粘有芝麻。

麻油 ma⁴ yeo⁴ 芝麻油；香油。

麻鷹 ma⁴ ying¹ 老鷹。

麻雀 ma⁴ zêg³ ❶ 麻雀（鳥）。❷ 麻將（娛樂或賭博用具）。

嬤 ma⁴（麻）同"亞嬤"。

嬤嬤 ma⁴ ma⁴（嬤，麻）奶奶（小兒語）。

馬標 ma⁵ biu¹ 馬票，賭賽馬的票。

馬場 ma⁵ cêng⁴ 賽馬場。

馬達 ma⁵ dad⁶ 女流氓。

馬狂螂 ma⁵ kong¹ long⁴ 螳螂。

馬拉糕 ma⁵ lai¹ gou¹ 一種糕點，用雞蛋和上麵粉和糖，發酵後蒸熟，近似蛋糕。

馬騮 ma⁵ leo⁴⁻¹（又音 ma¹ leo⁴⁻¹）猴子：玩 ～〔耍猴子〕。

馬騮乾 ma⁵ leo⁴⁻¹ gon¹（又音 ma¹ leo⁴⁻¹ gon¹）謔稱長得很乾瘦的人。

M

馬騮精 ma⁵ leo⁴⁻¹ jing¹（又音 ma¹ leo⁴⁻¹ jing¹）比喻活潑、調皮的小孩。

馬辰蓆 ma⁵ sen⁴⁻² zég⁶ 一種進口的細藤蓆，是印尼馬辰所產，故名。

馬蹄 ma⁵ tei⁴⁻² 荸薺。

馬蹄粉 ma⁵ tei⁴ fen² 荸薺粉。

馬札 ma⁵ zab⁶ ❶ 馬扎，能摺疊的櫈子。❷ 能摺疊的躺椅。

馬仔 ma⁵ zei² 舊時指跟隨惡霸的打手、保鏢。

¹碼 ma⁵ ❶ 捆牢；箍緊。❷ 把二物釘在一起：用釘 ～ 住兩條杉〔用釘子把兩條杉木釘在一起〕。

²碼 ma⁵ ❶ 籠絡；巴結：佢想 ～ 住領導〔他想巴結領導〕。❷ 控制住：呢班人都界佢 ～ 住晒〔這班人都讓他控制住了〕。

碼釘 ma⁵ déng¹ 螞蟥釘。

碼子 ma⁵ ji² ❶ 子彈。❷ 天平用的銅砝碼。

碼頭級 ma⁵ teo⁴ keb¹ 磚石砌成的梯級。

mad

抹 mad³ 擦：～ 身｜～ 枱〔擦桌子〕｜～ 乾淨個面〔把臉擦乾淨〕。

抹枱布 mad³ toi⁴⁻² bou³ 揩布；擦桌布。

抹油 mad³ yeo⁴⁻² 洗油，洗去油膩。

mag

睩（啯） mag¹（掰 ¹）❶ 指球賽時釘人：一個 ～ 一個｜你 ～ 住個中鋒〔你釘住那個中鋒〕。❷ 給（試卷等）打分：界老師 ～ 錯分〔給老師打錯分數〕。〔"睩"（mag¹）是英語 mark 的音譯詞。〕

掰（掰） mag³ ❶ 撕：一張報紙 ～ 成兩邊〔一張報紙撕成兩邊〕｜～ 爛件衫〔撕破了衣服〕。❷ 叉（chà）；張（手

指、兩腿、嘴巴、眼睛等）：～ 開兩隻手指｜～ 開兩隻腳〔叉開腿〕｜～ 大個口〔張大嘴巴〕｜～ 大眼〔瞪着眼〕。

掰口仔 mag³ heo² zei² 指靠說唱為生的人。

掰開眼屎 mag³ hoi¹ ngan⁵ xi² 剛睡醒睜開眼。

掰面 mag³ min⁶ 撕破臉皮；鬧翻。

mai

埋 mai⁴ ❶ 作動詞。表示：1. 靠，靠近：車 ～ 站｜叫佢 ～ 嚟〔叫他過來〕｜～ 年〔接近年關〕。2. 閉，合：傷口 ～ 口｜～ 閘〔店舖關門；閘口關閉〕。3. 進入；落座：雞 ～ 籠｜～ 位｜～ 棧。4. 組合，聚合：～ 堆｜～ 會〔組合成會〕｜～ 欄〔合夥；相投合〕。5. 結算，結賬：～ 單｜～ 數｜～ 櫃〔店舖結算當天賬目〕。❷ 放在動詞後面作補語。1. 表示趨向：行 ～ 嚟〔走過來〕｜推 ～ 去〔推過去〕。掃 ～ 一便〔掃到一邊去〕。2. 表示變為某種狀態：縮 ～ 一嚿〔縮作一團〕｜炒 ～ 唔夠一碟〔炒起來不夠一碟〕｜瞇 ～ 眼｜閂 ～ 門｜黐 ～ 一笪〔粘在一起〕。3. 表示範圍擴充：連我都鬧 ～〔連我也罵了〕｜衫都濕 ～〔衣服都濕了〕｜食 ～ 嗰兩啖飯啦〔把那兩口飯都吃了吧〕｜通通界 ～ 佢〔統統都給了他〕。4. 表示淨，盡，全部，老是：乜都要 ～〔甚麼都要了〕｜食 ～ 晒啲煎炒嘢〔淨吃那些煎炒東西〕｜講 ～ 晒啲唔使嘅嘢〔淨說那些廢話〕｜行 ～ 晒啲冤枉路〔淨走那些冤枉路〕。❸ 作形容詞。表示：1. 近，靠裏：企 ～ 啲〔站過來一點〕｜挨 ～ 牆〔靠近牆〕｜唔好行 ～ 去〔別靠過去〕。2. 合得來，相投合

傾得 ～〔聊的來〕| 打得 ～〔合得來〕。
3. 靠攏，合攏：櫃桶推唔 ～〔抽屜推不進去〕| 度門關唔關得 ～〔這扇門關得上關不上〕？ 4. 準：話唔 ～〔説不準〕| 講唔 ～〔説不定〕。❹ 作方位詞。表示"裏"、"內"：～ 便〔靠裏邊的地方〕| ～ 低〔裏邊〕。

埋便 mai⁴ bin⁶ 裏邊（指靠裏的地方）：佢坐喺 ～〔他坐在裏邊〕| ～ 有位。

埋單 mai⁴ dan¹ 開單；結賬：食完飯至 ～〔吃完飯再開單〕。

埋底 mai⁴ dei² 同"埋便"。

埋堆 mai⁴ dêu¹ 扎堆（人聚合在一起）。

埋街 mai⁴ gai¹ ❶ 原指水上居民登陸，後指水上居民與陸上居民結婚。❷ 旅客從河中船上到岸上。❸ 妓女嫁人的代用語。

埋櫃 mai⁴ guei⁶ ❶ 店舖晚上結算一天營業金額。❷ 靠近櫃枱（暗指搶劫）。

埋口 mai⁴ heo² （傷口）瘉合：刀傷 ～喇〔刀傷瘉合了〕。

埋去 mai⁴ hêu³ 走過去；靠前去：你 ～ 睇睇係乜嘢〔你走過去看看是甚麼東西〕。

埋席 mai⁴ jig⁶ 入席。

埋欄 mai⁴ lan⁴⁻¹ ❶ 合夥：幾個人 ～ 做生意。❷ 合拍；投合（用於否定義）：兩個人唔 ～ 點做呀〔兩個人不合拍怎麼做呢〕？

埋嚟 mai⁴ lei⁴ （嚟，黎）靠前來；過來：行 ～〔走近來〕| 企 ～〔站過來〕。

埋籠 mai⁴ lung⁴ 家禽晚上進籠。

埋尾 mai⁴ méi⁵ 收尾；煞尾；結束。

埋牙 mai⁴ nga⁴ 打架交手。

埋岸 mai⁴ ngon⁶ 同"埋頭"。

埋年 mai⁴ nin⁴ 靠近年底，一般指農曆十二月十六以後：～ 咯，大家都唔得閒〔接近年底了，大家都很忙〕。

埋身 mai⁴ sen¹ 身體靠近、接觸：兩個人跳舞唔一定需要 ～〔兩個人跳舞不

一定互相貼身〕。

埋手 mai⁴ seo² 入手；下手：唔知喺邊度 ～ 好〔不知打哪兒入手好〕| 做呢件事，真係好似狗咬龜噉，冇埞 ～〔幹這件事，真像狗啃王八，無處下手〕。

埋數 mai⁴ sou³ 結賬；算賬。

埋頭 mai⁴ teo⁴ 靠岸：船五點鐘 ～。

埋頭埋腦 mai⁴ teo⁴ mai⁴ nou⁵ 形容人沉迷於某事，埋頭幹某事。

埋位 mai⁴ wei⁶⁻² 入席；就席：請大家 ～。

埋閘 mai⁴ zab⁶ 店舖收市關門。

埋棧 mai⁴ zan⁶⁻² 進客棧住宿。

買水 mai⁵ sêu⁴ 過去迷信風俗，人死了父母，兒子到河邊放錢打水叫"買水"。

買起 mai⁵ héi² 指被人顧兇手謀害。

買青苗 mai⁵ qing¹ miu⁴ 舊時指以低價收買尚未成熟的禾苗。

買手 mai⁵ seo² 茶樓、酒家等的採購人員。

買水嗷頭 mai⁵ sêu² gem² teo⁴⁻² 形容人垂頭喪氣，像孝子"買水"的樣子。

賣 mai⁶ ❶（報紙）登載：呢個消息琴日報紙 ～ 過〔這個消息，昨天報紙登載過〕| 今日報紙 ～……〔今天報紙登載……〕。❷ 量詞，飲食業用於計算炒粉或炒麵的單位：一 ～ 炒粉 | 半 ～ 炒麵。

賣報紙 mai⁶ bou³ ji² 登刊在報紙上：呢件事 ～ 喇〔這件事報紙登載了〕。

賣大包 mai⁶ dai⁶ bao¹ 原指商人為了招徠顧客推銷商品，在顧客購物的同時，贈送大肉包子一個，後引申為廉價出售或賣人情。

賣風 mai⁶ fung¹ 過去傳説得了麻風病的女人有意通過性關係將麻風病傳染給別人，自己的病就會好或減輕。這是不科學的説法，也是極不道德的行為。

賣膏藥 mai⁶ gou¹ yêg⁶ 過去江湖上有人以賣跌打膏藥為生，所賣的藥多數療效不高甚至是假藥。人們用賣膏藥來比喻人吹噓或誇大事實：我睇你呢個人中意 ～，邊個信你吖〔我看這個人喜歡吹牛皮，誰相信你呢〕。

賣告白 mai⁶ gou³ bag⁶ 刊登廣告；做廣告。

賣口乖 mai⁶ heo² guai¹ 用甜言蜜語討好人。

賣剩腳 mai⁶ jing⁶ gêg³〔剩，讀音 xing⁶〕下腳貨。

賣招牌 mai⁶ jiu¹ pai⁴ 廠家或商家為擴大品牌的影響而低價促銷。

賣豬仔 mai⁶ ju¹ zei² 舊時勞動人民被人口販子誘騙到國外去做苦工，他們沒有人身自由，就像牲口一樣，所以叫做"賣豬仔"。

賣窮 mai⁶ kung⁴ 舊俗，貧家婦女於農曆除夕夜沿街喊叫"賣窮"，祈求來年不再貧困。

賣懶 mai⁶ lan⁵ 舊俗除夕夜小孩在街上高喊"賣懶"，期望來年勤快。

賣甩 mai⁶ led¹〔甩，讀音 soi²〕甩掉；撇開：導遊將我哋 ～ 喺呢度〔導遊把我們甩在這裏〕。

賣靚 mai⁶ léng³ 賣俏。

賣面光 mai⁶ min⁶ guong¹ 用虛偽的言行去討人喜歡；買好。

賣武 mai⁶ mou⁵ 在街頭賣藝兼賣藥。

賣生藕 mai⁶ sang¹ ngeo⁵ 指女人故意以甜言蜜語向男人賣弄風情。

賣剩鴨 mai⁶ xing⁶ ngab³ 比喻話多而且聲音大的人。

賣剩蔗 mai⁶ xing⁶ zé³ ❶ 比喻剩下來沒有人要的東西。❷ 比喻沒有甜頭：～，我唔要〔沒有甜頭我不要〕。

賣頭賣尾 mai⁶ teo⁴ mai⁶ méi⁵ 出售殘餘貨物。

man

攋 man¹（慢¹）❶ 扣（扳機）：～ 雞〔扣扳機〕。❷ 扶；扒（bā）：～ 住佢個膊頭〔扶住他的肩膀〕|～ 住呢塊板〔扒着這塊板〕。❸ 扳；挽回；挽救：最後又 ～ 翻幾分〔最後又扳回幾分〕| 冇得 ～〔無法挽回〕|～ 唔翻囉〔挽救不回來了〕。

攋車邊 man¹ cé¹ bin¹ ❶ 搭腳兒（因便免費乘車）。❷ 引申指沾別人的光：呢次我又 ～ 喇〔這回我又沾光了〕。

攋雞 man¹ gei¹ 扣扳機。

蠻力 man⁴ lig⁶ 蠻勁兒：靠 ～ 做唔得〔靠蠻力幹不行〕。

晚 man⁵ 用於某些稱謂之前，表示謙稱：～ 叔 |～ 姪 |～ 生。

晚黑 man⁵ hag¹ 同"夜晚黑"。

晚頭 man⁵ teo⁴ 晚上。

晚頭黑 man⁵ teo⁴ hag¹ 同上。

晚頭夜 man⁵ teo⁴ yé⁶⁻² 同上。

晚禾 man⁵ wo⁴ 晚造稻子。

晚造 man⁵ zou⁶ 收穫期較晚的作物。一般指秋天收穫的稻子：今年 ～ 收成幾好〔今年晚造稻子收成不錯〕。

萬字夾 man⁶ ji⁶ gab³ 曲別針，迴紋針。

萬能老倌 man⁶ neng⁴ lou⁵ gun¹ ❶ 甚麼角色都能演的演員。❷ 引申指多面手。

萬壽果 man⁶ seo⁶ guo² 金鉤梨。

¹慢 man⁶ ❶（火）不旺；乏；文（火）：用 ～ 火炆豬肉〔用文火燉豬肉〕| 呢個風爐嘅火太 ～ 喇〔這個爐子的火太乏了〕。❷（燈火）暗：火水燈撚 ～ 啲〔煤油燈撚暗一點〕。

²慢 man⁶ 稱東西時，斤兩不足，秤尾下垂，北京口語叫"免"：呢嚿豬肉一斤 ～ 啲〔這塊豬肉一斤免一點〕。

³慢 man⁶ 婉辭，指汽車開出後，在路上請司機暫停：叫司機 ～ 一 ～，有

M

人要落車〔叫司機站一站，有人要下車〕｜有站 ～〔下一站請停〕。

慢火 man⁶ fo² 烹飪時使用的比較弱的火，小火，文火：猛鑊炒菜，～ 煎魚〔炒菜要用熱鍋，煎魚要用小火〕。

慢下手 man⁶⁻² ha⁵ seo² ❶ 很可能，説不定：～ 打起身嚟都似〔説不定要打起來呢〕。❷ 萬一：～ 唔見咗點算〔萬一不見了怎麼辦〕?

慢慢行 man⁶ man⁶⁻¹ hang⁴ 請慢走。

慢慢食 man⁶ man⁶⁻¹ xig⁶ 請慢慢吃（首先吃完飯的人對尚未吃完的人的禮貌用語）。又作"慢慢" man⁶ man⁶⁻²。

慢手 man⁶ seo² 動作遲緩：你咁 ～ 實趕唔切〔你動作這麼慢肯定來不及〕｜一 ～ 就輸咗畀佢〔動作稍微一慢就輸了給他〕。

慢爪蟹 man⁶ zao² hai⁵ 動作緩慢的螃蟹，指將死的螃蟹。比喻動作緩慢的人。

mang

掹 mang¹（盲 ¹）張掛；拉：～ 蚊帳〔掛蚊帳〕｜～ 一條繩曬衫〔拉一根繩子曬衣服〕｜～ 電線。

蜢 mang⁵⁻² ❶ 蚱蜢；螞蚱。❷ 常用來比喻瘦弱的人：瘦到隻 ～ 噉〔瘦弱得像一隻蚱蜢一樣〕。

盲 mang⁴ 瞎。〖普通話的"盲"只用於"盲人"、"文盲"、"色盲"等詞，看不見東西一般用"瞎"。〗

盲炳 mang⁴ bing² 指懂得一些典故的盲人。

盲婚啞嫁 mang⁴ fen¹ nga² ga³ 包辦婚姻。

盲火 mang⁴ fo² 子彈、手榴彈等爆炸物失效，不能擊發或爆炸。

盲公 mang⁴ gung¹ 瞎子（指瞎眼的男人）。

盲公餅 mang⁴ gung¹ béng² 一種餅食，

很酥香，是佛山市的特產。

盲公竹 mang⁴ gung¹ zug¹ ❶ 盲人的枴杖。❷ 比喻嚮導或引路的人。

盲棋 mang⁴ kéi⁴⁻² ❶ 昏着（zhāo）（指棋子走到能被對方吃掉的位置上而沒發覺）。❷ 不看棋盤下棋，即閉目棋。

盲摸摸 mang⁴ mo² mo² ❶ 瞎摸；瞎碰："早知燈係火，唔使 ～"〔俗語。早知燈是火，用不着瞎摸〕。❷ 情況不明：咪 ～ 就亂嗡〔不要還沒弄清情況就胡説八道〕。

盲妹 mang⁴ mui⁶⁻¹ ❶ 盲女孩。❷ 舊時沿街賣唱或替人按摩的盲女孩。

盲年 mang⁴ nin⁴ 農曆沒有立春節氣的年份。

盲眼 mang⁴ ngan⁵ 瞎。

盲婆 mang⁴ po⁴ 瞎眼的女人。

猛 mang⁵ ❶（太陽）猛烈；（火）旺、衝（chòng）：熱頭好 ～〔太陽好大〕｜火太 ～ 會煮燶飯〔火太旺了會把飯煮燶了〕。❷（燈火）亮：呢盞燈太 ～ 喇〔這盞燈太亮了〕。❸ 舊時指官位高，勢力大。❹（植物長勢）旺盛：今年嘅禾生得好 ～〔今年的稻子長得很旺盛〕。

猛咁 mang⁵ gem³（咁，禁）副詞。拼命地：～ 走〔拼命地跑〕｜～ 做〔拼命地幹〕。

猛鑊 mang⁵ wog⁶ 熱鍋：～ 炒菜。

猛嘢 mang⁵ yé⁵ 舊時指官位高、勢力大的人。

猛人 mang⁵ yen⁴ 很有權勢的人或很有來頭的人。

mao

貓嬭 mao¹ na²（嬭，那 ²）雌貓。

貓女 mao¹ nêu⁵⁻² 幼雌貓。

貓鬚 mao¹ sou¹ 戲指人上唇的兩撇鬍子。

貓兒 mao¹ yi⁴⁻¹ 貓（多在兒歌裏用）。

貓樣 mao1 yêng6-2 難看的相貌。

貓仔 mao1 zei2 小貓；小公貓。

矛 mao4 ❶ 情急之下粗野：睇住要輸嘞，佢就 ～ 喇〔看着要輸了，他就發起狠來〕。❷ 耍賴：回棋喇，咁 ～ 嘅〔悔棋啊，這麼耍賴的〕｜咁 ～，冇人同你玩㗎〔這麼耍賴，沒人願意跟你一起玩的〕。

茅寮 mao4 liu4-2 茅屋；窩棚。

茅山 mao4 san1 據説"茅山道士"會法術，人們就用"茅山"代稱法術。現已少用。

茅竹 mao4 zug1 毛竹，竿粗長而結實。

mé

咩 mé1（摸些切）語氣詞。表示疑問：係 ～〔是嗎〕？｜你嘅 ～〔是你的嗎〕？｜噉都得 ～〔這還成嗎；這樣也可以嗎〕？｜唔通你趕佢走 ～〔難道你把它趕走嗎〕？〖"咩"表示一般的疑問讀高平調，表示反詰語氣或其他意思讀高降調。〗

咩嘢 mé1 yé5 同"乜嘢"。

孭（㩜） mé1（摸些切）背（bēi）：～ B 仔〔背嬰兒〕｜～ 袋〔背口袋〕。

孭帶 mé1 dai3-2（孭，摸些切）背帶。

孭飛 mé1 féi1 承擔責任：佢硬係要噉做，出咗問題由佢 ～〔他硬要這樣幹，出了問題由他負全部責任〕。

孭鑊 mé1 wog6 背黑鍋：佢惹嘅麻煩要我 ～〔他惹的麻煩要我來背黑鍋〕。

歪 mé2（摸扯切。讀音 wai1）歪斜：鏡架掛 ～ 咗〔鏡架掛歪了〕。

歪零歪秤 mé2 ling4 mé2 qing3 歪歪斜斜的：你啲字寫得 ～〔你的字寫得歪歪斜斜的〕。

歪零秤 mé2 ling4 qing3 同"歪零歪秤"。

med

乜 med1（物1。又音 mé1）代詞。❶ 甚麼：～ 都唔要〔甚麼都不要〕｜叫 ～ 名〔叫甚麼名字〕？｜有 ～ 話 ～〔有甚麼説甚麼〕！｜為 ～ 唔出聲呀〔為甚麼不作聲〕？❷ 怎麼：～ 咁快就翻嚟呀〔怎麼那麼快就回來了〕｜～ 唔見人喇〔怎麼不見人了〕？〖"乜"作"怎麼"用是"做乜"的省略。〗

乜都假 med1 dou1 ga2（乜，物1）❶ 表示意志堅決，達不到目的決不罷休：你唔畀翻我 ～〔你不還給我説甚麼也不行〕｜唔完成任務，～〔不完成任務，決不罷休〕｜佢唔公開道歉，～〔他不公開道歉，堅決不答應〕！❷ 表示無能為力：咁遲至嚟，～ 啦〔那麼晚才來，白搭了〕｜佢唔同意，～ 啦〔他不同意，有甚麼辦法〕！

乜東東 med1 dung1 dung1（乜，物1）甚麼東西（詼諧的説法）：唔知佢講 ～〔不知他説甚麼〕｜裏頭係 ～ 呀〔裏面都是些甚麼東西〕？

乜鬼 med1 guei2 甚麼（加重語氣）：重講 ～ 吖〔還説甚麼〕！

乜乜 med1 med1 甚麼甚麼：佢又話去過 ～ 地方〔他又説去過甚麼甚麼地方〕｜又話食過 ～，唔知真定假〔又説吃過甚麼甚麼，不知道是真是假〕。

乜乜物物 med1 med1 med6 med6 這樣那樣的；甚麼甚麼的：佢講咗好多嘢，～，我都聽煩咯〔他説了很多東西，這樣那樣的，我都聽煩了〕｜佢成日喺背後講人哋 ～，真討厭〔他整天在背後説人家甚麼甚麼的，真討厭〕！

乜誰 med1 sêu4（廣州市區已少用）❶ 誰；甚麼人。❷ 某人：我聽 ～ 講過。

乜頭乜路 med1 teo4 med1 lou6 甚麼來

路；甚麼來頭。

乜嘢 med¹ yé⁵（乜，物¹；嘢，野。又音mé¹ yé⁵）代詞。❶ 甚麼東西：個袋裏頭有啲 ～〔那個口袋裏有些甚麼東西〕？❷ 甚麼：～ 人講 ～ 話｜理佢做 ～〔理他幹甚麼〕｜ 呢架機器有 ～ 用呀〔這架機器有甚麼用〕？

乜人 med¹ yen⁴ 誰。

乜滯 med¹ zei⁶ 助詞。用在否定詞和動詞或形容詞之後，有“（不）怎麼”、“（沒有）甚麼”、“幾乎（沒有）”等意思：佢唔中意 ～〔他不怎麼喜歡〕｜呢本書唔好睇 ～〔這本書不怎麼好看〕｜未熟 ～〔還不怎麼熟〕｜今日冇人嚟 ～〔今天幾乎沒有甚麼人來〕｜冇 ～ 囉〔幾乎沒有了〕。

勿歇 med⁶ hid³ 不斷；不停：～ 噉做〔不停地幹〕。

物有所值 med⁶ yeo⁵ so² jig⁶ ❶ 所買的東西值得。❷ 所做的事情有價值。

物業 med⁶ yib⁶ 產業（指不動產）。

襪箍 med⁶ ku¹ 鬆緊襪帶。

密底算盤 med⁶ dei² xun³ pun⁴ 比喻那些善於對事情作精密周到打算的人（往往含貶意）。

密啲手 med⁶ di¹ seo² 動作快點兒。

密籠 med⁶ lung⁴⁻² 密；嚴密：呢個宿舍咁 ～，空氣唔好〔這個宿舍門窗關得太嚴，空氣不好〕。

密密 med⁶ med⁶ 頻繁地；不斷地：你呢幾日 ～ 出門做乜呀〔你這幾天頻繁出門幹甚麼啦〕？

密實 med⁶ sed⁶ ❶ 嚴實：呢度門好 ～〔這門很嚴實〕。❷ 沉默寡言：佢好 ～ 㗎，唔會亂講話嘅〔他嘴嚴着呢，不會亂説的〕。

蜜糖埕 med⁶ tong⁴ qing⁴ ❶ 一種香瓜。❷ 比喻最疼愛的孩子。

密質質 med⁶ zed¹ zed¹ 密密麻麻：張紙 ～ 噉寫滿字〔那張紙密密麻麻的

寫滿字〕。｜種到 ～ 就唔好喇〔種得密密麻麻的就不好了〕。

密斟 med⁶ zem¹ 密談：兩個人唔知 ～ 啲乜嘢〔兩個人不知在秘密談些甚麼〕。

蜜蠟 med⁶ lab⁶ 蜂蠟；黃蠟。

蜜糖 med⁶ tong⁴ 蜂蜜。

*****蜜絲** med⁶ xi¹ 小姐。〖“蜜絲”是英語Miss 的音譯詞。〗

meg

¹嘜 meg¹（麥¹）玄孫（曾孫的兒子）。

²嘜（嚜） meg¹ 商標；牌號：三角 ～｜金錢 ～。〖“嘜”是英語 mark 的音譯詞。〗

³嘜 meg¹ ❶ 空罐頭盒：牛奶 ～｜罐頭 ～。❷ 量詞。筒（罐頭盒）：一 ～ 米〔一筒米〕。〖“嘜”是英語 mug 的音譯詞。〗

嘜頭 meg¹ teo⁴ 樣子（有貶意）：睇佢個 ～ 似乜〔看他的樣子像甚麼〕！

麥豆 meg⁶ deo⁶⁻² 豌豆的一種。

*****麥皮** meg⁶ péi⁴ 麥片。也説“麥片”。

脈門 meg⁶ mun⁴ 手腕脈搏搏動的地方。

墨筆 meg⁶ bed¹ 毛筆：寫 ～ 字。

*****墨七** meg⁶ ced¹ 竊賊。

墨超 meg⁶ qiu¹ 太陽鏡。

墨水筆 meg⁶ sêu² bed¹ 鋼筆。

墨硯 meg⁶ yin² 硯台。

墨魚 meg⁶ yü⁴ 墨斗魚；烏賊。

默劇 meg⁶ kég⁶ 啞劇。

瘞（膇） meg⁶（墨）（又音 meg⁶⁻²）痣（較大的痣）：佢個面好多 ～〔他臉上很多痣〕｜呢粒 ～ 咁大嘅〔這顆痣多麼大呀〕！〖廣州話的“瘞”相當於普通話的“痣”，但普通話“痣”的詞義範圍比較大，它還包含廣州話的“痣”（較大的痣）。〗

瘞屎 meg⁶ xi² 雀斑。

mei

¹**咪** mei¹ 麥克風；話筒。〖"咪"是英語 microphone 頭一個音節 mi 的音譯詞。〗

²**咪** mei¹ ❶ 掐（用指甲掐）：呢啲菜老到手指甲都 ～ 唔入〔這些菜老得用指甲都掐不進去〕。❷ 用小刀切割。❸ 啃書；鑽研：唔好死 ～ 書〔不要死啃書本〕｜呢個問題佢 ～ 得好深〔這個問題他鑽研得很深〕。❹ 用功；勤奮：佢好 ～ 㗎〔他是很用功的〕。

咪家 mei¹ ga¹ 用功讀書的人；愛鑽研問題的人（詼諧的説法）。

咪仙 mei¹ xin¹ 鏈霉素。〖"咪仙"是英語 streptomycin 後兩個音節的譯音。〗

咪書 mei¹ xu¹ 啃書本，埋頭讀書：就嚟考試嘞，要 ～ 至得〔快考試了，要啃書本才行〕。

迷迷懵 mei⁴ mei⁴ mung² 同"迷迷懵懵"。

迷迷懵懵 mei⁴ mei⁴ mung² mung² 不清醒，糊裏糊塗：琴晚冇瞓覺，今日成日 ～ 噉〔昨晚沒睡覺，今天整天糊裏糊塗的〕。

米辦 mei⁵ ban⁶⁻² 米的樣品。

米飯班主 mei⁵ fan⁶ ban¹ ju² 戲指老闆。

米粉 mei⁵ fen² ❶ 大米粉，即大米麵。❷ 條狀的米粉條。

米機 mei⁵ géi¹ 碾米機；碾米廠。

米骨 mei⁵ gued¹ 米心（精白的大米）。

米氣 mei⁵ héi³ 米的氣味，借指米飯、粥等飯食：我幾日唔臭 ～ 喇〔我幾天沒吃飯了〕。

米路 mei⁵ lou⁶ 謀生的門路。

米舖 mei⁵ pou³ 糧店。

米水 mei⁵ sêu² 泔水。

米碎 mei⁵ sêu³⁻² 碎米。

米通 mei⁵ tung¹ 用爆米花拌糖漿製成一塊塊的甜食品。

米仔蘭 mei⁵ zei² lan⁴ 米蘭，木本花的一種。

咪 mei⁵ 副詞。別（不要）：～ 郁〔別動〕｜～ 講畀佢聽〔別告訴他〕｜～ 去自〔先別去〕。

咪搞我 mei⁵ gao² ngo⁵ ❶ 別麻煩我：我周身唔得閒，～ 咯〔我很忙，別麻煩我了〕。❷ 表示拒絕幹某事：叫我簽名喎，～〔叫我簽名，可別找我了〕！

咪自 mei⁵ ji⁶（又音 mei⁵ ju⁶）慢着；等一等：～，等我諗下先〔慢着，讓我先想一想〕。

咪拘 mei⁵ kêu¹ ❶ 別客氣：大家咁熟，～ 呀〔大家這麼熟，別客氣了〕。❷ 不敢領教（不願上當）：呢件嘢 ～ 嘞〔這件事我不敢領教〕。❸ 別夢想：你想我同你做吖，咪拘〔你想我替你幹，別做夢了〕！

咪話 mei⁵ wa⁶ 別説；慢説：～ 係你啦，就係我都唔得呀〔別説是你了，就是我也不行啊〕。

咪 mei⁶ "唔係"的合音，表示"不是"、"不就"、"就"：噉做更好，係 ～〔這樣做更好，是不是〕？｜你當時識噉諗 ～ 好囉〔你當時懂得這樣想不就好啦〕｜你 ～ 應承佢囉〔你就答應他唄〕。

méi

屘 méi¹（尾¹）末尾；後：最 ～ 嗰間屋〔最末尾的那所房子〕｜佢最 ～ 離開〔他最後離開〕｜第 ～〔倒數第一〕。

屘指 méi¹ ji² 小指。

屘屘屎 méi¹ méi¹ xi² 倒數第一（兒童用語）。

屘屎 méi¹ xi² 最後一名，帶有鄙視的感情：考試考到一個 ～。

屘二 méi¹ yi⁶⁻² 倒數第二個；最後之前一個。

瞇 méi¹ 閉（嘴、眼等）：～ 埋雙眼〔閉着眼睛〕｜～眉～眼〔瞇縫着眼睛〕｜～埋個嘴〔閉着嘴巴〕。

瞇埋眼 méi¹ mai⁴ ngan⁵ ❶ 閉上眼睛。❷ 指死亡。

糜 méi¹ 粥或米湯涼後在表面上凝成的一層皮：一浸粥 ～〔一層粥皮〕。

眉豆 méi⁴ deo⁶⁻² 白豇豆。

眉精眼企 méi⁴ jing¹ ngan⁵ kéi⁵ ❶ 形容人長得精明機靈：呢個後生仔生得～，好醒目〔這個小伙子長得精明能幹，真棒〕！ ❷ 容貌給人一種狡猾的感覺。

眉頭眼額 méi⁴ teo⁴ ngan⁵ ngag⁶ 臉色：要睇人哋嘅 ～ 過日子〔要看人家的臉色過日子〕。

微 méi⁴ （利潤）微薄：賺得好 ～〔賺得很微薄〕。

微菌 méi⁴ kuen² 細菌。

微利 méi⁴ léi⁶ 利潤很少：佢做嘅係 ～ 生意，冇乜錢賺嘅〔他做的是利潤很少的生意，沒甚麼錢賺的〕。

微微 méi⁴ méi⁴⁻² 一點兒；少許；稍微：～有啲熱〔稍微有點兒熱〕。

尾 méi⁵ ❶尾巴：豬～｜貓～｜魚～。❷ 末尾；最後：月 ～〔月底〕｜～房〔最後那個房間〕。

尾車 méi⁵ cé¹ 末班車。

尾後 méi⁵ heo⁶ ❶ 後來：～ 大家點定〔後來大家怎麼決定〕？ ❷ 排列在最後：排 ～ 嗰個你識唔識〔排在最後的那個人你認識嗎〕？

尾樓 méi⁵ leo⁴⁻² “花尾艔”（來往於廣州與江門、肇慶、梧州等地的一種客船）最靠近船尾的船艙。

尾龍骨 méi⁵ lung⁴ gued¹ 尾骨（脊柱的末端）。

尾牙（尾禡） méi⁵ nga⁴ 舊時商號東家在農曆十二月十六宴請本店伙計，以答謝大家一年來的辛勞。這種筵席叫“尾牙”。

尾油 méi⁵ yeo⁴ 明油（澆在炒熟後的菜餚上的油）。

尾膲 méi⁵ zêu¹ 雞鴨等尾部成錐形的肉。

未 méi⁶ 沒；沒有；還沒；還沒有；還不：呢個問題 ～ 討論過〔這個問題沒有討論過〕｜～ 開始〔還沒開始〕｜佢 ～ 嚟〔他還沒有來〕｜～ 得〔還不行〕｜～ 夠〔還不夠〕。〖普通話“未”只用於文言語句裏，一般口語不用“未”。廣州人往往以為廣州話的“未”就是普通話的“沒”或“沒有”，因而把“未有”、“未去”、“未批准”等說成“沒有”、“沒去”、“沒批准”，這是錯誤的。一般地說，廣州話的“未”相當於普通話的“還沒（有）”或“沒（有）”兩種說法：❶“未”的後面是動詞時，普通話用“還沒（有）”：～ 去〔還沒去〕｜～ 寫〔還沒寫〕｜～ 洗〔還沒有洗〕。❷“未”後面的動詞帶補語或者“未”的後面是形容詞時，普通話可以省去“還”字，只用“沒（有）”：～ 去過〔沒去過〕｜～ 寫完〔沒寫完〕｜～ 洗乾淨〔沒洗乾淨〕｜～ 熟〔沒熟〕。〗

未曾 méi⁶ ceng⁴ 還沒有；尚未：我 ～ 見過呢個人〔我沒有見過這個人〕｜工作 ～ 完就想走啦〔工作還沒有完成就想走啦〕。

未得自 méi⁶ deg¹ ji³ 暫時還不行：甲：開始未呀？乙：～〔甲：開始了嗎？乙：還不行〕｜甲：飯熟未呀？乙：～〔甲：飯熟了嗎？乙：還不行〕。

未知死 méi⁶ ji¹ séi² 不知道厲害。

未算 méi⁶ xun³ 還不算：五百文重話 ～ 貴〔五百塊錢還說不算貴〕。

未有耐 méi⁶ yeo⁵ noi⁶⁻¹ （還）早着呢：幾時放假？～〔甚麼時候放假？早着呢〕｜～ 開場〔離開場時間還早〕。

¹味 méi⁶ 量詞。❶ 種；樣（多指中藥或菜餚）：再加兩 ～ 藥｜呢 ～ 餸未食

過〔這樣菜沒有吃過〕。❷ 件；樣（多指事情。讀音多作 méi⁶⁻²）：呢 ～ 嘢得人怕〔這樣的事情實在使人害怕〕。

²味 méi⁶ 味道。

味碟 méi⁶ dib⁶⁻² 盛醬油辣椒等調料的小碟。

味粥 méi⁶ zug¹ 統稱各種魚粥或肉粥。

沬水 méi⁶ sêu² 潛水。

沬水舂牆 méi⁶ sêu² zung¹ cêng⁴ 扎入水中，頭撞牆，指冒極大的危險：為咗朋友我可以 ～〔為了朋友我可以兩肋插刀〕｜呢件事佢 ～ 都制〔這件事冒再大的風險他也幹〕。

mem

餻 mem¹（摸陰切。又音 ngem¹）軟而爛的飯（幼兒語）：食 ～～〔吃飯〕。

men

文 men¹（蚊）量詞。元；塊（錢）：一 ～ 幾〔一元多〕｜ ～ 零兩～〔塊把兩塊錢〕。

文雞 men¹ gei¹ 量詞。元：一兩 ～ 都要注意節約｜三幾 ～ 之嘛〔三幾塊錢罷了〕。

炆 men¹ 燉：～ 豬腳〔燉豬蹄〕｜ ～ 牛腩。

蚊髀共牛髀 men¹ béi² gung⁶ ngeo⁴ béi² 比喻兩者強弱差別懸殊：你同佢比，真係 ～ 咯〔你跟他比，真是小巫見大巫了〕。

蚊蟲 men¹ cung⁴ 同“沙蟲”❶。

蚊瞓 men¹ fen³（瞓，訓）字面上是“蚊子睡”的意思，用來指人行動過分緩慢，有“太晚了”、“太遲了”等意思：而家至嚟，～ 喇〔現在才來，太晚了〕。

蚊口 men¹ heo² 皮膚上被蚊子叮過的

地方所起的紅點。

蚊螆 men¹ ji¹（螆，茲）蚊子、蠓蟲等小飛蟲的總稱。

蚊癆 men¹ nan³ 蚊子叮咬後皮膚所起的疙瘩。

蚊帳被席 men¹ zêng³ péi⁵ zég⁶ 鋪蓋，牀上用品的統稱。

抿嘴 men⁵⁻² zui² 緊閉着嘴巴：佢嬲到抿埋嘴唔出聲〔她氣得閉着嘴不吭聲〕｜佢抿住嘴笑〔他閉着嘴笑〕。

抿(扻) men²（讀音 men⁵）揩擦：抹（灰沙等）；～ 屎〔擦屁股〕。～ 石灰｜～ 磚罅〔泥磚縫兒〕。

吻 men³（文 ³）❶ 靠近邊緣的：唔好企得咁 ～〔別站得太靠邊兒了〕｜嗰個杯放得太 ～ 會跌落地〔那個杯子放得太靠邊兒會掉下來〕。❷ 引申指辦事資金、材料或時間等不充足，幾乎不夠：五文雞買咁多嘢好 ～ 㗎〔五塊錢買那麼多東西是很緊的〕｜六尺布做一條褲有啲 ～〔六尺布做一條褲子有點兒勉強〕｜限三日完成工程，太 ～ 喇啩〔限三天完成工程，太緊了吧〕？

吻尾 men³ méi⁵ 盡頭；末尾：我住喺 ～ 嗰度〔我住在最盡頭那裏〕。

吻吻莫莫 men³ men³ mog⁶⁻² mog⁶⁻² 僅僅夠。

吻秒 men³ miu⁵ 指時間緊，快要趕不上：差一分鐘開車你至趕到，咁 ～〔差一分鐘開車你才趕到，真緊張〕。

吻莫 men³ mog⁶⁻² 偏於指材料、金錢等方面吃緊或勉強夠用：預算可以略略寬一啲，唔好咁 ～〔預算可以稍微寬點，不要太緊〕。

文膽 men⁴ dam² ❶ 擅長寫文章的人。❷ 為他人出謀劃策的人。

文化衫 men⁴ fa³ sam¹ 同“文化袖”。

文化袖 men⁴ fa³ sêd¹ 短袖圓領衫（針織品）。

*文雀 men⁴ zêg³⁻² 扒手。

民田 men⁴ tin⁴ 珠江三角洲一帶指沖積形成的、地勢較高的地方（形成的時間比"沙田"久）。

紋路 men⁴ lou⁶ ❶ 木、石等的紋理。❷ 比喻做事的條理、門道：佢做嘢好有～〔他做事很有條理〕。

聞得 men⁴ deg¹ 聽說：～ 你發咗達喎，係咪〔聽說你發了，是嗎〕？

問 men⁶ 介詞。向：我想 ～ 佢借啲錢〔我想向他借點錢〕。

問得心過 men⁶ deg¹ sem¹ guo³ 問心無愧。

問心唔過 men⁶ sem¹ m⁴ guo³ 過意不去：呢次我真係～〔這次我真是過意不去〕。

問天打卦 men⁶ tin¹ da² gua³ 聽天由命：呢次你完全靠 ～ 咯〔這次你完全靠聽天由命了〕。

meng

搲(攦) meng¹ (盟¹) ❶ 拽；扯；拉：～斷咗條繩〔把繩子拉斷了〕｜咪 ～ 住我件衫〔別拽着我的衣服〕。❷ 拔：～ 草｜～ 鬍鬚。

搲痕 meng¹ ha¹ 同"扯痕"、"牽痕"。

喵雞 meng¹ gei¹ ❶ 眼皮上的疤瘌。❷ 疤瘌眼兒（眼皮上有疤的人）。

嗡嗡緊(繃繃緊) meng¹ meng¹ gen² 緊，緊張，指辦事時由於時間或經費等不充足而顯得緊張：今年嘅經費 ～，呢件事唔急，出年再講啦〔今年的經費緊得很，這件事不急，明年再說吧〕。

瘟 meng² 暴躁；煩躁：佢好 ～，啲啲就鬧人〔他很暴躁，動不動就罵人〕。

瘟薑 meng² gêng¹ (瘟，嗎肯切) 急躁的人。

瘟瘤 meng² zeng² 同"瘟"。

搲 meng³ (盟³) 同"搲" meng¹ ❶。

搲貓尾 meng³ mao¹ méi⁵ 指二人串通一氣，一呼一應地矇騙別人。

搲衫尾 meng³ sam¹ méi⁵ 扯後腿：佢想參加又怕老婆 ～〔他想參加又怕老婆扯後腿〕。

盟鼻 meng⁴ béi⁶ 鼻塞。

盟籠 meng⁴ lung⁴⁻² ❶ 密封住；悶住。❷ 悶宮（象棋術語）。

盟塞 meng⁴ seg¹ ❶ 閉塞；孤陋寡聞。❷ 不明事理，不通情達理：呢個人做事好 ～ 嘅〔這個人做事很不通情達理的〕。

méng

名 méng⁴⁻² (讀音 ming⁴) 名兒；名字：你叫乜嘢～〔你叫甚麼名字〕？

糳 méng⁴ (磨鯪切) 沒有；未曾。〖"méng⁴"是"未曾"(méi⁶ ceng⁴) 的連音變化。〗

命 méng⁶ 引申指人（詼諧的說法），其量詞用"隻"：得幾隻 ～，點做呀〔祇有幾個人，怎麼幹呢〕！｜呢度剩翻我一隻～〔這裏就祇剩下我一個人〕。

命醜 méng⁶ ceo² 命運不好。

命正 méng⁶ zéng³ 命運好。

meo

跍 meo¹ (謀¹) 蹲：～ 低〔蹲下〕｜～喺度傾偈〔蹲在那兒閒聊〕。

跍墩 meo¹ den¹ 失業。

跍街 meo¹ gai¹ 蹲在馬路旁，喻指失業。

跍監 meo¹ gam¹ 坐牢。

謀 meo⁴ ❶ 算計，謀害：小心人哋 ～ 你〔當心別人謀害你〕。❷ 謀取：畀人 ～ 咗去〔被別人弄了去了〕。

謀人寺 meo⁴ yen⁴ ji⁶⁻² 指高價宰客的商店。

茂(謬) meo⁶ 荒謬：乜你咁 ～ 㗎〔怎麼你那麼荒謬的〕？

茂豆 meo⁶ deo⁶ 土裏土氣、呆頭呆腦的樣子。

茂壽 meo⁶ seo⁶ ❶ 呆頭呆腦的樣子。❷ 穿着不合身。

mi

咪媽爛臭 mi¹ ma¹ lan⁶ ceo³ 形容人滿口粗言穢語，不堪入耳。

咪摸 mi¹ mo¹ 做事慢；磨蹭：做嘢咁～，我怕晒你喇〔做事那麼磨蹭，我真怕了你了〕。

mid

搣（抆）mid¹（滅¹）❶ 捏；擰：唔好界手指～人〔別用手指捏人家〕。❷ 掰：～開兩邊。❸ 撕：～爛張紙〔把紙撕破了〕。

滅火喉 mid⁶ fo² heo⁴ 消防栓及水管。

篾白 mid⁶ bag⁶ 篾黃，竹子篾青以內的部分削成的篾條。

min

面 min⁶⁻² ❶ 面子；臉面：有～ ｜ 睇佢嘅～〔看他的面子〕。❷ 面兒：被～ ｜ 底～。

面褲 min⁶⁻² fu³ 外褲。

面衫 min⁶⁻² sam¹ 褂子；外衣。

面頭 min⁶⁻² teo⁴ ❶ 物體上部的一層：我要呢沓書～嗰本〔我要這摞書最上面的那本〕。❷ 物體外面的一層：佢～着一件花棉衲〔她外面穿一件花棉襖〕。

棉緊身 min⁴ gen² sen¹ 緊身棉襖。

棉褸 min⁴ leo¹（褸，樓¹）棉大衣。

棉衲 min⁴ nab⁶ 棉襖。

棉胎 min⁴ toi¹ 被套(棉被的胎)：彈～。

綿羊 min⁴ yêng⁴⁻² 棉被（詼諧的説法）：趲 ～〔拿棉被去當押〕｜贖 ～。

免至 min⁵ ji³ 免得：你要先掛個電話翻屋企，～ 老婆掛念〔你要先掛個電話回家，免得老婆惦記着〕。

*免治 min⁵ ji⁶ 碎末。〖"免治" 是英語 mince 的音譯詞。〗

面 min⁶ 臉：洗 ～ ｜ ～ 紅。

面鉢 min⁶ bud⁶ 同 "面珠墩"。

面青青 min⁶ céng¹ céng¹ 臉色青白。

面巾 min⁶ gen¹ 洗臉巾；毛巾。

面口 min⁶ heo² ❶ 臉兒；面孔：佢個 ～ 好熟〔他很面熟〕。❷ 臉色；氣色：呢排你個 ～ 好咗好多喇〔最近你的臉色好了很多了〕。

面紅紅 min⁶ hung⁴ hung⁴ 臉色發紅。

面紅面綠 min⁶ hung⁴ min⁶ lug⁶ 面紅耳赤。

面珠 min⁶ ju¹ 臉蛋兒。

面珠墩 min⁶ ju¹ den¹（墩，讀音 dên¹）臉蛋兒。

面木木 min⁶ mug⁶ mug⁶ 表情麻木、呆滯。

面懵 min⁶ mung² 沒趣：搞到大家 ～ 晒，冇晒癮〔弄得大家沒趣，沒意思〕。

面懵懵 min⁶ mung² mung² 面無表情的樣子。

面皮 min⁶ péi⁴ 臉皮。

面皮厚 min⁶ péi⁴ heo⁵ 指人不害羞、不自覺、不禮貌。

面盆 min⁶ pun⁴⁻² 臉盆；洗臉盆。

面黃黃 min⁶ wong⁴ wong⁴ 因病弱而面色枯黃。

面豉 min⁶ xi⁶⁻² 豆瓣兒醬。

面善 min⁶ xin⁶ 面熟；似曾相識：嗰個人好 ～〔那個人很面熟〕。

*面左左 min⁶ zo² zo² 見面時把臉彆過去，不願與人打招呼。

麵餅 min⁶ béng² 團成餅狀的熟麵。

麵豉醬 min⁶ xi⁶⁻² zêng³ 黃醬，豆瓣兒醬。

ming

名銜 ming⁴ ham⁴ ❶ 職務;職稱。❷ 名氣;名望。

名嘴 ming⁴ zêu² 戲指能言善辯或較有名氣的媒體節目主持人。

明 ming⁴ 明白:我唔~係乜嘢道理〔我不明白是甚麼道理〕|你~嗎〔你明白了沒有〕?

明火 ming⁴ fo² 用適中火候不間斷地煮的:~白粥。

明滾 ming⁴ guen² 公開詐騙。

明蝦 ming⁴ ha¹ 對蝦:水浸大~。

明渠 ming⁴ kêu⁴ 陽溝。

明鏡 ming⁴ kuang¹(鏡,箍罌切)分明:~係你咯,你都唔承認〔分明是你了,你都不承認〕。

明爐 ming⁴ lou⁴ 在敞開式的爐子中用炭火燒烤的:~燒鴨。

明瓦 ming⁴ nga⁵ 用玻璃等透明材料做的瓦片。

明呃 ming⁴ ngeg¹ 同"明滾"。

miu

藐嘴藐舌 miu² zêu² miu² xid³ 撇着嘴,表示對人蔑視。

藐 miu² 撇嘴:嘴~(表示輕蔑或冷淡)。

瞄 miu⁴ ❶ 偷看:~咗一眼〔偷看了一眼〕|~咗一下〔偷看了一下〕。❷ 隨便地看:~一下就算囉〔隨便地看一下就算了〕。

妙品 miu⁶ ben² 本意為非常美好、精妙的東西,轉指人圓滑、靈活,善於應對各種情況。

mo

摩打 mo¹ da² 馬達;發動機。〖"摩打"是英語 motor 的音譯詞。普通話譯作"摩托"、"馬達"或"發動機",而"摩托"多作"摩托車"的簡稱。〗

*摩晞 mo¹ héi¹ 安哥拉山羊毛布料。〖"摩晞"是英語 mohair 的音譯詞。〗

摩囉差 mo¹ lo¹ ca¹ 舊時對南亞地區膚色棕黑的人的蔑稱。

嚤 mo¹(麼)慢;緩慢:佢行得好~〔他走得很慢〕|食得~〔吃得慢〕。〖一般只作補語及謂語,不能作定語和狀語,如"慢車"、"慢慢講"都不能用"嚤"。〗

嚤吰 mo¹ men³(嚤,文³)動作遲緩。

嚤佗 mo¹ to⁴(動作)緩慢;慢吞吞;不靈活:佢做嘢好~喋〔他幹活動作很慢的〕|大家做嘢要快手啲,唔得咁~喋〔大家幹活的速度要快一些,不能那麼慢吞吞的〕。

摸 mo² 摸索着捕捉、撈取:~魚~蝦。

摸杯底 mo² bui¹ dei² 戲稱喝酒:佢一~就唔知自己姓乜咯〔他一喝起酒來就不知道自己姓甚麼了〕。

摸碟底 mo² dib⁶ dei² 摸底細;了解根底。

摸埋 mo² mai⁴ 隨便碰到的;無論哪一個;一般的:呢種嘢~都要百零二百文〔這種東西隨便哪一個都要百多二百元〕|~都有五公斤〔一般都有五公斤〕。

摸盲盲 mo² mang⁴ mang⁴⁻¹ 捉迷藏;摸瞎子(兒童用語,蒙着眼睛捉人的遊戲)。

摸門釘 mo² mun⁴ déng¹ 指到親友家找不着人:呢次又試~〔這次又找不着人〕。

摸身摸勢 mo² sen¹ mo² sei³ 周身亂摸,帶有不滿意的情緒:你檢查就檢查,唔好~〔你檢查就檢查,不要周身亂摸〕。

磨心 mo⁶ sem¹ 石磨的軸心。比喻多方受氣的人。

mog

剝花生 mog¹ fa¹ sang¹ 指陪同他人談情說愛（詼諧的説法）。

剝光豬 mog¹ guong¹ ju¹ ❶ 把衣服脱得精光。❷ 下棋時將一方棋子吃得只剩一個"將"或"帥"。又叫"劏光豬"。

剝皮牛 mog¹ péi⁴ ngeo⁴ 橡皮魚，即馬面魚。

mong

¹芒 mong¹ 差勁；不好：我初初以為好好，原來咁 ～ 嘅〔我最初以為很好，原來那麼差勁的〕| 好 ～ 嘅咋〔很差勁的〕。

²芒 mong¹ ❶ 發育期間的青年男女：～仔 | ～ 女。❷ 發育期間的家禽家畜：～ 雞 | ～ 豬 | ～ 鴨。

網 mong¹ 指罩；套；蒙蓋：攞嗰個網嚟 ～ 住啲嘢〔拿那張網子把這些東西罩上〕| 攞窟布 ～ 住嗰個石膏像〔拿塊布來把石膏像蒙上〕。

忙忙狼狼 mong⁴ mong⁴ long⁴ long⁴ 焦急而匆忙的樣子：睇佢 ～ 唔知去邊度〔看他匆匆忙忙的不知道要到哪裏去〕？

網 mong⁵ 指用繩線等結成的捕魚捉鳥的器具或像網的東西：魚 ～ | 髮 ～ | 豬膏 ～〔豬網膜；豬腸油〕。

網絡 mong⁵ log³⁻² 網兜。

望微眼 mong⁶ méi⁴ ngan⁵ ❶ 眺望極遠處：～ 咁遠〔幾乎看不到的地方〕| ～ 都睇唔到〔用盡眼力都看不到〕。❷ 殷切盼望：～ 嘅盼個仔翻嚟〔日盼夜盼地盼望兒子回來〕。

望天打卦 mong⁶ tin¹ da² gua³ 靠天吃飯：要靠主觀努力，唔好 ～〔要靠主觀努力，不要靠天吃飯〕。

mou

毛布 mou⁴ bou³ 絨布（有絨毛的棉布）。

毛瓜 mou⁴ gua¹ "節瓜"的別名。

毛管 mou⁴ gun² 毛孔；汗孔：嚇到佢 ～ 都鬆晒〔嚇得他毛骨悚然〕。

毛管冚篤企 mou⁴ gun² dung⁶ dug¹ kéi⁵（冚，洞）毛骨悚然：嚇得我 ～〔嚇得我毛骨悚然〕。

毛管鬆 mou⁴ gun² sung¹ 毛管鬆開（皮膚起雞皮疙瘩）。

毛毛草草 mou⁴ mou⁴ cou² cou² 毛糙（做事情粗糙不細緻）。

毛鬙鬙 mou⁴ seng⁴ seng⁴（鬙，時衡切）毛茸茸的。

毛水 mou⁴ sêu² 羽毛的色澤：隻貓幾好 ～〔這隻貓毛色很好〕。

無端白事 mou⁴ dün¹ bag⁶ xi⁶ 無緣無故：～ 笑起嚟〔無緣無故笑起來〕| ～ 打爛佢做乜〔無緣無故把它打破了幹甚麼〕！

無端端 mou⁴ dün¹ dün¹ 無緣無故：呢個細佬哥 ～ 喊起上嚟〔這個小孩無緣無故地哭起來〕| 嗰架汽車 ～ 壞咗〔那輛汽車無緣無故地壞了〕。

無權無勇 mou⁴ kün⁴ mou⁴ yung⁵ 比喻勢單力薄：我哋 ～，點同佢鬥得過吖〔我們勢單力薄怎麼能跟他們鬥呢〕。"權"又作"拳"。

無厘頭 mou⁴ léi⁴ teo⁴ 原意為無利可圖的，引申為無意義的、莫名其妙的等。又作"冇厘頭"。

無聊賴 mou⁴ liu⁴ lai⁶ 無聊；無事可幹：成日坐喺屋企，真 ～〔整天坐在家裏，真無聊〕。

無無端端 mou⁴ mou⁴ dün¹ dün¹ 同"無端端"。

無嗱嗱 mou⁴ na¹ na¹（嗱，拿¹）無緣無故：點解 ～ 就畀佢批評呀〔為甚麼無緣無故就被他批評了〕?

無千無萬 mou⁴ qin¹ mou⁴ man⁶ 無數；成千上萬。

無情白事 mou⁴ qing⁴ bag⁶ xi⁶ 同 "無端白事"。

無情雞 mou⁴ qing⁴ gei¹ 舊時商號在農曆十二月十六 "尾牙" 這天，東家宴請本店伙計，如果東家客氣地揀一塊雞肉給某一伙計，就意味着解僱他。這塊雞肉就叫 "無情雞"。

無聲狗 mou⁴ séng¹ geo² 歇後語，下一句是 "咬死人"。比喻陰毒的人。

*****無上裝** mou⁴ sêng⁶ zong¹ 女子不穿上裝的表演或服務：～餐廳。

無他 mou⁴ ta¹ 沒有其他甚麼；沒有別的，沒有甚麼緣故：我哋噉做～，只不過為你好之嘛〔我們這樣做沒別的，只不過為了你好罷了〕。

無頭烏蠅 mou⁴ teo⁴ wu¹ ying⁴⁻¹ 比喻亂闖亂撞：睇你好似隻 ～ 噉，要春去邊度〔看你像隻沒有頭的蒼蠅那樣，要闖到哪兒去〕?

無謂 mou⁴ wei⁶ ❶ 不必：～ 搞咁多嘢喇〔不必搞那麼多東西了〕。❷ 沒有意義。

無時無候 mou⁴ xi⁴ mou⁴ heo⁶ 隨時；不分晝夜：佢 ～ 都會嚟㗎〔他隨時都會來的〕｜為乜半夜打電話，～〔為甚麼半夜打電話，也不看白天黑夜〕。

無印良品 mou⁴ yen⁵ lêng⁴ ben² 沒有商標，但價格低廉、質量過得去的商品。

無煙大炮 mou⁴ yin¹ dai⁶ pao³ 戲稱吹牛吹得太離奇的人。

冇 mou⁵ ❶ 沒有；無：～乜事〔沒有甚麼事兒〕｜我 ～ 書｜有 ～ ?｜～ 人過問｜～ 條件。❷ 副詞。沒；沒有：～ 買票｜佢 ～ 做乜嘢〔他沒幹甚麼〕｜佢 ～ 話過〔他沒說過〕。❸ 副詞。不（只有極少數情況）：～

錯｜～ 緊要〔不要緊〕｜呢排 ～ 落雨也滯〔近來不怎麼下雨〕。

冇把炮 mou⁵ ba² pao³ 沒有把握。

冇表情 mou⁵ biu² qing⁴ ❶ 沒有表情。❷ 彆扭；尷尬（gāngà）（詼諧的說法）：搞到佢好～〔弄得他非常尷尬〕。

冇本心 mou⁵ bun² sem¹ 沒良心：連老母都打，真係 ～ 咯〔連母親都打，真沒良心〕!

冇搭霎 mou⁵ dab³ sab³ 形容人做事無始終，不經心，大大咧咧，馬虎隨便：做事唔好咁 ～〔做事情不要那麼馬虎〕。

冇大冇細 mou⁵ dai⁶ mou⁵ sei³ 沒大沒小，指人不分長幼尊卑：呢個人講話～〔這個人說話沒大沒小的〕。

冇膽 mou⁵ dam² 沒有膽量：呢個人好 ～ 嘅〔這個人膽子真小〕｜佢 ～ 做呢件事〔他沒有膽量幹這件事〕。

冇啖好食 mou⁵ dam⁶ hou² xig⁶ ❶ 日子過得艱難：嗰陣時真係 ～ 呀〔那個時候日子真是艱難啊〕。❷ 沒有得到甚麼好處：大家個個都好辛苦，但係 ～〔大家個個都挺辛苦的，但沒得到甚麼好處〕。

冇得 mou⁵ deg¹ 用在動詞之前，相當於普通話 "沒有＋動詞＋的" 的格式：～ 賣〔沒有賣的〕｜ ～ 睇〔沒有看的〕｜ ～ 坐〔沒有坐的〕。〚廣州人說普通話時習慣把以上的例句說成 "沒有得賣"、"沒有得看"、"沒有得坐"，這是錯誤的，必須注意。〛

冇得頂 mou⁵ deg¹ ding² 好極了；沒有甚麼超得過它：佢嘅手藝 ～〔他的工藝沒人比得過他〕｜呢個球隊 ～〔這個球隊沒有對手〕。

冇得傾 mou⁵ deg¹ king¹ 沒有商量的餘地；沒門兒：呢件事 ～〔這件事沒門兒〕｜成本要咁高就 ～ 咯〔成本要這麼高，那就沒有商量的餘地了〕。

冇得撈 mou⁵ deg¹ lou¹ 戲指失業：呢個月又 ～ 咯〔這個月又失業了〕。

冇得攔 mou⁵ deg¹ man¹（攔，慢¹）無法挽回；沒有希望：呢場球我睇 ～ 咯〔這場球我看無法挽回了〕。

冇得彈 mou⁵ deg¹ tan⁴ 沒有説的（沒有甚麼可指責的）：呢位先生態度咁好，真係 ～ 囉〔這位先生的態度那麼好，真是沒有説的〕｜呢啲嘢 ～〔這些東西沒有説的〕。

冇定企 mou⁵ déng⁶ kéi⁵ 無地方站立，無立足之地：一個人冇啲手藝真係 ～ 呀〔一個人沒有一些技術真是無法立足〕。

冇定性 mou⁵ ding⁶ xing³ 指小孩愛玩好動，學習或做事不專心：細路仔 ～，叫佢做我唔放心〔小孩不專心，叫他幹我不放心〕。

冇定準 mou⁵ ding⁶ zên² 不一定的；不固定的。

冇度數 mou⁵ dou⁶ sou³ 沒準兒：多少都得，～ 嘅〔多少都成，沒準兒〕。

冇花冇假 mou⁵ fa¹ mou⁵ ga² 絕對是真的，沒有虛假：呢個數字係真嘅，～〔這個數字是真的，沒有虛假〕。

冇火冇貓 mou⁵ fo² mou⁵ mao¹ 形容灶冷屋清：呢間屋 ～ 好耐冇人住咯〔這房子冷冷清清的很久沒有人住了〕。

冇符 mou⁵ fu⁴ 束手無策；毫無辦法；沒轍兒（zhér）：呢件事，真係 ～ 喇〔這件事，真是沒辦法了〕。

冇家教 mou⁵ ga¹ gao³ 缺乏家庭教育的（指小孩不懂禮貌）。

冇解 mou⁵ gai² ❶ 不像話：太 ～ 喇〔太不像話了〕。❷ 奇怪：真 ～，八點鐘重未有人嚟〔真奇怪，八點了還沒有人來〕。

冇交易 mou⁵ gao¹ yig⁶ 沒門兒；沒有商量餘地：噉嘅條件 ～〔這樣的條件沒有商量餘地〕｜你想要咁大份，～〔你想要這麼多，沒門兒〕。

冇計 mou⁵ gei³ 不計較：大家咁熟，佢 ～ 嘅〔大家那麼熟，他不會計較的〕。

冇幾何 mou⁵ géi² ho⁴⁻² 不經常；不常：你哋 ～ 嚟〔你們不常來〕｜我 ～ 出街〔我不常上街〕。

冇記性 mou⁵ géi³ xing³ 記憶力不好的；健忘的：佢好 ～ 嘅〔他很健忘〕。

冇根底 mou⁵ gen¹ dei² ❶ 沒有家業。❷ 沒有學問。

冇根苑 mou⁵ gen¹ deo¹ 同“冇搭霎”。

冇根蔃 mou⁵ gen¹ gêng² 沒有根底，指人沒有家族、派系等勢力作依靠。

冇下扒 mou⁵ ha⁶ pa⁴ 説話沒信用；輕諾寡信。

冇口齒 mou⁵ heo² qi² 不講信用的；無信用的：佢真 ～，話過又唔算數嘅〔他真不講信用，説過也可以不認賬的〕。

冇行 mou⁵ hong⁴ 沒有希望的（指沒有得到某些東西的希望）：去遲咗就 ～ 喇〔去晚了就沒有希望了〕。

冇好氣 mou⁵ hou² héi³ 沒耐心；沒興趣：我 ～ 同你嘈〔我沒興趣跟你吵〕。

冇拘論 mou⁵ kêu¹ lên⁶ 不講究。

冇釐 mou⁵ léi⁴ 一點兒也沒有，毫無：個嘢 ～ 用〔那傢伙一點兒用處也沒有〕｜做乜呀，～ 精神嘅〔幹甚麼呀，無精打采的〕？

冇釐搭霎 mou⁵ léi⁴ dab³ sab³ 沒有分寸；沒譜兒：佢講嘢都 ～ 嘅〔他説話都沒譜兒的〕｜嗰個人做嘢都 ～ 嘅〔那個人辦事都沒有分寸的〕。

冇釐正經 mou⁵ léi⁴ jing³ ging¹ 一點也不正經。

冇釐神氣 mou⁵ léi⁴ sen⁴ héi³ 無精打采：睇佢 ～ 嗽，好似有病〔看他無精打采的樣子，似乎有病〕。

冇釐癮 mou⁵ léi⁴ yen⁵ 無聊；沒意思：玩呢啲嘢 ～〔玩這些東西沒意思〕。

冇釐癮頭 mou⁵ léi⁴ yen⁵ teo⁴ 同上。

冇理由 mou⁵ léi⁵ yeo⁴ ❶ 沒有道理：佢～噉做〔他沒有理由這麼幹〕。❷ 不可能：佢～唔去〔他不可能不去〕。

冇漏罅 mou⁵ leo⁶ la³ 沒有破綻，絕對保險。

冇了賴 mou⁵ liu⁵ lai⁶ 沒完沒了；沒個完：大家做得～，唔知幾時完工〔大家沒完沒了地幹，不知甚麼時候才完工〕。

冇料 mou⁵ liu⁶⁻² 沒有學問；水平低。

冇料兆 mou⁵ liu⁶ xiu⁶ ❶ 沒有內容：呢煲湯～嘅〔這鍋湯沒有甚麼內容〕。❷ 因沒事做而感到無聊：一個人喺屋企，冇啲料兆〔一個人在家裏，沒事做太無聊了〕。

冇來由 mou⁵ loi⁴ yeo⁴ 沒有依據；不合道理：你噉講係～嘅〔你這麼說是沒有依據的〕。

冇乜 mou⁵ med¹ ❶ 沒有甚麼：我～好講喇〔我沒有甚麼好說的了〕。❷ 不怎麼：佢～發言〔他不怎麼發言〕｜呢度～好玩〔這裏不怎麼好玩〕。

冇乜點 mou⁵ med¹ dim² 沒有甚麼異常：我睇佢～吖〔我看他沒有甚麼異常吧〕。

冇乜嘢 mou⁵ med¹ yé⁵ 沒有甚麼：佢幾好，～咯〔他挺好的，沒甚麼了〕。

冇乜滯 mou⁵ med¹ zei⁶ ❶ 幾乎沒有：鹽～咯〔鹽幾乎沒有了〕｜滾水飲到～就再煲〔開水喝得快沒有了就再燒〕。❷ 沒怎麼：電影我冇睇乜滯〔電影我沒怎麼看〕。

冇脈 mou⁵ meg⁶ 沒希望了；完了。

冇米粥 mou⁵ mei⁵ zug¹ 比喻沒有內容的東西，希望渺茫的事情，沒有效果的動作等：呢個項目我睇係～嘅〔這個項目我看是沒有效果的〕。

冇紋路 mou⁵ men⁴ lou⁶ 同 "冇搭霎"。

冇面 mou⁵ min⁶⁻² 丟臉：個仔唔懂事，搞到佢好～〔他的兒子不懂事，弄得他很丟臉〕。

冇嚦耕 mou⁵ na¹ gang¹（嚦，拿¹）互不相干；毫無關係：兩件事都～嘅〔兩件事是不相干的〕。

冇嚦掹 mou⁵ na¹ neng³ 沒有牽連，沒有關係，不沾邊兒：呢件事同我冇啲嚦掹〔這件事跟我不沾一點邊兒〕。

冇牙老虎 mou⁵ nga⁴ lou⁵ fu² 比喻火災。

冇瓦遮頭 mou⁵ nga⁵ zé¹ teo⁴ 比喻沒有住的地方。

冇挨冇憑 mou⁵ ngai¹ mou⁵ beng⁶ 無依無靠。

冇眼界 mou⁵ ngan⁵ gai³ 沒眼力；看得不準。

冇眼睇 mou⁵ ngan⁵ tei² 表示撒手不管的意思：你硬噉做，我～〔你硬要這麼幹，我可不管了〕！

冇腦 mou⁵ nou⁵ 沒腦子；不動腦筋。

冇皮柴 mou⁵ péi⁴ cai⁴ 即 "光棍"。指無賴、騙子等無業人員。

冇皮蕉 mou⁵ péi⁴ jiu¹ 戲稱糞便。

冇譜 mou⁵ pou² ❶ 離譜；沒準兒（指人做事不合常情）：佢講話～嘅〔他說話可沒準兒〕｜我話你～嘅，咁冷重去游水〔我說你真離譜，那麼冷還去游泳〕。❷ 形容某些狀態達到令人不能忍受的程度：今日熱到～〔今天熱得夠嗆〕。

冇穿冇爛 mou⁵ qun¹ mou⁵ lan⁶ 完整無損；完好。

冇晒表情 mou⁵ sai³ biu² qing⁴ 原指人因失意受刺激，心情不舒暢，面部呆板無表情。引申指人遇到不稱心事時的情形。

冇晒符 mou⁵ sai³ fu⁴ 完全沒有辦法：呢件事～喇〔這件事完全沒有辦法了〕。

冇曬修 mou⁵ sai³ seo⁴ 同 "冇曬符"。

冇術 mou⁵ sêd⁶ 沒辦法：搞到我冇晒術〔弄得我毫無辦法〕。

冇世藝 mou⁵ sei³ ngei⁶ 沒事兒幹，閒

着無聊：退咗休可以睇書、寫作、旅遊，唔會~嘅〔退休以後可以讀書、寫作、旅遊，不會沒事兒幹的〕。

冇心 mou⁵ sem¹ ❶ 無心；無意：我~得罪你。❷ 沒有感情：你對佢~嘅話就唔好去拍拖喇〔你對他沒有感情的話就不要跟他談戀愛了〕。

冇心機 mou⁵ sem¹ géi¹ 不耐心；不專心；無心：我~睇咁長嘅文章〔我不耐心看那麼長的文章〕｜我~同你傾〔我無心跟你談〕。

冇心肝 mou⁵ sem¹ gon¹ 沒良心。

冇心裝載 mou⁵ sem¹ zong¹ zoi³ 不用心聽講；不在意。

冇聲氣 mou⁵ séng¹ hêi³ ❶ 沒有消息：咁耐重~嘅〔那麼久還沒有消息〕? ❷ 沒有希望：可能~囉〔可能沒希望了〕。

冇相干 mou⁵ sêng¹ gon¹ ❶ 不相干。❷ 不要緊：~，你借幾耐都得〔不要緊，你借多長時間都可以〕。

冇修 mou⁵ seo¹ ❶ 毫無辦法；沒轍兒(zhér)：搞到佢~〔弄得他毫無辦法〕｜真~〔真沒轍兒〕。❷ 狼狽不堪：整到佢~〔整得他狼狽不堪〕。

冇手尾 mou⁵ seo² méi⁵ 形容人做事有頭無尾，或者做完一件事，不收拾東西：做完嘢要執齊啲工具，唔好咁~〔幹完活兒要把工具收齊，不要丟三落(1à)四的〕。

冇數為 mou⁵ sou⁴ wei⁴ 不合算；划不來。

冇頭烏蠅 mou⁵ teo⁴ wu¹ ying⁴⁻¹ 形容人亂碰亂闖：做嘢應該有計劃，唔好~噉〔做工作要有計劃，不能亂碰亂闖的〕。

冇天裝 mou⁵ tin¹ zong¹ 指那些無法無天的人。

冇話 mou⁵ wa⁶ 副詞。從不；絕不：佢~無故缺席〔他從不無故缺席〕｜佢~呃人嘅〔他從不騙人的〕。

冇王管 mou⁵ wong⁴ gun² 沒人管理。

冇嗜好 mou⁵ xi³ hou³ 無聊賴；無心情。

冇時 mou⁵ xi⁴ 無時無刻：你真係~閒〔你真是沒有一刻安閒〕。

冇時閒 mou⁵ xi⁴ han⁴ ❶ 很忙，沒有空閒時間：佢入咗嗰間公司之後就~咯〔他進了那家公司以後一直很忙〕。❷ 動個不停：兩三歲嘅細路係~嘅〔兩三歲的小孩總是好動的〕。

冇事 mou⁵ xi⁶ 沒事兒，沒問題：係噉做，~〔就這樣幹，沒事兒〕｜睇你面青青噉，~吖嗎〔看你臉色青青的，沒甚麼問題吧〕?

冇醒起（冇省起） mou⁵ xing² héi² 沒想起；忘了：~幫你買嘢添〔忘了替你買東西〕｜~寫信畀佢〔沒想起要寫信給他〕。

冇嘢 mou⁵ yé⁵ 沒事兒：唔使怕，~〔不用怕，沒事兒〕。

冇嘢到 mou⁵ yé⁵ dou³ 缺乏實質性的東西；沒有實際利益或實際利益很少：呢個月嘅獎金~〔這個月獎金很少〕｜做得咁辛苦，其實~〔幹得這麼辛苦，其實沒甚麼利益〕。

冇嘢嚟 mou⁵ yé⁵ lei⁴ 同"冇嘢到"。

冇藥醫 mou⁵ yêg⁶ yi¹ 無藥可醫，指不可救藥。

冇陰功 mou⁵ yem¹ gung¹ ❶ 有損陰德。❷ 歎息別人受到惡報：真係~咯〔真造孽啊〕。

冇人有 mou⁵ yen⁴ yeo⁵ 沒人能比；從未見過：個嘢惡到~〔那個傢伙兇得沒人能比〕。

冇癮 mou⁵ yen⁵ 無聊；沒意思；沒趣：一個人喺屋企，真~〔一個人在家真無聊〕｜成日玩幾~〔整天玩多沒意思〕｜你噉搞法大家賺~嘅〔你這麼幹，大家落得沒趣罷了〕。

冇有怕 mou⁵ yeo⁵ pa³ 用不着怕；一點兒也不怕。〖"冇有怕"原為廣西"白話"而非地道的廣州話，一般用作詼諧的説法。〗

冇衣食 mou⁵ yi¹ xig⁶ ❶ 折壽；缺德：你浪費咁多糧食，真係～喇〔你浪費那麼多糧食，不怕折壽〕！ ❷ 引申指忘恩負義。

冇耳聽 mou⁵ yi⁵ téng¹ 不想聽；聽不進去：呢啲是是非非我～呀〔這些是是非非我不想聽〕 | 我講話你～呀〔我説話你聽不進去嗎〕？

冇耳性 mou⁵ yi⁵ xing³ 健忘：一陣間就唔記得，真～〔一下子就忘了，真健忘〕！

冇益 mou⁵ yig¹ 無益；沒好處（多指食物或某些生活習慣對身體不好甚至有害）：食咁多花生～㗎〔吃那麼多花生沒有好處〕 | 食完飯就即刻打籃球最～㗎〔吃完飯就馬上打籃球最不合衛生了〕。

冇研究 mou⁵ yin⁴ geo³ 沒意見；沒問題；無所謂（答應別人的要求時用）：～，你要就攞去啦〔沒問題，你要就拿去吧〕 | 你話點就點啦，～〔你説怎麼樣就怎麼樣吧，沒問題〕 | 我幾時值班都～〔我甚麼時候值班都沒意見〕 | 點都～〔怎麼都成〕。

冇腰骨 mou⁵ yiu¹ gued¹ 沒骨氣；靠不住（指人輕諾寡信）。

冇揸拿 mou⁵ za¹ na⁴ 沒把握：做呢件事我真係～㗎〔做這件事我真沒把握〕。

冇爪蠄蟧 mou⁵ zao² kem⁴ lou⁴（蠄，禽；蟧，勞）比喻沒有能耐的人或失去自衛能力的人。

冇爪蜢蜞 mou⁵ zao² pang⁴ kéi⁴⁻² 同上。

冇着落 mou⁵ zêg⁶ log⁶ ❶ 沒有落實：經費重～〔經費還沒有落實〕。 ❷ 沒有下落：失蹤三日重～〔失蹤三天還沒有下落〕。

冇走雞 mou⁵ zeo² gei¹ 肯定的判斷；有把握：係阿七打爛，～〔是阿七打破，絕對沒錯〕。

冇走盞 mou⁵ zeo² zan² 有把握；十拿九穩：呢件事實～〔這件事一定有把握〕。

冇準 mou⁵ zên² ❶ 沒有標準：佢做嘢～嘅〔他做事可沒準兒〕。 ❷ 不可信：呢個人～嘅，咪信佢〔這個人不可信的，別相信他〕。

舞 mou⁵⁻² ❶ 弄，忙碌地幹：咁多事，夠得你～咯〔事情這麼多，夠你弄的了〕 | ～咗成朝至～掂〔幹了一個早上才幹完〕。 ❷ 擺弄，鼓搗：呢單嘢任得佢去～〔這件事隨他鼓搗去〕。

帽襻 mou⁶ pan³ 帽子上用來繫緊的帶子。

霧水 mou⁶ sêu² 露水：～夫妻。

霧水夫妻 mou⁶ sêu² fu¹ cei¹ 婚姻短暫的夫妻。

mug

恔 mug¹ 猜測：畀我～中咗〔讓我猜對了〕 | 大家～下佢會唔會嚟〔大家猜一下他會來嗎〕。

木 mug⁶ ❶ 木頭。 ❷ 形容人呆頭呆腦，無表情：乜咁～㗎〔為甚麼那麼呆頭呆腦的〕？ ❸ 艮：呢種風栗有啲～〔這種栗子有點艮〕。

木獨 mug⁶ dug⁶ 愣；遲鈍：啱瞓醒覺，重好～〔剛睡醒，還愣着〕 | 佢瞓唔夠，唔怪之得咁～啦〔他睡眠不足，怪不得那麼遲鈍了〕。

木糠 mug⁶ hong¹ 鋸末。

木筲箕 mug⁶ sao¹ géi¹ 歇後語，下一句是"滴水不漏"。比喻非常吝嗇、一毛不拔的人。

木蝨 mug⁶ sed¹ 臭蟲。

木魚 mug⁶ yü⁴ ❶ 一種木製中空的打擊樂器。廣東音樂和曲藝用的為長方形，與通常的圓形的不同。 ❷ 廣州話地區流行的一種民間説唱曲藝。

木魚書 mug⁶ yü⁴ xu¹ 粵方言地區的一種民間唱本，專門説唱某一故事。

mui

妹 mui⁶⁻¹ 同"妹仔"。

妹釘 mui⁶⁻¹ déng¹ 小女孩；小丫頭（有貶意）。

妹豬 mui⁶⁻¹ ju¹ 小丫頭（昵稱）。

妹仔 mui⁶⁻¹ zei² 婢女。

嗨 mui²（梅²）沒有牙齒用牙牀嚼食：呢啲豆咁硬，伯爺婆 ～ 唔爛〔這些豆子那麼硬，老太婆嚼不爛〕。

妹 mui⁶⁻² 妹妹：佢有兩個 ～〔他有兩個妹妹〕。

梅花間竹 mui⁴ fa¹ gan³ zug¹ 互相間隔着，比喻交替着生育兒女。

梅酌 mui⁴ zêg³ 結婚酒席（一般指男方辦的）：飲 ～〔喝喜酒〕。

䏭肉 mui⁴ yug⁶ 豬、牛脊背上的瘦肉，尤指裏脊。

媒 mui⁴⁻² 媒子；托兒。

媒人公 mui⁴ yen⁴ gung¹ 男性媒人。

媒人婆 mui⁴ yen⁴ po⁴ 媒婆。

煤屎 mui⁴ xi² 煤煙灰（從煙囱上落下來的煙灰）。

鶜 mui⁴⁻² 囮子，用來誘捕同類鳥的鳥。引申指引人賭博者或幫人行騙者。

霉 mui⁴ ❶ 糟（多指布等磨損快破了）：呢條褲着到 ～ 晒〔這條褲子穿得糟了〕。❷ 落泊：佢撈到 ～ 晒〔他混得很落泊〕。

霉菜 mui⁴ coi³ 霉乾菜。

霉薑 mui⁴ gêng¹ 用鹽和少量的糖醃製過的薑，作零食。

霉香鹹魚 mui⁴ hêng¹ ham⁴ yü⁴ 醃製時間較長，魚肉變得鬆散而帶有一種特有香味的鹹魚。多為鹹鯝魚。

霉雨天 mui⁴ yü⁵ tin¹ 黃梅雨天。指春末夏初陰雨連綿的天氣。

mun

門 mun⁴ 珠江水道的出口：虎～｜蕉～｜橫～｜崖～｜磨刀～｜雞啼～。

門角落頭 mun⁴ gog³ log⁶⁻¹ teo⁴⁻² 門背後牆角。

門口狗 mun⁴ heo² geo² ❶ 看門狗。❷ 比喻只在家裏稱王稱霸的人(尤指兒童)。

門扇底 mun⁴ xin³ dei² 門背後。

門鐘 mun⁴ zung¹ 門鈴。

滿天神佛 mun⁵ tin¹ sen⁴ fed⁶ ❶ 指事情鬧得沸沸揚揚：呢件事為乜搞到 ～ 呀〔這件事為甚麼搞得沸沸揚揚的〕？ ❷ 形容事情忙亂，難以招架：幾件事搞到我 ～ 嗽〔幾件事弄得我難以招架〕。

滿洲窗 mun⁵ zeo¹ cêng¹ 窗櫺帶木格子或木雕的窗戶。舊時廣州的西關大屋多裝有。

悶 mun⁶ 使人煩悶；沉悶：咪嚟 ～ 我啦〔別來煩我〕｜呢齣戲 ～ 到死〔這齣戲沉悶得要命〕。

mung

矇 mung¹ 瞇縫着（眼睛）。

矇豬眼 mung¹ ju¹ ngan⁵ 小眼睛。

矇矇光 mung¹ mung¹ guong¹ 蒙蒙亮（天剛亮）：～ 就起身〔天蒙蒙亮就起牀〕。

矇矇鬆鬆 mung¹ mung¹ sung¹ sung¹ 半醒的樣子。

懵 mung² 懵懂；迷糊；糊塗：佢熱到 ～ 咗〔他熱得神志不清了〕。｜你越講我越 ～〔你越説我越糊塗〕。

懵閉閉 mung² bei³ bei³ 懵懵懂懂；糊裏糊塗：我唔識化學，你講極我重係 ～〔我不懂化學，你怎麼講我還是糊裏糊塗〕。

懵口懵面 mung² heo² mung² min⁶ 表情發木；發愣；呆滯。

懵神三星 mung² sen⁴ sam¹ xing¹ 糊裏糊塗的人；糊塗蟲。

懵上心口 mung² sêng⁵ sem¹ heo² 十分糊塗。

懵盛盛 mung² xing⁶ xing⁶ 糊裏糊塗的樣子。

嚜 mung³（夢³）煩躁：熱到佢 ～ 晒〔熱得他很煩躁〕｜熱痱 ～〔痱子癢得人心裏很煩躁〕。

矇（蒙）mung⁴ 模糊：我隻眼有啲 ～〔我的眼睛有點模糊〕。

矇茶茶 mung⁴ ca⁴ ca⁴ ❶ 矇矇矓矓。❷ 形容人糊塗。❸ 形容人對某事的情況不明。

N

na

瘌（癩）na¹（那¹）疤瘌（傷口或瘡平復以後在皮膚上留下的痕跡）。

嗱 na¹（那¹）連詞。❶ 跟；與：你 ～ 佢同值一個班〔你跟他同值一班〕。❷ 同"孖"❷。

嗱家 na¹ ga¹ 着家；呆在家裏：成日唔 ～〔整天不着家〕。

嗱耕 na¹ gang¹ 相干；關聯；沾邊兒：呢件事同嗰件事我睇有啲 ～〔這件事跟那件事我看有點關聯〕。

嗱脷 na¹ léi⁶ 大舌頭；説話發音不清楚。

嗱埋 na¹ mai⁴ 和；同；跟：～ 佢一齊玩啦〔跟他一塊兒玩吧〕｜我 ～ 你一個小組〔我跟你一個小組〕。

嗱撚 na¹ neng³（撚，呢凳切）牽扯；連帶；關係：我同佢冇乜 ～〔我跟他沒有甚麼牽扯〕。

嫲 na²（拿²）❶ 母的（雌性動物）：十隻牛有六隻 ～。❷ 用在動物名稱的後面，表示雌性：雞 ～〔母雞〕｜豬 ～〔母豬〕。

嫲形 na² ying⁴ 指沒有剛陽之氣，言行舉止像個女人的男人。

嗱 na⁴（拿）歎詞，指物或給別人東西時用：～，單車喺嗰度〔喏，自行車在那兒〕｜～，畀你〔欸，給你〕！

nab

笘（吶）nab³（納³）一物吸附着他物。

nad

焫 nad³（捺³）❶ 灼；燙：～ 傷｜佢隻手畀滾水 ～ 親〔他的手給開水燙了〕。❷ 滾燙的：嗰個杯好 ～〔那個杯子很燙〕。❸ 槍斃（詼諧的説法）：今日 ～ 咗兩個土匪〔今天槍斃了兩個土匪〕。

焫雞 nad³ gei¹ 烙鐵

nai

奶（襹）nai³（奶³）連帶；拖帶：一架車 ～ 一個拖斗〔一輛車帶一個拖斗〕｜買個電筒 ～ 兩嚅電池〔買一枝手電筒配（帶上）兩節電池〕。

奶膽 nai⁵ dam² 乳白色的燈泡；磨沙燈泡。

奶奶 nai⁵⁻⁴ nai⁵⁻¹ 婆婆（媳婦稱丈夫的母親）。

*奶昔 nai⁵ xig¹ 牛奶和冰淇淋等的混合飲料。〖"奶昔"是英語 milk shake 的音意合譯詞。〗

乃念 nai⁵ nim⁶ 體念；念及：～佢以前
做過啲好事，呢次就放佢一馬〔體念
他以前做過一些好事，這次就放過
他吧〕。

nam

摘 nam³（南³）❶ 拃（張開大拇指和食
指或中指量長度）：～下張枱有幾
長〔拃一拃這張桌子有多長〕。❷ 量
詞。拃（張開的大拇指和食指或中
指指端間的距離）：呢張枱有四～
幾長〔這張桌子有四拃多長〕。❸ 量
詞。步（大步）：呢兩條柱有五～闊
〔這兩根柱子距離有五步寬〕。

蹃 nam³（南³）又音 lam³）❶ 跨：一
腳～過去。❷ 間隔：～日去一趟〔隔
天去一次〕。

蹃光黑 nam³ guong¹ heg¹ 黃昏時的天
色：農忙大家都做到 ～ 至收工〔農
忙時大家都幹到天快黑才收工〕。

蹃日 nam³ yed⁶ 隔日，隔天：呢種藥
要 ～ 食一次〔這種藥隔天吃一次〕。

南北行 nam⁴ beg¹ hong⁴⁻² ❶ 商界同業
公會。❷ 經營進出口貿易的私營商行。

南風窗 nam⁴ fung¹ cêng¹ 比喻港澳或
海外關係。

南路 nam⁴ lou⁶ 習慣指廣東省過去高、
廉、雷、瓊四州所屬地方，即今茂
名市、湛江及海南省北部。

南無 nam⁴ mo⁴⁻² 唸經。〖“南無”(nāmó)
本係表示對佛尊敬或皈依。廣州話意
思有變化。〗

南無佬 nam⁴ mo⁴ lou² 道士；巫師。

南華李 nam⁴ wa⁴ léi⁵⁻² 李子的一種，皮
淺綠帶紅，肉紅色，味甜，爽脆，
因產於廣東省曲江縣南華寺附近而
得名。

南洋 nam⁴ yêng⁴⁻² 通常指亞洲東南部
一帶的半島和群島。

南洋伯 nam⁴ yêng⁴ bag³ 指南洋華僑（男
性）。

南乳 nam⁴ yü⁵ 醬豆腐的一種，用芋頭
製成，紅色，塊兒較大，多作調味用。

南乳花生 nam⁴ yü⁵ fa¹ sang¹ 五香花生。

南乳肉 nam⁴ yü⁵ yug⁶ 同上。

南棗 nam⁴ zou² 紅棗的一種，個兒大，
肉厚。

蚺蛇（蚺蛇）nam⁴ sé⁴ 蟒。

男界 nam⁴ gai³ 泛指男人們，對男士的
雅稱。

男人老狗 nam⁴ yen⁴ lou⁵ geo² 大男人；
男人大丈夫：～ 敢作敢為。

男人婆 nam⁴ yen⁴ po⁴ 像男人似的女人。

男仔 nam⁴ zei² ❶ 男孩。❷ 男青少年。

男仔頭 nam⁴ zei² teo⁴ 男孩子：～ 係
噉嘅咯〔男孩子是這樣的了〕。

男裝櫃 nam⁴ zong¹ guei⁶ 矮衣櫃。

摘 nam⁵（南⁵）用長棍打：“一竹篙 ～
咗一船人”〔俗語。一竹竿打了一船
人 —— 比喻不分青紅皂白〕。

腩 nam⁵ 腹部鬆軟的皮肉。

nan

靫 nan² 鹹鹹（過鹹）。

纜 nan³（難³）絎；繃：～ 被｜補厲 ～
好至車〔補釘先繃好再軋 (zá)〕。〖但
絎棉衣不能稱“纜棉衣”。〗

瘷 nan³（難³）皮膚因被蚊蟲叮咬或過
敏所起的疙瘩。

難抵 nan⁴ dei² 難以忍受：痛得咁犀
利，真係 ～ 咯〔痛得那麼厲害，真
叫人難忍受啊〕！｜成日汗水淋淋，
真係 ～〔整天汗流浹背，真難受〕。

難頂 nan⁴ ding² 難於支持；難熬：好 ～
〔很難支持〕｜舊時啲生活咁艱難，
真係 ～ 咯〔從前那種生活那麼困難，
真是難熬了〕！

難鯁 nan⁴ keng² ❶ 難以下嚥：口乾食呢

啲餅真 ～〔口乾吃這些餅真難嚥丶丶下〕。❷ 難啃，指難以承受，難以完成：呢個任務困難咁多，～〔這個任務困難那麼多，難啃啊〕｜呢個工程我哋好 ～ 㗎〔這項工程我們很難完成〕。

難為 nan⁴ wei⁴⁻² ❶ 為難，虐待。一般帶賓語：你哋要幫佢，唔好 ～ 佢〔你們要幫他，別為難他〕｜派你去嗰度工作，～ 你咯〔派你到那裏工作，為難你了〕。❷ 多虧。表示感謝：～ 你幫我咁大忙〔多虧你幫了我這麼大的忙〕。❸ 虧得。表示譏諷：～ 你噉都講得出口〔虧得你這樣也能説出口〕！

nao

鬧 nao⁶ 罵：～ 人。

鬧交 nao⁶ gao¹ 吵架。

鬧熱 nao⁶ yid⁶ 熱鬧。

neb

凹 neb¹ (粒。讀音 ao¹‚ao³‚wa¹) ❶ 凹；窪：～～ 凸凸。❷ 癟：踩 ～ 咗個乒乓波〔把乒乓球踩癟了〕。

粒 neb¹ ❶ 丁兒：豆角 ～ ｜黃瓜 ～ ｜肉 ～。❷ 量詞。顆；粒：一 ～ 星｜一 ～ 珠｜一 ～ 米。

粒聲都唔出 neb¹ séng¹ dou¹ m⁴ cêd¹ 一句話也不説；一聲不響：佢一個人坐喺度，～〔他一個人坐在那裏，一句話也不説〕｜嬲到佢 ～〔氣得他一聲不響〕。

泅 neb⁶ (粒⁶) ❶ 澀：呢枝槍有啲 ～，要擦油喇〔這枝槍有點澀，要擦油了〕。❷ 黏黏糊糊的：咁涼嘅天乜你重成身 ～ 㗎〔那麼涼快的天氣為甚你滿身還是黏黏糊糊的〕？❸ 同下。

泅口 neb⁶ heo² ❶ 胃口不好：呢兩日 ～，唔想食〔這兩天胃口不好，不想吃〕。❷ 膩，指食品含油脂多使人不想吃：肥肉好 ～〔肥肉很膩人〕。

泅懦 neb⁶ no⁶ (泅，粒⁶) 磨蹭；慢吞吞：佢做乜嘢都咁 ～〔他幹甚麼都那麼磨蹭〕。

泅黐黐 neb⁶ qi¹⁻³ qi¹⁻³ (泅，粒⁶；黐，次，讀音 qi¹) 黏黏的；黏糊糊的：啱食過蔗，隻手重 ～〔剛吃過甘蔗，手還是黏黏的〕｜出咗一身大汗，成身 ～ 噉〔出了一身大汗，全身黏糊糊的〕。

泅油 neb⁶ yeo⁴⁻² (泅，粒⁶) ❶ 澀 (油澀了機器)：隻錶 ～ 喇〔錶油澀了〕。❷ 形容人舉動不靈活，遲鈍，或行動緩慢。❸ 同“泅懦”。

neg

喱牙 neg¹ nga⁴ (喱，挪握切) 大舌頭 (指説話發音不清楚)。

喱生 neg¹ sang¹ (喱，㧬厄切) 米飯夾生。

nei

¹泥 nei⁴ ❶ 泥：一坺 ～〔一攤泥〕。❷ 土：一擔 ～〔一挑土〕｜～ 山｜～ 牆。〔普通話的“泥”和“土”，廣州話一律叫“泥”。廣州人説普通話時要注意區分：凡帶水的稱“泥”(廣州話叫“泥”或“泥溈”)，不帶水的稱“土”。〕

²泥 nei⁴ 摿；搗 (使成泥狀)：～ 爛啲番薯〔把白薯弄成泥狀〕。

泥溈 nei⁴ ban⁶ (溈，辦) 爛泥；稀泥。

泥溈醬 nei⁴ ban⁶ zêng³ 泥漿。

泥塵 nei⁴ cen⁴ 灰塵；塵土：張枱通係 ～〔這張桌子滿是灰塵〕｜呢度好多車行，～ 好大〔這裏很多車經過，塵土很多〕。

泥公仔 nei⁴ gung¹ zei² 泥人；泥做的玩偶。

泥蚶 nei⁴ hem¹ 蚶子。

泥口 nei⁴ heo² 建築工地。

泥磚 nei⁴ jun¹ ❶ 大土坯（用泥加稻草製成）。❷ 磚坯（用來燒磚的土坯）。

泥路 nei⁴ lou⁶ 土路。

泥鯭 nei⁴ mang¹（鯭，猛¹）生活在海邊泥水中的一種魚。

泥尾 nei⁴ méi⁵ 公共傾倒建築廢土的場地。

泥鴨 nei⁴ ngab³ 旱鴨子，一種不善游泳的鴨子，頭部有紅色皮膚及肉瘤。又叫"番鴨"、"洋鴨"。

泥水佬 nei⁴ sêu² lou² 泥瓦匠。

泥氹 nei⁴ tem⁵ 泥潭，泥水坑。

泥頭 nei⁴ teo⁴ 建築房屋的磚瓦沙石等的廢料。

泥頭車 nei⁴ teo⁴ cé¹ 運送建築廢料的汽車。

泥肉 nei⁴ yug⁶ 可耕種的土層：呢笪田 ～ 幾厚呀〔這塊地土層多厚啊〕！

néi

匿 néi¹（你¹。讀音 nig¹）躲藏：冇埞 ～〔沒處躲〕｜睇你 ～ 去邊度〔看你躲藏到哪裏去〕?

匿埋 néi¹ mai⁴ 藏起來（指人）：你 ～ 邊度我都搵得到〔你藏在哪兒我都能找到〕。

你哋 néi⁵ déi⁶（哋，地）你們。

你啲人 néi⁵ di¹ yen⁴（啲，多衣切）你們（在感情色彩上比用"你哋"疏遠一些）。

你好嘢 néi⁵ hou² yé⁵ 反語。相當於普通話的"你行""有你的"：～，認叻啦，得罪人咯〔你行，逞能吧，得罪人家了〕｜～，呢次你贏咗，下次再比過〔有你的，這次你贏了，下次再賽一次〕。

膩口 néi⁶ heo² 因食物過於油膩而食慾

不振。

nem

諗(恁) nem²（稔²）想；思索；考慮：～ 唔掂〔想不通〕｜你 ～ 過未〔你考慮過沒有〕?

諗掂 nem² dim⁶ 想通；想清楚：等你 ～ 先至嚟搵我〔等你想通了再來找我〕。

諗翻 nem² fan¹ 回想；回憶：有時 ～ 舊時細個嗰陣嘅嘢〔有時回想過去小時候的事〕。

諗翻轉頭 nem² fan¹ jun³ teo⁴ 回想過去：～ 你當時聽我話就好喇〔回想當初你聽我的就好了〕。

諗計 nem² gei³ 思考點子，想辦法：你同我諗個計啦〔你給我想個辦法吧〕。

諗計仔 nem² gei³⁻² zei² 想辦法：大家一齊 ～，乜嘢困難都唔怕〔大家一起想辦法，甚麼困難都不怕〕。

諗住 nem² ju⁶ 想着；原來打算；準備：琴日我 ～ 去睇你㗎〔昨天我打算去看你的〕。

諗嚟度去 nem² lei⁴ dog⁶ hêu³ 想來想去：我 ～ 重係自己去好〔我想來想去還是自己去好〕。

諗落 nem² log⁶ 細想之下：我 ～ 覺得你有道理。

諗唔過 nem² m⁴ guo³ 划不來：我睇你呢個做法有啲 ～〔我看你這個做法點划不來〕。

諗諗下 nem² nem² ha² 想來想去，想着想着：～ 總覺得邊度唔妥〔想來想去總覺得甚麼地方有問題〕｜嗰條算術題畀我 ～，諗通咗〔那道算術題讓我想着想着想通了〕。

諗縮數 nem² sug¹ sou³（稔²）為自己打如意算盤：咪成日喺度 ～〔別整天為自己打如意算盤〕。

諗頭 nem² teo⁴（稔²）❶ 想法：你有乜 ～
〔你有甚麼想法〕。❷ 思考：佢好好 ～
〔他很善於思考〕。

諗真啲 nem² zen¹ di¹（稔²）想清楚一些；
好好想想：噉樣做法啱唔啱，你自
己 ～〔這樣做對不對，你自己想清
楚一些〕｜呢件事應該點做得 ～〔這
件事應該怎麼辦你好好想想〕。

腍 nem⁴（稔⁴）❶ 軟；鬆軟；不硬：豆
腐咁 ～〔豆腐那樣軟〕。❷（食物）
爛熟：牛肉炆得好 ～〔牛肉燉得很
爛〕。❸ 蔫（形容人性情軟弱，不容
易發脾氣）。❹ 熟睡。

腍嗼嗼 nem⁴ bé⁴ bé⁴（嗼，啤⁴）❶ 軟綿
綿（過分軟爛）：呢條路 ～，車唔行
得〔這路軟綿綿的，車走不了〕。❷
同 “腍善”。

腍啪啪 nem⁴ bég⁶ bég⁶（啪，罷笛切）同
上。

腍鼻 nem⁴ béi⁶ 因鼻塞而説話不清楚。

腍佛 nem⁴ fed⁶ 原指善良的菩薩，引申
指善良和藹而軟弱的人。

腍善 nem⁴ xin⁶ 和善；和藹（指人脾氣
好，不容易生氣）：佢咁 ～，人人都
中意佢〔他那麼和藹善良，人人都喜
歡他〕。

腍黶 nem⁴ yim²（黶，掩）腹部的兩側，
又叫“小黶”。

淰 nem⁶（挪任切）❶ 泅：呢啲紙寫字
會 ～ 嘅〔這些紙寫字會泅的〕。❷
吸透（水分等）：佢件衫濕到 ～ 晒
〔他的衣服濕透了〕。❸（睡）熟：瞓
到 ～ 晒〔睡得很熟〕。

淰 nem⁶ 重複出現的，連續出現的：
打麻雀 ～ 咗三次莊〔打麻將連續做
了三次莊〕｜ ～ 二〔連續出現兩次
“二”〕。

淰瞓 nem⁶ fen³（淰，拿任切；瞓，訓）
睡得深；熟睡：佢真 ～〔他睡得真
死〕。

淰莊 nem⁶ zong¹ 連續做莊。

nen

㳠 nen¹ 稀而帶黏性的屎：雞 ～〔雞的
稀屎〕｜屙 ～〔拉稀屎〕。

撚 nen²（呢忍切。讀音 nin²）❶ 擺弄；
耍：～ 花〔玩弄花草〕。❷ 打扮：～
得好靚〔打扮得很漂亮〕。❸ 捉弄；
逗：佢好小氣，唔好 ～ 佢〔他很小
氣，別捉弄他〕。

撚菜 nen² coi³ 講究烹調：你中意 ～ 嗎
〔你喜歡弄菜嗎〕？

撚化 nen² fa³ 捉弄；愚弄：唔好 ～ 人
〔別捉弄人〕｜幾個人都畀佢 ～ 晒〔幾
個人都讓他捉弄夠了〕。

撚手 nen² seo² 拿手：種花養魚佢都
好 ～〔種花養魚他都拿手〕。

撚嘢 nen² yé⁵ 裝樣子，裝腔作勢：
佢 ～ 嘅嘛，咪理佢〔他裝樣子罷了，
別管他〕｜正經啲，唔好 ～ 喇〔正經
點，別裝腔作勢了〕。

neng

掕 neng³（能³）❶ 牽掛；連帶；拖累：
一張飛可以 ～ 兩個細蚊仔〔一張票
可以帶兩個小孩〕｜佗手 ～ 腳〔牽
牽扯扯的 —— 指因有拖累而行動不
便〕。❷ 繫：門環上面 ～ 住條繩〔門
環上繫着一根繩子〕。

neo

嬲 neo¹（扭¹）❶ 生氣；惱怒；發火：我
噉樣話佢，佢會唔會 ～ 我呢〔我這
樣説他，他會不會生我的氣〕？｜ ～
死〔氣壞了〕。❷ 憎恨；恨：～ 到佢
死〔恨死了他〕｜人人都好 ～ 嗰啲賊
仔〔人人都很憎恨那些小偷〕。

嬲爆爆（嬲胞胞） neo¹ bao³ bao³ 氣鼓鼓的（指人）。

扭 neo² ❶ 設法弄到某些東西：我隻"車"畀佢 ～ 咗囉〔我的"車"（象棋）給他弄去了〕。❷ 詐騙：呢個壞蛋 ～ 咗人哋好多錢〔這個壞蛋詐了人家很多錢〕。

扭計 neo² gei³⁻² ❶ 淘氣；形容小孩故意鬧彆扭：呢個仔好 ～〔這孩子很淘氣〕。❷ 出鬼點子難人；搞鬼；跟人勾心鬥角。

扭計師爺 neo² gei³⁻² xi¹ yé⁴ 專門出鬼主意的人（有貶意）。

扭計星 neo² gei³⁻² xing¹ 淘氣而愛用哭鬧的辦法來達到目的的孩子。

扭計祖宗 neo² gei³⁻² zou² zung¹ ❶ 擅長出鬼點子、壞主意的人。❷ 愛哭鬧、任性的小孩：呢個細蚊仔正一係 ～ 嚟㗎〔這孩子是個十足的淘氣鬼〕。

扭六壬 neo² lug⁶ yem⁴ 處心積慮以達到某種不良的目的。

扭紋 neo² men⁴ ❶（木材）紋理不直。❷ 淘氣（指小孩愛哭鬧）：乖乖哋，唔好咁 ～〔乖乖的，不要鬧了〕。

扭紋柴 neo² men⁴ cai⁴ ❶ 紋理不直的木柴。❷ 比喻愛哭鬧或脾氣蠻橫的小孩。

扭擰 neo² ning⁶ 扭捏（指羞澀不大方的姿態）。

扭扭擰擰 neo² neo² ning⁶ ning⁶ 扭扭捏捏。形容言談舉止不大方：大大方方出嚟唱支歌，唔好 ～ 嗽〔大大方方出來唱一首歌，別扭扭捏捏的〕。

扭數 neo² sou³ 算計；想壞主意。

扭耳仔 neo² yi⁵ zei² 揪耳朵。

鈕 neo² 扣子：衫 ～〔衣扣〕｜釘 ～。

鈕公 neo² gung¹ 摁扣兒中凸出的一邊。

鈕門 neo² mun⁴ 扣眼：鎖 ～。

鈕𡟃 neo² na²（𡟃，拿²）摁扣兒中凹進的一邊。

鈕耳 neo² yi⁵ 扣襻兒。

𦟌 neo⁶ ❶ 膩（因吃油脂食物或甜食過多而發膩）：食咗幾件肥肉就好 ～ 喇〔吃了幾件肥肉就很膩了〕｜甜到 ～〔甜到發膩〕。❷ 引申作慢：做嘢咪咁 ～〔幹活別那麼慢〕。

𦟌喉 neo⁶ heo⁴ 膩；膩人：呢停餅食兩個就 ～ 咯〔這種餅吃兩個就膩透了〕。

𦟌市 neo⁶ xi⁵ 滯銷：呢排白菜好 ～〔近來白菜很滯銷〕｜呢隻貨質量咁差，肯定 ～ 啦〔這種貨物質量這麼差，肯定滯銷了〕。

nêu

女 nêu⁵⁻² ❶ 女兒：佢有兩個 ～〔他有兩個女兒〕。❷ 女孩：呢個 ～ 好聰明〔這個女孩很聰明〕。❸ 撲克牌中的"Q"。

女包 nêu⁵⁻² bao¹ 女孩；丫頭（有貶意）。

女人狗肉 nêu⁵ yen⁴⁻² geo² yug⁶ 戲稱番石榴。因為女人一般都喜歡吃它，就像男人一般都喜歡吃狗肉一樣。

女仔 nêu⁵ zei² ❶ 女孩；姑娘。❷ 指處女。

女仔之家 nêu⁵ zei² ji¹ ga¹ 姑娘家：～ 做嘢唔好咁冇搭霎得㗎〔姑娘家做事不要那麼大大咧咧的〕！

ng

五花茶 ng⁵ fa¹ ca⁴ 一種涼茶，用金銀花、菊花、雞蛋花、木棉花、臘梅花等五種花配搭而成。

五花腩 ng⁵ fa¹ nam⁵ 五花肉。

五行缺水 ng⁵ heng⁴ küd³ sêu² ❶ 迷信的說法認為五行缺水的人注定命窮。❷ 缺錢，詼諧的說法。〖廣州話"水"即錢。〗

五柳魚 ng⁵ leo⁵ yü⁴⁻² 酸溜魚。

五五波 ng⁵ ng⁵ bo¹ 球賽勝負的可能性

各佔一半。引申指事情成功與失敗的可能性都差不多。

五顏六色 ng⁵ ngan⁴ lug⁶ xig¹ ❶ 指色彩豐富。❷ 戲稱忍受巨大折磨：佢病到～〔他病得夠戧〕｜做到我～〔幹得我精疲力盡〕。

五蛇羮 ng⁵ sé⁴ geng¹ 粵菜之一，用金環蛇、銀環蛇、過樹蠑、三線索和白花蛇為主熬成的羮湯。

五桶櫃 ng⁵ tung² guei⁶ 五屜櫃。

五黃六月 ng⁵ wong⁴ lug⁶ yüd⁶ 指農曆五六月間，黃梅、黃瓜、黃花魚、枇杷、雄黃酒上市的時候。

五月節 ng⁵ yüd⁶ jid³ 端午節。

五月五 ng⁵ yüd⁶ ng⁵ 端午節。

仵作佬 ng⁵ zog³ lou² 收殮屍體的人。

nga

丫 nga¹ 丫杈：樹～。

啞 nga² 顏色暗淡的；無光澤的：呢隻布質量幾好，就係顏色太～〔這種布質量不錯，就是顏色不鮮〕。

牙 nga⁴⁻² ❶ 螺紋。❷ 齒輪的齒。

牙擦 nga⁴ cad³ 誇誇其談；自負：咪～，做出嚟睇過至知〔別誇誇其談，拿出行動來看看才知道〕｜咁～做乜〔那麼自負幹嗎〕？

牙擦擦 nga⁴ cad³ cad³ 同上。

牙帶魚 nga⁴ dai³ yü⁴ 帶魚。

牙灰 nga⁴ fui¹ 燒礱糠所得的白灰。

牙鉸 nga⁴ gao³ 下巴（下頜骨）的關節："雞髀打人～軟"〔俗語。意思是吃了人家的嘴軟〕。

牙鉸友 nga⁴ gao³ yeo⁵⁻² 喜歡胡扯的人：我唔中意同嗰啲～打牙鉸〔我不喜歡跟那些瞎扯的人閒聊〕。

牙尖嘴利 nga⁴ jim¹ zêu² léi⁶ 尖嘴薄舌；説話犀利、不讓人。

牙轄 nga⁴ la³ 牙縫兒：扶～〔剔牙縫兒〕。

牙力 nga⁴ lig⁶ 指因説話人的威信而產生的説服力：佢冇～嘅，講話冇人聽〔他的話沒有説服力，説了沒人聽〕。

牙呀女 nga⁴ nga¹ nêu⁵⁻² 女嬰。

牙呀仔 nga⁴ nga¹ zei² 嬰兒。

牙齒打卦 nga⁴ qi² da² gua³ 牙齒打顫。

牙齒當金使 nga⁴ qi² dong³ gem¹ sei² 比喻説話算數，一諾千金。

牙齒印 nga⁴ qi² yen³ 仇恨；積怨：佢周圍留落好多～〔他到處留下積怨〕。

¹**牙屎** nga⁴ xi² 牙垢。

²**牙屎** nga⁴ xi² 驕傲；愛出風頭的。

牙屎佬 nga⁴ xi² lou² 説話尖嘴薄舌而傲慢的人：一個～之嗎，唔使理佢〔只不過是一個尖酸刻薄的人罷了，不必理他〕。

牙煙 nga⁴ yin¹ ❶ 險；危險：差啲觸電㗎嘞，真係～囉〔差點兒觸電了，真危險啊〕！❷ 可怕；恐怖：睇住佢開刀，真～〔看着他動手術，真可怕〕。❸ 難看；不像樣（詼諧的説法）：你寫啲字咁～嘅〔你寫的字那麼難看的〕！❹ 馬虎；質量差：呢件嘢嘅手工太～喇〔這件東西的工藝太差了〕。

牙肉 nga⁴ yug⁶ 牙牀；齒齦。

牙冤 nga⁴ yün¹ 牙齒酸軟；倒牙：我一食酸菜就～〔我一吃酸菜就倒牙〕。

牙軟 nga⁴ yün⁵ 倒牙（吃了過量的酸性食物，牙神經受了刺激，有痠軟感覺，咀嚼時不舒服）。

牙斬斬 nga⁴ zam² zam² 形容人多言多語進行強辯或表現自己。

芽菜 nga⁴ coi³ 豆芽兒。

瓦煲 nga⁵ bou¹ 砂鍋。

瓦背 nga⁵ bui³⁻² 屋頂。

瓦背頂 nga⁵ bui³⁻² déng² 同上。

瓦罉 nga⁵ cang¹（罉，撐）大砂鍋。

N

瓦坑 nga⁵ hang¹ ❶ 瓦壟；瓦溝。❷ 屋頂。

瓦面 nga⁵ min⁶⁻² 屋頂：狗上 ～〔歇後語，下一句是"有條路"，即有門路〕。

瓦通紙 nga⁵ tung¹ ji² 瓦楞紙。

瓦簷 nga⁵ yim¹ 房簷。又叫"瓦簷口"。

瓦簷口 nga⁵ yim⁴ heo² 房簷、簷下。

瓦簷水 nga⁵ yim⁴ sêu² 從房簷滴下的雨水。

瓦渣 nga⁵ za¹ 瓦礫：～ 崗〔瓦礫堆〕。

瓦渣崗 nga⁵ za¹ gong¹ 瓦礫堆。

掗 nga⁶ ❶ 佔：～ 埞〔佔地方〕| ～ 位。❷ 張開：～ 開對腳〔張開兩條腿〕。

掗埞 nga⁶ déng⁶ 佔地方過大：呢張枱放喺呢度太 ～ 喇〔這張桌子放在這裏太佔地方了〕。

掗拃（胻臢）nga⁶ za⁶（拃、膪，炸⁶）❶ 礙事；佔地方的：呢張枱咁大，太 ～ 喇〔這張桌子那麼大，太礙事了〕。❷ 臃腫：着咁大件棉衲，有啲 ～〔穿那麼大的棉襖，有點臃腫〕。❸ 引申作愛霸佔的，霸道：呢個人真 ～，佔咁多位〔這個人真霸道，佔這麼多的位置〕。

ngab

押 ngab³（又音 yab³）❶ 披：～ 好件裇衫〔披好襯衣〕| ～ 住枝手槍〔披着一枝手槍〕。❷ 挽；捲（袖子）：～ 高衫袖〔挽起袖子〕| ～ 高褲腳〔捲起褲腳〕。

押後 ngab³ heo⁶ 延期；待以後再……：～ 處理。

鴨 ngab³ 男妓。

鴨巴甸 ngab³ ba¹ din¹ 一種麻質布。

鴨花 ngab³ fa¹ 鴨苗，初孵出的小鴨。

鴨腳粟 ngab³ gêg¹ sug¹ 雞爪穀。

鴨寮 ngab³ liu⁴ 養鴨人看守鴨群用的棚子。

鴨乸蹄 ngab³ na² tei⁴（乸，那²）扁平足；平足：佢係 ～，爬山唔方便〔他平足，爬山不方便〕。

鴨腎 ngab³ sen⁵⁻² 鴨胗，作為食品的鴨胃。

鴨仔聽雷 ngab³ zei² téng¹ lêu⁴ 對牛彈琴，比喻根本聽不懂，聽了毫無反應。

鴨仔團 ngab³ zei² tün⁴ 戲指某些旅遊團，像趕鴨子那樣趕着遊客參觀遊覽，弄得遊客十分疲勞：你都八十幾了，參加嗰啲 ～ 去旅遊係好辛苦嘅〔你都八十好幾了，參加那些趕鴨子式的旅遊團去旅遊是很辛苦的〕。

ngad

餲 ngad³（壓）臊臭（尿的氣味）。

餲堪堪 ngad³ hem¹ hem¹ 臊臊的（尿味）。

扤 ngad⁶（嚙）磨擦：呢條棍差唔多畀繩 ～ 斷〔這根棍子差不多被繩子磨斷了〕| 坐實啲，唔好 ～ 嚟 ～ 去〔坐穩一點，別磨來磨去〕。

扤牙 ngad⁶ nga⁴⁻² （睡熟後）磨牙。

嚙 ngad⁶（讀音 ngid⁶）啃；蛀咬：狗 ～ 豬骨 | 條柱畀蟲 ～ 爛〔柱子給蟲蛀爛了〕。

ngag

呃 ngag¹（厄，又音 ag¹、ngeg¹）騙；欺騙：真係噉㗎，～ 你做乜吖〔真是這樣的，騙你幹甚麼〕！| 有乜講乜，咪 ～ 人哋〔有甚麼説甚麼，別欺騙人家〕。

呃呃騙騙 ngag¹ ngag¹ pin³ pin³ 到處行騙：有啲人冇本事，成日靠 ～ 搵食〔有些人沒本事，整天靠到處行騙混日子〕。

呃秤 ngag¹ qing³ 指賣東西時短斤少

兩，騙人錢財：賣嘢 ~ 真冇道德〔賣東西短斤少兩真缺德〕｜買一斤畀佢呃咗二兩秤〔買一斤短了二兩〕。

呃晒 ngag¹ sai³ 完全不知道，被蒙在鼓裏：佢要結婚？~ 嘅〔他要結婚？我完全不知道呀〕｜呢件事真係 ~，我一啲都唔知〔這件事我真被蒙在鼓裏，一點都不瞭解〕。

呃神騙鬼 ngag¹ sen⁴ pin³ guei² 形容騙子肆無忌憚地行騙：咪喺度 ~ 啦〔你不要在這裏欺騙大家了〕。

鈪 ngag³⁻² (額²) 鐲子：玉 ~ ｜金 ~ ｜腳 ~ 。

逆 ngag⁶ (讀音 yig⁶) 迎、頂、逆：~ 風 ｜ ~ 水 。

逆意 ngag⁶ yi³ 不順從人意願：你唔好再 ~ 咯〔你別再違背大家的意願了〕。

額頭 ngag⁶ teo⁴ 前額；腦門子。

ngai

挨憑 ngai¹ beng⁶ (憑，讀音 peng⁴) 依靠。

挨近 ngai¹ gen⁶ 靠近；接近。

挨晚 ngai¹ man⁵⁻¹ 傍晚。

挨枵 ngai¹ péng¹ (枵，頗驚切) 椅子的靠背。

挨枵椅 ngai¹ péng¹ yi² 椅子。

佢話 ngai¹ wa⁶⁻² 指客家話：客家人都講 ~ 。

嗌 ngai³ (隘。又音 ai³) ❶ 喊叫；叫：你 ~ 乜呀〔你喊甚麼〕？｜ ~ 佢過嚟〔叫他過來〕｜ ~ 名〔喊名字；點名〕。❷ 罵：再嘈人哋就 ~ 㗎喇〔再吵鬧人家就要罵的了〕。

嗌交 ngai³ gao¹ (嗌，隘) 吵架：要講團結，唔好 ~ 〔要講團結，不要吵架〕。

嗌霎 ngai³ sab³ ❶ 爭吵，吵架：佢兩個成日 ~ 〔他倆整天爭吵〕。❷ 有矛盾：佢哋平時就有啲 ~ 嘅喇〔他們

平日就有點矛盾的了〕。

嗌數 ngai³ sou³ 舊時飲食店顧客付賬時，服務員大聲對櫃枱喊出顧客應付的錢數。〖又叫"叫數"。〗

嗌通街 ngai³ tung¹ gai¹ 愛罵街的人。

捱 ngai⁴ 熬；耐苦支持：~ 生 ~ 死〔熬苦〕｜ ~ 番薯〔靠白薯過活〕。

捱更抵夜 ngai⁴ gang¹ dei² yé⁶ ❶ 熬夜：為咗試製呢種新產品，佢經常 ~〔為了試製這種新產品，他經常熬夜〕。❷ 起早睡晚：佢經常 ~ 埋頭學外語〔他經常起早睡晚埋頭學外語〕。

捱穀種 ngai⁴ gug¹ zung² 指沒有生活來源，靠吃存糧過日子。

捱生捱死 ngai⁴ sang¹ ngai⁴ séi² 拼死拼活；歷盡艱辛：我哋 ~ 幾年至有今日〔我們拼死拼活幾年才有今天〕。

捱世界 ngai⁴ sei³ gai³ 舊時指到社會上熬日子；熬苦日子。

捱夜 ngai⁴ yé⁶⁻² 同"捱更抵夜" ❶ 。

捱齋 ngai⁴ zai¹ 吃素 (指缺乏肉食而吃素)。

崖鷹 ngai⁴ ying¹ 老鷹。

ngam

啱 ngam¹ (岩¹) ❶ 合適；合意：呢件事佢去做最 ~〔這件事由他去做最合適〕｜呢個餸好 ~ 我嘅口味〔這個菜很合我的胃口〕。❷ 湊巧；剛好：佢 ~ 出咗去〔他剛好出去了〕｜真 ~，講佢佢就嚟〔真巧，說到他他就來了〕。❸ 剛；才：我 ~ 到〔我剛到〕｜佢 ~ 嚟冇幾耐，情況唔熟〔他才來不久，情況不熟〕。❹ 該是……的時候：去都 ~ 喇〔該去了〕｜煮飯 ~ 喇〔該做飯了〕。❺ 合得來 (即"啱偈"的省稱)。

啱偈 ngam¹ gei⁶⁻² 投合；合得來；感情融洽：佢兩個好 ~〔他倆很合得來〕。

N

啱傾 ngam¹ king¹ 談得來；合得來。

啱蕎 ngam¹ kiu⁴⁻² ❶ 同上。❷ 合適：呢件衫佢着最 ～〔這件衣服他穿最合適〕。

啱牙 ngam¹ nga⁴⁻² ❶ 羅紋吻合：呢個絲母同嗰個螺絲 ～〔這個螺母跟那個螺栓吻合〕。❷ 指二物結合得嚴密：配呢個原廠嘅零件實 ～〔用這個原廠的零件肯定配合得好〕。❸ 比喻兩人合得來：佢兩個好 ～〔他們倆很合得來〕。

啱啱 ngam¹ ngam¹ ❶ 剛剛：佢 ～ 翻咗去〔他剛剛回去了〕。❷ 剛好：呢袋米 ～ 一百斤〔這袋米剛好一百斤〕。

啱啱線 ngam¹ ngam¹ xin³ 剛；剛剛好；恰好：呢度 ～ 放得落一張牀〔這裏剛剛好放下一張牀〕｜佢 ～ 走咗〔他剛剛走了〕佢嚟到 ～ 夠鐘〔他來到的時候剛好到點了〕。

啱晒 ngam¹ sai³ ❶ 全部正確，全對：條條題都答 ～〔每道題目都答對了〕｜通通畀我計 ～〔全讓我算對了〕。❷ 非常合適：呢件衫 ～ 我〔這件衣服非常合適我〕｜～ 佢嘅口味〔正合他的口味〕。❸ 太好了：得你參加，～ 啦〔你能參加，太好了〕｜佢肯支援我哋，～ 咯〔他願意支援我們，太好了〕！

啱晒合尺 ngam¹ sai³ ho⁴ cé¹ (合尺，何奢) 完全合適：畀佢住嗰間房，真係 ～ 咯〔讓他住那個房間，真是完全合適了〕｜叫佢扮嗰個角色 ～ 喇〔叫他扮演那個角色最適合不過了〕。

啱心水 ngam¹ sem¹ sêu² 合意：你呢種做法我好 ～〔你這種做法很合我意〕。

啱身 ngam¹ sen¹ 合身：件衫我着唔 ～〔這件衣服我穿不合身〕｜睇起嚟幾 ～ 㗎〔看起來挺合身的〕。

啱數 ngam¹ sou³ 數目符合，不多不少：呢堆貨我點過，～〔這堆貨物我清點過，數目符合〕。

啱聽 ngam¹ téng¹ 中聽：你呢句話好 ～〔你這句話很中聽〕。

啱先 ngam¹ xin¹ 剛才：佢 ～ 重喺度〔他剛才還在這裏〕｜～ 你有電話〔剛才有你的電話〕。

巖嶄 ngam⁴ cam⁴ 參差不齊；高低不平：佢嘅頭髮飛得咁 ～〔他的頭髮理得那麼參差不齊〕。

巖巖嶄嶄 ngam⁴ ngam⁴ cam⁴ cam⁴ 同上。

ngan

晏 ngan³ ❶ 晚；遲：做乜咁 ～ 至嚟呀〔幹嗎那麼晚才來〕？｜咁 ～ 重唔去上班〔這麼晚了還不去上班〕？｜三點鐘至翻學太 ～ 囉〔三點才上學太遲了〕。❷ 午飯(農村多用)：食 ～〔吃午飯〕。❸ 介乎早飯與晚飯間的一頓小吃。

晏覺 ngan³ gao³ 午覺：瞓 ～〔睡中午覺〕。

晏晝 ngan³ zeo³ ❶ 中午。有時也指下午。❷ 午飯：食咗 ～ 未呀〔吃午飯了沒有〕？

晏晝飯 ngan³ zeo³ fan⁶ 午飯。

研 ngan⁴ (讀音 yin⁴) ❶ 碾；擀：～ 藥｜～ 麵〔擀麵〕。❷ 用刀在棍子等外面滾動着切：～ 一爽蔗〔切一截甘蔗〕。〖廣州話"研"專指滾動摩擦的"碾"，一般不用於平面摩擦的"磨"。〗

研船 ngan⁴ xun⁴ 藥碾子，鐵製，船狀。

眼 ngan⁵ 量詞。眼；口；根；盞：一 ～ 塘〔一口池塘〕｜一 ～ 針｜一 ～ 燈。

眼白白 ngan⁵ bag⁶ bag⁶ ❶ 目光呆滯，發愣。❷ 眼巴巴：～ 畀佢走甩咗〔眼巴巴讓他跑掉了〕。

眼赤 ngan⁵ cég³ 眼紅。

眼凸凸 ngan⁵ ded⁶ ded⁶ 指由於失敗、憤怒、驚異而瞪大眼睛的樣子：輸

到佢 ~〔輸得他直瞪眼〕｜激到佢 ~〔氣得他直瞪眼〕｜嚇到佢 ~〔嚇得他目瞪口呆〕。

眼定定 ngan⁵ ding⁶ ding⁶ 眼光直直地看着；兩眼發愣。

眼花花 ngan⁵ fa¹ fa¹ 眼睛昏花：燈光咁黑，睇書睇到我 ~〔燈光那麼暗，看書看得我眼睛昏花〕。

眼瞓 ngan⁵ fen³（瞓，訓）睏倦(想睡覺)。

眼火爆 ngan⁵ fo² bao³ 看到氣人的事情而十分憤怒：睇見就 ~ 囉〔一看見它就叫人非常氣憤〕。

眼火標 ngan⁵ fo² biu¹ 氣得眼裏冒火。

眼枷 ngan⁵ ga¹（又音 ngan⁵ ka¹）戲稱眼鏡。

眼界 ngan⁵ gai³ 眼力；準頭（射擊、投擲的準確性）：練 ~ ｜好 ~。

眼甘甘 ngan⁵ gem¹ gem¹ 形容貪婪地、目不轉睛地盯着的樣子：嗰個細路仔 ~ 噉睇住嗰碟糖〔那個小孩貪婪地盯着那盤糖果〕。

眼緊 ngan⁵ gen² 眼紅，妒忌別人：你咪 ~ 人哋〔你別妒忌人家〕。

眼鏡髀 ngan⁵ géng³ béi² 眼鏡的兩條把兒。

眼角高 ngan⁵ gog³ gou¹ 形容人高傲：呢個人 ~，邊個都睇唔起〔這個人眼睛長在頭頂上，誰也看不起〕。

眼蓋 ngan⁵ goi³ 眼皮。

眼屈屈 ngan⁵ gued⁶ gued⁶（屈，掘）指表示憤怒的目光。

眼公仔 ngan⁵ gung¹ zei² 瞳人，瞳仁。

眼光光 ngan⁵ guong¹ guong¹ ❶ 睜着眼睛的樣子：成晚 ~，瞓唔着〔整個晚上睜着眼睛，睡不着〕。❷ 由於想着別的事情而對眼前事物視而不見的樣子：佢 ~ 噉唔知喺度諗乜，有人行到面前都唔知〔他眼睜睜的不知在想甚麼，有人走到面前都沒發覺〕。❸ 形容人對眼前發生的事情

一時無法應付，束手無策的樣子：佢 ~ 噉，成個傻晒〔他瞪着眼睛，呆了似的〕。

眼瞵瞵 ngan⁵ lei⁶ lei⁶（瞵，厲）用不客氣的眼睛斜着看人（目的是為了禁止人做某些事）。

眼利 ngan⁵ léi⁶ 眼尖（很快地發現目標）：佢好 ~，一眼就睇出件衫有幾長〔他眼力很好，一眼就看出這件衣服有多長〕。

眼淚水 ngan⁵ lêu⁶ sêu² 淚水；眼淚。

眼睩睩 ngan⁵ lug¹ lug¹（睩，碌）眼睛瞪大，表示憤怒的樣子。

眼眉 ngan⁵ méi⁴ 眉毛。

眼眉毛 ngan⁵ méi⁴ mou⁴ 同上。

眼眉毛長 ngan⁵ méi⁴ mou⁴ cêng⁴ 人老了，眉毛長得特別長，意思是等到老還得等。引申指離完成任務或達到目的還很遠（有不耐煩的情緒）：織冷衫而家至開頭，~ 囉〔打毛衣現在才剛開頭，夠等的〕。

眼眉跳 ngan⁵ méi⁴ tiu³⁻⁴ 眼皮跳。

眼尾 ngan⁵ méi⁵ 眼睛的外角：~ 都出皺紋咯〔眼角都出現皺紋了〕。

眼毛 ngan⁵ mou⁴ 睫毛。

眼矇 ngan⁵ mung⁴⁻¹ 老眯着眼的毛病。

眼矇矇 ngan⁵ mung⁴⁻¹ mung⁴⁻¹ ❶ 睡眼惺忪的樣子：佢 ~ 好似未瞓醒噉〔他睡眼惺忪，好像還沒睡醒一樣〕。❷ 眯縫着眼睛的樣子：點解你成日 ~ 㗎〔幹嗎你整天眯縫着眼睛〕？

眼淺 ngan⁵ qin² 指人小氣：呢個女咁 ~ 嘅，一話就喊〔這個女孩這麼小氣，一說她就哭〕！

眼蛇蛇 ngan⁵ sé⁴ sé⁴ 斜着眼睛看（不是很正派的樣子）。

眼濕濕 ngan⁵ seb¹ seb¹ 眼睛帶着淚花的樣子：睇見佢 ~ 噉，真係可憐囉〔看見他眼睛帶着淚花的樣子，真可憐呀〕！

N

眼水 ngan⁵ sêu² 眼力；準頭（指對事物判斷的準確性）：真好 ～，搵到呢個對象〔真有眼力，找到這一個對象〕。

眼坦坦 ngan⁵ tan² tan² 翻白眼。〖普通話的"翻白眼"兼指對人輕視的態度，廣州話的"眼坦坦"則沒有這個意思。〗

眼挑針 ngan⁵ tiu¹ zem¹ 針眼，即瞼腺炎。

眼肚 ngan⁵ tou⁵ 眼泡；眼皮（多指下眼皮）。

眼核 ngan⁵ wed⁶（核，讀音 hed⁶） 眼珠。

眼屎 ngan⁵ xi² 眼眵；眵目糊。

眼揞毛 ngan⁵ yeb¹ mou⁴⁻¹ 睫毛。

眼熱 ngan⁵ yid⁶ ❶ 眼紅，妒忌：唔好睇到人哋做出成績自己就 ～〔別看見人家做出成績自己就妒忌〕。❷ 中醫認為因上火而引起眼睛紅腫。

眼簾 ngan⁵ yim⁴ 上眼皮：單 ～〔單眼皮〕。

眼影 ngan⁵ ying² 眼瞼膏（眼部化妝品之一）。

眼冤 ngan⁵ yün¹ 指看見某種不好的事物就討厭，就有反感：呢個仔咁反斗，我一睇到佢就 ～〔這個孩子那麼頑皮，我一看見他就討厭〕。

眼緣 ngan⁵ yün⁴ 視覺的印象：一睇就有 ～〔一看就覺得很合適〕| 幾合我 ～〔我看起來挺順眼的〕。

眼矊矊 ngan⁵ zam² zam² 眼睛眨巴眨巴的樣子。

ngang

罌 ngang¹ 小瓦罐：腐乳 ～ ｜ 鹽 ～。

硬係 ngang⁶⁻² hei⁶ 就是；偏偏；一定；非……不可：佢 ～ 唔怕〔他就是不怕〕| 佢 ～ 要去〔他偏偏要去〕| 佢 ～ 要借嗰本書〔他非借那本書不可〕。

硬板 ngang⁶ ban² 死板；不可改變的：佢嘅方法太 ～ 喇啩〔他的方法太死板了吧〕？

硬嘰嘰 ngang⁶ bang¹ bang¹（嘰，巴坑切） ❶ 食物或東西硬。❷ 硬着幹。❸ 態度生硬；脾氣倔強。

硬打硬 ngang⁶ da² ngang⁶ ❶ 硬碰硬："石地塘鐵掃把 —— ～"〔歇後語。石場地鐵掃帚 —— 硬碰硬〕。❷ 實實在在的：佢月月出滿勤係 ～ 嘅呀〔他月月出滿勤是實實在在的〕。

硬頸 ngang⁶ géng² 固執；犟（jiàng）：你聽下人哋意見先，咪咁 ～〔你先聽一下別人的意見，別那麼固執〕。

硬唃唃 ngang⁶ gog⁶ gog⁶（唃，角⁶） 硬邦邦。

硬嘓嘓 ngang⁶ gueg⁶ gueg⁶（嘓，跪勒切） 硬邦邦：點解呢啲麵包 ～ 嘅〔為甚麼這些麵包硬邦邦的〕？

硬橋硬馬 ngang⁶ kiu⁴ ngang⁶ ma⁵ ❶ 形容態度堅決，手段強硬：對方 ～，唔好應付〔對方很強硬，不好對付〕。❷ 使出真本事：佢 ～ 嘅，嚟真個噃〔他使出拿手本事，像是動真格的〕。

硬晒舦 ngang⁶ sai³ tai⁵（舦，太⁵） 指事情鬧僵了，沒法轉彎子，完全沒有希望了：嗰件事畀佢一插手，而家 ～ 囉〔那件事情給他一插手，現在完全沒有希望了〕| 呢件事 ～，冇法子攣囉〔這件事情鬧僵了，沒法挽救了〕。

硬掙 ngang⁶ zang⁶（掙，讀音 zang¹） 硬朗；結實：佢八十幾重好 ～〔他八十多歲還很硬朗〕| 呢張枱好 ～〔這張桌子很結實〕。

硬淨 ngang⁶ zéng⁶ 同"硬掙"。

ngao

撓 ngao¹（咬¹） ❶搔；撓；抓：～ 痕〔搔

癢癢〕｜～頭殼〔撓頭〕｜～損咗〔抓破了（皮膚）。❷ 象聲詞，貓叫。

搞痕 ngao¹ hen⁴ 撓癢癢。

拗胡婆 ngao³⁻¹ wu⁴⁻¹ po⁴⁻² 傳說中的一種怪物，大人常用來嚇唬小孩。

拗 ngao² 彎折：～樹枝｜～斷。

拗心白菜 ngao² sem¹ bag⁶ coi³ 油菜薹（青菜的一種，似油菜，種後不久便抽薹）。

拗手瓜 ngao² seo² gua¹ ❶ 扳胳膊（比臂力）。❷ 比喻較量：你想同佢 ～，點拗得佢過〔你想跟他較量，怎麼鬥得過他〕！｜拗過手瓜至知〔較量過才知（勝負）〕。

拗腰 ngao² yiu¹ 向後彎腰。

詏（拗） ngao³ 爭辯；爭論：咪 ～ 嘞，到現場睇下啦〔別爭論了，到現場看看吧〕｜事情已經好清楚，有乜好 ～ 嘅〔事情已經很清楚，沒甚麼可爭辯的〕。

詏到掂 ngao³ dou³ dim⁶ 辯論到分清是非曲直為止。

詏頸 ngao³ géng² ❶ 抬槓：佢專同我 ～〔他專門跟我抬槓〕。❷ 執拗（niù）；固執：呢個仔好 ～〔這孩子脾氣很拗〕。

詏撬 ngao³ giu⁶ 衝突；矛盾；爭吵：以前有過 ～ 都要合作〔以前有過矛盾的也要合作〕。

詏氣 ngao³ héi³ 鬥氣：為咁小事 ～ 真係冇益嘅〔為這麼一點小事鬥氣真划不來〕。

詏口 ngao³ heo² 繞嘴；繞口，讀起來不順口：佢寫嘅詩真 ～〔他寫的詩念起來真繞口〕。

詏數 ngao³ sou³ 爭執；討價還價。

詏數口 ngao³ sou³ heo² ❶ 同“詏數”。❷ 爭論原來講過的事情：數清楚啲，費事以後 ～〔數清楚些，免得以後爭論〕。

穀 ngao⁴ 翹（qiáo）棱（木板等因由濕變乾而彎曲不平）：塊板乾咗 ～ 晒〔那塊木板乾了之後翹棱了〕｜呢啲木唔做得傢具，將來會 ～ 嘅〔這種木頭不能做傢具，將來會翹棱的〕。

穀框 ngao⁴ kuang¹ ❶ 圓形或方形的器具變了形：呢個車轆撞到 ～〔這個車轱轆被撞得變了形〕。❷ 引申為沒有希望；無法挽救；無法彌補：佢件事 ～ 咯〔他那件事兒沒有希望了〕。

熬 ngao⁴ ❶ 長時間地煮。❷ 同“捱”。

咬 ngao⁵ 奈何（意為“拿他怎麼辦”，用於否定或反詰語氣）：我就係嗽，你 ～ 我呀〔我就是這樣，你怎麼着〕？｜真係 ～ 佢唔入〔真是奈何不了他〕。

咬唔入 ngao⁵ m⁴ yeb⁶ ❶ 嚼不動。❷ 打不了（某人的）主意；佔不了（某人的）便宜：佢好孤寒，你咬佢唔入嘅〔他很吝嗇，你佔不了他的便宜〕。

ngé

嗯 ngé¹（挨些切）❶ 象聲詞，小孩的哭聲。❷ 引申作吭聲或呼喊：～ 都唔敢 ～〔不敢吭一聲〕｜～ 都冇得 ～〔來不及吭一聲〕。

嗯嗯 ngé⁴ ngé¹（嗯，五耶切；嗯，挨些切）❶ 象聲詞，拉胡琴的聲音。❷ 胡琴：拉 ～〔拉胡琴〕。

嗯喧 ngé⁴ ngi¹（嗯，牙爺切；喧，鴉衣切）❶ 象聲詞，拉胡琴的聲音。❷ 胡琴：拉 ～。

ngeb

罨（淹） ngeb¹（挨急切。讀音 yim²）❶ 敷：～ 生草藥｜攞濕手巾 ～ 額頭〔拿濕毛巾敷前額〕。❷ 捂；漚：攤開啲菜，唔係會 ～ 爛㗎〔把菜攤開，要不就捂爛了〕｜除低件濕衫啦，～ 住容易病㗎〔脱掉濕衣服吧，捂着容易生病的〕。❸ 把種子放在容器內，上面用濕東西蓋住，催它發芽：～芽菜〔發豆芽兒〕。

罨耷 ngeb¹ deb¹（罨，鴉邑切；耷，多邑切）簡陋；淺窄：呢間屋咁～，點住呀〔這房子那麼窄小，怎麼住呢〕。

罨汁 ngeb¹ zeb¹ ❶ 不通風而又潮濕：呢堆禾稈太～，要打開曬下佢〔這堆稻草太潮濕，要打開曬一曬〕。❷ 地方窄而不整潔：呢個房間好～〔這間屋子又窄又不整潔〕。

噏 ngeb¹（挨急切）胡謅；亂説：咪聽佢亂～〔別聽他胡説〕｜唔知佢～乜〔不知道他胡説些甚麼〕｜亂～廿四〔胡説八道〕。

噏風 ngeb¹ fung¹ 胡説八道：咪喺度～〔別在這裏胡説八道〕。

噏三噏四 ngeb¹ sam¹ ngeb¹ séi³ 説三道四；妄加評論：睇清至講，唔好～〔看清楚了再説，別説三道四〕。

岌 ngeb⁶（五合切。讀音 keb¹）上下彈動；前後搖晃：～頭〔點頭〕｜風吹度門～得好犀利〔風吹着門搖晃得很厲害〕。

岌岌貢 ngeb⁶ ngeb⁶ gung³ 上下不停地彈動、搖晃：張枱攝唔穩，重～〔這張桌子沒墊平，還搖搖晃晃〕｜唔好喺度～〔別在這兒搖來搖去〕。

岌頭 ngeb⁶ teo⁴ 點頭，表示同意。

nged

扤 nged¹（兀¹）❶ 壓；塞；擠：～實〔壓緊〕｜～埋幾件衫入行李袋〔把幾件衣服塞進行李袋裏〕。❷ 強使：一於～佢要〔一定要他要〕｜唔好～佢食咁多〔別強迫他吃那麼多〕。

扤失 nged¹ sed¹ 形容人過分計較，拘謹，不大方：呢啲小事唔使咁～嘅〔這些小事用不着那麼斤斤計較〕｜佢喺生疏人面前好～嘅〔他在生人面前很拘謹〕。

ngei

嗌（哤） ngei¹（矮¹）懇求：再～下佢會得嘅〔再懇求他一下，他會答應的〕｜“人怕～，米怕篩”（諺語）。

嗌求 ngei¹ keo⁴ 同上。

嗌篩 ngei¹ sei¹ 懇求：佢一味噉～〔他一味懇求〕。

矮凸凸 ngei² ded¹ ded¹（凸，突¹）矮矮的；矮墩墩。

矮𧒄 ngei² den² 矮胖。

矮櫈仔 ngei² deng³ zei² 小板櫈。

矮瓜 ngei² gua¹ 茄子。

矮櫃 ngei² guei⁶ 矮而寬的櫃子，放雜物用。

矮細 ngei² sei³（個子）矮小。

矮仔嘜 ngei² zei² meg¹ 戲稱個子矮小的人。

翳 ngei³ ❶ 陰暗；昏暗：嗰樹將窗口遮～晒〔那棵樹把窗子擋暗了〕｜咁～，想落雨咯〔天那麼昏暗，快下雨了〕。❷ 房屋低矮使人有不舒服的感覺。❸ 心情煩悶；憋氣：我心好～〔我心裏很煩悶〕。❹ 氣(使……生氣)：畀佢～到我吖〔他把我氣得(真夠受)〕。

翳焗 ngei³ gug⁶（焗，局）悶熱。

翳氣 ngei³ héi³ 因受氣而心情不好：咪～咯，想開啲啦〔別氣了，想開點吧〕。

翳悶 ngei³ mun⁶ ❶ 悶熱：天熱想作雨，特別～〔夏天將要下雨時，特別悶熱〕。❷ 心氣不順，心情煩悶：心

口好 ~〔胸膛覺得很堵〕。

翳熱 ngei³ yid⁶ 天氣悶熱。

翳滯 ngei³ zei⁶ 胃口不好的感覺：食埋咁多立雜嘢，梗 ~ 啦〔吃了那麼多的零食，胃口當然不好了〕。

危危乎 ngei⁴ ngei⁴ fu⁴ 很危險的樣子：煙囱裝唔穩，~ 想冧落嚟嗽〔煙囱裝不牢，像要倒下來的樣子〕。

蟻 ngei⁵ 螞蟻。

ngem

諗（媁，諗） ngem¹ 不停地耐心地勸說：~ 佢做〔耐心地勸他做〕｜ ~ 佢唔掂〔勸不服他〕。

***鵪鶉** ngem¹ cên¹ 比喻膽小的人。

揞 ngem² （暗²）揞：~ 住嘴笑〔捂着嘴巴笑〕｜ ~ 實唔畀人睇〔捂緊不讓別人看〕。

揞脈 ngem² meg⁶ 同"把脈"。

暗 ngem³ 哄小兒入睡：佢 ~ 緊個仔瞓〔她正在哄孩子睡〕。

暗瘡 ngem³ cong¹ 粉刺。

暗渠 ngem³ kêu⁴ 陰溝。

吟沉 ngem⁴ cem⁴ （吟，讀音 yem⁴）叨叨，叨嘮（話多但聲音不高）：咪成日喺度 ~ 啦〔別整天在這裏嘮嘮叨叨了〕。

抍（擤） ngem⁴ （又音 yem⁴）掏：~ 袋〔掏口袋〕｜ ~ 雀仔竇〔掏鳥窩〕。

抍荷包 ngem⁴ ho⁴ bao¹ 掏錢，從自己錢包裏取錢：你同意買就 ~ 啦〔你同意買就掏錢吧〕。

ngen

奀 ngen¹ （銀¹）瘦小；弱小：~ 仔〔瘦小的孩子〕｜ 啲菜唔落肥，唔怪得咁 ~ 啦〔青菜不施肥，怪不得那麼細了〕。

奀嫋鬼命 ngen¹ niu¹ guei² méng⁶ 形容十分瘦弱的樣子（婦女多用）。

奀嫋嫋 ngen¹ niu¹ niu¹ 又高又瘦的樣子：佢生得 ~，好似竹篙嗽〔他長得又高又瘦，好像竹竿那樣〕。

奀雌雌 ngen¹ qi¹ qi¹ 很瘦弱：呢個細路 ~，怕有蟲都唔定〔這小孩很瘦弱，説不定是生蟲〕。

奀細 ngen¹ sei³ 瘦小；瘦弱：呢個仔好 ~〔這孩子很瘦弱〕。

銀 ngen⁴⁻² 錢（錢財）：幾 ~ 一斤〔多少錢一斤〕？｜ 要幾多 ~ 至夠〔要多少錢才夠〕？

銀仔 ngen⁴⁻² zei² 硬幣；鋼鏰兒。

踂 ngen³ （銀³）彈動（使東西顛動）：~ 跳板｜ ~ 腳〔彈腿〕。

踂腳 ngen³ gêg³ 人坐着時不停地抖腿。

踂踂腳 ngen³ ngen³ gêg³ 坐着抖動着腿。形容人逍遙自在、悠閒自得的樣子：佢而家唔使做嘢，~ 嗽過日辰〔他現在不用工作，逍遙自在過日子〕。

踂高 ngen³ gou¹ （踂，銀³）把腳跟提起來：~ 腳嚟行〔提起腳跟來走路〕。

仁 ngen⁴ （仁，讀音 yen⁴）❶ 瓜果菜的種子：番茄 ~｜ 冬瓜 ~｜ 蘿蔔 ~〔蘿蔔種子〕。❷ 仁兒（瓜果核內的肉）：欖 ~〔橄欖仁兒〕｜ 核桃 ~｜ 五 ~ 肉月〔有五種瓜果仁和豬肉做餡的月餅〕。

銀包 ngen⁴ bao¹ 錢包。

銀腳帶 ngen⁴ gêg³ dai³ 銀環蛇，背面黑色，有並列的白色橫帶數十個，腹面白色，尾細長而尖，晝伏夜出，毒性猛烈。

銀雞 ngen⁴ gei¹ 警笛（多音哨子，鳴警時用）

銀紙 ngen⁴ ji² ❶ 鈔票。❷ 錢：畀 ~〔給錢〕。

銀粘 ngen⁴ jim¹ 晚稻的一種，米粒細長，質量較好，類似粙稻。

N

銀棯 ngen⁴ nim²（棯，念²）一種果子，大如李子，皮厚而韌，青綠色，味酸，常醃製作乾果或醬料。果核有小坑，像人的臉，因而又叫"人面"。還有"杜楣"、"銀面"的別名。

銀芽 ngen⁴ nga⁴ 綠豆芽的美稱。

銀錢 ngen⁴ qin⁴⁻² 量詞。元；塊錢：兩個 ～〔兩元；兩塊錢〕｜個零 ～〔一元多；一塊多錢〕。〖"銀錢"原指銀元、光洋，現在指紙幣的"元"。〗

韌筋 ngen⁶ gen¹ 有耐力，有耐性，能堅持：佢做嘢好 ～ 㗎〔他幹活很有耐性〕。

韌皮 ngen⁶ péi⁴ 皮；頑皮：呢個仔真 ～〔這個孩子真皮〕。

韌黐黐 ngen⁶ qi¹ qi¹（黐，癡）韌韌的。

ngeng

哽 ngeng²（鶯²。讀音 geng²）硌：～ 腳 ～ 到死死下〔硌腳硌得要命〕｜呢的芥蘭真老，食落去 ～ 心 ～ 肺〔這些芥蘭菜真老，吃了下去肚子硌得難受〕。

哽心 ngeng² sem¹ 事情堵塞在心裏：呢件事諗起就 ～〔這件事一想起心裏就堵得慌〕。

哽心哽肺 ngeng² sem¹ ngeng² fei³ 心裏堵得厲害。

哽耳 ngeng² yi⁵ 話不中聽，不順耳。

哽 ngeng³（哽³。又音 eng³）再；更；怎麼；再……（也）：～ 複雜嘅嘢佢都搞得掂〔再複雜的事情他都可以處理得好〕｜～ 好嘅待遇我都唔去〔待遇再好我也不去〕｜～ 好都唔使自誇〔怎麼好都不要自誇〕｜一個人 ～ 叻都係有限嘅〔一個人（能力）再能幹也是有限的〕。

嚶嚶聲 ngeng⁴ ngeng⁴⁻² séng¹（嚶，鶯⁴；嚶，鶯²）❶ 哼哼；呻吟的聲音：病到

佢 ～〔病得他直哼哼〕。❷ 形容人因發牢騷而嘀嘀咕咕：佢好有意見，成日 ～〔他很有意見，整天嘀嘀咕咕的〕。

ngeo

勾 ngeo¹ 歲（詼諧的説法），一般用於三十以上的整十數字之後：五十幾 ～ 囉〔五十多歲了〕｜佢咁老積，好似幾十 ～ 噉〔他那麼老成，像幾十歲似的〕。

勾佬 ngeo¹ lou² 勾引男人。

勾手指 ngeo¹ seo² ji² 拉鉤兒。兩人用尾指相鉤，表示守信用，不反悔。

敺 ngeo¹ 用粗棍子打：～ 斷你腳骨。

甌 ngeo¹ 小碗（多指用電木、塑料等製成的碗）。

嘔 ngeo² ❶ 嘔吐；吐。❷ 比喻退贓：貪污幾多都要 ～ 翻出㗎〔貪污多少都要退出來〕。

嘔電 ngeo² din⁶ 吐血（詼諧的説法）。

漚 ngeo³ ❶ 泡浸：將竹篾掉落石灰池 ～ 下先〔先把篾片扔進石灰池泡浸〕。❷ 霉爛：呢啲穀嚟唔切曬，有啲 ～ 咗咯〔這些稻穀來不及曬乾，有一些霉爛了〕。❸ 引申作長時間地熬煮：～ 豬潲〔煮豬食〕｜白豆要 ～ 好耐至腍〔黃豆要熬很久才爛〕。

漚冬 ngeo³ dung¹ 冬至前後連接下雨：落咁多雨，今年又 ～ 喇〔今年冬至期間雨水太多了〕。

漚年 ngeo³ nin⁴ 快過年時連接不斷地下雨。

漚雨 ngeo³ yü⁵ 天要下雨卻一直沒下。

漚仔 ngeo³ zei² 害喜，妊娠反應：呢幾日我見佢唔開胃，係唔係 ～ 呀〔這幾天我看她不想吃東西，是不是有喜了〕？

牛 ngeo⁴ 野蠻；橫（hèng）：咪咁 ～ 啦，郁啲講打〔別那麼野蠻，動不動就要

動拳頭〕。

牛百葉 ngeo⁴ bag³ yib⁶ 牛的蜂巢胃。

牛白腩 ngeo⁴ bag⁶ nam⁵ 同“牛腩”。

牛腸 ngeo⁴ cêng⁴⁻² ❶ 牛的腸子。❷ 牛肉捲粉。

牛草肚 ngeo⁴ cou⁴ tou⁵ 同“牛百葉”。

牛頸 ngeo⁴ géng² 執拗；固執己見。

牛角椒 ngeo⁴ gog³ jiu¹ 一種辣椒,果實大而尖。

牛皋 ngeo⁴ gou¹ 野蠻；粗野：呢個人好 ~ 㗎〔這個人很野蠻的〕| 要講道理,唔得 ~ 㗎〔要講道理,不能撒野〕。

牛高馬大 ngeo⁴ gou¹ ma⁵ dai⁶ 形容人長得又高又大 (有貶意)：生得 ~ 囉,重咁唔生性〔長得那麼高大了,還那麼不懂事〕。

牛牯 ngeo⁴ gu² 公牛。

牛工 ngeo⁴ gung¹ 指工資低的工作：你冇乜文化, 做 ~ 啦〔你沒有甚麼文化,幹體力活吧〕。

牛河 ngeo⁴ ho⁴⁻² 牛肉沙河米粉的簡稱,即牛肉米粉。

牛䐑 ngeo⁴ jin² 牛腱子,牛腿部帶筋的肌肉。

牛精 ngeo⁴ jing¹ 野蠻；蠻不講理：咁 ~ 嘅人人人都怕嘅〔那麼野蠻的人人人都怕他〕。

牛嚼牡丹 ngeo⁴ jiu⁶ mao⁵ dan¹ 歇後語。原指品不出味道,引申為辨別不出好壞：“~ —— 唔知味道”〔牛嚼牡丹 —— 品不出味道〕。

牛脷酥 ngeo⁴ léi⁶ sou¹ 一種點心,像牛舌頭。近似牛舌餅。

牛力 ngeo⁴ lig⁶ 牛一般的力氣：佢有一身 ~〔他有一身牛一般的力氣〕。

牛柳 ngeo⁴ leo⁵ 牛脊背兩邊的肌肉。

牛奶嘴 ngeo⁴ nai⁵ zêu² ❶ 幼稚無知的人。❷ 戲稱剛入行並需要人扶持的人。

牛欄 ngeo⁴ lan⁴ 牛圈 (juàn)。

牛腩 ngeo⁴ nam⁵ 牛腹部的肥肉。

牛軛 ngeo⁴ ngag⁶ 牛鞅 (牛拉東西時架在脖子上的器具)。

牛扒 ngeo⁴ pa⁴⁻² 牛排 (西餐菜名)。

牛棚 ngeo⁴ pang⁴ 牛圈,關牛的棚子。

牛皮 ngeo⁴ péi⁴ ❶ 形容人脾氣強,屢教不改：佢真 ~,唔怕打〔他脾氣真強,打也不怕〕。❷ 疲軟,行情停滯不前：金價 ~。

牛皮膠 ngeo⁴ péi⁴ gao¹ 用牛皮或豬皮熬成的膠,可作黏合劑。

牛皮賬 ngeo⁴ péi⁴ zêng³ 爛賬,長期拖欠難以討回的欠賬。

牛頭褲 ngeo⁴ teo⁴ fu³ 穿在外面的短褲。

牛王 ngeo⁴ wong⁴ 蠻橫；橫行霸道：要講道理,咁 ~ 唔得嘅〔要講道理,這麼蠻橫是不行的〕。

牛王頭 ngeo⁴ wong⁴ teo⁴ 橫行霸道、仗勢欺人的人。

牛屎龜 ngeo⁴ xi² guei¹ 蜣螂。又叫“牛屎螂” ngeo⁴ xi² long⁴。

牛一 ngeo⁴ yed¹ 指生日 (“牛一”合起來是個“生”字)：唔知佢幾時 ~〔不知他生日是甚麼時候〕。

牛油 ngeo⁴ yeo⁴ 黃油 (從奶油中提煉出來的油,淡黃色)。

牛油果 ngeo⁴ yeo⁴ guo² 一種果肉含脂肪很高的水果,形狀像萊陽梨。

牛蠅 ngeo⁴ ying⁴ 牛虻。

牛乳 ngeo⁴ yü⁵ 一種奶製品,將牛奶煮熟加醋,使之凝結,再壓成餅狀薄片,泡在鹽水裏,即可食用。

牛乳餅 ngeo⁴ yü⁵ béng² 同上。

***牛肉乾** ngeo⁴ yug⁶ gon¹ 戲稱香港警察給汽車司機開出的違反交通規則罰款通知。因其大小像一塊牛肉乾,故稱牛肉乾。

牛雜 ngeo⁴ zab⁶ 牛雜碎。

牛仔 ngeo⁴ zei² ❶ 小牛犢。❷ 阿飛。

牛仔褲 ngeo⁴ zei² fu³ 一種西方和港澳

地區流行、褲腿很窄的長褲。北京
又叫"港褲"。

吽 ngeo⁶（牛⁶）蠢笨；遲鈍。

吽哣 ngeo⁶ deo⁶（吽，牛⁶；哣，豆）無精
打采；呆滯；發呆：嗰隻雞有啲～
〔那隻雞有點呆滯〕｜喺度發乜～呀
〔在這裏發甚麼呆〕？

吽仔 ngeo⁶ zei² 傻小子。

ngi

咡咡牙牙 ngi⁴ ngi⁴ nga⁴ nga⁴（咡，牙宜
切）支支吾吾：問乜都～噉〔問他
甚麼都支支吾吾的〕。

咡咡哦哦 ngi⁴ ngi⁴ᐟ¹ ngo⁴ ngo⁴ 支支吾
吾：你唔使～喇，我知到喇〔你不用
支支吾吾了，我知道了〕。

ngo

屙 ngo¹ ❶排泄(大小便等)；放(屁)：～
屎〔大便〕｜～尿〔小便〕｜～屁〔放
屁〕｜～爛屎〔便溏〕。❷腹瀉；拉
稀：呢個病人～得好交關〔這個病
人腹瀉很嚴重〕｜今日～咗七次〔今
天拉了七次〕。

屙啡啡 ngo¹ fé⁴ fé⁴⁻²（啡，扶耶切）腹瀉；
拉稀。

屙痢 ngo¹ léi⁶ 拉痢疾。

屙肚 ngo¹ tou⁵ 同上。

屙屎 ngo¹ xi² 大便。

蛾喉 ngo⁴ heo⁴ 乳蛾，即扁桃腺腫脹。

蛾眉月 ngo⁴ méi⁴ yüd⁶⁻² 農曆初三、初
四出現的新月，形似蛾眉，故名。

鵝公喉 ngo⁴ gung¹ heo⁴ 公鵝的嗓子(形
容聲音沙啞)。

我哋 ngo⁵ déi⁶（哋，地）我們；咱們：～
係廣東人，你哋係西藏人，～大家
都係中國人〔我們是廣東人，你們是
西藏人，咱們大家都是中國人〕。

餓狗搶屎 ngo⁶ geo² cêng² xi² ❶貶稱
不擇手段激烈競爭的醜態。❷戲稱
摔了個嘴啃泥。

餓過飢 ngo⁶ guo³ géi¹ 餓過勁兒(指過了
吃飯時間太久，反而覺得不餓了)。

餓貓 ngo⁶ mao¹ 比喻十分飢餓的人。

ngog

噁噁脆 ngog¹ ngog¹ cêu³（噁，岳¹）嘎
崩脆。

惡 ngog³ ❶兇；惡：～狗｜～人。❷
生氣：唔好撩到佢～晒〔別惹得他
生氣了〕。❸難：呢啲事好～講〔這
些事很難説〕｜嗰條路好～行〔那條
路很難走〕。

惡瞓 ngog³ fen³（瞓，訓）睡覺不安寧(多
指小孩)。

惡搞 ngog³ gao² 難辦：修呢啲舊電
腦，好～嘅〔修理這些舊電腦，很
難弄〕。

惡亨亨 ngog³ heng¹ heng¹ 兇兇的。

惡鯁 ngog³ keng² ❶難以下嚥：呢個餅
都乾晒，真～〔這個餅都乾了，真難
嚥〕。❷難對付：呢件事好～呀〔這
件事很難對付啊〕。

惡嘅 ngog³ kig¹（嘅，卡益切）難對付；
不好説話；難辦：呢個人都幾～㗎
〔這個人是不好説話的〕。

惡死 ngog³ séi² ❶兇惡；厲害：隻狗鬼
咁～，見人就想咬〔這隻狗兇極了，
見人就想咬〕。❷不好打交道的；故
意作梗的：嗰個嘢好～，啲都唔肯
幫忙〔那個傢伙很不好説話，一點都
不願意幫忙〕。❸愛作惡作劇的；瞎
胡鬧的：咪咁～，成日整鬼人哋〔別
那麼瞎胡鬧，整天作弄人家〕。

惡死能登 ngog³ séi² neng⁴ deng¹ 惡狠
狠的：佢～噉望住我〔他惡狠狠地
看着我〕。

惡揗揗 ngog³ ten⁴ ten⁴（揗，吞⁴）兇兇的。

惡爺 ngog³ yé⁴⁻¹ ❶ 惡少（指性情暴躁的青少年）。❷ 兇惡；霸道：閃開啲係啦，使乜咁～〔(我) 讓開點就是了，用不着這麼兇〕｜你咁～，個個都怕咗你〔你這麼霸道，誰都怕了你〕。

惡爺頭 ngog³ yé⁴⁻¹ teo⁴⁻² 同上 ❶。

惡作 ngog³ zog³ 難辦；難處理：呢單嘢都幾～㗎〔這件事相當難辦啊〕。

岳丈 ngog⁶ zêng⁶⁻² 岳父，丈人。

顉 ngog⁶（岳）仰（頭）；抬（頭）：～高頭〔抬頭〕。

鱷魚潭 ngog⁶ yü⁴ tam⁴ 比喻消費水準高、物價昂貴的地方。

鱷魚頭 ngog⁶ yü⁴ teo⁴ 比喻十分兇狠橫暴的惡霸。

ngoi

藹 ngoi²（又音 oi²）用聲音哄嬰兒入睡：～瞓蝦仔〔哄嬰兒入睡〕。

呆鈍 ngoi⁴ dên⁶ 愚鈍。

愛 ngoi³（又音 oi³）要：～唔～得晒〔全要得了嗎〕？｜我唔～咁多〔我不要那麼多〕。

愛惜 ngoi³ ség³（惜，讀音 xig¹）珍惜，疼愛。

外便 ngoi⁶ bin⁶ 外面。

外出 ngoi⁶ cêd¹ 方位詞。外面：～好冷〔外面很冷〕｜我住喺學校～〔我住在學校外面〕。

外底 ngoi⁶ dei²（又音 ngoi⁶ dei¹）同上。

外埠 ngoi⁶ feo⁶ 國外某一城市。

外父 ngoi⁶ fu⁶⁻² 岳父；丈人。

外間 ngoi⁶ gan¹ 外邊，外面。

外父咁外 ngoi⁶ fu⁶⁻² gem³ ngoi⁶ 廣州話"外"，"礙"同音。指礙手礙腳。

外家 ngoi⁶ ga¹ 娘家。〖"外家"普通話是指外祖父、外祖母的家；廣州話是已婚婦女稱自己父母的家，即娘家。〗

外嫁女 ngoi⁶ ga³ nêu⁵⁻² 已出嫁的女兒。

外江 ngoi⁶ gong¹ 外省的：～貨｜～佬〔外省人〕。

外江佬 ngoi⁶ gong¹ lou² 外省人。

外賣 ngoi⁶ mai⁶ 飲食行業專用語，讓不在飯館裏吃飯的人買了食品帶走。

外母 ngoi⁶ mou⁵ 岳母；丈母娘。

外母乸 ngoi⁶ mou⁵ na² 戲稱丈母娘。

外皮 ngoi⁶ péi⁴ 表面；表皮：呢個壺～都唔錯〔這個壺表面很不錯〕。

外太公 ngoi⁶ tai³ gung¹ 太老爺（母親的祖父或外祖父）。

外太婆 ngoi⁶ tai³ po⁴ 太姥姥（母親的祖母或外祖母）。

礙 ngoi⁶ 妨礙：我～唔～你呀〔我妨礙不妨礙你呢〕？｜唔好～住人哋〔不要妨礙人家〕。

礙口 ngoi⁶ heo² 口吃；結巴。

礙眼 ngoi⁶ ngan⁵ 不順眼，扎眼：書櫃裏頭放個錢罌，真～〔書櫃裏放着一個錢罐子，看着真不順眼〕｜喺大廳牆上面貼張紅紙，太～喇〔在大廳牆壁上貼一張紅紙，太扎眼了〕。

ngon

安 ngon¹ ❶捏造；編造：唔好信佢啫，佢亂～嘅〔別信他，他瞎編的〕｜生～白造〔憑空編造〕。❷ 強加的：唔係啫，佢～畀我嘅嘛〔不是的，是他強加給我的罷了〕。

安樂 ngon¹ log⁶ ❶ 舒服；舒暢；安寧；快活：我要咗你又冇，點要得～吖〔我要了，你便沒有了，我怎麼要得舒服呢〕｜一想起嗰件事，我個心就好唔～〔一想起那件事，我心裏就不舒暢〕。❷ 滿足；美滿：而家生老病死都有得照顧，真係～晒囉〔現在生老病死都有照顧，真是夠滿足的了〕。

安樂茶飯 ngon¹ log⁶ ca⁴ fan⁶ 穩定的生活來源；安穩的生活。

安名 ngon¹ méng⁴⁻² 起名；取名。

安士 ngon¹ xi⁶⁻² 盎斯（十六分之一磅）。〖"安士"是英語 ounce 的音譯詞。〗

安人 ngon¹ yen⁴ 舊時指婆婆（丈夫的母親）。

案底 ngon³ dei² 前科；犯罪記錄：你查下呢個人有冇 ～〔你查查這個人有沒有前科〕。

ngong

腌 ngong³（昂³）（又音 ngung³）酸菜變質後的氣味。

蕹菜 ngong³ coi³（又音 ngung³ coi³）空心菜。

仰 ngong⁵（昂⁵）"仰"的話音：打～瞓〔仰着睡〕｜ ～喺度放〔仰着放〕。

戇 ngong⁶（讀音 zong³）❶ 傻；笨；呆：佢有啲 ～～ 哋〔他有點傻頭傻腦〕｜行呢條路至快喋，行嗰條咁 ～ 嘅〔走這條路近，走那一條太笨了〕。❷ 幹事不正經；瘋瘋癲癲：快啲做，咪喺度 ～ 啦〔快點幹，別在這兒瘋瘋癲癲的〕。

戇居 ngong⁶ gêu¹ 傻瓜；笨蛋(形容詞，訓斥人時用)。

戇居居 ngong⁶ gêu¹ gêu¹ 傻頭傻腦。

戇居佬 ngong⁶ gêu¹ lou² 傻瓜，笨蛋

戇佬 ngong⁶ lou² ❶ 傻瓜。❷ 神經有問題的人。

戇喪 ngong⁶ song³ ❶ 神情恍惚。❷ 不嚴肅，不正經。

ngou

撽 ngou¹（敖¹）夠(伸手向遠處取物)：～嗰朵花落嚟〔把那朵花夠下來〕｜ ～唔到〔夠不着〕。

撽 ngou⁴（敖⁴）搖：～ 樹｜藥水要 ～ 匀至飲〔藥水要搖匀才喝〕。

ngug

屋 ngug¹ 房子：一間 ～〔一所房子〕｜呢間 ～ 有三間房〔這所房子有三個房間〕。

屋主 ngug¹ ju² 房東。

屋企 ngug¹ kéi⁵⁻² 家：你 ～ 有幾個人？｜翻 ～〔回家〕。

ngung

壅 ngung¹（讀音 yung¹）❶ 埋：生 ～〔活埋〕。❷ 培土：啲粟米要 ～ 多啲泥〔玉米要多培些土〕。❸ 施肥：～ 兩次肥。

挵 ngung²（挨孔切。又音 ung²）推：～門｜ ～ 人。

挵火 ngung² fo² 燒火（指煮東西時整理灶內柴草）。

甕 ngung³ 大缸。

甕缸 ngung³ gong¹ 大缸。

ni

呢 ni（又音 néi¹。讀音 né¹）這：～ 幾個人｜ ～ 兩年｜ ～ 啲係乜嘢〔這些是甚麼〕？

呢便 ni¹ bin⁶ 這邊；這一邊。

呢駁 ni¹ bog³ 近來；這段時間；最近以來：～ 冇落雨〔這段時間沒有下雨〕。

呢度 ni¹ dou⁶ 這裏；這兒：放喺 ～〔放

在這裏〕｜～ 係邊度〔這兒是甚麼地方〕?

呢輪 ni¹ lên⁴ ❶ 近來：～ 你得閒嗎〔近來你有空嗎〕? ❷ 這回；這次：～ 到你講喇〔這回該你説了〕。

呢樐嘢 ni¹ lung⁵ yé⁵ 這種事兒：～ 我領過檔喇〔這種事兒我上過當了〕。

呢嗱 ni¹ na⁴ 語氣詞。欸：～，噉做至啱〔欸，這樣做才對〕。

呢粒 ni¹ neb¹ 丁兒，把肉類、蔬菜等切成小塊（有時加上花生、腰果等）炒成的菜餚。又叫"粒粒"。

呢呢粒粒 ni¹ ni¹ neb¹ neb¹ 身上起的紅色小粒：你背脊起咗好多 ～〔你背上起了不少小紅粒〕。

呢排 ni¹ pai⁴⁻² 近來；最近。

呢匀 ni¹ wen⁴ 這回；這次。

呢處 ni¹ xu³（處，又音 qu³）同"呢度"。

呢一駁 ni¹ yed¹ bog³ 近來。

呢一排 ni¹ yed¹ pai⁴ 近來。

呢陣 ni¹ zen⁶ 這會兒；現在。

呢陣時 ni¹ zen⁶ xi⁴ 現今；這個時候。

nib

吅 nib¹（鑷¹）同"凹" ❷。

nig

搦 nig¹ ❶ 拿：～ 過嚟〔拿過來〕｜ ～ 唔郁〔拿不動〕。❷ 提：～ 住一個行李袋〔提着一個行李袋〕｜唔該你幫我 ～ 呢樽油〔麻煩你幫我提着這瓶油〕。

nim

拈拈苦苦 nim¹ nim¹ xim¹ xim¹ 形容人吃東西時過於拘謹，不夠大方。

棯仔（稔仔） nim¹ zei²（棯，讀音 nim⁵）

桃金娘果實。桃金娘多長在山坡、崗地上，花紫紅色，果實杯狀，熟時紫黑色，多核，味甜可食。又叫"崗棯"、"山棯"。

踮 nim³（念³）踮：～ 起對腳〔踮起腳〕。

黏 nim⁴ 黏（zhān）貼：～ 信封。

唸口黃 nim⁶ heo² wong⁴⁻² 同"讀口黃"。

nin

奶 nin¹（年¹）❶ 乳房。❷ 奶：食 ～。

挥（撏，撚） nin² ❶ 捏：～ 爛咗個氣球〔把氣球捏破了〕｜ ～ 得我咁痛〔捏得我這麼疼〕。❷ 擠：～ 乾嚿海綿〔把海綿擠乾〕。❸ 卡（qiǎ）：～ 頸〔卡脖子〕。

年晚 nin⁴ man⁵ 農曆年底（春節前一段時間）。

年尾 nin⁴ méi⁵ 年底。

年卅晚 nin⁴ sa¹ man⁵ 農曆除夕。

年生 nin⁴ sang¹ 年庚(人出生的年、月、日、時辰)。

年頭 nin⁴ teo⁴ 年初。

年宵花市 nin⁴ xiu¹ fa¹ xi⁵ 農曆年年底的花市。廣州等地一般在春節前幾天的晚上，集中在一些街道上臨時架設花架，作為銷售鮮花的市場。

年宵嘢 nin⁴ xiu¹ yé⁵ 過春節用的各種物品的統稱。

ning

拎 ning¹（又音 ling¹）❶ 拿；取：佢 ～ 咗三件〔他拿了三件〕｜ ～ 張報紙畀佢睇〔拿張報紙給他看〕｜喺銀包裏便 ～ 出一張銀紙〔從錢包裏取出一張鈔票〕。❷ 將；把；以：～ 佢做典型〔將他作典型〕｜ ～ 呢個做標準〔以這個作標準〕。❸ 提：～ 住一個皮喼〔提着一個皮箱子〕｜一手拖住仔，

N

一手 ～ 菜籃〔一手拖着孩子，一手提着菜籃子〕。

寧願 ning⁴ yün⁶⁻² 寧可。

擰 ning⁶ ❶搖；晃動：～頭。❷轉：～過身嚟〔轉過身來〕。❸旋動：～螺絲。

擰轉頭 ning⁶ jun² teo⁴ ❶回頭；扭頭：一 ～ 就睇見佢〔一回頭就看見他〕。❷ 轉身：～ 就走。

擰轉 ning⁶ jun³ 扭；轉身；旋轉一百八十度：～片面〔轉過臉去；轉過臉來〕｜ ～ 身就走咗〔轉身就走了〕。

擰歪面 ning⁶ mé² min⁶ 扭轉臉。

擰頭 ning⁶ teo⁴ 搖頭（表示厭惡或婉惜）睇見佢就～〔看見他就搖頭〕。

擰頭擰髻 ning⁶ teo⁴ ning⁶ gei³ 腦袋搖來晃去。

niu

嫋 niu¹（鳥 ¹。讀音 niu⁵）細而長：好似竹篙咁 ～〔像竹竿那樣細長〕｜枝竹仔咁～唔受力〔竹子太細受不了壓〕。

嫋啤啤 niu¹ bang¹ bang¹（啤，波罌切）瘦長（多指人的體型，含貶義）；細而長：佢嘅身材 ～，風都吹得起〔她的身材瘦長，風都可以把她吹起來〕｜喺枝竹 ～ 嘅〔那枝竹竿怎麼細而長的〕？

嫋高 niu¹ gou¹（身材）瘦而高。

嫋嫋高高 niu¹ niu¹ gou¹ gou¹ 身材高而瘦。

嫋瘦 niu¹ seo³ 身材瘦小：呢個女真 ～〔這女孩真瘦小〕。

蔫 niu³（鳥 ³）蔫（瓜果等因乾枯而表皮萎縮）：馬蹄放到 ～ 晒〔荸薺放得皮都蔫了〕｜啲菜幾日冇淋水都 ～ 晒咯〔那些菜幾天沒有澆水都蔫了〕。

尿急 niu⁶ geb¹ 小便急，想尿尿。

尿泡 niu⁶ pao¹ 膀胱。

尿片 niu⁶ pin³⁻² 同 "屎片"。

尿壺 niu⁶ wu⁴ 夜壺。

no

挼 no⁴ 搓；擦：～ 衫〔搓衣服〕。

挪摙 no⁴ lin⁵ 反覆；折騰。

糯米雞 no⁶ mei⁵ gei¹ 一種小吃或茶點，用乾荷葉包着糯米和雞肉，蒸熟後出售。

糯米糍 no⁶ mei⁵ qi⁴ ❶糯米糍粑。❷ 米枝，荔枝的一種，核小肉厚，味香甜，是最好的品種之一。

糯米屎窟 no⁶ mei⁵ xi² fed¹ 比喻一坐下就不願意走動的人。

noi

耐 noi⁶（又音 noi⁶⁻²）久；長時間：一年咁 ～〔一年那麼久〕｜冇幾 ～〔沒多久〕｜好 ～ 唔見〔好長時間沒見面〕。〔"耐" 在 "冇幾" 之後一般要變作第二調（陰上）或第一調（陰平）。〕

耐不耐 noi⁶ bed¹ noi⁶⁻² 副詞。時不時：～ 睇次戲〔時不時看一次戲〕｜佢 ～ 都會嚟封信〔他時不時都會來一封信〕。

耐唔耐 noi⁶ m⁴ noi⁶⁻² 同 "耐不耐"。

耐唔中 noi⁶ m⁴ zung¹ 偶爾；不經常；隔一段時間：～ 有一次｜佢 ～ 嚟下〔他偶爾來一次〕。

耐耐 noi⁶ noi⁶⁻² 偶爾（不經常）：我 ～ 都會去睇下佢嘅〔我偶爾也會去看看他的〕。

耐中 noi⁶ zung¹ 同上。

內鬼 noi⁶ guei² ❶ 內奸，吃裏爬外的人。❷家賊，盜竊本單位財物的人。

內籠 noi⁶ lung⁵⁻² 容器內部的空間：呢個箱 ～ 有幾大〔這個箱子裏面的容量有多大〕？

內傷 noi⁶ sêng¹ ❶ 肺病（現已少用）。
❷ 內臟的損傷。

奈……乜何 noi⁶ … med¹ ho⁴ 怎能奈何
（某人）：佢唔聽你笛，你奈佢乜何
〔他不聽你的，你怎能奈何他〕。

nou

努 nou⁵⁻² 憋着氣用力：～ 屎 ｜ ～ 到
面都紅晒〔使勁憋得臉都紅了〕。

腦充血 nou⁵ cung¹ hüd³ 腦溢血。

腦囟 nou⁵ sên³⁻² 囟門。

nug

跀 nug⁶ 光着腳踩。

nün

暖粒粒 nün⁵ neb¹ neb¹ 暖暖和和：着咗
件新棉衲，～〔穿了件新棉衣，暖暖

和和的〕。

暖水袋 nün⁵ sêu² doi⁶⁻² 熱水袋。

暖水壺 nün⁵ sêu² wu⁴⁻² 熱水瓶；暖水
瓶。

暖壺 nün⁵ wu⁴⁻² 暖水瓶；熱水瓶。

嫩口 nün⁶ heo² 幼稚；年紀小。

嫩水 nün⁶ sêu² 指人經驗少，幼稚。

嫩雀 nün⁶ zêg³ ❶ 新手(初入門的人)。
❷ 幼稚而容易上當的人。

nung

燶 nung¹（農 ¹）❶ 焦；煳：煮 ～ 飯〔煮煳
了飯〕。❷(樹葉) 枯黃：樹葉都曬 ～
咗〔樹葉都曬枯了〕。❸(臉色) 黑：
講佢兩句就 ～ 起塊面〔說他兩句他
就黑起臉來〕。

燶起塊面 nung¹ héi² fai³ min⁶ 板着臉。

燶口燶面 nung¹ heo² nung¹ min⁶ 黑着
臉；板着臉。

O

o

*柯打 o¹ da² ❶ 命令。❷ 定貨單。〖"柯
打" 是英語 order 的音譯詞。〗

哦 o⁴ 歎詞，表示明白、恍然大悟。

og

哊 og⁶ 嘆詞，啊。表示確實如此：甲：
你同意佢嘅意見？乙：～〔甲：你同
意他的意見？乙：啊！〕。

P

pa

*派司 pa¹ xi⁶ ❶ 通行證。❷ 通過(考試、檢查等)。❸ 及格。❹ 指打橋牌時，放棄叫牌。〖"派司"是英語 pass 的音譯詞。〗

怕醜 pa³ ceo² 害羞；害臊：真唔～〔真不害羞〕|使乜～吖〔用不着害羞〕!

怕醜草 pa³ ceo² cou² 含羞草。

怕怕 pa³ pa³ 怕；害怕：想起呢件事我真～〔想起這件事我真後怕〕。

扒 pa⁴ 划(船)：～龍船|～艇仔〔划小船〕。

扒 pa⁴⁻² 煎好的厚肉片，肉排：牛～|豬～|鋸～〔吃肉排〕。("扒"是牛扒、豬扒的省稱。)

扒龍船 pa⁴ lung⁴ xun⁴ 賽龍舟：去睇～〔去看賽龍舟〕。

扒錢 pa⁴ qin⁴⁻² 刮錢；貪污受賄。

扒頭 pa⁴ teo⁴ 超越(多用於超車，又指排隊走路時趕到別人前頭)。

扒逆水 pa⁴ ngag⁶ sêu² ❶ 逆水行船，比喻敢於反潮流、標新立異。❷ 指喜歡與人爭辯。

舂(扒) pa⁴ ❶ 偷盜：夜晚黑要注意有壞人嚟～嘢〔晚上要注意有壞人來偷東西〕。❷ 引申指擅自拿別人的東西：我本書邊個～咗去呀〔我的書誰拿走了〕?

pad

*拍𦢹 pad¹ na⁴ 雙人舞中的舞伴，又作"派拿"。〖"拍𦢹"是英語 partner 的音譯詞。〗

*派對 pad¹ ti⁴ 舞會。〖"派對"是英語 party 的音譯詞。〗

坺 pad⁶ ❶ 量詞。用於軟爛成糊狀的東西：一～糢糊|一～爛溁〔一攤爛泥〕。❷ 象聲詞。軟物落地聲：條蛇～一聲跌落地〔那條蛇啪的一聲摔在地上〕。

pag

泊車 pag³ cé¹ (泊，讀音 bog⁶) 停車：呢度唔准～〔這裏不許停車〕。〖"泊"是英語 park 的音譯。〗

拍 pag³ 拼；併；並(合在一起)：～牀〔拼牀，用幾塊木板臨時拼成一鋪牀〕|兩隻船～住行〔兩隻船並着走〕|～花階磚〔拼砌花地磚〕。

拍得過 pag³ deg¹ guo³ 同"拍得住"。

拍得住 pag³ deg¹ ju⁶ 比得上：呢種裇衫～名牌貨〔這種襯衣比得上名牌貨〕。

拍檔 pag³ dong³ ❶ 合作；配合：你哋兩個做嘢要～先得〔你們兩個做事要合作才好〕|佢兩兄弟好～〔他兄弟倆很合作〕。❷ 夥伴：佢係我嘅～〔他是我的夥伴〕。

拍紙簿 pag³ ji² bou⁶⁻² 無格的本子。〖"拍"是英語 pad 的譯音，"拍紙簿"是音意合譯詞。〗

拍馬 pag³ ma⁵ 催馬，策馬：～都趕唔上〔快馬加鞭都趕不上〕|落後咁多，～追啦〔落後這麼多，快馬追吧〕。

拍硬檔 pag³ ngang⁶ dong³ 緊密地合作；緊密地配合：～辦好學校|大家要～

先做得好工作㗎〔我們要緊密地配合
才能把工作做好〕。

拍心口 pag³ sem¹ heo² 直譯是"拍胸膛"，
意思是保證完成任務，一口承擔（某
工作）。

拍手 pag³ seo² ❶ 合夥，協力：兩個 ～
做生意〔兩人合夥做生意〕｜搵佢 ～
做〔找他合夥幹〕。❷ 合夥者：搵佢
做 ～〔找他做合夥人〕。

拍手夥記 pag³ seo² fo² géi³ 合作夥伴。
又叫"拍檔夥記"。

拍手無塵 pag³ seo² mou⁴ cen⁴ 指極度
窮困：嗰陣時真係 ～〔那個時候真是
一貧如洗〕。

拍手掌 pag³ seo² zêng² 鼓掌：～ 歡迎。

拍拖 pag³ to¹ 原指一艘帶動力的船和
一艘無動力的船並排拖帶着航行，
引申指男女手挽手地走路。

拍烏蠅 pag³ wu¹ ying⁴⁻¹ 形容買賣冷淡。

拍丸仔 pag³ yün⁴⁻² zei² 婉辭，指吸毒。

pai

派 pai³⁻¹ 同"夠派"。

派 pai³ 分發；分送：成日有人喺度 ～
廣告〔整天有人在那裏發廣告〕。

派籌 pai³ ceo⁴⁻² 給排隊等候者分發號
碼。

派街坊 pai³ gai¹ fong¹ 分送給左右鄰舍
（大方地送給別人）。

排 pai⁴〔又音 pai⁴⁻²〕一段的時間：呢 ～
好熱〔最近很熱〕｜重有 ～ 呀〔還有
很長時間〕｜有 ～ 你等〔夠你等的〕。

排粉 pai⁴ fen² 一種乾米粉，排列成排
狀。

排山 pai⁴ san¹ 用竹木搭的大型手腳架。

排架 pai⁴ ga³⁻² 建築工地上手架、支撐
架、升降架的總稱。

pan

盼 pan³ 瘮（穀粒不飽滿）：呢啲穀好 ～
〔這些稻穀瘮得很〕。

盼穀 pan³ gug¹ 秕子（空的或不飽滿的
穀粒）。

pang

¹**掽** pang¹（烹）攆；趕：～ 佢出去〔趕他
出去〕！

²**掽** pang¹（烹）勻出（一部分）：～ 啲畀
我〔勻點兒給我〕。

鏼 pang¹（烹）❶ 白鐵罐；白鐵桶：火
水 ～〔煤油罐〕。❷ 平底鍋。〖"鏼"
是英語 pan 的音譯詞。〗

嘭窢 pang¹ lang¹（窢，啦罌切）象聲詞。
啪嚓（東西落地、撞擊或器物碰碎的
聲音）。

棚 pang⁴ 量詞。❶ 排（用於牙齒）：一 ～
牙｜齜開 ～ 牙〔齜牙咧嘴〕。❷ 用於
渣滓：呢啲蔗唔甜，嚼起嚟得 ～ 渣
〔這些甘蔗不甜，嚼起來只有一把蔗
渣〕。

棚架 pang⁴ ga³ 腳手架。

棚寮 pang⁴ liu⁴ 竹棚；蓆棚；茅棚。

蟛蜞 pang⁴ kéi⁴⁻² 小螃蟹的一種，生活
在稻田裏或溝邊。

pao

拋浪頭 pao¹ long⁶ teo⁴ 靠虛張聲勢來嚇
唬對方：～ 嚇唔到人〔靠虛張聲勢
是嚇唬不了人的〕。

拋生藕 pao¹ sang¹ ngeo⁵ 同"賣生藕"。

拋水 pao¹ sêu² 扣食。買賣生豬時，過
秤後刮去腹中食物的重量：呢隻豬
要拋水二十斤〔這頭豬要刮去二十斤
食〕。

泡 pao¹ 量詞。❶ 用於腮幫子：搹起 ～ 腮〔鼓起腮幫子〕。❷ 用於屎尿：一 ～ 尿。

泡打粉 pao¹ da² fen² 焙粉；發粉；起子。〖"泡打"是英語 powder 的音譯詞。〗

炮製 pao³ zei³ 整；治（多用於小孩）：佢咁百厭，等我嚟 ～ 下佢〔他那麼淘氣，讓我來整一整他〕。

炮仗 pao³ zêng⁶⁻² 炮竹；鞭炮：燒 ～〔放炮竹〕。

炮仗領 pao³ zêng⁶⁻² léng⁵ 一種衣領式樣，像成串的鞭炮。

炮仗頸 pao³ zêng⁶⁻² géng² 急性子。

刨 pao⁴⁻² ❶ 礤（cǎ）牀兒（把蘿蔔、瓜等擦成細絲的器具）。❷ 刨子。

刨柴 pao⁴（heo²）cai⁴ 刨木料時刨出的捲狀刨花和薄木片，又叫"刨口柴"。

刨花 pao⁴ fa¹ ❶ 刨木料時刨下來的薄木片。❷ 帶粘性的榆木刨成的薄片。木片用水浸泡後，釋出黏液，婦女多用來抿頭髮。

刨書 pao⁴ xu¹ 啃書：成日喺 ～〔整天地啃書〕。

pé

啵 pé¹（破些切）❶ 量詞。對（用於未婚的情侶或已婚夫婦；打橋牌時的搭檔或同樣的牌）：一 ～ 兩 ～（情侶）〔一對兩對（情侶）〕｜等陣打橋牌我同你一 ～〔等一下打橋牌時我跟你作一對〕｜一 ～ "10"。❷ 撲克牌：一副 ～。〖"啵"是英語 pair 的音譯詞。〗

啵牌 pé¹ pai⁴⁻² 撲克牌。

踎（啵） pé⁵（婆野切）歪着身子，像要倒下：個醉酒佬行路 ～～ 下〔那個醉漢走路歪歪斜斜的〕｜唔好 ～ 住個身坐〔不要歪着身子坐〕。

pê

*巴仙 pê³ sén¹ 百分之一：增加三個 ～〔增加百分之三〕。〖"巴仙"是英語 per cent 的音譯詞。〗

péd

呃呃 péd¹ péd¹ 指嬰兒的屁股（源於一種紙製尿布的商標）。

ped

疋頭 ped¹ teo⁴ 布疋：～ 商店〔布店〕。

pég

擗 pég⁶（婆笛切）扔；丟棄：咁楋鮓嘅嘢，快啲 ～ 咗佢〔這麼髒的東西，快點扔掉它〕！

擗炮 pég⁶ pao³ 扔掉手槍，比喻辭職不幹：佢早就 ～ 啦〔他早就辭職不幹了〕。

pei

劇（剓） pei¹（破威切）削：～ 鉛筆｜～ 菠蘿皮。

¹批 pei¹ 一種有餡的西式餅食。〖"批"是英語 pie 的音譯詞。〗

²批 pei¹ 承租：～ 十畝田。

批蕩 pei¹ dong⁶ 抹灰（抹在牆上）：呢間屋 ～ 得真光滑〔這房子抹灰抹得真光滑〕。

批石米 pei¹ ség⁶ mei⁵ 用碎石粒與水泥調成灰漿抹牆。

批頭 pei¹ teo⁴ ❶ 承租田地時，除租金外，另附加的若干錢財。❷ 承租房屋時，第一個月多交的一個月租金。

批中 pei¹ zung³ 估計到；預計到：我已

經 ～ 佢會嚟㗎喇〔我已經估計到他會來的了〕｜早就 ～ 你會考上大學㗎喇〔早就預計到你會考上大學的了〕。

péi

紕 péi¹ ❶ 衣物久磨起毛變薄：條褲磨 ～ 咗咯〔褲子磨得起毛了〕。❷ 布料邊緣鬆散：做衫裁開鈒完骨再做至唔會 ～〔做衣服裁剪後鎖了邊再做才不會散邊〕。

紕口 péi¹ heo² ❶ 名詞。裁剪好而未縫的衣片的邊：件衫嘅 ～ 要鎖邊〔衣服的毛邊要鎖邊〕。❷ 動詞。衣服或衣片的邊鬆散：衫腳 ～ 喇〔衣服的下襬散邊了〕。

披頭士 péi¹ teo⁴ xi⁶ 硬殼蟲樂隊，二十世紀五、六十年代英國的一支四重奏爵士樂隊。〖"披頭士"是英語 Beatles 的音譯詞。〗

皮 péi⁴⁻² ❶ 皮貨；皮子；皮桶子：一件 ～。❷ 皮革製成的衣服：着 ～〔穿皮衣服〕。

皮 péi⁴⁻² 本錢；本兒：夠 ～ 喇〔夠本兒了〕｜捨得落 ～〔捨得下本錢〕。

皮 péi⁴ 量詞。❶ 元；塊錢：三幾 ～〔三幾塊錢〕｜百零 ～〔一百多塊錢〕。❷ 圈；層；號：呢個缸比嗰個大一 ～〔這個缸比那個缸大一層〕｜買個細一 ～ 嘅瓦罉啦〔買個小一號的沙鍋吧〕。

皮草 péi⁴ cou² 皮貨，裘皮及裘皮製品的總稱。

皮蛋 péi⁴ dan⁶⁻² 松花蛋。

皮費 péi⁴ fei³ 貨物的運輸、損耗等的費用。

皮唅 péi⁴ gib¹（唅，劫 ¹）皮箱。

皮袍 péi⁴ pou⁴⁻² 皮襖。

脾胃 péi⁴ wei⁶ ❶ 泛指消化器官：呢幾日 ～ 唔好〔這幾天腸胃不好〕。❷ 轉指性格、脾氣：佢 ～ 係差啲嘅〔他脾氣確實差些〕。

琵琶仔 péi⁴ pa⁴ zei² 演唱曲藝的少年歌女。

貔貅 péi⁴ yeo¹ 頑皮；淘氣：～ 仔〔淘氣孩子〕。

被竇 péi⁵ deo³（竇，讀音 deo⁶）被窩（指睡覺時攤得整齊的被子）：貢入 ～〔鑽進被窩裏〕。

被袋 péi⁵ doi⁶⁻² 被子的外套，袋形。

被鋪 péi⁵ pou¹ 鋪蓋。

被鋪蚊帳 pêi⁵ pou¹ men¹ zêng³ 鋪蓋。

被胎 péi⁵ toi¹ 棉絮，棉被的棉花胎。又叫"棉胎"。

被套 péi⁵ tou³ 套"棉胎"的布套，沒有被面被裏之分。〖普通話"被套"一詞的詞義範圍比廣州話大，它既指棉被的布套，又指棉被的胎和旅行時裝被褥的長方形布袋。〗

pen

溢 pen⁴（貧）噗（煮粥飯時米湯外溢）：粥 ～ 出嚟喇〔粥噗啦〕！

頻倫 pen⁴ len⁴（倫，讀音 lên⁴）匆匆忙忙；手忙腳亂：慢慢都唔遲，唔使咁 ～〔慢慢來，用不着那麼手忙腳亂〕｜使乜咁 ～ 呢〔何必那麼匆匆忙忙呢〕。

頻頻撲撲 pen⁴ pen⁴ pog³ pog³ 到處奔波：呢幾日 ～ 做乜呀〔這幾天到處奔波幹甚麼呀〕？

頻婆 pen⁴ po⁴⁻² 廣東常見常綠喬木，果實可食，味如栗子。又叫"鳳眼果"。

頻婆面 pen⁴ po⁴ min⁶ 厚臉皮：做呢一行要有副 ～ 去嗮人至得〔幹這一行要有副厚臉皮去求人才行〕。

頻撲 pen⁴ pog³ 東奔西走；奔波：你呢幾個月時常出差，夠 ～ 喇〔你這幾個月經常出差，夠奔波了〕。

péng

楶 péng¹（批廳切）❶ 椅子的靠背。❷ 牀兩頭的擋板。

拼沉 péng¹ cem⁴（拼，讀音 ping¹）把對方打敗；把對方比輸：～佢〔打敗他〕｜畀人～咗〔給人家打敗了〕｜呢場波佢哋畀人～晒〔這場球賽他們全給人打輸了〕。

骿（傸）骨 péng¹ gued¹ 肋骨。

平 péng⁴（讀音 ping⁴）便宜（價錢低）：又～又靚〔又便宜又好〕。

平沽 péng⁴ gu¹ 以便宜的價錢發賣。

呯 péng⁴（婆綾切）象聲詞。打銅鑼的聲音。

peo

奅 peo³（破漚切）❶ 泡；鬆軟：～木〔泡木頭〕｜鬆～。❷ 糠心：～蘿蔔。❸ 不結實：以前佢好～，風一吹就會冷親〔以前他很不結實，風一吹就會着涼〕。❹ 靠不住的；無信用的：乜咁～㗎，講過嚟又唔見人嘅〔怎麼那麼靠不住，說過要來又不見人影〕。

奅腩 peo³ nam⁵ 囊臟（豬腹部肥而鬆軟的肉）。

奅心 peo³ sem¹ 糠心兒（蘿蔔等中心變空了）。

pid

¹撇 pid³ 潲（雨水斜灑）：唔好畀雨～濕啲柴〔別讓雨把柴火潲濕了〕｜雨～入屋〔雨潲進屋裏〕。

²撇 pid³ 刀斜着切薄片：～魚肉。

撇檔 pid³ dong³ 收攤；散夥。

撇甩 pid³ led¹（甩，讀音 soi²）甩掉：轉幾個彎就將佢～咗〔拐幾個彎兒就把他甩掉了〕。

撇水片 pid³ sêu² pin³⁻² 打水漂（將瓦片擦着水面打出去）。

撇脫 pid³ tüd³ 乾脆利落，不拖泥帶水：做嘢要～啲至得〔做事情要乾脆利落些才行〕。

pin

偏門 pin¹ mun⁴⁻² 非正當行業或非法行業。

片 pin³⁻² ❶同"屎片"。❷ 片兒：切～｜紙～。❸ 切成片狀：將呢嚿肉～成幾件薄片〔把這塊肉切成幾塊薄片〕｜打橫～至切得薄〔橫着切才切得薄〕。

片糖 pin³ tong⁴ 片狀的紅糖。

ping

娉婷淡定 ping¹ ting⁴ dam⁶ ding⁶ 形容女子舉止文雅。

平喉 ping⁴ heo⁴ 粵劇生角所用的唱腔。

*平安紙 ping⁴ ngon¹ ji² 婉辭。指遺囑。

piu

飄色 piu¹ xig¹ 一種鄉間傳統活動，在神誕日裏由小孩扮成戲曲中的人物，上街遊行。

票尾 piu³ méi⁵ ❶ 門票、戲票等的副券。❷ 用過的車票等：用～報銷〔拿廢票報銷〕｜請保留～出閘〔請保留車票通過出口〕。

嫖賭飲吹 piu⁴ dou² yem² cêu¹ 舊社會的各種惡習。常用來形容惡劣的人品。

po

秀 po¹（破¹）❶ 量詞。棵；株：一～樹｜呢啲樹～～都咁高〔這些樹棵棵都一般兒高〕。❷ 棵兒：呢種樹生

得大 ～〔這種樹棵兒長得大〕。

婆嫲 po⁴⁻² na² (嫲，拿²) 婆娘（多指老婦女。不尊敬的稱呼）。

破 po³ 劈：～柴｜～開兩邊。

破柴 po³ cai⁴ 劈柴。

破財擋災 po³ coi⁴ dong² zoi¹ 破財免災。

破相 po³ sêng³ 臉部受損傷，相貌被破壞。

¹婆 po⁴ 同"亞婆"。

²婆 po⁴（又音 po⁴⁻²）❶ 女人（不尊敬的稱呼）。❷ 用在某些名詞、形容詞、動賓詞組之後構成人的稱謂（不尊敬的稱呼）：廣東 ～ ｜肥 ～ ｜湊仔 ～〔在家帶孩子的女人〕。

婆媽 po⁴ ma¹ 年紀較大的保姆：請咗個 ～〔僱了一個保姆〕。

婆擻 po⁴ ngou¹ (擻，澳¹。又音 po⁴ ou¹) 候鳥的一種，夏天出現。"婆擻" 是牠的叫聲。

婆婆 po⁴ po⁴ 外祖母（兒童多用）。

pog

膁 pog¹（撲¹）泡兒：行到隻腳起咗 ～〔走路走得腳都打了泡兒〕｜玻璃 ～｜水 ～。

樸 pog³ ❶ 袼褙（用漿糊黏成的厚布塊）：打 ～。❷ 多層的厚紙：元寶 ～〔做元寶的厚紙〕。❸ 家禽的骨架：雞 ～ ｜鴨 ～。

撲 pog³ 奔波：四圍 ～〔到處奔波〕｜～ 嚟 ～ 去〔跑來跑去〕｜～ 飛〔為購票而奔波〕。

撲飛 pog³ féi¹ 到處找票。

撲水 pog³ sêu² 籌錢，到處借錢：周圍 ～〔四處籌錢〕。

樸 pog³ ❶ 多層紙或布粘成的厚片：紙 ～ ｜布 ～。❷ 禽類去掉皮肉、內臟、翼、腳後帶少量肉的骨架：雞 ～ ｜鴨 ～。

pong

痝頭凸額 pong¹ teo⁴ ded⁶ ngag⁶（痝，旁¹）前額突出。

pou

鋪 pou¹ 量詞，用於成副、成套的或抽象的東西：❶ 樣子、模樣(含貶義)：睇你 ～ 貓樣｜擺出一 ～ 惡死樣。❷ 生意，買賣：呢 ～ 生意做得過｜呢 ～ 世界唔容易做〔這樁買賣不好做〕。❸ 話語：呢 ～ 話唔聽｜你 ～ 講法講唔通。❹ 做派：佢嗰 ～ 抵死法有人有〔他那種缺德的做派真少見〕。❺ 力氣，勁頭，癮頭等：一 ～ 牛力｜佢 ～ 棋癮真大。❻ 遊戲，賭博等：打兩 ～ 牌｜捉 ～ 棋｜玩翻 ～〔玩一把〕。

甫士 pou¹ xi² 姿勢：擺好 ～，影個靚相〔擺好姿勢，拍個漂亮相〕。〚"甫士" 是英語 pose 的音譯〛。

＊甫士咭 pou¹ xi⁶ ked¹ 明信片。〚"甫士咭" 是英語 postcard 的音譯詞。〛

甫 pou² 廣州市地名用字：第十 ～ ｜十八 ～。

甫（舖） pou³（甫，讀音 fu²）量詞。十里：三 ～ 路〔三十里路〕。

脯 pou² 醃製過的瓜菜或切成塊狀的肉。

譜譜模模 pou² pou² mou⁴⁻² mou⁴⁻² 大致，依稀；朦朦朧朧；模模糊糊：舊時嘅事，我 ～ 記得啲〔過去的事我朦朦朧朧記得一點兒〕。

舖頭 pou³ teo⁴⁻² 舖子；商店。

舖仔 pou³ zei² 小店；小雜貨店。

浮 pou⁴（蒲。讀音 feo⁴）浮：油 ～ 喺水面〔油浮在水面上〕。

浮薸 pou⁴ piu⁴⁻² 浮萍或漂浮在水面生長的細小植物。

浮浮盼 pou⁴ pou⁴ pan³ 漂浮的樣子：好多艇仔喺海面 ～〔很多小船在海面上漂浮着〕。

浮頭 pou⁴ teo⁴ ❶ 浮在水面上；浮面兒：呢塊板一落水就 ～〔這塊木板一下水就浮上來〕｜輕嘅 ～，重嘅沉底〔輕的浮面兒，重的沉底〕。❷ 比喻露面：佢有幾個月冇 ～ 咯〔他有幾個月沒露面了〕。

菩達 pou⁴ dad⁶ 同"芙達"。

菩提子 pou⁴ tei⁴ ji² 葡萄。

蒲（浮） pou⁴ 在社會上闖蕩、胡混。

蒲桃 pou⁴ tou⁴⁻² 一種樹果，形如蠟丸，核如彈子，肉與核之間有空隙，果熟後黃綠色，可吃。

泡 pou⁵（抱。讀音 pao¹、pao³）泡兒，泡沫：番梘 ～〔肥皂泡兒〕｜口水 ～。

pud

撥 pud³（讀音 bud⁶）搧（shān）：～ 扇｜～ 火。

pug

仆 pug¹ 趴；俯臥：～ 低〔趴下〕｜～ 喺張枱度〔趴在桌子上〕｜～ 住瞓〔趴着睡〕。

仆街 pug¹ gai¹ 罵人語，死於街上的意思。

仆轉 pug¹ jun² 反轉；扣：～ 放｜將個面盆 ～ 過嚟〔把臉盆扣過來〕。

仆築路 pug¹ zug¹ lou⁶ 兩邊低中間高的路。

pui

配料 pui³ liu⁶⁻² 作料兒。

陪嫁妹 pui⁴ ga³ mui⁶⁻¹ 舊時的陪嫁丫鬟。

陪太子讀書 pui⁴ tai³ ji² dug⁶ xu¹ 比喻陪伴別人做與自己無關的事。

陪月 pui⁴ yüd⁶⁻² 月嫂，伺候產婦坐月子的女傭人。

賠湯藥 pui⁴ tong¹ yêg⁶ 賠償醫療費：你打傷人要 ～ 呀〔你打傷人要賠償醫療費〕。

pun

拚 pun³ 拚（pàn）；拼（豁出去）：我 ～ 咗佢，唔要喇〔我豁出去了，不要了〕｜～ 命。

拚爛 pun³ lan⁶⁻²（又音 pun³⁻² lan⁶）撒野；撒賴；耍賴。

拚躄 pun³ pé⁵（躄，破野切）同上。

拚躄嚟 pun³ pé⁵ lei⁴ 不顧一切地蠻幹；亂來；耍賴：佢都 ～ 嘅〔他都不顧一切地蠻幹的〕｜你唔得 ～ 㗎〔你不能亂來〕。

拚死 pun³ séi² 把命豁出去；冒生命危險：～ 食河豚（熟語）。

拚死無大害 pun³ séi² mou⁴ dai⁶ hoi⁶ 準備拚死就沒有更大的危險了：～，幾大就幾大〔死也不怕，豁出去了〕。

判 pun³ 貨物不用數，不用稱，只憑眼力判斷進行交易；包圓兒：呢棵荔枝五百文 ～ 畀你，要唔要〔這棵荔枝（的果）五百塊錢整棵賣給你，要不要〕？｜剩落嘅我 ～ 埋佢〔剩下的我全包圓兒買了〕。

判頭 pun³ teo⁴⁻² 包工頭，尤指建築行業的。

盆滿缽滿 pun⁴ mun⁵ bud³ mun⁵ 形容收穫豐盛：佢賺到 ～〔他賺得腰包滿滿的〕。

盤 pun⁴ ❶ 盤子：菜 ～。❷ 量詞。1. 用於棋類或球類比賽。2. 用於帳目、生意等：佢嘅 ～ 數唔清楚〔他的帳目不清楚〕｜呢 ～ 生意好難做〔這筆生意很難做〕。〖廣州話"盤"和"盆"
不分，有些人説普通話時經常弄錯，
把"一盤菜"説成"一盆菜"。"盤"
和"盆"是兩種不同的器皿："盤子"
(pán‧zi) 扁而淺，相當於廣州話的
"碟"；"盆子"(pén‧zi) 大而深，
如"洗碗盆"、"臉盆"等。〗

pung

壅 pung¹（破空切）❶ 蒙蓋（塵土）：呢
啲餸冇蓋�′住，～晒塵囉〔這些菜
沒有蓋蓋着，蒙上塵土了〕｜～咗
一頭泥塵〔蒙了一頭塵土〕。❷（塵
土）嗆人：掃地唔灑水，～到鬼噉
〔掃地不灑水，嗆得要命〕。

壅塵 pung¹ cen⁴　灰塵；塵土：呢度

啲 ～ 好犀利〔這裏的灰塵很厲害〕。

碰彩 pung³ coi²　❶ 碰運氣：要有把握
至得，靠 ～ 唔係辦法〔要有把握
才行，靠碰運氣不是辦法〕。❷ 碰
巧：～ 估中咗〔碰巧猜對了〕｜～
買咗一個〔碰巧買了一個〕。

碰埋頭 pung³ mai⁴ teo⁴　到處見到的：
而家 ～ 唔係經理就係老總〔現在隨
便碰到的不是經理就是老總〕。

碰啱 pung³ ngam¹（啱,巖¹）恰巧；剛
好；碰巧：我琴晚去搵佢，～ 佢出
咗街〔我昨晚去找他，恰巧他上了
街〕｜我 ～ 亦冇〔我剛好也沒有〕｜
呢件事 ～ 嘅嗻〔這件事碰巧罷了〕。

蓬蓬鬆鬆 pung⁴ pung⁴ sung¹ sung¹　毛
髮散亂的樣子。

Q

qi

赵車轉 qi¹ cé¹ jun³　❶ 飛快地轉動：
嘩，乜個水錶 ～ 㗎〔啊怎麼這水錶
飛快地轉個不停啊〕！❷ 團團轉。形
容人轉來轉去或忙來忙去：幾個人
喺度 ～，搞到我頭都暈〔幾個人在
這裏轉來轉去，弄得我頭腦發暈〕｜
呢排忙到我～〔這些日子我忙得團團
轉〕。

黐 qi¹（癡）❶ 黏（zhān）：兩張紙 ～
埋一度〔兩張紙黏在一起〕。❷ 黏
（nián）：呢啲漿糊好 ～〔這些糨糊很
黏〕。❸ 沾；蹭；揩油：唔應該 ～
人哋嘅嘢〔不應該揩人家的油〕。❹
纏（緊緊地跟隨）：細蚊仔成日 ～ 住
大人〔小娃娃整天纏着大人〕。

黐餐 qi¹ can¹　蹭飯，在親友家吃飯以

節省開支：晏晝飯喺大佬度 ～〔午飯
在哥哥那裏蹭飯〕。

黐家 qi¹ ga¹　戀家。

黐筋 qi¹ gen¹　罵人語。指人腦子有
問題，精神不大正常：你係唔係有
啲 ～ 呀〔你是不是腦子進水啦〕？

黐脷底 qi¹ léi⁶ dei²　大舌頭，説話不大
清楚。

黐脷根 qi¹ léi⁶ gen¹　同"黐脷底"。

黐孖筋 qi¹ ma¹ gen¹　同"黐線"。

黐網 qi¹ mong⁵　粘網，一種捕魚網，讓
魚卡在網眼中好像被粘着一樣。

黐嫲芋 qi¹ na² wu⁶　連着大芋頭生長的
小芋頭。比喻整天黏着母親的小孩。

黐泅泅 qi¹ neb⁶ neb⁶　同"泅黐黐"。

黐牙 qi¹ nga⁴（黐,癡）❶ 黏牙：食牛
奶糖 ～〔吃牛奶糖黏牙〕。❷ 引申作
塞牙縫（指吃飯時菜肉等塞進牙縫）：

一啲啲嘢，唔夠我 ~〔一點點東西，不夠我塞牙縫兒〕。

黐牙黐爪 qi¹ nga⁴ qi¹ zao² 形容東西黏性太大，吃起來黏牙，拿着黏手。

黐黐地 qi¹ qi¹ déi⁶⁻² 指人有點神經質的樣子：呢個後生仔一下又話搞個展覽，一下又話參加比賽，係唔係有啲 ~ 呢〔這個小夥子一下子又說搞個展覽，一下子又說參加比賽，是不是有點神經質呢〕？

黐纏 qi¹ qin⁴ 形容人們經常在一起，形影不離。

黐身膏藥 qi¹ sen¹ gou¹ yêg⁶ 粘在身上的膏藥，比喻形影不離的人：你個女真係你嘅 ~ 呀〔你的女兒真是你的小棉襖啊〕。

黐手泅腳 qi¹ seo² neb⁶ gêg³ 形容東西太黏糊：個碗 ~ 好難洗〔這個碗粘手粘腳的很難洗〕。

黐頭婆 qi¹ teo⁴ po⁴ 蒼耳子，一種草本植物的果實，外皮有刺，可黏(zhān)在人的頭髮上，故名。

黐線 qi¹ xin³ 本指電話線路交搭在一起，使人聽不清楚。引申指人神經不健全，經常弄錯事物或話不對題。(詼諧的說法)

黐總掣 qi¹ zung² zei³ 總開關電路短路。比喻人大腦出了問題，神經不正常。

始終 qi² zung¹ 到最後，終於：你噉搞法 ~ 唔掂〔你這樣做法最後還是不行〕｜佢哋兩個嗌咗交，不過 ~ 好翻〔他們兩人吵過架，不過最後還是和好了〕。

刺身 qi³ sen¹ 切成薄片供生吃的魚、蝦、蚌等的肉：龍蝦 ~ ｜三文魚 ~ 。

池魚 qi⁴ yü⁴⁻² 鯖魚，一種常見的海魚。

茨實 qi⁴ sed⁶ 芡實；雞頭米。

匙羹 qi⁴ geng¹ 調羹；羹匙；匙子。

匙羹白 qi⁴ geng¹ bag⁶ 白菜的一種，柄

白色，形狀像調羹，葉深綠色。

雉雞 qi⁴ gei¹（雉，讀音 ji⁶）野雞；山雞。

雉雞尾 qi⁴ gei¹ méi⁵ 雄雉雞的翎毛（特指戲裝頭飾上的長翎毛）。

慈姑椗 qi⁴ gu¹ ding³（椗，訂³）戲稱小男孩的生殖器。

遲 qi⁴ ❶緩；慢。❷晚：嚟 ~ 咗一步〔來晚了一步〕｜點咁 ~ 至做完㗎〔怎麼這麼晚才幹完〕？〖第❷義項普通話除個別詞如"遲到"外，一般說"晚"不說"遲"。〗

遲啲 qi⁴ di¹ ❶晚些時候，待會兒：~ 佢就翻嚟嘅嘞〔待會兒他就回來的〕。❷過些時候，過些日子。同"遲下"。

遲下 qi⁴ ha⁵ 過些時候；過些日子：~ 佢就嚟〔過些時候他就來〕。

¹**似** qi⁵ 像：~ 到極〔像極了〕｜佢 ~ 老母〔她像母親〕。〖普通話也有"似"這個詞，但多用於文言或書面語的語句裏。〗

²**似** qi⁵ 可能：咁耐冇見過佢，唔認得都 ~ 㗎〔那麼久沒有見過他，認不得都可能的〕｜唔記得都 ~〔很可能忘了〕。

似層層 qi⁵ ceng⁴ ceng⁴ 酷似，很像是真的：佢講得 ~ ，唔到你唔信〔他說得好像真有其事，不由你不相信〕。

似模似樣 qi⁵ mou⁴ qi⁵ yêng⁶⁻² ❶像個樣子：居然 ~ 。❷很相像：佢演老工人 ~ 嘞〔他扮演老工人很像樣〕！

似樣 qi⁵ yêng⁶⁻² ❶相像：佢兩兄弟好 ~〔他兩兄弟很相像〕｜學得好 ~〔學得很相像〕。❷像話：真唔 ~〔真不像話〕！｜你嘅樣搞法 ~ 咩〔你這樣搞像話嗎〕？

似足 qi⁵ zug¹ 與……十分像；像極了：佢 ~ 佢老豆〔他與他父親像極了〕。

恃 qi⁵（又音 xi⁵）倚仗：佢 ～ 自己大力〔他仗着自己力氣大〕｜唔好 ～ 自己叻〔不要仗着自己聰明能幹〕。

qib

妾侍 qib³ xi⁶ 小老婆。

qid

切 qid³ 及：嚟得 ～〔來得及〕｜睇唔 ～〔來不及看〕｜做唔 ～〔來不及做〕。

切菜 qid³ coi³ 乾蘿蔔絲；乾荸薺絲。

切醋 qid³ cou³ 一種醋，棕紅色，多用來拌麵條或沾蟹肉吃。又叫浙醋。

切粉 qid³ fen² 一種細長的乾米粉條。

qig

彳 qig¹（彳，斥）跛腳走路時的樣子：佢隻腳痛，行起嚟有啲 ～ ～ 下〔他的腳痛，走起路來有點瘸〕。

彳彳下 qig¹ qig¹ ha⁵ 腿腳有毛病時走路的樣子：佢腳痛，行路 ～〔他腳痛，走路一瘸一瘸的〕。

揻 qig¹（戚）❶ 提：～ 住一個袋〔提着一個袋子〕。❷ 揪：～ 住佢件衫〔揪着他的衣裳〕。❸ 抽：～ 起膊頭〔抽起肩膀〕。❹ 拉：～ 佢出嚟〔把他拉出來〕。

qim

簽（籤）qim¹ ❶ 用力刺：～ 豬。❷ 嫁接：～ 荔枝。❸ 剔：～ 牙〔剔牙縫兒〕。

堑 qim³ 小河溝。

僭建物 qim⁴ gin³ med⁶ 違章建築物。

僭（撍）qim⁴（潛）❶ 抽（從中抽取出來）：～ 一支籤出嚟〔抽一支籤出來〕。❷ 拔：～ 豬毛〔拔豬毛〕。

潛質 qim⁴ zed¹ 潛在的素質：呢個演員好有 ～〔這個演員潛在素質很好〕。

qin

千秋 qin¹ ceo¹ 鞦韆：打 ～〔盪鞦韆〕。

千祈 qin¹ kéi⁴ 千萬：～ 要小心〔千萬要小心〕｜～ 唔好學壞〔千萬別學壞〕！

千千聲 qin¹ qin¹ séng¹ 數以千計。如：佢買親衫都係千千聲嘅（她每次買衫都是千元以上的）。

淺窄 qin² zag³ 窄小（多指房屋）：我間房好 ～〔我的屋子很小〕。

前便 qin⁴ bin⁶ 前面；前邊：～ 就係市場〔前面就是市場〕｜佢喺 ～，你喺後便〔他在前面，你在後面〕。

前塵往事 qin⁴ cen⁴ wong⁵ xi⁶ 過去了的事；很久以前的事。

前嗰排 qin⁴ go² pai⁴⁻² 前些日子：我 ～ 出咗差〔我前些日子出差去了〕。

前世 qin⁴ sei³ "前世唔修"的省語。

前世唔修 qin⁴ sei³ m⁴ seo¹ 迷信用語，認為前生缺乏修行，今生受到報應。現在一些人使用這個詞時，雖然仍帶迷信色彩，但是主要是對別人痛苦的憐憫，對別人過錯的責備或同情。老年婦女多用。

前日 qin⁴ yed⁶ 前天。

錢七 qin⁴ ced¹ ❶ 老爺車。❷ 舊機器。

錢銀 qin⁴⁻² ngen⁴⁻² 錢；錢財。

錢罌 qin⁴ ngang¹ 撲滿（供兒童儲蓄用的瓦器）。

qing

青春豆 qing¹ cên¹ deo⁶⁻² 粉刺。

***青春片** qing¹ cên¹ pin³⁻² 指以青少年現實生活為題材的影視片。

青口 qing¹ heo² 貽貝，一種淺海產的貝類。去殼曬乾後稱淡菜。

青靚白淨 qing¹ lêng³ bag⁶ zéng⁶ 清秀、白皙而漂亮：個姐姐仔 ~〔那小姑娘又白又漂亮〕。

青蓮色 qing¹ lin⁴⁻² xig¹ 藕荷色。

清補涼 qing¹ bou² lêng⁴⁻² 一種湯料，裏面有薏米、淮山、茨實、桂圓肉、百合、蓮子、沙參、玉竹、京柿等藥材。有人放糖作夏天的清涼飲料。

清減 qing¹ gam² 消瘦：病咗一場，~咗好多〔病了一場，消瘦了許多〕。

清景 qing¹ ging² 清雅；雅致：呢種花布好 ~〔這種花布很清雅〕。

清光 qing¹ guong¹ 精光，一點也不剩：畀佢食 ~〔讓他吃個精光〕。

清盤 qing¹ pun⁴⁻² 清理賬目。

清數 qing¹ sou³ 勾銷債務。

清甜 qing¹ tim⁴ （菜餚）味道鮮美而清淡。

清湯寡水 qing¹ tong¹ gua² sêu² 清淡無味的湯，比喻沒有油水。

清暑 qing¹ xu² 去暑氣；去火。

稱呼 qing¹ fu¹ 打招呼：見面都唔 ~ 一聲〔見面都不打個招呼〕。

秤 qing³ ❶ 提；拎；抽起：一手將佢 ~ 起身〔一手把它提起來〕｜佢 ~ 住一袋嘢〔他提着一袋東西〕。❷ 量詞。掛；嘟嚕：一 ~ 鎖匙〔一嘟嚕鑰匙〕。

秤頭 qing³ teo⁴ 被稱東西的分量：~足。

稱身 qing³ sen¹ （衣服）合身；合乎身份。

成數 qing⁴ sou³ 本指百分率，引申指可

能性，成功率：~ 高〔可能性大〕｜~低〔不大可能成功〕｜冇乜 ~〔希望不大〕。

埕 qing⁴ 罈子。

埕埕塔塔 qing⁴ qing⁴ tab³ tab³ ❶ 罈罈罐罐。❷ 因"埕"與"情"諧音，又引申為"兒女情長"的意思(多帶貶意)。

情願 qing⁴ yun⁶⁻² 寧可：~ 行路唔願坐車〔寧可走路，不願坐車〕。

qiu

***超值** qiu¹ jig⁶ ❶ 超過原來的價值。❷東西的價值超過其價格，即便宜的意思。

潮氣 qiu⁴ héi³ 騷(多指女子舉止輕佻)。

潮流興 qiu⁴ leo⁴ hing¹ 時尚流行；時興：今年 ~ 着長裙。

潮州吟 qiu⁴ zeo¹ lang¹ 潮州人。〖見"吟佬" lang¹lou² 條。〗

潮州粥 qiu⁴ zeo¹ zug¹ 指米粒剛煮熟的粥。

qu

柱躉 qu⁵ den² 柱石。

柱侯醬 qu⁵ heo⁴ zêng³ 一種調味醬，多作紅燒牛腩用。

qun

穿 qun¹ ❶ 破（穿孔）：督 ~ 張紙〔把紙戳破了〕｜打 ~ 個玻璃窗〔打破了玻璃窗戶〕。❷ 通：打 ~ 條隧道〔打通這條隧道〕。

穿煲 qun¹ bou¹ 原指瓦煲穿了窟窿，盛物即漏，引申為秘密的事情敗露了：搞陰謀實會 ~ 嘅〔搞陰謀一定會暴露的〕｜呢啲嘢一旦 ~，嗽就弊晒大鑊〔這件事一旦泄露出去，問題

可就嚴重了〕。

穿窿 qun¹ lung¹ ❶ 孔;眼;窟窿:件衫有個 ~〔衣服上有個窟窿〕。❷ 穿孔:褲 ~ 喇〔褲子穿了孔了〕。

穿心邊 qun¹ sem¹ bin¹ 豎心旁(漢字偏旁"忄")。又叫"豎心邊"、"企心邊"。

¹**串** qun³ 拼寫拉丁文單詞:你個英文名點 ~ 呀〔你的英文名字怎麼拼寫〕?

²**串** qun³ 指愛出風頭的女子,打扮得花枝招展:呢個女仔夠 ~ 個咯〔這個女子打扮得夠花枝招展的〕。

³**串** qun³ 囂張,傲慢:你咪咁 ~,會有人治你嘅〔你別囂張,會有人制服你的〕| 個後生仔好 ~〔那個年青人很傲慢〕。

串埋 qun³ mai⁴ 串通;合謀:你哋想 ~ 嚟呃人呀〔你們想串通起來騙人嗎〕?

串女 qun³ nêu⁵⁻² 閒遊散蕩、行為不端正的女青少年;女阿飛流氓。

串仔 qun³ zei² 閒遊散蕩、行為不端正的男青少年;男阿飛流氓。

全盒 qun⁴ heb⁶⁻² 多格子的糖果餅食盒子,過年時用以招待客人。

S

sa

卅 sa¹ 三十,是"三" sam¹ 跟"十" seb⁶ 的合音,慢讀時變成 sa¹ a⁶。"卅" 後面往往帶個位數、約數或量詞:~ 五歲 | ~ 幾個人 | ~ 張紙。

沙 sa¹ 珠江三角洲或江邊的小塊平坦陸地。多用作地名:大坦 ~ | 黃布 ~。

沙茶醬 sa¹ ca⁴ zêng³ 潮州人常用的調味醬。

沙塵 sa¹ cen⁴ 形容人輕浮,驕傲,好出風頭,愛誇誇其談或愛炫耀自己:後生仔唔好咁 ~〔年青人不要那麼輕浮驕傲〕。

沙塵白霍 sa¹ cen⁴ bag⁶ fog³ 同上。

沙蟲 sa¹ cung⁴ ❶ 孑孓(蚊子的幼蟲);跟斗蟲。❷ 方格星蟲,生活在海濱泥沙中,可以吃。

沙膽 sa¹ dam² 斗膽。

沙甸魚 sa¹ din¹ yü⁴⁻²(甸,讀音 din⁶)沙丁魚。

沙葛 sa¹ god³ 豆薯,又叫葛薯。它的塊根皮黃白色,味清甜,可生吃或做菜吃。又叫"涼薯"。

沙穀米 sa¹ gug¹ mei⁵ 同"西米"。〖"沙穀"是英語 sago 的音譯。〗

沙河粉 sa¹ ho⁴ fen² 熟米粉條,較寬。原產地為廣州沙河,現其他地方製作的這種粉條也叫"沙河粉",在特定場合甚至可簡稱"河粉"或"河":炒河粉 | 炒牛河〔炒牛肉粉條〕。

*****沙展** sa¹ jin² ❶ 警察巡官。❷ 英軍中士。〖"沙展"是英語 sergeant 的音譯詞。〗

沙冚 sa¹ kem²(冚,襟²)自行車軸轆上的防沙蓋。

*****沙律** sa¹ lêd⁶⁻² 沙拉(有蔬菜、肉類的冷盤)。〖"沙律"是英語 salad 的音譯詞。〗

沙梨 sa¹ léi⁴⁻² 棠梨。梨的一種,皮茶褐色,有淡黃小點,肉比鴨梨粗,水分沒有鴨梨多,但味較甜。

S

沙梨篤 sa¹ léi⁴ dug¹ 指豬後臀肉。

沙蝨 sa¹ sed¹ 甘薯的象鼻蟲,專危害甘薯,使甘薯變辛辣而不能吃。

沙聲 sa¹ séng¹ 聲音破;沙啞:呢兩日 ~,唔唱得歌〔這兩天聲音沙啞,不能唱歌〕。

沙坦 sa¹ tan² 河邊可種水草的沙地。

沙田 sa¹ tin⁴ 專指珠江三角洲大片而平坦的沖積成的耕地。在某些情況下可簡稱"沙":住民耕沙〔住在民田地區到沙田耕作〕| 高沙 | 低沙。

沙田柚 sa¹ tin⁴ yeo⁶⁻² 柚子的一種,略呈葫蘆狀,質量最好,原產廣西容縣沙田地區,因而得名。

沙士 sa¹ xi² 一種汽水。〖"沙士"是英語 sarsaparilla 的音譯。〗

沙士堅 sa¹ xi⁶ gin¹ 雪克斯金細呢。〖"沙士堅"是英語 sharkskin 的音譯。〗

沙蟬 sa¹ xim⁴ 蟬;知了:~殼〔蟬蛻〕。

沙井 sa¹ zéng² 滲井。

砂煲 sa¹ bou¹ 沙鍋。

砂煲兄弟 sa¹ bou¹ hing¹ dei⁶ 慣用語。戲稱一同謀生,一起生活的人。

砂煲罌罉 sa¹ bou¹ ngang¹ cang¹(罉,撐)瓶瓶罐罐;罈罈罐罐;鍋碗瓢盆:成間房都係 ~〔滿屋子都是罈罈罐罐〕| 唔好碰嗰啲 ~〔別動那些鍋碗瓢盆〕。

砂盆 sa¹ pun⁴ 擂東西用的瓦盆。

紗 sa¹ 同"雲紗"。

紗紙 sa¹ ji² ❶ 一種柔軟而堅韌的紙,類似毛頭紙:~扇 | ~糊燈籠。❷ 指學歷文憑。

*耍家 sa² ga¹ 形容本領強、技術好,在行。

耍得 sa² deg¹ 了得,有本事:佢唱歌好 ~〔她唱歌很了得〕| 佢支筆好 ~〔他的筆很了得(他很能寫文章)〕。

耍手 sa² seo² 擺手:"~兼擰頭"〔習慣語。擺手加上搖頭 —— 表示堅決不同意〕。

耍花槍 sa² fa¹ cêng¹ 比喻夫婦間開玩笑或情侶間打情罵俏:人哋兩公婆 ~,你咪多管閒事〔人家兩夫妻調情,你別多管閒事〕。

耍功夫 sa² gung¹ fu¹ 練武功,打拳:佢日日去武館 ~〔他天天去武館練功〕| 佢 ~ 好叻嘅〔他打拳打得很好〕。

耍手兼擰頭 sa² seo² gim¹ ning⁶ teo⁴ 表示堅決不同意:你叫佢做乜都 ~〔你叫他做甚麼他都堅決不幹〕。

耍太極 sa² tai³ gig⁶ 原指打太極拳,比喻用軟辦法推託:你唔同意就罷啦,使乜同我 ~ 呢〔你不同意也就罷了,何必用軟拖的辦法來對我呢〕!

沙 sa³(讀音 sa¹)(聲音)破;沙啞:聲喉 ~〔嗓子沙啞〕。

奓(挓,抄)sa³ 挓挲;張開:~開隻手〔挓挲着手〕| 呢條裙太 ~ 喇〔這條裙子太奓了〕。

奓鼻 sa³ béi⁶ 鼻翼寬扁。

奓腳 sa³ gêg³ ❶ 腳向外撇:~橙。❷ 奓(下面比上面寬的):條裙太 ~ 喇〔裙子太奓了〕。

沙哩弄銃 sa⁴ li³ lung⁶ cung³(沙,讀音 sa¹)魯莽、輕率;莽撞:佢做嘢 ~ 㗎〔他做工作很魯莽輕率的〕。

沙沙滾 sa⁴ sa⁴ guen²(沙,讀音 sa¹)咋咋呼呼的;粗心大意;不踏實:做嘢要踏踏實實,咪 ~〔幹工作要扎扎實實,不要咋咋呼呼的〕。

sab

罨 sab³⁻¹ 拍攝;快拍:~咗一個鏡頭〔拍了一個鏡頭〕| ~咗兩張〔拍了兩張〕。

¹罨 sab³ 眨:~一~眼 | 一~眼就唔

見〔一眨眼就不見〕。

²嚿 sab³（嗓子）沙啞：講到聲喉都 ～
晒〔説得嗓子都沙啞了〕。

嚿氣 sab³ héi³ 孩子淘氣，不聽話或多
病，致使大人操心、生氣：嗰個仔
成日病，真 ～〔那個孩子整天生病，
真叫人操心〕。

嚿眼 sab³ ngan⁵ 眨眼，轉眼：～ 就唔
見咗佢〔轉眼就不見了他〕。

嚿眼嬌 sab³ ngan⁵ giu¹ 乍看起來好像
很漂亮（指女人）。

嚿戇 sab³ ngong⁶ 傻瓜；混賬（責備人
行動不合常情時用）：你 ～ 啦，咁
熱重着棉襖〔你真傻瓜，那麼熱還穿
棉衣〕｜真 ～〔真混賬〕！

嚿時 sab³ xi⁴ 刹那；嚿時間。

熠（烚）sab⁶（嚿 ⁶）熬；煮（多指長時
間地煮或煮大塊的東西）：～ 番薯〔煮
甘薯〕｜～ 豬潲〔煮豬食〕。

熠熟狗頭 sab⁶ sug⁶ geo² teo⁴（熠，嚿 ⁶）
煮熟的狗頭，形容人笑得齜牙咧
嘴：笑到好似～噉〔笑得齜牙咧嘴〕。

sad

殺起 sad³ héi² 下決心去幹，堅決完成
（某一任務）：呢個任務我哋組幾大
都 ～〔這個任務我們組無論如何都要
完成它〕。

殺手 sad³ seo² ❶ 劊子手；殺人兇手。
❷ 受雇殺人的人。❸ 剋星。

殺攤 sad³ tan¹ 結束：嗰件工作已經 ～
咯〔那件工作已經結束了〕。

殺食 sad³ xig⁶ 頂用；管用：呢個螺絲
好 ～〔這個螺絲很管用〕。

煞科 sad³ fo¹ 收場；下台：睇佢點 ～
〔看他怎樣收場〕。

煞掣 sad³ zei³（掣，讀音 qid³）刹車：紅
燈，快啲 ～〔紅燈，快點刹車〕！

sag

*囗 sag¹（梳扼切）漂亮；好。

舨 sag³（梳客切）量詞。邊；塊：一人
坐一 ～〔一個人坐一邊〕｜一個西瓜切
四 ～〔一個西瓜切四塊〕。

sai

*晒士 sai¹ xi² 大小；尺寸。〖"晒士" 是
英語 size 的音譯詞。〗

¹嘥 sai¹（曬 ¹）❶ 浪費；糟蹋：翻一次
工就 ～ 好多錢〔返工一次就浪費很
多錢〕｜又 ～ 咗一部車〔又糟蹋了
一輛車子〕。❷ 錯過（機會）：咁好
嘅機會 ～ 咗〔這麼好的機會給錯過
了〕。

²嘥 sai¹ 故意貶低；詆毀；諷刺；挖
苦：～ 到佢一錢不值〔把他貶得一
錢不值〕｜唔應該 ～ 人哋〔不應該詆
毀人家〕。

嘥氣 sai¹ héi³（嘥，曬 ¹）白費勁；不切
實際的：咁曳嘅料想做傢具，～ 啦
〔這麼次的木料想用來做傢具，白費
勁的〕。

嘥口水 sai¹ heo² sêu² 白費唇舌：同你
講我都嫌 ～ 呀〔跟你説我都嫌白費
唇舌〕。

嘥心機 sai¹ sem¹ géi¹ 費神，費心思：
做呢樣嘢好 ～ 㗎〔做這工作是很費
神的〕。

嘥撻 sai¹ tad³（嘥，曬 ¹）浪費；糟
蹋：唔應該 ～ 米飯〔不應該糟蹋米飯〕。

晒 sai³ ❶ 用在動詞或形容詞後面，表
示 "全"、"都"、"完"、"光"、"了"
的意思（動詞和 "晒" 之間還可以
插進否定副詞 "唔" 或結構助詞
"得"，表示否定或肯定）：講 ～ 畀
佢聽〔全告訴他了〕｜大家出 ～ 嚟〔大
家全都出來了〕｜今日睇唔 ～ 本書〔今

天看不完這本書〕｜魚畀貓食 ～ 喇
〔魚給貓吃光了〕｜面都紅 ～〔臉都紅
了〕。❷ 放在表示感謝意義的動詞後
面，有加強語氣的作用：唔該 ～〔太
感謝了〕。

¹**曬** sai³ ❶ 曝曬。❷ 洗（照片）：～ 相〔洗
相片〕。

²**曬** sai³ 炫耀，顯擺，自誇：以前嗰啲
嘢有乜值得 ～ 呀〔過去那些東西有
甚麼值得誇耀的〕｜佢又唔知喺度 ～
乜嘞〔他又不知在那裏顯擺甚麼了〕。

曬命 sai³ méng⁶ ❶ 炫耀自己境遇好、
有福氣：佢見人就 ～〔他一碰到別人
就炫耀自己〕。❷ 躺着休息：大家都
去做嘢，你就喺度 ～〔大家都去工
作，你卻躺在這裏休息〕。

曬棚 sai³ pang⁴⁻² 同"天棚"。

曬嘢 sai³ yé⁵ 自誇，炫耀自己：咪喺
度 ～ 啦〔別在這裏誇耀自己了〕。

曬月光 sai³ yüd⁶ guong¹ 戲指戀人夜間
外出談情説愛。

sam

三板斧 sam¹ ban² fu² ❶ 二把刀（技術
不高的人）：佢就係～，冇乜料嘅〔他
就是二把刀，沒有甚麼本事的〕。❷
僅有的一點本事：～ 都出齊咯〔所
有本事都用盡了〕。

三茶兩飯 sam¹ ca⁴ lêng⁵ fan⁶ 指日常飲
食。廣州的茶樓每天早、午、晚有
三次茶市，嗜好飲茶的人可以去三
次茶市飲茶吃飯。

三花 sam¹ fa¹ 燒酒的一種，經過三
次蒸餾而成，酒精的含量較高：從
化 ～｜桂林 ～。

三分六銀 sam¹ fen¹ lug⁶ ngen⁴ 抗日戰
爭時期的一種銀幣，面值為半元。
因當時銀幣一元重量為七錢二分，
一角為七分二厘，半元即為三分六

厘。也叫"三分六"或"斗令"。

三幅被 sam¹ fug¹ péi⁵ 原意為用三幅布
做成的棉被套子，引申為表示翻來
覆去都是差不多的内容，沒有甚麼
新鮮的東西：搞嚟搞去都係 ～〔搞來
搞去都是老樣子，沒有甚麼新的東
西〕。

三及第 sam¹ geb⁶ dei⁶⁻² ❶ 同"及第粥"。
❷ 指焗了又夾生而且爛的飯（詼諧的
説法）。

三腳櫈 sam¹ gêg³ deng³ ❶ 比喻靠不住
的東西。❷ 比喻讓人踹跤的小陷
阱：嗾即係畀 ～ 人坐啫〔這就是存
心讓人家踹跤罷了〕。

三腳雞 sam¹ gêg³ gei¹ 指過去廣州市市
面一種出租的機動三輪車。

三腳貓 sam¹ gêg³ mao¹ 比喻那些乍看
起來像個人才，而實際上沒有甚麼
本事的人。就像三條腿的貓那樣，
蹲着還像個樣子，一走動就露短了。

三幾 sam¹ géi² 不多的數量，多指三至
五個之間：有 ～ 個人｜住 ～ 日啦〔住
三四天吧〕。

三九兩丁七 sam¹ geo² lêng⁵ ding¹ ced¹ 形
容人數很少：今日好冷，街上得 ～
人〔今天很冷，街上人很少〕｜我哋
組得 ～ 人，唔做得乜嘢〔我們組才
三幾個人，幹不了甚麼事〕。

三九唔識七 sam¹ geo² m⁴ xig¹ ced¹ 形
容人不大認識其他人。

三個骨 sam¹ go³ gued¹ 長度剛過膝
蓋的女西褲，即只有四分之三的長
度，相當於"七分褲"。

三姑六婆 sam¹ gu¹ lug⁶ po⁴ ❶ 比喻不
務正業的女人。❷ 比喻喜歡搬弄是
非的女人。

三下五落二 sam¹ ha⁶ ng⁵ log⁶ yi⁶ 三下
五除二，形容動作敏捷：我 ～ 就搞
掂咯〔我三下五除二就搞妥了〕。

三口兩脷 sam¹ heo² lêng⁵ léi⁶（脷，利）

指人説話善變，言而無信：呢個人～，唔好信呀〔這個人言而無信，別相信他〕。

三口六面 sam^{1} heo^{2} lug^{6} min^{6} 三方面；各方面：～都要講清楚。

三行仔 sam^{1} hong^{4} zei^{2} 泥水匠、木匠、油漆匠的總稱（現已少用）。

三字經 sam^{1} ji^{6} ging^{1} 戲謔語，即罵人的粗話。

三尖八角 sam^{1} jim^{1} bad^{3} gog^{3} 物體棱角很多；圖形不規則：呢嚿石～，冇乜用〔這塊石頭形狀不規則，沒甚麼用〕。

三朝 sam^{1} jiu^{1} 特指結婚後的第三天。粵俗這天新娘要回娘家，叫“三朝回門”或“回門”。

三朝兩日 sam^{1} jiu^{1} lêng^{5} yed^{6} 同“三長兩短”，指不測之事：至怕有乜～揦手唔成勢〔就怕有甚麼三長兩短時措手不及〕。

三鯬魚 sam^{1} lei^{4} yü^{4} 鰣魚。

三兩下手勢 sam^{1} lêng^{5} ha^{5} seo^{2} sei^{3} 形容人處理某些事情不費吹灰之力：～就做低佢〔幾下子就把他打倒〕。

三六九 sam^{1} lug^{6} geo^{2} 舊指街頭巡警，含貶意。原是話劇及電影《七十二家房客》中一位舊巡警的綽號。

三六香肉 sam^{1} lug^{6} hêng^{1} yug^{6} 狗肉。〖三加六是九；廣州話“九”與“狗”同音，故名。〗

三唔識七 sam^{1} m^{4} xig^{1} ced^{1} 同“三九唔識七”。

三文治 sam^{1} men^{4} ji^{6} 夾肉麵包。〖“三文治”是英語 sandwich 的音譯詞。〗

三鳥 sam^{1} niu^{5} 雞、鴨、鵝三種家禽的總稱：～成群。

三蛇 sam^{1} sé^{4} 指用來泡酒或做菜餚的三種蛇（一般為金環蛇、銀環蛇、過樹蓉或眼鏡蛇）。

三蛇羹 sam^{1} sé^{4} geng^{1} 用“三蛇”熬成的羹湯。

三手兩腳 sam^{1} seo^{2} lêng^{5} gêg^{3} 形容人辦事麻利：叫佢嚟做，～就做完咯〔叫他來做，一下子就做完了〕。

三歲定八十 sam^{1} sêu^{3} ding^{6} bad^{3} seb^{6} 指人的性格小時候怎麼樣，長大直到老也就怎麼樣。

三推四搪 sam^{1} têu^{1} séi^{3} tong^{2} 推推搪搪；一再推搪。

三黃雞 sam^{1} wong^{4} gei^{1} 本地優良肉用雞種之一，其肉鮮嫩，因毛、嘴、腳都是黃色而得名。

三黃四月 sam^{1} wong^{4} séi^{3} yüd^{6} 青黃不接（指早稻成熟前的一段時間）。

三索線 sam^{1} sog^{3} xin^{3} 三索錦蛇，一種無毒蛇，民間多叫紅頭蛇或草蛇。

三葉膶 sam^{1} yib^{6} yên$^{6-2}$（膶，潤^{2}）形容人言行舉止有點傻氣，不同於常人。

三隻手 sam^{1} zég^{3} seo^{2} 小偷。

衫 sam^{1} ❶ 上衣：着～〔穿衣〕｜釘～鈕〔釘衣扣〕。❷ 衣服：車～〔用縫紉機做衣服〕｜聯一脱～〔做一套衣服〕。

衫刷 sam^{1} cad$^{3-2}$ 洗刷衣服的刷子。

衫袋 sam^{1} doi$^{6-2}$ 衣袋，衣兜。

衫褲 sam^{1} fu^{3} 同“衫”❷。

衫架 sam^{1} ga$^{3-2}$ 衣架：木～｜塑料～。

衫腳 sam^{1} gêg^{3} 下襬（上衣最下面的部分）：聯～〔縫下襬〕。

衫裙 sam^{1} kuen^{4} 連衣裙。

衫裏 sam^{1} léi^{5} 衣服裏子。

衫尾 sam^{1} méi^{5} 上衣的後襬。

衫鈕 sam^{1} neo^{2} 扣子：布～｜有機玻璃～。

衫袖 sam^{1} zeo^{6} 衣袖；袖子。

san

山 san^{1} ❶山多而偏僻：嗰度好～㗎〔那裏山很多又偏僻〕｜嗰度～過呢度〔那

S

裏比這裏更多山更偏僻〕。❷ 墳墓：
一掛 ~〔一座墳墓〕｜拜 ~〔掃墓〕。

山草藥 san¹ cou² yêg⁶ 草藥：搵 ~〔找
草藥〕｜執 ~〔抓草藥〕｜ ~ 舖〔草
藥店〕。

山笐 san¹ deo¹ 滑竿（一種簡便的轎
子，由二人抬着走）。

山墳 san¹ fen⁴ 墳墓。

山貨店 san¹ fo³ dim³ 山貨鋪。賣用竹
子、木頭、棕麻、陶土等製成的日
用品的鋪子。也説"山貨鋪"。

山坑 san¹ hang¹ 山溝；山谷。

山坑水 san¹ hang¹ sêu² 山溪；山澗：
村前有一條 ~。

山雞 san¹ gei¹ 野雞。

山豬 san¹ ju¹ 野豬。

山卡罅 san¹ ka¹ la³⁻¹ 山旮旯。

山蜞 san¹ kéi⁴ 旱螞蟥。

山窿 san¹ lung¹ 山洞：大 ~｜捐 ~〔鑽
山洞〕。

山窿山罅 san¹ lung¹ san¹ la³ ❶ 大山溝；
山溝間（泛指）。❷ 偏僻的山區：呢
度係 ~ 嘅地方〔這裏是偏僻的山區〕。

*****山埃** san¹ ngai¹ 氰化鉀（學名 potassium
cyanide）。

山棯 san¹ nim¹（棯，念 ¹）同"棯仔"。

山瑞 san¹ sêu⁶ 鱉的一種，生活在溪流
中，肉可吃。

山塘 san¹ tong⁴ 小型水庫（山邊圍堵成
的水庫）。

山寨廠 san¹ zai⁶ cong² 家庭作坊式的
小工廠，多位於偏僻地帶。

閂 san¹ 關（門窗等）：隨手 ~ 門｜ ~
埋度窗〔把窗關上〕。普通話的"閂"
一般只用於門；廣州話的"閂"則
使用範圍要廣些，例如：~ 門｜ ~
窗｜ ~ 鋪｜ ~ 掣（關上開關｜ ~
閘（關上閘門）等。

閂門 san¹ mun⁴ ❶ 關門。普通話的"閂
門"一般指在屋內把門用閂插上；

廣州話的"閂門"則指一般的關門
（掩門），不管從屋內或屋外關，有
沒有用閂插上。❷ 店鋪打烊。❸ 店
鋪歇業，倒閉。

散工 san² gung¹ ❶ 零工；零活兒：搵 ~
做〔找零活兒做〕。❷ 零工（做零活
兒的人）：做 ~。

散紙 san² ji² 零票；零錢：暢 ~〔破零
票〕｜冇 ~ 續〔沒有零票找換〕。

散賣 san² mai⁶ 零售。

散銀 san² ngen⁴⁻² 零錢。

散使 san² sei² 零用：攞啲錢嚟做 ~〔拿
些錢來做零用〕。

散收收 san² seo¹ seo¹ 鬆鬆散散；未經
組織的：呢包嘢包得 ~，叫人點拎
呢〔這包東西包得鬆鬆散散，叫人怎
麼拿呢〕？｜啲材料 ~，好難整理
〔這些材料散散的，很難整理〕。

散手 san² seo² 本領；本事；技能：就
算你有兩度 ~ 亦唔好牙擦〔就算你
有兩下子，也別驕傲〕。

散仔 san² zei² 遊手好閒的人。

散 san³ 指某些寒性藥物或食物有敗火
的作用，吃多了會使身體虛弱。

散春 san³ cên¹（魚蝦等）產卵。

散檔 san³ dong³ 散夥；結束：旅行團 ~
咯〔旅行團散夥了〕｜展覽館琴日 ~
〔展覽館昨天結束了〕。

散更鑼 san³ gang¹ lo⁴ 更夫在黎明時分敲
的鑼聲。比喻到處散佈小道消息的人。

傘帳 san³ zêng³ 圓頂蚊帳。

孱 san⁴ ❶ 體質衰弱：病咗一場，身子
好 ~〔病了一場，身體很弱〕。❷ 差
勁；無能：冇你咁 ~〔沒你那麼差
勁〕｜啲都做唔㗎，真 ~〔這樣的事
都幹不了，真沒本事〕！

潺 san⁴ ❶ 黏液：鯰魚成身 ~〔鯰魚滿
身黏液〕。❷ 麻煩：搞到一身 ~〔搞
得許多麻煩〕｜"黃鱔上沙灘，唔死
一身 ~"〔歇後語。比喻做一件事

情，不但得不到好處，反而招惹了
許多麻煩〕。

*囊菜 san⁴ coi³ 落葵；胭脂菜（煮熟後
有黏液）。

sang

生 sang¹ 活：呢條魚重 ～〔這條魚還活
着〕｜死老虎當 ～ 老虎打。

生 sang¹ 長(zhǎng)：～ 瘡 ｜ ～ 晒草〔長
滿了草〕｜ ～ 蝨嫲〔長蝨子〕。

生 sang¹ “先生”的省稱，前面需加上
姓氏：趙 ～ ｜ 錢～。不知道對方姓
氏時可稱“亞生”：呢位 ～ 想要啲乜
嘢呢〔這位先生想要點甚麼呢〕?

生風 sang¹ fung¹ ❶ 從門窗外吹進的
風。❷ 賊風，從門窗隙縫中鑽進的
風。❸ 戶外流動的新鮮空氣。

生暴 sang¹ bou⁶⁻² 陌生；面生：細蚊仔
見到 ～ 人就怕〔小娃娃見到陌生人
就害怕〕｜ 呢個人有啲 ～〔這個人有
點兒面生〕。

生抽 sang¹ ceo¹ 醬油的一種，一般曬
製，顏色比較淡，味道比較鮮。

生菜 sang¹ coi³ 青菜的一種，葉子脆，
易爛，可以生吃。

生菜包 sang¹ coi³ bao¹ 用“生菜”葉子
裹着飯菜的團子。

生草藥 sang¹ cou² yêg⁶ 草藥（新鮮的或
未經加工的乾品）。

生蟲 sang¹ cung⁴ 患寄生蟲病。

生蟲枴杖 sang¹ cung⁴ guai² zêng⁶⁻² 比
喻不能依靠或靠不住的人。

生定 sang¹ ding⁶ 命中注定。常引申為
“只有”“惟有”等意思：呢件事 ～
係佢做至合適〔這件事惟有他來做才
合適〕。

生花 sang¹ fa¹ 鮮花。

生飛蝨 sang¹ féi¹ ji¹（蝨，茲）長口瘡。

生粉 sang¹ fen² 芡粉；澱粉。

生膠 sang¹ gao¹ 透明膠（一種淺黃色或
乳白色半透明狀的橡膠）：～ 鞋〔透
明膠作底的鞋〕。

生雞 sang¹ gei¹ 未閹過的公雞：老 ～ ｜
～ 仔〔小公雞〕。

生雞特 sang¹ gei¹ deg⁶ 舊時戲稱性欲
旺盛或多妾的男人。

生雞精 sang¹ gei¹ jing¹ 色情狂；色狼。

生雞仔 sang¹ gei¹ zei² 戲稱好色的男青
年。

生乾精 sang¹ gon¹ jing¹ ❶ 柑橘等水果失
去水分：呢啲柑 ～ 咯，唔好食〔這些
橘子都乾了，不好吃〕。❷ 指人乾瘦。

生骨大頭菜 sang¹ gued¹ dai⁶ teo⁴ coi³ 指
長有硬纖維的大頭菜。歇後語，下
一句是“種壞”，諧音“縱壞”。比喻
嬌寵壞了的孩子。

生鬼 sang¹ guei² 詼諧、生動：嗰個“雜”
好 ～ 㗎〔那個丑角很詼諧〕。

生滾 sang¹ gun² （魚肉粥、豬肝粥或肉
湯等）現點現做：～ 魚片粥。

生果 sang¹ guo² 水果：～ 舖〔水果店〕。

生果盒 sang¹ guo² heb⁶⁻² 水果盒子。

生蠄 sang¹ ji¹（蠄，茲）❶ 生皮膚病（多
指像疥瘡一類的皮膚病）：～ 狗〔癩
皮狗〕。❷ 植物長微小的寄生蟲（指
蚜蟲等）：椰菜～〔洋白菜長了蚜蟲〕。

生蠄貓 sang¹ ji¹ mao¹（蠄，茲）皮膚上
長了寄生蟲的貓。

生蠄貓入眼 sang¹ ji¹ mao¹ yeb⁶ ngan⁵ 比
喻一見鍾情。

生癪 sang¹ jig¹（癪，積）疳積病：～ 仔
〔有疳積病的小孩〕。

*生招牌 sang¹ jiu¹ pai⁴ 活招牌，在櫥窗
裏用活人做的模特招牌。

生冷 sang¹ lang⁵ 未經煮熟的瓜菜、水
果等：胃痛唔食得 ～ 嘢〔胃痛吃不
得生的和涼的東西〕。

生冷榫 sang¹ lang⁵ gong³ 剩飯結了塊
變硬。

生纈 sang¹ lid³〔纈，列³〕活結，容易解開的結子。

生猛 sang¹ mang⁵ ❶ 精力充沛；生龍活虎：咁大年紀嘅人重咁 ~〔那麼大年紀的人還那麼生龍活虎〕。❷ 活的：~ 海鮮〔活海鮮〕。❸ 勇猛：老虎咁 ~〔像老虎那麼勇猛〕。

生勾勾 sang¹ ngeo¹ ngeo¹ ❶ 活活的：嗰條鯇魚重 ~ 嘅〔那條草魚還是活活的〕| 田雞劏開肚重 ~ 嘅〔青蛙開了肚子還是活活的〕。❷ 不熟；生的：呢啲豬肉 ~，點食得呀〔這些肉不熟，怎麼能吃呢〕？

生安白造 sang¹ ngon¹ bag⁶ zou⁶ 胡謅；瞎編：要實事求是，唔好 ~〔要實事求是，不要瞎編〕。

生壅 sang¹ ngung¹ 活埋。

生沙淋 sang¹ sa¹ lem⁴ 患了泌尿系統結石病。

…生晒 sang¹ sai³ 用在動詞之後，表示動作不斷重複，令人厭煩：催 ~〔老催着〕| 講 ~〔老在說〕| 嘈 ~〔吵個不停〕。

生蛇 sang¹ sé⁴ 患帶狀疱疹。

生鋥 sang¹ séng³ 鐵器生銹：~ 刀唔磨唔利〔生了鏽的刀不磨不快〕。

生水 sang¹ sêu² 同"¹ 臀"。

生水芋頭 sang¹ sêu² wu⁶ teo⁴ ❶ 煮熟後硬滑而不麵的芋頭。❷ 比喻傻裏傻氣，不機靈或神經不大正常的人。

生劏 sang¹ tong¹〔劏，湯〕活着宰殺。

生烏雞 sang¹ wu¹ gei¹ 衣服上長了黑色小霉點。

生性 sang¹ xing³（又音 sang¹ séng³）懂事：呢個仔好 ~〔這個小孩很懂事〕| 唔 ~〔不懂事〕。

生人霸死地 sang¹ yen⁴ ba³ séi² déi⁶ 熟語，指霸佔着地方而不作為。

生人唔生膽 sang¹ yen⁴ m⁴ sang¹ dam² 形容人膽小：咁大個仔重怕黑，真係 ~〔這麼大了還怕黑，真膽小〕。

生人勿近 sang¹ yen⁴ med⁶ gen⁶ 形容人極為兇惡，不宜接近：呢個嘢好惡㗎，~ 呀〔這個傢伙兇着呢，不要惹他〕。

生油 sang¹ yeo⁴ ❶ 花生油。❷ 生的油。

生意佬 sang¹ yi³ lou² 買賣人；商人。

生鹽 sang¹ yim⁴ 大鹽；粗鹽（未經熬製的原鹽）。

生魚 sang¹ yu⁴⁻² 烏鱧；烏魚；黑魚："~ 治塘虱"〔俗語。黑魚能制服鬍子鮎——喻一物降一物〕。

生肉包 sang¹ yug⁶ bao¹ 用鮮豬肉末作餡的包子。

生借 sang¹ zé³ 以高利息借款：~ 無門。

¹省 sang² "省城"的簡稱，特指廣州："~ 港大罷工" | ~ 港澳〔廣州、香港、澳門〕。

²省 sang² 間苗；除去或摘去（葉子等）：~ 芥菜仔〔間芥菜苗〕| ~ 幾葉菜葉〔摘去幾片菜葉〕。

省鏡 sang² géng³ 形容女子非常漂亮，不必去照鏡子：呢個靚妹夠晒 ~ 㗎〔這女孩夠漂亮的〕。

省港旗兵 sang² gong² kéi⁴ bing¹ 戲指香港及廣東的不法分子串通作案的團夥。

省城 sang² séng⁴ 廣州。本義是"省會"，在廣東特指廣州。

揸 sang²（生²）❶ 用沙、灰或肥皂等洗：~ 面盆〔刷洗臉盆〕| 嗰笪油跡唔甩〔那塊油垢刷不掉〕。❷ 引申作訓斥：~ 一輪〔訓斥一頓〕。❸（用球）打：畀人 ~ 咗個波餅〔讓人家用球打了一下〕。

揸牛王 sang² ngeo⁴ wong⁴ 強取或強佔別人的東西；勒索。

揸黃魚 sang² wong⁴ yü⁴⁻² 招搖撞騙；勒索。

sao

稍為 sao² wei⁴ 稍微，指數量不多或程度不深。普通話多説"稍微"，廣州話口語一般説"稍為"，少説"稍微"。

捎街豬 sao³ gai¹ ju¹ 戲稱喜歡在街上到處溜達的小孩。

哨牙 sao³ nga⁴ 齙牙（上門牙外露）。

潲 sao³ 豬食：餿豬～〔煮豬食〕。

潲水 sao³ sêu² 泔水。

捎 sao⁴（哨⁴）❶ 不問自取；拿走：亂～人哋嘅嘢係唔得㗎〔隨便拿走別人的東西是不行的〕。❷ 吃掉：番薯畀山豬～晒〔白薯給野豬吃光了〕。

睄 sao⁴（哨⁴）眼睛很快地向某目標一掃：～佢一眼〔掃他一眼〕｜一眼～過去〔一眼瞟過去〕。

sé

些少（些小） sé¹ xiu² 一點兒；一些：有～唔習慣〔有一點兒不習慣〕｜有～缺點〔有一些缺點〕。

些厘酒 sé¹ léi¹ zeo² 雪利酒（一種葡萄酒）。〖"些厘"是英語 sherry 的音譯。〗

賒數 sé¹ sou³ 賒賬。

寫包單 sé² bao¹ dan¹ 打保票：呢件事你敢～咩〔這件事你敢打保票嗎〕?

寫單 sé² dan¹ 在餐館、食肆用餐後叫服務員結賬。也叫"埋單"或"結數"、"睇數"。

寫字樓 sé² ji⁶ leo⁴ 商行的辦公樓。

寫意 sé² yi³ 愜意。愜，廣州話讀音 hib⁶，跟普通話差別較大。人們使用這個書面詞時，往往模仿普通話讀音把"愜"讀成 sé² 音，並寫成"寫"字。這樣"愜意"就變成"寫意"，成了廣州話的方言詞，有稱心、滿意、舒服等意思：呢度風涼水冷，

喺呢度住夠晒～咯〔這裏空氣清新，氣候溫和，在這裏住真夠愜意的〕。

寫真 sé² zen¹ 原指照着人或相片畫像，後指裸照或拍裸照。

瀉 sé² 傾灑（液體溢出）：～咗啲出嚟〔灑了一點出來〕。

卸肩裝 sé³ gin¹ zong¹ 無袖或露肩的女裝。

卸膊 sé³ bog³ 撂挑子（把肩上的東西放下）。

*__蛇__ sé⁴ 非法入境者。

蛇 sé⁴ 懶：應該積極工作，咪咁～〔應該積極工作，別那麼懶〕。

蛇竇 sé⁴ deo³ 蛇窩，比喻壞人聚居的地方。

蛇都死 sé⁴ dou¹ séi² ❶ 比喻後果嚴重：你噉做～啦〔你這麼做，甚麼都完了〕。❷ 形容太晚，太遲了：等得你嚟～喇〔等得你來太晚了〕。

*__蛇窟__ sé⁴ fed¹ 收藏非法入境者的地方。

蛇果 sé⁴ guo² 原產自美國的一種紫紅色蘋果。〖"蛇果"是英語 delicious 音譯詞"地厘蛇果"的簡稱。〗

*__蛇客__ sé⁴ hag³ 非法入境者。

蛇喱眼 sé⁴ léi¹ ngan⁵ 同"斜喱眼"。

蛇皮袋 sé⁴ péi⁴ doi⁶⁻² 尼龍編織袋。

蛇頭 sé⁴ teo⁴ 專門組織、接引非法入境者的人。

蛇頭鼠眼 sé⁴ teo⁴ xu² ngan⁵ 賊頭賊眼。

蛇王 sé⁴ wong⁴ ❶ 同"蛇"條。❷ 懶惰的人：佢正一～嚟㗎〔他真是個懶人〕。

蛇鼠一窩 sé⁴ xu² yed¹ wo¹ 一群壞人；一丘之貉：呢幾個都係～〔這幾個都是一丘之貉〕。

蛇仔 sé⁴ zei² ❶ 在港澳稱跟隨無牌照的汽車沿途招呼搭客上下車的人。❷ 汽車司機的助手（不尊敬的説法）。

*__社工__ sé⁵ gung¹ "社會工作者"的簡稱。指義務為群眾服務的人員。

社公 sé⁵ gung¹ 社神。

社壇 sé⁵ tan⁴ 祭祀社神的地方。

sê

¹**唦** sê⁴（薯靴⁴切）東西從上往下滑：喺斜坡 ～ 咗落嚟〔從斜坡上滑了下來〕| ～ 滑梯〔溜滑梯〕。

²**唦** sê⁴（薯靴⁴切）順手拿走別人的東西：我本書界人 ～ 咗去〔我的書讓人偷偷拿走了〕。

蛇 sê⁴ 先生，一般不單用：亞 ～〔先生；員警〕。陳 ～〔陳先生〕。〖英語 sir 的近似音譯。〗

seb

濕包 seb¹ bao¹ 菠蘿蜜、榴蓮等果實中果肉屬濕而軟的一種（與"乾包"相對）。

濕柴 seb¹ cai⁴ 原指濕的木柴，用來比喻國民黨政府當年在大陸發行的鈔票。當時由於濫發鈔票，造成通貨惡性膨脹，物價飛漲，這些鈔票就像燒不着的濕木柴那樣沒用。

濕氣 seb¹ héi² 空氣中的水氣；住樓下 ～ 重〔住一樓比較潮濕〕。

濕洇洇 seb¹ neb⁶ neb⁶（洇，挪合切）濕漉漉；濕淋淋：淋到成身 ～〔淋得全身濕漉漉的〕。

濕淰淰 seb¹ nem⁶ nem⁶（淰，挪任切）濕漉漉；濕透：出汗出到件衫都 ～ 略〔出汗出得衣裳都濕透了〕。

濕身 seb¹ sen¹ ❶ 身上沾了水。❷ 與壞事有牽連。

濕水雞 seb¹ sêu² gei¹ 落湯雞，比喻全身濕透的人。

濕水欖核 seb¹ sêu² lam⁵⁻² wed⁶ 濕了水的橄欖核，又硬又滑。❶ 比喻好動、難以管控的孩子。❷ 比喻滑頭、善於投機的人。

濕水炮仗 seb¹ sêu² pao³ zêng⁶⁻² 沾了水的爆竹，比喻脾氣極好不會發火的人。

濕濕碎 seb¹ seb¹ sêu³ 同下。

濕碎 seb¹ sêu³ 零碎；瑣碎：材料好～，未做得結論〔材料太零碎，還做不了結論〕。

濕熱 seb¹ yid⁶ 同下。

濕滯 seb¹ zei⁶ ❶ 腸胃不適；消化不良，也指某些食物能使人引起腸胃不適的性質：佢有啲 ～〔他有點消化不良〕| 呢啲嘢好 ～ 㗎〔這些東西很傷胃的〕。❷ 不順利；多梗阻；不好辦；難對付：嗰件事情好 ～〔那件事情很不好辦〕。

十八廿二 seb⁶ bad³ ya⁶ yi⁶ 十八到二十歲。形容人很年輕：你咪以為你重係 ～ 咁後生〔你別以為你還是很年輕〕。

十指孖埋 seb⁶ ji² ma¹ mai⁴（孖，媽）十個指頭連在一起，形容人不會幹活：你真係 ～ 嘅，乜都唔會做〔你的手真笨，甚麼都不會做〕。

十字車 seb⁶ ji⁶ cé¹ 救護車。

十字鋤 seb⁶ ji⁶ co⁴ 鎬。又叫"鶴嘴鋤"。

十問九唔應 seb⁶ men⁶ geo² m⁴ ying⁶ 老不答話（"九"與"狗"同音，把不吭聲的人比作狗）。

十五十六 seb⁶ ng⁵ seb⁶ lug⁶ ❶ 形容心神不定：我個心 ～，好唔安樂〔我的心七上八下的，很不舒服〕。❷ 形容拿不定主意的心情：對呢件事我 ～，唔知點好〔對這件事我左右為難，不知怎樣好〕。

十三點 seb⁶ sam¹ dim² 傻裏傻氣；二百五：呢個嘢正 ～〔這傢伙真是二百五〕。

十成九 seb⁶ xing⁴ geo² 很可能；八九不離十：～ 係佢搞個嘅〔十有八九

相，唔怕 ～〔整天出洋相，不怕丟人現眼〕。

是他搞的〕。

十成十 seb⁶ qing⁴ seb⁶ 表示十分肯定對某事的判斷：佢 ～ 唔會嚟〔他極有可能不來〕。

十冤九仇 seb⁶ yün¹ geo² seo⁴ 指冤仇深重：大家又唔係 ～，使乜咁惡呢〔大家又不是有深仇大恨，何必那麼兇呢〕。

十足十 seb⁶ zug¹ seb⁶ 十足的；地地道道的：呢個人 ～ 係個壞蛋〔這個人是個十足的壞蛋〕。

十足 seb⁶ zug¹ ❶ 非常像，極像：佢行路、講話都 ～ 佢老豆〔他走路、説話都酷似他父親〕｜佢嗰鋪牛頸 ～ 佢大佬〔他的牛脾氣極像他的哥哥〕。❷ 完美：人邊處有咁 ～ 㗎架〔人那裏能有十全十美的呢〕！

sed

失婚 sed¹ fen¹ 婉辭，指離婚。

失驚無神 sed¹ géng¹ mou⁴ sen⁴ 原意為受驚嚇後神色變異的樣子，今多作"冷不防"、"突然"用：～ 走咗個人入嚟，嚇我一跳〔冷不防跑進來一個人，嚇我一跳〕｜今日 ～ 撞到佢〔今天突然碰見他〕。

失覺 sed¹ gog³ ❶ 沒注意；沒留意：～ 撞親你，唔好意思〔沒注意碰了你，對不起〕。❷ 初次見面時的客套話，表示尊敬對方：～，李先生。

失口 sed¹ heo² ❶ 走嘴；失言：酒後 ～。❷ 病得不能説話。

失禮 sed¹ lei⁵ ❶ 禮貌不周。❷ 客氣話：不像樣子；不成敬意：啲咁多嘢，晒〔一點點東西，不成敬意〕｜獻醜嘅嘢，～，～〔獻醜罷了，不像樣子，不像樣子〕。

失禮人 sed¹ lei⁵ yen⁴ 丟人；丟人現眼：真係 ～ 咯〔真丟人〕｜成日出洋

失失慌 sed¹ sed¹ fong¹ 同"慌失失"。

失蹄 sed¹ tei⁴ 打前失（驢馬因前蹄沒站穩而跌倒或要跌倒）："人有錯手，馬有 ～"（俗語）。

失拖 sed¹ to¹ ❶ 被拖的船分離了。❷ 失約。❸ 錯過機會，不能參與。

失威 sed¹ wei¹ 丟人現眼；丟人。

失魂 sed¹ wen⁴ ❶ 慌張(有貶意)：咁 ～ 做乜吖〔那麼慌張幹甚麼〕？❷ 魂飛魄散：嚇到佢 ～〔嚇得他魂飛魄散〕。❸ 精神恍惚：睇佢有啲 ～〔看他有些精神恍惚〕。

失魂魚 sed¹ wen⁴ yü⁴⁻² 形容人驚慌失措或莽撞得像受驚的魚那樣：瘟咁春，～ 噉〔瞎碰亂撞的，像條受驚的魚〕。

失運 sed¹ wen⁶ 不走運；倒霉。

失匙夾萬 sed¹ xi⁴ gab³ man⁶ 比喻很難從父親那裏要到錢的富家子。

失音 sed¹ yem¹ ❶ 因喉部有病而講不出話或説話聲音沙啞。也説"失聲"。❷ 失去音信：佢 ～ 好耐咯〔他很久沒有音信了〕。

失真 sed¹ zen¹ 不搭配，不相稱：上面着西裝，下面着波鞋，～ 咯〔上面穿西服，下面穿球鞋，太不配了〕｜間屋裝修陳設都幾好，就係呢張爛沙發 ～〔房子裝修陳設都還可以，就是這張破沙發很不相稱〕。

螆嫲 sed¹ na² (嫲，拿²) 螆子。

螆嫲春（螆嫲䁁） sed¹ na² cên¹ 蟣子（螆子的卵）。

螆嫲擔枷 sed¹ na² dam¹ ga¹ 比喻要受到十分嚴厲的懲處。

膝頭 sed¹ teo⁴ 膝蓋。

膝頭大過髀 sed¹ teo⁴ dai⁶ guo³ béi² 形容人骨瘦如柴。

膝頭哥 sed¹ teo⁴ go¹ 同"膝頭"。

實 sed⁶ ❶ 結實；緊：肉好 ～〔肌肉很結實〕。❷ 硬：呢啲餅好 ～，咬都咬唔入〔這些餅很硬，啃也啃不動〕｜呢笪地真 ～，鋤極都鋤唔入〔這塊地真硬，怎麼鋤也鋤不進去〕。❸ 一定；準；肯定：我估佢 ～ 嚟〔我估計他一定來〕｜噉 ～ 冇錯〔這樣準沒錯〕｜～ 唔係〔肯定不是〕。❹ 用在某些動詞之後，表示動作在進行着或持續：睇 ～ 書〔看着書〕｜跟 ～ 佢〔緊跟着他〕｜叫 ～ 你都唔嚟〔老叫你都不來〕。

實斧實鑿 sed⁶ fu² sed⁶ zog⁶ 千真萬確：呢件事係 ～ 嚟嘅〔這件事千真萬確〕。

實嘓嘓 sed⁶ gueg⁶ gueg⁶（嘓，跪勒切）硬梆梆：呢笪地 ～ 嘅〔這塊地硬梆梆的〕｜嗰啲饅頭發唔起，～ 嘅〔那些饅頭發不起，硬梆梆的〕。

實行 sed⁶ heng⁴ ❶ 就是；定下來：～ 係噉啦〔就是這樣吧〕。❷ 當然；自然：噉樣做 ～ 好啦〔這麼做當然好了〕。❸ 同 "實" ❸。

實籠 sed⁶ lung⁴⁻² ❶ 實心的。❷ 體質強壯的。

實牙實齒 sed⁶ nga⁴ sed⁶ qi² ❶ 確確實實（説過）：呢句話你 ～ 講過〔這句話你確確實實説過的〕。❷ 説得千真萬確：你講得 ～，邊個都信〔你説得千真萬確，誰都信〕。

實情 sed⁶ qing⁴ ❶ 實在；敢情：～ 好啦〔這實在好〕。❷ 其實；實際情況：～ 係噉嘅〔其實是這樣的〕。

實穩 sed⁶ wen² 一定；定準；保險：～ 去〔一定去〕｜～ 冇錯〔保險沒錯〕。

實食冇黐牙 sed⁶ xig⁶ mou⁵ qi¹ nga⁴（黐，癡）慣用語。完全有把握；十拿九穩：佢去完成呢項任務，～ 啦〔他去完成這項任務，完全有把握的〕。

實枳枳 sed⁶ zed¹ zed¹（枳，讀音 ji²）塞得很緊很滿的樣子。

實淨 sed⁶ zéng⁶ 結實：佢嘅身體好 ～〔他的身體很結實〕。｜地基打得好 ～〔地基打得很結實〕。

sêd

戌 sêd¹ ❶ 塞子：酒樽 ～〔酒瓶塞子〕。❷ 塞：攞個恤嚟 ～ 實個樽〔拿個塞子把瓶子塞緊〕。❸ 門閂；插銷：呢度門釘兩個 ～ 至穩陣〔這扇門要釘兩個插銷才牢靠〕。❹ 閂：～ 住門瞓〔閂上門睡〕。

恤 sêd¹ 投籃：～ 波〔投籃球〕｜～ 中一個波得兩分〔投中一球得兩分〕。〖"恤" 是英語 shoot 的音譯詞。〗

恤髮 sêd¹ fad³ 用髮夾把頭髮捲起來，使它彎曲成波浪形。〖"恤" 是英語 set 的譯音。〗

裇衫（恤衫） sêd¹ sam¹ 襯衣。〖"裇" 是英語 shirt 的譯音。〗

術 sêd⁶ ❶ 魔術，障眼法，伎倆：睇下佢出乜嘢 ～〔看看他耍甚麼伎倆〕。❷ 妙計，計謀，好辦法：呢次冇 ～ 嘞〔這次沒辦法了〕。

seg

塞 seg¹ 曾孫。

塞車 seg¹ cé¹ 堵車，交通堵塞：前面 ～ ｜～ 嚟遲咗兩個字〔由於交通堵塞，晚到了十分鐘〕。

塞竇窿 seg¹ deo⁶ lung¹ 罵人語，該死的。

塞古盟憎 seg¹ gu² meng⁴ zeng¹ "瞎鼓盲箏" 的訛音。意為：❶ 對情況不清楚，難以判斷：呢件事我 ～，冇辦法處理〔這件事我對情況一點也不瞭解，沒辦法處理〕。❷ 毫無思想準備，以致措手不及：我 ～ 接受任務，一啲思想準備都冇〔我糊裏糊塗接受任務，一點思想準備都沒有〕。

ség

惜 ség³（讀音 xig¹）❶ 喜愛；疼；愛惜：
佢好 ～ 佢個仔〔他很疼他兒子〕。
❷ 慣；姑息：細佬哥畀你 ～ 壞咗喇
〔小孩給你慣壞了〕。❸ 吻，親（表示
疼愛，多用於小孩）：嚟，畀嫲嫲 ～
一啖〔來，讓奶奶親一個〕。

惜身 ség³ sen¹（惜，讀音 xig¹）❶ 愛護
身體，善於養生。❷ 婉辭，怕死。

石 ség⁶ ❶ 量詞。石（dàn）；十斗。❷
鑽：十七 ～ 手錶。

石春（石䲕） ség⁶ cên¹ 卵石。

石灰籮 ség⁶ fui¹ lo⁴ 比喻到處做壞事、
到處留有污點穢跡的人。

*__石狗公__ ség⁶ geo² gung¹ ❶ 魚的一種。
❷ 外表裝扮得很像大亨的窮光蛋。

石級 ség⁶ keb¹ 台階：落 ～〔下台階〕。

*__石罅米__ ség⁶ la³ mei⁵ 比喻只肯在女人
身上花錢的人。

石螺 ség⁶ lo⁴⁻² 山澗、小溪裏的螺螄，
尖塔形。

石米 ség⁶ mei⁵ 建築上用來抹牆或地板
用的經加工的碎石：～ 批盪。

石山 ség⁶ san¹ 石頭山；園林或盆景上
的假石山。

石屑 ség⁶ xi² 石屑；碎石。

石屑樓 ség⁶ xi² leo⁴⁻² 用鋼筋、水泥、
碎石建成的樓房。

*__石屑森林__ ség⁶ xi² sem¹ lem⁴ 比喻林立
的鋼筋混凝土高樓大廈。含貶意。

sêg

勺 sêg³ ❶ 酒提、油提（打酒、油等的
器具）。❷ 量詞。提：一 ～ 油。

削 sêg³ ❶（肌肉）鬆弛；不結實：多
啲運動肌肉先唔會 ～〔多一點運動肌

肉才不會鬆弛〕。❷ 稀軟：漿糊煮得
太 ～〔糨糊煮得太稀〕。

削膊 sêg³ bog³ 溜肩膀。

削撻撻 sêg³ dad³ dad³（撻，達³）軟軟
的；(肌肉) 很鬆弛：病到佢 ～〔病得
他肌肉都鬆軟極了〕。

削唎唎 sêg³ péd⁶ péd⁶ 稀稀爛爛的：蘿
蔔糕蒸得 ～〔蘿蔔糕蒸成稀稀爛爛
的〕。

削仔 sêg³ zei² 講究穿着打扮、油頭粉
面、輕浮而清瘦的年青人。

sei

西餅 sei¹ béng² 西式點心。

西斜 sei¹ cé⁴ 西曬：呢個窗向西，下
晝 ～〔這個窗戶朝西，下午西曬〕。

西斜熱 sei¹ cé⁴ yid⁶ 西曬，因西曬而感
到熱：呢間房有 ～〔這屋子有西曬〕。

西紙 sei¹ ji² 外幣。

西芹 sei¹ ken⁴⁻² 西洋芹菜。

西蘭花 sei¹ lan⁴ fa¹ 綠菜花。

西米 sei¹ mei⁵ 一種用葛粉做的食品，
細圓粒，像碎米。又叫"洋西米"、
"沙穀米"，多作甜食。

西文 sei¹ men⁴ 外文（現已少用）。

西南二伯父 sei¹ nam⁴ yi⁶ bag³ fu⁶⁻² 慣
用語。指見到青少年幹壞事採取袖
手旁觀、縱容甚至慫恿態度的老人。

*__西片__ sei¹ pin³⁻² 外國影片，尤指西方國
家影片。

西水 sei¹ sêu² 西江洪水（廣東西江泛
濫時叫"西水大"）。

西人 sei¹ yen⁴ 西方人；洋人。

西洋菜 sei¹ yêng⁴ coi³ 廣東一種常見的
蔬菜，蔓生，葉細，種在水田裏。

西裝 sei¹ zong¹ ❶ 西服：一脫 ～〔一套
西服〕。❷ 分頭（男子的一種髮型）：
留 ～。

西裝褲 sei¹ zong¹ fu³ 西褲。

西裝友 sei¹ zong¹ yeo⁵⁻² 穿西服的人(有貶意)。

茜 sei¹ 金魚藻，水生草本植物，魚類食料。又叫"金魚茜"。

犀飛利 sei¹ féi¹ léi⁶ 原為一種高檔鋼筆的品牌，簡化後轉指犀利、厲害：你一個人頂得住佢哋三個人，真係 ~ 咯〔你一個人頂住他們三個人，真是了不起〕。

犀利 sei¹ léi⁶ 厲害：真係 ~〔真是厲害〕。

篩 sei¹ ❶ 篩子。❷ 篩：~ 米。❸ 搖擺；搖晃：咪 ~ 嚓 ~ 去啦〔別搖來晃去的〕！｜架車好 ~〔這車晃得厲害〕。❹ 淘汰：唔符合條件嘅就 ~ 出去〔不符合條件的就淘汰出去〕｜ ~ 咗一輪〔淘汰過一遍〕。

篩波 sei¹ bo¹ 旋轉球：開個 ~〔發個旋轉球〕。

篩箕 sei¹ géi¹ 同"篩" ❶。

篩身 sei¹ sen¹ 搖身（多指小孩撒嬌時搖身）。

篩身篩勢 sei¹ sen¹ sei¹ sei³ 同上。

使 sei² ❶ 使喚：自己嘟手，唔好 ~ 人〔自己動手，不要使喚別人〕。❷ 花（錢）：~ 咗好多錢〔花了很多錢〕。❸ 使用：借枝筆畀我 ~ 下〔借枝筆給我用一下〕。❹ 要；需要：~ 唔 ~ 我去〔需要我去嗎〕？

使得 sei² deg¹ ❶ 有能力；有辦法；能幹：呢個工程師好 ~〔這位工程師很能幹〕。❷ 行（xíng）：樣樣都 ~。❸ 見效；奏效：呢樽藥好 ~〔這瓶藥很見效〕。

使費 sei² fei³ 費用：呢次 ~ 唔少啩〔這次費用不少吧〕？

使頸 sei² géng² 使性子；耍脾氣；賭氣：有意見可以提，唔好 ~〔有意見可以提，不要使性子〕｜ ~ 係唔得㗎〔耍脾氣是不行的〕。

使悝 sei² léi⁵ 操縱船帆：順風 ~〔順風使舵〕。

使媽 sei² ma¹（又音 sei² ma¹⁻²）舊指女傭人。

使乜 sei² med¹（乜，物¹）❶ 何必：~ 咁麻煩〔何必那麼麻煩〕｜你 ~ 咁客氣〔你何必那麼客氣〕。❷ 用不着；不需要：~ 你理〔用不着你管〕｜你多嘴〔不需要你多嘴〕。

使乜講 sei² med¹ gong²（乜，物¹）❶ 表示非常肯定，相當於普通話"那還用說"：~，肯定你唔啱〔那還用說，肯定你不對〕。❷ 不必再說：~，係你唔啱嘅〔不必再說了，是你不對的〕。❸ 表示不可辯駁的事實：~，佢以前讀書比你叻得多〔說實在的，他過去唸書比你聰明得多〕。

使牛 sei² ngeo¹ 用牛犁田、耙田：會 ~〔會犁田耙田〕｜佢好識 ~〔他很會犁田耙田〕。

使婆 sei² po⁴⁻² 老媽子；老媽兒(女僕)。

使錢 sei² qin⁴⁻² 花錢；用錢：做乜都要 ~〔做甚麼都要花錢〕。

使橫手 sei² wang⁴ seo² 請人代自己幹傷害他人的事，如僱打手等：你因住佢 ~〔你當心他僱打手害你〕。

使用 sei² yung⁶ ❶ 動詞。使人員、器物、資金等為某種目的服務：正確 ~ 資金。❷ 名詞。費用；開支(一般指家庭的)：一個月要幾多 ~〔一個月要多少費用〕？｜ ~ 好大〔開支很大〕。

洗白白 sei² bag⁶ bag⁶ 洗澡（對小孩用語）。

洗大餅 sei² dai⁶ béng² 戲稱在餐館洗碗碟。

洗袋 sei² doi⁶ 賭博把口袋的錢輸精光：你去賭實人 ~〔你去賭博肯定讓你輸個精光〕｜喺賭場 ~ 翻嚟〔在賭場輸光了回來〕。

洗衫板 sei² sam¹ ban² 搓板。

洗衫梘 sei² sam¹ gan² 洗衣服用的肥皂。

洗濕個頭 sei² seb¹ go³ teo⁴ 理髮前先把頭洗濕。比喻事情開始了，不得不幹下去：都 ～ 咯，做完佢罷啦〔都已經開始了，還是把它做完吧〕。

洗身 sei² sen¹ 洗澡。

洗水衫 sei² sêu² sam¹ 常穿的衣服；日常換洗的衣服。

洗肚 sei² tou⁵ 清腸胃（去掉腸胃裏的油膩）。

駛 sei² 驚駛；開（車）：～ 汽車｜～ 電單車〔開摩托車〕。

世伯 sei³ bag³ 對父輩朋友的尊稱。

世界 sei³ gai³ ❶ 日子：幾十年 ～ ｜而家真係好 ～ 咯〔現在日子真是好啊〕。❷ 生活，生計：撈 ～〔混生活；謀生計；闖江湖〕｜歎 ～〔享受生活；享清福〕。❸ 賺錢或進取的機會；前景好：去嗰度打工大把 ～ 喫〔去那裏打工有的是發展機會〕｜你重後生，以後大把 ～〔你還年青，以後很有前途〕。❹ 財產，財富：佢老豆剩落大把 ～〔他父親留下很多財產〕。

世界波 sei³ gai³ bo¹ 有世界水平的一球，引申指高水平。

世界尾 sei³ gai³ méi⁵ ❶ 運氣到末尾了：嗰間公司 ～ 咯，平啲頂咗佢啦〔那間公司沒落了，便宜點盤下來吧〕。❷ 過時了；不時興了：呢個款式 ～ 咯〔這個款式過時了〕。

世界仔 sei³ gai³ zei² 指那種善於交際應酬的人。

世泥 sei³ nei⁴ 形容人迷信而諸多忌諱。

世藝 sei³ ngei⁶ 指供消遣的活動：退咗休玩嘅乜嘢 ～ 呀〔退了休之後，有些甚麼消遣活動〕？

世叔 sei³ sug¹ 對父輩朋友的尊稱。

世姪 sei³ zed⁶ 對晚一輩的年青人比較文雅的稱呼，有時略帶貶意。

細 sei³ 小：～ 雨｜～ 隻〔個兒小〕｜～ 仔〔最小的男孩〕。

細半 sei³ bun³ 一小半：我要 ～ 就夠。

細牀 sei³ cong⁴ 單人牀。

細膽 sei³ dam² 膽小：佢唔算 ～〔他不算膽小〕。

細豆芽菜 sei³ deo⁶⁻² nga⁴ coi³ 綠豆芽兒。

細個 sei³ go³ ❶ 個兒小。❷ 年紀比較小（對小孩子説）：大個唔好蝦 ～，～ 又唔好蝦大個〔年紀大的不要欺負年紀小的，年紀小的也不要欺負年紀大的〕。

細個仔 sei³ go³ zei² 小孩子：～ 嗰陣〔小時候；童年時代〕。

細姑 sei³ gu¹ 小姑子，丈夫的妹妹。用於輩稱。也叫"姑仔"。

細工 sei³ gung¹ 小工，做雜活的人。

細佬 sei³ lou² ❶ 弟弟（引稱）：你 ～ 幾大喇〔你弟弟多大〕？ ❷ 老弟：～，噉搞唔得喫〔老弟，這樣搞可不行啊〕！ ❸ 兄弟（自稱）：～ 失禮晒，多多原諒〔兄弟我失禮了，請多包涵〕。

細佬哥 sei³ lou² go¹ ❶ 小孩；小朋友（愛稱）：呢個 ～ 好叻〔這個小朋友真棒〕。❷ 孩子：佢有兩個 ～〔他有兩個小孩〕。

細佬哥頭 sei³ lou² go¹ teo⁴⁻² ❶ 孩子頭。❷ 指喜歡跟小孩子在一起的年輕人。❸ 愣小子：佢係 ～ 嚟喫〔他是個愣小子〕。

細路 sei³ lou⁶ ❶ 同"細路仔"。❷ 小孩兒。

細路女 sei³ lou⁶ nêu⁵⁻² 小女孩；小姑娘。

細路仔 sei³ lou⁶ zei² 小男孩。

細媽 sei³ ma¹ 同"細姐"。

細蚊仔 sei³ men¹ zei² ❶ 小孩；娃娃(愛稱)：幼兒園嘅 ～ 真得意〔幼兒園的娃娃真逗人〕。❷ 孩子：你有幾個 ～〔你有幾個孩子〕？〖"細蚊仔"快讀時往往變成"滲 (sem³) 蚊仔"。〗

細妹 sei³ mui⁶⁻² 妹妹：我兩個 ～ 都讀緊中學〔我的兩個妹妹都在上中學〕。

細粒 sei³ neb¹ 顆粒細小；個子矮小：呢個仔生得好 ～〔這孩子長的個子很小〕。

細藝 sei³ ngei⁶ ❶ 為消遣而做的手工活兒。❷ 作為消遣的活動。

細婆 sei³ po⁴ 妾。

細細個 sei³ sei³ go³ 個子小小的；年紀很小：你重係 ～，好好讀書〔你還是很小，好好讀書〕。

細嬸 sei³ sem² 丈夫弟弟的妻子（用於引稱）。

細餸 sei³ sung³ 吃菜量小；省吃（指吃菜）：佢好 ～ 㗎〔他吃菜吃得很少〕。

細時 sei³ xi⁴⁻² 小的時候：佢 ～ 好跳皮〔他小的時候很淘氣〕。

細食 sei³ xig⁶ 食量小；吃得少：好似貓咁 ～〔像貓那樣吃得少〕。

細姐 sei³ zé² 庶母。

細隻 sei³ zég³ 個子小，個兒小：我要最 ～ 嗰隻〔我要最小的那隻〕｜隻隻都咁 ～ 嘅〔每隻都那麼小的〕｜強仔生得好 ～〔小強長的個子很小〕。

勢 sei³ 怎麼也……；萬萬（沒）……；無論如何也……：我 ～ 估唔到會噉嘅〔我萬萬沒想到會這樣〕。

勢估唔到 sei³ gu² m⁴ dou³ 從未料到；確實估計不到：～ 佢咁壞〔從未料到他這麼壞〕｜～ 佢嚟呢一手〔確實估計不到他出這一招〕。

勢兇 sei³ hung¹ 同下。使用時前面常有副詞"咁"、"真'、"十分"等。

勢兇夾狼 sei³ hung¹ gab³ long⁴ ❶ 來勢兇狠猛烈：睇佢 ～，想食人噉〔看

他來勢洶洶的樣子，要把人吃掉似的〕。❷ 胃口或野心非常大：你想一下就起十幢樓，真係 ～〔你想一下子就建十幢樓房，真是胃口大〕。❸ 指某些事情做得過分：食嘢唔好 ～ 得㗎〔吃東西不要狼吞虎嚥〕！

勢色 sei³ xig¹ 情勢：我睇 ～ 有啲唔啱〔我看情勢有點不對勁〕。

噬 sei⁶ 咬：畀狗 ～ 咗一啖〔給狗咬了一口〕。

誓願 sei⁶ yun⁶ 發誓：係就係，唔係就唔係，～ 都冇用〔是就是，不是就不是，發誓也沒有用〕。

séi

死 séi² ❶ 用在形容詞或詞組和結構助詞"到"的後面，表示極度：熱到 ～〔熱得要命〕｜嬲到 ～〔生氣得很〕｜難睇到 ～〔難看得要命〕。❷ 拼命：～ 咁做〔拼命幹〕｜～ 咁咪〔拼命讀書〕。

死畀你睇 séi² béi² néi⁵ tei² 表示事態嚴重，陷入困境：呢次如果失敗就 ～ 咯〔這次如果失敗就完蛋了〕。

死腸直肚 séi² cêng⁴ jig⁶ tou⁵ 直腸子，比喻性情梗直：呢個人 ～，唔會交際〔這個人直腸子，不會交際〕。

死得人多 séi² deg¹ yen⁴ do¹ ❶ 比喻慘敗：今次佢哋 ～ 咯〔這次他們敗得真慘〕。❷ 比喻問題嚴重：呢勻查佢嘅賬，～ 咯〔這次查他的賬，可嚴重了〕。

死黨 séi² dong² ❶ 效忠於某人或某小團體的亡命之徒。❷ 十分要好的朋友。

死火 séi² fo² ❶ 發動機發生故障滅了火：汽車 ～ 喇〔汽車滅了火〕。❷ 事情遇到困難、梗阻，沒有成功的希望：嗰件事 ～ 喇，點算呢〔那件

事沒有希望了，怎麼辦呢〕？ ❸ 糟糕：～ 喇，唔見咗鎖匙〔糟糕了，鑰匙不見了〕！

死咁 séi² gem³ ❶ 拼命地：～ 打｜～ 做｜～ 喊〔不停地哭〕。❷ 很；極；非常：湯 ～ 鹹｜～ 難睇〔非常難看〕。

死梗 séi² geng² 死定了；肯定要失敗。指後果十分嚴重：呢回 ～ 咯〔這回死定了〕｜明知唔得夾硬要做，實 ～ 啦〔明知不行還硬要去做，肯定失敗的〕。

死估估 séi² gu⁴ gu⁴（估，讀音 gu²）❶ 呆板；不靈活：做嘢靈活啲，唔好 ～〔做事情靈活一點，不要那麼呆板〕。❷ 毫無生氣的；一動不動的；不活躍的：坐喺度 ～ 做乜，出去玩下啦〔坐在這裏發愣幹嗎，出去玩一下吧〕！

死鬼 séi² guei¹ ❶ 加在人名或人的稱謂的前面，表示這個人已經去世。❷ 有時作罵人語。

死過翻生 séi² guo³ fan¹ sang¹ ❶ 遭遇大難而脫險：佢大病一場，真係 ～〔他大病一場，撿回一條命了〕。❷ 死去活來：畀人打到 ～〔讓人打得死去活來〕。

死慳死抵 séi² han¹ séi² dei² 盡量節儉又拼命苦幹。

死直 séi² jig⁶ 僵死。比喻事情無法挽救。

死橋 séi² kiu⁴⁻² ❶ 絕招：諗唔到你亦有兩度 ～ 噃〔想不到你也有兩手絕招〕。❷ 餿主意：你嘅 ～ 真害人〔你的餿主意真害人〕。

死…爛… séi²…lan⁶… 拼死拼活地：佢死做爛做又點樣〔他拼死拼活地幹又怎麼樣〕？

死剩把口 séi² jing⁶ ba² heo² ❶ 形容人光會說三道四：你係唔係 ～ 呀，成日噏講〔你是不是只會說話，說個沒

完〕。❷ 形容人無理強辯：冇理由重死拗，真係 ～〔沒有理由還強辯〕。

死絕種 séi² jud⁶ zung² 罵人的話，意指對方全家死絕，只剩下被罵者一人。

死諫 séi² le² 死死糾纏：法律規定唔得，你 ～ 都冇用〔法律規定不行，你怎麼糾纏都沒用〕。

死捋 séi² leu⁴ 拼命地幹；非常賣力：佢做嘢 ～ 㗎〔他幹活是非常賣力的〕。

死纈 séi² lid³ ❶ 死結。❷ 比喻難以解決的矛盾、問題：呢個 ～ 邊個都難解〔這個難題誰都難解〕。

死佬 séi² lou² 混蛋；壞傢伙（罵男人的話）。

死唔斷氣 séi² m⁴ tün⁵ héi³ 死不瞑目：如果唔搞清楚呢件事，佢會 ～ 㗎〔如果不搞清楚這件事，他會死不瞑目的〕。

死妹釘 séi² mui⁶⁻¹ déng¹ 死丫頭。

死女包 séi² nêu⁵⁻² bao¹ 同上。

死纏爛打 séi² qin⁴ lan⁶ da² 胡攪蠻纏；糾纏不休：佢一味 ～，唔答應都唔得〔他一直胡攪蠻纏，不答應也不行〕。

死實 séi² sed⁶ ❶ 無可挽救；不能逆轉。❷ 不鬆軟（指食物等）。❸ 顏色暗淡。

死死地氣 séi² séi² déi⁶ héi³ 同"死死氣"。

死死下 séi² séi² ha⁶⁻² ❶ 要命；夠餿（用在動詞、形容詞、詞組和結構助詞"到"的後面，表示程度相當深）：痛到 ～〔痛得要命〕｜癐到 ～〔累得夠餿〕｜打到佢 ～〔把他打得夠餿〕｜激到 ～〔氣得要命〕。❷ 無精打采；沒有生氣：睇佢 ～ 嘅〔看他無精打采的樣子〕。

死死氣 séi² séi² héi³ ❶ 形容勉強地、被迫地、無可奈何地幹某事：爸爸發火喇，佢至 ～ 嘅去〔爸爸火兒了，他才勉強地去〕。❷ 垂頭喪氣地：睇

佢 ～ 嘅翻嚟，實唔成功嘞〔看他垂
頭喪氣地回來，一定不成功〕。又作
"死死地氣"。

死心不息 séi² sem¹ bed¹ xig¹ 不死心：
失敗幾次重～〔失敗幾次還不死心〕。

死剩種 séi² xing⁶ zung² 同"死絕種"。

死人 séi² yen⁴ ❶ 用在名詞前面作罵
人語（非真罵），相當於普通話的
"死"：～ 肥佬〔死胖傢伙〕|～張三。
❷ 糟糕：～ 喇，鎖匙唔見咗〔糟糕，
鑰匙不見了〕！

死人頭 séi² yen⁴ tou⁴ 罵人語。大致相
當於普通話的"該死的"：你個 ～ 亂
噏啲乜嘢〔你這個該死的傢伙都胡説
些甚麼〕！

死仔乾 séi² zei² gon¹ 咒罵瘦小的男青
年。

四邊四便 séi³ bin¹ séi³ bin⁶ 四周；周
圍。

四便 séi³ bin⁶ 四周；周圍：～ 一樣
長|～ 都有樹|～ 都有人。

四點六企 séi³ dim² lug⁶ kéi⁵ ❶ 辦事按
規矩、有條理而且要求嚴格：佢係
一個 ～ 嘅人，就係死板啲〔他是一
個嚴格按規矩辦事的人，就是死板
點〕。❷ 整齊、清潔：呢間辦公室 ～
晒〔這間辦公室整齊潔淨呀〕。

四塊半 séi³ fai³ bun³ 指棺材。

*四方辮頂** séi³ fong¹ bin¹ déng² 指把很
多錢白費在並不真心愛自己的女人
身上的男人。

四方嘩 séi³ fong¹ kuag¹（嘩，箍黑切）四
方框框。

四方木 séi³ fong¹ mug⁶ 指四方木條或
六面體木塊，因它踢一踢才會動一
下，用以比喻不靈活不主動的人。

四方竹 séi³ fong¹ zug¹ 一種莖方皮青
色或紫黑色的竹子。

四方鴨蛋 séi³ fong¹ ngab³ dan⁶⁻² 比喻
稀奇古怪的東西。

四腳爬爬 séi³ gêg³ pa⁴ pa⁴ 爬行，多用
於嬰兒。

四腳蛇 séi³ gêg³ sé⁴ 蜥蜴之類小爬行
動物的統稱。

四九仔 séi³ geo² zei² 黑社會組織三合
會的成員。

四季豆 séi³ guei³ deo⁶⁻² 扁豆（豆莢作
蔬菜）。

四兩鐵 séi³ lêng² tid³ 戲稱手槍。

四萬噉口 séi³ man⁶ gem² heo² 嘴巴像
"四萬"那樣。麻將牌上"四萬"的
"四"像人張開口露出牙齒笑。形容
人高興得合不攏嘴：佢歡喜到 ～〔他
高興得合不攏嘴〕。

四眼 séi³ ngan⁵ 戴眼鏡的（不禮貌的説
法）。

四眼狗 séi³ ngan⁵ geo² 對戴眼鏡的人
的侮辱性稱呼。

四眼佬 séi³ ngan⁵ lou² 戴眼鏡的人（不
禮貌的説法）。

四平八正 séi³ ping⁴ bad³ zéng³ ❶ 端端
正正。❷ 整整齊齊。

四處 séi³ qu³ 到處；周圍。

四四六六 séi³ séi³ lug⁶ lug⁶ 指人辦事
得體、合乎規範。

四圍 séi³ wei⁴ ❶ 四周：學校 ～ 都有
門口。❷ 到處：我 ～ 都搵過〔我到
處都找過〕。

四邑 séi³ yeb¹ 指廣東省的新會、台山、
開平、恩平四縣及江門市（江門原屬
新會）。

四淫齊 séi³ yem⁴ cei⁴ "四淫"指嫖、
賭、飲、吹（抽鴉片）。指人甚麼惡
習都沾染上了：個嘢 ～ 嚟㗎〔那傢
伙甚麼惡習都染上了〕。

四正 séi³ zéng³（又音 xi³ zéng³。正，讀
音 jing³）端正：佢嘅字寫得好 ～〔他
的字寫得很端正〕| 擺得好 ～〔擺得
很端正〕。

四周 séi³ zeo¹ 到處：就喺屋裏頭嘅，～

搵下啦〔就在房子裏的，到處找找吧〕｜公園裏面 ~ 都搵過喇〔公園裏到處都找過了〕。

sem

心躁 sem¹ cou³ 煩躁。

心大心細 sem¹ dai⁶ sem¹ sei³ 形容猶疑不決，拿不定主意：佢而家重 ~〔他現在還是拿不定主意〕。

心地 sem¹ déi⁶⁻² 心眼兒：佢確實好 ~〔她心眼兒的確好〕｜呢個人 ~ 唔係幾好〔這個人心眼兒不大好〕。

心多多 sem¹ do¹ do¹ 三心二意；拿不定主意：暑假嚟嘞，佢又想做呢樣，又想做嗰樣，~ 嘅，唔知做乜嘢好〔暑假到了，他又想幹這，又想幹那，三心二意，不知幹甚麼好〕。

心火 sem¹ fo² 火氣。人們認為煩躁、容易發脾氣都是由此而來。

心火盛 sem¹ fo² xing⁶ 煩躁：呢兩日佢 ~，咪惹佢〔這兩天他很煩躁，別惹他〕。

心灰 sem¹ fui¹ 灰心：佢嘅對我，我心都灰晒咯〔他這樣對我，我太灰心了〕。

心機 sem¹ géi¹ ❶ 精神；心血：做呢件嘢真唯 ~〔做這件事真費神〕｜嗰件事唯咗真好多 ~〔那件事費了很多心血〕。❷ 恆心；耐心：織冷衫要好好 ~ 至得〔打毛衣要很有恆心才行〕。❸ 心情：冇咁好 ~〔沒那麼好心情〕｜玩到冇晒 ~ 讀書〔玩得無心唸書〕。

心甘 sem¹ gem¹ 甘心。

心甘命抵 sem¹ gem¹ méng⁶ dei² 心甘情願；自願：我係 ~ 嘅〔我是心甘情願的〕。

心驚膽跳 sem¹ géng¹ dam² tiu³ 心驚膽戰。

心肝棍 sem¹ gon¹ ding³ 心肝寶貝兒。

心肝唔搭肺 sem¹ gon¹ m⁴ dab³ fei³ ❶ 形容人缺乏情感。❷ 形容人神魂失落、心不在焉。又作 "心肝唔嚟 (na¹) 肺"。

心掛掛 sem¹ gua³ gua³ 牽腸掛肚：佢一個人去咁遠路，叫人成日 ~〔他一個人去那麼遠的路，總叫人牽腸掛肚的〕。

心滾 sem¹ guen² 冒火：碰到嗰嘅事，唔 ~ 就假〔碰到這樣的事，不冒火才怪呢〕｜睇見佢我就 ~〔看見他我就冒火〕。

心氣痛 sem¹ héi³ tung³ 心窩部位痛；胃痛。

心口 sem¹ heo² 心窩；胸：~ 痛｜激到佢 ~〔氣得他捶胸〕。

心口針 sem¹ heo² zem¹ 胸針。

心知肚明 sem¹ ji¹ tou⁵ ming⁴ 心裏有數：呢件事你 ~〔這件事你心裏有數〕。

心照 sem¹ jiu³ 心照不宣：兩家 ~ 就得咯〔雙方心照不宣就可以了〕。

心懵面精 sem¹ mung² min⁶ zéng¹ 看起來好像很精明，其實很糊塗、愚蠢。與 "面懵心精" 相反。

心翳 sem¹ ngei³ ❶ 胸部發悶。❷ 心裏不痛快：諗起呢件事就 ~ 咯〔想起這件事心裏就不痛快〕。

心怕 sem¹ pa³ 擔心：我 ~ 會摸門釘〔我擔心會吃閉門羹〕。

心抱 sem¹ pou⁵ 兒媳婦：娶 ~｜~ 仔〔小媳婦〕。〖"心抱" 是 "新婦" 的變音。〗

心清理靜 sem¹ qing¹ léi⁵ jing⁶ 心平氣和：大家要 ~ 嘅討論〔大家要心平氣和地討論〕。

心實 sem¹ sed⁶ 寒心；失望：佢見個仔學成嘅，真係 ~ 咯〔他看見兒子學成這個樣子，真夠寒心的〕｜大家心都實晒〔大家非常失望〕。

心想事成 sem¹ sêng² xi⁶ xing⁴ 想幹甚麼都成功，萬事如意。

心水 sem¹ sêu² ❶ 心意：合～。❷ 頭腦：佢～好清〔他頭腦很清醒〕。

心水清 sem¹ sêu² qing¹ 有心思；頭腦清醒：佢心水好清〔他頭腦很清醒〕｜佢～，諗得周到〔他有心思，想得周到〕。

心爽 sem¹ song² 心情愉快；舒暢。

心淡 sem¹ tam⁵ ❶ 心灰意冷：唔成功都唔使～吖〔不成功也用不着心灰意冷〕。❷（對某人）失去了感情；不寄予希望：對佢好～〔對他不寄予希望〕。❸ 不感興趣；提不起興趣：我對嗰啲嘢冇～〔我對那些東西不感興趣〕。

心頭高 sem¹ teo⁴ gou¹ 志向遠大；心氣高：佢自細就～〔他從小就心氣高〕。

心甜 sem¹ tim⁴ 痛快；滿意：大家都～。

心痛 sem¹ tung³ ❶ 心疼：我使錢多就～。❷ 珍愛：呢個茶壺我最～咯〔這個茶壺我最珍愛〕。

心思思 sem¹ xi¹ xi¹ 惦念着；老是想着（某事）：～去玩〔老想着去玩〕｜佢病咗重～想住廠裏便嘅事〔他病了還惦念着廠裏的事兒〕。

心適 sem¹ xig¹ ❶ 舒心：樣樣都唔使憂，～咯〔甚麼都不用擔憂，舒心啊〕！❷ 常用於反話，心裏舒服：你睇，搞搞咗，你～啦〔你看，弄糟了，你舒服了吧〕！

心息 sem¹ xig¹ 灰心；不寄予希望：講極佢都唔聽，我都～咯〔怎麼説他都不聽，我也灰心了〕。

心嘟嘟 sem¹ yug¹ yug¹（嘟，郁）指動了心很想做某些事情但還沒有行動的狀態：我～，都好想去喫〔我動了心，也很想去〕。

心足 sem¹ zug¹ 感到滿足，知足：而家嘅待遇，我好～咯〔現在的待遇，我很滿足了〕。

深筆字 sem¹ bed¹ ji⁶ 繁體字。

森樹 sem¹ xu⁶ 苦楝樹。

審 sem² 撒：～芝麻｜～古月粉〔撒胡椒麵兒〕。

滲井 sem³ zéng² 沙井（排泄污水的井）。

甚至無 sem⁶ ji³ mou⁴ 甚至；退一步來説；就算是：買到頭二等船票固然好，～買三等都可以〔買到頭二等船票當然好，就是買到三等的也可以〕｜如果對集體有利，～個人蝕底啲都唔怕〔如果對集體有利，就算是個人吃點虧也不怕〕。

sen

申 sen¹ 折合：十畝～成幾多平方米？

身 sen¹ ❶ 物的外形或外部結構：企～煲〔直立的鍋〕｜企～琴〔立式鋼琴〕。❷ 質料的厚薄：薄～花樽〔薄胎的花瓶〕｜呢只絨厚～〔這種呢子比較厚〕。❸ 動物身體發育情況：隻雞未夠～，唔好食〔雞還沒有充分發育，不好吃〕。❹ 量詞，用於打：畀人打咗一～〔被別人打了一頓〕。

身家 sen¹ ga¹ ❶ 財產；家財：百萬～｜好多～〔很多財產〕。❷ 個人的全部家當：佢嘅～就係呢幾個槓喇〔他的全部家當就是這幾個箱子了〕。

身紀（娠紀） sen¹ géi² 身孕：有～〔有孕〕。

身跟 sen¹ gen¹ 身邊；旁邊：要有人喺你～至得〔要有人在你身邊才行〕。

身嬌肉貴 sen¹ giu¹ yug⁶ guei³ 身體嬌貴。

身熰 sen¹ hing³（熰，慶）發燒；體溫高：琴晚佢有啲～〔昨天晚上他有點兒發燒〕。

身子 sen¹ ji² 身體：最近～幾好嗎〔最近身體挺好吧〕？

身水身汗 sen¹ sêu² sen¹ hon⁶ 渾身大汗淋漓：睇佢走到 ～〔看他跑得滿身是汗〕｜ ～ 嘅，去邊處㗎呀〔滿身都是汗，上哪兒去了〕？

身位 sen¹ wei⁶⁻² ❶ 身體佔據的位置：前鋒界人食住 ～〔前鋒讓人堵住了位置〕。❷ 身體的長度或寬度：第一名快過第二名半個 ～。

辛苦 sen¹ fu² ❶ 辛勞，勞苦。❷ 感到難受：想咳又咳唔出，好 ～〔想咳嗽又咳不出來，真難受〕｜我睇佢病得好 ～〔我看他病得很難受〕｜熱得好 ～〔熱得很難受〕。〖普通話的"辛苦"沒有 ❷ 義。〗

新簇簇 sen¹ cug¹ cug¹ 很新：呢張銀紙重 ～ 嘅〔這張鈔票還挺新的〕。

*新地 sen¹ déi⁶ 在頂部加有壓碎的水果、果汁、核果等的冰淇淋。〖"新地"是英語 sundae 的音譯詞。〗

新丁 sen¹ ding¹ 新來的人：今年我哋單位又添吃三個 ～〔今年我們單位又添了三位新同事〕。

*新奇士 sen¹ kéi⁴ xi⁶ 金山橙，即美國產的臍橙。

新曆年 sen¹ lig⁶ nin⁴ ❶ 元旦；陽曆新年。❷ 陽曆；新曆：按 ～ 計，今日二十號〔按陽曆算，今天是二十號〕。

新郎哥 sen¹ long⁴ go¹ 新郎。

新聞紙 sen¹ men⁴ ji² 報紙(現已少用)。

新年流流 sen¹ nin⁴ leo⁴ leo⁴ 大過年的，大新年的：細路仔 ～ 着靚嘅〔小孩子大過年的穿漂亮點〕｜ ～ 咪講啲唔利市嘅話〔大新年的別説不吉利的話〕。

新年頭 sen¹ nin⁴ teo⁴⁻² 農曆正月初一至元宵節期間：～ 好熱鬧。

*新潮 sen¹ qiu⁴ "新潮流"的簡稱。一般指在生活上，如衣着、行為等方面比較"開放"，追求時髦的做法；也指在男女關係上不嚴肅的態度。

新屎坑 sen¹ xi² hang¹ 歇後語，後半段是"三日香"或"三日新"。〖"屎坑"即廁所。新廁所比較乾淨，一般人大小便總喜歡到新廁所去，但新廁所過不了幾天即變髒了，人們對它的興趣也隨之而消失，所以用"新屎坑"來比喻人貪新鮮，或者比喻愛好、興趣不穩定。〗

新人 sen¹ yen⁴⁻² 新娘。

新紮 sen¹ zad³ 最近走紅的（影視演員）。

新仔 sen¹ zei² 新手或新來的加盟者。

呻 sen³ (讀音 sen¹) ❶ 呻吟：～ 一下就舒服啲〔哼哼一下就舒服一點〕❷ 歎；慨歎：自己 ～ 笨〔自歎愚蠢〕。

呻笨 sen³ ben⁶ 由於做了蠢事而自怨：佢發現界人呃咗，猛咁 ～〔他發現被人家騙了，大罵自己糊塗〕｜呢次你唔去實會 ～〔這次你不去肯定要後悔〕。

神 sen⁴ 不正常；出了故障：架車 ～ 咗，要整至得〔車子壞了，要修理才行〕｜我嘅錶 ～ 起上嚟一日快兩個鐘頭〔我的錶不正常的時候一天快兩小時〕。

神化 sen⁴ fa³ 神妙；神乎其神：唔好將佢講得咁 ～〔不要把他説得神乎其神〕。

神福 sen⁴ fug¹ 供過神的豬肉：散 ～〔把供過神的豬肉分送給眾人〕。

神經 sen⁴ ging¹ 同"發神經"。

神經病 sen⁴ ging¹ béng⁶ 同"發神經"。

神經佬 sen⁴ ging¹ lou² 神經不正常的人。

神高神大 sen⁴ gou¹ sen⁴ dai⁶ 形容人個頭很高大，健壯：佢大佬生得 ～，好似大力士嘅〔他哥哥長得又高又大，好像一個大力士那樣〕。

神棍 sen⁴ guen³ 以裝神弄鬼為職業騙錢的人。

神主牌 sen⁴ ju² pai⁴⁻² 神主;牌位。

神樓 sen⁴ leo⁴ 神龕(供神像或祖宗牌位的閣子)。

神心 sen⁴ sem¹ 原意是迷信的人敬奉神靈的誠意,現在引申為對事情專心致志、有恒心、有毅力、誠心:朝朝跑步,咁 ~〔每天早上跑步,這麼有恒心〕| 咁 ~,專門嚟睇佢〔這麼誠懇,專門來看望他〕。

神神地 sen⁴ sen⁴⁻² déi⁶⁻² ❶ 有點不正常:呢架機器 ~ 㗎〔這部機器有點不正常〕。❷ 有點神經不正常:呢個細路仔有啲 ~〔這個小孩有點神經不正常〕。

神神化化 sen⁴ sen⁴ fa³ fa³ 神經有點不正常、行為有點令人捉摸不定的樣子。

神神經經 sen⁴ sen⁴ ging¹ ging¹ 神經有點不正常的樣子。

神枱桔 sen⁴ toi⁴ ged¹ 歇後語,下一句是"陰乾"。指人的身體或企業每況愈下。

神仙數 sen⁴ xin¹ sou³ 比喻賬目混亂,只有神仙才算得出來的糊塗賬。

神仙肚 sen⁴ xin¹ tou⁵ 不用吃飯的肚子:咁耐都有飯食,你以為係 ~ 咩〔這麼久都沒有飯吃,你以為是"神仙肚"嗎〕?〖廣州人稱那些與眾不同的器官時,往往用"神仙"來稱呼,如稱走遠路都不大感到累的腿為"神仙腳"等。〗

神仙魚 sen⁴ xin¹ yü⁴⁻² 一種熱帶魚。

神嘢 sen⁴ yé⁵ ❶ 有毛病的用品等:呢部收音機係 ~ 嚟㗎〔這台收音機是壞的〕| 都係啲 ~ 邊個要呀〔都是些破爛貨誰要啊〕!❷ 轉指神經不大正常的人,言行怪異的人。

晨運 sen⁴ wen⁶ 晨練。

晨早流流 sen⁴ zou² leo⁴ leo⁴ 大清早的。

¹**侲(腎)** sen⁵ 艮。指芋頭、馬鈴薯、蓮藕等含澱粉較多的東西,煮熟後硬而滑、不麵的性質:~ 芋頭。

²**侲(腎)** sen⁵ 比喻人呆板、不機靈:你真 ~,係要噉樣做,唔會改變一下咩〔你真呆板,一定要這麼幹,不會改變一下嗎〕!〖"侲"與"神神化化"的"神"音近,這裏用近音雙關作比喻。〗

侲人 sen⁵ yen⁴ 傻瓜。

侲仔 sen⁵ zei² 傻瓜。

sên

徇 sên¹ 申斥;責備:佢畀老豆 ~ 咗一餐〔他被父親臭罵了一頓〕。

筍嘢 sên² yé⁵(嘢,野)好東西:佢以為撈到乜嘢 ~,點知得個吉〔他以為撈到甚麼好東西,誰知是一場空〕。

信肉 sên³ yug⁶ 信瓤兒。

純情 sên⁴ qing⁴ 純真;愛情忠貞:呢個女仔好 ~〔這女孩很純真〕。

馴品 sên⁴ ben² 性情純真溫順:呢個青年仔好 ~〔這個小伙子性情很純真溫和〕。

順檔 sên⁶ dong³ 順利:呢件事好 ~〔這件事很順利〕。

順風車 sên⁶ fung¹ cé¹ 順路車:行咗一半路,搭上咗 ~〔走了一半路,搭上了順路車〕。

順風旗 sên⁶ fung¹ kéi⁴ 比喻無主見、隨大流、見風使舵的人。

順風駛艃 sên⁶ fung¹ sei² léi⁵(艃,里)比喻順着趨勢來行事;順水推舟。

順風順水 sên⁶ fung¹ sên⁶ sêu² 辦事順利:一路 ~,生意興隆。

順景 sên⁶ ging² 順利;景況好:希望你年年 ~。

順口 sên⁶ heo² ❶ 隨口(說):我 ~ 講嘅嘛〔我隨口說說罷了〕。❷(話語)流暢:背書背得好 ~〔背書背得滾瓜爛熟〕。

順攤 sên⁶ tan¹ 同"順檔"。

順頭順路 sên⁶ teo⁴ sên⁶ lou⁶ 極為順利：做呢幾件事都～〔做這幾件事極為順利〕。

seng

搇 seng³ ❶ 刺痛（指被火灼傷或滾燙的東西燙傷後的感覺）。❷ 心疼；痛惜：公家嘅嘢壞咗啲啲，佢都～到乜鬼嘅〔公家的東西損壞了一點點，他都心疼得不得了〕。

搇用邊髀 seng³ led¹ bin¹ béi²（甩，啦一切）心疼；捨不得：用咁多錢買呢件嘢，真係～〔花那麼多錢買這件東西，真心疼〕！

séng

腥曷（腥羯） séng¹ hod³ 腥臭：一飈～嘴〔一股腥臭味兒〕| 隻狗～到死〔那隻狗腥臭得要命〕。

腥悶 séng¹ mun⁶ ❶ 腥臭。❷ 引申指討人嫌：做人咪咁～至得〔做人別那麼討人嫌才行〕。

腥鰮鰮 séng¹ wen¹ wen¹ 腥腥的：捉過魚隻手～〔捉過魚的手腥腥的〕。

聲 séng¹（讀音 xing¹）❶ 聲音：好細～〔聲音很小〕。❷ 説；説話：一句話都唔～〔一句話都不説〕| 佢成日都唔～嘅〔他整天都不説話〕。❸ 吭（kēng）聲：有人敢～〔沒人敢吭聲〕。❹ 響（用在重疊象聲詞的後面）：呼呼～ | 隆隆～。

聲大夾惡 séng¹ dai⁶ gab³ ngog³ 形容人聲音大態度兇惡。

聲氣 séng¹ héi³ 消息，引申指希望：有冇～〔有沒有消息〕？| 有～喇〔有希望了〕| 冇晒～〔一點希望都沒有〕。

聲喉 séng¹ heo⁴ ❶ 嗓子：唱到～都沙晒〔唱得嗓子都沙啞了〕。❷ 嗓門：佢嘅～真大〔他的嗓門真大〕。

聲喉坼 séng¹ heo⁴ cag³ 嗓子嚴重沙啞。

聲沙 séng¹ sa¹ 嗓音沙啞。

聲談 séng¹ tam⁴ 口音，帶有某種地方口音。

醒瞓 séng² fen³（瞓，訓）驚醒；警醒（指人睡着後容易醒來）：佢好～，喐啲都知〔他很警醒，一動就知道〕。

鋥 séng³（腥³）❶ 銹：生～ | 呢張刀生晒～〔這把刀長滿了銹〕。❷ 鐵銹（味）：臭～嘴〔臭鐵銹味兒〕。

成 séng⁴（讀音 xing⁴）❶ 成事；成功；定了：我拜託你嗰件事～唔～呀〔我拜託你的那件事成事了沒有〕？❷ 滿；整個：～街都係人〔滿街都是人〕| ～個買〔整個買〕。❸ 幾乎；將近：～尺長〔幾乎一尺長〕| 嚟咗～十個人〔來了將近十個人〕。

成日 séng⁴ yed⁶（又音 xing⁴ yed⁶）整天：佢～埋頭苦幹〔他整天埋頭苦幹〕。

sêng

相睇 sêng¹ tei² 相（xiāng）親。

相思 sêng¹ xi¹ 黃雀。

相食 sêng¹ xig⁶ 兩個物體扣合緊密：呢個螺母同螺絲好～〔這個螺母跟那個螺絲很吻合〕。

相宜 sêng¹ yi⁴ 便宜：收費好～〔收費很便宜〕。

相與 sêng¹ yu⁵ ❶ 商量：佢好～嘅〔他好商量的〕。❷ 相處：呢個人好難～嘅〔這個人是很難相處的〕。

相就 sêng¹ zeo⁶ ❶ 將就；謙讓：唔該～下〔請讓一下〕。❷ 引申指對方幫忙關照：～下啦，借你個手機用下〔請關照一下，把你的手機借來用一下〕。

商家佬 sêng¹ ga¹ lou² 商人。

*__商務午餐__ sêng¹ mou⁶ ng⁵ can¹ 上班人員的工作午餐。

雙房 sêng¹ fong⁴⁻² 旅館裏有兩張牀的房間：開一間 ~〔開一間雙鋪間〕。

雙封 sêng¹ fung¹ 雙幅（指布的寬度）：~ 布。

雙糧 sêng¹ lêng⁴ 雙薪。

雙毫 sêng¹ hou⁴ 清朝至民國初年鑄造的一種銀幣，上有“貳毫”字樣，面值二角。

雙蒸 sêng¹ jing¹ 燒酒的一種，經過兩次蒸餾而成，酒精含量較低，又叫“雙蒸酒”。

雙企人 sêng¹ kéi⁵ yen⁴ 雙人旁（漢字偏旁“亻”）。

雙眼簷 sêng¹ ngan⁵ yem⁴〔簷，讀音 yim¹，xim⁴〕雙眼皮。

雙皮奶 sêng¹ péi⁴⁻² nai⁵ 甜奶酪。

雙窬牆 sêng¹ yu⁴⁻² cêng⁴ 雙層磚的牆。

相(像) sêng³⁻² 相片；照片：曬兩張 ~〔洗兩張照片〕｜半身 ~｜風景 ~。

想話 sêng² wa⁶ 打算；正想：我 ~ 去搵你〔我正想去找你〕｜老張 ~ 組織大家去旅行。

賞面 sêng² min⁶⁻² 賞臉。

相底 sêng³ dei² 底片（照片的底版）。

相士 sêng³ xi⁶ 看相的人。

常慣 sêng⁴ guan³ 通常；慣常。

上鏡 sêng⁵ géng³ 指照出來的相片或圖像比原來的樣子好看。

上契 sêng⁵ kei³ 認乾親。

上鏈 sêng⁵ lin⁶⁻² （給鐘錶）上發條，上弦。

上落 sêng⁵ log⁶ ❶ 上下：住七樓 ~ 唔方便〔住七樓上下不方便〕。❷（在兩地之間）來往：一個喺廣州，一個喺北京，~ 幾唔方便呀〔一個在廣州，一個在北京，來往多不方便啊〕。

上岸 sêng⁵ ngon⁶ 指下海經商後又回到原來的工作機構。

上心 sêng⁵ sem¹ ❶ 用心，放在心上：老闆交帶嘅事，佢都敢唔 ~〔老闆交待的事，他居然敢不放在心上〕。❷ 在意，在乎：佢對你好 ~ 㗎〔他是很在乎你的〕。

上舖 sêng⁵ pou³ 打烊（商店晚上收市關門）。

上數 sêng⁵ sou³ 記賬。

上堂 sêng⁵ tong⁴ 上課：八點鐘 ~｜上咗三堂〔上了三課〕。

上便 sêng⁶ bin⁶ 上面：放喺 ~〔放在上面〕｜樓 ~ 有埞〔樓上有地方〕。

上高 sêng⁶ gou¹ 上面（高處）：花樽放喺櫃 ~〔花瓶放在櫃子上面〕｜瓦背頂 ~〔屋頂上面〕。

上下 sêng⁶ ha⁶⁻² ❶ 將近；快要：~ 天光咯〔將近天亮了〕｜佢嘅病 ~ 好喇〔他的病快要好了〕。❷ 左右；大約；大概：廿五個 ~〔二十五個左右〕｜三個月咁 ~ 至翻嚟〔大概三個月才回來〕。〖“上下”作“將近、快要”用時，一般用在數量詞或其他詞的前面；表示“大概、大約”時，用在數量詞或其他詞的後面。〗

*__上空酒吧__ sêng⁶ hung¹ zeo² ba¹ 侍女不穿上裝的酒吧。

上排 sêng⁶ pai⁴⁻² 前些日子：~ 你去咗邊度〔前些日子你到哪裏去了〕?

上湯 sêng⁶ tong¹ 高湯。

上算 sêng⁶ xun³ ❶ 合算，值得。❷ 高明：你呢個主意 ~〔你這個主意高明〕。（普通話“上算”沒有 ❷ 義。）

上雜 sêng⁶ zab⁶ 上水（豬牛羊等的心、肝、肺）。

上晝 sêng⁶ zeo³ 上午：~ 上堂，下晝自習〔上午上課，下午自習〕。

seo

收 seo¹ 藏：啲嘢～喺邊度〔那些東西藏在哪裏〕？

*收得 seo¹ deg¹ 收入好；賣座：呢部影片～〔這部影片賣座〕｜呢場波唔係點～〔這場球賽收入不大好〕。

收檔 seo¹ dong³ ❶ 收攤兒：五點鐘就～。❷ 結束（詼諧的説法）：就快～咯〔快要結束了〕。❸ 收起來：你嗰槓嘢快啲～啦〔你那一套快點收起來吧〕！

收科 seo¹ fo¹ 收場：睇你點～〔看你怎麼收場〕。

收工 seo¹ gung¹ ❶ 結束田間或工地的工作。❷ 下班。

收行水 seo¹ hang⁴ sêu² 車匪路霸設卡勒索過往車船及旅客。

收口 seo¹ heo² ❶ 傷口癒合。❷ 閉嘴；住嘴：講咁耐，～啦〔説那麼久了，閉嘴吧〕。

收規 seo¹ kuei¹ 非法收取營業保護費。

收埋 seo¹ mai⁴ ❶ 藏起來：你～唔好畀人睇見〔你藏起來，別讓別人看見〕。❷ 收藏：～好多古董。❸ 收拾好：食完飯要～啲碗碟〔吃過飯要收拾碗筷〕。

收買佬 seo¹ mai⁵ lou² 收買破爛的；收買舊貨者。

收尾 seo¹ méi⁵⁻¹ 最後；後來：～大家都同意｜佢～先嚟〔他最後才來〕｜～點呀〔後來怎麼樣〕？

收銀員 seo¹ ngen⁴ yün⁴ 商店裏的收款員。

收盤 seo¹ pun⁴⁻² 商店倒閉，結束營業。

收山 seo¹ san¹ 形容一個人從事某種職業一段時間後不再做了。同“收檔”❷❸。

收聲 seo¹ séng¹ ❶ 停止哭泣。❷ 停止說話。

收收佝佝 seo¹ seo¹ béng³ béng³ 形容人把甚麼東西都收藏起來：使乜～呢，我唔會要你嘅〔何必束東藏西藏呢，我不會要你的〕。

收手 seo¹ seo² 停手；住手：快啲～〔快點住手〕。

收數 seo¹ sou³ 收賬。

收枱 seo¹ toi⁴⁻² ❶ 吃完飯把桌子收拾好。❷ 賭局收了。

收線 seo¹ xin³ 掛斷或切斷正在通話的電話。

收收散 seo¹ seo¹ san² 同“散收收”。

修整 seo¹ jing² 修理：～鐘錶｜～水喉〔修理水龍頭〕。

修遊 seo¹ yeo⁴ 從容不迫；慢慢地：夠鐘喇，重咁～〔到點了，還那麼慢騰騰〕！｜夠時間，修修遊遊去都未遲〔時間足夠，慢慢去也不忙〕。〖“修遊”本為“優遊”，因“優”與“憂”同音忌諱而改讀。普通話的“優遊”用於書面語，指“生活悠閒”，與廣州話不同。〗

羞家 seo¹ ga¹ 羞；羞人：咁大個重着開裲褲，真～〔這麼大的孩子還穿開襠褲，真羞〕！

手 seo² ❶ 手（人體上肢前端拿東西的部分）：拍～。❷ 胳膊：衫袖長過～〔袖子比胳膊長〕｜遞高隻～〔舉起胳膊〕。❸ 量詞。多用於使人為難、害怕，或人所忌諱的事情：呢～嘢幾得人驚㗎〔這類事情相當使人害怕的〕｜嗰～嘢好難辦嘅〔那種事情很難處理啊〕。

手板 seo² ban² 手掌；手心：～好厚｜打～〔打手心〕。

手板心 seo² ban² sem¹ 手心。

手板堂 seo² ban² tong⁴ 手心。

手臂 seo² béi³ 胳膊：～好粗糙〔胳膊很粗〕。

手車 seo² cé¹ ❶ 手推車。❷ 手動的農用水車。

手抽 seo² ceo¹ 手提籃（多指用藤或草編製的）：藤 ～。

手重 seo² cung⁵ ❶ 口重（菜餚放鹽過多）。❷ 指打人時用勁：佢打仔都好 ～〔他揍兒子也夠狠的〕。

手多 seo² do¹ 指人好動別人的東西。

手多多 seo² do¹ do¹ 形容多手多腳，愛亂摸亂弄的：最討厭細路仔 ～〔最討厭小孩子多手多腳〕。

手袋 seo² doi⁶⁻² 手提包。

手甲 seo² gab³ 指甲：剪 ～。

手腳 seo² gêg³ ❶ 武功；使用武功：唔使兩下 ～ 就打敗佢咯〔用不了幾下子就把他打敗了〕。❷ 對手：佢唔係你嘅 ～〔他不是你的對手〕。

手巾 seo² gen¹ 毛巾：洗面 ～〔洗臉毛巾〕。

手巾仔 seo¹ gen¹ zei² 手絹：攞 ～ 抹汗〔拿手絹擦汗〕。

手緊 seo² gen² ❶ 拮据，手頭缺錢：呢排我好 ～〔這陣子我很缺錢〕。又說"手頭緊"。❷ 花錢節儉：佢平日好 ～，唔係亂使錢嘅人〔他平日很節儉，不是亂花錢的人〕。

手瓜 seo² gua¹ 胳膊；上臂：～ 起䏋〔上臂肌肉成塊狀突出〕。

手瓜起䏋 seo² gua¹ héi² jin²（䏋，剪）胳膊顯出腱子，比喻強壯有力。

手瓜硬 seo² gua¹ ngang⁶ 比喻實力雄厚：佢 ～，你點鬥得過佢喎〔他實力雄厚，你怎麼能鬥得過他〕。

手骨 seo² gued¹ ❶ 上肢的骨頭。❷ 胳膊：打出條 ～〔露出胳膊〕。❸ 引申指靠山或後台：佢嘅 ～ 好硬〔他的後台很硬〕。

手工 seo² gung¹ 手藝；技藝，也泛指木工等的工藝。

手氣 seo² héi³ 運氣，多用於打牌、摸彩和賭博等。

手痕 seo² hen⁴ ❶ 手癢；躍躍欲試：睇見人哋畫畫，佢就 ～ 咯〔看見人家畫畫，他就手癢了〕。❷ 多手：咁 ～ 做乜吖，乜都搞〔這樣多手幹甚麼，甚麼東西都要動〕！

手指公 seo² ji² gung¹ 拇指；大拇指：趷起 ～〔翹起大拇指〕。

手指指 seo² ji² ji² 指指點點：成日 ～，好冇禮貌〔整天指指點點，真沒禮貌〕。

手指罅 seo² ji² la³ 手指縫兒。

手指罅疏 seo² ji² la³ so¹ 比喻花錢大手大腳，沒有甚麼積蓄。

手指尾 seo² ji² méi⁵⁻¹ 小指；小拇指：～ 咁大〔小指那麼小〕。

手指模 seo² ji² mou⁴ 指模；指印：打 ～〔按指印〕。

手扣 seo² keo³ 手銬。

手鏈 seo² lin⁶⁻² 手腕上戴的鏈狀飾物。

手襪 seo² med⁶ 手套：尼龍 ～｜冷 ～〔毛線手套〕。

手尾 seo² méi⁵ 餘下來的工作：呢個工程重有啲 ～〔這項工程還有些沒有完的工作〕。

手紋 seo² men⁴ 手掌、手指紋路的總稱。

手鈪 seo² ngag⁶⁻² 手鐲。

手眼 seo² ngan⁵ 手腕骨頭突出的地方（即橈骨、尺骨下端鼓起之處）。

手硬 seo² ngang⁶ ❶ 手僵：冷到 ～〔凍得手僵了〕。❷ 有能耐；有本事（含貶意）："各人 ～ 各人扒"肯定會損害集體。

手坳 seo² ngao³ 肘窩（肘關節向裏面凹下去的部分）。

手藝 seo² ngei⁶ ❶技能；技藝：有門 ～，去邊度都唔怕〔身懷一門技藝，到哪兒都不怕〕。❷ 工作；事情：呢牌冇乜 ～〔最近沒甚麼事〕。

手勢 seo² sei³ ❶ 手藝；花樣：佢真好～，嗰件冷衫織得幾靚〔她的手藝真好，那件毛衣打得多麼漂亮〕｜搵～〔弄花樣〕。❷ 運氣（指抓鬮等的）：佢～幾好，一下就執到咗〔他的運氣相當好，一下子就撿到了〕。

手信 seo² sên³ 探親訪友時隨身攜帶的禮物：帶～｜買啲生果點心做～〔買些水果點心做禮物〕。

手疏 seo² so¹ 手鬆：使錢～嘅話幾多都唔夠使〔花錢手鬆的話多少也不夠花〕。

手爽 seo² song² 花錢大方。

手鬆 seo² sung¹ ❶ 手頭寬裕：等我～嗰陣時再買〔等我手頭寬裕點的時候再買〕。又說"手頭鬆"。❷ 花錢隨便：佢好～，見到中意嘅嘢唔理等唔等使，想買就買〔他花錢很隨便，看到喜歡的東西不管有用沒用，想買就買〕。

手揗腳震 seo² ten⁴ gêg³ zen³（揗，吞⁴）原意是手腳發抖，引申為驚慌失措，不知所措或手腳不靈（技術不熟練）：嚇到佢～〔嚇得他手腳發抖〕｜使乜～吖〔何必驚慌失措〕！｜佢做嘢～嘅〔他幹活笨手笨腳的〕。

手頭鬆 seo² teo⁴ sung¹ 手頭寬裕。

手停口停 seo² ting⁴ heo² ting⁴ 熟語，意即一停止工作就沒有飯吃。

手影機 seo² ying² géi¹ 照相機（現已少用，一般說"相機"）。

手軟 seo² yün⁵ 手發酸。形容手部不停反復做某個動作而感到累：打字打到～〔打字打到手發酸〕｜如果呢個項目做成，保證你數錢數到～〔如果這個項目做成功，保證你數錢都數不過來〕。

手踭 seo² zang¹（踭，爭）肘；胳膊肘子：因住～撞親人〔小心胳膊肘子撞了人〕。

手掣 seo² zei³（掣，讀音 qid³）手閘：揸～〔捏閘〕。

手枕 seo² zem² 手上磨起的趼子。

手袖 seo² zeo⁶ 套袖。

手作 seo² zog³ 手藝：～好｜～功夫。

手作仔 seo² zog³ zei² 做手藝的人。

守清 seo² qing¹ 守寡。

首本 seo² bun² ❶ 同"首本戲"。❷ 比喻拿手本事：寫隸書係佢嘅～〔寫隸書是他的拿手本事〕。

首本戲 seo² bun² héi³ 演員最拿手的劇目：呢齣戲係佢嘅～〔這齣戲是他最拿手的〕。

首尾 seo² méi⁵ ❶ 內情；底細；來龍去脈：呢件事我唔知～〔這件事我不知道底細〕。❷ 始終：做嘢要有～至得〔辦事要有始有終才行〕。❸ 手續：呢件事乜～咁多呀〔這件事的手續怎麼那麼多〕？

秀才手巾 seo³ coi⁴ seo² gen¹ 歇後語，下一句是"包書（輸）"。

瘦 seo³ 指鍋等鐵製器皿因缺乏油脂而呈生銹的樣子：呢隻鑊瘟過潲，都～晒咯〔這個鍋煮過豬食，全都生銹了〕。

瘦骨歼柴 seo³ gued¹ lai⁴ cai⁴（歼，賴⁴）骨瘦如柴。

瘦骨仙 seo³ gued¹ xin¹ 戲稱骨瘦如柴的人。

瘦擘擘 seo³ mag³⁻¹ mag³⁻¹ 同下。

瘦蜢蜢 seo³ mang⁵⁻² mang⁵⁻² 瘦瘦的：佢～嘅，唔知係唔係生蟲〔他瘦瘦的，不知是不是長了寄生蟲〕？

瘦削 seo³ sêg³ 瘦弱；(肌肉) 乾瘪：佢啱啱病好，重好～〔他剛剛病好，還很瘦弱〕。

瘦身 seo³ sen¹ ❶ 減肥，刻意把自己的身體瘦下來。❷ 比喻機構、規模、投資等方面的削減。

仇家 seo⁴ ga¹（仇，讀音 ceo⁴）仇人。

仇口 seo⁴ heo²（仇，讀音 ceo⁴）積怨：佢哋以前有 ～〔他們過去有積怨〕。

受 seo⁶ ❶ 接納："兩頭唔 ～ 中間 ～"〔俗語。雙方不要，第三者要〕｜～ 唔 ～ 我玩〔接受不接受我一起玩〕? ❷ 忍受（某種遭遇）：～ 苦。❸ 遭到：～ 批評。❹ 指人的身體適應某種藥物或食物的性能：呢種病唔 ～ 得寒〔這種病不能吃寒涼的東西〕｜唔 ～ 得熱氣嘢〔吃不了熱性的東西〕。

受茶禮 seo⁶ ca⁴ lei⁵ 婚嫁時女方接受男家的聘禮。

受力 seo⁶ lig⁶ ❶ 能夠承受重壓：箣竹做扁擔好 ～〔箣竹做扁擔很能承受重壓〕｜呢條木做方唔 ～〔這根木料做木方受不了重壓〕。❷ 承受重壓：呢條樑都幾 ～ 㗎〔這根樑負荷相當重〕。

受落 seo⁶ log⁶ 接受下來：呢種款式大家都幾 ～〔這種款式大家都願意接受〕。

受唔起 seo⁶ m⁴ héi² 消受不了。

受唔住 seo⁶ m⁴ ju⁶ 吃不消：捱通宵我怕你 ～〔熬通宵我怕你吃不消〕。

受納 seo⁶ nab⁶ 接受（禮物）。

壽 seo⁶ 傻笨：人哋撐你都唔知，真 ～〔人家作弄你還不知道，真傻〕。

壽板 seo⁶ ban² 棺材；棺木板。

壽癍 seo⁶ meg⁶（癍，墨）老人斑；壽斑。

壽頭 seo⁶ teo⁴ 傻瓜。

壽星公 seo⁶ xing¹ gung¹ 壽星（長壽的人）："～ 吊頸 —— 嫌命長"〔歇後語。壽星上吊 —— 嫌命長。喻人玩命〕。

壽仔 seo⁶ zei² 傻瓜；白癡。

sêu

尿 sêu¹（雖）把(尿)：～ 牙呀仔屙尿〔把

小娃娃尿尿〕｜～ 下佢〔把一把他〕。〖"尿"普通話讀 suī 時只作名詞；廣州話讀 sêu¹ 時只作動詞。〗

¹衰 sêu¹ ❶ 倒霉；糟糕：真 ～，又打爛咗〔真倒霉，又打破了〕｜～ 晒，唔見咗鎖匙〔糟糕透了，鑰匙不見了〕。❷ 缺德；討厭（形容人作風、態度不好）：～ 鬼〔缺德鬼；討厭鬼〕｜邊個咁 ～，整到呢度咁污糟〔誰那麼討厭，弄得這裏那麼髒〕! ❸ 下賤：～ 得你咁交關〔你下賤得這麼厲害〕。❹ 愛罵時用語，相當於"討厭"、"壞"等意思：行開啲啦，咁 ～〔走開點，這麼討厭〕!

²衰 sêu¹ ❶ 壞的，差的，次的：買埋啲 ～ 嘢〔盡買些破爛東西〕。❷ 居下風，落後；失敗：我從來冇 ～ 過〔我從來沒有落後過〕｜呢次唔 ～ 得㗎〔這次是不能失敗的〕｜最後 ～ 咗〔最後黃了〕。

衰多口 sêu¹ do¹ heo² 因為嘴多而招致麻煩：你 ～，因住得罪人〔你愛嚼舌頭，當心得罪人〕。

衰到爆 sêu¹ dou³ bao³ 非常缺德，極壞：呢個人乜都偷，～〔這個人甚麼都偷，壞透了〕。

衰格 sêu¹ gag³ 人格低下；缺德：我睇佢唔會咁 ～ 啩〔我看他不至於那麼缺德〕。

衰鬼豆 sêu¹ guei² deo⁶ 非惡意地罵人的話（兒童多用），相當於"討厭鬼"、"壞東西"、"壞傢伙"。

衰公 sêu¹ gung¹ 罵男人的話，相當於"缺德鬼"、"壞傢伙"、"討厭鬼"、"下流鬼"。

衰女 sêu¹ nêu⁵⁻² 罵女孩子的話，語氣可輕可重，相當於"討厭的女孩"、"壞女孩"或"調皮的女孩"。

衰女包 sêu¹ nêu⁵⁻² bao¹ 同上。

*衰牌 sêu¹ pai⁴⁻² 不體面的東西。

衰婆 sêu¹ po⁴⁻² 罵女人的話，相當於 "缺德的女人"、"壞女人"、"討厭的女人"、"下流的女人"。

衰神 sêu¹ sen⁴ 非惡意的罵人的話，相當於 "壞傢伙"、"倒霉鬼"。

衰收尾 sêu¹ seo¹ méi⁵ 事情快到結束才出問題。

衰衰地 sêu¹ sêu¹ déi⁶⁻² 最低限度，最差：佢 ~ 都係個科長，你唔好糟質佢啦〔他再不行也是一個科長，你不要刻薄他了〕。

衰衰噉 sêu¹ sêu¹ gem² 討厭；壞(多用於愛罵)：咪啦，~〔別這樣，討厭〕！｜行開啲啦，~〔走開，(你) 真壞〕！

衰衰累累 sêu¹ sêu¹ lêu⁴ lêu⁴ 形容人猥瑣，衣着寒磣。

衰嘢 sêu¹ yé⁵ ❶ 破東西；次品。❷ 醜事；缺德事：唔好做埋咁多 ~〔別做那麼多缺德事〕。❸ 缺德鬼。❹ 迷信的人指不吉祥的事物。

衰人 sêu¹ yen⁴ 非惡意的罵人的話，相當於 "壞傢伙"、"倒霉鬼"。

衰樣 sêu¹ yêng⁶⁻² 倒霉的樣子；寒酸的相貌：睇佢嘅 ~ 唔慌發達〔看他倒霉的樣子準不會發達〕。

衰仔 sêu¹ zei² 罵男孩子的話，語氣可輕可重，相當於 "兔崽子"、"調皮鬼"、"混小子"。

水 sêu² 湯 (某些食物或藥物加水熬成的飲料)：綠豆 ~ ｜蘿蔔 ~ ｜冬瓜皮煲 ~。

水 sêu² 量詞。❶ 乘船往返一次：由廣州坐船去梧州，一 ~ 要幾日〔由廣州坐船到梧州，往返一次要幾天〕？❷ 新衣服浸洗次數：呢件新衫洗一 ~ 就用色喇〔這件新衣裳洗一次就掉色了〕。

水 sêu² 水平低；質量差；程度差：我打波好 ~ 㗎〔我打球打得很不好〕｜ ~ 貨〔質量差的貨物〕。

⁴水 sêu² 錢；錢鈔：磅 ~〔給錢〕｜回 ~〔退錢〕｜補 ~〔補助費〕。

⁵水 sêu² 謀生的行當、門徑。帶黑話性質：你食邊支 ~ 呀〔你吃哪門子飯〕？｜呢條 ~ 唔食得㗎〔這行飯是不能吃的〕！

水草 sêu² cou² "鹹水草" 的省稱。

水大 sêu² dai⁶ 漲潮 (潮水上湧)。

水蛋 sêu² dan⁶⁻² 雞蛋羹：蒸 ~。

水斗 sêu² deo² 同 "³水"。

水豆腐 sêu² deo⁶ fu⁶ 嫩豆腐；南豆腐。

水貨 sêu² fo³ ❶ 假冒偽劣產品。❷ 走私貨。

水甲由 sêu² ged⁶ zed⁶ 同 "龍虱"。

水腳 sêu² gêg³ ❶ 路費：去海南島要幾多 ~〔到海南島去要多少路費〕？❷ 運費：行李要收 ~ 錢。

水緊 sêu² gen² ❶ 缺錢；手頭緊。❷ 黑話。指情況不妙，風聲緊。

水乾 sêu² gon¹ ❶ 退潮 (潮水下落)。❷ 比喻缺錢。

水雞 sêu² gei¹ 落湯雞：淋到 ~ 噉〔淋得像個落湯雞〕。

水瓜 sêu² gua¹ 無棱的絲瓜。

水鬼尿 sêu² guei² niu⁶ 比喻湯、茶、飲料等淡而無味。

水過鴨背 sêu² guo³ ngab³ bui³ 比喻聽説話、學知識時漫不經心，沒有留下一點兒印象。

水客 sêu² hag³ ❶ 專門靠來往國內外或省內外替別人攜帶錢物，賺取酬金為生的人。❷ 靠水路運輸販運貨物為業的人。

水鞋 sêu² hai⁴ 雨鞋。

水蟹 sêu² hai⁵ 一種外表大，但內裏沒有多少肉的螃蟹。比喻徒有外表而無能力的人。

水喉 sêu² heo⁴ 水龍頭：修整 ~〔修理水龍頭〕｜撳實 ~〔把水龍頭撳緊〕。

水喉掣 sêu² heo⁴ zei³ 水龍頭。

水喉水 sêu² heo⁴ sêu² 自來水（相對於井水）。

水喉通 sêu² heo⁴ tung¹ 水管。

水殼 sêu² hog³ 水瓢；勺兒：攞～捵水〔拿瓢兒舀水〕｜木～〔木瓢〕｜鐵～〔鐵勺〕。

水哄 sêu² hung⁶ 衣物沾水乾後留下的痕跡。

水蟻 sêu² ji¹（蟻，茲）水蚤等水中浮游生物。

水跡 sêu² jig¹ 水鹼；水銹。

水摳油 sêu² keo¹ yeo⁴ 水摻油。比喻合不來，關係惡劣：佢兩個好似～噉，成日嗌交〔他們兩個水火不相容，整天吵架〕。

水律 sêu² lêd⁶⁻² 烏梢蛇，一種無毒蛇，乾品中藥叫"烏蛇"。

水流柴 sêu² leo⁴ cai⁴ ❶ 江河裏漂流下來的木柴。❷ 比喻到處流浪的人員。❸ 比喻外地到本地落戶的人員。

水路 sêu² lou⁶ 路程（含水路和陸路）：咁遠嘅～要好多水腳㗎〔這麼遠的路程，要很多路費的〕。

水尾 sêu² méi⁵ ❶ 剩餘的東西；殘貨：呢啲～冇幾多人要〔這些殘貨沒多少人要〕｜唔好淨係留翻～畀人哋〔不要光留給人家挑剩的東西〕。❷ 比喻剩下不多的利益：遲嚟撈～〔來遲的只能獲得殘羹剩飯〕。❸ 比喻剩下不多的機會：而家～咯，冇乜油水咯〔機會已接近尾聲，沒甚麼油水可撈了〕。

水磨功夫 sêu² mo⁴⁻² gung¹ fu¹ 很花時間，須耐心細緻地做的活兒。

水磨磚 sêu² mo⁴ jun¹ 一種經過精細加工平滑的青磚。

水鴨 sêu² ngab³ 野鴨。

水垈 sêu² ngen⁶ 容器內液體的沉積物。

水牌 sêu² pai⁴⁻² ❶ 商店裏的記事牌子。❷ 舊時稱飯館或食堂裏的菜牌。

水炮 sêu² pao³ 消防車上滅火用的高壓水龍頭，形似炮。

水皮 sêu² péi⁴ 同"³水"。

水泡 sêu² pou⁵（泡，讀音 pao³）❶ 水泡兒。❷ 救生圈。

水廁 sêu² qi³ 抽水馬桶或蹲式抽水便坑。

水柿 sêu² qi⁵⁻² 柿子的一種，扁圓形，成熟後黃色，用石灰水浸泡數天後才能吃。

水氹 sêu² tem⁵（氹，馱凜切）水坑。

水頭 sêu² teo⁴ ❶ 洪峰。❷ 婉辭。錢：呢幾日～有啲緊〔這幾天手頭有點緊〕。

水塘 sêu² tong⁴ 山塘；小水庫。

水桶袋 sêu² tung² doi⁶⁻² 形如桶的背囊。

水橫枝 sêu² wang⁴ ji¹ 梔子樹。

水圍基 sêu² wei⁴ géi¹ 天井、井台、洗刷台等處砌有的攔水用的凸起邊沿。

水汪 sêu² wong¹ 希望不大的；渺茫的；不大落實的：一啲措施都冇，呢個計劃嘅唔係好 ～〔一點措施都沒有，這個計劃豈不是很不落實〕？｜搵佢去辦呢件事，都係好 ～ 嘅咯〔找他去辦這件事，成功的可能性是不大的〕。

水汪汪 sêu² wong¹ wong¹ ❶同"水汪"。❷ 形容品質差、水準低：呢批貨 ～ 嘅〔這批貨品質很差〕。

水烏月黑 sêu² wu¹ yüd⁶ heg¹ 形容沒有月亮的夜晚室外漆黑。

水壺 sêu² wu⁴⁻² ❶ 熱水瓶（盛熱水用的）。❷ 軍用水壺；行軍壺。

水色 sêu² xig¹ 形勢、風聲：～ 唔對，鬆啦〔形勢不對勁，走吧〕。

水線 sêu² xin³ 電源負極線；回路線。

水嘢 sêu² yé⁵ 質量差的東西。

水煙帶 sêu² yin¹ dai³ 一種吸煙用具，銅制。普通話叫"水煙袋"。"帶"是普通話"袋"字的諧音。（普通話"水煙袋"包括廣州話所指的"水煙帶"

和“水煙筒”。）

水煙筒 seû² yin¹ tung⁴ 一種吸煙用具，一般用一段竹子製成。俗稱“大碌竹”。普通話叫“水煙袋”。（普通話“水煙袋”包括廣州話所指的“水煙筒”和“水煙帶”。）

水魚 seû² yü⁴⁻² ❶ 甲魚；鱉。❷ 戲稱容易上當的有錢人。

水嘞嘞 seû² zé⁴ zé⁴ 物品裏含有大量水分：你啲豬肉 ～ 嘅，一睇就係吹過水嘞〔你的豬肉水汪汪的，一看就是注過水了〕。

水浸眼眉 seû² zem³ ngan⁵ méi⁴ 形容情勢危急：都 ～，你重唔走〔都火燒眉毛了，你還不走〕。

水圳 seû² zen³ 水渠：修 ～。

水咗 seû² zo² 糟了，黃了，失敗了，沒有希望了：嗰單嘢 ～，咪提咯〔那件事黃了，別提了〕。

碎紙 seû³ ji² 零票；零錢：冇 ～ 續〔沒有零票找換〕。

碎銀 seû³ ngen⁴⁻² 零錢。

碎濕濕 seû³ seb¹ seb¹ 非常零碎：封信撕到 ～，唔知乜內容〔信已經撕得很碎，不知甚麼內容〕｜啲材料 ～，好難整理〔材料很零碎，很難整理〕。

碎吟吟（碎翈翈） seû³ yem⁴ yem⁴ 碎碎的：嗰張紙撕到 ～〔那張紙撕得碎碎的〕｜嗰啲布 ～，冇乜用〔那些布碎碎的，沒有甚麼用〕。

淮不知 seû⁴ bed¹ ji¹ 誰知；原來（表示發現真實情況）：你以為你最快，～ 人哋重快過你〔你以為你最快，誰知人家還比你快〕｜～ 佢係我嘅同鄉〔原來他是我的同鄉〕。

SO

梳 so¹ 量詞。用於香蕉、子彈等成排的東西：一 ～ 香蕉｜一 ～ 子彈〔一排子彈〕。

梳菜 so¹ coi³ 大頭菜的一種，形狀像蘿蔔，常切成像梳子的片狀醃製，故名。未切成片狀的，叫“沖菜”。

梳打 so¹ da² 蘇打；碳酸鈉。〖“梳打”是英語 soda 的音譯詞。〗

梳打埠 so¹ da² feo⁶ 戲稱澳門。澳門多賭場，人進去往往輸光，就像被蘇打水洗過那麼乾淨。

梳化 so¹ fa³⁻² 沙發。〖“梳化”是英語 sofa 的音譯。〗

梳化牀 so¹ fa³⁻² cong³ 彈簧牀；席夢思牀。

*梳乎厘 so¹ fu⁴ léi⁴ 蛋奶酥。〖“梳乎厘”是英語 souffle 的音譯詞。〗

梳起 so¹ héi² 同“自梳”。

疏 so¹ 稀；少：佢嗰處我去得好 ～〔他那裏我去得很少〕｜今年龍眼好 ～〔今年龍眼結得很稀少〕｜半夜大街車比較 ～〔夜裏大街上車比較稀少〕。

疏乎 so¹ fu⁴ 舒服。〖“疏乎”是英語 soft 的音譯。〗

疏肝 so¹ gon¹ 暢快。

疏罅 so¹ la³ 間隙，相隔的空間：擺密啲，～ 唔好大〔擺密一點，間隙不要大〕。

疏嘞嘩 so¹ lag³ kuag³（嘞，啦客切；嘩，箍客切）疏疏的；稀稀疏疏的（有貶意）：啲竹種得 ～，唔好睇〔這些竹子種得稀稀疏疏的，不好看〕｜佢啲頭髮 ～ 嘅〔他的頭髮稀稀疏疏的〕。

疏冷冷 so¹ lang¹ lang¹ 稀疏的樣子；稀稀鬆鬆：件冷衫織得 ～ 嘅，唔好睇〔這件毛衣織得稀稀鬆鬆的，不好看〕。

疏籬 so¹ léi¹（籬，讀音 léi⁴）疏眼的竹篩。

疏哩大嘩 so¹ li¹ dai⁶ kuag³（在平面上分佈得）稀稀拉拉；空餘的地方很多：呢條欄杆嘅圖案 ～ 唔好睇〔這道欄杆的圖案稀稀拉拉不好看〕。

疏寥寥 so¹ liu¹ liu¹ 稀稀疏疏的樣子：點解啲菜種得 ～ 嘅嘅〔為甚麼那些菜種得稀稀疏疏的〕?

疏門 so¹ mun⁴⁻² 少有的；不常見的。

疏爽 so¹ song² 豪爽；慷慨；仗義疏財。

疏堂 so¹ tong⁴ 堂（兄弟姐妹）：～ 兄弟 ｜ ～ 姐妹。

唆擺 so¹ bai² 唆使：你自己要有主意，咪聽人 ～ 至得〔你自己要有主意，別聽別人唆使才行〕。

鎖鏈 so² lin⁶⁻² 鎖東西用的鏈子。

鎖鐐 so² liu⁴ 手銬和腳鐐。

鎖匙 so² xi⁴ 鑰匙：單車 ～〔自行車鑰匙〕。

傻夾侲 so⁴ gab³ sen² 又傻又愚蠢：啲你都應承佢，真係 ～ 咯〔那樣你也答應他，真是又傻又蠢啊〕。

傻更 so⁴ gang¹ 傻；傻瓜：人哋撚你都唔知，正 ～〔人家捉弄你都不知道，真傻瓜〕｜冇人有咁 ～ 嘅〔沒有人那麼傻的〕!

傻更更 so⁴ gang¹ gang¹ 同"傻傻更更"。

傻佬 so⁴ lou² 傻瓜。

傻傻更更 so⁴ so⁴ gang¹ gang¹ 傻裏傻氣；傻頭傻腦的。

傻傻戇戇 so⁴ so⁴ ngong⁶ ngong⁶（戇，讀音 zong³）呆頭呆腦的樣子。

傻人 so⁴ yen⁴ 傻瓜（多用於詈罵）。

傻仔 so⁴ zei² 傻小子；傻瓜。

傻仔水 so⁴ zei² sêu² 酒（某些人對酒的戲稱）：喂，飲咗幾多 ～ 呀〔喂，喝了多少酒啦〕?

sog

揀（攄）sog¹（梳剝切）（用小棍兒等）敲打：唔好攄筷子 ～ 細路仔頭殼〔不要用筷子敲小孩的腦袋〕。

揀揀脆 sog¹ sog¹ cêu³ 嘎巴脆。

索 sog³ ❶ 繩索（一般指大繩子）：攞條 ～ 嚟綁住〔拿條繩來縛緊〕。❷ 活套：打個 ～ 索住〔打個活套套上〕。❸ 套；勒：～ 住隻狗〔把狗套上〕｜～ 實條皮帶〔把皮帶勒緊〕。

索嘢 sog³ yé⁵ 同"索油"。

索油 sog³ yeo⁴ 指抱着不良動機有意接近婦女，從中佔便宜的行為。

塑膠 sog³ gao¹（塑，讀音 sou³）塑料：～ 拖鞋 ｜ ～ 花。

¹嗍 sog³ 吸：～ 水 ｜ ～ 咗一啖煙〔吸了一口煙〕。

²嗍 sog³ 小睡：晏晝要 ～ 翻一覺〔中午要小睡一會兒〕。

嗍氣 sog³ héi³ ❶ 喘氣：爬咗兩步山，猛咁 ～〔爬了兩步山，拼命喘氣〕。❷ 引申作吃力，費勁，夠戧：好 ～〔很吃力〕｜真 ～〔真費勁〕｜一個人拎咁多嘢夠你 ～ 啦〔一個人拿那麼多東西，真夠戧〕。

嗍水 sog³ sêu² 吸水：最 ～ 就係海綿嘞〔最吸水的就是海綿了〕。

soi

腮 soi¹ 腮幫子：掬起泡 ～〔鼓起腮幫子〕。

song

桑棗 song¹ zou² 桑葚，桑樹的果實。也叫"桑葚"。

¹爽 song² ❶ 脆：呢種梨好 ～〔這種梨很脆〕。❷ 軟滑；輕鬆利落：洗完頭，頭髮真 ～〔洗過頭，頭髮真軟滑〕。❸ 痛快；舒服；過癮：沖過涼霉舍 ～ 嘅〔洗過澡特別舒服〕｜頭先打嗰場波真 ～〔剛才那場球真痛快〕｜玩呢啲遊戲真係 ～〔玩這種遊戲真是過癮〕。〔普通話的"爽"不單獨作

用。〗

²**爽** song² 量詞。截（用於甘蔗）：一～蔗。

爽脆 song² cêu³ ❶ 脆：黑皮蔗好～〔黑皮甘蔗很脆〕。❷ 乾脆；乾脆利落：佢做嘢好～〔他做事情很乾脆〕｜做嘢應該～的，唔好拖泥帶水〔做工作應該乾脆點，不要拖泥帶水〕。

爽口 song² heo² （食物吃着時感覺）脆：呢碟豬肚炒得好～〔這碟豬肚炒得挺脆〕。

爽汗 song² hon⁶ 衣物不黏身：呢種布做衫～〔這種布料做衣服不黏身〕｜尼龍衫唔～嘅〔尼龍衣服黏身〕。

爽利 song² léi⁶ 興奮；振作；精神好：精神～。

爽身 song² sen¹ 使身體感覺爽快。

爽神 song² sen⁴ 使人精神振奮：贏咗波，大家都好～〔贏了球，大家都很振奮〕。

爽手 song² seo² ❶ 手感好（用手撫摸東西時，感覺很軟滑舒服）：絲髮被面摸起嚟最～〔絲綢被面摸着手感最好〕。❷ 利索：佢做嘢好～〔他幹活很利索〕。

喪 song³ ❶（心）散；（心）野：玩到～晒〔玩得心都散了〕。❷ 傻；不正經；瘋瘋癲癲的樣子：～仔〔傻子〕｜咪咁～啦，正經啲做〔別那麼不正經，用心點幹吧〕！

sou

臊（蘇） sou¹ 分娩；生（孩子）：佢啱啱～咗一個仔〔她剛生了一個男孩〕。〖"臊"只在臨產時或在月子裏才用。一般談生孩子多用"生"，如"佢生過兩個仔女"〔她生過兩個孩子〕，不能用"臊"。〗

²**臊** sou¹ 羶：羊肉鬼咁～〔羊肉羶極了〕｜"～～哋都係羊肉"〔俗語。羊肉雖然羶，但終究它還是羊肉——比喻某些事物乍看起來不怎麼樣，但它是有分量、有水平的〕。

臊蝦 sou¹ ha¹ 嬰兒；小娃娃。

臊蝦女 sou¹ ha¹ nêu⁵⁻² 女嬰兒。

臊蝦仔 sou¹ ha¹ zei² ❶男嬰兒。❷嬰兒。

臊堪堪 sou¹ hem¹ hem¹ 膻膻的；臊臊的（像狐臭的氣味）。

臊毛 sou¹ mou⁴ 胎髮。

臊鼠 sou¹ xu² 鼴鼠，有臊臭氣，白天看不見東西，晚上活動。

騷 sou¹ 理睬：冇人～佢〔沒有人理睬他〕｜～都唔～一下〔理都不理一下〕。

騷擾 sou¹ yiu⁵ 打擾；～晒，真對唔住〔打擾了，真對不起〕。

騷擾晒 sou¹ yiu² sai³ 客氣話。打擾了；打擾了。

蘇州屎 sou¹ zeo² xi² 比喻留下的爛攤子或棘手問題：前任領導留落啲～好難搞呀〔前任領導留下的問題很難處理啊〕。

鬚刨 sou¹ pao⁴⁻² 刮臉刀。

數白欖 sou² bag⁶ lam⁵⁻² 一種粵語曲藝，一邊敲木魚一邊説押韻的唱詞。近似北方的快板兒，但節奏較慢。

數碟底 sou² dib⁶ dei² 比喻揭露別人的隱私。

數碗數碟 sou² wun² sou² dib⁶ 一一數落：我將佢嘅衰嘢～講晒出嚟〔我把他的醜事一五一十數出來〕。

掃 sou³ 塗刷：～灰水。

掃 sou³⁻² 小笤帚：搵把～嚟掃下〔找把小笤帚來掃一下〕。

掃把 sou³ ba² 掃帚；笤帚：椰衣～｜棕衣～。

掃把星 sou³ ba² xing¹ ❶彗星，掃帚星。❷罵人話，指那些給人們帶來禍害的人。

掃灰水 sou³ fui¹ sêu² 刷石灰水。

掃尾 sou³ méi⁵ 做完最後的工作;剩落啲工夫,麻煩你哋 ~ 啦〔剩下的工作,麻煩你們幹完它吧〕。

數 sou³ ❶ 數目。❷ 賬;賬目:埋 ~〔結賬〕| 賒 ~〔賒賬〕。❸ 數學題:計埋條 ~ 至瞓〔算好這道數學題才睡〕。

數簿 sou³ bou⁶⁻² 賬本。

數口 sou³ heo² 價錢;條件;要求:~ 講未掂〔價錢還沒談妥〕| 去同佢講 ~〔去跟他講條件〕。

數尾 sou³ méi⁵ ❶ 零頭;零數:幾百文唔夠一個 ~〔幾百元不夠一個零頭〕。❷ 交易時尚未支付的餘款:唔該付埋啲 ~ 啦〔請把餘款支付了吧〕。"

sug

叔記 sug¹ géi³ 對不相識的中年男子的稱呼。

叔公 sug¹ gung¹ 叔祖(父親的叔叔)。

叔婆 sug¹ po⁴ 叔祖母(父親的嬸母)。

叔仔 sug¹ zei² 小叔子;丈夫的弟弟(詼稱)。

宿 sug¹ ❶ 餿:飯 ~ 咗〔飯餿了〕| 隔夜餸 ~ 晒〔隔夜的菜全餿了〕。❷ 酸臭(指汗臭味):出咁多汗,成身都 ~ 晒〔出那麼多汗,全身都酸臭了〕。

宿包 sug¹ bao¹ 指滿身汗臭味的人(詼諧的說法)。

宿堪堪 sug¹ hem¹ hem¹ 嬰兒的奶臊氣味重;人的汗臭味重。

粟米 sug¹ mei⁵ 玉米;玉蜀黍:~ 粉〔玉米麵〕。

縮膊 sug¹ bog³ 聳肩膀。

縮骨 sug¹ gued¹ 形容人詭計多端,自私自利。

縮骨遮 sug¹ gued¹ zé¹ 摺疊傘。

縮開啲 sug¹ hoi¹ di¹ 躲開點:~,唔好阻路〔躲開點,不要擋道〕。

縮埋一嚿 sug¹ mai⁴ yed¹ geo⁶(嚿,舊)縮作一團:瞓覺咪 ~〔睡覺別縮作一團〕| 痛得佢 ~〔痛得他縮作一團〕。

縮埋一字角 sug¹ mai⁴ yed¹ ji⁶ gog³ 縮在一個角落裏;躲在一邊:嚇到佢 ~〔嚇得他縮在一個角落裏〕。

縮沙 sug¹ sa¹ 臨陣退縮;打退堂鼓:碰到困難,千祈唔好 ~〔碰到困難,千萬不要退縮〕。

縮水 sug¹ sêu² 抽(指衣服、布料浸水後尺寸短了):嗰隻布好 ~〔那種布下水後抽得厲害〕。

縮數 sug¹ sou³ (打)小算盤:咪諗埋咁多 ~〔不要打那麼多小算盤〕。

縮頭龜 sug¹ teo⁴ guei¹ 比喻膽怯懦弱的人。

熟 sug⁶ 蔫(指瓜果蔬菜等因受磨擦揉捏而變軟爛):黃瓜玩 ~ 咗就唔好食嘅嘞〔黃瓜玩蔫了就不好吃了〕。

熟品 sug⁶ ben² 大家耳熟能詳的,非常熟悉的:佢嘅講話都係 ~,冇啲新嘢〔他的講話都是老生常談,沒有一點新意〕。

熟檔 sug⁶ dong³ 熟悉;內行:呢件事佢好 ~〔這件事他很內行〕。

熟客仔 sug⁶ hag³ zei² 熟客。

熟口熟面 sug⁶ heo² sug⁶ min⁶ ❶ 老相識:大家 ~ 有問題唔怕講呀〔大家那麼熟了,有甚麼問題不要怕說出來嘛〕。❷ 面熟;似曾相識:頭先嗰個人 ~ 噉,好似見過喎〔剛才那個人有點面熟,好像見過〕。

熟行 sug⁶ hong⁴ 內行;在行;熟練:你做乜嘢最 ~〔你幹甚麼最內行〕?| 做生意我唔 ~〔做生意我不在行〕。

熟落 sug⁶ log⁶ 熟;熟練:做呢啲事佢最 ~〔做這些事他最熟練〕。

熟面口 sug⁶ min⁶ heo² 面善,似曾相識:頭先嗰個人好 ~,一時想唔起係邊個〔剛才那個人很面善,一時想不起是誰〕。

熟食檔 sug⁶ xig⁶ dong³ 出售各種熟肉的店舖或攤點。

熟性 sug⁶ xing³ ❶ 熟悉人情世故，通情達理：佢都幾 ～ 嘅〔他是很通情達理的〕。❷ 舊時指賄賂。

熟鹽 sug⁶ yim⁴ 精鹽（原鹽溶化後除去雜質，熬乾再結晶的鹽〕。

熟煙 sug⁶ yin¹ 製過的煙絲。

sung

鬆 sung¹ 溜走（詼諧的說法）：冇事幹就 ～ 㗎喇〔沒事兒就溜了〕｜早就 ～ 咗咯〔早就溜了〕。

鬆啲 sung¹ di¹ 比某數略多一點：三點 ～〔三點鐘過一點兒〕｜呢個人五十 ～ 啦〔這個人五十掛零兒〕。

鬆化 sung¹ fa³ 酥；酥脆：～ 蓮子｜～ 合桃酥〔酥香的桃酥〕。

鬆糕 sung¹ gou¹ 一種點心，以米粉、紅糖加水經發酵後蒸熟，近似北方的發糕。

鬆糕鞋 sung¹ gou¹ hai⁴ 泡沫塑料底鞋，鞋底較厚，形似發糕。

鬆骨 sung¹ gued¹ ❶ 按摩的一種方法，雙手合攏或者輕握拳頭，打擊身體各部位。❷ 揍；打（詼諧的說法）：你身痕想我同你 ～ 呀〔你皮膚癢癢想我揍你一頓嗎〕？

鬆毛狗 sung¹ mou⁴ geo² 長毛狗；獅子狗。

鬆毛鬆翼 sung¹ mou⁴ sung¹ yig⁶ 比喻人得意洋洋的樣子：佢一受到表揚就 ～ 嘅〔他一受到表揚就得意忘形〕。

鬆咧咧 sung¹ péd⁶ péd⁶ 鬆鬆的；鬆鬆散散：呢包行李綁得 ～〔這包行李綁得鬆鬆散散的〕。

鬆奅 sung¹ peo³（奅，破漚切）鬆軟；暄：佢嘅肉好 ～〔他的肌肉很鬆軟〕｜呢底糕蒸得好 ～〔這盤糕蒸得很暄〕。

鬆人 sung¹ yen⁴ 溜走；溜號兒；開小差；走（詼諧的說法）：八點鐘以前邊個都唔准 ～〔八點以前誰也不准溜號兒〕｜唔好睇就 ～〔不好看就走〕｜佢鬆咗人咯〔他開小差走了〕。

慫 sung² 慫恿：唔好受人 ～〔別受人慫恿〕｜你 ～ 佢去邊度〔你慫恿他去哪裏〕？

送 sung³ 就（隨同着某些東西一齊吃）：鹹蛋 ～ 粥｜花生 ～ 酒｜山楂片 ～ 茶〔山楂片就湯藥吃〕。

送口果 sung³ heo² guo² 服藥後用來消除口中藥味的果脯。

餸 sung³（送）菜（就飯的菜）；菜餚：買 ～｜整 ～〔做菜〕｜四碟 ～〔四盤菜〕。

餸腳 sung³ gêg³ 吃剩的菜餚。

鱅魚 sung⁴ yü⁴ 花鰱魚；胖頭魚。

T

ta

他條 ta¹ tiu⁴ ❶ 悠閒自在，舒暢從容：佢而家夠晒 ～ 咯〔他現在夠悠閒自在了〕！❷ 指工作清閒、生活舒適、環境好等：每週先至六節課，幾 ～ 喎〔每週才六節課，夠清閒了〕。

tab

¹**塔** tab³ ❶寶塔。❷一種底寬口小的罈子。

²**塔** tab³ ❶ 套：～ 埋支筆〔把筆套上〕。

❷ 動詞。鎖：～ 實度門〔把門鎖上〕。❸(又音 tab³⁻²) 名詞。鎖。

³塔 tab³ 馬桶("屎塔"的簡稱)。

塌地 tab³ déi⁶ 非常(形容事情到了極點)：輸到 ～〔輸得一塌糊塗〕| 衰到 ～〔壞極了〕| 窮到 ～〔窮得一無所有〕。

tad

撻 tad¹ 發動 (機器)：你 ～ 着部車先〔你先把車發動起來〕。〖"撻"是英語 start 的音譯詞〗。

撻 tad³⁻¹ 一種餡露在外面的西式餅食。〖"撻"是英語 tart 的音譯詞。〗

¹撻 tad³ ❶ 趿拉：唔好 ～ 住對鞋〔不要趿拉着鞋〕。❷ 伸：～ 脷〔伸舌頭〕。

²撻 tad³ 矮而張開：～ 口碗〔口大身矮的碗〕。

³撻 tad³ 騙 (指騙錢財)：～ 錢。

撻定 tad³ déng⁶ 捨棄定金以取消原有的購買約定。

撻沙魚 tad³ sa¹ yü⁴⁻² 比目魚。

撻數 tad³ sou³ 賴賬。

撻頭 tad³ teo⁴ 光頭；禿腦袋。

tai

呔 tai¹ (太¹) 輪胎；車帶。〖"呔"是英語 tyre 的音譯詞，普通話用"胎"。〗

軚 tai¹ (太¹) 領帶。〖"軚"是英語 tie 的音譯詞。〗

太 tai³⁻² "太太"的省略。對已婚女性的尊稱，要在前面加上其丈夫的姓氏：陳 ～〔陳太太〕。

太公 tai³ gung¹ ❶ 曾祖父。❷ 祖先。

太過 tai³ guo³ 太；過於：你睇得 ～ 嚴重喇〔你看得太嚴重了〕| 病啱啱好，唔使 ～ 勤力〔病剛好，不必過於用功〕。

太空褸 tai³ hung¹ leo¹ (褸，樓¹) 登山服；羽絨服。

太空人 tai³ hung¹ yen⁴ 戲稱妻子及家人移居國外，自己留下照管生意業務的人。

太子爺 tai³ ji² yé⁴⁻² ❶ 少東家。❷ 轉指那些好吃懶做的年青人。

太嫲 tai³ ma⁴ 同"太婆"。

太平鋪 tai³ ping⁴ pou¹ 通鋪。

太婆 tai³ po⁴ ❶ 曾祖母。❷ 曾祖母以上的女性祖輩。

太爺 tai³ yé⁴ 同"太公"。

舦 tai⁵ (太⁵) 舵：擺 ～。

軚 tai⁵ (軚，太⁵) 汽車的方向盤；舵：揸 ～〔駕駛汽車〕| 左 ～ 車，右 ～ 車。

tam

貪得意 tam¹ deg¹ yi³ ❶ 好奇：細佬哥好 ～〔小孩很好奇〕。❷ 鬧着玩兒：做就正經做，咪 ～〔幹就好好地幹，別鬧着玩兒〕。

貪口爽 tam¹ heo² song² ❶ 隨便說說：我 ～ 嘅，唔好介意〔我隨便說說罷了，別介意〕。❷ 為了消遣而隨便吃些小零食。

貪靚 tam¹ léng³ 愛美；好打扮。

貪威識食 tam¹ wei¹ xig¹ xig⁶ 貪圖虛榮，講究享受。

探 tam³ ❶ 試；量 (體溫)：～ 熱〔量體溫〕。❷ 探望：我第日去你屋企 ～ 你〔我以後到你家探望你〕。

探家 tam³ ga¹ 探親；回家探望親屬。

*探盤 tam³ pun⁴⁻² 摸底；試探。

探熱 tam³ yid⁶ 量體溫。

探熱針 tam³ yid⁶ zem¹ 體溫計；體溫表。

痰罐 tam⁴ gun³ ❶ 痰盂。❷ 便盆。

痰塞肺眼 tam⁴ seg¹ fei³ ngan⁵ 形容人糊裏糊塗，懵懵懂懂。

痰上頸 tam⁴ sêng⁵ géng² 痰往上湧，呼吸困難。

燂 tam⁴（譚）燒烤：～豬毛〔燒豬毛〕。

淡口 tam⁵ heo² 未加鹽醃製的，如魚蝦等：～魚乾｜～蝦米｜～豆豉。

淡茂茂 tam⁵ meo⁶ meo⁶（味道）淡淡的。

淡滅滅 tam⁵ mid⁶ mid⁶ 同上。

tan

¹攤 tan¹ ❶ 涼（liàng）（指涼飲料、食品等）：粥太烚，～啲噉至食〔粥太燙，涼涼一點再喝〕。❷ 四肢自然地伸着仰卧：瘤到佢～喺張牀度〔累得他直直地躺在牀上〕。

²攤 tan¹ 同"番攤"。

攤檔 tan¹ dong³ 攤兒：賣魚有幾個～。

攤凍 tan¹ dung³ 晾涼；放涼：粥要～至食〔粥要晾（liàng）涼了再喝〕。

攤直 tan¹ jig⁶ 死（詼諧的説法）。

攤屍 tan¹ xi¹ 罵人話。挺屍，責備別人在牀上躺着不起。

癱 tan²（讀音 tan¹）癱瘓。

坦 tan² 水邊狹長的平地：～田。

歎 tan³ ❶ 享受；休息：佢一味識～，大家都話佢〔他就是會享受，大家都責備他〕｜～下先〔先休息一下再説〕｜～茶〔品茶；上茶館悠閒地吃茶點〕。❷ 享福；舒服：而家老人真～〔現在老年人真享福〕。

歎茶 tan³ ca⁴ 悠閒地喝茶，細細地品茗：老豆喺陽台度～〔老爸在陽台悠閒地喝茶〕｜食完飯歎翻杯茶先〔吃完飯慢慢地喝杯茶吧〕。

歎記 tan³ géi³ 舒坦：無憂無慮地享受。

歎世界 tan³ sei³ gai³ 享清福。

彈 tan⁴ ❶ 指責：唔了解情況就咪亂～人哋〔不了解情況就不要亂指責人家〕。❷ 批評："會～唔會唱"〔會

彈不會唱 —— 雙關語，形容人只會批評別人，自己則辦不到〕。

²彈 tan⁴ 給予好處；分惠：有乜好嘢～啲嚟啦〔有甚麼好東西分點過來吧〕。

teb

踏 teb¹（拖急切）❶ 小昆蟲跳躍的聲音。❷ 青蛙跳躍的樣子：蛤蚼～～噉跳〔青蛙一蹦一蹦地跳〕。

踏踏掂 teb¹ teb¹ dim⁶（掂，店⁶）妥妥當當；有條不紊：佢真會安排，乜都搞得～〔她真會安排，甚麼都搞得妥妥當當〕。

踏踏冚 teb¹ teb¹ hem⁶（冚，堪⁶）兩物吻合；兩物配合十分適當：呢張相片鑲入嗰個鏡架～，唔大唔細〔這張照片鑲入那個鏡框剛剛好，不大不小〕。

tég

踢爆 tég³ bao³ 揭穿；揭破秘密：嗰件醜事卒之畀人～咗〔那件醜事終於被人揭穿了〕｜人哋嘅隱私，你～佢做乜〔人家的隱私，你幹嘛揭破它〕？

踢竇 tég³ deo³（竇，讀音 deo⁶）指丈夫和別的女人非法同居，妻子到其住地去搗亂。

踢腳 tég³ gêg³ 辦事情陷入了窘境：好得佢嚟幫手，唔係都幾～〔幸虧他幫忙，要不就很難辦〕。

踢着腳 tég³ zêg⁶ gêg³ 隨意碰到的：呢度～都係大學生〔這裏隨便碰到的都是大學生〕。

tei

梯級 tei¹ keb¹ 樓梯的台階：呢堂樓梯有十三個～〔這道樓梯有十三級〕。

銻 tei¹ 鋁。〖廣州話地區一般人往往把日常使用的鋁製品説成銻製品，如鋁鍋叫 "銻煲"，鋁勺子叫 "銻殼"，鋁盆叫 "銻盆" 等；但指非日用製品時，"鋁" "銻" 不相混，如鋁錠、鋁粉、鋁合金不叫"銻錠、銻粉、銻合金"。〗

睇 tei² 看；瞧：～戲｜～書｜～得起。

睇白 tei² bag⁶ 斷定（多用於事情發生之後）：我 ～ 佢會喺會上發言嘅〔我斷定他會在會上發言的〕｜我 ～ 佢唔嚟嘅嘞〔我（早就）斷定他不來的了〕。

睇病 tei² béng⁶ 找醫生治病：去醫院 ～。

睇差一皮 tei² ca¹ yed¹ péi⁴ 判斷不夠準確。

睇得緊 tei² deg¹ gen² 看得太重；看不開：錢銀嘅嘢，咪咁 ～〔錢財這東西，別看不開〕｜佢就係名利方面睇得好緊〔他就是名利方面看得太重〕。

睇得過 tei² deg¹ guo³ ❶ 值得看：呢齣戲 ～〔這齣戲值得看〕。❷ 看得過去。形容事情做得還算不錯，差強人意：佢嘅畫雖然係初學，但係 ～〔他的畫雖然是初學的，但是看得過去〕。

睇定 tei² ding⁶ 看準：你 ～ 至買〔你看準了再買〕。

睇到衡 tei² dou³ heng⁴ ❶ 盯得很緊：嗰個嫌犯你要 ～〔那個犯罪嫌疑人你要緊緊盯着〕。❷ 防衛得很嚴密：珠寶展覽嘅保安 ～〔珠寶展覽的保安員防衛得很嚴密〕。

睇化 tei² fa³ 對世事看透了，因而對甚麼事都採取無所謂的態度：呢啲事都睇到化咯〔這些事情都看透了〕｜佢 ～ 咗咯，乜都唔理〔他都看透了，甚麼都不理〕。

睇法 tei² fad³ 看法。

睇更 tei² gang¹ 看更；守夜。

睇高興 tei² gou¹ hing³ 看熱鬧：花車遊行，帶細路仔去 ～〔花車遊行，帶小孩去看熱鬧〕。

睇起上嚟 tei² héi² sêng⁵ lei⁴ 看起來；看上去：呢個人 ～ 唔錯〔這個人看上去不錯〕。

睇開 tei² hoi¹ 想開：～ 啲啦〔想開點吧〕。

睇好 tei² hou² 樂觀，看好：我幾時都係 ～ 嘅〔我甚麼時候都是樂觀的〕｜對呢件事我係 ～ 嘅〔對這件事我是樂觀的〕。

睇起 tei² héi² 看得起：大家都幾 ～ 佢㗎〔大家都很看得起他的〕。也説 "睇得起"。

睇症 tei² jing³ 醫生診治病人：一日睇二三十個症〔一天治療二三十個病人〕｜醫生喺度 ～，唔得閒〔醫生正在替病人治病，沒空〕。

睇住嚟 tei² ju⁶ lei⁴ 等着瞧：你 ～，以後同你算賬〔你等着瞧，以後跟你算賬〕。

睇嚟湊 tei² lei⁴ ceo³ (嚟，黎) 看着辦(看具體情況而定)：呢單嘢成唔成好難講，～ 啦〔這件事成功不成功很難説，看着辦吧〕｜而家話唔埋，～ 啦〔現在説不定，到時再説吧〕。

睇落 tei² log⁶ 看上去：呢個 ～ 唔錯〔這個看上去不錯〕。

睇老婆 tei² lou⁵ po⁴ 相親，看對象，指男方如約去相親：呢幾年佢睇過幾次老婆都唔成（這幾年他相過幾次親都不成功）。

睇脈 tei² meg⁶ ❶ 中醫治病：李醫生喺裏便睇脈〔李醫生在裏面替人家治病〕。❷ 找醫生診治（一般指中醫）：去醫院 ～。

睇唔過眼 tei² m⁴ guo³ ngan⁵ 看不過眼；看不慣：嗰啲嘅嘢仔嘅打扮我 ～〔那些小青年的打扮我看不慣〕。

睇唔入眼 tei² m⁴ yeb⁶ ngan⁵ ❶同“睇唔過眼”。❷ 看不上眼：呢度啲嘢品質太差，我通通 ～〔這裏的東西品質太差，我通通看不上眼〕。

睇門口 tei² mun⁴ heo² ❶ 看 (kān) 門兒。❷ 指家庭中備下常用藥物等以防不測。

睇啱 tei² ngam¹ 看上，看中：～ 邊樣就買啦〔看上哪一樣就買吧〕｜我 ～嘅嗰套衫畀人買咗咯〔我看中的那套衣服讓人家買去了〕。

睇牛 tei² ngeo⁴ 放牛；牧牛。

睇穿 tei² qun¹ 看穿；看透：我 ～ 佢槓嘢〔我看透他的那一套花招〕。

睇實 tei² sed⁶ 緊盯着：你 ～ 佢〔你緊盯着他〕。

睇死 tei² séi² ❶看透：大家都～佢〔大家都看透他了〕。❷ 斷定（多用在事情發生之前）：我 ～ 佢聽日唔嚟，信唔信呀〔我斷定他明天不來，相信嗎〕？

睇相 tei² séng³ 相面。

睇上眼 tei² séng⁵ ngan⁵ 看上：呢啲嘢你睇得上眼嗎〔這些東西你看得上眼嗎〕？

睇衰 tei² sêu¹ 蔑視；小看；看不起：對犯咗錯誤嘅人要幫助，唔好 ～ 佢〔對犯了錯誤的人要幫助，不要看不起他〕。

睇水 tei² sêu² 把風；放風。

睇水色 tei² sêu² xig¹ 分析某事物的形勢：呢件事暫且不做，要睇下水色再定〔這件事暫且不做，要看看形勢再定〕｜～ 唔係幾對路喎〔看形勢不大對勁啊〕。

睇數 tei² sou³ ❶ 結賬；算賬（指在飲食店裏顧客用餐後，服務員計算賬目）。❷ 引申為承擔責任：如果出咗事，邊個 ～〔如果出事，誰承擔責任〕。

睇餸食飯 tei² sung³ xig⁶ fan⁶（餸，送）比喻量入為出；量力行事。

睇淡 tei² tam⁵ 對某些問題已看得不那麼重要：大家對呢啲事都 ～ 晒咯〔大家對這些事都不感興趣了〕｜我早就 ～ 晒咯〔我早就看透一切了〕。

睇頭 tei² teo⁴⁻² 模仿別人行事：如果有人破例，我就 ～〔如果有人破例，我就跟着幹〕。

睇天 tei² tin¹ ❶ 看老天爺臉色，即依賴氣象條件：呢度啲田冇辦法引水，唯有 ～ 係啦〔這裏的田無法引水，只好看老天爺了〕。❷ 引申指無能為力，等待命運安排：生意咁淡我都冇辦法，～ 啦〔生意這麼淡我也沒辦法，看老天爺吧〕。

睇田水 tei² tin⁴ sêu² 看管水田的灌溉情況。

睇小 tei² xiu² 小看；輕視。

睇夜 tei² yé⁶ 守夜；晚間守衛。

睇醫生 tei² yi¹ sang¹ 看病：佢去咗 ～〔他看病去了〕｜睇咗兩次醫生就好嘞〔看了兩次病就好了〕。

睇真 tei² zen¹ 看清楚：～ 未呀〔看清楚沒有〕？｜ ～ 啲〔看清楚一點〕｜睇唔真〔看不清楚〕。

睇中 tei² zung³ 看中，看上：～ 咗佢〔看中了他〕｜ ～ 嗰套屋〔看上那套房子〕。

睇準起筷 tei² zên² héi² fai³ 比喻看準時機再開始行動。

剃刀幫 tei³ dou¹ bong¹ 理髮師傅用來蹭擦剃刀的皮帶。

剃刀門楣 tei³ dou¹ mun⁴ méi⁴ 指過去擺在街邊專門兌換外幣、銀圓，從事金融投機活動的小錢莊。這些小錢莊利用進出差價進行中間剝削，每進出一次它都要刮去一筆，故名。

剃光頭 tei³ guong¹ teo⁴ ❶ 剃光頭髮。❷ 比喻比賽中一分未得或一無所獲。❸ 比喻下棋時所有棋子被對手吃光。

剃面 tei³ min⁶ 刮臉。

剃眼眉 tei³ ngan⁵ méi⁴ 使人當場出醜。

剃鬚 tei³ sou¹ 刮鬍子。

提子 tei⁴ ji² "葡提子" 的簡稱, 即葡萄。

tem

諂 tem³ (拖暗切) 哄騙 (多用於小孩): ～ 細蚊仔〔哄小孩〕| 咪聽佢 ～〔別聽他的甜言蜜語; 別上他當〕。

諂人歡喜 tem³ yen⁴ fun¹ héi² 哄人高興。

趯趯圈 tem⁴ tem⁴ hün¹ (趯, 駝含切) ❶ 圓圈: 圍成一個 ～〔圍成一個圓圈〕。❷ 團團(圍住): ～ 圍住佢哋〔把他們團團圍住〕。

趯趯轉 tem⁴ tem⁴ jun³ 團團轉: 急到佢 ～〔急得他團團轉〕。又作 "吰吰轉" (又音 dem⁴ dem⁴⁻² jun³)。

氹 (窞) tem⁵ (駝凜切) 坑: 水 ～ | 尿 ～ | 泥 ～ | 一 ～ 水。

ten

吞槍 ten¹ cêng¹ 用槍自殺。

吞拿魚 ten¹ na⁴ yü⁴⁻² 金槍魚。〖"吞拿" 是英語 tuna 的音譯。〗

*吞臕 ten¹ pog¹ ❶ 偷懶。❷ 磨洋工。

佘 ten² (吞²) 翻轉 (裏外翻過來): ～ 豬腸 | 將個豬肚 ～ 過嚟洗〔把豬肚翻過來洗〕| ～ 轉眼皮。

褪 ten³ ❶ 退: ～ 十步 | ～ 後啲〔退後一點〕。❷ 移動; 挪: 你張櫈 ～ 過去一啲〔你的櫈子挪過去一點〕。

褪腸頭 ten³ cêng⁴ teo⁴ 脫肛。

褪舦 ten³ tai⁵ (舦, 太⁵) 退縮; 打退堂鼓: 都未開始就想 ～ 嘅〔還沒有開始就居然打起退堂鼓了〕。

揗 ten⁴ (吞⁴) ❶ 受驚發抖: 嚇到我 ～ 晒〔嚇得我發抖〕。❷ 徘徊; 走動: ～ 嚟 ～ 去〔轉來轉去〕。

揗雞 ten⁴ gei¹ 驚慌失措。

揗揗震 ten⁴ ten⁴ zen³ 直打哆嗦; 不停地顫動: 一有人上樓嚟張枱就 ～〔一有人上樓, 桌子就顫個不停〕。

teng

藤菜 teng⁴ coi³ 同 "潺菜"。

藤唅 teng⁴ gib¹ (唅, 劫¹) 藤箱。

藤條 teng⁴ tiu⁴⁻² 細長的藤鞭。

téng

聽出耳油 téng¹ cêd¹ yi⁵ yeo⁴ 指音樂、歌曲等十分動聽: 呢支歌 ～ 咯〔這支歌十分動聽〕。

聽價唔聽斗 téng¹ ga³ m⁴ téng¹ deo² 買東西時只看貨價不注意分量, 因而容易上當。比喻人看問題不夠全面。

聽教 téng¹ gao³ 聽從教導: 聽話 (多指兒童)。

聽講 téng¹ gong² 聽説: ～ 佢去咗北京〔聽説他去了北京〕。

聽講話 téng¹ gong² wa⁶ 同上。

聽過隔籬 téng¹ guo³ gag³ léi⁴ 聽錯了: 呢次咪 ～ 喇〔這次可別聽錯了〕。

聽聞 téng¹ men⁴ 同 "聽講"。

聽聞講 téng¹ men⁴ gong² 同 "聽講"。

聽筒 téng¹ tung⁴⁻² 聽診器。

艇 téng⁵ 小船: 扒 ～〔划船〕。

艇家 téng⁵ ga¹ 水上人家(一般指疍民)。

艇仔 téng⁵ zei² ❶ 小船。❷ 借高利貸的介紹人。

艇仔粥 téng⁵ zei² zug¹ 一種粥品, 內有海蜇、熟肉及其他作料, 因在小船上賣, 故名。

teo

偷薄 teo¹ bog⁶ 削薄；去薄（頭髮）。

偷步 teo¹ bou⁶ ❶ 賽跑時不等裁判員發令即搶先起跑。❷ 比喻在某項政令、措施正式實施前搶先行動。

偷雞 teo¹ gei¹ ❶ 沒有正當理由的缺席；開小差：未開完佢就 ～ 去街〔會還沒有開完，他就開小差上街去了〕| 佢 ～ 冇嚟開會〔他缺席沒有來開會〕。❷ 曠課；逃學：佢冇偷過雞〔他沒逃過學〕。

偷師 teo¹ xi¹ 偷學別人的技術、手藝等。

唞 teo² (偷²) 歇；休息：大家 ～ 下先啦〔大家先歇一會兒吧〕| ～ 喇〔休息吧；睡覺吧〕！

唞涼 teo² lêng⁴ 乘涼。

透大氣 teo³⁻² dai⁶ héi³ 深沉或急促地呼吸。

透氣 teo³⁻² héi³ ❶ 呼吸。❷ 呼氣：透咗一啖氣〔呼了一口氣〕。❸ 歎氣。

頭 teo⁴⁻² 樣子（多指具體事物）：睇佢成個賊佬嘅嘅〔看他像個賊似的〕| 大家都睇你嘅 ～ 喇〔大家都看你的了〕。

透過 teo³ guo³ 通過：我 ～ 老王識得佢〔我通過老王認識他〕。

透火 teo³ fo² 生火；引火；攏火。

透爐 teo³ lou⁴ 生爐子。

透心涼 teo³ sem¹ lêng⁴ 寒心；非常失望。

頭 teo⁴ 量詞。邊，用於家庭：我要照顧兩 ～ 家〔我要照顧兩邊的家〕。

頭崩額裂 teo⁴ beng¹ ngag⁶ lid⁶ 頭破血流：打到 ～〔打得頭破血流〕。

頭車 teo⁴ cé¹ 首班車。

頭赤（**頭刺**）teo⁴ cég³ 頭痛。

頭大 teo⁴ dai⁶ 麻煩；費躊躇：呢次 ～ 咯〔這次麻煩了〕| 搞到頭都大晒〔弄得麻煩透了〕。

頭大冇腦 teo⁴ dai⁶ mou⁵ nou⁵ 沒有頭腦：講得咁清楚你都唔懂，真係 ～ 咯〔說得那麼清楚你都不懂，真是沒有頭腦〕。

頭啖湯 teo⁴ dam⁶ tong¹ 第一口湯。比喻最先得到利益、最早搶得有利機會：佢喺本地最早做房地產生意，飲咗 ～，賺咗大錢〔他在本地最早做房地產生意，搶得先機，賺了大錢〕。

頭耷耷 teo⁴ deb¹ deb¹ ❶ 低着腦袋。❷ 垂頭喪氣的樣子。

頭掂 teo⁴ dim⁶ 有條理：搞得好 ～〔搞得很有條理〕。

頭風 teo⁴ fung¹ 頭痛病。

頭慶 teo⁴ hing³（燹，慶）發燒；頭痛腦熱。

頭殼 teo⁴ hog³ 腦袋；頭：捶 ～〔敲腦袋〕。

頭殼頂 teo⁴ hog³ déng² ❶ 頭頂：佢 ～ 結個大蝴蝶〔她頭頂打個大蝴蝶結〕。❷ 頭頂上：雀喺你 ～ 飛〔鳥在你頭頂上飛着〕。

頭蠟 teo⁴ lab⁶ 髮蠟。

頭鑼 teo⁴ lo⁴ 開場鑼鼓。

頭落 teo⁴ log⁶⁻¹ 第一個兒子。

頭路 teo⁴ lou⁶ 頭髮的分隔縫兒。

頭尾 teo⁴ méi⁵ 頭後：～ 五日〔前後五天〕| ～ 三年。

頭面 teo⁴ min⁶ 首飾。

頭泥 teo⁴ nei⁴ 頭垢。

頭牙（**頭禡**）teo⁴ nga⁴ 農曆正月初二，商家每年第一個祭祀財神土地的禡日。

頭擰擰 teo⁴ ning⁶ ning⁶ 不停地搖頭（表示不同意或不滿意的意思）：問佢乜都 ～〔問他甚麼都搖頭〕。

頭頡頡 teo⁴ ngog⁶ ngog⁶（頡，岳）❶ 抬起腦袋東張西望的樣子。❷ 仰着腦袋（含貶意）。

頭皮 teo⁴ péi⁴ 頭皮屑。

頭奅 teo⁴ peo³〔奅，破漚切〕頭疼；因碰到困難、煩惱引起頭腦發脹：呢件嘢問題咁多，真 ~〔這件事問題這樣多，真頭痛〕| 嗰道題搞到我頭都奅晒〔那道習題弄到我頭都脹了〕。

頭牲 teo⁴ sang¹ 家禽家畜的總稱。

頭水 teo⁴ sêu² 第一批：呢啲係今年嘅 ~ 荔枝〔這些是今年（上市）的第一批荔枝〕。

頭廳 teo⁴ téng¹ 家居的第一個廳。

頭頭 teo⁴ teo⁴⁻² ❶ 開頭；最初：~ 我哋乜都唔會〔開始我們甚麼都不會〕。❷ 剛才：~ 佢嚟過〔剛才他來過〕。

頭頭掂掂 teo⁴ teo⁴ dim⁶ dim⁶ 有條有理：乜都搞得 ~〔甚麼都搞得有條有理〕。

頭頭尾尾 teo⁴ teo⁴ méi⁵ méi⁵ 某一件事中的零碎工作。

頭頭碰着黑 teo⁴ teo⁴ pung³ zêg⁶ heg¹ 處處碰壁；事事不遂願。

頭先 teo⁴ xin¹ 剛才。

頭長仔 teo⁴ zêng² zei² 長（zhǎng）子。

頭腫眼� teo⁴ zung² ngan⁵ dêu³ 臉面浮腫。

têu

推搪 têu¹ tong⁴⁻² 推託；推辭。

ti

*T 裇 ti¹ sêd¹（T，他衣切）針織化纖有領汗衫。〖"T" 是英文字母。"裇" 是英語 shirt 的譯音。〗

tib

*貼士 tib¹ xi² ❶ 預測性結果。❷ 內幕消息。❸ 小賬；小費。〖"貼士" 是英語

tips 的音譯詞。〗

貼 tib³ 衣服的貼邊：落 ~〔給衣服加貼邊〕。

貼錯門神 tib³ co³ mun⁴ sen⁴ 指二人互不理睬，合不來。

貼堂 tib³ tong⁴ 把學生的優秀作業貼在課室牆壁上作示範。

貼現 tib³ yin⁶ 金錢上的補貼。

tid

鐵筆 tid³ bed¹ 鋼釺。

鐵枝 tid³ ji¹ 鐵條兒（多指窗戶、欄杆等的防護鐵條）。

鐵沙梨 tid³ sa¹ léi⁴ 比喻那些非常吝嗇、視財如命的人。

鐵鋥 tid³ séng³〔鋥，些鏡切〕鐵銹。

鐵線 tid³ xin³⁻² 鐵絲。

鐵閘 tid³ zab⁶ 鐵柵欄；防盜門。

鐵罩 tid³ zao³ 笊籬的別名。

鐵嘴雞 tid³ zêu² gei¹ 嘴巴很厲害的人。

tig

剔手邊 tig¹ seo² bin¹ 剔手旁；提手旁（漢字偏旁"扌"）。

tim

添 tim¹ ❶ 用在謂語或賓語之後或句子的末尾，有擴充範圍或遞進的作用，相當於"再"：攞啲嚟 ~ 啦〔再拿一些來吧〕| 重嚟兩個人 ~ 至夠〔再來兩個人才夠〕| 放電影 ~ 呀〔還放電影呢〕。❷ 語氣詞，表示強調，往往用在"重……"的後面：人哋重有意見 ~〔人家還有意見呢〕！| 話佢重笑 ~〔說他還笑呢〕| 噉搞法重嚟 ~〔這麼搞法更糟糕〕！| 佢叫我講俾

聽，我唔記得咗 ～〔他叫我告訴你，我忘了〕。

添補 tim¹ bou² 增加；增補。

添飯 tim¹ fan⁶ 盛飯（指盛第二次以後的）。

甜 tim⁴ 鮮美：呢碟魚好 ～〔這碟魚很鮮〕。

甜耶耶 tim⁴ yé⁴ yé⁴ 甜絲絲；甜津津。

甜曳曳 tim⁴ yei⁴ yei⁴ 同上。

甜酒 tim⁴ zeo² 江米酒，酒釀。

甜竹 tim⁴ zug¹ 甜腐竹。

tin

天腳底 tin¹ gêg³ dei² 天邊；天涯海角：你走到 ～ 都要捉你翻嚟〔你逃到天邊也要把你抓回來〕。

天光 tin¹ guong¹ 天亮。

天婦羅 tin¹ fu⁵ lo⁴ 一種日本風味食品，將魚蝦和蔬菜加上麵粉油炸而成。

天光大白 tin¹ guong¹ dai⁶ bag⁶ ❶ 天大亮：～ 喇，好起身喇〔天大亮了，該起牀了〕。❷ 大白天：～ 都敢做呢啲嘢〔大白天也敢幹這種事〕！

天光墟 tin¹ guong¹ hêu¹ 天亮以前進行交易的集市。珠江三角洲有的集市有此習慣。

天光星 tin¹ guong¹ xing¹ 啟明星。

天口 tin¹ heo² 天時；天氣；氣溫：～ 熱 ｜ ～ 燸〔氣溫高；天氣熱〕。

天開眼 tin¹ hoi¹ ngan⁵ 上天有眼。

天矇矇光 tin¹ mung¹ mung¹ guong¹ 天矇矇亮。

天拿水 tin¹ na⁴ sêu² 稀釋劑；稀料。〔“天拿”是英語 thinner 的音譯。〕

天鵝絨 tin¹ ngo⁴ yung⁴⁻² 絲絨：～ 布幕。

天棚 tin¹ pang⁴⁻² 曬台（樓房屋頂上的露天平台）。

天生天養 tin¹ sang¹ tin¹ yêng⁵ 人生了下來總能活下去。

*天體營 tin¹ tei² ying⁴ 裸體人聚集地。

天台 tin¹ toi⁴⁻² 房頂曬台。

天時 tin¹ xi⁴ 天氣；氣候：～ 唔好〔天氣不好；天氣反常〕。

天時旱 tin¹ xi⁴ hon⁵ ❶ 天旱：而家 ～，抽水機好有用〔現在天旱，抽水機很有用〕。❷ 旱季：修咗呢個水庫，～ 就唔怕喇〔修了這個水庫，旱季就不怕了〕。

天時冷 tin¹ xi⁴ lang⁵ ❶ 冷的時候：～ 就喺屋企炙火〔冷的時候就在家烤火〕。❷ 冬天：呢度 ～ 都唔使着棉衲〔這裏冬天也不用穿棉襖〕。

天時暑熱 tin¹ xi⁴ xu² yid⁶ 天氣炎熱。

天時熱 tin¹ xi⁴ yid⁶ ❶ 熱的時候。❷ 夏天。

天仙局 tin¹ xin¹ gug⁶ 美人計；用色情手段的騙局。

天陰 tin¹ yem¹ 陰天；天色轉陰。

天陰陰 tin¹ yem¹ yem¹ 天色陰沉沉的：～ 噉，好似要落雨咯〔天陰沉沉的，像是要下雨了〕。

天然白虎湯 tin¹ yin⁴ bag⁶ fu² tong¹ 戲稱西瓜。

天井 tin¹ zéng² 房屋內的露天空地。

田 tin⁴ ❶ 地（種莊稼的土地）。❷ 專指水田。

田雞 tin⁴ gei¹ 大青蛙。

田雞東 tin⁴ gei¹ dung¹ 幾個人湊錢吃東西。

田雞局 tin⁴ gei¹ gug⁶ 同 “田雞東”。

田基 tin⁴ géi¹ 田埂；田塍。

田螺 tin⁴ lo⁴⁻² 長在田裏的螺螄。

田螺魔 tin⁴ lo⁴⁻² mo¹ 蝸牛。

田螺厴 tin⁴ lo⁴⁻² yim² 螺螄的蓋。

填 tin⁴ 用錢財補償空缺：條數重爭好多，冇辦法 ～〔錢數還缺很多，沒辦法補〕｜虧損嘅錢要 ～ 翻去〔虧損的錢要補回去〕。

填命 tin⁴ méng⁶ 抵命，償命：殺人要 ～。

ting

聽暇 ting¹ ha⁶⁻¹ ❶ 過一會兒；待一會兒：～ 嚟啦〔過一會兒來吧〕｜我 ～ 話過你知〔我待一會兒告訴你〕。❷ 倘若；萬一；要是：～ 佢嚟唔切去點算呀〔萬一他來不及去怎麼辦〕？｜～ 佢唔肯呢〔要是他不願意呢〕？

聽朝 ting¹ jiu¹ 明天早上；明早。

聽朝早 ting¹ jiu¹ zou² 同上。

聽晚 ting¹ man⁵⁻¹ 明天晚上；明晚。

聽晚黑 ting¹ man⁵ heg¹ 同 "聽晚"。

聽晚夜 ting¹ man⁵ yé⁶ 同 "聽晚"。

*聽尼士 ting¹ ni¹ xi⁶ 網球。〖"聽尼士" 是英語 tennis 的音譯詞。〗

聽日 ting¹ yed⁶ 明天。

聽早 ting¹ zou² 明早。

聽 ting³ 等着；聽候：國家唔富強就 ～ 捱打〔國家不富強就會等着捱打〕｜你唔溫習功課，考試就 ～ 衰〔你不溫習功課，考試就等着倒霉〕。

聽歽 ting³ yêng¹ 等着遭歽，等着倒楣：得罪佢，你就 ～ 咯〔得罪了他，你就等着倒楣吧〕｜邊個亂嚟邊個～〔誰亂來誰遭歽〕。

停 ting⁴⁻² 量詞。樣；種（指某一品種）：呢 ～ 穀種好〔這種稻種好〕｜呢 ～ 唔錯〔這個品種不錯〕。

停口 ting⁴ heo² 住嘴，住口：坐落嚟咁耐你講咁耐，好 ～ 囉噃〔坐下來那麼久你就說了那麼久，該住嘴了〕｜佢食嘢冇停過口〔他吃東西沒有停過〕。

tiu

挑 tiu¹ 嘆詞。原為粗魯詞，但語音稍變，表示輕蔑或不滿意。莊重場合、有身份的人不用。

挑通眼眉 tiu¹ tung¹ ngan⁵ méi⁴ 形容人十分精明（含貶義）。

跳槽 tiu³ cou⁴ 比喻人離開原來的單位到別的地方工作。

*跳樓貨 tiu³ leo⁴⁻² fo³ 低價賤賣的商品（即低於成本出售的商品，致使商家虧本而被迫自殺之意）。

*跳樓價 tiu³ leo⁴⁻² ga³ 降得非常厲害的售價。

跳扎 tiu³ zad³ 活潑；活蹦亂跳。

跳皮 tiu³ péi⁴ 淘氣；調皮。

糶 tiu³ 賣糧（指賣原糧）：～ 穀。

條 tiu⁴ 量詞。❶ 條；根。❷ 把：一 ～ 鎖匙〔一把鑰匙〕。❸ 個（用於人，有貶意）：嗰 ～ 友仔〔那個小子〕。

條氣唔順 tiu⁴ héi³ m⁴ sên⁶ 內心不忿；不服氣；吞不下那口氣。

to

拖 to¹ 在熱水中略燙一燙：曬菜乾要先用滾水 ～ 過啲白菜至曬〔曬菜乾要用開水把白菜略燙一燙才拿去曬〕。

拖板 to¹ ban² 活動插座。

拖地 to¹ déi⁶ ❶ 用拖把擦地。❷ 衣服等過長而觸及地面。

拖艕 to¹ dou⁶⁻² （艕，度²）由機動船牽引的客船。

*拖肥糖 to¹ féi⁴ tong⁴⁻² 一種由熬糖、奶油等做成的黏性糖果。〖"拖肥" 是英語 toffee 的音譯詞，又作 "太妃"。〗

拖卡 to¹ ka¹ 拖斗，卡車的拖車。

拖落水 to¹ log⁶ sêu² 拉下水。比喻引誘別人參與做壞事：佢係畀人 ～ 嘅〔他是被人拉下水的〕。

拖落氹 to¹ log⁶ tem⁵ 拉下泥坑。比喻引誘別人做壞事或使其染上惡習不能自拔：佢咁爛賭係畀人 ～ 嘅〔他沉迷賭博是被人引誘的〕。

拖友 to¹ yeo⁵⁻² 正在談戀愛的男女。

佗 to⁴ ❶ 負荷；揹。❷ 懷孕：～仔〔懷小孩〕｜佢～人有六個月咯〔她懷孕有六個月了〕。

***佗地** to⁴ déi⁶⁻² 指黑社會所收取的保護費。

佗累 to⁴ lêu⁶ 拖累；牽累：我怕～大家。

佗手擰腳 to⁴ seo² leng³ gêg³（擰，啦凳切）拖住手腳，成了累贅：有個細路～，做事好唔方便〔有個小孩拖住手腳，做事很不方便〕。

佗衰 to⁴ sêu¹ 牽累；拖累：～人〔牽累了別人〕｜成組畀佢～晒〔全組讓他給拖累了〕。

佗衰家 to⁴ sêu¹ ga¹ ❶ 敗家。❷ 敗家子：呢個仔正一～〔這個孩子真是敗家子〕。

佗仔 to⁴ zei² 懷孕；懷上孩子。

砣錶 to⁴ biu¹ 掛錶。

陀陀擰 to⁴ to⁴⁻² ning⁶ 暈頭轉向：呢排忙到我～〔最近忙得我暈頭轉向〕。

駝背夾直 to⁴ bui³ gab³ jig⁶ 硬把駝背弄直了，比喻讓人做為難的事。

妥當 to⁵ dong³ ❶ 全部完成；安排妥善：間屋裝修～晒咯〔房子全部裝修好了〕｜啲嘢通通做～咯〔事情全部做好了〕。❷ 由於妥善安排而感到心情舒暢：佢而家～啦，仔女都出晒身咯〔他現在可舒暢了，兒女都工作了〕。

tog

托 tog³ ❶ 用手掌承着。❷ 扛（káng）：～槍｜～大杉〔扛杉木〕。❸“托大腳”的簡稱：“冇耳藤喼 —— 靠～”〔歇後語。沒有提手的藤箱 —— 靠托〕。

托大腳 tog³ dai⁶ gêg³ 拍馬屁。

托手踭 tog³ seo² zang¹（踭，爭）❶ 掣肘（比喻阻撓別人做事）：你想點就點，我斷唔會～嘅〔你想怎麼着就怎麼着，我絕對不會妨礙你〕。❷ 拒絕支援或幫助別人：呢件事請佢幫手，點會～呀〔這件事情請他幫忙，怎麼會拒絕呢〕！

***托水龍** tog³ sêu² lung⁴ 代人付款不把錢付出、代人收款不把錢交給原主，通通自己吞沒。

託賴 tog³ lai⁶ ❶ 託福；有賴於：呢次得獎都係～大家〔這次得獎是託大家的福啊〕。❷ 拜託：呢件事就～老兄喇〔這件事就拜託您了〕。

toi

胎痣 toi¹ ji³ 胎記。

枱 toi⁴⁻² 桌子；案子。

枱布 toi⁴ bou³ ❶ 桌布，鋪桌子用。❷ 擦桌布。

枱面 toi⁴ min⁶⁻² 桌面：有意見大家擺上～嚟傾〔有意見大家擺到桌面上談〕。

枱枱櫈櫈 toi⁴ toi⁴ deng³ deng³ 桌椅板櫈。

tong

湯底 tong¹ dei² 鍋底（熬湯的基本配料）。

湯湯水水 tong¹ tong¹ sêu² sêu² 泛指一切的湯：乜嘢～都要飲至好〔無論甚麼湯都要喝才好〕。

湯藥 tong¹ yêg⁶ ❶ 湯劑，即用中藥材熬成的汁液。❷ 醫藥費：打傷人要賠～㗎〔打傷人要賠償醫藥費的〕｜佢賠咗幾多～〔他賠償了多少醫藥費〕？

湯丸（湯圓） tong¹ yün⁴⁻² 元宵。

劏 tong¹（湯）❶ 宰殺：～雞｜～豬。❷ 剖開；切開：～西瓜｜～魚。

劏白鶴 tong¹ bag⁶ hog⁶⁻² 戲指因醉酒而嘔吐。

劏車 tong¹ cé¹ 把汽車拆成零件。

劏光豬 tong¹ guong¹ ju¹ 比喻下象棋時棋子全被對方吃光。

劏客 tong¹ hag³ 宰客；敲詐顧客。

劏死牛 tong¹ séi² ngeo⁴ 攔路搶劫。

糖 tong⁴⁻² 糖果：水果 ～｜牛奶 ～。〔紅糖、白糖、冰糖、沙糖、方糖、糖粉、糖果等的 "糖" 讀 tong⁴。〕

趟 tong³ 順着推、摸過去：一 ～ 過去就摸到一個西瓜〔一摸過去就摸到一個西瓜〕｜～ 蝦〔用小網順着河底撈蝦〕。

趟攏 tong³ lung⁴⁻² 橫推的柵欄（多設在大門，緊貼門外）。

趟聲 tong³ séng³ 假咳（現已少用）。

燙斗 tong³ deo² 熨斗。

唐山 tong⁴ san¹ 華僑稱祖國。

唐人 tong⁴ yen⁴ 中國人；華人。

唐裝 tong⁴ zong¹ 中式男女便服。

¹堂 tong⁴ 量詞。❶ 架；座：一 ～ 磨｜一 ～ 碓。❷ 頂：一 ～ 蚊帳。❸ 張：一 ～ 魚網。❹ 節：一 ～ 課。

²堂 tong⁴ 量詞。十里：一日行七 ～ 路〔一天走七十里路〕。

堂費 tong⁴ fei³ 法院的訴訟費。

堂倌 tong⁴ gun¹ 舊時紅白喜事，被臨時僱用的操辦各種事務的人。

*堂食 tong⁴ xig⁶ 只限在餐館裏吃。

堂喫 tong⁴ yag³（喫，衣客切）在餐館買食品後就在店堂內吃（與外賣相對）。

塘壆 tong⁴ bog³ 水塘的堤岸。

塘底石 tong⁴ dei² ség⁶ 池塘底的石塊。比喻要等到水（即錢）沒有了以後才看到，指要到沒有錢的時候才來（借錢）的人。

塘蜢 tong⁴ méi¹（蜢，尾¹）❶ 蜻蜓。❷ 無篷小船。

塘泥 tong⁴ nei⁴ 魚塘底的泥，曬乾後可作肥料。

塘虱 tong⁴ sed¹ 鬍子鮎（一種無鱗魚，有角，像小鮎魚，灰黑色）。

塘魚 tong⁴ yü⁴ 在水庫或池塘裏養殖的魚。

溏心 tong⁴ sem¹ 醃制或煮的蛋類尚未熟透，蛋黃還在半凝結的狀態。

糖果 tong⁴ guo² 沾上糖作零食的各類瓜果、堅果等，如蓮子沾、核桃沾、糖冬瓜等。

糖寮 tong⁴ liu⁴ 鄉村榨蔗煮糖的土作坊。

糖黐豆 tong⁴ qi¹ deo⁶⁻² （黐，雌）糖漿黏上豆子。比喻兩人關係密切，形影不離。

糖水 tong⁴ sêu² 甜食。

糖水舖 tong⁴ sêu² pou³ 甜食店。

糖環 tong⁴ wan⁴ 一種油炸食物，用秈米粉或糯米粉做成，形狀像銅錢。

淌 tong⁵ 液體因搖動而從容器內溢灑出來：小心咪 ～ 瀉〔當心別灑了〕｜碗湯 ～ 晒出嚟〔湯全漾出來了〕。

tou

土狗 tou² geo² 蝲蝲蛄，螻蛄（一種害蟲，褐色，有翅，能掘地，專咬農作物的根）。

土鯪魚 tou² léng⁴ yü⁴⁻² 一種廣東特有的淡水魚，人工養殖。又叫"鯪魚"。

土佬 tou² lou² 世居本地的人。

土炮 tou² pao³ 戲稱本地產的酒。

土談 tou² tam⁴ 地方話；土話：呢度嘅 ～ 同廣州話有啲唔同〔這裏的土話跟廣州話有點不同〕。

土魷 tou² yeo⁴ 乾魷魚。婉辭，"乾"字不吉利，改為"土"。

淘 tou⁴ 泡（用水、湯等泡着飯一起吃）：～ 飯｜～ 茶〔用茶水泡飯〕。

淘古井 tou⁴ gu² zéng² 舊時指男子與年齡較大或有點資財的寡婦相好或結婚。

絢 tou⁴〔掏〕❶ 拴（牛馬等）：～牛｜～住隻羊〔把羊拴上〕。❷ 綁：～住度門〔把門綁上——以繩代鎖〕。

肚煲 tou⁵ bou¹ 腹部，多指小孩的。

肚朕 tou⁵ dem¹（朕，多陰切）肚子（多指小孩的）。

肚兜 tou⁵ deo² 兜肚。

肚糠（粓）tou⁵ hong² 肚子缺少油水。

肚腩 tou⁵ nam⁵ 肚皮；腹部；肚囊兒。

肚脸 tou⁵ nem⁴（脸，稔⁴）肚子不舒服（多指將要腹瀉時的感覺）：琴晚食多咗，今日～〔昨夜吃多了，今天肚子不舒服〕。

肚屙 tou⁵ ngo¹ 拉稀；腹瀉。

肚餓 tou⁵ ngo⁶ 餓；肚子餓：我好～〔我的肚子很餓了〕。

tüd

脫 tüd³ 量詞。❶ 套；身（用於衣服）：一～衫｜同細蚊仔做～衫〔給小孩做一身衣服〕。❷ 輩分；代：兩～人。

脫星 tüd³ xing¹ 專門做裸體表演的人。

tün

團年 tün⁴ nin⁴ 家人在農曆除夕團聚吃年飯。

斷碼 tün⁵ ma⁵ 衣物僅存一個號碼或僅有一件。

斷尾 tün⁵ méi⁵（病）徹底治癒，不再復發：食咗幾劑藥就～咯〔吃了幾服藥就全好了〕。

斷市 tün⁵ xi⁵ 脫銷。

tung

通 tung¹ ❶ 全（整個）：聽到呢個消息，～城都歡呼起嚟〔聽到這個消息，全城都歡呼起來〕｜～屋都歡喜〔全家都高興〕。❷ 合理，對：你咁樣做，～唔～〔你這樣做，對嗎〕?

²通 tung¹ 管子：水喉～〔自來水管〕｜膠～〔塑料管；橡膠管〕｜雙～單車〔雙樑自行車〕。

通菜 tung¹ coi³ "蕹菜"的別名。

通掂 tung¹ dim⁶（掂，店⁶）通順：佢嘅文章寫得好～〔他的文章寫得很通順〕。

通街 tung¹ gai¹ 滿街。

通關鼻 tung¹ guan¹ béi⁶ 鼻樑平直的鼻子。

通氣 tung¹ héi³ 形容能通情達理；體貼人，照顧別人，不妨礙別人：佢好～嘅，睇見人哋有困難就嚟幫手〔他很體貼人，見人家有困難就來幫忙〕｜如果你～就咪去〔如果你知趣就別去〕｜～啲啦〔將就點吧〕!

通拉 tung¹ lai¹ 平均：每個月～有千零文收入〔每個月平均有千把塊錢收入〕。

通窿 tung¹ lung¹ ❶ 穿孔的：呢埲牆～嘅〔這面牆壁是穿孔的〕。❷ 通暢：呢條鐵管～唔～㗎〔這根鐵管是通的嗎〕?

通處 tung¹ qu³ 到處；處處。

通籠 tung¹ lung⁴⁻² 同"通窿"。

通水 tung¹ sêu² 通風報信。

通透 tung¹ teo³ 透徹：你想得真～。

通天曉 tung¹ tin¹ hiu² 無所不知的人。

通勝 tung¹ xing³ 通書；曆書。〖"書"與"輸"同音，有迷信思想的人認為不吉利，改用"勝"。〗

補裙 tung² kuen⁴（補，桶）❶ 襯裙。❷ 窄而無褶的裙子。

疼 tung³ 親；吻：～一啖〔親一下〕。

疼惜 tung³ ség³ 寵愛；呵護：亞嫲好～佢〔奶奶很寵愛他〕。

痛腳 tung³ gêg³ ❶ 同"雞腳"。❷ 容易被對手攻擊的弱點。

同 tung⁴ ❶ 連詞。和；跟：佢 ～ 我都係廣州人〔他和我都是廣州人〕。❷ 介詞。跟：我 ～ 佢講咗咯〔我跟他說了〕。❸ 介詞。給；替：我 ～ 佢站崗〔我替他站崗〕｜ ～ 我攞本書嚟〔給我拿本書來〕。

同居 tung⁴ gêu¹ ❶ 同住一所房子的鄰居。❷ 同住在一起。或特指同異性住在一起。

同埋 tung⁴ mai⁴ 連詞。和；與：廣州 ～ 北京｜工業 ～ 商業嘅發展都好好〔工業和商業的發展都很好〕。

同屋 tung⁴ ngug¹ 同住一所（或一套）房子的鄰居。

同屋主 tung⁴ ngug¹ ju² 同上。

同聲同氣 tung⁴ séng¹ tung⁴ héi³ 同說一種語言，喻指同鄉：我哋大家 ～，團結起嚟就唔怕嘞〔我們大家都是同鄉，團結起來就不怕了〕。

桐油灰 tung⁴ yeo⁴ fui¹ 油灰；泥子。

筒 tung⁴ 餅子（麻將牌的一種花色）。

童子雞 tung⁴ ji² gei¹ 筍雞（毛還沒有長全的雞）。

銅盤 tung⁴ pun⁴⁻² 旋子（蒸盤，蒸米粉或糕點用的金屬盤子，多為銅製）。

銅銀 tung⁴ ngen⁴⁻² 假銀圓。

銅仙 tung⁴ xin¹ 銅元；銅板。〖“仙”是英語 cent 的音譯。〗

W

wa

*哇鬼 wa¹ guei² 吵鬧、調皮的人（多用於小孩）：成班 ～ 喺度嘈〔一群調皮小孩在這裏瞎吵吵〕。

蛙人 wa¹ yen⁴ 潛水員。

搲 wa²（蛙²）抓：～ 損個面〔抓破了臉皮〕。

搲痕 wa² hen⁴ 抓癢。

搲子 wa² ji² 小孩玩小石子遊戲，玩法很多。

華埠 wa⁴ feo⁶ 海外大城市中的華人聚居的地方，即唐人街或中國城。

*華府 wa⁴ fu⁴ 指美國聯邦政府。

嘩 wa⁴ 歎詞。表示驚訝：～，咁多人呀〔唔，那麼多人哪〕！｜～，飛機飛得真低。

話 wa⁶ ❶ 說：人人都 ～ 你好｜有碗 ～ 碗，有碟 ～ 碟〔有甚麼說甚麼〕。❷ 勸說；責備：你 ～ 下佢啦〔你說他

一下吧〕｜你噉樣做，人哋實 ～ 你〔你這樣幹，人家一定說你〕。❸ 告訴：我 ～ 畀你知啦〔我告訴你吧〕｜ ～ 畀我聽〔告訴我〕。❹ 看（觀察並加以判斷）：你 ～ 點好呢〔你看怎麼辦才好〕？｜我 ～ 佢唔錯〔我看他不錯〕。

話得埋 wa⁶ deg¹ mai⁴ 可以預料的：呢啲嘢 ～ 嘅咩〔這些事怎麼可以預料的呢〕！

話低 wa⁶ dei¹ 同“話落”。

話定 wa⁶ ding⁶ 說好；說定：大家 ～ 五點鐘集中。

話咁快 wa⁶ gem³ fai³ 很快；說話就得：唔使你等幾耐，～〔不用你等多久，說話就得〕。

話口未完 wa⁶ heo² méi⁶ yün⁴ 話音未落：～ 佢已經走咗〔話音未落，他已經走了〕。

話知佢 wa⁶ ji¹ kêu⁵ 不管他；管他呢：

佢想點就點，～〔他想怎麼着就怎麼着，管他呢〕。

話知你 wa⁶ ji¹ néi⁵ 告訴你吧（有聲明不管的意思）：你點搞都唔關我事，～呀〔我先告訴你，你怎麼搞都與我無關〕。

話落 wa⁶ log⁶ 交代；吩咐：你～畀佢聽未呀〔你交代給他了沒有〕？｜佢～畀佢個仔㗎喇〔他吩咐他的兒子了〕｜冇～乜嘢〔沒吩咐甚麼〕。

話唔定 wa⁶ m⁴ ding⁶ 同下。

話唔埋 wa⁶ m⁴ mai⁴ 說不定；沒準兒；難以預料：一日生產幾多就～㗎〔一天生產多少就說不定了〕｜聽日落唔落雨就～㗎〔明天下不下雨就說不定了〕｜呢啲事的確係～嘅〔這些事的確是難以預料的〕。

話唔醒 wa⁶ m⁴ séng² 始終不醒悟：你點都～佢，你話幾笨吖〔你怎麼都沒辦法讓他明白過來，你說多笨啊〕。

話名 wa⁶ méng⁴⁻² 名義上；應（yīng）名兒：佢～係我哋組嘅人，其實好少嚟〔他名義上是我們這個組的人，其實很少來〕｜佢～係中學畢業〔他應名兒是中學畢業〕。

話明 wa⁶ ming⁴ ❶ 事先聲明：我～唔去喇〔我早已聲明不去了〕。❷ 明白地告訴：你要～畀大家知先得㗎〔你要告訴大家知道才行啊〕。

話冇咁快 wa⁶ mou⁵ gem³ fai³ 說都沒有那麼快：～佢就食完喇〔這麼快就吃完了〕。

話你知 wa⁶ néi⁵ ji¹ 同"話知你"。

話晒 wa⁶ sai³ 說甚麼（也是）；不管怎麼說（仍然）：佢～都係你大佬吖〔不管怎麼說他畢竟是你的哥哥嘛〕。

話實 wa⁶ sed⁶ 說定（肯定地說清楚）：你～幾時嚟呀〔你說定甚麼時候來〕？｜你～幾多就幾多啦〔你說定多少就多少吧〕｜我～唔去喇〔我肯定不去了〕。

²**話實** wa⁶ sed⁶ 不停地勸說；極力勸阻：～佢都唔聽〔怎麼說他還是不聽〕｜細佬哥要～佢至得〔小孩要説着他點兒才行〕。

話頭醒尾 wa⁶ teo⁴ xing² méi⁵ 形容人機靈、聰明，能夠舉一反三：佢係叻仔，～嘅〔他是聰明人，能夠舉一反三〕。

話事 wa⁶ xi⁶ 作主；說了算：而家我哋工人自己～〔現在我們工人自己作主〕｜呢個隊邊個～〔這個隊誰作主〕？

話事偈 wa⁶ xi⁶ gei⁶⁻² 正如……所説：老張～〔正如老張所説〕。

話齋 wa⁶ zai¹ 同上。

話嗻 wa⁶ zé¹（嗻，遮）用於句首，有"說是這麼説"、"儘管這樣"的意思：～，都係好麻煩嘅〔儘管這樣，還是很麻煩的〕。

話中 wa⁶ zung³ 說准了，說對了：我～喇啩，佢就係噉嘅人〔我說對了吧，他就是這樣的人〕｜畀我～咗，佢果然係行嗰條路嚟〔讓我說准了，他果然是走那條路來〕。

wad

滑 wad⁶⁻² 魚、豬、牛等的肉絞碎後加調料製成的肉醬，做丸子用：魚～｜牛肉～。

滑蕨 wad⁶ güd⁶（蕨，讀音küd³）蕨苗（可以吃）。

滑溜 wad⁶ leo⁶ 光滑：個頭梳得幾～〔頭髮梳得真光滑〕｜細蚊仔皮膚好～〔小孩子的皮膚真光滑〕。

滑捋捋 wad⁶ lüd³⁻¹ lüd³⁻¹ 滑溜溜：黃蟮～嘅〔黃蟮滑溜溜的〕。

滑牙 wad⁶ nga⁴⁻² 勩（yì）：螺絲釘滑咗牙〔螺絲扣勩了〕。

滑牛 wad⁶ ngeo⁴⁻² 炒滑牛肉；滑溜牛肉。

滑潺潺 wad⁶ san⁴ san⁴ 滑溜溜（指某些

黏液)：～好似鼻涕噉〔滑溜溜的像鼻涕一樣〕。

滑掭掭 wad⁶ ten⁴ ten⁴（掭，吞⁴）滑溜溜（指油多而滑）。

滑脱脱 wad⁶ tüd³⁻¹ tüd³⁻¹ 滑滑的；滑溜溜的。

wag

嗝(嚤) wag¹（畫¹）能説會道（有貶意）：嗰把嘴真 ～〔那張嘴真會説〕。

嗝嗝(嚤嚤) wag¹ wag¹（畫¹）呱呱（指説話聲音響亮；形容人愛説話）：成日口 ～〔整天呱呱叫〕。

畫鬼腳 wag⁶ guei² gêg³ 一種類似抓鬮的遊戲。〖又叫"撳鬼腳"。〗

***畫則師** wag⁶ zeg¹ xi¹ 房屋繪圖師。

wai

***歪烏連** wai¹ wu¹ lin¹ 小提琴。〖"歪烏連"是英語 violin 的音譯。〗

淮山 wai⁴ san¹ 山藥；薯蕷（多指切成乾片的）。

淮鹽 wai⁴ yim⁴ 椒鹽（花椒炒製過後磨碎加上鹽製成）。

槐枝 wai⁴ ji¹ 荔枝的一種，是最普通的品種，可以烤曬成荔枝乾。

壞骨 wai⁶ gued¹ 淫穢的；下流的；意識不良的。

壞鬼 wai⁶ guei² 壞的；不良的：唔好講埋啲 ～ 嘢〔不要盡説那些污七八糟的事兒〕｜你啲 ～ 習慣要改嘞〔你的壞習慣可要改了〕。

wan

灣 wan¹ ❶ 水流彎曲的地方。珠江三角洲一帶多用作地名：荔枝 ～（在廣州）｜銅鑼 ～（在香港）｜黑沙 ～（在

澳門）。❷ 停泊：～ 艇｜呢度 ～ 得好多船〔這裏能停很多船〕。

玩 wan² 提弄；耍弄；糊弄：你唔好隨便 ～ 人呀〔你別隨便糊弄別人啊〕｜你想 ～ 邊個〔你想糊弄誰〕?

玩出火 wan² cêg¹ fo² 因不認真而出現麻煩：咪亂嚟，因住 ～〔別亂來，當心闖禍〕。

玩馬騮 wan² ma⁵ leo⁴⁻¹ 耍猴子。

玩新人 wan⁴⁻² sen¹ yen⁴⁻²（玩，讀音 wun⁶）鬧新房。

玩嘢 wan² yé⁵ 耍手段。轉指玩弄人：你嗽做即係 ～ 嘞〔你這樣做是在玩弄人罷了〕!｜佢唔係誠心想合作，～ 嘞〔他不是誠心想合作，玩手段罷了〕。

玩完 wan² yün⁴ ❶ 結束（一次遊戲）；幹完（一件事）。❷ 中斷（愛情）：行咗半年就 ～ 咯〔談了半年的戀愛就吹了〕。❸ 比喻死去。

挽 wan⁵⁻² ❶ 提；提溜（dī liū)：～ 水｜～ 住個手抽〔提溜着一個手提籃〕。❷ 挎：佢隻手 ～ 住個籃〔她的胳膊挎着一個小提籃〕。

挽鞋 wan⁵ hai⁴ 提鞋（為人提鞋表示做他的僕人)：輸畀你就同你 ～〔(如果) 輸給你就替你提鞋〕｜～ 都唔要呢種人呀〔給我提鞋都不要這種人啊〕。

還 wan⁴ 連詞，用在兩個重複的名詞、動詞、形容詞或代詞之間，表示要區分兩種不同的東西或情況：雪 ～ 雪，冰 ～ 冰，唔係一樣嘅嘢〔雪是雪，冰是冰，不是一樣的東西〕｜好嘅 ～ 好嘅，爛嘅 ～ 爛嘅，分開放〔好的歸好的，爛的歸爛的，分開放〕｜你 ～ 你，我 ～ 我，點能混為一談呢〔你是你，我是我，怎麼能夠混為一談呢〕!

還神 wan⁴ sen⁴ 對神還願。

挽手 wan⁵ seo² 提樑。

鯇魚 wan⁵ yü⁴ 草魚；青魚。

wang

吰 wang¹（橫¹）砸鍋；吹；出婁子；壞事（敗事）：呢次又搞～晒〔這次又砸鍋了〕｜差啲畀佢搞～咗〔差點兒給他壞了事〕｜佢兩個早就～晒〔他們倆早就吹了〕。

橫唪唪 wang⁴ bang¹ bang⁶（唪，波罌切；唪，罷硬切）❶ 橫着：張長櫈～噉拃住個門口〔這條長櫈橫着放擋着門口〕｜唔好～噉行〔不要橫着走〕。❷ 形容人蠻橫，蠻不講理。

橫財就手 wang⁴ coi⁴ zeo⁶ seo² 橫財到手；發了橫財。

橫掂 wang⁴ dim⁶ 副詞。反正；橫豎：～都有用咯，掉咗佢啦〔反正都沒有用了，把它扔了吧〕｜～都係一式〔反正都是一樣〕。

橫街窄巷 wang⁴ gai¹ zag³ hong⁶⁻² 小街小巷。

橫九掂十 wang⁴ geo² dim⁶ seb⁶ ❶ 橫豎都是一樣：～都係噉嘅啦，怕乜〔反正都是這樣，怕甚麼〕。❷ 無論如何：你～都要同我做埋佢〔你無論如何都要給我幹完〕。

橫脷 wang⁴ léi⁶（脷，利）沙肝：豬～。

橫門 wang⁴ mun⁴⁻² 側門；旁門。

橫丫腸 wang⁴ nga¹ cêng⁴⁻² ❶ 闌尾（即一般人所說的"盲腸"）。❷ 比喻想頭多、壞主意多：我直腸直肚，冇乜～㗎〔我心直口快，沒甚麼別的想頭的〕｜佢～多咗啲〔他的想頭多了點〕。

橫丫路 wang⁴ nga¹ lou⁶ 岔路。

橫額 wang⁴ ngag⁶⁻² ❶ 橫批。❷ 橫匾。

橫手 wang⁴ seo² ❶ 以不正當手段來傷害人：最怕佢出～〔最怕他使用不正當的手段傷人〕。❷ 受雇替人行兇者：請～打人。

橫水艔 wang⁴ sêu² dou⁶⁻²（艔，度）渡船（供渡河用的船）。

橫 wang⁶ 連接兩邊的短橫木：梯～｜椅～。

wé

搲銀 wé² ngen⁴⁻² 搲：抓，扒。摟錢；想法掙錢：周圍～〔想盡辦法到處掙錢〕｜仔細老婆嫩，唔～點得〔老婆孩子都小，不努力掙錢怎麼成〕！（詼諧的說法。讀音是有意模仿某些地方的鄉音。）

嘢 wé⁵（華野切）❶ 垮（指衣服過於柔軟，穿着挺不起來）。❷ 咧開：成日～起個嘴〔整天咧開嘴巴〕｜件衫～晒〔衣服咧開了〕。

wed

屈 wed¹ ❶ 弄彎；撅：～鐵線〔彎鐵絲〕｜～斷咗〔撅斷了〕。❷ 扭：～親隻腳〔扭傷了腳〕。❸ 繞：～去後便〔繞到後邊兒去〕。❹ 蹺縮（身體）：佢～埋喺個角落頭度〔他蹺縮在角落裏〕｜成日～喺屋企做乜〔整天蹲在家裏幹甚麼〕！❺ 冤屈；冤枉：冇人～你承認〔沒有人冤屈你承認〕。

屈親 wed¹ cen¹ 扭傷；崴：～條腰｜隻腳～咯〔腳崴了〕。

屈氣 wed¹ héi³ 憋氣（有怨氣發泄不出）。

屈尾十 wed¹ méi⁵ seb⁶ 比喻掉頭：一個～走咗〔一掉頭溜掉了〕。

屈悶 wed¹ mun⁶ 心中憋氣發悶。

***屈蛇** wed¹ sé⁴ 用船偷運非法入境者。

***屈水** wed¹ sêu² 勒索。

屈頭雞 wed¹ teo⁴ gei¹ 孵不出殼的雞（蛋內已成雞，但不出殼）。

屈質 wed¹ zed¹ ❶ 局促；擁擠（指房屋等不寬敞）：呢間房太 ～ 喇〔這屋子太局促了〕｜枱椅擺得唔齊整，覺得靈舍～〔桌椅板櫈擺得不整齊，覺得特別擁擠〕。❷ 憋悶：冇事做，喺屋企鬼咁 ～〔沒事幹，在家憋得慌〕。

焗（爩） wed¹（屈）❶ 燻：～ 雞｜～ 蚊｜煙 ～ 眼。❷ 烹飪方法，燻製：～ 鯉魚。

鬱 wed¹ 憋氣：有乜事講出嚟，唔好 ～ 喺心度〔有甚麼事說出來，不要憋在心裏〕。

核 wed⁶（讀音 hed⁶）核兒；籽兒：欖 ～〔橄欖核兒〕｜西瓜 ～〔西瓜籽兒〕。

捐 wed⁶（鶻）晃動：～ 嚟 ～ 去〔晃來晃去〕｜～ 一 ～ 支香〔把香晃一晃〕。

鶻突 wed⁶ ded⁶ ❶ 冒失；鹵莽；愣：事先未通知就去搵人，怕 ～ 過頭〔事先沒通知就去找人，怕太冒失了〕｜呢個人有啲 ～〔這個人有點愣〕。❷ 難看；肉麻：呢啲字寫得真 ～〔這些字寫得真難看〕。

wei

威 wei¹ 美；漂亮（指小孩的衣着）：呢件衫仔真 ～〔這件小衣裳真漂亮〕｜確係 ～。

威化餅 wei¹ fa³ béng² 維夫餅乾（以麵粉、蛋、牛奶等製成的餅食）。〖"威化" 是英語 wafer 的譯音。〗

威猛 wei¹ mang⁵ 人的外表顯得威風強壯：睇佢幾高大 ～〔看他多高大雄壯〕。

威水 wei¹ sêu² ❶ 鮮艷：好 ～ 嘅被面〔很鮮艷的被面〕。❷ 醒目：嗰幅畫好 ～〔那幅畫很醒目〕。❸ 神氣（因穿了合身而美觀的衣服而顯得精神飽滿）：佢着起呢件衫靈舍 ～〔他穿起這件衣服格外神氣〕。

威士 wei¹ xi² 廢棉紗頭。〖"威士" 是英

語 waste 的音譯詞。〗

威吔 wei¹ ya²（吔，衣啞切）鋼絲。〖"威吔" 是英語 wire 的音譯詞。〗

委實 wei² sed⁶ 確實：～ 係我買嘅〔確實是我買的〕。

位 wei⁶⁻² 位置；座位：嗱嗱夠 ～〔座位剛剛夠〕。

喂 wei³⁻² 常用於句末，表示疑問：人呢 ～〔人呢〕？｜唔知係唔係呢 ～〔不知道是不是呢〕？

為 wei⁴ 計算成本：呢啲嘢 ～ 起嚟幾多錢〔這些東西算起來多少錢〕？｜呢啲磚 ～ 五文一百〔這些磚成本五塊錢一百塊〕。

為得過 wei⁴ deg¹ guo³ 划得來：唔 ～〔划不來〕｜加工費五文 ～〔加工費五塊錢划得來〕。

為唔過 wei⁴ m⁴ guo³ 划不來；不合算：你嘅開支大，～〔你的開支大，划不來〕。

為皮 wei⁴ péi⁴⁻² ❶ 成本：做呢個櫃 ～ 要幾多錢〔做這個櫃子成本要多少錢〕？❷ 成本高的：小規模生產太 ～ 喇〔小規模生產成本太高了〕。

…為真 …wei⁴ zen¹ …才是；…才是對的：瞓覺 ～〔睡覺才是〕｜乜都假，食嘢 ～〔甚麼都不管，吃東西才是〕。

惟獨是 wei⁴ dug⁶ xi⁶ 只是；只不過：呢度乜都好，～ 冬天太冷〔這裏甚麼都好，只是冬天太冷〕。

唯有 wei⁴ yeo⁵ ❶ 只有：～ 佢唔肯〔只有他不願意〕。又説 "唯獨"。❷ 只好：冇辦法，我 ～ 噉做〔沒辦法，我只好這樣做〕｜～ 我嚟做係啦〔好我來做算了〕。

¹圍 wei⁴ 量詞。桌（用於酒席）：兩 ～ 梅酌〔兩桌喜酒〕。

²圍 wei⁴ ❶ 屯；村子：呢條 ～ 有兩個姓〔這個村子有兩個姓〕。❷ 珠江三角洲地區用堤圍圍起來的大片田地。

圍壆 wei⁴ bog³ 堤圍，堤壩：條 ～ 可以種桑樹〔堤壩上可以種桑樹〕。

為乜 wei⁶ med¹（乜，物¹）為甚麼：你 ～ 唔去〔你為甚麼不去〕?

為乜嘢 wei⁶ med¹ yé⁵ 同 "為乜"。

為食 wei⁶ xig⁶ 饞；嘴饞：～ 仔〔嘴饞的小孩〕。

為食貓 wei⁶ xig⁶ mao¹ 饞鬼（多指小孩）；饞貓：呢個正一 ～〔這個真是饞貓〕。

為咗 wei⁶ zo²（咗，左）為了：～ 實現四個現代化，要努力學習。〖"為咗" 是根據普通話 "為了" 對譯出來的詞，會上發言或讀報時多用。〗

衛生麻雀 wei⁶ sang¹ ma⁴ zêg³ 不賭錢或僅是小輸小贏的麻將。

衛生衣 wei⁶ sang¹ yi¹ 棉毛衫，有時也兼指絨衣。

wen

瘟咁 wen¹ gem³ 昏頭昏腦地；一個勁兒地：咪 ～ 舂〔別亂闖〕｜你唔使 ～ 做〔你不必一個勁兒地幹〕。

瘟瘟沌沌 wen¹ wen¹ den⁶ den⁶ 迷迷糊糊，不大清醒，有點昏暈的樣子。

搵 wen²（穩）❶ 找：～ 邊個〔找誰〕｜～ 乜嘢〔找甚麼〕? ❷ 介詞。用：～ 鹽醃｜～ 水洗｜～ 刀切。

搵笨 wen² ben⁶ 騙人；騙；討便宜：佢想 ～〔他想騙人〕｜注意人哋搵你笨〔注意人家騙你〕｜你搵唔到我笨〔你騙不了我〕｜想 ～ 呀〔想討便宜嗎〕?

搵丁 wen² ding¹ 騙人（指利用別人的愚昧而欺騙）。

搵工 wen² gung¹ 找工作。

搵嚟 wen² lei⁴ 自找；自討：你即係 ～ 做〔你等於白幹〕｜～ 艱〔自尋煩惱〕｜～ 衰〔自討倒霉〕。

搵兩餐 wen² lêng⁵ can¹ 混口飯吃：我哋都係 ～ 嘅嘛〔我們只不過混口飯吃罷了〕。

搵老襯 wen² lou⁵ cen³ 騙人；使人上當受騙；使人吃虧（粗俗的說法）。

搵老婆 wen² lou⁵ po⁴ 討老婆；找對象。

搵窿路 wen² lung¹ lou⁶ 找門路，尤指不大正當的門路：你有辦法 ～ 嗎?

搵米路 wen² mei⁵ lou⁶ 找活路，找生活出路。

搵錢 wen² qin⁴⁻² ❶ 掙錢：兩個人 ～ 三個人食飯〔兩個人掙錢三個人生活〕。❷ 謀生：靠做工 ～｜出外便 ～〔外出謀生〕。

搵世界 wen² sei³ gai³ 謀生；找生活：出門 ～ 咯〔出門謀生去了〕。

搵食 wen² xig⁶ ❶ 覓食。❷ 謀生：舊時窮人 ～ 艱難〔過去窮人謀生困難〕。

搵嘢做 wen² yé⁵ zou⁶（嘢，野）找工作；找職業。

搵着數 wen² zêg⁶ sou³ 找便宜：你想嚟 ～ 呀，度度啦〔你想來找便宜嗎，到別處去吧〕。

搵周公 wen² zeo¹ gung¹ 戲稱睡覺：佢早就去 ～ 咯〔他早就睡覺了〕。

穩陣 wen² zen⁶ 穩重；穩當：佢做嘢好 ～〔他做事很穩重〕｜放喺夾萬就最 ～ 啦〔放在保險櫃裏就最穩當了〕｜張枱唔 ～ 㗎〔桌子不穩〕。

韞 wen³（溫³）❶ 圈（牲畜、家禽等）：夜晚要 ～ 好啲畜牲〔晚上要把牲口圈好〕。❷ 監禁；關：～ 住啲俘虜先〔先把俘虜關起來〕｜～ 入黑房〔關進黑房〕。

勻 wen⁴ ❶ 遍（用在動詞之後作補語）：嗰本書我搵 ～ 書架都冇〔那本書我找遍了書架都沒有〕｜咁多資料都睇 ～ 晒〔那麼多資料都看遍了〕｜行 ～ 全國〔走遍全國〕。❷ 量詞。次：去過兩 ～｜一人讀一 ～｜～ ～ 都係佢第一〔每次都是他第一〕。

勻巡（循）wen⁴ cên⁴ 勻稱；均勻：個個都係咁大，好～〔每個都一般兒大，很勻稱〕｜撒穀種要撒得好～㗎〔撒穀種要撒得很勻〕。

雲紗 wen⁴ sa¹ 廣東雲紗；香雲紗（絲織品，有黑色和本色兩種顏色，有圖案花紋）。

雲石 wen⁴ ség⁶ 大理石（因雲浮市產的在本省最有名，故稱）。

雲吞 wen⁴ ten¹ 餛飩。

雲吞麵 wen⁴ ten¹ min⁶ 餛飩麵條（餛飩加麵條煮在一起的麵食）。

雲耳 wen⁴ yi⁵ 木耳。

暈浪 wen⁴ long⁶ ❶ 暈船。❷ 形容某些男人見了女色後神魂顛倒的樣子。

暈酡酡 wen⁴ to⁴ to⁴ 頭發昏，有旋轉的感覺：琴晚瞓唔好，今早成朝～〔昨夜睡不好，今天早上總是昏沉沉的〕。

魂魄唔齊 wen⁴ pag³ m⁴ cei⁴ 魂飛魄散，形容人十分驚恐：嚇到佢～〔把他嚇得魂飛魄散〕。

魂頭 wen⁴ teo⁴ 靈魂，魂兒：睇佢冇咗～噉〔看他丟了魂兒似的〕｜你失咗呀，亂咁衝〔你丟了魂兒嗎，亂闖亂撞〕。

魂精 wen⁴ zéng¹（精，讀音 jing¹）太陽穴。

混吉 wen⁶ ged¹ 徒勞無功；無效的勞動（多指幫忙而不起作用）：你要幫手就好好哋做，唔好喺度～〔你要幫忙就好好幹，別在這兒瞎擺弄〕。

運 wen⁶ ❶ 繞道：～路行〔繞道走〕｜～啲便好行啲〔繞那邊兒走好一點〕｜～上海去北京。❷ 從；打：～邊度去近啲〔打哪兒去近一點〕？〖廣州話的“運”和普通話的“從”用法不一樣。“運”是動詞或者用作介詞，“從”是介詞。“從上到下”，“從南到北”廣州話都不能用“運”，但可以用“由”：“由上到下”、“由南到北”。〗

運腳 wen⁶ gêg³ 運費。

運滯 wen⁶ zei⁶ ❶ 運氣不好：～起上嚟，飲滾水都鯁頸〔運氣一不好，喝開水都會噎着〕。❷ 倒楣：你話幾～吖，差兩個字都趕唔到〔你說多倒楣呢，差十分鐘都趕不到〕！

wén

*輼仔 wén¹ zei² 中型的旅行車。〖“輼”（wén¹）是英語 waggon 的音譯。〗

weng

呍 weng⁶（宏⁶）圈兒（用於條狀的圈兒）：水上面一～一～噉幾好睇〔水上面一圈兒一圈的多好看〕｜月光有個～，想落雨咯〔月亮周圍有個暈圈，想下雨了〕。

wi

喊嘩鬼震 wi¹ wa¹ guei² zen³（□，蛙衣切）喧嘩嘈雜。

wing

永世 wing⁵ sei³ 一輩子：喺海南島～都睇唔到雪〔在海南島一輩子都看不到雪〕｜呢件事我～都記得〔這件事我一輩子都忘不了〕。

抁 wing⁶（泳）扔：～咗佢〔把它扔了〕。

抁頭 wing⁶ teo⁴（抁，泳）搖頭。

wo

¹窩 wo¹ 鉚（指用錘子把鉚釘打緊）：～一眼釘〔鉚一口釘〕。

²窩 wo¹ 特指把整個雞蛋去殼後放在滾

開的水、湯、粥等之內煮熟的烹飪
方法：～只蛋落湯度〔打一個雞蛋
到湯裏煮熟〕。

窩釘 wo¹ déng¹ 鉚釘。

啝(喝) wo³ 語氣助詞。用於陳述句末。
❶ 使表達的意思帶上感情色彩，相
當於普通話的"啊、呀、啦"：係～，
我諗起身嘞〔對啊，我想起來了〕｜
啲餸味道唔錯～〔這菜味道不錯呀〕｜
記住咯～〔記啦〕。❷ 表示對事實
的確認：相當於普通話的"呢"：佢
唔喺度～〔他不在這裏呢〕。

禾 wo⁴ 稻子；稻苗；禾苗：種～｜
割～。

禾杈 wo⁴ ca¹ 一種用來叉稻草的農具，
長柄的一端有兩個略彎的長齒。

禾杈牌 wo⁴ ca¹ béi¹ 叔伯兄弟（姐妹）
的關係：佢兩個唔係親生兄弟，
係～嚟㗎〔他們倆不是親兄弟，而
是叔伯兄弟〕｜佢係我嘅～大佬〔他
是我的堂兄〕。

禾蟲 wo⁴ cung⁴⁻² 輪沙蟲，紅色，體扁
長，可以吃，生殖季節雌雄合群游
入有潮水漲落的稻田或淡水河裏。

禾花雀 wo⁴ fa¹ zêg³ 一種田間小鳥，學
名黃胸鵐，類似麻雀，可以吃，肉
肥美。秋涼時成群飛來廣東各地，
啄食穀粒，為害很大。

禾稈 wo⁴ gon² 稻草。

禾稈草 wo⁴ gon² cou² 同"禾稈"。

禾鐮 wo⁴ lim⁴ 鐮刀。

禾熟噸頭 wo⁴ sug⁶ gem² teo⁴ 形容人打
瞌睡時頭下垂的樣子。

禾造 wo⁴ zou⁶ ❶ 水稻的一茬。❷ 水稻
的收成。❸ 水稻收割前後的一段時
間。

禾田 wo⁴ tin⁴ 稻田。

禾塘 wo⁴ tong⁴ 曬場（上面鋪有灰沙的
場地，曬穀物用）。

禾桶 wo⁴ tung² 舊時水稻脫粒用的農

具，狀為圓形大木桶。

和過 wo⁴ guo³ 原指不分勝負，引申為
平局、收支平衡。

和味 wo⁴ méi⁶ 佳味；美味（多指小食
品）。

和暖 wo⁴ nün⁵ 溫；溫和：沖涼水～就
得咯〔洗澡水溫的就行了〕。

和事酒 wo⁴ xi⁶ zeo² 為調解糾紛或表
示和好而設的酒席。

喎 wo⁵（窩⁵）語氣詞。❶ 表示反詰的
語氣：畀晒你～〔你以為全部都給你
嗎〕？｜係囉～〔才不是呢〕！❷ 表
示轉達別人的意見：佢叫你翻去～
〔他叫你回去〕｜佢話噉唔好～〔他
說這樣不好呢〕。❸ 表示驚訝、嫌
棄：你睇佢咁勤力～〔你看他多用功
啊〕！｜咁貴～，我唔買〔那麼貴，
我不買〕｜哎吔，咁深～〔哎唷，那
麼深哪〕！❹ 表示爭辯（語氣較婉
轉）：你走～，梗快過我行啦〔你
跑了嘛，當然比我走快了〕。〖"喎"
的聲調末尾略降，第 ❸、❹ 兩義項
可以讀第 4 調（陽平）。第 ❷ 義項如
轉達者本人也同意轉達的內容，一般
讀第 3 調（陰去），有與對方商量的意
思。〗

喎妥 wo⁵ to⁵ 不實際；不可靠；糟糕：
乜呢件事搞得咁～㗎〔怎麼這件事
情搞得這麼糟糕〕？｜佢做嘢好～
嘅，你唔好靠佢〔他做事很不實際，
你不要依靠他〕。

腡 wo⁵（窩⁵）❶（蛋類）變壞：～蛋｜
呢隻雞蛋～咗〔這個雞蛋壞了〕。
❷ 引申指事情弄壞了，北京口話叫
"婁"（lóu）：呢次又～晒〔這次又
婁了〕。

wog

嚄 wog¹（獲¹）量詞。瓦；瓦特（電的

功率單位）：四十 ～ 嘅電燈膽〔四十
瓦的燈泡〕。〖“嘩”（wog¹）是英語
watt 的音譯詞。〗

鑊 wog⁶ 鐵鍋（一般用生鐵鑄成，炒菜
或煮飯用）。

鑊鏟 wog⁶ can² 鍋鏟。

鑊底噉面 wog⁶ dei² gem² min⁶ 形容人
黑着臉，滿臉怒色。

鑊氣 wog⁶ héi³ 用大火炒菜時，菜肉中
所帶的油香氣味。

鑊撈 wog⁶ lou¹ 鍋底煙子（鍋底黑煙
灰）。

wong

枉 wong² 白白地；徒勞地：真係 ～ 做
咯〔真是白幹了〕｜ ～ 你行咗一次添
〔真白白地讓你走了一次〕｜ ～ 做人
〔白活了〕。

枉費 wong² fei³ 白白耗費：你教佢
呀，～ 心機啦〔你教他，白費力氣
了〕。

惶 wong²（讀音 wong⁴）❶ 驚惶失措；
慌張（多指牲畜）：趕到隻雞 ～ 晒〔把
那隻雞趕得驚惶失措〕。❷（機械等）
難以控制：我部單車車頭好 ～〔我的
自行車車頭不好控制〕。

王 wong⁴⁻² 撲克中的 “K”。

王老五 wong⁴ lou⁵ ng⁵ 單身漢。

黃 wong⁴ 成熟：禾 ～ 咯〔稻子熟了〕｜
木瓜重未～滯〔木瓜還不怎麼熟〕。

***黃大仙** wong⁴ dai⁶ xin¹ 比喻樂意滿足別
人要求的人。道教著名神仙黃初平，
人稱黃大仙。香港黃大仙祠享有盛
名，民間傳說黃大仙有求必應，所
以有這樣的比喻。

黃花筒 wong⁴ fa¹ tung⁴⁻² 黃花魚：～ 鹹
魚〔鹹黃花魚〕。

黃蜂 wong⁴ fung¹ 馬蜂。

黃蜂竇 wong⁴ fung¹ deo³（竇，讀音 deo⁶）

馬蜂窩。

黃腳雞 wong⁴ gêg³ gei¹ 好色之徒。

黃猄（黃麏） wong⁴ géng¹ 麂子。

黃狗毛 wong⁴ geo² mou⁴⁻¹ 同 “黃狗
頭”。

黃狗頭 wong⁴ geo² teo⁴ 金毛狗，多年
生大型蕨類，地下莖粗大，外有黃
色絨毛，去皮後可以吃，也可以入
藥。

黃瓜酸 wong⁴ gua¹ xun¹ 酸黃瓜。

黃蟮（黃犬） wong⁴ hün²（蟮，讀音 hin²）
蚯蚓。

黃蜞 wong⁴ kéi⁴ 螞蟥。

黃禽禽 wong⁴ kem⁴ kem⁴ 黃得暗淡難
看。

黃綠醫生 wong⁴ lug⁶ yi¹ sang¹ 庸醫（指
醫術不高明，靠行醫騙錢的醫生）。

黃馬褂 wong⁴ ma⁵ gua³⁻² 指皇親國戚。
比喻受到企業或單位負責人寵信重
用的人。

黃面婆 wong⁴ min⁶ po⁴ 舊時男人指自
己住在鄉下的妻子（含貶意）。

黃泥 wong⁴ nei⁴ 黃土。

黃芽白 wong⁴ nga⁴ bag⁶ 大白菜。

黃牛 wong⁴ ngeo⁴ 指炒賣戲票、車船票
等的人。

黃牛黨 wong⁴ ngeo⁴ dong² 同 “黃牛”。

黃泡髧熟 wong⁴ pao¹ dem³ sug⁶（髧，多
暗切）形容人臉色萎黃，浮腫的樣子。

黃泡仔 wong⁴ pao¹ zei² 患浮腫病的人
（有貶意）。

黃皮 wong⁴ péi⁴⁻² 一種樹果，皮黃或
黃褐色，味酸甜，核多。

黃粟 wong⁴ sug¹ 黍子；黃米。

黃熟 wong⁴ sug⁶（臉色）萎黃：佢個面
口好 ～，唔知有乜病〔他的臉色很
黃，不知有甚麼病〕。

黃糖 wong⁴ tong⁴ 紅糖。

黃黃瘀瘀 wong⁴ wong⁴ yü² yü² 形容某
些東西不新鮮或不好看。

黃絲蟻 wong⁴ xi¹ ngei⁵ 黃色的小螞蟻。

黃色架步 wong⁴ xig¹ ga³ bou⁶ 黃色場所。

黃淨 wong⁴ zéng⁶ 黃得均勻而漂亮。

往年時 wong⁵ nin⁴ xi⁴ 往年：呢度 ～ 都幾熱鬧嘅〔這裏往年是相當熱鬧的〕。

往時 wong⁵ xi⁴⁻² 從前；過去：～ 佢唔係噉樣嘅〔過去他不是這個德性的〕。

往日 wong⁵ yed⁶ 同"往時"。

往陣 wong⁵ zen⁶ 同"往時"。

往陣時 wong⁵ zen⁶ xi⁴⁻² 同上。

旺 wong⁶ ❶ 熱鬧；繁華：嗰條街好 ～〔那條街很熱鬧〕｜ ～ 市。❷ 生意興隆：呢間舖頭真 ～〔這家商店生意真好〕。❸ 旺盛（如旺季、旺月等，與普通話同）。

旺菜 wong⁶ coi³ 婉辭，即淡菜，貽貝肉的乾品。因生意忌"淡"，人們反其意而叫"旺"。

旺舖 wong⁶ pou³ 繁華地段的店舖；生意興隆的店舖：～ 出租。

旺市 wong⁶ xi⁵ 生意興隆，市場興旺。

旺月 wong⁶ yüd⁶ 旺季，生意興旺的時期。

wu

污糟 wu¹ zou¹ 骯髒。

污糟邋遢 wu¹ zou¹ lad⁶ tad³ ❶ 骯髒（比"污糟"語氣加強一些）。❷ 下流：講埋晒啲 ～ 嘢做乜〔老説那些下流的東西幹甚麼〕！

污糟貓 wu¹ zou¹ mao¹ 比喻骯髒的孩子。

烏啄啄 wu¹ dêng¹ dêng¹（啄，多香切）❶ 一點不懂；莫明其妙：聽佢講完我重係 ～〔聽他説完了我還是一點不懂〕。❷ 不了解；不知情：對呢件事，我完全 ～〔對這件事，我完全不了解〕。

烏燈黑火 wu¹ deng¹ hag¹ fo² 黑燈瞎火（一點兒亮也沒有）。

烏東東 wu¹ dung¹ dung¹ 同"烏啄啄(wu¹ dêng¹ dêng¹)"。

烏雞 wu¹ gei¹ 衣服上的霉斑（黑色斑點）：生 ～〔起霉〕。

烏龜 wu¹ guei¹ 替賣淫的女人拉客的男人。

烏口烏面 wu¹ heo² wu¹ min⁶ 同"黑口黑面"。

烏杬（烏欖）wu¹ lam⁵⁻² 洋橄欖；齊墩果（成熟後紫黑色，燙熟去核醃製曬乾後叫"欖角"或"欖豉"，作鹹菜用，果仁可以榨油）。

烏喱單刀 wu¹ léi¹ dan¹ dou¹ 糊裏糊塗；一塌糊塗。

烏喱馬扠 wu¹ léi¹ ma⁵ ca⁵ 形容字寫得亂七八糟。

烏劣劣 wu¹ lüd¹ lüd¹（劣，讀音 lüd³）黑黑的（黑得發亮）：佢嘅頭髮 ～，真好睇〔他的頭髮黑黑的，真好看〕。

烏龍 wu¹ lung⁴⁻² 糊塗；弄錯了：你做事唔好咁 ～ 至得㗎〔你做事不要那麼糊塗才行〕。

烏龍球 wu¹ lung⁴⁻² keo⁴ 足球比賽，防守隊員或本隊隊員錯將球碰進自己的球門。

烏龍王 wu¹ lung⁴⁻² wong⁴ 糊塗蟲。

烏墨墨 wu¹ meg⁶ meg⁶ 同"烏啄啄(dêng¹ dêng¹)"。

烏眉瞌睡 wu¹ méi⁴ heb¹ sêu⁶ 打瞌睡；昏昏欲睡：個個都 ～ 嘅，係唔係琴晚打牌呀〔個個都昏昏欲睡的，是不是昨晚打牌了〕?

烏面貓 wu¹ min⁶ mao¹ 比喻滿臉骯髒的小孩子。

烏頭 wu¹ teo⁴ ❶ 鯔魚，常見的食用海魚。❷ 比喻精神萎靡不振的人。

烏啥啥 wu¹ sê⁴ sê⁴（啥，蛇靴⁴切）同"烏啄啄" wu¹ dêng¹ dêng¹。

烏嘢 wu¹ wé⁵（嘢，華野切）怪物。形容蓬頭垢面的樣子：睇佢似晒隻 ～ 噉〔看他煞像一隻怪物〕。

烏蠅 wu¹ ying⁴⁻¹ 蒼蠅。

烏卒卒 wu¹ zêd¹ zêd¹ 頭髮烏黑發亮的樣子。

烏糟貓 wu¹ zou¹ mao¹ 比喻滿身骯髒的小孩子。

糊仔 wu⁴⁻² zei² 用米粉煮成糊狀，供嬰兒食用。

㑭低 wu³ dei¹（㑭，烏³）俯下：～頭〔低頭〕｜～條腰〔向下彎腰〕。

胡哩馬扠 wu⁴ li¹ ma⁵ ca⁵ 亂七八糟；（字跡）潦草。

胡天胡帝 wu⁴ tin¹ wu⁴ dei³ 胡鬧；亂搞亂鬧：呢班細路喺度 ～，搞得大家都唔安寧〔這些小孩在這裏亂打亂鬧，弄得大家都不安寧〕。

胡混 wu⁴ wen⁶ ❶ 胡鬧。❷ 混日子。

胡胡混混 wu⁴ wu⁴ wen⁶ wen⁶ 庸庸碌碌：～ 又一年。

湖水藍 wu⁴ sêu² lam⁴ 湖綠（淡綠色）。

葫蘆 wu⁴ lou⁴⁻² 虛假的東西（多指言語）：咪信佢哋～嘢〔別相信他吹牛〕。

葫蘆王 wu⁴ lou⁴⁻² wong⁴ 愛吹牛撒謊的人。

鬍鬚鬚 wu⁴ lim⁴ sou¹ 絡腮鬍子。

鬍鬚 wu⁴ sou¹ 鬍子。

鬍鬚公 wu⁴ sou¹ gung¹ 大鬍子（鬍子多而長的人）。

鬍鬚勒特 wu⁴ sou¹ leg⁶ deg⁶（勒，勒）鬍子滿臉的樣子：呢個人 ～，真肉酸〔這個人滿臉鬍子，真難看〕。

鬍鬚佬 wu⁴ sou¹ lou² 大鬍子。

鬍鬚刨 wu⁴ sou¹ pao⁴⁻² 同 "鬚刨"。

芋莢 wu⁶ hab³（莢，讀音 gab³）芋頭的葉柄，農村用來醃作鹹菜食用。

芋嫲 wu⁶ na² 大芋頭。因其身上往往附生着小芋頭，像母親帶着小孩，故稱。

芋仔 wu⁶ zei² 小芋頭。

wui

¹**煨** wui¹ 把食物埋在炭火中烤熟。

²**煨** wui¹ 用炮打：用大炮 ～ 佢〔用大炮轟他〕｜～ 佢幾炮〔打他幾炮〕。

回 wui⁴ 退：～ 貨｜～ 禮〔退回部分賀禮〕。

回南 wui⁴ nam⁴ 指天氣由冷轉暖或颳南風，空氣濕度大：～ 天｜大 ～｜呢兩日 ～，地都濕晒〔這兩天颳南風反潮，地有點濕〕。

回水 wui⁴ sêu² 退錢。

回佣 wui⁴ yung² 回扣：要收百分之三嘅 ～〔要收百分之三的回扣〕。

會錯意 wui⁶ co³ yi³ 誤解；誤會：我 ～，其實我亦都係同意你嘅意見嘅〔我誤會了，其實我也是同意你的意見的〕。

wun

碗頭飯 wun⁵ teo⁴ fan⁶ 用大碗盛放、上面帶有菜肉的蓋飯。

碗碗碟碟 wun² wun² dib⁶ dib⁶ 鍋碗瓢盆。

換轉 wun⁶ jun³ 調換：～ 你嚟做啦〔調換讓你來做吧〕。

X

xi

司馬秤 xi¹ ma⁵ qing³ 一種舊的秤，比市秤大。

私夥局 xi¹ fo² gug⁶ 民間樂社。

私家 xi¹ ga¹ 私人的：～車〔私人汽車〕｜～醫生。

私己 xi¹ géi² 私房錢。

私隱 xi¹ yin² 隱私（不願公開的個人私事）。

思縮 xi¹ sug¹ 拘束；不大方：大方啲，唔好咁～〔大方一點，不要那麼拘束〕。

思思縮縮 xi¹ xi¹ sug¹ sug¹ ❶ 拘束：佢一見到生暴人就～嘅〔他一見到陌生人就很拘束的〕。❷ 躡手躡腳：有人喺嗰度～，唔知搞乜嘢〔有人在那裏躡手躡腳，不知搞甚麼名堂〕？❸ 因寒冷而踡縮：凍就着番件衫，唔好喺度～〔冷就穿衣服，別在這兒縮成一團〕。

思疑 xi¹ yi⁴ 懷疑：我總～佢搞咗乜嘢鬼〔我總懷疑他搞了甚麼鬼〕｜成日～人哋係唔啱嘅〔整天懷疑人家是不對的〕。

師姑 xi¹ gu¹ 尼姑。

師奶 xi¹ nai⁵⁻¹ 原指師母，或稍有社會地位的人的妻子，後來用作對一般年紀稍大的婦人的尊稱。

師太 xi¹ tai³⁻² 師母；師娘。

師爺 xi¹ yé⁴ ❶ 指專門出計謀的人。❷ 比喻多謀而有點老夫子味道的人。❸ 形容那種我行我素有點迂腐的性格。

絲發 xi¹ fad³ 絲綢；綢緞（現已少用）：～戲服〔綢緞戲服〕。

絲苗 xi¹ miu⁴ 一種優質晚稻，米粒細長，飯香而軟滑可口。

絲母 xi¹ mou⁵⁻² 螺母；螺帽。

斯文淡定 xi¹ men⁴ dam⁶ ding⁶ 形容人舉止文雅大方，説話從容得體：呢個女係大家閨秀，認真～〔這個女孩是大家閨秀，確實文雅大方〕。

撕票 xi¹ piu³ 土匪綁架人質，勒索不遂後，把人質殺掉。

獅頭鵝 xi¹ teo⁴ ngo⁴ 鵝的一種，體型大，頭上肉瘤高起。

蜤蚶 xi¹ hem¹ 蚶子，即瓦壟子或瓦楞子。

屎 xi² 差勁；水平低；沒本事：咁～嘅〔那麼差勁的〕！｜～棋〔臭棋；棋藝很差〕。

屎波 xi² bo¹ ❶ 球藝差。❷ 引申作水平低；差勁：佢做嘢冇咁～嘅〔他幹活不會這麼差勁的〕｜咁～，實考唔到啦〔水平這麼低，肯定考不上了〕。

屎蟲 xi² cung⁴ 糞蛆。

屎斗 xi² deo² ❶ 差勁：噉都唔會，咁～〔這樣都不會，真差勁〕。❷ 質量差：呢停貨咁～，邊個要呀〔這種貨物質量這麼差，誰要呀〕？

屎窟 xi² fed¹ 屁股：打～。

屎窟窿 xi² fed¹ lung¹ 肛門；屁股眼兒。

屎急 xi² geb¹ 大便憋；有便意。

屎計 xi² gei³⁻² ❶ 不高明的見解、計謀。❷ 鬼主意；餿主意；鬼計：一肚～〔一肚子鬼主意〕。

屎軍師 xi² guen¹ xi¹ 低能的參謀。

屎坑 xi² hang¹ 大便處；廁所。

屎坑計 xi² hang¹ gei³⁻² 餿主意；拙劣

的計謀：你啲 ～ 呃唔到人〔你的餿主意騙不了人〕。

屎橋 xi² kiu⁴⁻² 餿主意；不高明的計謀：淨出埋晒啲 ～，冇用〔盡出些餿主意，沒用〕。

屎眼 xi² ngan⁵ 肛門。

屎片 xi² pin³⁻² 尿布：押 ～〔換尿布〕｜換 ～。

屎塔 xi² tab³ 馬桶：倒 ～ ｜ ～ 蓋〔馬桶蓋子〕。

屎塔蓋 xi² dab³ goi³ 謔稱理得不好的髮型。

屎氹關刀 xi² tem⁵ guan¹ dou¹ (氹，徒凜切) 歇後語，後一句是"聞（文）唔聞得，舞（武）唔舞得"。形容人沒有本事，幹甚麼都不行。

屎艇 xi² téng⁵ 運糞便的小船。比喻低賤而簡陋的東西：你搞唔好就龍船唔夠 ～ 快〔你弄不好就龍船賽不過糞艇了〕｜順風 ～，快夾臭〔熟語。多用來評價文章，雖然寫得快，但質量低劣〕。

試工 xi³ gung¹ 試用被僱用者。

試過 xi³ guo³ 曾經有過；曾經出現過：我前個月 ～ 屙肚，好厲害〔我上月拉過肚子，很嚴重〕｜呢度未 ～ 落雪〔這裏沒下過雪〕。

試味 xi³ méi⁶ 嚐味(做菜餚時嚐一嚐)。

試身 xi³ sen¹ 試衣（買衣服時試穿一下）。

時不時 xi⁴ bed¹ xi⁴ 有時；常常：佢 ～ 都會嚟下嘅〔他有時會來一下〕｜ ～ 見佢嚟〔常常見他來〕。

時菜 xi⁴ coi³ 當令的菜蔬。

時款 xi⁴ fun² 時髦的款式。

時候 xi⁴ heo⁶ 時間：夠 ～ 咯〔時間到了；到點了〕｜ ～ 唔夠〔時間不夠〕｜趕 ～。

時症 xi⁴ jing³ 流行病。

時哩沙啦 xi⁴ li⁴ sa⁴ la⁴ (沙，讀音 sa¹；啦，讀音 la¹) 形容事情進展快捷：人手多，～ 就做好喇〔人手多，呼嚕嘩啦就幹完了〕。

*時嚟 xi⁴ meg¹ (又音 xi⁴ mag¹。嚟，麥¹) 時髦；漂亮：乜你咁講 ～ 㗎〔為甚麼你那麼講究時髦〕？〖"時嚟"是英語 smart 的音譯詞，現已少用。又作"士嚟"。〗

時文 xi⁴ men⁴ ❶ 舊時婚禮上主持人念的成套的吉祥話語。❷ 話語：你哋講乜嘢 ～ 呀〔你們説些甚麼呀〕？｜我同你講句 ～〔我跟你説句話〕。

時年 xi⁴ nin⁴ 年成；年頭兒：今年 ～ 好。

時辰鐘 xi⁴ sen⁴ zung¹ 時鐘(現已少用，現在多叫"鐘")。

時辰八字 xi⁴ sen⁴ bad³ ji⁶ 生辰八字(人出生的年、月、日、時，各用干支表示，共八個字)。

時時 xi⁴ xi⁴ 常常：～ 鍛煉身體 ｜ ～ 都喺度〔常常都在這兒〕。

市道 xi⁵ dou⁶ 市面；市場狀況：今年 ～ 幾好〔今年市場情況不錯〕。

市況 xi⁵ fong³ 同"市道"。

市頭 xi⁵ teo⁴ 菜市(現已少用)。

士巴拿 xi⁶ ba¹ na² 扳手；扳子。〖"士巴拿"是英語 spanner 的音譯詞。〗

*士啤軚 xi⁶ bé¹ tai¹ 備用輪胎。比喻胖人腰部隆起的一圈肥肉。〖"士啤軚"是英語 spare tyre 的音譯詞。〗

*士缽裇 xi⁶ bud¹ sêd¹ 運動衣。〖"士缽裇"是英語 sports shirt 的音譯詞。〗

士擔 xi⁶ dam¹ 郵票。〖"士擔"是英語 stamp 的音譯詞。〗

士的 xi⁶ dig¹ 手杖；枴棍。〖"士的"是英語 stick 的音譯詞。〗

*士多 xi⁶ do¹ 指販賣香煙、水果、罐頭及其他零碎日用品的小商店。〖"士多"是英語 store 的音譯詞。〗

*士多啤梨 xi⁶ do¹ bé¹ léi² 草莓。〖"士多

啤梨"是英語 strawberry 的音譯詞。〗

士叻 xi⁶ lig¹（叻，礫）蟲膠，紅色結晶，半透明，溶於酒精，可作假漆。〖"士叻"是英語 slick 的音譯詞。〗

士撻膽 xi⁶ tad¹ dam² 啟輝器；起動器。〖"士撻膽"中的"士撻"是英語 starter 中 start 的譯音。〗

***侍仔** xi⁶ zei² 多指旅館裏招呼客人的人員。

事急馬行田 xi⁶ geb¹ ma⁵ hang⁴ tin⁴ 比喻事情緊急，不擇手段（象棋的"馬"行日字形，不應行田字形）。

事幹 xi⁶ gon³ 事兒；事情：冇 ～〔沒事兒〕｜為乜 ～ 嗌交〔為甚麼事情吵架〕？

事關 xi⁶ guan¹ 因為，由於：我今日一定要去佢屋企，～ 有好多急事要請教佢〔我今天一定要上他家去，因為有許多急事要向他請教〕｜點解我唔做呢？～ 我唔高興〔為甚麼我不幹呢？因為我不高興〕。〖普通話也有"事關"一詞，如"事關重大"，但作"事情關係到…"解釋時，與廣州話不同。〗

事例 xi⁶ lei⁶ 規矩；俗例；先例。

事頭 xi⁶ teo⁴⁻² 店員對老闆、東家、掌櫃的稱呼。

事頭婆 xi⁶ teo⁴ po⁴ 老闆娘。

事因 xi⁶ yen¹ 表示因果關係。因為：～ 我唔識開車，追唔到佢〔因為我不會開車，追不上他〕。

是必 xi⁶ bid¹ 也許；一定：佢咁耐都唔嚟，～ 有乜嘢事咯〔他那麼久都不來，也許有甚麼事了〕｜你嘅話佢，佢 ～ 唔高興咯〔你這樣説他，他一定不高興了〕。

是但 xi⁶ dan⁶ 隨便：～ 買一件〔隨便買一件〕｜～ 叫一個人去。

是非啄 xi⁶ féi¹ dêng¹（啄，讀音 dêg³）是非簍子；愛搬弄是非的人。

是非簍 xi⁶ féi¹ deo³ 同"是非啄"。

豉油 xi⁶ yeo⁴ 醬油：～ 雞｜～ 碟〔醬油碟子〕。

豉汁 xi⁶ zeb¹ 豆豉汁（指搗碎的豆豉）：～ 排骨｜～ 魚。

蒔田 xi⁶ tin⁴ 插秧。

蒔禾 xi⁶ wo⁴ 插秧。

視乎 xi⁶ fu⁴ 看……而定；取決於：呢件事點處理要 ～ 你嘅態度〔這件事怎麼處理要看你的態度而定〕。

xib

攝（揳） xib³ ❶ 掖；插；塞（把薄的東西插進縫裏）：～ 蚊帳〔掖蚊帳〕｜將呢張紙 ～ 入門罅度〔把這張紙插進門縫裏〕｜～ 牙罅〔塞牙縫〕。❷ 墊：～ 高張枱〔把桌子墊高一點〕。❸ 被外界的冷空氣入侵：琴晚畀冷風 ～ 咗一下，好似凍親〔昨晚讓冷風吹了一下好像着了涼〕。

攝青鬼 xib³ céng¹ guei² 比喻行蹤飄忽、行為詭秘的人。

攝電 xib³ din⁶ 同"閃電"。

攝牙罅 xib³ nga⁴ la³ 塞牙縫。形容吃的東西太少：得兩片牛肉，唔夠我 ～〔只有兩片牛肉，不夠我塞牙縫〕。

攝石 xib³ ség⁶ 磁石。

攝鐵 xib³ tid³ 磁鐵：～ 吸住好多釘仔〔磁鐵吸着許多小釘子〕。

xid

蝕（賒） xid³（讀音 xig⁶）虧損；損耗：一斤 ～ 咗二兩〔一斤虧損了二兩〕｜～ 晒喇〔全虧損了〕｜刀用得耐就 ～〔刀用久了就磨損〕｜鞋踭 ～ 晒喇〔鞋跟全磨平了〕。

蝕本（賒本） xid⁶ bun² 虧本：～ 生意｜～ 貨｜蝕晒大本〔虧了大本〕。

蝕抵（賖抵）xid⁶ dei² 吃虧：為大眾做事唔好怕 ~〔為大家服務不要怕吃虧〕｜一個換一個唔會 ~〔一個換一個不會吃虧〕。

xig

*式 xig¹ 衝浪舞；搖擺舞。〖"式" 是英語 shake 的音譯詞。〗

*色狼 xig¹ long⁴ 色鬼；淫蟲。

色水 xig¹ sêu² 顏色；色澤：你中意乜嘢 ~〔你喜歡甚麼顏色〕？

色士風 xig¹ xi⁶ fung¹ 薩克斯管，一種銅製的管樂器。〖"色士風" 是英語 saxophone 的音譯詞。〗

色仔 xig¹ zei² 色子，骰子。一種遊戲用具或賭具。

息香 xig¹ hêng¹ 紅或黃色細線香，拜神或燻香用。

息口 xig¹ heo² 利率：今日 ~ 幾多〔今天利率多少〕？

息心 xig¹ sem¹ 死心；不再想（某事）。

飾櫃 xig¹ guei² ❶ 櫥窗。❷ 用來陳列飾物或手工藝術品的櫃子。

適值 xig¹ jig⁶ 正好：~ 你開緊會〔正好你在開會〕。

適啱 xig¹ ngam¹（啱，岩¹）❶ 剛才：~ 你講過〔剛才你說過〕。❷ 剛好；合適：呢條裙你着最 ~ 喇〔這條裙子你穿最合適了〕。

識 xig¹ ❶ 認識；懂：我 ~ 佢〔我認識他〕｜~ 字｜你 ~ 幾種外文？❷ 會（能夠；善於）：我 ~ 唱京戲｜又 ~ 游水又 ~ 打波〔又會游泳又會打球〕。

識得 xig¹ deg¹ ❶ 認識：我 ~ 你。❷ 懂得；知道：你就 ~ 食〔你就懂得吃〕。

識性 xig¹ xing³ ❶ 懂事（多用於兒童）。❷ 有出息（多用於年輕人）。

識穿 xig¹ qun¹ 識破：~ 敵人嘅陰謀〔識破敵人的陰謀〕。

識飲識食 xig¹ yem² xig¹ xig⁶ 講究吃喝：一個人只係 ~ 就右用㗎喇〔一個人只講究吃吃喝喝就沒有用處了〕。

識精 xig¹ zéng¹（精，讀音 jing¹）耍小聰明；取巧。

識做 xig¹ zou⁶ ❶ 懂人情世故：喺呢方面佢好 ~ 嘅〔在這方面他是很懂人情世故的〕。❷ 知道該怎麼做：呢件事你 ~ 㗎啦〔這件事你知道該怎麼做了吧〕？

¹食 xig⁶ ❶ 吃：~ 飯｜~ 藥｜~ 得〔能吃〕。❷ 喝（粥）：~ 粥。❸ 抽（煙）：~ 煙。❹ 卡緊：螺絲 ~ 死咗，擰唔開〔螺絲卡死了，擰不開〕。❺ 堵住（位置）：你 ~ 住個位，對方就右辦法嘞〔你堵着位置，對方就沒辦法了〕。❻ 生活：搵 ~〔找生活，謀生〕。❼ 膳食：煮 ~〔做飯〕｜搭 ~〔搭伙〕｜~ 宿自理。❽ 得到；受到：~ 雞蛋〔得零分〕｜~ 貓面〔受到斥責、怪責等難堪對待〕。

食白果 xig⁶ bag⁶ guo² 形容白費功夫，沒有收穫：今日又 ~ 嘞〔今天又白費功夫了〕。

食波餅 xig⁶ bo¹ béng² 被球擊中：佢食咗兩個波餅〔他被球擊中了兩次〕。〖"波" 是英語 ball 的譯音。〗

食餐飽 xig⁶ can¹ bao² 吃個夠：碰到新出荔枝就 ~〔碰上新上市的荔枝就吃個夠〕。

食七噉食 xig⁶ ced¹ gem² xig⁶ 舊俗，人死後每過七天喪家都要祭奠亡靈，屆時有些人會前來祭奠，並吃一頓飯，叫 "食七"。這裏用來形容人白吃白喝，也譏笑人狼吞虎嚥的樣子。

食大茶飯 xig⁶ dai⁶ ca⁴ fan⁶ ❶ 作大案。特指進行搶劫、偷盜、詐騙等重大犯罪活動。❷ 靠着不義之財來過奢侈的生活。

食大餐 xig⁶ dai⁶ can¹ 參加宴會；吃豐

盛的宴席。

食得禾米多 xig⁶ deg¹ wo⁴ mei⁵ do¹ 指人經常收取不義之財：呢個人 ～ 至有今日〔這個人大貪不義之財才有今天的下場〕。

食檔 xig⁶ dong³ 小吃攤兒。

食凍柑 xig⁶ dung³ gem¹ 用冰冷的手觸及別人的皮膚以取樂。

食豆腐 xig⁶ deo⁶ fu⁶ 指對女性進行性騷擾。

食火藥 xig⁶ fo² yêg⁶ 形容人脾氣暴躁，極易發火：食咗火藥咩？啲啲就鬧人〔吃火藥了嗎？動不動就罵人〕｜佢今日脾氣咁火爆，梗係 ～ 嘞〔他今天脾氣這麼暴躁，肯定是吃槍藥了〕。

食家 xig⁶ ga¹ 美食家。

食夾棍 xig⁶ gab³ guen³ 兩面受氣；兩面受打擊：噉樣做等於叫我 ～ 嘅嘛〔你這樣做豈不是要我兩面不討好〕。

食夾搦 xig⁶ gab³ nig¹ 吃過了還要拿走。形容人貪心。

食穀種 xig⁶ gug¹ zung² 吃老本。

食自己 xig⁶ ji⁶ géi² 靠自己的力量：都係～穩陣啲〔還是靠自己穩妥點兒〕。

食蓮子羹 xig⁶ lin⁴ ji² geng¹ 吃黑棗兒（詼諧的説法，指被槍決）。

食唔化 xig⁶ m⁴ fa³ 罵人頑固不化。

食孖圈 xig⁶ ma¹ hün¹ ❶ 舊時老師批改學生作業，認為學生習字本上哪個字寫得好，就在字旁加一紅圈，特別好的加兩圈。得到兩圈叫"食孖圈"。比喻受到特別的表彰、讚賞。❷ 指舊時抽一種孖圈牌子的香煙。

食貓面 xig⁶ mao¹ min⁶ ❶ 捱罵；被申斥：呢次一定會 ～ 嘞〔這次準會捱罵了〕。❷ 使人難堪：佢唔會畀你 ～ 嘅〔他不會使你難堪的〕。〖"食貓面"原作"識貌面"。人生氣反臉時，板起面孔，給對方難堪，叫"畀個貌面佢

識"，後訛為"畀個貓面佢食"，簡作"食貓面"。〗

食尾和 xig⁶ mei⁵ wu⁴⁻² 指打麻將到最後一局才和。比喻最後才得到一點利益：～ 喎，好過冇啦〔最後才得到一點，比沒有好一些〕。

食味 xig⁶ méi⁶ 味道：呢間飯館啲餸幾好～〔這家飯館的菜味道相當好〕。

食晏 xig⁶ ngan³ 吃午飯（農村多用）。

食偏門 xig⁶ pin¹ mun⁴⁻² 指經營非正規的或很少人願意做的生意。

食生菜 xig⁶ sang¹ coi³ 比喻事情容易辦：辦呢件事易過 ～ 啦〔辦這件事比吃生菜還容易啦〕。

食塞米 xig⁶ seg¹ mei⁵ 斥責人不中用，白吃飯：咁大個仔重唔識計數，真係 ～ 略〔這麼大的孩子還不會算數，真是白吃飯〕。

食死貓 xig⁶ séi² mao¹ 背黑鍋（指受冤枉）：邊個都唔會畀你 ～ 嘅〔誰也不會給你背黑鍋的〕！

食神 xig⁶ sen⁴ 口福：你真有 ～。

食水 xig⁶ sêu² ❶ 吃水，即船身入水的深度：呢隻船 ～ 好淺〔這艘船吃水很淺〕。❷ 從經手的錢款中公開或不公開地吞沒一部分：錢經佢手，梗要畀佢食啲水㗎喇〔錢經過他的手，肯定要讓他克扣一些的〕｜佢要食兩成水？狠啲啩〔他要扣取百分之二十？太狠了吧〕！

*食拖鞋飯** xig⁶ to¹ hai⁴ fan⁶ 指專靠與自己有密切關係的女人賣色相過活的人。

*食皇家飯** xig⁶ wong⁴ ga¹ fan⁶ 戲指坐牢。

食枉米 xig⁶ wong² mei⁵ 同"食塞米"。

食和 xig⁶ wu⁴⁻² 打麻將的用語，指某一方的牌合乎贏局的要求。

食肆 xig⁶ xi³ 酒樓、飯館等各種飲食點的總稱。

食夜粥 xig⁶ yé⁶ zug¹ 戲稱學武術：佢食過兩年 ～〔他學過兩年武術〕。

食人口水潵 xig⁶ yen⁴ heo² sêu² méi¹ 同
　"執人口水潵"。

食人隻車 xig⁶ yen⁴ zég³ gêu¹ 意為從對
　方身上獲取過分的利益。

食軟飯 xig⁶ yün⁵ fan⁶ 指男人靠女人養
　活。

食詐和 xig⁶ za³ wu⁴⁻² 打麻將時把未
　"和"的牌當作和了。比喻判斷錯誤
　或弄虛作假：其實佢係 ～ 咋〔其實
　他是作假騙人的〕。

食齋 xig⁶ zab⁶ 吃葷：你哋食齋定 ～
　〔你們吃素還是吃葷〕?

食齋 xig⁶ zai¹ ❶吃素：去齋菜館～〔去
　素菜館吃素〕。❷ 指信佛修行：佢 ～
　好耐咯〔她信佛修行很久了〕。

食滯 xig⁶ zei⁶ 吃膩了；消化不良。

食咗草龍 xig⁶ zo² cou² lung⁴ 形容人說
　個不停。草龍是餵養鳥的蟲子，鳥
　兒吃了會唱得歡。

xim

閃電 xim² din⁶ 打閃：又行雷又 ～〔又
　打雷又打閃〕。

閃爁 xim² léng⁶（爁，靚 ⁶）同上。

閃縮 xim² sug¹ 鬼祟。

閃閃烆 xim² xim² ling³（烆，令 ³）平滑
　得鋥亮：你對皮鞋擦得 ～〔你的皮鞋
　擦的鋥亮〕。

閃閃縮縮 xim² xim² sug¹ sug¹ 躲躲閃
　閃，形容害怕別人看見的樣子：你
　唔好 ～ 嘅，要大大方方嘅入去〔你
　不要躲躲閃閃的，要大大方方地進
　去〕。

xin

仙 xin¹ 銅子兒；銅圓。〖"仙"是英語
　cent 的音譯詞。〗

仙屎 xin¹ xi² 銅子兒；銅圓；子兒：五

個 ～｜一個 ～ 都唔值〔一個子兒都
不值〕。〖"仙屎"是英語 cents 的音
譯詞。〗

¹先 xin¹ 副詞。再；才：落咗班 ～ 去
〔下了班再去〕｜學習完 ～ 去玩〔學
習完才去玩〕｜諗好晒 ～ 寫〔想好了
再寫〕｜搞咗三年 ～ 完成〔搞了三年
才完成〕。〖另外，"先"廣州話與普通
話都有作"時間上在前"的意思用，但
是普通話把它放在動詞之前，廣州話
把它放在動詞之後：你走～〔你先走〕｜
等我睇下～〔讓我先看一下〕。〗

²先 xin¹ 前：～ 晚｜～ 排〔前些時候〕。

³先 xin¹ 稱東西時秤尾翹起（斤兩略
多）：一斤 ～ 啲〔一斤高一點〕｜稱 ～
咗啲〔稱多了點〕。

先不先 xin¹ bed¹ xin¹ ❶首先：你 ～ 做
個樣睇下〔你首先做個樣子來看
看〕。❷ 搶先：我哋都未同意，你 ～
就去咯〔我們都沒有同意，你就搶先
去了〕。❸ 早先：我 ～ 同你講過嘅
喇〔我早先跟你說過了〕。

先嗰排 xin¹ go² pai⁴⁻²（嗰，哥 ²）前些時
候；前些日子：～ 我落咗鄉〔前些
日子我下了鄉〕｜ ～ 唔見你〔前些日
子見不到你〕。

先該 xin¹ goi¹ 早應該，本來應該。用
於講述過去了的事情，往往帶後悔
情緒：搞成嗽樣，～ 我自己做〔搞
成這個樣子，早應該我自己幹〕｜ ～
留住佢哋〔本應留住他們〕。

先至 xin¹ ji³ 同 "¹先"。

先排 xin¹ pai⁴ 同 "先嗰排"。

先生 xin¹ sang¹ ❶老師。❷ 對一般人的
尊稱。❸ 醫生。❹ 引稱自己的丈夫
或稱別人的丈夫。

先使未來錢 xin¹ sei² méi⁶ loi⁴ qin⁴ 寅
吃卯糧。

先頭 xin¹ teo⁴ 剛才：～ 佢嚟嘅過，啱走
冇幾耐〔剛才他來過，才走不久〕。

〖又作"頭先""求先"。〗

先時 xin¹ xi⁴ 以前：～ 我哋住喺呢度〔以前我們住在這裏〕|～ 生活好艱難，而家就好咯〔以前生活很艱難，現在就好了〕！

先先 xin¹ xin¹ ❶ 早先：～ 你係點講㗎〔早先你是怎麼說的〕？❷ 剛才：～ 佢嚟搵過你〔剛才他來找過你〕。

先一排 xin¹ yed¹ pai⁴⁻² 前些時候：～ 佢嚟過〔前些時候他來過〕。

鮮菇冧 xin¹ gu¹ lem¹（冧，啦音切）菌蓋尚未張開的鮮草菇或蘑菇。

鮮甜 xin¹ tim⁴ 鮮（味道鮮美）：清蒸魚真 ～〔清蒸魚真鮮〕。

線報 xin³ bou³ "線人"所提供的情報。

線步 xin³ bou⁶ ❶ 針腳：～ 好密〔針腳很密〕。❷ 縫在衣物上的線：呢隻鞋甩咗〔這隻鞋開綻了〕。

線絡 xin³ log³⁻² 網兜。

線路板 xin³ lou⁶ ban² 印刷電路板。

線轆 xin³ lug¹ 線軸；木紗團：白 ～ | 黑 ～。

線眼 xin³ ngan⁵ 接受任務潛伏偵察的人。

線衫 xin³ sam¹ 汗衫（針織品）。

線人 xin³ yen⁴ 接受任務為警方提供情報的人。

煽情 xin³ qing⁴ ❶ 煽動情緒。❷ 煽動情慾。

蹁 xin³（線）❶ 打滑：～ 咗一腳〔滑了一腳〕| 地好濕，因住 ～ 咗落去〔地很濕，當心滑了下去〕。❷ 踤（因滑而踤）：～ 咗一跤〔踤了一跤〕。

蹁腳 xin³ gêg³ 腳下打滑：河邊石頭好 ～〔河邊石頭很滑，容易摔倒〕。

蹁西瓜皮 xin³ sei¹ gua¹ péi⁴ 讓人踩着西瓜皮滑倒。比喻暗中使人中圈套：佢畀人 ～，輸得好慘〔他中了別人的圈套，輸得很慘〕。

騸雞 xin³ gei¹ 閹過的公雞。

騸生 xin³ sang¹ 閹割未徹底的禽畜（多指公雞）。

善款 xin⁶ fun² 為福利慈善事業的捐款。

善長仁翁 xin⁶ zêng² yen⁴ yung¹ 指捐錢做善事的人。

xing

升 xing¹ 摑：～ 咗佢一巴〔摑了他一巴掌〕。

升降機 xing¹ gong³ géi¹ 舊稱垂直上下的電梯。

升氣球 xing¹ héi³ keo⁴ 氣球。

星加坡 xing¹ ga³ bo¹ 新加坡。

星君 xing¹ guen¹ 調皮搗蛋。

星君仔 xing¹ guen¹ zei² 小胡鬧；調皮搗蛋的小孩。

星期美點 xing¹ kéi⁴ méi⁵ dim² 茶樓每星期更換一次花樣的鹹甜點心。現在也指新花樣的點心。

*__星媽__ xing¹ ma¹ 明星的母親。

星鐵 xing¹ tid³ 鍍鋅鐵；白鐵；馬口鐵。〖"星"是英語 zine 音譯。〗

煋 xing¹ 皮膚被蒸氣熏燙：煲滾水，～ 親只手〔煮開水，讓蒸汽燙傷手了〕。

醒 xing² ❶ 聰明伶俐；機靈：呢個學生好 ～〔這個學生很聰明伶俐〕。❷ 了不起；帥；神氣：好似好 ～ 噉〔好像很了不起那樣〕| 着起呢套軍服幾 ～〔穿起這套軍服多神氣〕。

醒定 xing² ding⁶ 注意；當心：～ 啲，過獨木橋喇〔注意着點，過獨木橋了〕| 今晚放哨要 ～ 啲〔今天晚上放哨要當心些〕。

醒覺 xing² gog³ 注意，留心：我唔 ～ 佢有冇參加嗰〔我沒留意他有沒有參加〕。

醒目 xing² mug⁶ ❶ 聰明伶俐；機靈：佢好 ～ 㗎〔他很聰明伶俐〕| 呢個仔好 ～〔這個孩子很機靈〕。❷ 形象明

顯，容易看清：嗰塊招牌好 ～〔那塊招牌很鮮明〕。

*醒目仔 xing² mug⁶ zei² 機靈鬼。

醒神 xing² sen⁴ 同"醒"。

醒水 xing² sêu² 警覺；覺察：佢好～，喐啲都知到〔他很警覺，動一下都知道〕｜瞟佢兩眼重唔 ～〔瞟他兩眼還不覺察〕。

醒胃 xing² wei⁶ 指某些食物能使人增進食慾：食咗酸黃瓜真～〔吃了酸黃瓜真開胃〕。

醒獅 xing² xi¹ 民間有喜慶事時常舞動的獅形道具，因其外形精神威猛，故稱：請隊 ～ 嚟助興〔請一隊舞獅子的來助興〕。

繩 xing⁴⁻² 繩子。

勝瓜 xing³ gua¹ 絲瓜。〖廣州話的"絲"與"輸贏"的"輸"音近（有的地方兩字同音），有些人因忌諱而改用"勝利"的"勝"。〗

聖誕花 xing³ dan³ fa¹ 一品紅。俗稱"猩猩木"。

成 xing⁴（又音 séng⁴）快；將近：～ 個星期〔將近一週〕｜ ～ 三點咯〔快三點了〕。

成行成市 xing⁴ hong⁴ xing⁴ xi⁵ 經營同一生意的商鋪集中在一起，形成一個市場：做生意大家聚埋一度，就好啲〔做生意大家聚集在一起成個市場就好一些〕。

成整 xing⁴ jing² 完整：買隻雞就 ～ 啲，好過買濕碎嘢〔買隻雞就像個樣兒一點，比買零星的東西好〕。

*成盤 xing⁴ pun⁴⁻² 成交。

成世 xing⁴ sei³（又音 séng⁴ sei³）一生；一輩子：～ 唔出門〔一輩子沒有出過門；一生不出門〕｜ ～ 捱飢抵冷，而家享福咯〔一輩子捱餓受冷，現在可享福了〕。

成日 xing⁴ yed⁶（又音 séng⁴ yed⁶）❶ 整天：今日我 ～ 喺屋企〔今天我整天在家〕。❷ 老是：～ 都咁懶〔老是這麼懶〕。❸ 老半天：等咗 ～ 咯〔等了老半天了〕。

承聞 xing⁴ men⁴ 客套語，聽説。

誠心 xing⁴ sem¹ 存心；故意：你噉做係 ～ 搞亂嘅啫〔你這樣做，是故意搞亂罷了〕。

盛 xing⁶ 表示不定指，一般用於"又……又盛"的句式。"……"是形容詞或動詞（有時動詞帶賓語）。表面上"盛"與形容詞或動詞並列，實際上是強調形容詞或動詞本身或它所表示的情況。"又……又盛"相當於普通話"又……又甚麼的"：呢兩朝又冷又 ～〔這兩天早上又冷又甚麼的〕｜佢真客氣，又斟茶又 ～〔他真客氣，又倒茶又甚麼的〕｜冇人冇 ～，點討論呢〔沒有人，怎麼討論呢〕？

盛行 xing⁶ hong⁴⁻² 多用於初次見面時詢問對方的職業：請問，做 ～ 呀〔請問，您是幹哪一行業的〕？

盛惠 xing⁶ wei⁶ 同"多謝"。

xiu

消滯 xiu¹ zei⁶ 消食：～ 藥｜開胃 ～｜山楂麥芽最 ～。

宵夜（消夜）xiu¹ yé⁶⁻² ❶ 吃夜宵：今晚 ～ ｜有啲乜嘢 ～ 吖〔吃夜宵有些甚麼〕？ ❷ 夜宵（名詞）：唔食就留番做 ～ 啦〔不吃就留着作夜宵吧〕。

燒 xiu¹ ❶ 放（槍、爆竹等）：～ 槍｜炮仗〔放鞭炮〕。❷烤：～ 鴨｜～ 雞。

燒腸 xiu¹ cêng⁴⁻² 一種食品，豬腸衣內填塞豬肉燒烤而成，相當於北方的"臘腸"或"香腸"。

燒骨 xiu¹ gued¹ 燒豬的骨頭：～ 粥。

燒臘 xiu¹ lab⁶ 泛稱烤製的肉食和臘製

的肉食。

*燒冷灶 xiu¹ lang⁵ zou³ 比喻討好或幫助失勢的要人或可能會得勢的人，期望在他得勢之時獲得好處。

燒味 xiu¹ méi⁶⁻² 燒烤肉食的總稱。

燒腩 xiu¹ nam⁵ 燒豬中肚腹部分的肉。

燒鴨 xiu¹ ngab³ 烤鴨。

燒鵝 xiu¹ ngo⁴⁻² 烤鵝。

燒壞瓦 xiu¹ wai⁶ nga⁵ 歇後語，下一句是 "唔入沓"，意為不能跟其他瓦片疊在一起。比喻不合群的人或指不夠資格被列入某一範圍。

燒衣 xiu¹ yi¹ 舊俗，農曆七月十四把彩紙衣、紙錢等燒給死者，並用食品祭奠。

燒乳豬 xiu¹ yü⁵ ju¹ 烤小豬。

燒肉 xiu¹ yug⁶ 烤豬肉。

瀟湘 xiu¹ sêng¹ 秀氣；苗條："抵冷貪 ～"〔俗語。為了顯示自己長得秀氣而情願忍受寒冷，少穿衣服〕｜呢對鞋做得好 ～〔這雙鞋做得很秀氣〕｜着起呢件衫靈舍 ～〔穿起這件衣服特別苗條〕。

小巴 xiu² ba¹ 小型公共汽車。〖"巴" 即 "巴士"，是英語 bus 的音譯詞。〗

小腸氣 xiu² cêng⁴ héi³ 疝氣，即腹股溝疝。

小鬼升城隍 xiu² guei² xing¹ xing⁴ wong⁴ 比喻小人得勢。

小氣 xiu² héi³ 小心眼兒；氣量窄。

小學雞 xiu² hog⁶ gei¹ 小學生（詼諧的說法）。

小強 xiu² kêng⁴ 戲稱蟑螂。

小數怕長計 xiu² sou³ pa³ cêng⁴ gei³ 小小的數目加在一起就成大數，相當於 "積少成多"。

小肚 xiu² tou⁵ ❶ 小肚子（人的小腹）。❷ 做菜餚用的豬、牛、羊等的膀胱。

小兒科 xiu² yi⁴ fo¹ ❶ 醫院裏診治兒童病人的部門。❷ 小意思：呢單嘢係 ～

嘅啫，好簡單嘅〔這件事小意思，很簡單的〕。❸ 幼稚：搞呢啲嘢佢重係 ～〔幹這類事情他還很幼稚〕。

小膈 xiu² yim²（靨，掩）肋下（腹部的兩側）：～ 痛〔腹部兩側痛〕。〖又叫 "臉膈"。〗

小造 xiu² zou⁶ 小年，蔬果等收成較少的年份。

少塊膶 xiu² fai³ yên⁶⁻²（膶，閩²）少了一塊肝，形容人缺心眼，傻乎乎的。

少食 xiu² xig⁶ 意為很少抽煙，即不抽煙。作謝絕別人讓煙的禮貌用語。

少少 xiu² xiu² 一點兒；一點點：畀 ～ 就夠咯〔給一點兒就夠了〕｜～ 之嘛〔一點點罷了〕。

¹少 xiu³ 對丈夫的兄弟的當面稱呼，前面需加上排行：大 ～〔丈夫的大哥〕｜三 ～〔丈夫的三哥或三弟〕。

²少 xiu³ "少爺" 的省稱：大 ～｜二 ～｜表 ～。

少奶 xiu³ nai⁵⁻¹ 少奶奶（多指年輕的婦女）。

笑赤肚 xiu³ cég³ tou⁵ 笑得肚子都痛了。又作 "笑刺肚"

笑口噬噬 xiu³ heo² sei⁴ sei⁴（噬，讀音 sei⁶）齜牙咧嘴的；咧着嘴的假笑（含貶意）：咪睇佢 ～，其實冇啲真心〔別看他齜牙咧嘴的，其實一點兒真心實意也沒有〕。

笑口吟吟 xiu³ heo² yem⁴ yem⁴ 微笑的樣子。

笑口棗 xiu³ heo² zou² 開口笑（一種油炸點心，用麵粉、糖和在一起，揉成球狀，表面黏上芝麻，油炸後裂開）。

笑甩棚牙 xiu³ led¹ pang⁴ nga⁴（甩，讀音 soi²）笑掉了大牙：呢個字都讀錯，真係畀人 ～〔這個字也唸錯，真是讓人笑掉了大牙了〕。

笑微微 xiu³ méi¹ méi¹ 微笑的樣子；笑瞇瞇的。

笑笑口 xiu³ xiu³ heo² 微笑：佢 ～ 噉講〔他微笑着說〕。

笑吟吟 xiu³ yem⁴ yem⁴ 笑嘻嘻：男男女女都 ～。

紹菜 xiu⁶ coi³ 同 "黃芽白"。又叫 "紹菜"。

紹酒 xiu⁶ zeo² 紹興黃酒；料酒。

肇菜 xiu⁶ coi³ 又叫 "紹菜"。

肇實 xiu⁶ sed⁶ 肇慶產的芡實。

xu

書館 xu¹ gun² 舊時指學校。

書友 xu¹ yeo⁵⁻² 舊時指同學。

*__書院__ xu¹ yün² 香港英文學校。

*__書院仔__ xu¹ yün² zei² 香港英文學校的學生。

舒展 xu¹ jin² 寬闊；寬敞。

輸 xu¹ 以某物打賭（一般用打賭）：你要同我輸賭，你話 ～ 乜嘢〔你要跟我打賭，你說用甚麼打賭〕？

輸白地 xu¹ bag⁶ déi⁶ 輸精光。

輸到貼地 xu¹ dou³ tib³ déi⁶ 輸得很慘；徹底輸了。

輸賭 xu¹ dou² 打賭：你唔信，我同你 ～〔你不信，我跟你打賭〕。

輸蝕（輸貼） xu¹ xid⁶ ❶ 差勁；差：你以為我 ～ 過佢呀〔你以為我比他差嗎〕？｜佢唔 ～ 過人㗎〔他一點也不比人差〕。❷ 吃虧：佢乜都唔肯 ～〔他甚麼都不肯吃虧〕｜幾大都唔 ～〔無論如何也不要吃虧〕。

輸少當贏 xu¹ xiu² dong³ yéng⁴ 賭博多半要輸，輸得少就等於贏了。比喻在困難的條件下損失少就算勝利了。

鼠 xu² ❶ 偷：防止賊仔 ～ 嘢〔防止小偷偷東西〕。❷ 偷偷拿走（詼諧的説法）：我張櫈邊個 ～ 咗去〔我的櫈子誰拿走了〕？

鼠摸 xu² mo¹ 小偷：我哋呢度治安好，

唔見過乜嘢 ～〔我們這裏治安很好，沒有見過甚麼小偷〕。

處 xu³（讀音 qu³）處（chù）；地方：一班學生分兩 ～ 考試〔一班學生分兩個地方考試〕｜邊個喺 ～〔誰在這兒〕？｜我喺同學 ～ 溫習功課〔我在同學家裏溫習功課〕。

薯 xu⁴ 笨（有貶意）：～ 頭 ～ 腦｜佢一啲都唔 ～〔他一點兒也不笨〕。

薯鈍 xu⁴ dên⁶ 愚笨；蠢；不靈活。

薯莨 xu⁴ lêng⁴ 一種用薯莨作染料染成的綢子，質地粗糙而結實，夏天穿用。又叫 "薯莨綢"。

薯佬 xu⁴ lou² 蠢笨、遲鈍的人。

薯頭 xu⁴ teo⁴ ❶ 笨：佢好 ～ 㗎〔他是很笨的〕。❷ 笨蛋；笨傢伙。

薯仔 xu⁴ zei² 馬鈴薯；土豆。

豎葱 xu⁶ cung¹ 倒立；拿大頂。

樹大有枯枝 xu⁶ dai⁶ yeo⁵ fu¹ ji¹ 比喻在某一群體內總會有個別的敗類。

樹尾 xu⁶ méi⁵ 樹梢。

樹頭 xu⁶ teo⁴ 樹根；樹墩：挖 ～ ｜坐喺 ～ 上面〔坐在樹墩上〕。

樹仔頭 xu⁶ zei² teo⁴ 樹椿盆景中的樹木部分。

xud

雪 xud³⁻¹ 嘆詞。呻吟聲：痛到～～聲。

雪 xud³ ❶ 雪：落 ～〔下雪〕。❷ 冰：滑 ～〔溜冰〕｜一嚿 ～〔一塊冰〕。❸ 冰鎮；凍：攞嚿雪嚟 ～ 住啲魚〔拿塊冰把魚鎮上〕｜ ～ 豬〔凍豬肉〕｜ ～ 蝦〔凍蝦〕｜番薯葉 ～ 到黑晒〔白薯葉子凍得全黑了〕。〖廣東大部分地區不下雪，廣州話裏冰雪不分，人造冰也叫 "雪"。同樣，口語中很多與冰有關的東西都叫 "雪"。〗

雪藏 xud³ cong⁴ 冰鎮：～西瓜｜～汽水

雪蛤 xud³ geb¹ 哈什螞，蛙的一種，產於東北各地。

雪蛤膏 xud³ geb¹ gou¹ 哈什螞油（哈什螞腹內脂肪狀的物質）。

雪糕 xud³ gou¹ 冰淇淋：朱古力 ～〔巧克力冰淇淋〕。

雪糕批 xud³ gou¹ pei¹ 用冰淇淋原料製作成的一種冰棍，形狀略扁平。

雪糕筒 xud³ gou¹ tung⁴⁻² 蛋筒冰淇淋。

雪櫃 xud³ guei⁶ 冰箱：將啲豬肉放入～度〔把那些豬肉放進冰箱裏面〕。

雪珠 xud³ ju¹ 冰雹；雹子：落 ～〔下雹子〕。

雪豬 xud³ ju¹ 凍豬肉。

雪屐 xud³ kég⁶ 冰鞋（四個軲轆的旱冰鞋）：滑 ～〔滑冰〕。

雪梨 xud³ léi⁴ 鴨梨：天津 ～。

雪褸 xud³ leo¹ 皮猴兒；棉猴兒；毛皮大衣。

雪帽 xud³ mou⁶⁻² 風雪帽（毛絨帽子）。

雪批 xud³ pei¹ "雪糕批"的省略。

雪水 xud³ sêu² ❶ 冰冷的水。❷ 凍雨（天氣特別寒冷時下的雨）。

雪條 xud³ tiu⁴⁻² 冰棍兒：牛奶 ～。

雪油 xud³ yeo⁴ 潤滑油；黃油（作潤滑劑用的礦物油）。

雪耳 xud³ yi⁵ 銀耳；白木耳。

雪種 xud³ zung² 氟里昂（冰箱、空調機用的製冷劑）。

説話 xud³ wa⁶ 話：乜嘢 ～ 都講晒咯，佢就係唔聽〔甚麼話都説完了，他就是不聽〕｜你重有乜嘢 ～ 好講〔你還有甚麼話好説〕？

xun

孫 xun¹ 孫子。

餕 xun¹ 用醋等醃製過的瓜果蔬菜或加上比較多的醋烹製的菜餚：黃瓜～｜蘿蔔～｜排骨～｜豬腳～。

餕枝 xun¹ ji¹ 一種硬木，紫紅色，木質堅硬，用來製作名貴傢具：～ 枱椅｜～ 牀。

酸微草 xun¹ méi⁴⁻¹ cou² 酢漿草，一種野生植物，匍匐莖，掌狀複葉，共三片，小葉倒心形，有酸味，繁殖力很強，可入藥。

酸微微 xun¹ méi⁴⁻¹ méi⁴⁻¹ 酸溜溜：呢啲楊桃唔夠熟，有啲 ～ 嘅〔這些楊桃不很熟，有點酸溜溜的〕｜～ 嘅山楂〔酸溜溜的山楂〕。

酸揼揼 xun¹ dem¹ dem¹（揼，都陰切）酸溜溜；酸不溜丟（含貶義）。

酸微仔 xun¹ méi⁴⁻¹ zei² 雀梅藤。常野生在山坡上及路旁，廣州有用它作盆景的。果成熟時紫紅色，味酸。

酸梅 xun¹ mui⁴⁻² 梅子。

酸宿 xun¹ sug¹ 汗臭的氣味。

酸宿爛臭 xun¹ sug¹ lan⁶ ceo³ 難聞的酸臭味。

酸宿餲臭 xun¹ sug¹ ngad³ ceo³（餲，壓）由身體發出的多種臭味（尤指汗臭及尿臭等）。

損 xun²（皮膚）損傷；破損：擦 ～ 咗浸皮〔擦破了一層皮〕。

損爛 xun² lan⁶ 破損：呢啲係處理品，有些少 ～〔這些是處理品，有一點破損〕。

損手爛腳 xun² seo² lan⁶ gêg³ 手腳損傷；手腳破損：呢啲藥只係醫 ～〔這些藥只能醫治手腳破損〕。

損友 xun² yeo⁵ 對自己有壞影響的朋友。

蒜子 xun³ ji² 蒜瓣兒。

蒜子肉 xun³ ji² yug⁶ 田雞大腿上的肉，因像蒜瓣兒，故名。

蒜心 xun³ sem¹ 蒜薹；蒜苗。

蒜頭 xun³ teo⁴ 大蒜。〖普通話也有"蒜頭"一詞，但口語多叫"蒜"或"大蒜"。〗

算度 xun³ dog⁶ 盤算和考慮：呢個問題比較複雜，要認真 ～ 下至得〔這個問題比較複雜，要好好考慮才行〕。

X

算死草 xun³ séi² cou² 指十分吝嗇、計較、善於打小算盤的人。

算數 xun³ sou³ 算了；罷了；拉倒：唔要就 ～〔不要就拉倒〕｜唔肯就 ～〔不肯就算了〕｜咁熱，唔去就 ～ 喇〔那麼熱，不去就罷了〕。

算賬 xun³ zêng³ 結賬。

Y

ya

吱吱烏 ya⁴ ya⁴ wu¹（吱，宜霞切）最差的（與“頂呱呱”相反）。

*也文也武 ya⁵ men⁴ ya⁵ mou⁵ 耀武揚威。

廿 ya⁶（又音 yé⁶）二十：～四｜～八歲｜十零～歲〔十多二十歲〕｜～幾個人。〖“廿”是“二”跟“十”的合音。〗

廿四孝 ya⁶ séi³ hao³ 戲稱非常孝順的人：～女婿｜～心抱〔孝順媳婦〕。

廿四向 ya⁶ séi³ hêng³ 注意不集中，動向多變，目的無定。例：佢都廿四向嘅，冇人知佢到底要做乜（他主意多變，沒有誰知道他到底要幹甚麼）。也説“卅六向”。

yab

押 yab³ / ngab³ 掖；挽。

yag

喫 yag³（衣客切）吃：～飯｜～乜嘢呀〔吃甚麼〕？｜好 ～〔好吃〕。

yai

踹 yai²（讀音 cai²）❶ 踩：行路 ～ 死蟻〔走路（像）踩死螞蟻（似的）——比喻走得太慢〕。❷ 騎（車）：～單車〔騎自行車〕。

yam

蘸 yam⁵（蘸，宜覽切）蘸，粘上：白切肉 ～ 豉油〔白切肉蘸醬油〕｜～ 墨水。

yang

蹚（撐）yang³（衣逕切）蹬：～一腳｜～開度門〔蹬開這門〕。

yé

爺 yé⁴ 父親；爹：兩仔 ～〔兩父子〕。

爺孫 yé⁴ xun¹ 祖父或外祖父和孫子：兩 ～ 去邊度呀〔爺兒倆去哪兒啦〕？

椰菜 yé⁴ coi³ 洋白菜；捲心菜；圓白菜。

椰殼 yé⁴ hog³ 椰樹果實的硬殼，可以製作用具、工藝品等。

椰殼頭 yé⁴ hog³ teo⁴ 指女孩的一種髮式，前額頭髮齊眉，左右和後面頭髮短而齊，像個被砍開的椰子那樣。

椰菜花 yé⁴ coi³ fa¹ 花椰菜。北方俗稱菜花。

椰衣 yé⁴ yi¹ 椰子外殼的纖維：～掃把。

野雞 yé⁵ gei¹ ❶ 非正式的；不合標準的：～大學（指過去某些私立大學）。❷ 低級妓女；私娼。

野貓 yé⁵ mao¹ 指有姘夫的女人。

野味 yé⁵ méi⁶⁻² 可作菜餚的野生動物。

野仔 yé⁵ zei² 私生子。

惹 yé⁵ ❶ 傳染：傷風咳會～畀人㗎〔傷風咳嗽會傳染給人的〕｜佢～咗一身癩渣〔他傳染上了一身疥瘡〕。❷ 引起；產生：食糖水易～痰〔吃糖水容易生痰〕。❸ 挑逗；招；撩撥：佢都想喊咯，咪～佢喇〔他都想哭了，不要逗他了〕。

惹屎上身 yé⁵ xi² sêng⁵ sen¹ 招惹麻煩。

嘢 yé⁵ ❶ 東西；貨：有～睇〔有東西看〕｜平～〔便宜貨〕。❷ 活兒；事情：做～〔幹活兒〕｜講～。❸ 傢伙（指人及物，指人時有貶意）：呢個～真唔聽話〔這傢伙真不聽話〕｜買油要帶～嚟裝〔買油要帶傢伙盛〕。

嘢 yé⁵ 量詞。下（比較活用）：打咗兩～〔打了兩下〕｜一～就撲過嚟〔一下就撲過來〕。

夜 yé⁶ 晚：好～至瞓〔很晚才睡〕｜咁～重嘈乜呀〔這麼晚了還嚷嚷甚麼〕！｜九點鐘開會～過頭喇〔九點鐘開會太晚了〕。〖"夜"，普通話作名詞，廣州話可作名詞，也可作形容詞。〗

夜啲 yé⁶ di¹ 原意是"晚一點"的意思，一般作堅決拒絕對方的要求時的用語，並帶有諷刺的味道：你重想好似舊時噉蝦人呀，～啦〔你還想像以前那麼欺負人嗎，妄想〕！｜你想搦番去呀，～啦〔你想拿回去嗎，辦不到〕！

夜更 yé⁶ gang¹ 夜班。

夜工 yé⁶ gung¹ 夜班工作：今晚要翻～〔今晚要上夜班〕。

夜學 yé⁶ hog⁶ 夜校：讀～。

夜麻麻 yé⁶ ma⁴⁻¹ ma⁴⁻¹ ❶ 深夜；很晚了：～重唔瞓做乜嘢吖〔那麼晚還不睡幹甚麼〕？ ❷ 黑夜（指無燈月光亮之夜）：～唔好去咯〔晚上黑黑的，別去了〕。

夜晚 yé⁶ man⁵ 晚上；夜裏：～好靜〔晚上很安靜〕。

夜晚黑 yé⁶ man⁵ hag¹ 同上。

夜遊鶴 yé⁶ yeo⁴ hog⁶⁻² 池鷺。又叫"夜遊"。

夜遊神 yé⁶ yeo⁴ sen⁴ 夜貓子（比喻晚上活動的人）：佢慣咗做～，晚晚兩三點至瞓〔他習慣了做夜貓子，每天晚上要兩三點才睡〕。

yeb

翕眼 yeb¹ ngan⁵ 眨眼：～佢就走咗〔眨眼他就走了〕。

入 yeb⁶ ❶ 進：放～櫃桶〔放進抽屜〕。 ❷ 把東西存放在容器裏：餅乾～起佢就唔會唥〔餅乾裝起來就不會反潮〕｜嗰啲藥片～落呢個樽度〔那些藥片放進這個瓶子裏頭〕。

入邊 yeb⁶ bin¹ 同"入便"。

入便 yeb⁶ bin⁶ 裏頭；裏邊（靠裏的地方）：佢坐喺～〔他坐在裏頭〕｜麻包放喺～，籮放喺開便〔麻包放在裏邊，籮筐放在外邊〕。

*入冊 yeb⁶ cag³ 入獄。源自黑話。

入沓 yeb⁶ dab⁶ ❶ 言行合乎情理：你呢啲話邊處～吖〔你這些話哪裏合情理呢〕？ ❷ 相投：佢兩個就係～〔他倆就是合得來〕。

入伙 yeb⁶ fo² 遷進新居：你幾時～呀〔你甚麼時候搬進新居去住〕？

入味 yeb⁶ méi⁶ 指煮食物或醃製東西時，配料的味道進入食物內部，吃着覺得味道可口。

入牆櫃 yeb⁶ cêng⁴ guei⁶ 壁櫃；壁櫥。

入笭 yeb⁶ léng¹（笭，靓¹）進入竹籠。比喻中圈套、上當。

入心 yeb⁶ sem¹ 印象、感受進入心坎裏：我嘅說話你要記～呀〔我的話你要牢記啊〕。

入水 yeb⁶ sêu² 灌水，上水：入滿水
〔灌滿水〕。

入數 yeb⁶ sou³ 入賬；登賬：呢批嘢～
未㗎〔這批東西入賬了沒有〕？

入圍 yeb⁶ wei⁴ ❶ 達到某種標準；進入
中獎範圍：呢個球隊預賽～咯〔這
個球隊在預賽中通過了〕｜佢買三張
馬票有兩張～〔他買三張馬票有兩張
中獎〕。❷ 被錄取：呢次招收工人，
佢～咯〔這次招收工人，他被錄取
了〕。

入息 yeb⁶ xig¹ 收入：唔知一個月有幾
多～呢〔不知一個月有多少收入〕？

*入油 yeb⁶ yeo⁴ 加油。

入肉 yeb⁶ yug⁶ （刺激、損失）程度深：
痛到～。

入罪 yeb⁶ zêu⁶ 定罪。

挹手 yeb⁶ seo² 招手：～叫佢嚟〔招手
喊他來〕。

yed

一 yed¹ 放在某些重疊的單音形容詞中
間，表示"很"的意思，這樣的結構
一般作補語：搣到實～實〔摁得緊
緊的〕｜扮到靚～靚〔打扮得很漂
亮〕｜搽到紅～紅〔塗抹得十分紅〕。
〔〔有時"一"字消失，前面的形容詞變
讀作第二調。例如"紅一紅"變讀為
hung⁴⁻²hung⁴，"慢一慢"變讀為man⁶⁻²
man⁶。〕〕

一把火 yed¹ ba² fo² 怒不可遏；怒火中
燒；無名火起：提起佢我就～〔一提
起他我就無名火起〕｜畀佢激到～〔給
他氣得不得了〕。

一把嘴 yed¹ ba² zêu² ❶ 形容人話多：
大家坐埋，就係佢～〔大家聚在一
起，就是他話多〕。❷ 能言善辯：
佢～㗎，你唔夠佢講嘅〔他能言善
辯的，你說不過他的〕。

一便 yed¹ bin⁶ 一邊兒……：～睇，～
聽〔一邊兒看，一邊兒聽〕。

一抽一揰 yed¹ ceo¹ yed¹ leng³（揰，啦凳
切）一串串的（一般指提着的東西）：
菩提子～真係多囉〔葡萄一串串的
真多呀〕｜佢買咗咁多嘢，～嘅〔他
買了這麼多東西，手提溜着一包一
包的〕。

一飃嘣 yed¹ bung⁶ cêu⁴（飃，罷奉切；
嘣，除）一股氣味：呢處有～，好難
聞〔這裏有一股味，很難聞〕。

一沉百踩 yed¹ cem⁴ bag³ cai² 指某人
一旦倒霉，眾人都來欺負。

一擔擔 yed¹ dam³ dam¹ 半斤八兩：佢
兩個一個懶，一個貪食，都係～咯
〔他們兩個一個懶，一個貪吃，都是
半斤八兩〕。

一等一 yed¹ deng² yed¹ 最好的；頂尖
兒的；超級的：呢度嘅服務真係～
喇〔這裏的服務是一流的〕。

一竇嘍 yed¹ deo³ leo³（竇，讀音 deo⁶）
一窩一窩的；整整一窩：～仔女〔一
窩子女〕。

一堆跍 yed¹ dêu¹ lêu¹（跍，雷¹）一堆堆
的；成堆成堆的：堆埋～就得咯〔堆
成一堆就行了〕。

一啲 yed¹ di¹ ❶ 一點兒：有～就夠。
❷ 通通；全部：佢～都要埋〔他全
部都拿去了〕｜～都唔啱〔一點也不
對〕。

一啲啲 yed¹ di¹ di¹ ❶ 一點點：味精放～
就夠。❷ 表示因情況不同而異：～
啦，有好有壞〔各有各的情況，有好
也有壞〕。

一度 yed¹ dou⁶ 一次；一番：咖啡～
〔喝一番咖啡〕｜西裝～〔穿一身西
裝〕｜風流～〔快活一陣子〕。

一戙都冇 yed¹ dung⁶ dou¹ mou⁵（戙，洞）
原意指打牌全部輸光，引申作"毫無
辦法"、"一錢不值"的意思：畀佢

搞到～〔給他弄到毫無辦法〕｜畀人
鬧到～〔給人家罵得一錢不值〕。

一家大細 yed¹ ga¹ dai⁶ sei³ 全家老小。

一腳踢 yed¹ gêg³ tég³ ❶ 獨自幹某事，
沒有助手：呢度乜嘢都係我～〔這裏
甚麼事情都是我一個人幹〕。❷ 全；
通通：呢啲嘢～買晒佢啦〔這些東
西全部買去吧〕！

一腳牛屎 yed¹ gêg³ ngeo⁴ xi² 形容人土
氣。

一雞死，一雞鳴 yed¹ gei¹ séi², yed¹ gei¹
ming⁴ 指在事物的發展中，總是優勝
劣汰，商店有倒閉的也有開張的，
但生意總有人去做。

一嚿飯 yed¹ geo⁶ fan⁶（嚿，舊）形容人
笨拙無能、不靈活（詼諧的説法）：
佢好似～噉，乜都唔會做〔他像個
飯桶似的，甚麼都不會幹〕。

一嚿溜 yed¹ geo⁶ leo⁶（嚿，舊）一塊塊
的；一團團的：佢成身起咗～嘅嘢
〔他全身長了一塊塊的東西〕。

一嚿水 yed¹ geo⁶ sêu² 戲稱一百元。也
説“一尺水”。

一句講晒 yed¹ gêu³ gong² sai³ ❶ 總而
言之：～，我唔同意噉做〔總而言
之我不同意這麼做〕。❷ 表示不容解
釋、不必多説：～，就噉決定喇〔不
必多説了，就這麼決定〕。

一句鐘 yed¹ gêu³ zung¹ 一個鐘頭；一
個小時。

一哥 yed¹ go¹ ❶ 第一把手(某個單位、
部門的最高領導人) (不嚴肅的説
法)。❷ 爭強好勝的人；從不承認失
敗的人。

一個餅印 yed¹ go³ béng² yen³ 形容兩
個人或兩個東西彼此酷似，像用一
個模子做出來的：佢兩兄弟真係～
噉〔他兩兄弟就像一個模子做出來
的〕。

一個對 yed¹ go³ dêu³ 一晝夜：佢～

都未瞌過眼〔他一晝夜都沒有合過
眼〕｜呢啲藥頂得～〔這些藥能頂一
晝夜〕。

一個骨 yed¹ go³ gued¹ 四分之一，如果
指時間就是一刻鐘，指重量就是四
分之一磅，指長度就是四分之一英
尺：五點～〔五點一刻〕｜～牛油
〔四分之一磅牛油〕。〖“骨”是英語
quarter 的音譯詞。〗

一個字 yed¹ go³ ji⁶ 五分鐘：兩點～〔兩
點五分〕。〖“一個字”相當於普通話的
五分鐘，“兩個字”是十分鐘，其餘類
推。有時省去後面兩字，只剩下一個
數字，如：兩點四〔兩點二十分〕｜六
點十〔六點五十分〕。〗

一個二個 yed¹ go³ yi⁶ go³ 一個個；每
個：～聽住，我有話講〔每個人都
聽着，我有話説〕｜～都出晒去〔一
個個都出去了〕。

一個鐘 yed¹ go³ zung¹ 一個小時；一
個鐘頭。

一下 yed¹ ha⁵ 一下子。

一係 yed¹ hei¹ 要嗎……；或者：～坐
車，～坐船｜～你嚟，～我去搵
你〔或者你來，或者我去找你〕。

一口價 yed¹ heo² ga³ 鐵定的價；不二價。

一殼眼淚 yed¹ hog³ ngan⁵ lêu⁶ 一把眼
淚；淚漣漣；傷心落淚：提起呢件
事就～咯〔提起這件事就傷心落淚
了〕。

一枝公 yed¹ ji¹ gung¹ 一個人（詼諧的
説法，指男性）：得佢～喺屋企〔只
有他一個人在家〕｜～去睇戲冇癮〔一
個人去看戲沒意思〕。

一自…… yed¹ ji⁶ 一邊兒……：唔好～
行路～睇書〔不要一邊兒走路一邊
兒看書〕。

一自自 yed¹ ji⁶ ji⁶ 逐漸地：睇見嗰隻
股票～噉漲，真係開心嗰陣〔看見那
個股票逐漸地漲，真是高興啊〕｜個

仔～大，衫都唔啱着咯〔兒子一天天長大，衣服都不合穿了〕。

一字角 yed¹ ji⁶ gog³ 角落（泛指）：縮埋～〔縮在角落裏〕。

一字馬 yed¹ ji⁶ ma⁵ 劈叉，兩腿伸直向相反的兩邊分開，臀部着地。

一箸夾中 yed¹ ju⁶ gab³ zung³ 比喻一下子就猜中或者一下子抓住關鍵所在，解決了問題。

一捊拎 yed¹ kueng³ leng³（捊，跨凳切；拎，啦凳切）❶ 成串的東西：～鎖匙〔一大串鑰匙〕。❷ 引申為全部的：我 ～ 買晒〔我一股腦兒買了〕。

一理通，百理明 yed¹ léi⁵ tung¹，bag³ léi⁵ ming⁴ 懂得一個事理，其他的可以觸類旁通。

一輪 yed¹ lên⁴ ❶ 一段時間；一陣子：呢 ～ 你去邊呀〔這一段時間你到哪裏去了〕？❷ 一頓；一番：畀人話咗～〔讓人説了一頓〕。

一路 yed¹ lou⁶ ❶ 一貫；一向：佢 ～ 都唔食煙嘅〔他一向都不抽煙的〕。❷ 一邊……：～ 行 ～ 諗嘢〔一邊走一邊想事情〕。

一路路 yed¹ lou⁶ lou⁶ 逐漸地：～ 冷咯。

一轆薯 yed¹ lug¹ xu⁴ 同"一轆葛"。

一轆杉 yed¹ lug¹ cam³ 原指一根杉木，因"杉"是硬梆梆的死物，後用來比喻呆板，不靈活的人。

一轆木 yed¹ lug¹ mug⁶ 同上。

一窿蛇 yed¹ lung¹ sé⁴ 比喻一夥壞人；一丘之貉：佢幾個都係 ～〔他們幾個都是一丘之貉〕。

一唔係 yed¹ m⁴ hei⁶ 同"一係"。

一唔係嘅話 yed¹ m⁴ hei⁶ gé³ wa⁶⁻² 同"唔係嘅話"。

一馬還一馬 yed¹ ma⁵ wan⁴ yed¹ ma⁵ 一事歸一事。

一味 yed¹ méi⁶⁻² 總是；只是；一個勁

兒：～掛得玩〔總是惦記着玩兒〕| ～做，也都唔理〔一個勁兒地幹活，別的都不管〕| 佢 ～ 喺度畫畫，邊度都唔去〔他只是在那裏畫畫，甚麼地方都不去〕| ～ 靠嚇〔只是靠嚇唬人〕。〔普通話也有"一味"一詞，但口語用得少，意思是"單純地"，用法與廣州話也不完全相同。〕

一文雞 yed¹ men¹ gei¹ 小小的一元錢，一塊錢。有時也可以説"十幾文雞"、"百零文雞"等，但都強調錢的數額小：個杯一文雞之嗎〔杯子一塊錢而已〕| 一個月得百零文雞，點夠使呢〔一個月百來塊錢，怎麼夠花呢〕。

一面屁 yed¹ min⁶ péi³（被人罵得）滿面羞慚：畀人鬧到～〔給人罵得滿面羞慚〕。

一凹一凸 yed¹ neb¹ yed¹ ded⁶ 凹凸不平；坑坑窪窪：條路 ～，真難行〔這路坑坑窪窪的，真難走〕。

一粒神 yed¹ neb¹ sen⁴⁻² 一角；一毛錢（詼諧的説法。兩毛錢叫"兩粒神"，餘類推）。

一粒色 yed¹ neb¹ xig¹ 形容人的個子小：你 ～ 嘅就想學人打排球啦〔你個子這麼小就想學人打排球〕？

一粒嘢 yed¹ neb¹ yé⁵ 同"一粒神"。

一額汗 yed¹ ngag⁶ hon⁶ 形容心情緊張或驚慌的樣子：急得我 ～ | 你緊張到 ～〔你緊張得滿頭大汗〕。

一岩一窟 yed¹ ngam⁴ yed¹ fed¹ 高低不平；坑坑窪窪：你個頭剪得 ～ 嘅〔你的頭髮剪得坑坑窪窪的〕。

一眼關七 yed¹ ngan⁵ guan¹ ced¹ 一眼關照到前、後、左、右、上、下、中七個方面，比喻要照顧、注意到很多方面的事情。

一眼睇晒 yed¹ ngan⁵ tei² sai³ 一目了然；一覽無遺：寫得好清楚，我 ～

咯〔寫得很清楚，我一目了然了〕|
公司就呢幾個人，～〔公司就這麼幾
個人〕。

一坺迾 yed¹ pad⁶ lad⁶（坺，婆辣切；迾，
辣。又音 yed¹ péd⁶ léd⁶）一攤攤的（指
糊狀物）：將啲泥搞到～噉〔把爛泥
搞得一攤攤的〕。

一拍行 yed¹ pag³ hang⁴ 並排走；肩並
肩地走：兩隻船～ | 佢兩個～〔他
倆肩並肩地走〕。

一拍兩散 yed¹ pag³ lêng⁵ san³ 雙方散
夥。

一排 yed¹ pai⁴ 一段時間：我要有～
至還，得嗎〔我要過一段時間才還，
行嗎〕?

一排抷 yed¹ pai⁴ lai⁴（抷，羅鞋切）一排
一排的；成排成排的：擺成～噉〔擺
成一排一排的〕| 呢啲屋～都油咗
灰水〔這些房子成排成排都刷了白灰
水〕。

一泡氣 yed¹ pao¹ héi³ 一肚子氣：激到
我～噉〔氣得我一肚子氣〕。

一皮 yed¹ péi⁴ ❶ 一圈，一圍：呢個缸
比嗰個缸大～〔這個缸比那個缸大一
圈〕| 呢排我瘦咗～〔這段時間我瘦
了一圈〕。❷（相差）一個等級：你同
佢差咗～〔你跟他相差一個等級〕。
❸ 戲稱一元錢。

一仆一碌 yed¹ pug¹ yed¹ lug¹ 跌跌撞
撞地；連滾帶爬地：嚇到佢～噉走
〔嚇得他連滾帶爬地跑〕。

一撇嘢 yed¹ pid³ yé⁵ 一千圓（詼諧的說
法，因"千"字頭一筆是撇。二千圓
叫"兩撇嘢"，餘類推）。

一盤水 yed¹ pun⁴ sêu² 一萬圓（詼諧的
說法）。

一次過 yed¹ qi³ guo³ 一次性（只此一
次）：今年～收五百文衛生費〔今年
一次性收五百元衛生費〕。

一實 yed¹ sed⁶ 一定；肯定；準：～係

咯〔一定是了〕| 我睇佢～唔制〔我
看他肯定不幹〕| 你噉樣答～冇錯〔你
那樣回答準沒錯〕。

一世人 yed¹ sei³ yen⁴ 一輩子：我～
未見過。

一身筋 yed¹ sen¹ gen¹ 形容辛苦：呢
幾日做到我～〔這幾天做得我疲憊不
堪〕。

一身蟻 yed¹ sen¹ ngei⁵ 形容招惹了不少
麻煩：做呢件事一定會惹到～〔做這
件事一定會惹得很多麻煩〕。

一身潺 yed¹ sen¹ san⁴（惹出了）一大
堆麻煩。

一身腥 yed¹ sen¹ séng¹ 比喻滿身麻
煩：搞到我～〔弄得我一身臊〕。

一身鬆 yed¹ sen¹ sung¹ 一身輕鬆：完
成晒工作就～咯〔完成了工作就一
身輕鬆了〕。

一手一腳 yed¹ seo² yed¹ gêg³ 獨自幹某
件事，完成某項工作：呢度嘅嘢，
通通係我～做嘅〔這裏的事兒，全
是我一個人幹的〕| 等我～做埋佢
啦〔（這件事是我幹過的）讓我繼續
把它幹完吧〕!

一梯兩伙 yed¹ tei¹ lêng⁵ fo² 樓房每層
只有兩家住戶。

一頭…… yed¹ teo⁴ 一邊兒……：佢～
煮飯～睇書〔他一邊兒做飯一邊兒
看書〕。

一頭半月 yed¹ teo⁴ bun³ yüd⁶ 半個月
左右：呢次要～至翻嚟〔這回要半
個月左右才能回來〕。

一頭家 yed¹ teo⁴ ga¹ 家庭的大小事務：
一個人擔～真唔容易呀〔一個人負
責一個家的事務真不容易啊〕。

一頭家務 yed¹ teo⁴ ga¹ mou⁶ 一攤子家
務事：我～，唔顧得其他咯〔我一
攤子家務事，管不了其他了〕。

一頭霧水 yed¹ teo⁴ mou⁶ sêu² 糊裏糊
塗；不了解情況：呢件事我都～，

唔知頭共尾〔這件事我不清楚，不知首尾〕。

一頭煙 yed¹ teo⁴ yin¹ ❶ 形容人非常忙：忙到我 ～〔忙得我夠戧〕。❷ 同"一頭霧水"。

一條氣 yed¹ tiu⁴ héi³ ❶ 一股勁；一口氣：今日我 ～ 走咗兩堂路〔今天我一口氣走了二十里路〕。❷ 氣壞了：畀佢激到我 ～ 嘅〔他把我氣壞了〕。❸ 气喘吁吁：趲到我 ～〔跑得我气喘吁吁〕。

一肚核 yed¹ tou⁵ wed⁶（核，讀音 hed⁶）滿腹心計：呢個仔 ～ 呀〔這孩子心眼可多呢〕。

一鑊泡 yed¹ wog⁶ pou⁵（泡，讀音 pao³）比喻事情搞糟了，不可收拾。

一鑊熟 yed¹ wog⁶ sug⁶ ❶ 畢其功於一役。❷ 一夥人一起覆滅；一起完蛋。

一鑊粥 yed¹ wog⁶ zug¹ 一團糟；亂糟糟：畀你搞到 ～ 嘅〔讓你搞得一團糟〕。

一時半時 yed¹ xi⁴ bun³ xi⁴ 一時半會兒：呢件事 ～ 做唔晒〔這件事一時半會兒做不完〕。

一時一樣 yed¹ xi⁴ yed¹ yêng⁶ 經常變化，一天一個樣：規則 ～，叫人點做呀〔規則變來變去，叫人怎麼做呢〕。

一時時 yed¹ xi⁴⁻² xi⁴ ❶ 一時一時的；一個時候一個時候：～ 唔同嘅〔一個時候一個時候不同的〕。❷ 有時：佢嘅病，～ 啦〔他的病，時好時壞〕。

一式 yed¹ xig¹ 一樣：邊個做都係 ～〔誰做都一樣〕｜你噉又唔係 ～〔你這樣還不是一樣〕！

一息間 yed¹ xig¹ gan¹ 過一會兒；待會兒。

一一二二 yed¹ yed¹ yi⁶ yi⁶ 一五一十；逐一：你要 ～ 講晒出嚟〔你要一五一十全部都説出來〕。

一日 yed¹ yed⁶ 總之：～ 都係佢唔好〔總之都是他不好〕｜～ 都怪我係啦〔總之都怪我就是了〕。

一日到黑 yed¹ yed⁶ dou³ hag¹ ❶ 一天到晚：～ 都唔得閒〔一天到晚都沒空〕。❷ 總之；歸根結蒂：～ 都係佢唔好〔總之都是他不對〕｜～ 都係佢作怪〔歸根結蒂是他在搞鬼〕。

一於 yed¹ yü¹ ❶ 堅決：～ 唔畀佢去〔堅決不讓他去〕｜我 ～ 唔制〔我堅決不答應〕。❷ 一定要；怎麼也……：～ 搵到佢為止〔一定要找到他為止〕｜～ 要做好佢〔怎麼也要把它做好〕。❸ 就……；～ 嗽話啦〔就這樣辦吧〕｜～ 係嗽啦〔就這樣吧〕。

一隻狗 yed¹ zég³ geo² 同"一隻狸"。

一隻屐 yed¹ zég³ kég⁶ 形容人垂頭喪氣的情態：畀人鬧到 ～ 嗽〔被人家罵得垂頭喪氣〕。

一隻狸 yed¹ zég³ léi⁴⁻² 形容人勞累過度的樣子：呢排做到我 ～ 嗽〔這陣子幹活累得我夠戧〕。

一就一，二就二 yed¹ zeo⁶ yed¹，yi⁶ zeo⁶ yi⁶ ❶ 一是一，二是二；是甚麼就是甚麼。❷ 實事求是；該怎麼辦就怎麼辦。

一嘴油 yed¹ zêu² yeo⁴ 比喻人能言善道：佢一嘴油，你講唔過佢嘅〔他能言善道，你説不過他的〕。

一族 yed¹ zug⁶ 指某一類人：上班 ～ ｜食煙 ～〔抽煙的人〕。

一盅兩件 yed¹ zung¹ lêng⁵ gin⁶ 一盅茶，兩塊點心（指廣州地區人們到茶樓吃茶點的習慣）。

一陣 yed¹ zen⁶⁻² 同"一陣間"。

一陣 yed¹ zen⁶ ❶ 一陣子；一會兒：落咗 ～ 雨〔下了一陣子雨〕｜起咗 ～ 風〔起了一陣風〕｜大家笑咗 ～〔大家笑了一會兒〕。❷ 一段時間：呢件事大家嘈過 ～ 嘅嘞〔這件事大家議論過一段時間的了〕。

一陣間 yed¹ zen⁶ gan¹ ❶ 一會兒：等～
我就去｜行～就到〔走一會兒就
到〕｜～就唔見咗〔一會兒就不見
了〕。❷ 待一會兒（表示假設）：～
佢唔認賬點算〔待一會兒他不認賬怎
麼辦〕？

一張嘢 yed¹ zêng¹ yé⁵ 一圓；一塊錢
（詼諧的説法）：遊戲機～玩一次〔遊
戲機一塊錢玩一次〕。

日 yed⁶ 量詞。天：五～｜行咗兩～
路〔走了兩天路〕｜邊～開會〔哪一
天開會〕？

日本仔 yed⁶ bun² zei² 日本侵華時期，
對日本人的稱呼。

*日更** yed⁶ gang¹ 白天班。

日光日白 yed⁶ guong¹ yed⁶ bag⁶ 光天
化日。

日字櫈 yed⁶ ji⁶ deng³ 單人坐的方板櫈。

日頭 yed⁶ teo⁴⁻² ❶ 太陽：出～喇〔太
陽出來了〕。❷ 白天：～返工，夜晚
返學〔白天工作，晚上上學〕。

日日 yed⁶ yed⁶ 天天；每天：～都要學
習〔每天都要學習〕。

yêg

若果 yêg⁶ guo² 如果。

若然 yêg⁶ yin⁴ 同上。

若然之 yêg⁶ yin⁴ ji¹ 同上。

約 yêg³ 小衚衕（比較少用，一般多稱
"街"或"巷"）：龍溪首～｜寶源
中～。

約莫 yêg³ mog⁶⁻² 大概：呢個房～有
十五平方〔這個房間大概有十五個平
方〕。

藥材舖 yêg⁶ coi⁴ pou³⁻² 中藥舖。

yei

曳 yei⁵（❶ 又音 yei⁴。讀音 yei⁶）❶ 劣；
次；賴；差：～貨〔劣貨〕｜～嘢
〔次東西〕｜好嘅～嘅都分一啲〔好
的賴的都分一點〕｜佢嘅成績唔～〔他
的成績不差〕。❷ 淘氣：佢細個嗰陣
最～喇〔他小的時候最淘氣了〕。

曳豬 yei⁵ ju¹ 壞孩子，淘氣孩子。多用
於稱呼自己的孩子，含親切、疼愛
色彩。

yem

音櫃 yem¹ guei⁶ 音箱。

陰 yem¹ ❶ 暗害：小心畀壞人～咗你
〔當心給壞人暗害了你〕。❷ 陰險：
嗰條友仔好～㗎〔那個傢伙很陰險〕。

陰瘡 yem¹ cong¹ 長在腋下、腹股溝等
不在明處的瘡。

陰毒 yem¹ dug⁶ 指人陰險毒辣。

陰乾 yem¹ gon¹ ❶ 把濕的東西放在陰
涼處風乾。❷ 引申指人體因有某種
疾病而慢慢消瘦。

陰功 yem¹ gung¹ ❶ 原意是迷信的人
認為人在世間做了好事，在陰間可
以記功，叫"有陰功"，做了壞事
叫"冇陰功"。現在"冇陰功"省略
作"陰功"，是"殘忍"、"造孽"等
意思：你真～咯，無情白事打死隻
狗〔你真造孽，無緣無故打死了一隻
狗〕。❷ 轉用作可憐：佢跌崩個頭，
真～咯〔他蹾破了頭，真可憐〕。

陰功折墮 yem¹ gung¹ jid³ do⁶ 陰功：
殘忍，造孽；折墮：折壽，有損陰
德，引申為缺德，沒良心等。罵人
的話，用於指責那些殘害生靈、濫
殺無辜等罪孽行為。如：呢幫土匪
見人就殺，真係陰功折墮咯〔這班強
盜見人就殺，造孽啊〕！

陰枝 yem¹ ji¹ 果樹上不見陽光的徒長枝。

陰翳 yem¹ ngei³ 陰暗；陰雲密佈；陰沉沉。

陰濕 yem¹ seb¹ 陰險；狡猾。

陰聲細氣 yem¹ séng¹ sei³ héi³ 小聲小氣：佢講親嘢都係 ~〔他説話經常都是小聲小氣〕。

陰司紙 yem¹ xi¹ ji² 紙錢兒，迷信用品。

陰陰凍 yem¹ yem¹ dung³ 天氣陰暗而寒冷。

陰陰食（呻呻食） yem¹ yem¹ xig⁶ 原意是細細嚼，慢慢吃，現在是以食物逗引小孩時的用語。

陰陰笑 yem¹ yem¹ xiu³ 自己偷偷地微笑。

陰瘀 yem¹ yü² ❶ 指人性格內向，不開朗：佢係 ~ 啲，不過冇乜壞肚腸〔他是內向一點，不過沒有甚麼壞心腸〕。❷ 做事不光明正大：公司嘅事唔好咁 ~，要公開透明啲〔公司的事不要偷偷摸摸的，要公開透明點〕。

陰騭 yem¹ zed¹ 陰德：唔好咁冇 ~〔不要這麼缺德〕｜積啲 ~ 啦〔積點陰德吧〕。

陰騭事 yem¹ zed¹ xi⁶ 缺德事；虧心事：做埋咁多 ~ 唔好呀〔盡做那麼多虧心事可不好啊〕。

髻 yem⁴⁻¹（陰）劉海兒（女孩額前的短髮）。

飲 yem² ❶ 喝：~ 酒｜~ 水。❷ 特指吃喜酒：今晚有得 ~〔今天晚上有喜酒吃〕｜~ 衫〔吃喜酒時穿的衣服〕｜去 ~〔去吃喜酒〕。

飲飽食醉 yem² bao² xig⁶ zêu³ 酒足飯飽。

飲杯 yem² bui¹ 喝一杯（酒）：大家 ~〔大家乾杯〕｜咁大嘅喜事，~ 啦〔這麼大的喜事，喝一杯吧〕。

飲茶 yem² ca⁴ ❶ 喝茶。❷ 喝開水。❸ 在茶館喝茶吃點心。

飲大咗 yem² dai⁶ zo² 婉辭，意為酒喝多了。

飲得 yem² deg¹ 能喝；酒量好：佢好 ~〔他酒量很大〕。

飲得杯落 yem² deg¹ bui¹ log⁶ 意為解決問題了，可以開懷痛飲了。

飲薑酒 yem² gêng¹ zeo² 廣東習俗，婦女分娩後，在月子裏要吃大量薑醋，彌月時也以醋煮薑蛋及豬蹄款客，宴客一般叫"請飲（酒）"，所以"飲薑酒"等於喝滿月酒，也指婦女分娩。

飲衫 yem² sam¹ 喝喜酒時穿的衣服。

飲水底 yem² sêu² dei² 同"飲水尾"。

飲水尾 yem² sêu² méi⁵ 比喻只能從別人得利之餘獲取微利。

飲頭啖湯 yem² teo⁴ dam⁶ tong¹ ❶ 率先嘗試；最早獲利。❷ 拔取頭籌。

飲筒 yem² tung⁴⁻² 吸管（吸飲料用的小塑膠管）。

飲勝 yem² xing³ 乾杯：一齊 ~〔一起乾杯〕｜我哋大家 ~ 佢〔我們大家乾了它〕。

蔭 yem³ ❶ 滲透：雨水 ~ 晒落地〔雨水滲到地下面去〕。❷ 灌溉：趯水 ~ 田〔引水灌田〕。

蔭田 yem³ tin⁴ 用水灌田。

簷口 yem⁴ heo²（簷，讀音 yim⁴）❶ 屋簷。又叫"瓦簷"。❷ 屋簷下：企喺 ~ 度〔站在屋簷下〕。

任……唔嬲 yem⁶…m⁴ neo¹（任你）隨意……；盡可以……：兩毫一件，任揀唔嬲〔兩毛錢一件，任君挑選〕｜擺晒出嚟，任睇唔嬲〔全擺出來，盡可以看個夠〕｜展覽會説明書任攞唔嬲〔展覽會説明書可以隨意拿〕。

yen

因 yen¹ ❶ 因為：你 ～ 乜唔參加呀〔你因為甚麼不參加〕？ ❷ 估算：你 ～ 一下，睇錢夠唔夠〔你估算一下，看錢夠不夠〕。

因何 yen¹ ho⁴ 為甚麼（書面語多用）。

因住 yen¹ ju⁶ ❶ 當心；留心：你嗰條棍 ～ 撠親人〔你的那根棍子當心打着人〕｜～ 跌落去〔當心踥下去〕｜打爛咗〔當心打破了〕。❷ 估量着：唔使秤喇，～ 咁上下就得啦〔不用稱了，估量着大體差不多就行了〕。

因住嚟 yen¹ ju⁶ lei⁴ 小心點；當心點：路唔好行，你 ～〔路不好走，你當心點兒〕。

印水紙 yen³ sêu² ji² 吸墨紙。

因由 yen¹ yeo⁴ 原因：唔知係乜 ～ 呢〔不知是甚麼原因呢〕？

忍 yen² 憋着；忍着：～ 屎 ～ 尿。

忍頸 yen² géng² 忍氣吞聲；忍受：同佢做事，你唔 ～ 都唔得〔跟他打交道，你不忍氣也不行〕。

人 yen⁴ 別人；人家：你唔好畀 ～ 睇見〔你不要給別人看見〕｜～ 噉做，你噉做啦嗎〔人家這麼做你也這麼做嘛〕。

人板 yen⁴ ban² 品質良好、堪稱模範的人。

人哋 yen⁴ déi⁶ 人家；別人：虛心向 ～ 學習｜要多關心 ～。

人多口雜 yen⁴ do¹ heo² zab⁶ ❶ 人多議論多、意見多：呢度 ～，唔好辦事〔這裏人多議論多，不好辦事〕。❷ 人多難以保密：～ 好難保密嘅〔人多嘴雜是很難保密的〕。

人工 yen⁴ gung¹ 工資：一日有兩百文 ～〔一天有兩百圓工資〕｜支 ～〔發工資〕。

人工 yen⁴ gung¹ ❶ 工夫：花 ～ ｜冇 ～

去做〔沒工夫去做〕。❷ 工藝：個櫃 ～ 幾好呀〔這個櫃子的工藝不錯呀〕。

人客 yen⁴ hag³ 客人：佢屋企嚟咗三個 ～〔他家來了三位客人〕。

人精 yen⁴ jing¹ 老於世故、十分精明的人。

人嚟 yen⁴ lei⁴ 來人哪！

人面（杧桶） yen⁴ min⁶⁻² 同 "銀桧"。

人面熟 yen⁴ min⁶ sug⁶ 認識的人多；有許多熟人：～，好做好多〔熟人多，容易做得多〕｜唔係話 ～ 就得喋〔不是説認識人多就能行的〕。

*__人蛇__ yen⁴ sé⁴ 非法入境者。

人細鬼大 yen⁴ sei³ guei² dai⁶ 比喻年紀不大卻懂得成年人的事。

人瑞 yen⁴ sêu⁶ 壽星，指特別長壽的人。

人頭豬腦 yen⁴ teo⁴ ju¹ nou⁵ 蠢笨；笨蛋：你真係 ～，咁簡單嘅數都唔識計〔你真笨，這麼簡單的數都不會計算〕。

人頭湧湧 yen⁴ teo⁴ yung² yung² 形容人很多，很擁擠：節日街上 ～。

人話 yen⁴ wa⁶ 人家説：～ 嗰度啲叉燒包好食〔人家説那裏的叉燒包好吃〕｜～ 你又話〔人家説你也跟着説〕。

人事 yen⁴ xi⁶⁻² 指親友間能夠憑藉的關係，利用這種關係可以取得某些利益或方便，大致相當於普通話的 "人情"、"情面"、"靠山" 等意思：考學校靠講 ～ 點得喋〔考學校靠講人情怎麼行〕｜要講原則性，有 ～ 都唔得〔要講原則性，有靠山也不行〕。

人妖 yen⁴ yiu¹ 在日常生活中扮作女人的男人，或指變性人（男變女）。

人日 yen⁴ yed⁶⁻² 民俗農曆正月初七為人的生日。

*__人渣__ yen⁴ za¹ 社會渣滓，敗類（罵人的話）。

人仔細細 yen⁴ zei² sei³ sei³ 年紀小小：咪睇佢 ～，好叻喋〔別看他年紀小小的，聰明着呢〕。

仁面 yen⁴ min⁶⁻² 一種樹果，大如龍眼，果核像人臉。同"人面"。

引 yen⁵ ❶ 導火線；引線。❷ 引誘：你個仔唔好畀人 ～ 壞晒呀〔你的兒子不要讓人引誘壞了〕。

癮 yen⁵ ❶ 特別深的嗜好。❷ 興趣：呢啲事我冇 ～〔對於這些事，我一點兒興趣都沒有〕。

yên

膶 yên⁶⁻²（閏²）婉詞。廣州話"肝、竿"與"乾瘴"的"乾"同音，因忌諱而把它們改為"豐潤"的"潤"（一般寫作"膶"）。因此把"豬肝"、"雞肝"叫"豬膶"、"雞膶"；"豆腐乾"叫"豆腐膶"，甚至"擔竿"〔扁擔〕也叫"擔膶"。

膶腸 yên⁶⁻² cêng⁴⁻² 用豬肝與豬肉製成的香腸。

潤 yên⁶ ❶ 滋潤：～肺 ｜ ～喉。❷ 給少許好處：有時要 ～ 下佢嘅〔有時要打點他一下才行〕。

yêng

¹抰 yêng²（央²。又音 yêng¹）推讓：邊個要都好，唔好 ～ 嚟 ～ 去咯〔誰要都好，不要推來讓去了〕。

²抰 yêng²（央²）❶ 抖：～ 乾淨張牀單〔把牀單抖乾淨〕。❷ 比喻揭露：你嗰槓嘢我要 ～ 晒出嚟〔你的老底我要抖摟出來〕。

羊牯 yêng⁴ gu² 公羊；又比喻傻瓜。

羊咩 yêng⁴ mé¹ 羊：好多 ～ ｜ ～ 咁乖〔像綿羊那麼乖〕。

羊咩鬚 yêng⁴ mé¹ sou¹ 山羊鬍子。

羊咩屎 yêng⁴ mé¹ xi² 顆粒狀的糞便。

洋貨舖 yêng⁴ fo³ pou³⁻² 百貨商店（現已不用）。

洋剪 yêng⁴ jin² 理髮用的剪刀。

洋樓 yêng⁴ leo⁴⁻² 洋房：一咅 ～〔一座洋房〕。

洋磁 yêng⁴ qi⁴ 搪瓷：～ 碟〔搪瓷盤子〕｜ ～ 面盆〔搪瓷臉盆〕。

洋西米 yêng⁴ sei¹ mei⁵ 西米、西谷米。可煮成甜食。又叫"西米"、"沙谷米"。

洋燭 yêng⁴ zug¹ 洋蠟；蠟燭；礦燭。

養白兔 yêng⁵ bag⁶ tou³ 指女人包養年輕男子。

養眼 yêng⁵ ngan⁵ 有利於眼睛保健；看上去舒服；好看：綠色好 ～ ｜ 呢幾個女仔好～〔這幾個女孩挺好看的〕。

釀 yêng⁶ 把肉末和其他配料塞在豆腐或魚、腸子、瓜等裏面弄熟：～ 豆腐 ｜ ～ 魚 ｜ ～ 豬腸 ｜ ～ 節瓜。

yeo

憂 yeo¹ ❶ 愁；憂慮：而家唔 ～ 食，唔 ～ 着〔現在不愁吃，不愁穿〕｜唔使 ～〔不用愁〕。❷ 擔心：你 ～ 佢唔嚟咩〔你擔心他不來嗎〕？｜你 ～ 佢唔會〔你還擔心他不會〕！

憂心 yeo¹ sem¹ 操心；擔心：唔使你 ～〔用不着你操心〕。

優 yeo¹ 把褲子、襪子往上提：～ 褲 ｜ ～ 襪。

優悠自在 yeo¹ yeo⁴ ji⁶ zoi⁶ 閒適自在：退咗休就 ～ 咯〔退了休就悠然自在了〕｜佢而家好 ～〔他現在很閒適自在〕。

友 yeo⁵⁻² 傢伙（含輕蔑意）：嗰條 ～〔那個傢伙〕。

友仔 yeo⁵⁻² zei² 小子（含輕蔑意，多指青少年）。

幼 yeo³ 細：～ 沙 ｜ ～ 冷〔細毛線〕｜呢條繩好 ～〔這根繩子很細〕。

幼稚園 yeo³ ji⁶ yun⁴⁻² 幼兒園（現已少

用）。

幼細 yeo³ sei³ ❶ 細：呢隻布好 ～〔這種布很細〕。❷ 精細：呢個籃織得好 ～〔這個籃子編得很精細〕。

幼滑 yeo³ wad⁶ 細滑，手感潤滑：呢隻粉好 ～〔這種粉很細滑〕。

由 yeo⁴（又音 yeo⁴⁻²）任由；隨便：唔好乜都 ～ 佢〔不要甚麼都任由他〕｜ ～ 你住幾耐都得〔隨便你住多久都行〕。

由得 yeo⁴ deg¹（又音 yeo⁴⁻² deg¹）同上。

油 yeo⁴⁻² ❶ 油漆：紅 ～〔紅油漆〕。❷ 潤滑油：單車 ～〔自行車油〕｜衣車 ～〔縫紉機油〕｜手錶要抹 ～〔手錶該洗油了〕。

油 yeo⁴ 油（上油）；漆（上漆）；刷：～ 桐油｜將門 ～ 成紅色〔把門漆成紅色〕｜ ～ 過一次叻喋〔漆過一次清漆｜張枱 ～ 過未〔桌子上過漆沒有〕？｜ ～ 灰水〔刷灰水〕。〖普通話的 "油" 一般指用油塗抹，不指用漆、石灰等塗抹。〗

油餿 yeo⁴ dêu¹ 同 "煎餿"。

油甘子 yeo⁴ gem¹ ji² 一種野果，果形如玻璃彈球，淺綠色，味酸澀，吃後甘涼，能解渴。

油角 yeo⁴ gog³⁻² 油炸餃子。廣州地區人民春節期間製作的食品。有兩種：一種是用糯米粉作皮，豆沙白糖作餡，炸熟後軟而韌；一種是用麵粉作皮，花生、芝麻、椰子絲和白糖作餡，炸熟後酥而脆。〖又叫 "角仔"。〗

油器 yeo⁴ héi³ 油炸食物的統稱。

油香餅 yeo⁴ hêng¹ béng² 一種油炸麵餅，味甜，無餡。

油脂 yeo⁴ ji¹ "油脂" 原為二十世紀七十年代末期美國拍攝的一部電影在港放映時的中文譯名。影片中的男女主角一度成為青少年的偶像，因而他們在影片中的舞姿及服飾也就為青少年所模仿，成為一種流行於青少年中的社會風氣。在服飾方面有所謂 "油脂裝"，舞蹈則有所謂 "油脂舞"，而仿效電影中男女主角服飾的青少年則被稱為 "油脂仔"、"油脂女"。

油蝨 yeo⁴ ji¹ 皮膚病的一種，陰囊表皮刺癢（中醫叫 "繡球風"）。

油紙遮 yeo⁴ ji² zé¹ 紙傘。

油漬 yeo⁴ jig⁶ 油的污跡。

油占米 yeo⁴ jim¹ mei⁵ 一種優質晚稻米，米粒細長，成飯後有油香味。"占" 又作 "粘"。

油煎餅 yeo⁴ jin¹ béng² 同 "油香餅"。

油漏 yeo⁴ leo⁶ 灌油用的漏斗。

油潞 yeo⁴ lou⁶ 油提，賣油時量油的器具。

油麥 yeo⁴ meg⁶ 長葉萵苣，即油麥菜。

油麥菜 yeo⁴ meg⁶ coi³ 青菜的一種，類似苦麥菜，但不苦。

油淰淰 yeo⁴ nem⁶ nem⁶（淰，挪任切）油淋淋的（吸透了油）：油炸鬼啱炸好，重 ～ 嘅〔油條剛炸好，還油淋淋的〕。

油瓶女 yeo⁴ ping⁴ nêu⁵⁻² 婦女改嫁所帶的女孩子。是歧視性的説法。

油瓶仔 yeo⁴ ping⁴ zei² 婦女改嫁所帶的孩子。又叫 "佗歸仔"。是歧視性的説法。

油潤 yeo⁴ yên⁶ 潤滑而有光澤：面色～。

油耳 yeo⁴ yi⁵ 指經常分泌黃色黏液的耳朵。

油膉嚊 yeo⁴ yig¹ cêu⁴（膉，益；嚊，除）哈喇味兒。

油炸鬼 yeo⁴ za³ guei² 油條：一孖 ～〔一根油條〕。

油炸蟹 yeo⁴ za³ hai⁵ 指橫行霸道的人。

油鯔 yeo⁴ zêu¹（鯔，追）花鰻。

油嘴 yeo⁴ zêu² 偏食（好的東西才吃）。

遊車河 yeo⁴ cé¹ ho⁴⁻² 乘車遊覽；兜風。

遊埠 yeo⁴ feo⁶ 到外地遊歷。

遊刑 yeo⁴ ying⁴ 遊街示眾（已少用）。

*游乾水 yeo⁴ gon¹ sêu² 喻打麻將。

游水 yeo⁴ sêu² 游泳：學 ～｜識 ～〔會游泳〕。

猶自可 yeo⁴ ji⁶ ho² 還算可以；尚且可以：你噉講～〔你這麼説還算可以〕。

猶如 yeo⁴ yü⁴ 好像；好比：兩個人好起上嚟 ～ 糖黐豆〔兩個人好起來好比糖黏豆子〕。

有把炮 yeo⁵ ba² pao³ 有把握：呢個任務我 ～ 完成〔這個任務我有把握完成〕。

有寶 yeo⁵ bou² 對某些事物表示輕蔑時的用語：真 ～〔真稀罕〕！｜乜嘢咁 ～〔甚麼東西那麼了不起〕?

有突 yeo⁵ ded⁶ 有餘（比原定的數量多）：個盆咁細，倒一桶水落去就夠 ～ 㗎〔這個盆子那麼小，倒一桶水下去就足夠有餘了〕。

有得 yeo⁵ deg¹ 有……的：～ 賣〔有賣的〕｜～ 你睇〔有你瞧的〕｜呢本書 ～ 借嗎〔這本書有外借的嗎〕?

有得撊 yeo⁵ deg¹ man¹（撊，蠻¹）可以挽救；有挽救的可能。

有定啦 yeo⁵ ding⁶⁻² la¹ 當然有；肯定有（用於回答十分肯定的問題）。

有多 yeo⁵ do¹ 富餘；超過（某一數量）：一百 ～｜我夠 ～〔我足夠而且還富餘〕。

有分數 yeo⁵ fen¹ sou³ 有數；有主意；心裏有底；胸有成竹：呢件事我自 ～〔這件事我心中有數〕。

有份 yeo⁵ fen⁶⁻² ❶ 有一份；參與其中：呢次大家都 ～〔這次大家都有份〕。❷ 有可能：你敢去，殺咗你都 ～〔你敢去，準把你宰了〕。

有符祣 yeo⁵ fu⁴ fid¹（祣，膚熱¹切）有辦法，有本事：你 ～ 搞掂佢嗎〔你有辦法搞好它嗎〕?｜睇佢有乜嘢符祣〔看他有甚麼妙法〕。

有交易 yeo⁵ gao² yig⁶ 可以進行買賣；成交：一文 ～〔一塊錢可以買到東西〕。引申為可以打交道，有來往：我同佢哋兩家 ～〔我跟他們互有來往〕。

有幾何 yeo⁵ géi² ho⁴⁻² 同"冇幾何"一樣，表示"不經常"的意思，但"冇幾何"多用於陳述句，"有幾何"則多用於反詰句。

有咁……得咁…… yeo⁵ gem³…deg¹ gem³… 説多……有多……：呢度嘅環境真係有咁好得咁好〔這裏的環境真是説多好有多好〕｜呢碟菜有咁鹹得咁鹹〔這碟菜説多鹹有多鹹〕。

有根薑 yeo⁵ gen¹ gêng²（薑，疆²）有來歷；有來頭。

有古怪 yeo⁵ gu² guai³ 有玄機，有蹊蹺：呢件事可能 ～〔這件事可能有蹊蹺〕｜我睇佢真係 ～ 嘅〔我看他真有捉摸不透之處〕。

有限 yeo⁵ han⁶ ❶ 指某些事物的性質、程度不很理想，説話人對它抱有輕視甚至否定的態度：坐呢架車快極都 ～ 啦〔坐這輛車再快也快不了多少〕。❷ 一點點；不多：佢高過我 ～ 咋〔他比我高一點點罷了〕。〖普通話"有限"一詞，側重表示數量方面；而廣州話則多指性質、程度方面，二者用法不同。〗

有限公司 yeo⁵ han⁶ gung¹ xi¹ 戲稱東西不多，水平不高：我睇佢不過係 ～ 嘅嘘〔我看他的水平不過如此而已〕。

有口齒 yeo⁵ heo² qi² 有信用；説話算數。

有行 yeo⁵ hong⁴ 有希望（指有可能得到某些東西）：買電影票咁多人排隊，你睇 ～ 冇〔買電影票那麼多的人排隊，你看有希望嗎）？｜唔一定 ～〔不一定有希望〕。

有血性 yeo⁵ hüd³ xing³　有種。

有之 yeo⁵ ji¹　可能：佢唔記得都 ～ 㗎〔他忘掉了也是可能的〕。

有禮數 yeo⁵ lei⁵ sou³　有禮貌：佢幾 ～ 嘅〔他很有禮貌〕｜噉就顯得我哋 ～〔這樣就顯得我們有禮貌〕。

有理冇理 yeo⁵ léi⁵ mou⁵ léi⁵　不管有理沒有理；不管怎樣：～ 都要做。

有兩度 yeo⁵ lêng⁵ dou⁶　有兩下子（本領等）。

有料 yeo⁵ liu⁶⁻²　❶ 有學問；有本事。❷ 有內容；有價值的資訊。

有料到 yeo⁵ liu⁶⁻² dou³　❶ 有實質性的內容：呢個報告 ～〔這個報告有內容〕。❷ 有價值。❸ 有本事。

有料兆 yeo⁵ liu⁶ xiu⁶　❶ 有內容：呢篇文章雖然短，但係 ～ 嘞〔這篇文章雖然短，但是有內容啊〕。❷ 因有事情幹而不覺得無聊：佢想學繡花，平日有啲料兆〔她想學繡花，這樣日常就有點事情幹了〕。

有路 yeo⁵ lou⁶　有門道；有來路；有背景。

有路數 yeo⁵ lou⁶ sou³　有線索；有途徑。

有慢 yeo⁵ man⁶　"有站慢"的省略，是"下一站請停車"的意思。用於乘客跟司機打招呼。

有米 yeo⁵ mei⁵　得到實際利益。

有味 yeo⁵ méi⁶　❶ 餿（食物變了味）：呢碟包都 ～ 嘞〔這碟包子已經餿了〕。❷ 下流的；低級趣味的：～ 電影。

有紋有路 yeo⁵ men⁴ yeo⁵ lou⁶　有條理；頭頭是道：佢做起嘢嚟 ～，真唔錯〔他做起事來頭頭是道，很不錯〕。

有面 yeo⁵ min⁶⁻²　有臉面；有地位、名望。

有毛有翼 yeo⁵ mou⁴ yeo⁵ yig⁶　比喻人已經成長或可以獨立發展了。

有冇搞錯 yeo⁵ mou⁵ gao² co³　習慣語。本意為"搞錯了沒有"，使用時，往往用作委婉地對別人的意見、言論、行為提出異議：咁早就嚟，～ 呀〔這麼早就來，不對吧）？｜咁簡單嘅都唔識，～ 呀〔這麼簡單的都不懂，不會吧）？

有諗頭 yeo⁵ nem² teo⁴（諗，奴飲切）❶ 有頭腦；善於思考：呢個人好 ～〔這個人很有頭腦〕。❷（事情）值得思考、深究。

有牙冇眼 yeo⁵ nga⁴ mou⁵ ngan⁵　形容人開懷大笑的樣子。

有眼睇 yeo⁵ ngan⁵ tei²　明擺着的事；大家都看見：呢件事大家都 ～ 啦〔這件事大家都看見了〕。

有蟻 yeo⁵ ngei⁵　奇怪：呢個人真 ～〔這個人真奇怪〕。

有排 yeo⁵ pai⁴　還有很長時間：～ 未輪到〔還有很長時間才輪到〕｜～ 等〔夠等的了〕。

有錢佬 yeo⁵ qin⁴⁻² lou²　有錢人，富人，大款。

有殺冇賠 yeo⁵ sad³ mou⁵ pui⁴　指果斷地對付，絕不寬恕姑息。

有術 yeo⁵ sêd⁶　有辦法：呢件事邊個 ～〔這件事誰有辦法〕？

有心 yeo⁵ sem¹　對別人的問候（言語或行動）表示感謝時的用語，一般獨用，也可在前面加上副詞"真"、"真係"、"確係"等在句中作謂語。

有心機 yeo⁵ sem¹ géi¹　耐心，用心；能集中精力：佢做呢啲嘢好 ～ 㗎〔他做這樣的事很有恒心〕｜佢讀書幾 ～ 㗎〔他讀書很專心致志〕。

有心冇肺 yeo⁵ sem¹ mou⁵ fei³　形容人不動腦筋，沒心沒肺。

有心冇神 yeo⁵ sem¹ mou⁵ sen⁴　不專心；精神不集中。

有身己 yeo⁵ sen¹ géi² 有孕；懷孕。

有神冇氣 yeo⁵ sen⁴ mou⁵ héi³ 有氣無力；無精打采：睇你 ~ 噉，係唔係琴晚失眠呀〔看你無精打采的樣子，是不是昨晚失眠了〕？

有聲氣 yeo⁵ séng¹ héi³ 有消息；有着落；有希望（指某些事情有發生的希望）：幾時去參觀，~ 嗎〔甚麼時候去參觀，有消息嗎〕？｜託你買嘅書，~ 未〔託你買的書，有着落了嗎〕？

有數為 yeo⁵ sou³ wei⁴ 划得來：呢單生意 ~〔這筆生意划得來〕。

有頭有路 yeo⁵ teo⁴ yeo⁵ lou⁶ ❶ 有條理：老李辦事 ~。❷ 有來頭：我睇佢係 ~ 嘅〔我看他是有來頭的〕。

有頭有尾 yeo⁵ teo⁴ yeo⁵ méi⁵ 有始有終：做事要 ~ 至得〔做事要有始有終才行〕。

有拖冇欠 yeo⁵ to¹ mou⁵ him³ 意為所借錢物遲早一定清還：呢筆錢你唔使慌，總之係 ~〔這筆錢你不必擔心，總之遲早一定要還的〕。

有剩 yeo⁵ xing⁶ 有剩餘，有富餘：呢籮蘋果分畀小朋友，夠重 ~ 添〔這筐蘋果分給小朋友，不但足夠還有剩餘〕。

有嘢 yeo⁵ yé⁵ 有本事而往往表現出了不起的樣子：你以為你好 ~ 咩〔你以為自己很有本事嗎〕？｜恃住佢 ~ 睇唔起人〔仗着他有本事瞧不起人〕。

有嘢到 yeo⁵ yé⁵ dou³ 有所收穫；得到利益：參觀呢個展覽會，我覺得有嘢到〔參觀這個展覽會，我覺得有所收穫〕｜呢次有嘢到喇，老闆真係發獎金喇〔這次有好事了，老闆真的發獎金了〕。

有癮 yeo⁵ yen⁵ ❶ 過癮；有趣：捉棋最 ~〔下棋最有意思〕｜打波最 ~〔打球最過癮〕。❷ 有意思（對對方的離奇的行為或態度表示輕蔑時用）：呢啲嘢係你嘅？真 ~ 嘞〔這些東西是你的？真有意思〕！

有樣學樣 yeo⁵ yêng⁶⁻² hog⁶ yêng⁶⁻² 不分好壞，見甚麼就學甚麼；見誰就學誰。

有型有款 yeo⁵ ying⁴ yeo⁵ fun² 似模似樣；像個樣子。

有腰骨 yeo⁵ yiu¹ gued¹ 有誠信的，值得信賴的：佢係 ~ 嘅，托畀佢冇錯嘅〔他是值得信賴的，託付給他沒有錯〕。

有揸拿 yeo⁵ za¹ na⁴ 有把握：呢件事我 ~〔這件事我有把握〕。

有着數 yeo⁵ zêg⁶ sou³ 有便宜可佔：呢單嘢 ~，制得過〔這件事有便宜，幹得過〕。

有陣時 yeo⁵ zen⁶ xi⁴ 有時候：~ 我睇見佢〔有時候我看見他〕。

有咗 yeo⁵ zo² 有了喜：佢 ~ 喇〔她有了喜了〕。

有咗肚 yeo⁵ zo² tou⁵ 婉辭。即懷孕了，有孕了。也説 "有身己"。

又 yeo⁶ ❶ 也：我 ~ 去。❷ 怎麼：~ 會嘅〔怎麼會呢〕？

又點話 yeo⁶ dim² wa⁶ 有 "（就依了你）又有甚麼問題"，"又怎麼着" 的意思，表示一種毫不在乎的態度：去就去啦，~ 吖〔去就去吧，又怎麼着〕！｜畀你唔係畀你囉，~ 吖〔給你就給你吧，又有甚麼呢〕！

又係噃 yeo⁶ hei⁶ bo³（噃，播）表示一種醒悟後的肯定，相當於 "可又是"、"是啊"、"啊，是的"：~，確係噉噃〔是啊，確實是這樣啊〕！

又唔係 yeo⁶ m⁴ hei⁶ 還不是：~ 噉〔還不是這樣〕！"唔係" 往往合音作 mei⁶。

又乜又物 yeo⁶ med¹ yeo⁶ med⁶ 又這個又那個：你講得太多喇，~ 我都唔記得晒咯〔你説得太多了，又這個又那個，我都記不全了〕。

又呢又嚕 yeo⁶ ni¹ yeo⁶ lou³ 又這樣又那樣：佢成日喺度 ～，真討厭〔他整天在這裏絮絮叨叨，真討厭〕。

又嶷又諦 yeo⁶ ngei³ yeo⁶ dei³ 極盡冷嘲熱諷之能事。

又腥又悶 yeo⁶ séng¹ yeo⁶ mun⁶ 對別人的諸多挑剔表示不滿、討厭情緒：佢喺度諸多挑剔，真係 ～〔他在這裏諸多挑剔，真讓人煩悶討厭〕。

又話 yeo⁶ wa⁶ 不是説（……嗎）：～去公園點解又唔去呀〔不是説到公園的，怎麼又不去了〕？｜～請佢嚟嘅〔不是説請他來的嗎〕？

又屎又巴閉 yeo⁶ xi² yeo⁶ ba¹ bei³ 既沒有本事又咋呼。

又試 yeo⁶ xi³ 又：啱啱學過 ～ 唔記得〔剛剛學過又忘記了〕｜佢 ～ 嚟搵你喇〔他又來找你了〕。

右便 yeo⁶ bin⁶ 右面；右邊。

右手邊 yeo⁶ seo² bin¹ 右手那一邊，右面：我企喺你 ～〔我站在你右邊〕｜出咗大門 ～ 就係〔出了大門右面就是了〕。

右手便 yeo⁶ seo² bin⁶ 同上。

yêu

錐 yêu¹：（讀音 zêu¹）❶ 鑽；刺；扎：～一個窿〔鑽一個窟窿眼兒〕。❷ 錐子：鞋 ～。

錐耳 yêu¹ yi⁵ 在耳朵扎孔，以便戴耳環等裝飾品。

錐仔 yêu¹ zei²（錐，讀音 zêu¹）❶ 錐子。❷ 錐栗。

汭 yêu⁵（讀音 yêu⁶）植物或瘡癤分泌出來的黏液或漿液：番薯 ～〔白薯漿〕｜流 ～｜瘡 ～。

yi

衣車 yi¹ cé¹ 縫紉機：華南牌 ～。

衣剪 yi¹ jin² 裁剪衣料等用的大剪子。

伊撈七 yi¹ lou¹ ced¹ 口頭禪。一般來説：～ 都唔好制〔一般來説都不好答應〕。〖又叫“伊拉七”。〗

伊麵 yi¹ min⁶ 伊府麵。

*****伊士** yi¹ xi² 酵母。〖“伊士”是英語 yeast 的音譯詞。〗

依傍 yi¹ bong⁶ 依靠。

依時依候 yi¹ xi⁴ yi¹ heo⁶ 按時；準時：～上班｜～ 嚟到〔準時到〕。

依足 yi¹ zug¹ 完全依賴着某人；全部按對方的要求辦事：就 ～ 你嘞，又點樣吖〔全依了你了，又怎麼樣〕？

咿吠 yi¹ yao¹（吠，衣敲切）隨便；兒戲：你噉樣安裝太 ～ 喇〔你這樣安裝太兒戲了〕。

咿挹 yi¹ yeb¹ 形容人不正派，不嚴肅，行為不軌（一般指男女關係）。

咿咿挹挹 yi¹ yi¹ yeb¹ yeb¹ 行為偷偷摸摸的樣子：你兩個匿埋 ～ 做乜〔你們倆躲起來偷偷摸摸的幹甚麼〕？

咿咿喐喐 yi¹ yi¹ yug¹ yug¹ 動來動去。

咿喐 yi¹ yug¹（喐，郁）❶ 動來動去：靜啲，咪咁 ～〔安靜一點，別動來動去〕！❷ 三長兩短；風吹草動；動靜：如果佢有乜 ～，我就惟你是問〔如果他有甚麼三長兩短，我就惟你是問〕｜有乜 ～ 嚟話我知〔有甚麼動靜就來告訴我〕。

姨 yi⁴⁻¹ ❶ 母親的妹妹。❷ 阿姨（小孩對一般青年婦女的稱呼）。〖普通話的“姨”兼指母親的姐姐和妹妹。廣州話的“姨”專指母親的妹妹或者同輩中母親年紀小的婦女；母親的姐姐叫“姨媽”。〗

醫病 yi¹ béng⁶ 治病：佢正話同人 ～〔他正在替人治病〕。

*醫館 yi¹ gun² 診所。

*醫生紙 yi¹ sang¹ ji² 病假證明；病假單。

醫肚 yi¹ tou⁵ 戲說吃東西。

姨仔 yi⁴⁻¹ zei² 小姨子（妻子的妹妹）。

齯 yi¹（衣）咧嘴：佢成日～開嘴笑〔他整天咧着嘴笑〕。

齯牙嗙哨 yi¹ nga⁴ bang⁶ sao³（齯，衣；嗙，波硬切）咧着嘴；張着嘴笑：成日～咁開心〔整天張着嘴巴笑那麼高興〕。

咦 yi² 歎詞，表示驚訝：～！乜咁多人呀〔唷！為甚麼人那麼多〕？

倚憑 yi² beng⁶（憑，讀音peng⁴）❶ 依靠：我就～你啦。❷ 靠山：失咗～〔失去靠山〕。

倚傍 yi² bong⁶ 依靠：佢細細個就冇咗～〔他從小就失去依靠〕｜呢度我人生路不熟，～邊個〔在這裏我人地生疏，依靠誰呀〕？

椅 yi² 椅子：擝張～嚟〔拿一把椅子來〕。

椅墊 yi² din³ 坐墊。

椅籠 yi² lung⁴⁻² 一種嬰幼兒坐具。

意粉 yi³ fen² 義大利麵條。

意頭 yi³ teo⁴ 兆頭（迷信的人指吉利或不吉利的徵兆）：好～〔吉利〕｜唔好～〔不吉利〕。

意意思思 yi³ yi³ xi³ xi³ 似乎有意，又下不了決心：話買汽車，又～噉〔說買汽車，又下不了決心〕。

而家 yi⁴ ga¹ 現在：～幾點鐘｜～唔同舊時咯〔現在跟過去不同了〕。

而字嗿手 yi⁴ ji⁶ gem² seo² 比喻伸出耙子一樣的手想撈取財物。

兒嬉 yi⁴ héi¹ 不牢固的；不結實的；不可靠的：呢張櫈好～，唔坐得㗎〔這張櫈子很不牢固，不能坐〕！｜做嘢咁～都得嘅咩〔做事情那麼不可靠能行嗎〕？

宜得 yi⁴ deg¹ 想；巴不得：大家都～你成功｜佢就～你快啲扯〔他就巴不得你快點走〕。

姨表 yi⁴ biu² 雙方母親是姐妹的親戚關係。

姨媽 yi⁴ ma¹ 姨母（專指母親的姐姐。母親的妹妹叫"亞姨"）。

姨媽姑爹 yi⁴ ma¹ gu¹ dé¹ 泛指眾親屬。

姨甥 yi⁴ sang¹ 姊妹互相稱對方的兒子。

姨甥女 yi⁴ sang¹ nêu⁵⁻² 姊妹的女兒。

姨丈 yi⁴ zêng⁶⁻² 姨父。

移船就墈 yi⁴ xun⁴ zeo⁶ hem³ 移動船隻靠近碼頭。比喻採取主動配合對方：人哋都～咯，我哋就順水推舟罷啦〔人家主動遷就，我們就順水推舟吧〕。

耳 yi⁵ ❶ 耳朵。❷ 把（bà）子；提把；提手：藤喼～〔藤箱提手〕｜茶壺～〔茶壺把〕。

耳背 yi⁵ bui⁶ 耳朵有點聾；耳朵不大好使。

耳雞 yi⁵ gei¹ 耳屏，耳朵前邊的一小塊突起，有保護耳孔的作用。

耳骨硬 yi⁵ gued¹ ngang⁶ 不容易聽取別人的意見：佢～，唔肯聽人講〔他比較固執，不願意聽人家的意見〕。

耳後見腮 yi⁵ heo⁶ gin³ soi¹ 腮部突出，從背後可以見到腮幫子。

耳珠 yi⁵ ju¹ 耳垂。

耳窿 yi⁵ lung¹ 耳孔。

耳門 yi⁵ mun⁴ 耳朵眼入口的地方。

耳仔 yi⁵ zei² 耳朵。

耳仔窿 yi⁵ zei² lung¹ 耳朵眼兒；耳孔。

耳仔喐 yi⁵ zei² yug¹ 耳朵動，形容人吃得香：呢碟菜食到佢～呀〔這碟菜他吃得真帶勁〕。

以心為心 yi⁵ sem¹ wei⁴ sem¹ 將心比心。

二八天 yi⁶ bad³ tin¹ 二月或八月的天氣，指冷暖交替的季節：～，亂穿衣（熟語）。

二打六 yi⁶ da² lug⁶⁻² 形容人水平低或做工低劣：你呢啲裝修工係～嘅〔你這些裝修工太次了〕。

二花面 yi⁶ fa¹ min⁶⁻² 是粵劇裏的一種行當，多為主持正義、好打不平的角色，引申指好打不平的人。

二花面頸 yi⁶ fa¹ min⁶⁻² géng² 二花臉的脾氣。形容人有抱打不平的性格，有正義感。

二分四 yi⁶ fen¹ séi³ 舊時對打工者的俗稱。在使用銀元的年代，一般打工者的日工資通常是二分四厘，人們就用"二分四"代稱打工者。

二架梁 yi⁶ ga³ lêng⁴ 指好管閒事而又幫不上忙的人，喜歡參與與自己不相干的紛爭的人：佢好熱心，就係經常做二架梁〔他很熱心，只不過經常幫不上忙〕｜人哋爭交，你唔好做二架梁〔人家爭吵，你不要去瞎攪和〕。

二偈 yi⁶ gei²（偈，讀音 gei⁶）二副（輪船上負責駕駛工作的二把手）。

二奶 yi⁶ nai⁵⁻¹ 原指妾，現指與有婦之夫非法同居的女子。

二奶命 yi⁶ nai⁵⁻¹ méng⁶ 比喻在地位、利益分配等方面總是低人一等：點解分配界我哋嘅資金特別少，唔通我哋係～〔為甚麼分配給我們的資金特別少，難道我們低人一等〕！

二奶仔 yi⁶ nai⁵⁻¹ zei² ❶庶子（妾所生的兒子）。❷引申指被歧視的人。

二五仔 yi⁶ ng⁵ zei² ❶跑腿的。❷保鏢、打手等。

二撇雞 yi⁶ pid³ gei¹ 八字鬍子。

二世祖 yi⁶ sei³ zou² 原指蜀漢劉禪（阿斗）。他承繼帝位後，昏庸腐化，不懂守業，終致亡國。後引申泛指不務正業、揮霍家產的敗家子。

二手 yi⁶ seo² 接替別人幹過的工作。

二手貨 yi⁶ seo² fo³ 別人用過的東西。

二叔 yi⁶ sug¹ ❶父親的二弟。❷對警察的戲稱。

二叔婆 yi⁶ sug¹ po⁴⁻² 過去泛指上了年紀的婦女。

二跳四 yi⁶ tiu³ séi³ 原為賭博術語，人們以此作相關語，形容人被打或心急得跳了起來：我到到佢～〔我把他打得亂蹦亂跳〕。

二人世界 yi⁶ yen⁴ sei³ gai³ 夫婦或戀人兩人獨自相處，形成一個小天地。

二煙 yi⁶ yin¹ 抽鴉片燒剩的煙渣再加上煙膏翻熬而成，舊時供缺錢的煙客抽吸。

二仔底 yi⁶ zei² dei² 比喻底子不好，基礎差，實力弱，沒有甚麼真本事。

易過食生菜 yi⁶ guo³ xig⁶ sang¹ coi³ 比喻十分容易：寫個對～啦〔寫個對聯太容易了〕。

易過借火 yi⁶ guo³ zé³ fo² 形容事情不會有甚麼困難，任務很容易完成：呢件事～〔這件事容易得很〕。

*易之執 yi⁶ ji¹ zeb¹ 容易辦到的事：你件事～啦〔你那件事好辦〕。〖"易之執"是英語 easy job 的譯音。〗

易話為 yi⁶ wa⁶ wei⁴ 好商量；好說：呢件事～〔這件事好商量〕。

異相 yi⁶ sêng³ 難看（與眾不同）：飛個噉嘅頭，幾～呀〔理這樣的髮式，多難看呀〕！

義工 yi⁶ gung¹ 義務工作者；志願者。

yib

醃 yib³（讀音 yim¹）❶醃：～鹹鴨蛋。❷侵蝕；腐蝕（酸性或鹼性的東西侵蝕別的東西）：呢啲藥水會～爛鎳盆㗎〔這種藥水會把鋁盆腐蝕壞的〕｜石灰水～腳。

擪 yib³（擪，業³）掖：～蚊帳｜～衫袖。又叫 ngab³。

yid

糖 yid³（又音 éd³）糯米粉做成的一種類似糍粑的點心。扁形，有餡，用竹葉夾着蒸熟。農村多用。

熱痱 yid⁶ fei⁶⁻² 痱子：生～〔長痱子〕。

熱褲 yid⁶ fu³ 特別短的內褲。

*__熱狗__ yid⁶ geo² 夾有西紅柿片、香腸等的餐包。〖"熱狗"是英語 hot dog 的意譯詞。〗

熱氣 yid⁶ héi³ 上火（上焦熱）：佢喉嚨痛，～都唔定〔他嗓子疼，說不定是上火了〕｜油器最～㗎〔油炸東西（吃了）最上火的了〕。

熱氣飯 yid⁶ héi³ fan⁶ ❶ 比喻將來可能引起麻煩的工作。❷ 比喻不容易做的工作。

熱癪 yid⁶ jig¹（癪，積）積食；內熱：有～容易感冒〔有內熱容易感冒〕。

熱辣辣 yid⁶ lad⁶ lad⁶ ❶ 很熱：～重着咁多衫〔（天氣）那麼熱還穿這麼多衣服〕。❷ 很燙：碗湯～，唔飲得自〔湯很燙，還不能喝〕。

熱腥 yid⁶ séng¹⁻³ 晴天裏突然下陣雨所激發出的氣味。

熱頭 yid⁶ teo⁴⁻² 同"日頭"。

熱天 yid⁶ tin¹ 夏天；天氣熱的時候。

熱滯 yid⁶ zei⁶ 消化不良；上火：食呢啲嘢好～〔吃這些東西很容易上火〕。

yig

抑或 yig¹ wag⁶ 或者；還是：星期一～星期二都得〔星期一或者星期二都行〕｜睇電影～睇戲都冇研究〔看電影或者看戲都沒意見〕。

益 yig¹（對……）有利；有益處；有好處：呢個水庫最～呢條村咯〔這個水庫對這條村益處最大〕｜呢件事～咗佢〔這件事有利於他〕｜你哋唔要就～晒佢〔你們不要就便宜了他了〕。

臘 yig¹（益）哈喇味兒（含油的食物變壞後的味道）：臘肉放得耐就會～〔臘肉放得久了就會有哈喇味兒〕。

亦 yig⁶ 也：佢～係〔他也是〕｜噉樣～得〔這樣也行〕｜佢～想參加呢個會〔他也想參加這個會〕。

亦都 yig⁶ dou¹ 也；同樣地：我～有理由｜我～贊成。

亦即係 yig⁶ jig¹ hei⁶ 也就是；就是：菩提子～葡萄。

翼 yig⁶ 翅膀：雞～｜飛機～。

yim

腌尖 yim¹ jim¹ 愛挑剔的；吹毛求疵的：佢唔算～〔他不算挑剔了〕｜佢買嘢好～嘅〔他買東西很愛挑剔的〕。

腌尖麻米 yim¹ jim¹ ma⁴ mei⁵ 形容人愛挑剔，言語刻薄。

腌尖腥悶 yim¹ jim¹ séng¹ mun⁶ 因太囉嗦、太挑剔、太講究而令人討厭。

閹 yim¹ ❶ 算計：因住有人～你〔當心有人算計你〕。❷ 宰（客）：呢間餐館～得好犀利〔這家飯館宰客宰得可厲害了〕。

厴 yim²（掩）❶ 螺螄的口蓋；螃蟹的腹蓋：田螺～｜蟹～。❷ 遮蓋物（比較小的）：冇～雞籠〔沒有門兒的雞籠〕｜袋～〔口袋蓋兒〕。

瘱 yim²（掩）痂：瘡結咗～〔瘡結了痂了〕。

掩掩抉抉 yim² yim² yêng² yêng² ❶ 由於燈光明暗、有物搖曳遮擋等原因，使所看見的東西時隱時現：風吹樹葉，樹後面嗰盞路燈～〔風吹樹葉，使得樹後面那盞路燈時明時滅〕❷ 指對事情又想掩蓋又沒有掩蓋好：你中意佢就向佢表白，唔使～噉嘅〔你喜歡他就向他表白，用不着遮遮掩掩的〕。

厭 yim³ 膩煩：聽得多就～晒咯〔聽多了就膩了〕｜睇極都唔～〔怎麼看也不膩〕。

嫌錢腥 yim⁴ qin⁴⁻² séng¹ 形容人不重視錢財。多用於指人對應該獲得或容易獲得的錢財不要或不想要：應得嘅錢你唔要，～呀〔應該得到的錢你不要，難道是嫌它骯髒嗎〕？

鹽倉土地 yim⁴ cong¹ tou² déi⁶⁻² 歇後語，下一句是"鹹濕公"，即猥褻好色之徒。

鹽焗雞 yim⁴ gug⁶ gei¹（焗，局）一種帶鹹味的白切雞。把宰好的小母雞用紗紙包好，放在有炒熱粗鹽的鍋內燜烤至熟，或者直接把雞加上鹽及調料後用鍋蒸熟。

鹽蛇（簷蛇） yim⁴ sé⁴⁻² 壁虎；蠍虎。

簷篷 yim⁴ pung⁴ 門或窗戶上面用來遮陽光、避免雨水濺入的擋篷。

yin

煙 yin¹ ❶ 煙（火煙）。❷ 水蒸氣：水滾就有～〔水開了就有水蒸氣〕。❸ 煙氣濃：燒乜嘢咁～呀〔燒甚麼東西煙那麼濃呀〕？ ❹ 燻：～到佢眼淚都出埋〔燻得他眼淚都流出來了〕。

煙鏟 yin¹ can² 煙鬼。

煙塵 yin¹ cen⁴ 揚起的灰塵；塵土：～滾滾〔塵土飛揚〕｜一埲～〔一股塵土〕。

煙槓 yin¹ gong³ 煙鬼（抽大煙煙癮重的人）。

煙骨 yin¹ gued¹ 煙葉柄及葉脈。

煙灰罌 yin¹ fui¹ ngang¹ 煙灰缸。

煙灰盅 yin¹ fui¹ zung¹ 同上。

煙子 yin¹ ji² 英寸（已少用）：五個～〔五英寸〕。〖"煙子"係英語 inch 的音譯詞。〗

煙精 yin¹ jing¹ 煙鬼。

煙頭 yin¹ teo⁴⁻² 煙屁股；煙蒂。

煙通 yin¹ tung¹ 煙囱。

煙士 yin¹ xi² 撲克牌中的"A"。〖"煙士"是英語 ace 的音譯詞。〗

煙屎 yin¹ xi² ❶ 煙具中積存的煙垢、煙油。❷ 加在姓或名字之前，稱呼煙癮過重的人：～陳。

煙屎牙 yin¹ xi² nga⁴ 抽煙人發黃的牙齒。

煙友 yin¹ yeo⁵⁻² 抽大煙的人（也指抽一般煙的人）。

煙仔 yin¹ zei² 香煙；紙煙：一包～〔一盒香煙〕｜食～〔抽香煙〕。

胭脂腳 yin¹ ji¹ gêg³⁻² 柚子的一種，肉粉紅色，味酸。

胭脂紅 yin¹ ji¹ hung⁴ 番石榴的一個品種，皮上有像胭脂紅的顏色。

蔫韌 yin¹ yen⁶ ❶ 韌：牛筋咁～〔像牛筋那麼韌〕。❷ 纏綿；綢繆（指男女關係）。

演（腰） yin² 腆；挺：～胸凸肚〔腆着胸脯，挺着肚子〕。

演藝界 yin² ngei⁶ gai³ 統指從事文藝表演事業的團體及個人。

演嘢 yin² yé⁵ 自我炫耀；賣弄：你唔使喺度～喇〔你不要在這裏炫耀了〕。

燕梳 yin³ so¹ 保險。〖"燕梳"是英語 insure 的音譯詞。〗

弦索 yin⁴ sog³ 弦樂器（只在一定場合下使用）：玩～〔彈奏弦樂器〕｜～奏得好好聽嘞〔弦樂器奏得很好聽〕。

然之後 yin⁴ ji¹ heo⁶ 然後：你食飯先，～沖涼〔你先吃飯，然後洗澡〕。

現銀 yin⁶ ngen⁴⁻² 現金：～交易｜～生意。

現時 yin⁶ xi⁴ 現在（一般多用"而家"或"家下"）。

現暫 yin⁶ zam⁶ 到目前為止：～重未有得賣〔到目前為止還沒有賣的〕。

ying

應 ying¹ 抽縮：～ 起個鼻哥〔抽縮着鼻子〕｜ ～ 起眉頭。

應分 ying¹ fen⁶ 應該：呢啲係我 ～ 做嘅〔這些是我應該做的〕｜呢筆錢 ～ 大家出〔這筆錢應該大家出〕。

應承 ying¹ xing⁴ 答應：幾大都唔 ～〔無論如何也不答應〕｜ ～ 咗就要做〔答應了就要做〕。

鷹爪 ying¹ zao² 灌木的一種，花像鳥爪，綠色，有香味。

映衰 ying² sêu¹ 壞的事物混在好的事物當中會讓人產生錯覺，好像好的東西也是壞的了：全班都畀佢 ～ 晒喇〔全班的形象都讓他給敗壞了〕。

映醜 ying² ceo² ❶ 相映之下顯得醜陋：你着得咁異相，同你行埋一拍都 ～ 我呀〔你穿得這麼離奇古怪，跟你走在一起連我也顯得醜陋了〕。❷ 連累而損害（名聲、風氣等）：你唔守信，～ 咗公司聲譽〔你不守信用，損害了公司聲譽〕。

影 ying² ❶ 照：～ 相。❷ 反射日光：攞個鏡對住日頭 ～ 人〔拿個鏡子對着太陽照射別人〕。

影相 ying² sêng³⁻² 照相。

影相機 ying² sêng³⁻² géi¹ 照相機（現已少用）。

應節 ying³ jid³ 為適應節日的要求而上市出售：呢批貨係用嚟 ～ 嘅〔這批貨是過節應市用的〕。

形款 ying⁴ fun² 款式。

*型仔 ying⁴ zei² 有型有款的人，穿着有型的人。

認住 ying⁶⁻⁴ ju⁶ 一種心理作用，心裏想着某種情況，就好像這種情況真實存在。

認親認戚 ying⁶ cen¹ ying⁶ qig¹ 到處認親戚：有錢佬唔使周圍 ～〔有錢的人不必到處認親戚〕。

認低威 ying⁶ dei¹ wei¹ 服輸；甘拜下風：比過至知，咁容易 ～ 嘅咩〔比賽過才知道（誰勝誰負），這麼容易就服輸了麼〕？

認叻 ying⁶ lég¹ 好勝逞強；自以為了不起：你唔使 ～，嚟試一下啦〔你不用逞強，來試試看吧〕。

認細佬 ying⁶ sei³ lou² 同“認衰仔”。

認衰仔 ying⁶ sêu¹ zei² 自認無能，甘拜下風：唔好 ～ 呀〔不要自甘墮落啊〕。

認真 ying⁶ zen¹（又音 ying⁶⁻² zen¹）確實；真是：呢兩日 ～ 熱。

yiu

抙 yiu¹ 剔；挑；摳；挖：～ 牙罅〔剔牙〕｜ ～ 漿糊〔摳糨糊〕｜ ～ 耳屎〔挖耳屎〕。

抙心抙肺 yiu¹ sem¹ yiu¹ fei³ 形容痛心之極：呢次失敗搞到我 ～ 略〔這次失敗弄得我心如刀割啊〕。

腰骨 yiu¹ gued¹ ❶ 腰；腰桿子：～ 痛｜ ～ 硬。❷ 引申作骨氣：佢係有 ～ 嘅人〔他是有骨氣的人〕｜冇 ～〔沒有骨氣〕。

要頸唔要命 yiu³ géng³ m⁴ yiu³ méng⁶ 為了鬧意氣而不惜性命。

要靚唔要命 yiu³ léng³ m⁴ yiu³ méng⁶ 為了使身體顯得苗條漂亮而不顧身體健康，寧可少穿衣服或者做整容手術。

饒讓 yiu⁴ yêng⁶ 退讓。

yü

¹**瘀** yü² ❶ 瓜菜等因受揉擦擠壓而損傷：菜葉 ～ 咗就會爛〔菜葉擦傷了就會變爛〕。❷ 出瘀血：膝頭哥跌到 ～ 咗〔膝蓋蹲得出瘀血了〕。

²**瘀** yü² ❶（事情）糟了：呢件事畀佢

搞～咗〔這件事讓他搞糟了〕。❷ 損，挖苦，諷刺：佢成日～我〔他老是損我〕。❸ 窩囊：嗽都唔識，真～〔這也不懂，真窩囊〕。❹ 倒楣，倒運，背：呢排好～〔這陣子真背〕。 ❺ 出醜，丢臉：今次真～〔這次真出醜了〕。

瘀黑 yü² hag¹ 因瘀血而發黑。

魚春 yü⁴ cên¹ 魚子，即魚的卵。

魚蛋 yü⁴ dan⁶⁻² 魚肉丸子。

*魚蛋妹 yü⁴ dan⁶⁻² mui⁶⁻¹ 出賣色相的少女。

魚花 yü⁴ fa¹ 魚苗。

魚腐 yü⁴ fu⁶ 經油炸後做成塊狀的魚肉泥。

魚笱 yü⁴ geo² 一種捕魚籠，用竹篾編成，進口像個漏斗，魚進去後不能自己出來：攞～去裝魚〔拿捕魚籠子去捕魚〕。

魚欄 yü⁴ lan⁴⁻¹ 舊時的魚類購銷店。

魚露 yü⁴ lou⁶ 海魚用鹽醃漬時分泌出來的汁液，經加工而成的調味品。

魚尾雲 yü⁴ méi⁵ wen⁴ 魚尾紋，年紀大的人眼角的皺紋。

魚腩 yü⁴ nam⁵ ❶ 魚腹部的肉。❷ 比喻勢力弱的隊伍。❸ 比喻容易被人欺壓詐騙的人。

魚皮花生 yü⁴ péi⁴ fa¹ sang¹ 一種小食品，花生仁外裹上麵粉和調味品烘烤而成。

魚螵 yü⁴ pog¹（螵，樸¹）魚鰾。

魚生 yü⁴ sang¹ 生魚片：～粥。

魚頭雲 yü⁴ teo⁴ wen⁴ ❶ 魚腦及魚頭內白色螺旋紋狀的組織。❷ 形容東西的顏色不均勻。

魚肚 yü⁴ tou⁵ 作菜餚用的魚鰾。

魚滑 yü⁴ wad⁶⁻² 魚肉加上調味品和水後攪成醬狀的魚肉泥。

魚雲 yü⁴ wen⁴⁻² 魚腦。〖又叫"魚頭雲"。〗

魚獲 yü⁴ wog⁶⁻² 魚白（公魚肚內的精子）。

魚絲袋 yü⁴ xi¹ doi⁶⁻² 尼龍絲網兜。

*娛記 yü⁴ géi³ 專門報導娛樂圈內消息的記者。

娛樂圈 yü⁴ log⁶ hün¹ 從事演唱、表演以及節目主持的人員所組成的總體。

愚鈍 yü⁴ dên⁶ 腦子不靈活，反應遲鈍：佢係～啲，但係人幾忠直〔他是笨點，但是人很忠厚老實〕。

餘泥 yü⁴ nei⁴ 建築工地的雜土。

雨粉 yü⁵ fen² 毛毛雨。

雨粉粉 yü⁵ fen² fen² 細雨紛飛：今日～嗽，唔曬得被咯〔今天細雨紛飛的，不能曬被子了〕。

雨褸 yü⁵ leo¹ 雨衣。

雨溦 yü⁵ méi¹（溦，讀音 méi⁴）毛毛雨：落～〔下毛毛雨〕。

雨溦溦 yü⁵ méi¹ méi¹ 煙雨濛濛的樣子：春天時時都係～嗽嘅〔春天經常都是雨濛濛的樣子〕。

雨毛 yü⁵ mou⁴⁻¹ 毛毛雨。

雨水天 yü⁵ sêu² tin¹ ❶ 下雨天：今日～唔方便出門〔今天下雨不方便出門〕。❷ 雨季。有時專指黃梅雨季節。

乳鴿 yü⁵ geb³⁻² 幼鴿子。

乳豬 yü⁵ ju¹ 小豬：燒～〔烤小豬〕。

與共 yü⁵ gung⁶ 和（多作書面語）：青瓜～豆角，都要種啲〔黃瓜和豆角都要種一點〕。

與及 yü⁵ keb⁶ 以及（多作書面語）：足球、籃球～排球我都會打〔足球、籃球以及排球我都會打〕。

預 yü⁶ ❶ 預計；估計；計劃在內：～佢哋出五千文〔預計他們出五千元〕｜～埋我份〔把我的一份也計劃在內〕。❷ 留（空）：呢處要～寬啲〔這裏要留空～點〕｜計劃～鬆啲好〔計劃留有餘地好些〕。

預算 yü⁶ xün³ ❶ 打算，計劃：你哋～幾時出發〔你們打算甚麼時候出發〕? ❷ 預料，估算：我 ～ 佢呢次會考上大學〔我預料這次他能考上大學〕。

預早 yü⁶ zou² 預先；提早：～ 講我知〔預先告訴我〕｜～ 通知佢〔提早通知他〕。

愚鈍 yü⁴ dên⁶ 腦子不靈活，反應遲鈍：佢係 ～ 啲，但係人幾忠直〔他是笨點，但是人很忠厚老實〕。

yüd

月 yüd⁶⁻² ❶ 月亮。用於口語，也説"月光"。❷ 月餅的省稱，一般不單用：雙黃蓮蓉 ～ ｜五仁肉 ～。

月大 yüd⁶ dai¹ 大月：呢個月 ～，有三十一日〔這個月大月，有三十一天〕。〖普通話農曆有三十天的月份又叫"大建"或"大盡"。〗

月份牌 yüd⁶ fen⁶ pai⁴ 日曆。

月供 yüd⁶ gung¹ 分期付款購買房屋或汽車等付了首期款之後，每月所交的款項。

月光 yüd⁶ guong¹ 月亮。

月尾 yüd⁶ méi⁵ 月底。

月頭 yüd⁶ teo⁴ 月初。

月小 yüd⁶ xiu² 小月：下個月 ～，得三十日〔下一個月小月，才三十天〕。〖普通話農曆只有二十九天的月份也叫"小建"或"小盡"。〗

越發 yüd⁶ fad³ 更加；更；越：你越講佢，佢 ～ 得戚〔你越説他，他越得意洋洋〕｜呢幾日 ～ 唔得閒〔這幾天更加沒空〕。

越南魚 yüd⁶ nam⁴ yü⁴ 羅非魚。又叫"非洲鯽"。

yug

喐 yug¹（郁）❶ 動：咪 ～〔別動〕！｜風吹到樹身都 ～ 埋〔風吹得樹幹都動了〕｜隻腳痹到唔 ～ 得〔腿麻得動不了〕。❷ 碰；弄：唔好 ～ 我嘅嘢〔不要弄我的東西〕。

喐不得其正 yug¹ bed¹ deg¹ kéi⁴ jing³ 動彈不得。

喐親 yug¹ cen¹ 動不動：唔好 ～ 就嗌交〔不要動不動就吵架〕｜佢 ～ 就睇醫生食藥〔他動不動就看病吃藥〕。

喐啲就 yug¹ di¹ zeo⁶ 動不動：就呢個仔太弱喇，～ 感冒〔這孩子太弱了，動不動就感冒〕｜大個仔咯，咪 ～ 喊〔大孩子了，別動不動就哭〕。｜大家安靜啲，唔好 ～ 大聲嗌〔大家安靜一點，不要隨便大聲叫嚷〕。

喐動 yug¹ dung⁶ ❶ 動；活動；走動：呢張枱有啲 ～〔這張桌子有點動〕｜坐得耐要 ～ 下至得〔坐得時間長了要活動一下才行〕。❷ 動靜：唔見裏頭有乜 ～〔沒發現裏面有甚麼動靜〕。

喐下就 yug¹ ha⁵ zeo⁶ 同"喐啲就"。

喐乜喐 yug¹ med¹ yug¹（喐，郁）動不動。

喐身喐勢 yug¹ sen¹ yug¹ sei³（身體）動個不停。

喐手 yug¹ seo² ❶ 動（用手觸碰）：咪 ～〔別動（我的東西）〕！❷ 動手（開始）：呢件事要快啲 ～ 至得〔這件事要趕快動手才行〕。

喐手喐腳 yug¹ seo² yug¹ gêg³ 動手動腳。

喐喐貢 yug¹ yug¹ gung³ 動個不停，動來動去；亂動：人哋寫字你唔好喺度 ～〔人家寫字你不要在這兒動個不停〕｜成日 ～ 做乜呀〔整天動來動去幹甚麼〕?

喐喐下 yug¹ yug¹ ha⁵⁻² 一動一動的：條魚重有啲 ～〔魚還有點兒動〕。

玉荷包 yug⁶ ho⁴ bao¹ 荔枝的一種，果大肉厚，味香甜。

玉糠 yug⁶ hong¹ 細糠（舂米後篩出來的糠）。

玉鈪 yug⁶ ngag⁶⁻² 玉鐲子。

肉 yug⁶ 瓤；心兒：信 ～〔信封裏面的信〕｜枕頭 ～〔枕芯兒〕。

*肉包鐵 yug⁶ bao¹ tid³ 比喻騎摩托車的危險性：開摩托車猶如 ～，要注意安全呀〔開摩托車是很危險的，千萬要注意安全啊〕。

肉赤（肉刺）yug⁶ cég³ 同 "肉痛"。

肉緊 yug⁶ gen² 緊張；急躁；乾着急：使乜咁 ～〔用不着那麼緊張〕｜睇見佢咁唔生性，真 ～〔看他這樣不懂事，真叫人乾着急〕｜咁 ～ 佢做乜呀〔這樣為他焦急幹甚麼〕?

肉蟹 yug⁶ hai⁵ 一種多肉的螃蟹。

肉粒 yüg⁶ neb¹ 肉丁。

肉碎 yüg⁶ sêu³ 肉末兒。

肉痛 yug⁶ tung³ 心疼：我最中意嘅呢件衫燒穿咗個窿，好 ～ 呀〔我最喜歡的這件上衣燒了一個洞，很心疼啊〕。

肉滑 yug⁶ wad⁶⁻² 肉末加上調味品和水後攪成的醬狀肉泥。

肉酸 yug⁶ xun¹ ❶ 肉麻；難看：呢個相影得太 ～〔這張照片照得太難看〕。❷ 胳肢窩或肋下等處被抓撓的感覺：佢嗽得我鬼咁 ～〔他胳肢得我怪癢癢的〕。

yün

冤 yün¹ 腐臭（像臭雞蛋那種味）：膶雞蛋臭到 ～〔臭雞蛋臭得要命〕。

冤崩爛臭 yün¹ beng¹ lan⁶ ceo³ 臭氣熏天：涺水缸有隻死老鼠，搞到 ～〔泔水缸裏有隻死老鼠，搞得臭氣熏天〕。

冤臭 yün¹ ceo³ 腐臭。

冤口冤面 yün¹ heo² yün¹ min⁶ 愁眉苦臉的樣子；晦氣倒霉的樣子：成日 ～，唔知做乜〔整天愁眉苦臉的，不知為甚麼〕。

冤氣 yün¹ héi³ 難以忍受：我睇見你就 ～ 咯〔我看見你就難受了〕。

冤戾 yün¹ lei² 冤枉：唔准你 ～ 好人〔不許你冤枉好人〕!

冤枉路 yün¹ wong² lou⁶ ❶ 彎路；白走的路：屈嚟屈去，行多好多 ～〔繞來繞去，走了許多彎路〕。❷ 因不得法而白費的工夫：早嗽樣做，就唔使行 ～ 啦〔早這樣做就不會白費工夫了〕。

淵 yün¹ 酸痛：行得路多，兩隻腳好 ～〔走路太多，兩條腿很酸痛〕。

淵痛 yün¹ tung³ 同上。

鴛鴦 yün¹ yêng¹ 不同顏色或式樣的一對：你對鞋係 ～ 嘅〔你的鞋不是一對的〕。

丸仔 yün⁴⁻² zei² 婉辭，指毒品。

芫茜 yün⁴ sei¹（又音 yim⁴ sei¹）芫荽；香菜。

原煲 yün⁴ bou¹ 連砂鍋一起端上桌的飯菜：～ 水魚飯〔整鍋的甲魚燜飯〕｜～ 釀豆腐。

原本 yün⁴ bun² 原來；本來：我 ～ 唔識得佢〔我本來不認得他〕｜～ 產量好低，而家翻咗一番〔原來產量很低，現在翻了一番〕。

原底 yün⁴ dei² 同上。

原子筆 yün⁴ ji² bed¹ 圓珠筆(已少用)。

原子粒 yün⁴ ji² neb¹ 晶體管：～ 收音機。

原嚟 yün⁴ lei⁴ 原來。

原裝 yün⁴ zong¹ 原封：～ 貨。

原盅 yün⁴ zung¹ 用瓷盅燉成的菜餚：～ 燕窩。

圓吮吮 yün⁴ dem⁴ dem⁴（吮，杜含切）圓溜溜：呢個西瓜 ～〔這個西瓜圓溜溜的〕。

Y

圓吮哚 yün⁴ dem⁴ dê⁴〔吮，杜含切；哚，杜靴⁴切〕同上。

圓転轆 yün⁴ gu¹ lug¹ 圓鼓鼓的：呢個袋裝到～嗷〔這個口袋裝得圓鼓鼓的〕。

圓轆轆 yün⁴ lug¹ lug¹ 形容物體圓圓的，用於圓柱體、球體。

圓蹄 yün⁴ tei⁴⁻² 豬肘子：燉～。

圓肉 yün⁴ yug⁶ 乾的桂圓肉。

鉛筆刨 yün⁴ bed¹ pao⁴⁻² 鉛筆轉刀。

宛 yün⁵（讀音 yün²）秤盤的重量：呢把秤幾兩～〔這把秤秤盤有幾兩重〕？

莚 yün⁵（遠）植物的嫩莖：菜～〔嫩菜薹〕。

軟揸揸 yün⁵ dad³ dad³（揸，達³）軟弱無力；軟軟的：病到佢～〔病得他軟弱無力〕｜呢條擔挑～嘅〔這根扁擔軟軟的〕。

軟腳蟹 yün⁵ gêg³ hai⁵ ❶ 比喻不能走遠路的人。❷ 比喻遇到事驚慌失措的人。

軟賴賴 yün⁵ lai⁴ lai⁴ 軟綿綿：今日好癐，成身～〔今天很累，全身軟綿綿的〕。

軟皮蛇 yün⁵ péi⁴ sé⁴ 疲疲沓沓，對甚麼都無所謂的人。

軟熟 yün⁵ sug⁶ 柔軟：呢停綢仔好～〔這種絲綢很柔軟〕。

軟荏荏 yün⁵ yem⁴ yem⁴ 軟綿綿。

願 yün⁶ 願意：你～同我合作嗎〔你願意跟我合作嗎〕？

願賭服輸 yün⁶ dou² fug⁶ xu¹ 既然參加賭博，輸了就要認。比喻既然參與做某事，有了不良後果也不後悔。

yung

傭 yung² 傭金；回扣：需要幾多～〔要多少傭金〕？

擁躉 yung² den² 球迷；影迷；歌迷（某一球隊或影星、歌星的崇拜者）。

絨 yung⁴⁻² 呢絨；料子：～褲〔呢子褲〕｜～衫〔呢子上衣〕｜着～褸〔穿料子大衣〕。

湧 yung²（讀音 yung⁵）哄搶：冚唪唥畀佢哋～晒〔統統都給他們搶光〕。

容乜易 yung⁴ med¹ yi⁶ 多容易；有多困難：單係細路仔去，～出問題呀〔光是小孩子去，多容易出問題呀〕！｜綁得咁鬆，～畀佢走咗〔捆得那麼鬆，多容易讓它跑掉〕｜呢件事咁簡單，～呀〔這件事這麼簡單，有多困難呢〕！

蓉 yung⁴ ❶ 稀巴爛（碎而爛）：舂到佢～晒〔把它舂得稀巴爛〕。❷ 像泥的東西：蒜～｜椰～。

蓉蓉爛爛 yung⁴ yung⁴ lan⁶ lan⁶ 破破爛爛：將本書整到～，點睇吖〔把書弄得破破爛爛，怎麼看呢〕！

榕樹鬚 yung⁴ xu⁶ sou¹ 榕樹的氣根。

濃 yung⁴（蓉。讀音 nung⁴）❶ 密；茂密：呢喬荔枝真～〔這棵荔枝真茂密〕｜佢啲頭髮好～〔他的頭髮很密〕。❷ 釅；味厚：呢杯茶好～〔這杯茶很釅〕。

用神 yung⁶ sen⁴ ❶ 用意：捉錯～〔領會錯了別人的用意〕。❷ 費神：畫呢幅畫好～〔畫這幅畫很費神〕。

Z

za

揸 za¹ ❶ 抓；拿；握：一手 ～ 住〔一手抓着〕｜能 ～ 筆又能 ～ 槍〔能拿筆又能拿槍〕｜～ 起拳頭〔握着拳頭〕。❷ 捏：～ 掣〔捏閘〕。❸ 把握住；不放過：～ 緊時間｜～ 住時機。❹ 特別注意，加強領導：～ 工業｜～ 農業｜～ 四個現代化。❺ 掌管：呢項工作係佢 ～ 嘅〔這項工作是他掌管的〕。❻ 駕駛；開(車)：～ 車〔駕駛汽車〕｜～ 拖拉機〔開拖拉機〕。

揸車 za¹ cé¹ 駕駛汽車；開車：你幾時學會 ～〔你甚麼時候學會開車〕?

揸大葵扇 za¹ dai⁶ kuei⁴ xin³ 做媒；當紅娘。

揸祓 za¹ fid¹（祓，花噎切）管事；掌握權力。

揸雞腳 za¹ gei¹ gêg³ 抓住把柄；抓小辮子：你唔好畀人 ～ 呀〔你不要被人家抓住把柄啊〕。

揸頸 za¹ géng² ❶ 受氣；忍氣吞聲：做呢啲工作好 ～ 嘅〔幹這些工作很受氣〕。❷ 氣人(令人生氣)：真 ～。

揸頸就命 za¹ géng² zeo⁶ méng⁶ 忍氣吞聲地順從眼前的境遇。

揸拿 za¹ na⁴ 把握：呢件事我有幾分 ～〔這件事我有幾分把握〕｜冇乜 ～〔沒有甚麼把握〕。

揸手 za¹ seo² 掌管：呢啲圖書係佢 ～ 嘅〔這些圖書是他掌握的〕。

揸舦 za¹ tai⁵（舦，太 ⁵）掌舵。引申為當領導、掌權：呢度邊個 ～ 呀〔這裏誰當領導〕?

揸痛腳 za¹ tung³ gêg³ 同"揸雞腳"。

揸鑊鏟 za¹ wog⁶ can² 婉辭，指當廚師：我喺賓館度 ～〔我在賓館當廚師〕。

揸主意 za¹ ju² yi³ 拿主意：呢件事邊個 ～ 呀〔這件事誰拿主意〕?

揸腰 za¹ yiu¹ 細腰；(上衣) 腰身收窄：你件衫要 ～ 至好睇〔你這件衣服腰身要收窄才好看〕。

揸正嚟做 za¹ zéng³ lei⁴ zou⁶ 秉公辦事。

揸莊 za¹ zong¹ 擁有決斷權；做主。

渣 za¹⁻² 殘渣；碎渣：鹹魚 ～｜菜 ～。

鮓 za² 質量差；水平低：呢啲產品乜咁 ～ 㗎〔這些產品的質量為甚麼那麼差〕?｜佢好 ～ 㗎〔他的水平很低〕。

鮓斗 za² deo² 同上。

鮓皮 za² péi⁴ 同上。

鮓嘢 za² yé⁵ 不好的東西，次貨：呢間舖賣嘅通通都係 ～〔這家店賣的統統都是次貨〕。

咋 za³ 語氣詞。表示提醒或肯定、聲明，相當於普通話的"僅僅 (只、才) ……呢 (啊)"：得五個位 ～〔只有五個位子呢〕｜學咗三個月 ～〔才學了三個月呢〕｜得翻我一個喺度 ～〔只剩下我一個人在這兒呢〕!

痄腮 za³ soi¹ 腮腺炎：生 ~~〔患腮腺炎〕。

詐嗲 za³ dé² 撒嬌：你重細個咩，成日 ～〔你還小嗎，整天撒嬌〕!

詐諦 za³ dei³ 裝蒜；假裝；裝作：你唔使 ～，我早就知到咯〔你不用裝蒜，我早就知道了〕｜～ 睇唔見〔裝作看不見〕。

詐癲扮傻 za³ din¹ ban⁶ so⁴ 裝瘋賣傻。

詐假意 za³ ga²⁻¹ yi³⁻¹ 假裝；鬧着玩：～睇唔到〔假裝看不見〕｜～嘅啫，唔使理佢〔鬧着玩的，別理他〕。

詐奸 za³ gan¹ 耍奸；耍滑；耍賴；賴皮：唔得～㗎〔不能耍奸的〕｜邊個～就唔同佢玩〔誰耍滑就不跟誰玩〕。

詐嬌 za³ giu¹ 撒嬌：咁大個仔重～喎〔這麼大的孩子還撒嬌呢〕。

詐戇 za³ ngong⁶ 裝傻；裝糊塗：你要負責㗎，咪～咯〔你要負責的，別裝傻了〕。

詐傻扮懵 za³ so⁴ ban⁶ mung² 裝糊塗。

詐和 za³ wu⁴⁻² 麻將術語。將未"和"(hú) 的牌誤稱"和"了。引申指將未成功或不成功的事作成功的事：我估話搞掂咗，點知係～添〔我以為做好了，誰知是假的〕。

詐詐諦諦 za³ za³ dei³ dei³ 同"詐諦"，但多作狀語。

咋 za⁴ 語氣詞。表示疑問（多用於對數和量有疑問），相當於普通話的"才（僅僅，只）……嗎"：佢十歲～〔他才十歲嗎〕？｜你一個人嚟～〔僅僅你一個人來嗎〕？｜一斤鐵得咁細嗜～〔一斤鐵才這麼小塊嗎〕？

¹**拃** za⁶ 阻攔；堵塞：攞樹枝～實條路〔拿樹枝把路攔着〕｜～住門口，唔畀啲雞入嚟〔把門口堵上，不讓雞進來〕。

²**拃** za⁶ 量詞。把：一～米〔一把米〕｜一～泥〔一把土〕｜"跌倒揦～沙"〔俗語。踩倒後抓回一把沙子——比喻失敗後在某些方面補回輕微的得益以挽回面子〕。

拃亂歌柄 za⁶ lün⁶ go¹ béng³ 打斷別人的話。

zab

札（箚） zab³ ❶ 登記（賬目）：～數〔記賬〕｜～流水賬。❷ 計算：～一下佢，睇啱唔啱〔計算一下，看對不對〕。

扎馬 zab³ ma⁵ 兩腿叉開微彎地站立，作騎馬姿勢，即"扎馬步"。

扎碼字 zab³ ma⁵ ji⁶ 蘇州碼子，即丨、丨丨、丨丨丨、メ……。

箚數 zab³ sou³ 登記數目，入賬。

級骨 zab⁶ gued¹（級，閘）（衣服）鎖邊。

¹**閘** zab⁶ ❶ 柵欄；門：鐵～。❷ 剪票口：驗票口：出～；入～。

²**閘** zab⁶ 傾側；傾斜：～埋一邊〔向一邊傾斜〕。

閘口 zab⁶ heo² 舊時指村口所建限制出入的閘門。引申指其他為限制出入而建的建築物或設施：喺～度剪票〔在出入口處剪票〕｜過咗～就到喇〔過了閘門就到了〕。（普通話的"閘口"指閘門打開時水流過的孔道，與此不同。）

閘住 zab⁶ ju⁶ 打住；停止：～，咪講呢啲〔打住，別説這些〕。

閘側 zab⁶ zeg¹ 側着；側放：～張櫈坐〔側着櫈子坐〕｜皮喼～放〔皮箱側着放〕。

喋 zab⁶（集）象聲詞，嚼東西的聲音：食到～～聲〔吃得㗎㗎地響〕。

¹**雜** zab⁶ 雜碎；下水（家畜、家禽的內臟）：豬～｜牛～｜雞～。

²**雜** zab⁶ ❶ 葷食：一齋兩～〔兩葷一素〕｜佢唔食～〔他不吃葷〕。❷ 葷的：～菜。

³**雜** zab⁶ 粵劇中的丑角。

****雜差** zab⁶ cai¹ ❶ 過去指勤雜人員。❷ 香港指便衣警探。

雜柴 zab⁶ cai⁴ 松樹柴以外的木柴。

雜貨舖 zab⁶ fo³ pou³ 副食品商店。

雜架攤 zab⁶ ga³ tan¹ 賣雜貨、古玩的地攤。比喻雜亂無章的地方。

雜嘜 zab⁶ meg¹ 雜牌（貨）：我哋賣嘅都係正牌貨，唔賣～嘢〔我們賣的全是正牌貨，不賣雜牌貨〕。

雜嘜嘢 zab⁶ ngeb¹ yé⁵ 零食。

zad

¹**扎 (紥)** zad³ ❶ 驚醒：啱啱瞓着就 ～ 醒〔剛睡着就驚醒〕｜嚇到佢 ～ 起〔嚇得他跳起來〕。❷ 驚跳（小孩睡熟時驚跳）。

²**扎 (紥)** zad³ ❶ 捆：搵條繩 ～ 住佢〔拿繩子捆着它〕。❷ 量詞。束；扎：一 ～ 花〔一束花〕｜一 ～ 麵〔一扎麵條兒〕。

扎醒 zad³ séng² 驚醒；突然醒來：唔知做乜，瞓瞓下又 ～〔不知怎的，剛睡着又驚醒〕。

紥扎跳 zad³ zad³ tiu³ 活蹦亂跳：啲蝦好生猛，隻隻都 ～ 嘅〔這些蝦很新鮮，每隻都活蹦亂跳的〕。

紥粉 zad³ fen² 捆成小紥的細條乾米粉。又叫"紥仔粉"。

紥腳 zad³ gêg³ 纏腳。

紥腳婆 zad³ gêg³ po⁴⁻² 小腳女人。

紥起 zad³ héi² 指演員紅了：呢兩年佢啱啱 ～〔這兩年她剛剛紅起來〕。

紥炮 zad³ pao³ 餓飯；餓肚子；勒緊褲帶。

紥實 zad³ sed⁶ 結實，健壯：呢個仔都幾 ～ 嘅，唔使着咁多衫〔這孩子身體很結實，不必穿那麼多衣服〕。

紥仔粉 zad³ zei² fen² 比較細的乾粉條，一般紥成一小捆兒。

zag

窄 zag³ ❶ 狹窄：馬路 ～。❷ 瘦(衣服)：呢條褲 ～ 過頭〔這條褲子太瘦了〕｜瘦人着 ～ 衫〔瘦人穿瘦衣裳〕。

窄搣搣 zag³ mid¹⁻⁶ mid¹⁻⁶（搣，威¹）窄窄的；(衣服)瘦瘦的：呢間房 ～〔這

間屋子窄窄的〕｜佢件衫 ～，好難睇〔他那件衣服瘦瘦的，很難看〕。

責(矺) zag³ 壓：～ 啲〔壓緊一點〕｜攞嚿石 ～ 住佢〔拿塊石頭壓着它〕。

責 (矺) 袋 zag³ doi⁶⁻² 隨身帶着錢備用：有幾文 ～ 就得嘞〔有幾塊錢隨身備用就行了〕。

擇使 zag⁶ sei² ❶ 不好使用：呢架機器好 ～ 㗎〔這台機器很不好用〕。❷ 麻煩；難辦：嗰件嘢好 ～ 㗎〔那件事兒夠麻煩的〕。

擇食 zag⁶ xig⁶ 偏食；挑吃：唔好養成 ～ 嘅習慣〔不要養成偏食的習慣〕｜呢個細蚊仔唔係幾 ～〔這個小孩不怎麼挑吃〕。

zai

齋 zai¹ ❶ 素食：食 ～〔吃素〕｜一 ～ 三雜〔三葷一素〕。❷ 素的：～ 湯〔素湯〕｜ ～ 菜〔素菜〕。

齋菜 zai¹ coi³ 統稱烹製素菜餚的主料，如香菇、木耳、腐竹、粉絲、黃花菜等。

齋啡 zai¹ fé¹ 不加牛奶的咖啡。

齋姑 zai¹ gu¹ 帶髮修行的女子。

齋滷味 zai¹ lou⁵ méi⁶⁻² 素什錦。

齋堂 zai¹ tong⁴ ❶ 過去一些帶髮修行、長年吃素的婦女集中居住的地方。❷ 指供應素食的佛寺。

zam

斬 zam² ❶ 砍：上山 ～ 柴〔上山砍柴〕｜ ～ 斷一橛〔砍斷一截〕。❷ 轉用作買(烤鴨、叉燒、燒肉等熟肉)：～ 一文叉燒翻嚟〔買一塊錢叉燒回來〕｜ ～ 一斤燒肉〔買一斤燒肉〕。❸ 被賣方索取高價；宰：呢間舖頭 ～ 人出名呀〔這家商店以宰客出名〕。

斬犯 zam² fan⁶⁻² 罵人語。將被殺頭的罪犯。

斬件 zam² gin⁶（把熟的雞、鴨、鵝等菜餚）剁成塊兒：～後上枱〔剁成塊兒後上桌〕。

斬纜 zam² lam⁶ 比喻與原來相愛的人一刀兩斷。

斬料 zam² liu⁶⁻² ❶ 熟後需要剁成塊兒的肉食，如白切雞、燒鵝、燒鴨、燒肉等。❷ 買熟食：去斬啲料啦〔去買點熟食回來吧〕。

斬頭截尾 zam² teo⁴ jid⁶ méi⁵ 掐頭去尾。

睸下眼 zam² ha⁵ ngan⁵（睸，斬）一眨眼（形容時間極短）：～唔見咗佢，唔知去咗邊〔一眨眼就不見了他，不知去了哪裏〕｜嗰個魔術師～就變咗隻鵝出嚟〔那個魔術師一眨眼就變了一隻鵝出來〕｜～就過咗三年〔一眨眼就過了三年〕。

睸眉睸眼 zam² méi⁴ zam² ngan⁵ 擠眉弄眼；眉來眼去。

睸眼 zam² ngan⁵ 眨眼。

鏨刀 zam⁶ dou¹ 雕刻用的刀。

zan

賺 zan⁶⁻² ❶ 徒找；白（費勁）：搬來搬去～麻煩〔搬來搬去徒找麻煩〕｜搞嚟搞去，～做〔搞來搞去，白費勁〕。❷ 只能得到（不理想的結果）；只能落得（某種下場）：你亂發表意見，～人家笑話你〔你亂發表意見，只能讓人家笑話你〕｜做呢啲嘢～人鬧嘅嗻〔幹這些事，只落得人家罵罷了〕。

賺搞 zan⁶⁻² gao² 白搭；徒勞：都未有把握就做，～嘅嗻〔都還沒有把握就做，不是白幹嘛〕。

賺嘥氣 zan⁶⁻² sai¹ héi³（嘥，曬¹）白費口舌；白費勁：唔同你講咁多，～呀〔不跟你説那麼多，白費勁〕！

賺衰 zan⁶⁻² sêu¹ 自找倒霉：你做埋呢啲嘢畀人哋鬧，～啦〔你盡幹這些事讓人家罵，真是自找倒霉了〕。

賺頭蝕尾 zan⁶ teo⁴ xid⁶ méi⁵ 一種生意經，即開始賣東西時可多賺些錢，但賣殘貨時要賤賣。借指做事時為了總體利益可在獲得較大利益之後，局部上要讓別人得點好處。

賺做 zan⁶⁻² zou⁶ 白幹；白辛苦。如：做呢單生意冇賺錢，真係～咯〔做這筆生意沒有賺錢，真是賠本賺吆喝了〕。

𨶙 zan²（盞）❶ 好：唔～〔不好〕。❷ 妥當：你噉做唔係幾～嗜〔你這樣做不怎麼妥當吧〕？❸ 愜意；有意思：去嗰度玩幾～㗎〔到那裏玩挺有意思的〕。

𨶙鬼 zan² guei² 好；美好。

𨶙嘢 zan² yé⁵ ❶ 好東西：呢啲係～嚟㗎〔這是好東西啊〕！❷ 好：～，今晚食大餐〔好啊，今晚吃大餐〕。

讚 zan³ 稱讚；誇獎：佢嘅服務態度咁好，人人都～佢〔他的服務態度那麼好，人人都稱讚他〕｜你唔好～佢喇〔你別誇獎他了〕。

灒 zan³ ❶ 淬火（金屬等燒紅後突然放入水中）：～下把刀〔把刀淬一淬〕。❷ 熱的東西突然受冷刺激：～鑊〔熗鍋〕｜白撞雨會～壞人〔有熾熱的太陽時，突然下陣雨，容易使人生病〕。

zang

¹**爭** zang¹ 差；欠；缺；短：～兩個人｜佢～你兩文〔他欠你兩塊錢〕｜重～啲乜嘢〔還缺些甚麼〕？

²**爭** zang¹ 偏袒；袒護；向着：我邊個都唔～〔我誰也不偏袒〕｜～住佢〔向着他〕｜“舅父打外甥，打死冇

人 ~"〔俗語。舅父打外甥，打死了也無人敢勸 —— 説明做舅父的權力極大〕。

爭交 zang¹ gao¹ 同 "嗌交"。

爭唔落 zang¹ m⁴ log⁶ 不值得加以袒護。

爭天共地 zang¹ tin¹ gung⁶ déi⁶ 相差十萬八千里；有天壤之別：我同你比真係 ~ 咯〔我跟你比真是差別太大了〕。

爭在 zang¹ zoi⁶ 取決於；(差別) 在於：大家都同意，~ 你喇〔大家都同意，現在取決於你了〕。

踭 zang¹ (爭) 肘；跟；踵：手 ~〔肘〕|腳 ~〔腳跟〕| 鞋 ~〔鞋跟〕。

掙 zang⁶ (讀音 zang¹) 擠；撐；塞：~ 爆個袋〔擠破了口袋〕| 唔好 ~ 咁飽〔別撐那麼飽〕| ~ 滿晒〔塞滿了〕。

掙 zang⁶ 靠勞力得到報酬。

zao

抓 zao² 纏繞；捆紮：呢張櫈啲啷啷貢，搵啲鐵線嚟 ~ 住佢先穩陣〔這把椅子搖搖晃晃的，拿點鐵絲把它捆着才平穩〕| 搵條繩 ~ 實嗰兩條棍〔拿根繩子把那兩條棍子捆好〕。

找晦氣 zao² fui⁵ héi³ 尋覓生事：呢個人好似係嚟 ~ 嘅〔這個人好像是來尋釁生事的〕。

找數 zao² sou³ 找錢。

找續 zao² zug⁶ 找換：十文咁大張冇法 ~〔十塊錢那麼大的票子，找不開〕| 暢幾文散紙嚟 ~〔兌幾塊錢的零票來找換〕。

罩 (煠) zao³ 過油 (用油炸一炸)：肉片擽油 ~ 過至炒〔肉片過一過油再炒〕| ~ 花生〔油炸花生〕。

棹 zao⁶ ❶ 划 (船)；搖 (槳)：~ 艇〔划船〕| ~ 槳。❷ 槳 (長的)：攞支 ~ 嚟〔拿支槳來〕。

棹腳 zao⁶ gêg³ 瘸腿拖地行走的樣子。

棹忌 zao⁶ géi⁶ ❶ 忌：感冒最 ~ 就係食油器〔感冒最忌吃油炸食物〕。❷ 糟糕；倒霉；麻煩：真 ~，打爛個碗添〔真糟糕，把碗打破了〕| 畀佢知到就 ~ 咯〔給他知道就麻煩了〕| 佢病咗，真 ~〔他病了，真倒霉〕!

zé

姐 zé²⁻¹ 用來稱呼平輩婦女。一般從名字中截取一個字，然後加上 "姐"：芳 ~ | 珍 ~。〖如果名字加 "姐"，而 "姐" 字讀本調，即 zé²，則是對女傭人的叫法。〗

*啫喱 zé¹ léi¹⁻² 果子凍。〖"啫喱" 是英語 jelly 的音譯詞。〗

嘅 zé¹ 語氣詞，表示申辯、反駁 (比較婉轉)：噉亦得 ~〔這樣也行嘛〕! | 大家都係一樣 ~〔大家都是一樣的〕| 話 ~〔説是這麼説〕。

遮 zé¹ 傘：布 ~ | 鋼骨 ~〔鋼絲作支架的雨傘〕。

遮骨 zé¹ gued¹ 雨傘的支架。

遮瞞 zé¹ mun⁴ 隱瞞：你咪 ~ 我，我一清二楚嘅〔你別隱瞞我，我是清清楚楚的〕。

遮手影 zé¹ seo² ying² 背光；寫字時手影落在紙上要寫字的地方。

姐姐噉手 zé²⁻⁴ zé²⁻¹ gem² seo² 手部動作像小姐似的，諷刺人過於斯文不會幹體力活：睇你 ~，呢啲重嘅等我嚟做啦〔看你手腳細嫩，這些重活讓我來幹吧〕。

姐手姐腳 zé² seo² zé² gêg³ 形容人幹活像個小姐，斯斯文文，慢條斯理的。

借過 zé³ guo³ 同 "借歪" zé³ mé²。

借殼 zé³ hog³ 新的公司控權人借用原公司的名稱，繼續經營。

借轉 zé³ jun³ 借；暫借。

借歪 zé³ mé² 〔歪，讀音 wai¹〕借光；讓一讓：唔該 ～ 一下〔對不起請讓一讓〕。

借歪啲 zé³ mé² di¹〔歪，摸扯切〕借光；勞駕（客套語，請人讓路時用）：唔該 ～〔借光，借光〕!

借尿遁 zé³ niu⁶ dên⁶ 藉口上廁所而溜走。（詼諧的説法。）

借水遁 zé³ sêu² dên⁶ 同上，但表示得更委婉些。

借水遁 zé³ seu² den⁶ 同 "借尿遁"，表達更隱晦些。

借一借 zé³ yed¹ zé³ 同 "借歪"、"借歪啲"。

借意 zé³ yi³ 趁機；藉故：佢 ～ 大喊一場〔他趁機大哭一場〕。

借借 zé³ zé³ 借光借光。

蔗 zé³ 甘蔗。

蔗雞 zé³ gei¹ 從甘蔗節上長出來的芽。

蔗苂 zé³ hab³〔苂，讀音 gab³〕甘蔗葉。

姐姐仔 zé²⁻⁴ zé²⁻¹ zei² 同 "大姐仔"。

嗻 zé⁴ 淬火、熗鍋的聲音。

zê

朘 zê¹〔朘，揸靴切〕❶ 叫喊的聲音，引申指話多：嘴 ～ ～ ｜ ～ ～ 聲〔哇啦哇啦地叫〕。❷ 喋喋不休地責難：你咪成日 ～ 住我〔你別整天喋喋不休地責難我〕。

朘朘 zê⁴ zê¹〔朘，揸靴⁴切；朘，揸靴切〕小男孩的生殖器。

zeb

汁 zeb¹ ❶ 濃湯（菜餚裏的汁液，量較少）：雞 ～ ｜牛肉 ～。❷ 汁液（擠壓出來的）：蔗 ～〔甘蔗汁〕｜薑 ～。

汁都撈埋 zeb¹ dou¹ lou¹ mai⁴ 比喻全部都吃光或拿光：原來好多嘅，點

就界佢 ～〔原來是很多的，怎麼就給他全拿光了〕?

¹執 zeb¹ ❶ 撿；拾：～ 到支鋼筆〔拾到一支自來水筆〕。❷ 收拾：～ 行李。❸ 拿；握：～ 筆寫字。❹ 抓(藥)：～ 兩劑藥。❺ 生（孩子）（婉辭）：佢啱啱 ～ 咗個女〔她剛剛生了一個女孩〕。❻ 接生：佢專門同人哋 ～ 臊蝦仔〔她專門幫人家接生〕。

²執 zeb¹ 量詞，撮：一 ～ 米 ｜ 一 ～ 毛。

執包袱 zeb¹ bao¹ fug⁶ 收拾行裝。意為被解僱或離去：我住一個月就 ～ 走人〔我住一個月就走〕。

執茶 zeb¹ ca⁴ 抓藥。

執籌 zeb¹ ceo⁴⁻² 抓鬮兒：～ 分戲票〔抓鬮兒分戲票〕。

執地 zeb¹ déi⁶⁻² 撿破爛兒。

執地仔 zeb¹ déi⁶ zei² 撿破爛的小孩。

執豆噉執 zeb¹ deo⁶⁻² gem² zeb¹ 比喻做某事輕而易舉。

執到寶 zeb¹ dou³⁻² bou² 比喻獲得大的好處：今日你又 ～ 喇〔今天你又揀到大便宜了〕。

執翻條命 zeb¹ fan¹ tiu⁴ méng⁶ 死裏逃生；大難不死。

執怪 zeb¹ guai³ 見怪；責怪。

執字粒 zeb¹ ji⁶ neb¹ 撿鉛字排版。

執笠 zeb¹ leb¹ 倒閉：嗰間舖頭執咗笠好耐喇〔那家商店倒閉很久了〕。

執漏 zeb¹ leo⁶ 修理瓦漏。

執生 zeb¹ sang¹ 彌補缺陷：出咗問題你自己去 ～ 啦〔出了問題你自己去補救吧〕。

執拾 zeb¹ seb⁶ 收拾；拾掇：宿舍裏便要 ～ 得齊整啲〔宿舍裏面要收拾得整齊一些〕｜ ～ 好行李。

執死雞 zeb¹ séi² gei¹ 同下。

執死雞仔 zeb¹ séi² gei¹ zei² ❶ 得到意外的好處或便宜的東西。❷ 買退票（包括車船票及戲票）。

執手尾 zeb¹ sou² méi⁵　收拾；清理善後工作：收齊啲工具，唔好要人哋嚟 ～〔把工具收拾好，不要讓人家來收拾〕。

執頭碼 zeb¹ teo⁴ ma⁵　立頭功；拔頭籌：畀你搶先 ～ 咯〔讓你搶先拔頭籌了〕。

執頭執尾 zeb¹ teo⁴ zeb¹ méi⁵　收拾、整理零碎東西：你要搞得齊整啲，冇人同你 ～ 㗎〔你要搞得整齊一點，沒人給你收拾的〕。

執屍 zeb¹ xi¹　收拾死屍。

執私 zeb¹ xi¹　緝私，緝繳走私貨物。

執事 zeb¹ xi⁶　❶ 操辦紅白喜事的人。❷ 形容人小氣、心胸狹窄。

執式 zeb¹ xig¹　小氣，不放過他人微小的缺點或意見：佢呢個人好 ～ 㗎〔他這個人有點小心眼兒〕。

執輸 zeb¹ xu¹　形容人在比賽或競爭中佔下風，吃虧，比人差一等：做嘢唔好 ～ 過人先得㗎〔幹工作不能比人差才行〕｜去遲咗就 ～ 晒喇〔去晚了就吃虧了〕。

執藥 zeb¹ yêg⁶　同"執茶"。

執人口水溦 zeb¹ yen³ heo² sêu² méi⁴⁻¹　形容人沒有主見，人云亦云；拾人牙慧：自己應該有主見，唔能夠成日 ～〔自己應有主見，不能老是人云亦云〕。

執贏 zeb¹ yéng⁴　形容人在比賽或競爭中佔上風，佔了便宜：實係佢 ～ 啦〔準是他佔上風了〕｜你咁高，睇打波實你 ～ 啦〔你那麼高，看球賽一定你佔便宜了〕。

執二攤 zeb¹ yi⁶ tan¹　接受別人用過的東西：我呢件衫係 ～ 嘅〔我這件上衣是別人穿過給我的〕。

執仔 zeb¹ zei²　接生。

執仔婆 zeb¹ zei² po⁴⁻²　助產士；接生婆（俗稱）。

執正 zeb¹ zéng³　按原則辦；秉公辦理：你要 ～ 嚟做呀〔你要秉公辦理啊〕。

zed

¹**枳** zed¹（讀音 ji²）❶ 隨便放：是但 ～ 喺度〔隨便放在這兒〕｜唔好 ～ 喺張枱度〔別隨便放在桌子上〕。❷ 塞進：～ 入櫃桶〔塞進抽屜裏〕｜唔好乜都 ～ 入行李袋〔不要甚麼都塞進行李袋裏〕。❸ 塞子：樽 ～〔瓶塞〕。

²**枳** zed¹　用話語質問、指責、頂撞，使對方説不出話：～ 到佢口啞啞〔他被質問得説不出話來〕｜人哋一講話佢就 ～ 過嚟〔人家一説話他就用話堵你（不讓別人説話）〕。

枳飽 zed¹ bao²　塞飽（略帶厭惡感情）：我 ～ 先〔我先塞飽肚子再説〕｜～ 未呀〔塞飽了沒有〕？

枳飽掙脹 zed¹ bao² zang⁶ zêng³　塞飽吃撐：睇佢 ～ 就攤喺度〔看他撐飽了就躺在那兒〕。

質素 zed¹ sou³　素質。

質地 zed¹ déi⁶⁻²　質量（一般用於紡織品或器皿）。

姪 zed⁶　姪子；姪兒。

姪心抱 zed⁶ sem¹ pou⁵　姪媳婦。

姪仔 zed⁶ zei²　姪子。

窒 zed⁶　❶ 害怕；恐慌：畀佢嚇到 ～ 晒〔給他嚇得很害怕〕｜你唔使 ～ 呀〔你不用害怕呀〕。❷ 突然停止：～ 咗一下〔停了一下〕。

窒腳 zed⁶ gêg³　走路時突然停一下。

窒口窒舌 zed⁶ heo² zed⁶ xid⁶　結結巴巴；語無倫次：睇佢講話 ～，一定有鬼〔看他説話結結巴巴，一定有鬼〕。

窒手 zed⁶ seo²　突然停手或縮手。

窒人 zed⁶ yen⁴　用話噎對方：你有道理亦唔能夠用呢啲話嚟 ～ 呀〔你有道理也不能夠用這些話來噎人啊〕。

zêd

卒之 zêd¹ ji¹ 終於：～完成任務｜～打贏咗〔終於打贏了〕。

捽（抐） zêd¹ 搓；擦；揉：～老泥〔搓汗垢〕｜～唔甩〔擦不掉〕｜～下隻腳就唔痛喇〔把腳揉一揉就不痛了〕。

蟀 zêd¹（讀音 sêd¹）蟋蟀：鬥～。

zeg

*仄紙 zeg¹ ji² 支票。〖又叫"銀仄"或"仄"。"仄"是英語 check 的譯音。〗

側邊 zeg¹ bin¹ 旁邊：學校～有間工廠〔學校旁邊有一家工廠〕｜坐喺～〔坐在旁邊〕。

側便 zeg¹ bin⁶ 同上。

側膊 zeg¹ bog³ ❶ 斜肩。❷ 指推卸責任：你咪想～呀〔你別想推卸責任〕。

側跟 zeg¹ gen¹ 旁邊；附近：佢成日都喺我～〔他整天都在我的旁邊〕。

zég

唶 zég¹ 語氣詞，表示肯定、勸告（比較婉轉，女孩子多用）：唔係～〔不是的〕｜佢呃你～〔他騙你的〕｜唔好去～〔不要去啊〕！

唶屐 zég¹ kég⁶ 夾克（現已少用）。〖"唶屐"是英語 jacket 的音譯詞。〗

炙火 zég³ fo² 烤火。

隻 zég³ 量詞。❶ 隻；個：一～雞｜一～鞋｜一～桶〔一個桶〕｜一～古仔〔一個故事〕。❷ 頭：一～豬〔一頭豬〕｜一～大笨象〔一頭大象〕。❸ 種；類：呢～布色水幾好〔這種布顏色不錯〕｜呢～米好曳〔這種米很賴〕。❹ 首；支：唱～歌仔〔唱一首歌〕。〖廣州話"隻"與"個"基本上相通，除指人以外，凡指具體的東西，用"個"的地方大都可以用"隻"。但是"個"往往不能代替"隻"，如"一隻鞋"、"一隻船"……中的"隻"不能用"個"來代替。〗

*只抽 zég³ ceo¹ 一對一打鬥；單挑。

只手只腳 zég³ seo² zég³ gêg³ 只有自己一個，沒有任何人幫忙：得我～，唔做得乜嘢嘅〔只有我孤單一人，幹不了甚麼〕。

蓆攝底 zég⁶ xib³ dei² 蓆子底下：報紙放喺～度〔報紙放在蓆子底下〕。

zêg

雀 zêg³⁻² 鳥兒：一隻～。〖"雀"在複音詞的第一個音節多讀原調 zêg³，如：～竇〔鳥窩〕｜～仔〔鳥兒〕。〗

*雀局 zêg³⁻² gug⁶ 打麻將。

雀鶪 zêg³ mui⁴⁻² 用以誘捕其同類的鳥。

雀友 zêg³ yeo⁵ 牌友，打麻將的朋友。

雀仔 zêg³ zei² ❶ 泛稱小鳥。❷ 小男孩的生殖器。

着 zêg³ 穿：～衫｜～褲｜～襪。

着瓦靴 zêg³ nga⁵ hê¹ 被人弄得尷尬難堪。

¹着 zêg⁶ 對；有理：呢件事係佢唔～嘅〔這件事是他不對的〕｜邊個～就幫邊個〔誰對就幫誰〕。

²着 zêg⁶ 逐一：～件做｜～個～個數〔一個一個地數；逐個數〕。

³着 zêg⁶ ❶ 受到：你係唔係～鬼迷呀〔你是不是被鬼迷了〕？❷ 合算；合時宜：而家荔枝最～食喇〔現在吃荔枝最合時宜了〕。❸ 佔：一人～一半。

⁴着 zêg⁶ ❶ 點燃；(燈燭等) 亮了：點～支蠟燭｜～咗燈未〔亮燈了沒有〕？❷ 接通電源：電腦重～緊〔電腦還通着電〕。

着緊 zêg⁶ gen² ❶ 加緊：～啲做〔加緊點幹〕。❷ 在乎；着急：我唔～〔我不在乎；我不着急〕。

着力 zêg⁶ lig⁶ ❶ 吃力：呢件工夫做得好 ～〔這活兒他幹得很吃力〕。❷ 努力，下力氣，用心：你 ～ 做好佢啦〔你用心做好它吧〕。

着數 zêg⁶ sou³ 便宜；有利；合算：唔好貪 ～〔不要貪便宜〕| 佢最 ～ 喇〔他最有利了〕| 呢個辦法最 ～〔這個辦法最合算〕。

着意 zêg⁶ yi³ 留意：邊度有房出租，同我 ～ 下〔哪裏有房屋出租，幫我留意一下〕。

zei

劑 zei¹ 量詞。用於中藥藥劑：食咗三 ～ 藥就好嘞〔吃了三服藥就好了〕。

擠 zei¹ 放：書 ～ 喺邊度〔書放在哪裏〕？| 櫃桶 ～ 住好多嘢〔抽屜裏放着很多東西〕。

擠逼 zei¹ big¹ 十分擁擠。

擠低 zei¹ dei¹ 放下：就 ～ 喺呢度〔就放在這裏〕。

擠塞 zei¹ seg¹ 因擁擠而堵塞。

擠擁 zei¹ yung² ❶ 擁擠：禮拜日公園好 ～ 㗎〔星期天公園是很擁擠的〕。❷ 豐富（詼諧的説法）：展覽品真 ～〔展覽品真豐富〕。

仔 zei² ❶ 兒子：佢有兩個 ～〔他有兩個兒子〕。❷ 男孩：呢個 ～ 真叻〔這個男孩真聰明〕。❸ 用在某些名詞之後，表示細小或愛稱：雞 ～〔小雞兒〕| 樽 ～〔瓶兒〕| 歌 ～〔歌兒〕| 亞雄 ～〔阿雄〕。❹ 用在某地名之後，指某個地方的人（有貶義）。❺ 用在某些名詞或動詞後面，表示某些特定的人羣或個體：客 ～〔客戶；顧客〕| 耕 ～〔佃戶〕| 工 ～〔打工者〕。

仔嫲 zei² na²（嫲，拿²）母子：兩 ～〔母子倆〕。

仔嫲生意 zei² na² sang¹ yi³ 家庭式的小生意，夫妻店。如：呢啲都係 ～，唔使請人〔這些都是夫妻店，用不着顧人〕。

仔女 zei² nêu⁵⁻² 兒女；孩子：你有幾個 ～ | 佢個個 ～ 都好叻㗎〔他的每一個孩子都很能幹〕。

仔爺 zei² yé⁴ 父子；父親和他的子女：兩 ～〔兩父子；爺兒倆〕。

¹制 zei³ 限制：～ 水〔自來水定時供應；定量供水〕| ～ 癮〔某種愛好或癖嗜受到限制〕。

²制 zei³ 願意；幹：我同你換 ～ 唔 ～〔我跟你換，願意不願意〕？| 邊個都 ～〔誰都願意〕| 唔 ～〔不願意；不幹〕。

制唔過 zei³ m⁴ guo³ 劃不來：你同佢比 ～〔你跟他比劃不來〕。

制水 zei³ sêu² ❶ 過去香港缺水時有關部門定時定量供水。❷（對動物）不給水喝：聽講養兔要 ～〔聽説養兔子不專門給牠水喝〕。❸（對植物）不澆水：要靭杜鵑開花就要制佢幾日水〔要三角梅開花就要幾天不給它澆水〕。

制得過 zei³ deg¹ guo³ 划得來：你認為 ～ 就做〔你認為划得來就幹〕。

掣 zei³ ❶ 電鈕；開關閘：撳 ～〔按電鈕〕| 電燈總 ～〔電燈總開關〕。❷ 車閘：單車 ～〔自行車車閘〕。

濟軍 zei³ guen¹ 原指民國初年廣東督軍龍濟光的軍隊，他們橫行霸道，"濟軍"便成為"蠻橫"一詞的同義語（多指青少年）：呢啲人好 ～ 㗎，唔好惹佢〔這些人很不講理，別惹他〕。

滯 zei⁶ ❶ 消化不良；膩：細佬哥食得太多容易 ～〔小孩吃得太多了容易消化不良〕| 食 ～ 咗〔吃膩了〕。❷ 難消化：肥豬肉好 ～ 㗎〔肥豬肉是很難消化的〕。❸ 遲鈍；不靈活：做嘢

要快啲，唔好咁 ～ 手 ～ 腳〔幹事情動作要快點，不要那麼遲鈍〕。

滯雞 zei⁶ gei¹ 形容人遲鈍，不靈活；笨頭笨腦。

滯口 zei⁶ heo² 食欲不振：呢兩日好 ～〔這兩天胃口很不好〕。

滯市 zei⁶ xi⁵ 滯銷。

zem

針 zem¹（蚊蟲等）叮咬；蜇：呢度啲蚊 ～ 人零舍痕〔這裏的蚊子叮人特別癢〕。

針鼻削鐵 zem¹ béi⁶ sêg³ tid³ ❶ 形容極為節儉。❷ 形容獲利甚微。❸ 形容過分剋扣剝削。

針波 zem¹ bo¹ 跳球（打籃球的專門術語）。〖"針波"是英語 jump ball 的譯音。現已少用，多説"跳球"。〗

針頂 zem¹ ding² 頂針。

針黹 zem¹ ji² 針線活兒。

針嘜 zem¹ meg¹ 捲煙（詼諧的説法）：煙仔都冇我嘅 ～ 好〔香煙都沒有我的捲煙好〕。

針筒 zem¹ tung⁴⁻² 注射器。

砧板蟻 zem¹ ban² ngei⁵ 歇後語，下一句是"有食必到"。比喻那些有飲食機會從不放過的人。

¹**斟** zem¹ 倒；往容器裏倒（液體）：～ 茶〔倒茶〕｜ ～ 豉油〔倒醬油〕。〖普通話"斟"這個詞多用於茶、酒等，其他一般用"倒"。〗

²**斟** zem¹ 商談；商量：有啲事想同你 ～ 下〔有些事想跟你商量一下〕。

斟盤 zem¹ pun⁴⁻² 談判；商議（多指作交易）：佢兩個人喺嗰度 ～〔他兩人在那裏商議〕｜點解你哋琴日 ～ 嘅耐嘅〔幹嗎你們昨天商議那麼久〕?

¹**枕** zem² 跰子：手 ～ ｜腳 ～。

²**枕** zem² 罩：魚 ～ ｜雞 ～ ｜ ～ 魚。

枕長 zem² cêng⁴ 經常；長期：～ 有人嚟〔經常有人來〕｜ ～ 有錢使〔長期有錢花〕。

枕住 zem² ju⁶ 同上。

枕頭包 zem² teo⁴ bao¹ 方麵包。

枕頭袋 zem² teo⁴ doi⁶⁻² 枕頭套。

浸 zem³ 量詞。層：一 ～ 花生衣〔一層花生衣〕｜甩咗一 ～ 皮〔掉了一層皮〕。

浸豬籠 zem⁶ ju¹ lung⁴ 舊時某些農村宗法勢力對違反族規的人用豬籠套住投入水中淹死。

沉 zem⁶（浸）❶ 下沉：～ 底。❷ 淹；溺：～ 死。

朕(噚) zem⁶ 量詞。❶ 股：一 ～ 嘅〔一股味兒〕。❷ 陣：一 ～ 風。

zen

*珍寶機** zen¹ bou² géi¹ 大型噴氣客機。〖"珍寶"是英語 jumbo 的音譯。〗

胗肝 zen¹ gon¹ 禽類的胃和肝的總稱。

真 zen¹ ❶ 不假。❷ 確實：～ 好。❸ 清楚：睇唔 ～〔看不清楚〕｜睇 ～ 下〔看清楚一點〕。

真傢伙 zen¹ ga¹ fo² 真格兒的；認真的；真的東西：我枝槍係 ～ 嚟〔我的槍是真的〕｜我唔想 ～ 同你打〔我不想動真格兒的跟你打〕。

真金白銀 zen¹ gem¹ bag⁶ ngen⁴⁻² ❶ 強調"錢"：呢個係我 ～ 買翻嚟嘅〔這個是我用錢買回來的〕。❷ 強調真正有價值。

真個 zen¹ go³ 真的；實在的：～ 唔係我〔真的不是我〕。

*真空** zen¹ hung¹ 戲指人沒有穿內衣。

圳 zen³ ❶ 水溝；水渠：開 ～〔開水渠〕。❷ 多用於地名：深 ～ ｜ ～ 口。

震 zen³ 發抖；哆嗦；顫動：佢隻手有啲 ～〔他的手有點發抖〕｜冷到 ～ 晒〔冷得打哆嗦〕。

震揗揗 zen³ ten⁴ ten⁴ 同“揗揗震”。

震震貢 zen³ zen³ gung³ 動來動去；動個不停：唔好成日 ～ 呀〔別老是動來動去〕｜呢個細蚊仔成日 ～〔這個小孩整天動個不停〕。

陣牀 zen⁶ cong⁴ 架設牀鋪：呢度夜晚可以 ～〔這裏晚上可以擺牀〕。

zên

樽 zên¹ ❶ 瓶子：酒 ～ ｜玻璃 ～。❷ 量詞，瓶：一 ～ 油 ｜一 ～ 酒。

樽頸 zên¹ géng² ❶ 瓶頸。❷ 比喻交通道路狹窄的地段。❸ 比喻妨礙解決問題的關鍵之處。

樽領 zên¹ léng⁵ 上衣長的豎領。

樽枳 zên¹ zed¹（枳，質）瓶塞兒；軟木塞兒。

儘地 zên⁶ déi⁶⁻²　儘（jǐn）着（用盡全部）：呢嚿布得六尺長，你 ～ 做啦〔這塊布只有六尺長，你儘着這塊布做吧〕！

儘地一煲 zên⁶ déi⁶⁻² yed¹ bou¹ 孤注一擲：“缸瓦全打老虎 —— ～”（歇後語）。

盡人事 zên⁶ yen⁴ xi⁶ 盡主觀努力；盡人道主義最大努力：呢個病人好嚴重，要 ～ 去搶救〔這個人病得很嚴重，要盡人道主義去搶救〕。

zeng

憎 zeng¹ 恨；討厭：我 ～ 到佢鬼噉〔我把他恨透了〕。

贈閉 zeng⁶ bei³ ❶ 吵鬧，嘈雜：邊處咁 ～ 呀〔哪裏這麼嘈雜〕？ ❷ 張揚：冇人有你咁 ～〔沒人有你這麼張揚〕。

贈慶 zeng⁶ hing³ 在高興場面湊熱鬧。

zéng

精 zéng¹（讀音 jing¹）❶ 機靈；聰明：呢個細路好 ～ 㗎〔這個小朋友很機靈〕。❷ 形容人愛耍小聰明，自私，取巧：做嘢要老老實實，唔好咁 ～ 至得〔做工作要老老實實，不要那麼取巧才行〕。

精出骨 zéng¹ cêd¹ gued¹ 形容人十分善於為自己打算，非常自私而狡猾。

精乖 zéng¹ guai¹ 聰明伶俐。

精歸左 zéng¹ guei¹ zo² 聰明過了頭：你 ～ 喇，重係老實啲好〔你太聰明暸，還是老實點兒好〕。

精甩辮 zéng¹ led¹ bin¹ 同“精出骨”。

精叻 zéng¹ lég¹（叻，啦尺¹切）聰明能幹：呢個後生仔好 ～ 㗎〔這個年青人很聰明能幹〕。

精埋一便 zéng¹ mai¹ yed¹ bin¹ 專把聰明用在做壞事或為自己打算上。

精仔 zéng¹ zei² ❶ 投機取巧的人。❷ 同“精”❷。

正 zéng³（讀音 jing³）好；美：呢個廠嘅產品好 ～〔這個廠的產品挺好的〕｜呢度風景真 ～〔這裏的風景真美〕。

正斗 zéng³ deo²（正，讀音 jing³）❶ 正牌（貨）；地道（貨）：呢啲瓷器係江西景德鎮嘅 ～ 貨〔這些瓷器是江西景德鎮的正牌貨〕。❷ 引申作好、美：呢間工廠嘅產品真 ～〔這家工廠的產品真好〕｜越秀山嘅風景真 ～〔越秀山的風景真美〕。

正牌 zéng³ pai⁴ 正宗的；真正的。

正晒 zéng³ sai³ 表示十分滿意時的用語。相當於正好”、“再好不過了”。

正嘢 zéng³ yé⁵（嘢，野）好的東西；質量高的東西。

zêng

張 zêng¹ 量詞。張;把;頂;條:一～紙|一～刀〔一把刀〕|一～蚊帳〔一頂蚊帳〕|一～椅〔一把椅子〕|一～被單〔一條被單子〕。

張飛頸 zêng¹ féi¹ géng² 火爆的脾氣。

將 zêng¹ 介詞。把:～佢分開〔把它分開〕|～嗰件衫洗乾淨〔把那件衣裳洗乾淨〕。〖普通話表示處置的"把字結構",廣州話多用"動詞＋賓語"的格式來表達,如"把衣服洗乾淨"一般多說"洗乾淨件衫"。〗

將近 zêng¹ gen⁶ 快要:船～開身咯〔船快要開了〕|～天光咯〔快天亮了〕。

仗 zêng³ 量詞。次;回;趟:睇過一～〔看過一次〕|呢～又係佢第一〔這一回又是他第一〕|去一～。

脹泵泵 zêng³ bem¹ bem¹ 脹鼓鼓的:呢個袋掙到～嗽〔這個口袋撐得脹鼓鼓的〕。

脹卜卜 zêng³ bog¹ bog¹ 膨脹得凸起來的樣子:細蚊仔個肚～,唔知係唔係生癪〔小孩的肚子脹得凸起來,不知是不是生疳積病〕?

丈人佬 zêng⁶ yen⁴ lou² 岳父的俗稱。背稱。

丈人婆 zêng⁶ yen⁴ po⁴ 岳母的俗稱。背稱。

象拔 zêng⁶ bed⁶ 象鼻子。

橡筋 zêng⁶ gen¹ ❶ 鬆緊帶。❷ 橡皮筋〔條形橡膠〕。

橡筋箍 zêng⁶ gen¹ ku¹ 橡皮筋;猴皮筋。

zeo

周不時 zeo¹ bed¹ xi⁴ 同"周時"。

周街 zeo¹ gai¹ 滿街:～都係人〔滿街都是人〕。

周支無日 zeo¹ ji¹ mou⁴ yed⁶ 無日無夜。

周至 zeo¹ ji³ ❶ 周到:照顧得好～〔照顧得很周到〕。❷ 整齊:要着得～啲〔要穿得整齊點兒〕。

周年旺相 zeo¹ nin⁴ wong⁶ sêng³ 祝福語。全年興旺。

周身 zeo¹ sen¹ 全身:專治～骨痛。

周身八寶 zeo¹ sen¹ bad³ bou² 形容人本領技能多:呢個人～也都得〔這個人本領多,甚麼都行〕。

周身屎 zeo¹ sen¹ xi² ❶ 比喻作惡多端而臭名遠揚。❷ 比喻惹得一身麻煩。

周身蟻 zeo¹ sen¹ ngei⁵ 比喻惹了很多麻煩。

周身癮 zeo¹ sen¹ yen⁵ 形容人對甚麼都感興趣。

周時 zeo¹ xi⁴ 經常;隨時:佢～都關心大家〔他經常都關心大家〕|～都喺度〔經常都在這裏〕。

周時無日 zeo¹ xi⁴ mou⁴ yed⁶ 經常;時常;沒有一天不……。

周質 zeo¹ zed¹ 心煩意亂;心緒不寧。

¹走 zeo² 跑:慢慢行,唔使～〔慢慢走,不用跑〕|嗰隻老鼠～甩咗〔那隻老鼠跑掉了〕。〖廣州話的"走"基本上相當於普通話的"跑",但是表示"離去"這個意思時,廣州話和普通話都用"走",如"佢走咗"〔他走了〕。廣州人說普通話時要防止犯類推的錯誤,不要把"佢走咗咯"對譯成〔他跑了〕。〗

²走 zeo² 逃跑;逃避(災難):～警報|～西水〔逃避西江的洪水〕|～日本仔〔逃避日本兵〕。

走白地 zeo² bag⁶ déi⁶ 奔逃:槍一響,敵人就～〔槍一響,敵人就逃了〕。

走寶 zeo² bou² 失去利益、機會等。

走單 zeo² dan¹ 在飯館吃飯後不結賬就偷偷溜走。

走趯 zeo² dég³ (趯,笛³。讀音 tig¹) ❶ 走動:有病就好好休息,唔好成日走走趯趯〔有病就好好休息,不要整天走動〕。❷ 奔波；跑腿：佢成日為大家 ~〔他整天為大家跑腿〕。

走電 zeo² din⁶ 跑電；漏電。

走法律罅 zeo² fad³ lêd⁶ la³ 鑽法律空子。

走埠 zeo² feo⁶ 走江湖。

走夾唔唞 zeo² gab³ m⁴ teo²〔唞，偷²〕拼命跑；沒命地跑。

走雞 zeo² gei¹ ❶ 失去機會：唔好 ~ 呀〔不要失去機會〕。❷ 跑掉：睇住佢，唔好畀佢 ~〔守着他，別讓他跑掉〕。

走記 zeo² géi³ 走；離去。

走警報 zeo² ging² bou³ 躲避敵機空襲。

走鬼 zeo² guei² 無牌小販，因為他們一見警察來即奔跑。

走學 zeo² hog⁶ 走讀。

走甩 zeo² led¹ 跑掉；逃脫。

走甩雞 zeo² led¹ gei¹ ❶ 逃脫了；跑掉了：隻貓 ~ 咯〔貓跑掉了〕。❷ 躲過了關口：呢次畀佢 ~ 添〔這次居然讓他過了關口了〕。❸ 錯過了機會：呢次機會 ~，真可惜〔這次機會給錯過了，真可惜〕。

走路 zeo² lou⁶⁻² 逃亡；逃跑：有個壞分子想 ~，畀我哋捉番嚟〔有個壞傢伙想逃跑，給我們抓了回來〕。

走唔起 zeo² m⁴ héi² 跑不快；跑不動。

走味 zeo² méi⁶ 氣味跑掉：樽酒唔塞實就會 ~ 喇〔這瓶酒不塞緊就會跑味了〕。

走難 zeo² nan⁶ 逃難。

走水 zeo² sêu² 同 "起水"。

走數 zeo² sou³ 有意賴賬。

走投 zeo² teo⁴⁻² 離去；離開：睇見唔對路，佢就 ~ 咯〔看看不對勁，他就離去了〕。

走人 zeo² yen⁴ 走；溜：唔睇就 ~〔不看就走〕｜佢早就 ~ 咯〔他早就溜了〕。

走油 zeo² yeo⁴ 過油（魚、肉等在烹調時先用油略炸一下）。

走雨罅 zeo² yü⁵ la³ 趁下雨的間歇時趕路。

走盞 zeo² zan² 鬆動；迴旋的餘地：時間冇乜得 ~〔時間（安排）很緊〕。

走精便 zeo² zéng¹ bin⁶ 為了自己利益處處耍小聰明。如：你唔好淨係走精便，做生意要講誠信至得〔你不要耍小聰明，做生意要講誠信才行〕。

走走趯趯 zeo² zeo² dég³ dég³〔趯，笛³〕到處奔波；走來走去：成日 ~，都唔知搞乜〔整天走來走去，都不知道搞些甚麼〕。

酒餅 zeo² béng² 酒藥。

酒店 zeo² dim³ 旅館；旅店。

酒家 zeo² ga¹ 大飯店；飯莊；餐廳。

酒板 zeo² ban² 樣品酒。原酒的小型裝。

酒樓 zeo² leo⁴ 酒家；飯館。

酒漏 zeo² leo⁶ 用來灌酒的漏斗。

酒潞 zeo² lou⁶ 酒提，酒類零賣時，用來量酒的器具，帶有長柄，又叫 "酒勺"。

酒米 zeo² mei⁵ 粉刺。

酒吧 zeo² neb¹〔吧，粒。又音 zeo² nib¹〕酒渦；笑靨。

酒渣 zeo² za¹ 醪糟，糯米甜酒的渣滓。

酒糟鼻 zeo² zou¹ béi⁶ 酒渣鼻。

皺紙 zeo³ ji² 有皺紋的紙。

皺紗 zeo³ sa¹ 一種絲織品，表面有皺紋。

就 zeo⁶ ❶ 將要：~ 到。❷ 遷就；你大個，~ 下佢〔你年紀大，遷就他一下〕。

就快 zeo⁶ fai³ 快要：~ 得嘞〔快要得了〕。

⋯⋯就假 zeo⁶ ga² 否定前面的話，相當於 "⋯⋯才怪呢"：你唔想屋企 ~ 嘅〔你不想家才怪呢〕。

就腳 zeo⁶ gêg³ 順路；方便到達：你出街 ~ 嘅話，唔該同我買樽醋翻嚟〔你上街如果順路的話，麻煩幫我買一瓶醋回來〕｜嗰間餐館啲嘢幾好食，

可惜唔多 ～〔那家餐館的東西很好吃，可惜不大方便去〕。

就慣姿勢 zeo⁶ guan³ ji¹ sei³ 慣於遷就某一姿勢，比喻遷就某一不良習慣：你 ～ 就好難改。

就係 zeo⁶ hei⁶ 就是：人哋 ～ 勤力〔人家就是用功〕｜ ～ 佢〔就是他〕。

就至 zeo⁶ ji³ 副詞。剛剛；剛：老師 ～ 喺度開會〔老師剛剛在這裏開會〕｜ ～ 講過又唔記得啦〔剛剛説過又忘了〕｜ ～ 去咗〔剛去了〕。

就正 zeo⁶ jing³ 剛才；剛剛：佢 ～ 重喺度〔他剛才還在這裏〕。

就嚟 zeo⁶ lei⁴（嚟，黎）快；快要：～ 開學㗎喇〔快要開學了〕｜佢 ～ 四十歲咯〔他快四十歲了〕。

就手 zeo⁶ seo² 順利：工作好～〔工作很順利〕。〖普通話"就手"一詞是"順手"的意思，如"就手關門"就是順手關門，與廣州話"就手"一詞不同。〗

就話 zeo⁶ wa⁶ 還説得過去；還算可以：叫個仔送嚟 ～ 嘅，你親自送嚟就太客氣喇〔叫孩子送來還可以，你親自送來就太客氣了〕。

zêu

追瘦 zêu¹ seo³ 表示對某事緊追不放，務必達到目的。如：你講咗唔做，唔怪得人哋 ～ 你啦〔你説過又不兑現，難怪人家緊追不放〕｜借咗資料要按時歸還，否則 ～（借去的資料要按時歸還，否則催促不停）。

嘴 zêu² ❶ 嘴巴。❷ 親吻：～ 一啖〔親一下〕。

嘴吵吵 zêu² miu² miu² 用嘴巴表示輕蔑或不滿的樣子：睇佢 ～ 嘅，唔知有乜意見〔看他撇着嘴，不知有甚麼意見〕。

嘴斂斂 zêu² lim⁵⁻² lim⁵⁻² 舌頭舔嘴巴，

垂涎欲滴的樣子。

嘴滑 zêu² wad⁶ 形容人很會説話，能言善辯。

嘴脧脧 zêu² zê¹ zê¹（脧，揸靴切）貧嘴薄舌。

最多 zêu³ do¹ 頂多；大不了：～ 唔要係啦〔頂多不要就是了〕。

最多唔係 zêu³ do¹ m⁴ hei⁶ 同上。

最尾 zêu³ méi⁵ ❶ 時間上最後的：邊位 ～ 到嘅〔誰最後到的〕？ ❷ 位置上最末的：呢排座位係 ～ 嘅〔這排座位是最後的〕。

醉貓 zêu³ mao¹ 戲稱喝醉了酒的人。

醉酒 zêu³ zeo² 喝醉了。

醉酒佬 zêu³ zeo² lou² 醉漢。

墜 zêu⁶ ❶ 垂：成扃荔枝 ～ 晒落嚟〔整棵荔枝垂了下來〕。❷ 拽：～ 斷條繩〔把繩子拽斷了〕。

墜火 zêu⁶ fo² 去火（中醫指消除身體裏的火氣）。

ZO

左便 zo² bin⁶ 左邊。

左近 zo² gen⁶⁻² ❶ 附近：學校 ～ 有間醫院｜我住喺工廠 ～〔我住在工廠附近〕。❷ 上下；左右：五十斤 ～ ｜七十歲 ～ 。

左口魚 zo² heo² yü⁴⁻² 鰨目魚。

左手邊 zo² seo² bin¹ 左手那一邊，左邊：你 ～ 係邊位〔你的左邊是誰〕？｜ ～ 第二個路口〔左邊第二個路口〕。

左手便 zo² seo² bin⁶ 左邊。

左軚車 zo² tai⁵ cé¹ 指司機的座位設在車身左側的車，這類車必須靠右行。

左呮 zo² yao¹（呮，衣敲切）左撇子：佢係 ～，用左手揸筷子〔他是左撇子，用左手拿筷子〕。

咗 zo²（左）助詞，用在動詞後，表

示動作已經完成，相當於普通話的
"了"：佢嚟～〔他來了〕｜完成～任
務｜洗乾淨～件衫先〔先把衣服洗
乾淨〕。

阻 zo² ❶ 阻攔；擋：～住佢〔攔着他〕｜
唔該你將你架車駛開啲，唔好～
住個路口〔麻煩你把你的車子開過
一點，別擋着路口〕。❷ 妨礙：唔
好～住人哋開會〔不要妨礙着人家
開會〕｜～手～腳〔礙手礙腳〕。

阻埞 zo² déng⁶ 礙事兒：呢架車停喺呢
度好～〔這輛車停在這裏很礙事兒〕。

*阻街 zo² gai¹ 婉辭，指妓女在街邊站
立候客：～女郎〔路邊妓女〕。

阻三阻四 zo² sam¹ zo² séi³ 妨礙着；阻
撓着。

阻頭阻勢 zo² teo⁴ zo² sei³ 同上。

阻滯 zo² zei⁶ 障礙；麻煩：辦呢件事
唔會有～嘅〔辦這件事不會有麻煩
的〕。

坐 zo⁶ 放：木箱就～喺個角落頭啦〔木
箱就放在角落裏吧〕！｜煲～喺風
爐度〔鍋放在爐子上〕。〖"坐"讀 co⁵
時與普通話相同。〗

坐低 zo⁶ dei¹ 放下：～啲嘢唞下先啦
〔把東西放下歇一歇吧〕！

坐定粒六 zo⁶ ding⁶ neb¹ lug⁶ 同下。

坐梗 zo⁶ geng² 固定；十拿九穩；穩
拿：呢次評選先進工作者佢～有份
〔這次評選先進工作者他肯定有份〕。

坐實 zo⁶ sed⁶ 肯定；認定；穩拿：呢
份工～係佢做嘅〔這項工作肯定是
他幹的了〕｜呢次比賽你哋～冠軍
喇〔這次比賽你們穩拿冠軍了〕。

坐嘢 zo⁶ xib¹（嘢·攝¹）自行車的鞍子。

座地扇 zo⁶ déi⁶ xin³ 放在室內地上的
有立柱有底座的電扇。

座火 zo⁶ fo² 去火：～粥｜食生豆腐～
〔生吃豆腐去火〕。

座鐘 zo⁶ zung¹ 放在室內地上的大型時
鐘，一般有長擺。（普通話"座鐘"
是相對"掛鐘"說的，指擺在桌子上
的時鐘，與此不同。）

助成 zo⁶ xing⁴ 幫助完成。

zog

¹作 zog³ ❶ 強取；敲竹槓：本書界人～
咗去〔我的書被人拿走了〕。❷ 幹
掉：～咗佢〔把他幹掉〕。

²作 zog³ 編造：呢份人乜都～得出嚟
〔這號人甚麼都能編得出來〕。

作病 zog³ béng⁶ 發病：睇佢想～嘞〔看
來他要發病了〕。

作大 zog³ dai⁶ 誇大事實，大事宣揚。

作反 zog³ fan² 造反。

作福 zog³ fug¹ 擺設祭品以求神靈償願。

作渴 zog³ hod³ 口渴；煩渴：發燒就～。

作牙（作禡） zog³ nga⁴ 廣州舊俗，商
號於農曆每月的初二、十六兩個"禡
日"，以較豐盛的菜餚酬謝本店財神
土地，也讓伙計們吃一頓，叫"作
牙"。正月初二叫"開牙"，十二月
十六叫"尾牙"。老闆往往在"尾牙"
解僱伙計。

作嘔 zog³ ngeo² ❶ 要嘔吐：食咗啲唔
乾淨嘅嘢，想～〔吃了不乾淨的東
西，想吐〕。❷ 噁心（ěxin）：睇佢打
扮得咁難睇，真～〔看她打扮得那麼
難看，真噁心〕。

作死 zog³ séi² ❶ 找死（罵人語）。❷ 搞
蛋：你咪咁～〔你別那麼搞蛋〕。

作雨 zog³ yü⁵ 天將下雨。

作狀 zog³ zong⁶ 裝模作樣；裝腔作勢：
講話唔好咁～〔說話別那麼裝腔作
勢〕｜你越～人哋越睇唔起你〔你越
裝模作樣，人家越瞧不起你〕。

昨日 zog⁶ yed⁶ 昨天。

¹鑿 zog⁶ 用指節敲打：～頭殼〔敲腦
袋〕｜～門。

²鑿 zog⁶ ❶ 偷;強取:畀人～咗一件衫〔給人家偷了一件衣裳〕。❷ 幹掉:～咗佢〔把他幹掉〕! ❸ 敲(多指敲竹槓):～咗佢一餐茶〔敲他請了一次客吃茶點〕。

zoi

災瘟 zoi¹ wen¹ 罵人語。指帶來災禍和瘟疫的人。

再…過 zoi¹…guo³ 重來一次:再做過〔重新做〕|再試過〔再試一次〕|再去過〔再去〕。

再試 zoi³ xi³ 再,動作再重複一次:今次唔得,你～搞過啦〔這次不行,你再搞一次吧〕|你如果～犯錯,就要開除喇〔如果你再犯錯誤,就要被開除了〕。

在生 zoi⁶ sang¹ 活着:佢重～〔他還活着〕|佢 嗰陣好威㗎〔他活着的時候很威風的〕。

在心 zoi⁶ sem¹ 記在心上:我會～嘅,你放心啦〔我會記在心上的,你放心吧〕。

zong

¹裝 zong¹ 盛(chéng);裝:～飯|～唔落〔盛不下〕|～住嘢〔裝着東西〕。

²裝 zong¹ 誘捕(用機關、器具、陷阱等捕捉):～老鼠|～山豬〔誘捕野豬〕。

裝彈弓 zong¹ dan⁶ gung¹ 設圈套:因住人哋～害你〔當心人家設圈套害你〕。

裝飯 zong¹ fan⁶ 盛飯。

裝假狗 zong¹ ga² geo² 裝蒜;偽裝;弄虛作假:唔好～呃人〔別弄虛作假騙人〕。

裝香 zong¹ hêng¹ 插香;獻香。

裝身 zong¹ sen¹ 穿好的衣服來包裝自己。

瞵(睰) zong¹ ❶ 探頭看:～下佢喺唔喺裏便〔看一下他在不在裏面〕。❷ 窺視;偷看:唔好喺門罅～人哋〔不要在門縫偷看人家〕。

撞鬼 zong⁶⁻² guei² ❶ 活見鬼(罵人的話):真～〔真是活見鬼〕|你～咩,點解亂嚟喋〔你真是活見鬼,怎麼胡來〕! ❷ 倒霉:～,唔見咗添〔倒霉,丟了〕! | ～,又出貓仔咯〔倒霉,又出差錯了〕。

撞衫 zong⁶ sam¹ 兩個人(多指娛樂圈知名人士)在公眾場合穿着相同或相近款式的衣服。

狀棍 zong⁶ guen³ 唆使別人打官司自己從中取利的人。

*狀師 zong⁶ xi¹ 律師。

狀元紅 zong⁶ yün⁴ hung⁴ 荔枝的一種,顏色鮮紅,味香,肉脆而甜。

撞 zong⁶ ❶ 碰;闖:～親頭殼〔碰着腦袋〕|亂～。❷ 胡亂猜測;矇(mēng):呢次畀佢～對咗〔這次給他矇對了〕。❸ 迎,向來人的方向走去:我去～下佢〔我去迎一迎他〕。

撞板 zong⁶ ban² ❶ 碰釘子;出婁(lóu)子;失敗:呢次～囉〔這次出婁子了〕|試驗幾次都～〔試驗幾次都失敗了〕。❷ 糟糕;倒霉:真～,又整爛咗〔真糟糕,又弄壞了〕!

撞彩 zong⁶ coi² 碰運氣:靠～係唔得嘅〔靠碰運氣是不行的〕|要靠主觀努力,唔好靠～〔要靠主觀努力,不要靠碰運氣〕。

撞火 zong⁶ fo² ❶ 火兒;生氣。❷ 習慣認為,涼性中藥要在早晚空腹時服用,如中午服了,就會"撞火"。

撞口卦 zong⁶ heo² gua³ 小孩子碰巧說對了某事。

撞口撞面 zong⁶ heo² zong⁶ min⁶ (多次地)碰見:成日～,好熟〔整天見面,很熟〕。

撞見 zong⁶ gin³ 遇見；碰見：喺門口～
佢〔在門口遇見他〕｜頭先我～你大
佬〔剛才我碰見你哥哥〕。

撞棍 zong⁶ guen³ 騙子。

撞面 zong⁶ min⁶ 見面；碰見：～都冇
句話〔見面都沒説一句打招呼的話〕。

撞啱 zong⁶ ngam¹（啱，岩¹）同"碰啱"。

撞死馬 zong⁶ séi² ma⁵ 比喻橫衝直撞的
人。

撞手神 zong⁶ seo² sen⁴ 碰運氣（一般用
於與手的動作有關的方面，如抓鬮、
賭博等）。

撞頭 zong⁶ teo⁴ 雙方擦肩而過：你嚟
我往，大家～都冇見到〔你來我往，
大家擦肩而過都沒有看見〕。

zou

糟質 zou¹ zed¹ ❶ 糟蹋；不愛惜（物）：
唔好～啲嘢啦〔不要糟蹋東西〕。❷
刻薄；不愛護（人）：佢成日都～個
細路仔〔他老是刻薄那個小孩〕。

早輪 zou² lên⁴ 同"早排"。

早排 zou² pai⁴⁻² 前一段時間；前些日
子：～我去咗北京〔前些日子我到
北京去了〕。

早晨 zou² sen⁴ ❶ 早上好：～〔早上好〕！
❷ 早：你今日嚟得咁～呀〔你今天
來得這麼早〕！

早哨 zou² teo²（哨，頭²）❶ 早點休息，
即"晚安"。❷ 罵人語。早點兒歇着
去吧，即快點完蛋吧。

早禾 zou² wo⁴ 早稻，春季插秧的稻子。

早時 zou² xi⁴ ❶ 早先；原來：呢度～
有間屋〔這裏原來有一所房子〕。
❷ 剛才：～有人搵你〔剛才有人找
你〕。

早一輪 zou² yed¹ lên⁴ 同"早排"。

早一排 zou² yed¹ pai⁴⁻² 同"早排"。

早造 zou² zou⁶ 指春季插秧的稻子，夏

季收穫。

灶窟 zou³ fed¹ 灶膛。

灶君 zou³ guen¹ 灶神；灶王爺。

灶蝦 zou³ ha¹ 灶馬，類似小蟋蟀，但
沒有翅膀，頭小，生活在陰暗的地
方，夜間常在灶旁叫。

灶頭 zou³ teo⁴ 鍋台；灶台。

造 zou⁶ ❶ 蔬菜瓜果等上市正盛的時
期：黃瓜～｜荔枝～｜過～｜
末～。❷ 量詞。茬：一～禾｜一年
兩～。

***造馬** zou⁶ ma⁵ ❶ 在賽馬中舞弊，使內
定的馬獲勝。❷ 引申指在各類選舉
中舞弊，使內定的人獲勝。

造勢 zou⁶ sei³ 製造氣氛；營造氛圍。

做 zou⁶ 演出；放映：禮堂有戲～｜
今晚～乜戲〔今晚演甚麼戲〕？

做把戲 zou⁶ ba² héi³ 耍把戲。

做百囉 zou⁶ bag³ lo¹ 為嬰兒慶賀出生
百日。

做醜人 zou⁶ ceo² yen⁴ 出面做得罪人的
事：你真精，搵我嚟～〔你真油，讓
我來做得罪人的人〕。

做七 zou⁶ ced¹ 舊俗人死後每隔七天
喪家要在靈前祭奠一次，以超度亡
靈。

做膽 zou⁶ dam² ❶ 當做膽兒：畀個水
缸你～，你都唔敢〔就算拿個水缸
當做膽兒，你也不敢〕。❷ 壯膽，撐
腰：有佢～你怕乜呀〔有他壯膽你
怕甚麼〕！

做得 zou⁶ deg¹ ❶ 可以做；幹得了：呢
件事我～〔這件事我幹得了〕。❷ 肯
幹；賣力：你真～。

做低 zou⁶ dei¹ 幹掉；搞垮：～兩個壞
蛋〔幹掉兩個壞蛋〕。

做得嚟 zou⁶ deg¹ lei⁴ 能夠做，幹得
了：呢啲事佢～嘅〔這些事他能夠
做的〕｜乜佢都話～〔甚麼他都説幹
得了〕。

做冬 zou⁶ dung¹ 過冬至節，是民間一個相當隆重的節日。

做工夫 zou⁶ gung¹ fu¹ ❶ 幹活兒：唔～點有飯食〔不干活兒哪有飯吃〕。❷ 干工作：我要～，唔得閒〔我要干活兒，沒空〕。

做功課 zou⁶ gung¹ fo³ 比喻事先做好收集資料、調查情況等準備工作：為咗呢次談判，佢做咗唔少功課〔為了這次談判，他做了不少準備工作〕。

做戲 zou⁶ héi³ 演戲：學～｜今晚禮堂～。

做好心 zou⁶ hou² sem¹ 做善事；出於好心辦事：我～幫佢，點知佢反口咬人〔我出於好心幫助他，誰知他反而賴我〕。

做好做醜 zou⁶ hou² zou⁶ ceo² 好歹；不管採取甚麼手段：～要佢服從〔好歹要他服從〕。

做唔嚟 zou⁶ m⁴ lei⁴ 不能夠做，干不了：做呢啲工要專門技術，我～〔做這些工要專門技術，我幹不了〕｜我唔係唔肯做，而係～〔我不是不願做，而是幹不了〕。

做乜 zou⁶ med¹（乜，麼一切）❶ 幹甚麼：你係～㗎〔你是幹甚麼的〕？❷ 為甚麼；幹嗎；怎麼：～唔嚟〔為甚麼不來〕？｜～唔出聲〔幹嗎不作聲〕？｜你唔去呀〔怎麼你不去〕？〔"做乜"即"做乜嘢"的省略。〕

做埋 zou⁶ mai⁴ ❶ 做完：～至好走〔做完了才能走〕｜重有啲手尾，～佢啦〔還有一點收尾工作，幹完它吧〕。❷ 總是做：佢～啲衰嘢，肯定冇好收場〔他淨幹那些缺德事，肯定沒有好下場〕。

做乜傢伙 zou⁶ med¹ ga¹ fo² 幹甚麼：你日頭～，搞到要夜晚加班〔你白天幹甚麼去，弄得晚上要加班〕？

做乜嘢 zou⁶ med¹ yé⁵ ❶ 幹甚麼：佢喺度～〔他在幹甚麼〕？❷ 為甚麼：～佢唔嚟〔為甚麼他不來〕？又說"做乜"。

做牙（做禡） zou⁶ nga⁴ 廣州舊俗。商號於農曆每月的初二、十六兩個"禡日"以較豐盛的菜餚祭拜本店財神、土地，也讓夥計們打牙祭，叫"做牙"。正月初二叫"開牙"，十二月十六叫"尾牙"。

做磨心 zou⁶ mo⁶ sem¹ 比喻處在為難的境地，各方的關係難以處理。

做世界 zou⁶ sei³ gai³ 指幹行兇、偷盜、劫掠等勾當：出去～〔出外幹搶劫等勾當〕｜界人～〔給人幹掉〕｜做佢世界〔把他幹掉〕。〔"做世界"一般中間嵌進人稱代詞"你"、"佢"、"佢哋"等，即"把……幹掉"的意思。〕

做騷 zou⁶ sou¹ 作秀，表演：大家都知根知底，你唔好～喇〔大家都瞭解底細，你不必作秀了〕。〔"騷"是英語 show 的譯音。〕

做嘢 zou⁶ yé⁵ ❶ 幹活；工作：～就唔好傾偈〔幹活就不要聊天〕。❷ 就業；參加工作：你嘅仔～未呀〔你兒子工作了沒有〕？

做咗手腳 zou⁶ zo² seo² gêg³（咗，左）被別人暗中搞了小動作。

做莊 zou⁶ zong¹ 比喻當總管：呢度係佢～〔這裏是他當總管〕。

zug

竹 zug¹ ❶ 竹子：呢幾喬～幾靚〔這幾棵竹子多好〕！❷ 竹竿：攞枝～嚟晾衫〔拿根竹竿來晾衣服〕。

竹白 zug¹ bag⁶ 篾黃，竹子的裏層，較軟，可以編織器物。

竹青 zug¹ céng¹ 帶外皮的竹篾；刮出的竹子上的薄皮。

竹笪 zug¹ dad³ 粗竹片編成的大塊席子，圍起來可囤放糧食等，平鋪可晾曬物品。

竹雞 zug¹ gei¹ ❶ 長在竹節上的嫩芽。❷ 秧雞，一種鳥，體型比雞小，春天多在稻田裏不停地叫。

竹槓 zug¹ gong³ 用整段毛竹做的棍子，挑東西用。口語多說成"竹升"。

竹篙 zug¹ gou¹ 竹竿。

竹殼 zug¹ hog³ 竹籜，隨着竹子成長而脫落的弧形硬皮。

竹枝 zug¹ ji¹ ❶ 小竹子；竹子的分枝。❷ 用竹子做成的細棍兒：搵啲 ～ 嚟做棉籤〔拿些小竹棍來做棉籤〕。

竹紙 zug¹ ji² 一種白紙，常用來練習毛筆字。

竹織鴨 zug¹ jig¹ ngab³ 比喻沒有心肝的人。

竹織批蕩 zug¹ jig¹ pei¹ dong⁶ 一種簡易的建築方法，蓋房子時，牆用竹片或木片搭成，上面抹上灰沙。

竹戰 zug¹ jin³ 打麻將。

竹門木門 zug¹ mun⁴ mug⁶ mun⁴ 比喻雙方門不當戶不對。

竹紗 zug¹ sa¹ 府綢：～ 衫褲〔府綢衣服〕。

竹芯 zug¹ sem¹ 尚未展開的針狀的嫩竹葉。

竹絲雞 zug¹ xi¹ gei¹ 一種白毛黑皮的雞。又叫"黑肉雞"。

竹升 zug¹ xing¹ 大竹槓。〔"槓"與"降"同音，迷信的人忌諱"降"字，因而改用"升"來代替。〕

*竹升妹 zug¹ xing¹ mui⁶⁻¹ 比喻生在中國而長在外國，對中國文化和外國文化都不大瞭解的華人女子。

*竹升仔 zug¹ xing¹ zei² 比喻生在中國而長在外國，對中國文化和外國文化都不大瞭解的華人男子。

竹茹 zug¹ yü⁴ 從竹竿上刮下來的細竹絲。

竹蔗 zug¹ zé³ 一種甘蔗，稈細，皮硬，青色，多用來榨汁或加茅根煮水喝。

捉錯用神 zug¹ co³ yung⁶ sen⁴ 同"表錯情"。

捉蟲入屎窟 zug¹ cung⁴ yeb⁶ xi² fed¹ 同"捉蛇入屎窟"。

捉雞腳 zug¹ gei¹ gêg³ 抓住弱點；抓住可被利用的把柄。

捉字蝨 zug¹ ji⁶ sed¹ 摳字眼兒；挑字眼兒：佢呢個人最鍾意 ～〔他這個人老愛摳字眼兒〕。

捉棋 zug¹ kéi⁴⁻² 下棋：～ 比賽。

捉蛇入屎窟 zug¹ sé⁴ yeb⁶ xi² fed¹ 意思是自找麻煩。

捉痛腳 zug¹ tung³ gêg³ 揭短；揭瘡疤；抓到要害問題：我唔使捉人哋嘅痛腳〔我不必揭人家的瘡疤〕。

捉黃腳雞 zug¹ wong⁴ gêg³ gei¹ 指捉拿闖入別人室內，調戲婦女的好色之徒。

捉羊牯 zug¹ yêng⁴ gu² 佔人便宜；隨意宰割別人。

捉兒人 zug¹ yi⁴⁻¹ yen⁴⁻¹ 捉迷藏：細路仔好中意 ～〔小孩很喜歡捉迷藏〕。

捉用神 zug¹ yung⁶ sen⁴ 揣度別人的用意。

俗品 zug⁶ ben² 俗氣；粗俗。

俗骨 zug⁶ gued¹ 俗氣。

俗例 zug⁶ lei⁶ 風俗習慣；習俗。

逐啲 zug⁶ di¹（啲，多衣切）一點一點地；逐一：唔好心急，～ 做〔不要焦急，一點一點地幹〕。

濁 zug⁶ 嗆（qiāng）：慢慢飲，唔好界水 ～ 親〔慢慢喝，別給水嗆了〕。

¹續 zug⁶ 接（線）：～ 線｜ ～ 番條冷〔把毛線接上〕。

²續 zug⁶ 找錢（買賣時找零錢）：～ 錢｜ 有散紙 ～〔沒有零錢找〕。

zung

中 zung¹ 中人：你嚟做 ～〔你來做中人〕。

*中更** zung¹ gang¹ 中班，門衛、保安員、倉庫管理員等的值班時間，一般一天分上、中、下三更。

中學雞 zung¹ hog⁶ gei¹ 中學生（詼諧的說法）。

中褸 zung¹ leo¹ 中大衣，長及膝蓋。

中亭 zung¹ ting⁴⁻² 中等：呢啲貨最多算 ～ 啦〔這些貨最多算中等吧〕。

中意 zung¹ yi³ 同「鍾意」。❶ 喜歡；喜愛：～ 唱歌｜佢好 ～ 細蚊仔〔他很喜愛小孩〕。❷ 合意；滿意：揀到 ～ 為止〔挑選到合意為止〕。

中中地 zung¹ zung¹ déi⁶⁻² 中等；中不溜：佢嘅成績係 ～ 啦〔他的成績算中等吧〕。

忠直 zung¹ jig⁶ 忠厚梗直：呢個人幾 ～ 呀〔這個人相當忠厚老實〕。

忠心 zung¹ sem¹ 忠誠：佢對老闆都算 ～ 喇〔他對老闆也算忠誠的了〕。

終之 zung¹ ji¹ 到底；到後來；最後：你 ～ 係嚟喇〔你到底還是來了〕。

終須 zung¹ sêu¹ 終歸：只要堅持試驗，～ 會成功嘅〔只要堅持試驗，終歸會成功的〕｜"～ 有日龍穿鳳"〔俗語。意思是終歸會有出頭之日或終歸會有好日子〕。

春 zung¹ ❶ 杵：～ 咗佢一拳〔杵了他一拳〕。❷ 闖：亂咁 ～〔亂闖〕。❸ 墜，栽：成個人 ～ 落去〔整個人墜下去〕｜敵機 ～ 咗落嚟〔敵機栽了下來〕。

春牆 zung¹ cêng⁴ ❶ 用紅土拌上石灰等搗實築牆。❷ 用頭撞牆。

春坎 zung¹ hem² 春米用的石臼或木臼。

春米公 zung¹ mei⁵ gung¹ 一種昆蟲，黑色，形狀像細腰蜂，尾部不停地上下點動。

春杵 zung¹ qu⁵ 春米用或捶砸蓆草用的粗木杵。

春瘟雞 zung¹ wen¹ gei¹ ❶ 形容人走路不穩，亂衝亂撞，像發瘟雞那樣：醉酒佬行路似 ～ 噉〔醉漢走路像瘟雞那樣〕。❷ 比喻做事情無計劃，盲目亂來：做嘢唔得 ～ 嘅㗎〔幹工作不能瞎搞一氣〕。

鐘 zung¹ 時間，鐘點，指通過鐘錶顯示的時間：就快夠 ～ 咯〔就快到點了〕｜過咗 ～ 你至到，遲晒咯〔過了時間你才到，太晚了〕。

鐘數 zung¹ sou³ 時間：夠 ～ 喇〔到時間了〕｜睇 ～〔看時間〕。

總言之 zung² yin⁴ ji¹ 表示帶結論性的肯定：～ 呢度唔畀通過〔不用多說，這裏不讓通過〕。

粽（糉） zung³⁻² 粽子：裹蒸 ～｜鹹肉 ～｜梘水 ～〔鹹水粽子〕。

縱 zung³ 寵；溺愛：唔好 ～ 壞細佬哥〔不要寵壞了小孩〕｜佢老豆好 ～ 佢〔他父親很溺愛他〕。

中招 zung³ jiu¹ ❶ 比喻中計、上當：我哋差啲 ～ 咯〔我們差一點上當了〕。❷ 戲稱遇到小的禍害。

重（仲） zung⁶ ❶ 還（hái）：～ 未夠鐘〔還未到點〕｜～ 等乜嘢〔還等甚麼〕？❷ 更加：今年收成 ～ 好｜你表揚咗佢，佢 ～ 積極啲添〔你表揚了他，他更積極了〕。

重加 zung⁶ ga¹ 更；更加：我話噉好添〔我說這樣還更好呢〕。

重兼 zung⁶ gim¹ 而且還：自己唔對 ～ 鬧人〔自己不對而且還罵人〕。

重估 zung⁶ gu² 還以為；滿以為：我 ～ 你唔同意添〔我還以為你不同意呢〕。

重係 zung⁶ hei⁶ ❶ 還是；仍然：～ 以前噉樣〔還是以前那樣〕。❷ 總是：我經常提醒佢，佢 ～ 唔聽〔我經常提醒他，他總是不聽〕。

重冇咁嫐 zung⁶ mou⁵ gem³ neo¹ 還不如……：坐車咁逼，行路 ～ 啦〔坐車那麼擁擠，還不如走路呢〕。

重話 zung⁶ wa⁶ 又説，還説：～ 保證品質，點知咁差嘅〔還説保證品質，哪知道這麼差勁〕｜ ～ 係先進單位，咁唔負責任嘅〔還説先進單位吶，這麼不負責任的〕。

廣州話音系説明

一、聲　母

廣州話有十九個聲母，列表如下：

b [p]	**p** [pʻ]	**m** [m]	**f** [f]	**w** [w]
d [t]	**t** [tʻ]	**n** [n]	**l** [l]	
z (j) [tʃ]	**c** (q) [tʃʻ]	**s** (x) [ʃ]	**y** [j]	
g [k]	**k** [kʻ]	**ng** [ŋ]	**h** [h]	
gu [kw]	**ku** [kʻw]			

聲母例字：

b	ba¹	巴	bin¹	邊
p	pa¹	趴	pin¹	偏
m	ma¹	媽	min⁴	眠
f	fa¹	花	féi¹	飛
w	wa¹	蛙	wing⁴	榮
d	da²	打	din¹	癲
t	ta¹	他	tin¹	天
n	na⁴	拿	nin⁴	年
l	la¹	啦	lin⁴	連
z	za¹	渣	zo²	左
j	ji¹	資	ju¹	豬
c	ca¹	叉	céng¹	青（青菜）
q	qi¹	雌	qing¹	青（青年）
s	sa¹	沙	so¹	梳
x	xi¹	思	xu¹	書
y	ya⁵	也	yü¹	於
g	ga¹	家	gin¹	堅
k	ka¹	卡	kung⁴	窮

ng	nga¹	丫	ngeo⁴	牛
h	ha¹	蝦	hin¹	牽
gu	gua¹	瓜	guo²	果
ku	kua¹	誇	kuei¹	虧

聲母說明:

(1) b、d、g 分別是雙唇、舌尖、舌根不送氣的清塞音,相當於國際音標的 [p、t、k]。這三個音與普通話大體相同。英語音節的開頭沒有這些音。英語的 b、d、g 是不送氣的濁塞音,而 p、t、k 是送氣的清塞音,都與廣州話不同。只有出現在 s 之後英語的 p、t、k 才變成不送氣的清塞音,與廣州話的這三個音接近。如 speak(說),stand(站),sky(天空),其中 s 後的 p、t、k 都不送氣。

(2) p、t、k 是送氣的 b、d、g,相當於國際音標的 [p'、t'、k']。這三個音與普通話和英語都大體相同。

(3) m、n、ng 是與 b、d、g 同部位的鼻音,相當於國際音標的 [m、n、ŋ]。m、n 這兩個音與普通話和英語都相同。ng 這個聲母普通話沒有。在連讀的時候,因為語音同化的關係,普通話偶爾會出現這個聲母,如"東安"、"平安"中的"安",有一個近似 ng 的聲母。英語沒有以 ng 起頭的音節。

(4) f 是唇齒清擦音,相當於國際音標的 [f]。這個音與普通話及英語相同。

(5) l 是舌尖邊音,相當於國際音標的 [l]。這個音與普通話及英語都相同。

(6) h 是喉部清擦音,相當於國際音標的 [h],與英語的 h 相同。普通話沒有這個聲母。漢語拼音方案的 h 是代表普通話的舌根清擦音 [x],發音部位比廣州話的要前一些。說普通話的人發這個音時要把舌根放鬆,像呵氣的樣子即可發出來。

(7) z 和 j,c 和 q,s 和 x 是相同的聲母,是混合舌葉清塞擦音和擦音,相當於國際音標的 [tʃ]、[tʃ']、[ʃ]。本來只用 z、c、s 一套即可,為了使廣州話注音與普通話注音在形式上接近,便於互學,我們把出現在 i、ü 兩個元音之前的 z、c、s 改用 j、q、x,出現在其他元音之前則仍用 z、c、s。

普通話沒有相當於廣州話 z、c、s 的聲母。這三個聲母大概在普通話舌尖音 z、c、s 與舌面前音 j、q、x 之間。英語沒有與廣州話 z(或 j)

相當的音，但有與廣州話 c（或 q）和 s（或 x）相近似的音，如 charge（記賬）、she（她）中的 ch [tʃʻ] 和 sh [ʃ]，分別近似廣州話的 c（或 q）、s（或 x），但廣州話的發音部位比英語的還要靠前一些。

（8）w、y 屬半元音，發音時略帶摩擦，相當於國際音標的 [w]、[j]。這兩個音與英語的 w、y 相同。普通話沒有這兩個聲母。漢語拼音方案的 w、y 屬元音性質，沒有摩擦成分。

（9）gu、ku 是圓唇化的舌根音 g、k，相當於國際音標的 [kw、kʻw]。發音時雙唇收攏，g 和 u 或 k 和 u 要同時發出。u 在這裏是表示圓唇的符號，屬聲母部分，不是元音，不屬介音性質。這兩個聲母與以 u 開頭的韻母相拼時省去表示圓唇的符號 u，如“姑”是 gu＋u，“官”是 gu＋un，只記作 gu¹ 和 gun¹。“箍”是 ku＋u，只記作 ku¹。但並不是説“姑”、“官”、“箍”等字的聲母是 g、k。在説廣州話的人看來，“姑”、“官”等字與“瓜”、“關”、“光”等字的聲母相同而與“家”、“覊”、“江”等字的聲母不同，前者屬 gu 聲母，後者屬 g 聲母。試比較下面兩組字：

孤 gu＋u	寡 gu＋a	孤 gu＋u	家 g＋a
觀 gu＋un	光 gu＋ong	觀 gu＋un	江 g＋ong
冠 gu＋un	軍 gu＋en	管 gu＋un	緊 g＋en

左欄兩字的聲母相同，右欄兩字的聲母各不相同。

再從聲母與韻母的結合關係看，也説明上面的看法是正確的。廣州話的 gu、ku 兩個聲母跟韻母的結合關係與 w 這個聲母完全一致。凡是能跟 w 相拼的韻母都能跟 gu 或 ku 相拼（ku 聲母的字少，有些音節無字），凡是不跟 w 相拼的韻母也不跟 gu、ku 相拼。據統計，跟 w 和 gu、ku 相拼的韻母有如下十八個：

	w-		gu-	
a	wa¹	蛙	gua¹	瓜
ai	wai⁶	壞	guai¹	乖
an	wan¹	彎	guan¹	關
ang	wang⁴	橫	guang⁶	逛
ag	wag⁶	劃	guag³	摑
ei	wei¹	威	guei¹	龜

	w-			gu-	
en	wen¹	溫	guen¹	軍
eng	weng⁴	宏	gueng¹	轟
ed	wed¹	屈	gued¹	骨
ing	wing⁴	榮	guing²	炯
ig	wig⁶	域	guig¹	虢
o	wo¹	窩	guo²	果
ong	wong²	枉	guong²	廣
og	wog⁶	獲	guog³	國
u	wu¹	烏	g(u)u¹	姑
ui	wui¹	煨	k(u)ui²	潰
un	wun⁶	換	g(u)un¹	官
ud	wud⁶	活	k(u)ud³	括

上表的"烏"字是聲母 w 加韻母 u，"姑"字應該是聲母 gu 加韻母 u。同樣，"潰"字是聲母 ku 加韻母 ui。所以，儘管為了簡便省去了表示圓唇聲母的符號 u，"姑"、"潰"、"官"、"括"等字的聲母也應看作是圓唇聲母 gu 或 ku，而不是 g、k。

　　廣州話中有些原屬 gu、ku 聲母 o、og、ong 韻母的字，如"過、郭、廣、礦、狂……"現在有好些人（特別是青少年）讀作 go³、gog³、gong²、kong³、kong⁴……，消失了圓唇作用，這種現象可能成為一種發展趨勢。

　　(10) 從歷史上看，廣州話有一個零聲母（即古影母開口一二等的字，現在有些人讀作元音開頭），廣州有部分人習慣把它讀成舌根鼻音 ng-[ŋ-]，如"丫"a¹、"埃"ai¹①、"坳"ao³、"晏"an³、"罌"ang¹、"鴨"ab³、"壓"ad³、"鈪"ag³、"歐"eo¹、"庵"em¹、"鶯"eng¹、"握"eg¹、"疴"o¹、"澳"ou³、"安"on¹、"骯"ong¹、"惡"og³、"甕"ung¹、"屋"ug¹等字，又可以讀成 nga¹、ngai¹、ngao³……，這種讀法又是一個普遍的趨勢。

　　與上述現象相反，廣州和香港有部分人（特別是香港的青少年）把 ng 聲母的字（主要是來自中古疑母陽調類的字）讀作零聲母，如"牙、牛、偶、眼、我、外……"。

---

① "埃"本讀 oi¹，但現在廣州人習慣讀 ai¹。

二、韻　母

廣州話有五十三個韻母，另外還有三個是用於外來詞或象聲詞或形容詞後綴等音節的韻母（這三個韻母沒有字音，出現頻率又比較少，在下表中加括號）列表如下：

元音 韻尾	a[a]		é[ɛ]	i[i]	o[ɔ]	u[u]	ü[y]	ê[œ]
-i	ai[ai]	ei[ɐi]	éi[ei]		oi[ɔi]	ui[ui]		
-u	ao[au]	eo[ɐu]		iu[iu]		ou[ou]		êu[øy]
-m	am[am]	em[ɐm]	(ém)[ɛm]	im[im]				m[m̩]
-n	an[an]	en[ɐn]		in[in]	on[ɔn]	un[un]	ün[yn]	ên[øn]
-ng	ang[aŋ]	eng[ɐŋ]	éng[ɛŋ]	ing[ɪŋ]	ong[ɔŋ]	ung[ʊŋ]		êng[œŋ] ng[ŋ̩]
-b	ab[ap]	eb[ɐp]	(éb)[ɛp]	ib[ip]				
-d	ad[at]	ed[ɐt]	(éd)[ɛt]	id[it]	od[ɔt]	ud[ut]	üd[yt]	êd[øt]
-g	ag[ak]	eg[ɐk]	ég[ɛk]	ig[ɪk]	og[ɔk]	ug[ʊk]		êg[œk]

韻母例字：

a	[a]	ba³	霸	na⁴	拿
ai	[ai]	bai³	拜	dai³	帶
ao	[au]	bao³	爆	nao⁴	錨
am	[am]	dam¹	擔	tam¹	貪
an	[an]	ban¹	班	dan¹	丹
ang	[aŋ]	pang¹	烹	lang⁵	冷
ab	[ap]	dab³	答	tab³	塔
ad	[at]	bad³	八	dad⁶	達
ag	[ak]	bag³	百	pag³	拍
ei	[ɐi]	bei¹	跛	dei¹	低
eo	[ɐu]	deo¹	兜	teo¹	偷
em	[ɐm]	bem¹	泵	lem⁴	林
en	[ɐn]	ben¹	賓	ten¹	吞
eng	[ɐŋ]	beng¹	崩	deng¹	燈
eb	[ɐp]	neb¹	粒	leb¹	笠
ed	[ɐt]	bed¹	不	ded⁶	凸

eg	[ɐk]	beg¹	北	deg¹	德
é	[ɛ]	mé¹	咩	dé¹	爹
éi	[ei]	béi¹	悲	déi⁶	地
(ém)	[ɛm]	gém¹	"輸"（指球賽）		
éng	[ɛŋ]	béng²	餅	déng¹	釘
(éb)	[ɛp]	géb¹	"鴨叫聲"		
(éd)	[ɛt]	kéd¹	"女孩笑聲"		
ég	[ɛk]	bég³	壁	dég⁶	笛
i	[i]	ji¹	脂	qi¹	癡
iu	[iu]	biu¹	標	diu¹	丟
im	[im]	dim²	點	tim¹	添
in	[in]	bin¹	邊	din¹	癲
ing	[ɪŋ]	bing¹	兵	ding¹	丁
ib	[ip]	dib⁶	疊	tib³	帖
id	[it]	bid¹	必	tid³	鐵
ig	[ɪk]	big¹	逼	dig⁶	敵
o	[ɔ]	bo¹	波	do¹	多
oi	[ɔi]	doi⁶	代	toi¹	胎
ou	[ou]	bou¹	煲	dou¹	刀
on	[ɔn]	gon¹	干	ngon⁶	岸
ong	[ɔŋ]	bong¹	幫	dong¹	當
od	[ɔt]	hod³	喝	god³	割
og	[ɔk]	bog³	駁	dog⁶	鐸
u	[u]	fu¹	夫	wu¹	烏
ui	[ui]	bui¹	杯	pui³	配
un	[un]	bun¹	般	pun¹	潘
ung	[ʊŋ]	pung³	碰	dung¹	東
ud	[ut]	bud⁶	勃	pud³	潑
ug	[ʊk]	bug¹	卜	dug¹	督
ü	[y]	ju¹	朱	qu⁵	柱
ün	[yn]	dün¹	端	jun¹	專
üd	[yt]	düd⁶	奪	jud⁶	絕
ê	[œ]	hê¹	靴	lê¹	�（吐出）

êu	[øy]	dêu¹	堆	têu¹	推
ên	[øn]	dên¹	敦	lên⁴	輪
êng	[œŋ]	nêng⁴	娘	lêng⁴	良
êd	[øt]	lêd⁶	律	zêd¹	卒
êg	[œk]	dêg³	啄	lêg⁶	略
m	[m̩]	m⁴	唔		
ng	[ŋ]	ng⁴	吳	ng⁵	五

韻母說明：

（1）廣州話有 a、e、é、i、o、u、ü、ê 八個元音。除了 e 之外，其餘七個元音都能單獨作韻母。

（2）元音 a（包括單元音 a 和帶韻尾的 a）是長元音。ai、ao 中的韻尾 i、o（實際音值是 u）很短。a、ai、ao、an、ang 幾個韻母與普通話的大致相同。

（3）元音 e 不能單獨作韻母，相當於國際音標的 [ɐ]，發音時口腔比 a 略閉，舌頭也稍為靠後，而且時間短促，可以看作短的 a。但這兩個元音經常出現在相同的條件之下，對立非常明顯，因此，a [a] 與 e[ɐ] 是兩個不同的元音音位。普通話沒有 e[ɐ] 這個音，gen"根"、geng"更" 中的 e[ə] 近似廣州話的 [ɐ]，但開口度沒有 e[ɐ] 大。英語 gun(槍)、but(但是) 中的 u 與廣州話的 e[ɐ] 近似，但舌位沒有 e[ɐ] 那麼靠前。由於 e [ɐ] 是個非常短的元音，ei、eo 兩韻中的韻尾 i 和 o（實際音值是 u）就顯得長。

（4）元音 é 除了在 éi 中是短元音，開口度較閉，相當於國際音標的 [e] 之外，其餘各韻中的 é 都是長元音，開口度也較大，相當於國際音標的 [ɛ]。ém、éb、éd 三個韻母只出現在口語裏，含這個韻母的音節都是有音無字的。

（5）元音 i 的讀音與普通話的 i 大致相同。i、iu、in 中的 i 是長元音。ing、ik 中的 i 是短元音，開口度稍大，比國際音標的 [ɪ] 還要開一點，接近 [e]。廣州話的 ing 與普通話的 ing 有明顯的不同。

（6）元音 o 的讀音比普通話的 o 開口度大，相當於國際音標的 [ɔ]，但 ou 中的 o 較閉，相當於國際音標的 [o]。除 ou 外，其餘各韻中的 o 都是長元音。

（7）元音 u 的讀音與普通話的 u 大致相同，相當於國際音標的 [u]，u、ui、un、ud 各韻中的 u 是長元音，前面三個韻母與普通話的 u、uei(ui)、uen(un) 大致相同。ung、ug 兩個韻中的 u 是短元音，開口度稍大，比國際音標的 [ʊ] 還要開一點，接近 [o]。廣州話的 ung 與普通話的 ung 有明顯的不同。

（8）元音 ü 的讀音與普通話的 ü 大致相同，相當於國際音標的 [y]，單元音 ü 以及帶韻尾的 ü 都是長元音。

（9）元音 ê 相當於國際音標的 [œ]，是圓唇的 [ɛ]，普通話和英語都沒有這個音。法語 neuf（九）中的 eu 近似廣州話的 ê。ê、êng、êg 三個韻母中的 ê 是長元音，êu、ên、êd 三個韻母中的 ê 是短元音，也較閉，相當於國際音標的 [ø]，近似法語 neveu"姪子"中的 eu。

（10）m、ng 是聲化韻母，是單純的雙唇鼻音和舌根鼻音，能自成音節，不與其他聲母相拼，相當於國際音標的 [m̩]、[ŋ̍]。

（11）以塞音 -b[-p]、-d[-t]、-g[-k] 為韻尾的韻母，普通話沒有。英語雖以 -p、-t、-k、-b[-b]、-d[-d]、-g[-g] 為收尾的音節，但與廣州話的不同。廣州話的塞音韻尾 -b、-d、-g 不破裂（沒有除阻），發音時只作發這些音的姿勢而不必發出這些音，如 ab 韻，先發元音 a，然後雙唇突然緊閉，作發 b 的姿勢即停止，其餘類推。

（12）上面八個元音之中，é、i、o、u、ê 各有兩個音值：é[ɛ、e]、i[i、ɪ]、o[ɔ、o]、u[u、ʊ]、ê[œ、ø]，由於每個元音的兩個音值出現的條件各不相同，可以互補，兩個音值只作一個音位處理。

廣州話的 m、n、ng 韻尾本來是分得很清楚的，但是現在香港有不少青少年把部分原屬 ng 韻尾的字讀成 n 韻尾。例如"電燈"的"燈"deng¹ 讀成"墩"den¹，"匙羹"的"羹"geng¹ 讀成"根"gen¹，"學生"的"生"sang¹ 讀成"山"san¹，"文盲"的"盲"mang⁴ 讀成"蠻"man⁴。

三、聲　調

廣州話有六個舒聲調，三個促聲調。根據韻尾的不同，廣州話的音節可分兩類：韻尾為 -i、-u(-o)、-m、-n、-ng 的和不帶任何韻尾的，叫舒聲韻；韻尾為 -b、-d、-g 的叫促聲韻（又叫入聲韻，出現舒聲韻的聲調叫舒聲調，出現促聲韻的聲調叫促聲調（又叫入聲）。中古漢語的平、上、去、入四聲在廣州話已各分化為二，即陰平、陽平、陰上、陽上、陰去、陽去、陰入、陽入。另外，陰入裏頭又因為元音的長短，分化為兩個聲調，一個是原來的陰入（又叫上入），一個叫中入。這樣，廣州話目前一共有九個聲調。列表如下：

調類	舒聲調						促聲調		
	陰平	陽平	陰上	陽上	陰去	陽去	陰入	中入	陽入
調值	˥˧$_{53}$, ˥$_{55}$	˩$_{11}$	˧˥$_{35}$	˩˧$_{13}$	˧$_{33}$	˨$_{22}$	˥$_{55}$	˧$_{33}$	˨$_{22}$
例字	分 思	墳 時	粉 史	憤 市	訓 試	份 士	忽 式	發 錫	佛 食

聲調説明：

(1) 上面的調號本來把"陰類調"的作單數調，"陽類調"的作雙數調比較合適（即陰平、陽平、陰上、陽上、陰去、陽去、陰入、陽入、中入分別作 1、2、3、4、5、6、7、8、9 調），但廣州話拼音方案聲調的次序已經用 1、2、3 表示陰平（和陰入）、陰上、陰去（和中入），用 4、5、6 表示陽平、陽上、陽去（和陽入），這裏採用廣州話拼音方案標音，調號也採用與之相同的辦法。列表如下：

調號	1	2	3	4	5	6
調類	陰平 陰入	陰上	陰去 中入	陽平	陽上	陽去 陽入
例字	分 fen^1 忽 fed^1	粉 fen^2	訓 fen^3 發 fad^3	墳 fen^4	憤 fen^5	份 fen^6 佛 fed^6

(2) 第 1 調包括陰平和陰入兩類聲調。陰平有高降 ˥˧$_{53}$ 和高平 ˥$_{55}$ 兩個調值。除少數字只讀高平調以外，大部分的字都可以讀高降調，或者兼讀高降和高平兩個調值（詳後）。高降調有點像普通話的去聲（第 4 聲），高平調與普通話的陰平（第 1 聲）相同。元音的長短影響入聲調值的長短。廣州話的陰入一般只出現短元音韻，所以陰入的調值應描寫作短的 ˥$_{55}$。由陰入分化出來的中入只出現長元音，但在近幾十年來，一般人的口語裏，一些由短 a 構成韻母的陰入字有變讀長 a 的趨勢，而聲調仍然是高平調，因而陰入除了有一個短的高平 ˥$_{55}$ 之外，又增加了一個長的高平 ˥$_{55}$。如"黑"、"握"、"測"、"乞"等字，原來讀 heg^1、eg^1（或 ngeg^1）、ceg^1、hed^1，屬短陰入，現在口語一般又讀 hag^1、ag^1（或 ngag^1）、cag^1、had^1，屬長陰入。後一種讀法元音都是長的 a，聲調也比前面一種讀法長，其他長元音韻母出現在這個聲調的字都屬長陰入調。

(3) 第 2 調屬陰上調，調值是高升 ˧˥$_{35}$，與普通話的陽平相當。在説話時，第 3、4、5、6 等調往往可以變讀為高升調（詳後）。

（4）第 3 調陰去和中入調值是中平 $\dashv_{33}$。中入是從陰入分化出來的一個調類。屬於這個調類的字原來都是長元音韻，但由於有些字與陰入有對立，如“必”bid¹，“鱉”bid³；“戚”qig¹，“赤”qig³（口語 cég³），所以中入已從陰入分化出來，另成一個調類了。和陰入相似，這個屬長元音出現的中入也有少數字是短元音韻的，如上面的“赤”字，作讀書音時（如“赤米”）讀 cég³，是長的中入。

（5）第 4 調陽平的調值是低平 $\lrcorner_{11}$，快讀時稍微有點下降，但一般以低平調為標準。第 5 調陽上的調值是低升 $\lrcorner_{13}$，或稍高一點，接近 $\lrcorner_{24}$，近似普通話上聲的後半截。

（6）第 6 調包括陽去和陽入兩類聲調，調值是次低平 $\dashv_{22}$。嚴格地説，陽入也有長短兩個調值，凡出現長元音韻母（ab、ad、ag、ég、ib、id、od、og、ud、üd、êg）的屬長陽入調，出現短元音韻母（eb、ed、eg、ig、ug、êd）的屬短陽入調，如“狹”hab⁶、“辣”lad⁶、“額”ngag⁶、“石”ség⁶、“葉”yib⁶、“別”bid⁶、“學”hog⁶、“活”wud⁶、“月”yüd⁶、“藥”yêg⁶ 等屬長陽入調，“合”heb⁶、“日”yed⁶、“墨”meg⁶、“敵”dig⁶、“六”lug⁶、“律”lêd⁶ 等屬短陽入調。考慮到陰入、陽入長短兩個調的調值高低相同，只是長短不同，而調的長短是由元音的長短引起的，屬條件變讀，因此可以把它們看作一個調的兩個變體。

（7）陰平調的兩個調值，即高降 $\urcorner_{53}$ 和高平 $\sqcap_{55}$ 的分合問題，曾經有過各種論述。主要有兩種意見，一是認為陰平調的兩個調值已經分化為兩個不同的調類；一是認為這兩個調值是一個調類的兩個變體。

廣州話普通話字音對照表

　　一、本表的字以《新華字典》（1971 年版）所收的字為限，異體字一般不收。

　　二、本表是供懂廣州話字音的人查閱普通話讀音用的。左邊一欄是廣州話音，右邊一欄是普通話音。廣州話一個音，普通話分讀幾個音的，例字分作幾行排列。如廣州話 ba¹ 這個音，普通話分讀 bā 和 bà 兩個音，例字排成兩行：

廣州話	普通話	例　　字
ba¹	bā	巴芭岜疤笆粑吧（象聲詞）叭
	bà	爸

上面九個字，廣州話都讀 ba¹ 一個音，但普通話分讀 bā 和 bà 兩個音。

　　三、整個字表的排列次序，是以廣州話的韻母為綱（次序見《廣州話音系説明》裏的韻母表），同一韻母的字，按聲母次序排列（聲母次序按拉丁字母表次序排列，無聲母的音在前），同韻同聲的字按聲調的次序排列。

　　四、一個字有兩個以上的讀音，如意義或用法不同，則分別在後面加注或舉例，注語或例子外加括號“（　）”。

　　五、某些字音，廣州話如屬“又讀”或“話音”的，則在字後分別用⊗、�標明。還有少數字，廣州話某個讀法本來是錯讀，但一般人已習慣了，這種讀音在該字的後面加俗標明。

a

粵	普	字
a^1	ā	啊（歎詞）錒
	yā	丫啞（咿～）橙鴉呀
a^2	á	啊（歎詞）
	yǎ	啞瘂
a^3	ā	阿（詞頭）
	yà	亞掗婭埡氬
	ya	呀
ba^1	bā	巴芭岜笆粑吧（象聲詞）叭
	bà	爸
ba^2	bǎ	把（～持）靶鈀
	bà	把（刀～）
ba^3	bà	壩霸灞壩欄
ba^6	bà	罷鼿
	ba	吧（助詞）
ca^1	chā	叉（魚～）杈（農具）差（～錯）喳（打～～）
	chá	叉（擋住）
	chǎ	蹅
	chà	杈（樹～）差（～不多）
ca^2	chǎ	鑔
ca^3	chǎ	叉（～腿）
	chà	汊衩岔詫侘姹
ca^4	chā	餷
	chá	茶搽垞茬查（檢～）槎嵖
da^1	dā	咑（歎詞）
	dá	打（十二個）
da^2	dǎ	打
fa^1	huā	花華（古同‘花’）
fa^3	huà	化
ga^1	gā	嘎（～巴）
	gá	伽噶
	jiā	加伽（～倻琴）枷珈痂迦笳枷茄（雪～）跏袈嘉家傢鎵葭
ga^2	gǎ	尜嘎（同‘尜’）孖
	jiǎ	假（真～）賈（姓）斝叚槚
ga^3	gā	咖（～喱）
	jià	價假（休～）駕架嫁稼
	kā	咖（～啡）
gua^1	guā	瓜呱（象聲詞）胍
gua^2	guǎ	寡剮
gua^3	guà	卦掛詿褂
ha^1	hā	哈（笑～～）鉿
	hǎ	哈（～達）
	hà	哈（～什螞）
	xiā	蝦
ha^4	há	蛤（～蟆）
	xiá	遐霞瑕
ha^5	xià	下（量詞）
ha^6	shà	廈（大～）
	xiá	暇
	xià	下（上～）夏廈（～門）
ka^1	kā	擖喀（～擦，象聲詞）
	kǎ	卡（～車）咔佧
	ké	搰
ka^3	qiǎ	卡（關～）
	qià	髂
kua^1	kuā	誇
	kuǎ	垮
	kuà	跨
kua^2	kuǎ	侉
kua^3	kuà	胯挎
la^1	la	啦
la^3	lǎ	喇
	xià	罅
ma^1	mā	媽孋
	ma	嗎（助詞）
ma^3	ma	嘛（又）嗎（又）
ma^4	má	麻痳蟆
	ma	嘛
	me	嚒
ma^5	mǎ	馬嗎（～啡）瑪碼螞（～蟻）獁
	ma	嘛（之～）（又）
ma^6	mà	螞（～蚱）罵
na^1	nā	那（姓）
na^3	na	哪（助詞）
na^4	ná	拿鎿
	nà	娜（人名）
	né	哪（～吒）
na^5	nǎ	哪（～裏）
	něi	哪（～些）
	nà	那（～麼）
	nèi	那（～個）

粵	普	字
nga¹	yā	丫(又)椏(又)鴉(又)
nga²	yǎ	啞(又)瘂(又)
nga³	yà	亞(又)揠(又)婭(又)埡(又)氬(又)
nga⁴	yá	牙芽蚜伢岈釾衙
nga⁵	wǎ	瓦佤
	yǎ	雅
nga⁶	yà	訝迓砑御(迎～)
pa¹	pā	趴葩
pa³	pà	怕
pa⁴	bā	扒(～住)
	bà	耙(～地)
	pá	扒(～土)爬杷琶耙(～子)筢弄
sa¹	sā	仨
	sà	卅
	shā	沙(～石)痧砂紗莎(地名)鯊裟
	shà	沙(搖動)
	sha	挲(挼～)
sa²	sǎ	灑
	shà	啥
	shuǎ	耍
sa³	shà	嘎
sa⁴	shā	沙(～～滾)
ta¹	tā	它他她鉈
	tán	怹
wa¹	aō	凹(又)
	huá	嘩(喧～)
	wā	哇(象聲詞)洼蛙
	wá	娃
	wa	哇(助詞)
	wāi	喎
wa²	huà	畫(又)
wa⁴	huā	嘩(象聲詞)
	huá	華(中～)驊鏵嘩(～眾取寵)
	huà	樺
wa⁵	huái	踝
wa⁶	huà	話華(姓)畫
ya⁵	yě	也
ya⁶	niàn	廿(話)
za¹	chā	餷
	chá	碴
	zá	咱(～家)
	zán	咱(～們)
	zhā	挓查(姓)揸喳(象聲詞)渣楂(山～)猹爹(地名)齇髭咋(～呼)吒(人名)
	zhuā	抓(又)撾(打)
za²	zhǎ	鮓羴
za³	zǎ	咋(怎麼)
	zhá	炸(～糕)
	zhǎ	拃砟荢
	zhà	乍詐咋(～舌)柞(縣名)炸(～彈)痄蚱榨蛇爹(張開)碏蜡(古祭神)逩咤
za⁶	chuài	膪

ai

粵	普	字
ai¹	āi	唉(歎詞,應聲)挨(依次)埃娭哎
ai³	ài	隘噯(歎詞,表懊惱)唉(歎詞,表傷感)
bai¹	bāi	掰
bai²	bǎi	擺捭
bai³	bài	拜
	pài	湃
bai⁶	bài	敗
cai¹	cāi	猜
	chāi	差(出～)釵
	chuāi	搋
cai²	cǎi	踩
	chuāi	揣(～手)
	chuǎi	揣(～測)
	chuài	踹閽揣(掙～)
cai³	chài	瘥蠆
	chuài	啜(姓)
cai⁴	chái	柴豺儕
dai¹	dāi	呆(又)
dai²	dǎi	歹傣
dai³	dài	帶戴襶
dai⁶	dà	大(～小)
	dài	大(～夫,醫生)
fai³	kuài	快塊筷噲
	kuǐ	傀
gai¹	jiā	佳

	jiē	皆喈楷（～樹）偕階街稭痎
	kǎi	鍇
	xié	偕
gai²	jiě	解（～放）
gai³	gà	尬
	jiè	介价（舊指傳事的人）疥界芥（～菜）蚧戒誡屆解（押送）
	xiè	廨
guai¹	guāi	乖
guai²	guai	拐枴
	kuǎi	蒯
guai³	guài	怪
hai¹	hāi	咳（歎詞）
	kāi	揩
hai⁴	hái	孩骸
	xié	鞋諧偕（又）
hai⁵	hài	駭
	xiè	邂蟹懈
hai⁶	xiè	械解（姓）廨（又）澥瀣薤
kai²	kǎi	楷（～書）鍇（又）
kuai⁵	kuǎi	擓
lai¹	lā	拉
	la	鞡
lai³	lài	癩
lai⁶	lài	賴瀨籟
	lèi	酹（話）
mai⁴	mái	埋霾
mai⁵	mǎi	買
	mai	賣
mai⁶	mài	賣邁勱
nai⁵	nǎi	乃奶氖嬭芳
nai⁶	nài	褦
ngai¹	āi	挨（依次）（又）
ngai³	ài	隘（又）
ngai⁴	ái	挨（～打）捱
	yá	涯崖睚
ngai⁶	ài	艾破
	yì	乂刈
pai¹	pài	派（～頭）
pai³	pài	派（黨～）湃（又）
pai⁴	pái	排棑俳徘（又）牌簰
sai²	xǐ	徙葈屣蟢蓰
sai³	shài	曬
sai⁵	shì	舐
tai³	dǎi	傣（俗）
	dài	貸
	tài	太汰鈦肽態酞泰
wai¹	wāi	歪崴（地名）
wai⁴	huái	懷淮槐糫
wai⁶	huài	壞
yai²	chuài	踹（又）
zai¹	zhāi	齋
zai³	zhài	債瘵
zai⁶	zhài	寨攃砦
	zì	眦（睚～）

ao

ao¹	āo	凹
ao²	ǎo	拗（彎折）
ao³	ào	坳垇拗（～口）
	niù	拗（執～）
	yào	靿
bao¹	bāo	包胞苞孢
	bào	鮑
bao²	bǎo	飽
bao³	bào	爆
bao⁶	bāo	齙
cao¹	chāo	抄鈔剿（～説）
cao²	chǎo	吵炒
cao³	chào	耖
cao⁴	cháo	巢
gao¹	jiāo	交茭郊膠峧蛟鵁鮫姣（美好）
gao²	gǎo	搞
	jiǎo	佼狡皎絞餃鉸（又）攪
gao³	jiāo	教（～書）
	jiào	教（～導）較校（～對）窖覺（睡～）鉸滘漖斠
hao¹	hǒu	吼（又）
	jiào	酵
	kāo	尻
	kǎo	烤（又）
	qiāo	敲磽
	xiāo	哮虓猇
hao²	kǎo	考拷栲烤
	qiǎo	巧

hao³	xiào	孝		chán	讒巉饞	
hao⁶	xiào	校 (學～) 效	dam¹	dān	耽眈耼酖聃擔 (～心) 儋	
kao³	kào	靠銬	dam²	dǎn	膽	
lao⁴	lāo	撈 (打～)	dam³	dàn	擔 (～子)	
mao¹	māo	貓	dam⁶	dǎn	黕	
mao⁴	máo	矛茅蝥蝥錨茆		dàn	啖氮淡 (冷～) 澹萏	
mao⁵	mǎo	卯泖昴鉚峁	gam¹	gān	尲	
	mǔ	牡		jiān	監 (～督) 緘	
mao⁶	mào	貌	gam²	jiǎn	減	
nao⁴	máo	錨⊗	gam³	jiàn	監 (國子～) 鑒	
	náo	撓蟯⊗鐃呶猱硇猵	ham²	hǎn	闞 (虎聲) 喊	
nao⁶	nào	鬧淖	ham³	hǎn	喊喊⊗	
ngao²	ǎo	拗 (彎折)		kàn	闞 (姓)	
ngao³	ào	拗⊗	ham⁴	hán	函涵	
ngao⁴	xiáo	淆崤		xián	咸銜	
	yáo	肴爻餚	ham⁵	hàn	菡	
ngao⁵	yǎo	咬		kǎn	檻 (門～)	
pao¹	pāo	拋泡 (豆腐～) 脬	ham⁶	hàn	憾⊗撼⊗	
	pào	泡 (燈～)		xiàn	陷餡	
pao²	pǎo	跑 (～步)	lam⁴	lán	藍籃襤婪嵐	
pao³	bào	趵豹	lam⁵	lǎn	攬覽欖漤罱	
	pào	炮 (槍～) 泡 (～沫) 疱	lam⁶	jiàn	艦	
pao⁴	bào	刨 (～木)		kǎn	檻⊛	
	páo	刨 (挖掘) 咆庖狍匏跑		lǎn	纜	
		(虎～泉) 炮 (～烙)		làn	濫	
sao¹	shāo	梢鞘 (鞭～) 捎筲蛸艄	nam⁴	nān	囡	
sao²	shāo	稍		nán	南楠喃男	
sao³	shào	哨潲		nǎn	蝻	
zao¹	cháo	嘲		rán	蚺	
zao²	zhǎo	爪 (～牙) 找	nam⁵	nǎn	腩	
	zhuā	抓	ngam⁴	ái	癌	
	zhuǎ	爪 (～子)		yán	岩	
zao³	zhào	罩笊	sam¹	cǎn	穇	
zao⁶	zhào	棹 (船～)		sān	三叁弍	
				shān	衫釤芟	
	am		tam¹	tān	貪	
			tam²	tǎn	菼	
cam¹	cān	參 (～加) 驂	tam³	tàn	探	
	chān	攙摻	tam⁴	tán	談痰郯覃 (深) 潭譚曇壜	
cam²	cǎn	慘傪			罈澹 (～台，姓)	
cam³	chàn	懺		yín	蟫	
	shā	杉	tam⁵	dàn	淡⊛	
	shān	杉	zam¹	qiān	鵮	
cam⁴	cán	蠶慚		zān	簪糌	

zam²	zhǎ	眨(話)
	zhǎn	斬崭嶄黵
zam³	zhàn	湛蘸
zam⁶	zàn	暫鏨
	zhàn	站

an

an²	ǎn	俺
an³	yàn	晏
ban¹	bān	班斑瘢癍頒攽
ban²	bān	扳（～手）
	bǎn	板版阪坂舨
ban⁶	bàn	辦扮瓣
	pán	爿(又)
can¹	cān	餐
can²	chǎn	產滻鏟
	chàn	剗
can³	càn	燦粲璨屛
	chǎn	驏
	chàn	羼
can⁴	cán	殘
dan¹	dān	丹單（～雙）彈簞鄲
dan²	dàn	旦（花～）
dan³	dàn	旦（元～）誕癉
	tǎn	鉭
dan⁶	dǎn	撣（拂）
	dàn	但彈（～弓）憚蛋萏
fan¹	fān	番(～茄)幡翻蕃(同'番')
fan²	fǎn	反返
fan³	fàn	泛眅販
fan⁴	fān	藩帆
	fán	凡矾釩蕃（～盛）蹯膰燔
		璠樊煩繁（～華）
fan⁶	bàn	瓣(又)
	fàn	犯范飯範梵
gan¹	jiān	間（中～）奸姦艱菅
gan²	jiǎn	柬揀繭碱硷鹼笕簡襇鐧
		（古兵器）趼(話)
	jiàn	澗(又)
gan³	jiǎn	襇(又)
	jiàn	諫間（離～）澗鐧（軸～）
guan¹	guān	關鰥瘝矜（古同鰥）綸
guan³	guàn	慣摜

	huàn	擐
han¹	qiān	慳
han⁴	xián	閑閒嫻鷳癇
han⁶	xiàn	限
lan⁴	lán	蘭攔闌闌瀾讕斕鋼
lan⁵	lǎn	懶
lan⁶	làn	爛
man⁴	mán	蠻蔓（～菁）謾（欺～）
		鰻鬘
man⁵	wǎn	晚
man⁶	mán	饅
	màn	曼漫慢謾（～罵）幔墁熳
		鏝縵
	wàn	萬蔓（瓜～）
nan⁴	nán	難（困～）
nan⁵	nǎn	赧
nan⁶	nàn	難（災～）
ngan³	yàn	晏(又)
ngan⁴	yán	顏研（碾）(話)
ngan⁵	yǎn	眼
ngan⁶	yàn	雁贗
pan¹	bān	扳（～回）
	pān	攀
pan³	pàn	盼襻攀鋬
san¹	shān	山舢珊柵（～極）刪姍跚
		潸
	shuān	閂拴栓
san²	sǎn	散（鬆～）饊
san³	cuàn	篡
	sǎn	傘
	sàn	散（分～）
	shàn	汕訕疝
	shuàn	涮
	xiān	氙(俗)
san⁴	chán	潺屛（～弱）
tan¹	tān	攤灘癱坍
tan²	dá	妲(俗)
	dǎn	疸
	tān	癱(俗)
	tǎn	坦祖忐毯
tan³	tàn	炭碳歎
tan⁴	tán	壇（天～）彈（～琴）檀
wan¹	wān	彎灣
wan²	wǎn	綰

wan⁴	hái	還（～有）
	huán	環寰鬟澴圜（圍繞）鐶嬛還（～給）
	wán	頑玩（～耍）
wan⁵	huàn	鯇
	wǎn	挽
wan⁶	huàn	幻宦患漶豢
zan²	zǎn	昝趲攢（積～）
	zhǎn	盞
zan³	zàn	贊瓚
zan⁶	zhàn	綻棧
	zuàn	攥
	zhuàn	賺撰饌

ang

ang¹	yīng	罌
cang¹	chēng	撐瞠鐺（平底鍋）
cang⁴	chén	橙（橙子）
	chéng	棖橙（橙樹）
gang¹	gēng	更（三～半夜）耕
gang³	gàng	筻
guang⁶	guàng	逛
hang¹	hāng	夯（打～）
hang⁴	xíng	行（～路）
	kēng	坑
kuang¹	kuāng	框⊗筐⊗
	kuàng	眶⊗框⊗
lang⁵	lěng	冷（～熱）
mang⁴	máng	盲
mang⁵	měng	猛蜢錳艋勐
mang⁶	mèng	孟
ngang¹	yīng	罌⊗
ngang⁶	yìng	硬
pang¹	pēng	烹
pang⁴	péng	彭澎蟛膨棚硼鵬
pang⁵	bàng	棒
sang¹	shēng	生（～活）牲笙甥
sang²	shěng	省（～市）眚
wang⁴	héng	橫（～行）
wang⁶	hèng	橫（～逆）
zang¹	zhēng	爭（～取）睜挣（～扎）
zang³	zhèng	諍
zang⁶	zhèng	挣（～脫）

ab

ab³	yā	鴨押（劃～）
cab³	chā	插鍤
dab³	dā	答（～應）搭褡嗒（象聲詞）耷
	dá	答（問～）瘩
dab⁶	tā	踏（～實）
	tà	沓踏遝
gab³	hé	飴
	jiā	夾（～生）浹（汗流～背）
	jiá	夾（～衣）頰莢蛺鋏郟
	jiǎ	岬胛鉀
	qiā	袷
hab³	qiā	掐
	xiā	呷
hab⁶	kè	嗑
	qiè	篋
	xiá	俠峽硤狎匣狹
lab⁶	lā	邋垃
	lá	砬
	là	臘（～肉）蠟（～燭）鑞
	lì	立⊗
nab⁶	nà	吶納衲鈉肭
ngab³	yā	鴨⊗押（劃～）⊗
sab³	sǎ	靸
	sà	颯
	sè	澀⊗
	shà	霎歃箑
tab³	tā	塌溻褟
	tǎ	溚（煤～）塔鰨
	tà	嗒（～然）榻蹋漯（水名）
		拓（搨）
	ta	遢（邋～）
zab³	zā	匝咂
	zá	砸
	zhǎ	眨
zab⁶	jí	集
	xí	習熠鰼襲隰
	zá	雜
	shí	什（～物）⊗
	zhá	閘牐鍘

	zhà	柵 (～欄)
	zhě	褶⊗

ad

ad³	è	遏
	yā	壓押 (～金)
	yà	揠
bad³	bā	八捌
cad³	cā	擦礤嚓 (象聲詞)
	cǎ	礤
	chā	嚓 (喀～)
	chá	察
	shuā	刷 (～子) 唰
	tǎ	獺
dad³	dá	笪怛妲靼
dad⁶	dā	嗒 (象聲詞)
	dá	達
	da	縫
fad³	fā	發
	fǎ	法砝
	fà	髮珐
gad³	gá	釓軋 (擠，查封)
	jiá	郟戛
guad³	guā	刮括 (搜～) 颳
had¹	qǐ	乞⊗
lad³	là	瘌鬎
lad⁶	lá	拉 (用刀～)
	là	剌 (乖～) 辣邋 (～遢) 話
mad³	mō	抹話
	mǒ	抹 (～煞)
	mò	抹 (～石灰)
nad⁶	nà	捺
ngad³	yā	壓⊗押 (～金) ⊗
ngad⁶	niè	囓齧
	qì	迄⊗訖⊗
sad³	chà	刹 (～那)
	sā	撒 (～網)
	sǎ	撒 (～種) 潵
	sà	薩
	shā	殺刹 (～車) 煞 (同 '殺' '刹') 鎩
	shà	煞 (凶～)
	shuà	刷 (～白)
tad³	dá	韃
	tā	趿
	tà	撻澾闥
	ta	遢 (邋～) 話
wad³	wā	穵 (同 '挖') 挖
	wò	斡
wad⁶	huá	滑猾
zad³	zā	扎 (纏束) 紮紥拶
	zhā	扎 (～針) 吒
	zhá	扎 (～掙) 札軋 (～鋼)
	yà	扎 (～棉花)

ag

ag¹	wò	握
	è	扼⊗厄⊗呃⊗
ag³	è	軶
bag¹	pò	迫 (逼～) ⊗
bag³	bāi	刖
	bǎi	佰百 (千～)
	bó	百 (～色) 伯梗
bag⁶	bái	白
	bó	帛鮊蹈
	bo	蔔 (蘿～)
cag¹	cè	測⊗惻⊗
cag³	cè	策冊
	chāi	拆
	chǎi	踳
	chè	坼
	zhà	柵
cag⁶	zéi	賊鰂
gag³	gé	革 (～命) 鬲 (河名) 滆 嗝隔膈鎘格胳⊗骼
guag³	guāi	摑
	guó	摑⊗
hag¹	hēi	黑⊗
	kè	克⊗刻⊗
hag³	hè	嚇 (恐～) 赫
	kā	喀
	kè	客
	xià	嚇 (～人)
kag³	kè	緙
lag³	lei	嘞 (助詞)
mag³	bò	擘掰話

ngag¹	è	㧬(又)
	wò	握(又)
ngag³	è	軶(又)
ngag⁶	é	額
	nì	逆(話)
pag¹	pā	啪
pag³	bó	舶(又)
	bò	欂
	pà	帕
	pāi	拍
	pò	珀粕魄(魂～)
wag⁶	huā	舂(象聲詞)
	huá	劃(～火柴)撶划(～算)
	huà	劃(～分)畫(筆～)
	huō	驊
	huò	或惑
yag³	chī	吃(喫)
	yà	猰
zag³	zé	笮(姓)迮舴責嘖幘簀
	zhǎi	窄
zag⁶	zá	砸(又)
	zé	澤擇
	zhāi	摘
	zhái	宅翟(姓)
	zhé	謫磔
	zhí	蹢
	zhì	擲

ei

ei¹	āi	哎(話)
ei²	ǎi	矮
ei³	yì	翳繄
bei¹	bǒ	跛
bei³	bì	閉蔽
bei⁶	bài	稗
	bì	敝弊幣陛狴薜斃
cei¹	qī	妻(～子)凄萋郪棲(～身)
cei³	chì	傺
	qī	沏
	qì	妻(古以女嫁人)砌
	qiè	切(一～)
cei⁴	qí	齊蠐
	qi	薺(荸～)

cei⁵	jì	薺(～菜)
dei¹	dī	氐(古民族名)低羝
	zhī	胝(又)
dei²	dǐ	氐(根本)詆底坻柢砥抵骶邸
dei³	dì	帝諦褅碲蒂締(又)
dei⁶	dǎi	逮(～老鼠)
	dài	逮(～捕)埭
	dì	弟第遞棣
	lì	隸
	tì	悌
fei¹	huī	揮暉輝翬琿(瑗～)徽麾隳
fei²	fèi	誹(話)
fei³	fèi	費鐨沸痱肺廢芾(蔽～)
fei⁶	fèi	痱吠狒
gei¹	jī	雞笄
gei³	jì	計繼髻薊罽
gei⁶	jì	偈(和尚唱詞)
guei¹	guī	歸圭硅鮭閨龜(烏～)媯瑰(～麗)皈瓌
guei²	guǐ	鬼宄軌匭詭晷庋簋
guei³	guī	瑰(玫～)
	guǐ	癸
	guì	貴桂鱖炅(姓)劌檜(樹名)
	jì	季悸
guei⁶	guì	跪櫃
	kuì	匱蕢饋簣
hei⁴	xī	兮奚傒蹊(小路)鼷
hei⁶	xì	係盻褉——係繫
kei¹	jī	稽(～留)嵇
	qī	蹊(～蹺)溪
	xī	溪豀
kei²	qǐ	啟棨肯稽(～首)
kei³	qì	契(～約)
kuei¹	kuī	規窺虧巋盔
kuei²	kuǐ	跬
kuei³	kuì	愧
kuei⁴	kuí	葵揆睽暌逵馗夔隗(姓)
	qī	睢
	xié	攜
lei⁴	lí	黎藜犁鬇
lei⁵	lí	蠡(貝殼瓢)
	lǐ	禮澧醴鱧邐蠡(地名)

lei⁶	lì	麗儷厲勵癘欐礪蠣荔例
mei¹	mǐ	米(公尺)
mei⁴	mái	霾⊗
	mī	瞇(~縫)
	mí	迷謎醚
mei⁵	mǐ	米(穀~) 瞇(塵土入眼) 敉弭脒
mei⁶	mèi	袂
nei⁴	ní	泥(~土) 坭
ngei²	ǎi	矮⊗
ngei³	yì	縊⊗殪⊗
ngei⁴	ní	倪鯢猊魔霓
	wēi	巍危
	wé¹	嵬
ngei⁵	wěi	隗(姓)
	yǐ	蟻艤
ngei⁶	nì	睨
	wěi	偽
	wèi	魏
	yì	毅藝囈詣羿藙
pei¹	pī	批
sei¹	shāi	篩
	xī	西硒栖(~~,心不安定的樣子)茜(茺~)栖恓(~惶)氙犀樨
sei²	shǐ	使(~用)駛
	xǐ	洗(~手)枲
sei³	shì	世貰勢
	xì	細
	xù	婿
sei⁶	shì	誓逝筮噬
tei¹	tī	梯銻鷈
tei²	dì	睇
	tī	體(~己)
	tǐ	體(~育)
tci³	dí	髢
	dì	締
	tì	涕剃綈(線~)屜嚏薙替
tei⁴	dī	堤提(~防)
	tí	提(~高)題騠醍綈(絲織品)鵜蹄啼荑(草)
tei⁵	dì	娣
wei¹	wēi	威葳崴(山高)逶萎(衰落)委(~蛇)

wei²	huǐ	虺毀
	kuì	喟
	wěi	委(~員)諉萎(枯~)痿猥唯(~~諾諾)卉
wei³	huì	穢薈
	wèi	畏喂尉(軍銜)慰蔚(~藍)
wei⁴	wéi	為(行~)為惟唯(~物)帷維濰桅圍灉幃闈違韋壚(~田)
	yí	遺
wei⁵	huì	諱
	wéi	韙⊗
	wěi	偉煒瑋葦緯韙
wei⁶	huì	慧彗篲槥恚惠憓蕙蟪僡
	wèi	為(~了)位胃渭猬謂遺(~贈)衛
yei⁶	yè	曳
	yì	洩
	zhuāi	拽(扔)
	zhuǎi	跩
	zhuài	拽(拉)
zei¹	jī	齎躋齏
	jǐ	擠
	jì	劑
zei²	zǎi	仔(小孩子)崽⊗
zei³	jǐ	濟(~南)
	jì	際濟霽⊗霽祭穄
	zhì	制製
zei⁶	zhì	滯

eo

eo¹	ōu	區(姓)歐毆鷗甌漚
eo²	ǒu	嘔
eo³	ōu	漚(浮~)
	òu	漚(~麻)慪
ceo¹	chōu	抽紬(~繹)瘳
	jiū	鬏
	qiū	秋楸萩鶖鰍湫(水池)鞧鞦
ceo²	chǒu	丑瞅醜
ceo³	chòu	臭(香~)
	còu	湊腠輳
	qiù	糗

	xiù	嗅溴臭（氣味）
ceo⁴	chóu	酬籌疇幬（帳子）躊儔雔仇 (報～)惆稠綢紬(同'綢')
	qiú	囚泅仇（姓）
deo¹	dōu	兜蔸篼哤
deo²	dǒu	斗抖枓蚪斜陡
	jiū	赳(俗)糾(俗)
deo³	dòu	鬥
deo⁶	dòu	豆痘逗脰餖竇讀 (句～)
		荳
feo²	fǒu	否 (～定) 缶
	pōu	剖
feo⁴	fú	浮莩苻罘涪
feo⁶	bù	埠
	fù	阜
geo¹	gōu	溝(又)篝枸 (～橘) 韝緱佝(又)
	jiū	鳩鬮
	qiū	龜 (～茲)
geo²	gǒu	苟枸 (～杞) 岣笱芶狗
	jiū	糾(又)赳(又)
	jiǔ	九久玖韭
geo³	gòu	夠媾覯遘垢詬彀構(又)
	jiū	究
	jiǔ	灸
	jiù	救咎疚厩捄
geo⁶	jiù	舊柩
heo¹	hōu	齁
heo²	kǒu	口
heo³	hǒu	吼
heo⁴	hóu	侯 (諸～) 瘊猴喉篌猴
heo⁵	hòu	厚
heo⁶	hòu	后逅堠後候堠侯(閩～)
		鱟
keo¹	gōu	溝
	kōu	摳摳
keo³	gòu	購媾(又)構
	kòu	叩扣筘寇蔻
keo⁴	jiāo	芁
	qiú	求俅球裘逑仇(姓)虯 訄犰(又)璆觓
keo⁵	jiù	臼柏舅
leo¹	lōu	摟暱
leo⁴	liū	溜 (～冰)
	liú	留榴瘤騮鎦 (鍍金法) 飀

		劉瀏流琉旈鎏鏐
	liù	遛
	lóu	嘍 (～囉) 樓漊蔞螻耬僂
		髏婁剅
	lou	嘍 (助詞)
leo⁵	liǔ	柳綹
	lǒu	摟 (～抱) 嶁簍
	lǔ	褸 (襤～) (俗)
leo⁶	liū	熘
	liù	餾鎦(戒子)溜遛 (～馬)
		鷚
	lòu	漏陋瘻鏤
meo⁴	móu	謀牟 (～利) 侔眸蛑鍪繆 (綢～)
	mú	毪
	mù	牟 (～平縣)
meo⁵	mǒu	某
	mǔ	畝
meo⁶	mào	貿茂袤懋瞀
	miù	謬繆 (紕～)
neo¹	nāo	孬
neo²	niū	妞
	niǔ	扭忸鈕狃紐
	xiǔ	朽
	róu	糅(又)
neo⁶	nòu	耨
ngeo¹	ōu	區歐(又)毆(又)甌(又)鷗(又) 謳(又)
	gōu	勾鈎句 (～踐)
ngeo²	ǒu	嘔
ngeo³	òu	漚(又)
ngeo⁴	niú	牛
ngeo⁵	ǒu	偶耦藕
peo²	bù	瓿
	pōu	剖(又)
	pǔ	掊
peo⁴	póu	抔裒
	pǔ	掊(又)
seo¹	shōu	收
	sōu	溲廋嗖餿颼
	xiū	羞饈修脩
seo²	shǒu	手守首
	sōu	搜螋艘
	sǒu	叟瞍藪擞(抖～) 嗾

seo³	shòu	狩獸瘦
	shù	漱(又)
	sòu	擻(～火)嗽
	xiù	秀琇銹綉宿(星～)
seo⁴	chóu	仇(～恨)愁
	qiú	犰
seo⁶	shòu	受授綬壽售
teo¹	tōu	偷
teo³	tòu	透
teo⁴	tóu	頭投骰
yeo¹	qiū	丘蚯邱
	xiū	休咻庥髹貅鵂
	yōu	優憂擾幽呦
yeo²	róu	楺
	yǒu	黝
yeo³	yòu	幼蚴
yeo⁴	qiú	酋遒蝤(～蠐)
	róu	柔揉踩鞣糅(又)
	yōu	攸悠
	yóu	由油蚰鈾郵莜尤疣猶鰌猷
		蕕蝣(～蜉)蝤游遊繇(同 '由')圝
yeo⁵	yǒu	友有銪卣莠牖羑
	yòu	誘
yeo⁶	yóu	柚(～木)
	yòu	又右佑祐有(古同'又')
		侑宥囿柚(～子)釉鼬狖
zeo¹	jiū	啾揪
	zhōu	州洲周啁賙舟侜輈鵃譸鼟
	zōu	諏陬鯫騶鄒
zeo²	jiǔ	酒
	zhǒu	肘帚
	zǒu	走
zeo³	zhòu	咒皺縐縐僽咮縐晝
	zòu	奏揍
zeo⁶	jiù	就僦鷲
	xiù	袖岫
	zhòu	宙紂酎葤胄籀驟

em

em¹	ān	奄鵪盦廣(同'庵')厂(同 '庵')
em²	ǎn	垵埯揞

	àn	黯
em³	àn	暗
bem¹	bèng	泵
	pāng	乓
cem¹	cēn	參(～差)
	qīn	侵駸
cem²	chěn	磣
	qǐn	寑梫
cem³	chèn	讖
	qìn	吢
	zèn	譖(又)
cem⁴	chén	沉
	qián	蕁
	qín	覃(姓)
	xián	撏
	xín	尋(～思)
	xún	尋(～找)潯噚鱘
	xùn	蕈(又)
gem¹	gān	甘泔柑疳苷坩(又)
	jīn	今衿金
gem²	gǎn	敢橄澉感
	jǐn	錦
gem³	gàn	淦紺贛贑
	jìn	禁噤
gem⁶	qín	撳
hem¹	gān	泔
	hān	蚶憨
	kān	堪戡龕勘(又)
hem²	kǎn	坎砍
hem³	kān	勘
	kǎn	坎(地名)茨
	kàn	墈磡崁瞰闞(姓)
hem⁴	hān	酣
	hán	含浛焓晗
hem⁵	hàn	頷
hcm⁶	hàn	憾撼
	qiàn	嵌
kem¹	jīn	禁(耐)襟衿(又)
	qīn	衾
kem⁴	qín	琴芩禽檎擒噙
kem⁵	jìn	妗
lem⁴	lín	林淋琳啉霖臨
lem⁵	lǐn	凜廩懍檁
	lìn	淋(過濾)

nem⁵	rěn	稔
ngem¹	ān	鵪⊗庵⊗
ngem³	àn	暗⊗
sem¹	chēn	琛郴
	sēn	森
	shēn	深參(人～)
	xīn	心芯
sem²	shěn	沈諗審瀋譖嬸
sem³	qìn	沁
	shèn	滲瘆
sem⁴	cén	岑涔
	chén	忱諶
	qín	芩⊗
sem⁶	rèn	甚
	shén	甚(～麼)
	shèn	甚(～至)葚椹(同'甚')
tem⁵	dàng	凼(話)
yem¹	qīn	欽嶔
	xīn	歆鑫
	yīn	音愔暗瘖陰
yem²	yǐn	飲(～食)
yem³	yīn	蔭(樹～)
	yìn	飲(～馬)蔭(祖～)窨(地下室)
yem⁴	rén	壬任(姓)
	yín	霪吟崟淫
yem⁵	rèn	飪荏
yem⁶	lìn	賃
	nèn	恁
	rèn	任(～務)紅飪⊗袵妊
zem¹	jìn	祲
	zhēn	針斟椹(同'砧')箴砧
zem²	zǎn	噆⊗
	zěn	怎
	zhěn	枕(～頭)
zem³	jìn	浸
	zèn	譖
	zhěn	枕(動詞)
zem⁶	chén	沉(話)
	zhèn	鴆朕

en

ben¹	bēn	奔錛賁(虎～)栟(地名)
	bīn	賓儐⊗濱檳(～子)繽鑌
		彬斌邠瀕(同'濱')豳
	bīng	檳(～榔)
ben²	bǐng	稟
	pǐn	品榀
ben³	bèn	坌
	bīn	儐
	bìn	擯殯髕鬢臏
ben⁶	bèn	笨夯(同'笨')倴
cen¹	chēn	瞋嗔
	qīn	親
cen²	chēn	抻
	shěn	矧哂
	zhěn	診疹畛⊗
cen³	chèn	趁襯櫬齓
	qìng	親(～家)
cen⁴	chén	塵陳
den¹	dūn	墩⊗
den²	dǔn	躉不
den³	dèn	扽⊗
den⁶	dèn	扽
	dùn	炖
fen¹	fēn	分芬吩氛雰酚紛繪棻
	hūn	昏婚闡葷
	xūn	熏薰曛醺勛塤窨(～茶葉)
fen²	fěn	粉
fen³	fèn	糞
	xùn	訓
fen⁴	fén	汾棼魵焚瀵墳殯
fen⁵	fèn	憤僨奮忿
fen⁶	fèn	分(本～)份
gen¹	gēn	根跟
	gén	哏
	jīn	巾斤筋
gen²	jǐn	堇謹瑾槿饉緊僅(只)卺
	jìn	殣僅(將近)覲
gen³	gèn	艮(八卦之一)茛
	jìn	靳
gen⁶	jìn	近覲⊗殣⊗
guen¹	jūn	軍皸均皲(人名用字)鈞
		筠(地名)龜(同'皸')
		麇(獐子)君
guen²	gǔn	滾磙袞輥緄緷
guen³	gùn	棍

guen⁶	jùn	郡珺捃
hen²	hěn	很狠
	kěn	墾懇
hen⁴	hén	痕
hen⁶	hèn	恨
ken⁴	qín	芹勤懃矜（矛柄）
ken⁵	jìn	近⑱
kuen¹	kūn	坤昆琨錕醌鵾鯤髠堃
	qūn	困
kuen²	gǔn	緄（～邊）
	jūn	菌（細～）
	jùn	菌（蕈）
	kún	捆悃閫壼
kuen³	jiǒng	窘
	kùn	困
kuen⁴	qún	群裙麇（～集）
men¹	wén	蚊炆
men⁴	mín	民芪岷珉緍旻
	wén	文紋（條～）雯閺閿
men⁵	miǎn	湎（～池縣）
	mǐn	敏繁泯潣抿愍閔憫黽（～勉）
	wěn	吻刎抆紊
men⁶	wèn	問汶紋（同‘璺’）璺
nen²	niǎn	撚⑱捻⑱
ngen⁴	yín	銀垠齦囂狺鄞
ngen⁶	rèn	韌⑱
pen³	pēn	噴（～氣）
	pèn	噴（～香）
pen⁴	bīn	瀕（～臨）
	pín	貧頻蘋（～草）嬪顰
pen⁵	pìn	牝
sen¹	shēn	申砷呻伸紳珅身娠
	xīn	辛莘（地名）鋅新薪
sen⁴	chén	辰宸晨臣
	shén	神
sen⁵	shèn	腎蜃
sen⁶	shèn	腎⑱慎胂
ten¹	tūn	吞暾
	tún	飩
ten²	tǔn	氽
ten³	tùn	褪（脱）
wen¹	wēn	溫瘟鰮榅
	yūn	氳贇

wen²	wěn	穩
wen³	yùn	韞緼蘊⑨慍
wen⁴	hún	琿（～春）魂渾餛
	yūn	暈（頭～）
	yún	芸紜耘雲筠（竹皮）昀勻昀鋆（金子）鄖霣員（古人名用字）
wen⁵	yǐn	尹
	yǔn	允狁殞鄖
	yùn	醖蘊
wen⁶	hún	混（同‘渾’）
	hùn	混（～亂）溷諢
	yùn	運暈（日～）鄆韻惲熨（～斗）
yen¹	ēn	恩蒽
	xīn	欣昕訢忻
	yān	湮殷（～紅）
	yīn	因茵姻銦氤洇裀堙殷（～切）
	zhēn	甄
yen²	rěn	忍
	yǐn	隱
yen³	yìn	印鮣
yen⁴	rén	人仁
	yín	寅黃
yen⁵	yǐn	引蚓癮
yen⁶	rèn	刃仞牣紉軔韌
	xìn	釁
	yìn	胤憖
	yùn	孕
zen¹	chēn	嗔⑨
	zhēn	真珍胗
zen²	zhěn	畛疹⑨軫稹鬒
zen³	zhèn	振震賑瑱鎮紖圳
zen⁶	zhèn	陣

eng

eng¹	ēng	鞥
	yīng	鶯
beng¹	bēng	崩嘣繃祊
	bèng	蹦鏰
ceng⁴	céng	曾（～經）噌層
deng¹	dēng	燈登噔

	dèng	瞪义		qī	緝 (～鞋口)
	tēng	鼟		qì	葺
deng²	děng	等戥	deb¹	dā	耷义
deng³	dèng	櫈磴鐙	geb¹	gé	蛤 (～蚧)
deng⁶	dèng	鄧澄 (～清) 瞪蹬		jī	芨
geng¹	gēng	更 (變～) 庚賡鶊羹		jí	急
	jīng	粳	geb³	gē	鴿
geng²	gèn	亙		gé	頜 (口) 蛤义
	gěng	耿埂哽梗鯁綆		gě	蓋 (姓) 合 (容量單位)
geng³	gèng	更 (～加)	geb⁶	jí	及义
gueng¹	gōng	肱觥	heb¹	kē	瞌話
	hōng	轟薨訇		qià	洽恰
heng¹	hēng	亨哼脝啈	heb⁶	hé	合 (～作) 閤閣盍盒郃飴
	kēng	吭硜鏗			頜 (上 ～，下 ～)
heng²	kěn	肯啃		huō	耠
heng⁴	héng	恒珩桁鴴衡蘅		kē	搕磕磕瞌
	xíng	行 (～動)		kè	溘嗑义
heng⁶	xíng	行 (品 ～)	keb¹	gěi	給 (交 ～)
	xìng	杏悻婞行 (品 ～) 荇		jí	汲級岌笈
keng²	gěng	鯁話		jǐ	給 (供 ～)
keng³	kèn	掯裉		xī	吸噏歙 (吸氣)
meng⁴	méng	盟萌氓义甍	keb⁶	jí	及
	míng	盟 (～誓)	leb¹	lì	笠
neng⁴	némg	能	leb⁶	lì	立
ngeng¹	yīng	鶯义	neb¹	āo	凹話
peng⁴	pémg	朋棚鬅		lì	粒
	píng	凭憑	seb¹	sè	澀
seng¹	shēng	生 (花 ～) 甥义牲义		shī	濕
seng³	cèng	蹭	seb⁶	shí	十什 (～物) 拾
	xǐng	擤	yeb¹	qī	噏
teng⁴	téng	騰滕藤臘螣滕謄疼 (～痛)		qì	泣
weng⁴	hóng	宏弘泓竑		xī	翕
zeng¹	cēng	噌		yī	揖
	sēng	僧		yì	邑浥悒挹熠
	zēng	曾 (姓) 憎增矰繒	yeb⁶	rù	入
	zhēng	爭 (～奪) 崝箏猙錚丁	zeb¹	zhī	汁
		(～～，伐木聲)		zhí	執縶
zeng³	zèng	鋥			
zeng⁶	zèng	贈甑			**ed**
			bed¹	bì	畢嗶篳蹕
		eb		bǐ	筆
				bù	不吥鉳
ceb¹	jī	緝 (通 ～)	bed⁶	bá	拔跋魃鼥
	jí	輯戢戢			

	bà	鮁鮊
	bì	苾粊
	bó	鈸
ced¹	qī	七柒漆
ded¹	duò	柮⊗舳⊗
	tù	腯（肥 ~~）
ded⁶	tū	突葖凸
fed¹	fú	弗佛（仿 ~）拂茀氟緋魟
		軷韍袚紱茇
	hū	忽㫚惚嗢
	hú	囫
	hù	笏
	kū	窟（話）
fed⁶	fá	罰乏伐垡閥筏
	fó	佛（神 ~）
	fú	怫
ged¹	gē	紇（~縫）仡圪
	gè	屹
	jí	吉佶
	jié	桔（~梗）
	jú	桔
	qì	扢
ged⁶	gē	疙
gued¹	gú	骨（~頭）
	gǔ	骨（~胳）餶榾鶻（~鵃）汩
	jú	橘
gued⁶	jué	倔（~強）掘崛
	juè	倔（態度 ~）
	kū	窟
hed¹	qǐ	乞
hed⁶	hé	核劾閡紇（回 ~）翮
	xí	覡檄
	xiā	瞎
	xiá	轄黠
ked¹	kài	欬
	ké	咳（~嗽）
med⁶	mì	宓密蜜謐嘧
	wà	襪袜
	wù	勿物
ned⁶	nè	訥
nged⁶	kū	矻
	qì	扢⊗迄
	wù	兀扤卼靰

	yì	屹
ped¹	pǐ	匹芘
sed¹	sè	瑟
	shī	失虱
	shì	室
	xī	膝
sed⁶	shí	實寔湜
wed¹	kū	窟（話）
	qū	屈詘
	wà	膃
	yù	鬱（郁，憂愁）尉（~ 遲）熨（~ 貼）蔚（~ 縣）
wed⁶	hú	核（俗）鶻（隼）
	yù	熨通鳾聿
yed¹	yī	一弌壹
yed⁶	rì	日
	xī	肸
	yì	洗佚軼昳（~ 麗）佾逸溢鎰
zed¹	zhì	質鑕騭
zed⁶	jí	疾蒺嫉
	zhé	蟄⊗
	zhí	姪
	zhì	庢桎窒蛭郅膣

eg

eg¹	è	厄呃扼
	wò	渥握偓幄齷
beg¹	běi	北
ceg¹	cè	測惻
deg¹	dé	德得鍀
	de	得（要 ~）
	děi	得（必須）
deg⁶	de	脦
	tè	特
heg¹	hēi	黑
	ké	搚
	kè	克剋（~扣）氪刻可（~汗）
	kēi	尅（申斥，打）
leg⁶	lē	肋（~膩）
	lè	仂勒（~ 令）簕鰳泐
	lēi	勒（~ 緊）
	lèi	肋（~ 骨）

廣州話	普通話	字		廣州話	普通話	字
meg⁶	mài	麥脈			shè	庫舍赦
	mò	陌貊墨默驀万（～俟，複姓）冒（～頓）			xiè	瀉卸灺
				sé⁴	shē	畬（火耕）畲
ngeg¹	è	厄⊗扼⊗呝⊗			shé	佘蛇
	wò	渥⊗握⊗齷⊗		sé⁵	shè	社
seg¹	sāi	塞（堵～）嗺挭（同'塞'）		sé⁶	shè	射麝
zeg¹	cè	側		yé⁴	yá	琊
	jì	鯽			yē	㰕椰耶（～路撒冷）
	zé	仄昃則			yé	爺耶（古疑問詞）椰
				yé⁵	rě	惹喏（唱～）

é

廣州話	普通話	字
	yě	野冶
é¹	(ê̄)	欸（歎詞）
bé¹	pí	啤
cé¹	chē	車（火～）砗
	shē	奢
cé²	chě	扯尺（樂譜）
	qiě	且
cé⁴	shē	輋
	xié	斜邪
dé¹	diē	爹
dé²	dài	襶⊗
	diǎ	嗲
fé¹	fēi	啡
ké⁴	qí	騎⊗
	qié	伽（～藍）茄（～子）
	qué	瘸
lé¹	li	哩（助詞）
	liè	咧（助詞）
lé²	liě	咧（～嘴）
lé⁴	lié	咧（亂説）
lé⁵	liě	裂⊶（東西的兩部分向兩旁分開）
	nài	褦
mé¹	mǐ	芈
	miē	乜（～斜）咩
mé²	wāi	歪⊶
né¹	ne	呢（助詞）
né⁶	niè	乜（姓）
sé¹	shē	賒
	xiē	些
sé²	shě	捨
	xiě	寫
sé³	shē	猞

廣州話	普通話	字
zé¹	jiē	嗟
	zhē	遮
	zhè	嗻
zé²	jiě	姐毑
	zhě	者赭鍺
	zǐ	姊⊗
zé³	jiè	借藉（同'借'）
	zhè	蔗鷓柘這
zé⁵	zhè	這⊗
zé⁶	jiè	藉（枕～）
	xiè	謝榭

éi

廣州話	普通話	字
éi²	éi	欸（歎詞）誒（～子）
éi³	èi	欸（歎詞）⊗
béi¹	bēi	卑碑椑陂（～塘）悲
	bì	裨（～益）
	pí	羆
béi²	bǐ	比匕妣姫秕彼俾
	bì	畀觱
	pì	媲⊗
béi³	bèi	鐾
	bǐ	匕⊗
	bì	庇閟鉍⊗臂賁（～臨）痹潷箅蓖
	mì	泌秘
	pèi	轡
béi⁶	bèi	備憊鞴鞁被（介詞）
	bí	鼻
	bì	篦避

déi⁶	dì	地
féi¹	fēi	非啡菲(芳～)緋蜚(古同'飛')扉霏飛妃
féi²	fěi	匪榧棐菲(～薄)蜚(～蠊)誹翡斐
féi⁴	féi	肥淝腓
féi⁶	fěi	翡(又)
géi¹	jī	几幾(～乎)譏饑嘰機肌璣磯奇(～偶)剞犄畸(又)基箕期(～年)畿姬乩覊
	qí	其(草名)
géi²	guǐ	庋(又)
	jǐ	己紀(姓)幾(～多)蟣麂
	qǐ	杞
géi³	jì	記紀(～念)計(伙～)寄倚既洎覬
géi⁶	jì	忌諅伎技妓芰慧垍洎(又)
héi¹	qī	欺檣
	xī	希浠晞烯晰稀豨欷郗僖嘻嬉熹羲曦爔犧醯熙
	xǐ	禧
	hēi	嘿
héi²	qǐ	起豈芑屺
	xǐ	喜禧(又)蟢
héi³	qì	氣汽炁器愒棄
	xì	戲(～劇)餼
kéi¹	jī	畸
	qī	攲
	qí	崎(～嶇)
kèi³	jì	暨冀驥
	qì	亟(屢次)
kéi⁴	qī	期(時～)
	qí	其淇萁(豆莖)騏祺棋旗琪蜞麒綦奇(～怪)埼琦崎(長～)騎圻㟢頎蘄岐歧跂(～趾)祁芪祇(神～)耆鰭鬐亓俟(万～)
kéi⁵	qǐ	企
	qì	跂(～望)
éi¹	lí	喱
	lì	鬁痢(癩～)
	li	璃(語)
éi⁴	lí	梨離漓縭籬魑(俗)狸驪鸝鱺厘嫠謷犛羅

	li	璃
léi⁵	lǐ	里俚浬娌理裡鋰哩(英～)鯉李
	lǔ	履(又)
léi⁶	lì	利俐猁莉痢(～疾)吏詈茘
	li	蜊
méi¹	mī	咪(笑～～)瞇
méi⁴	méi	眉湄嵋郿猸楣鎇
	mí	糜縻靡(～費)蘼麋彌彌(又)
	mǐ	敉
	wēi	溦微薇
méi⁵	měi	美鎂
	mǐ	弭(又)靡(無)
	wěi	尾娓
méi⁶	mèi	寐魅媚昧(俗)
	wèi	未味
néi⁴	mí	襧彌彌(又)
	nī	妮
	ní	尼怩鈮呢(毛～)
néi⁵	nǐ	你旎
	nín	您
néi⁶	ěr	餌
	nì	泥(拘～)膩
péi¹	pēi	呸胚
	pī	丕坯狉披被(～蓋)砒紕(～繆)
péi²	bǐ	鄙
	pǐ	否(臧～)痞嚭圮仳
	piě	苤
péi³	bì	濞襞
	pèi	帔
	pì	屁媲譬淠
péi⁴	pī	邳
	pí	皮陂(黃～)疲鈹鮍枇蚍毗琵貔埤蜱脾裨(偏～)郫鼙
péi⁵	bēi	庳
	bèi	被(棉～)
	bì	婢睥
séi²	sǐ	死
séi³	sì	四肆(四的大寫)泗(又)駟(又)

	jù	劇

éng

béng²	bǐng	餅(話)
béng³	bǐng	柄(話)
	bìng	柄(話)
béng⁶	bìng	病(話)
céng¹	qīng	青(話)
céng²	qǐng	請(話)
céng⁴	qíng	晴(話)
déng¹	dīng	疔(話)釘(話)盯(話)
déng²	dǐng	頂(名詞，量詞)
déng⁶	dìng	定(話)訂(話)
géng¹	jīng	驚(話)猄
géng²	jǐng	頸
géng³	jìng	鏡
héng¹	qīng	輕(話)
léng³	liàng	靚(漂亮)
léng⁴	líng	靈(話)鯪(話)
léng⁵	lǐng	領(話)嶺(話)
méng	míng	名(話)
méng⁶	mìng	命(話)
péng⁴	píng	平(話)
séng¹	sheng	聲(話)
	xīng	腥(話)
séng²	xǐng	醒(話)
séng⁴	chéng	成(話)城(省~)(話)
téng¹	tīng	廳(話)聽
téng⁵	tǐng	艇
yéng⁴	yíng	贏(話)
zéng¹	jīng	精(話)
zéng²	jǐng	井(話)阱肼
zéng⁶	zhèng	正(話)
zéng⁶	jìng	淨(話)
	zhèng	鄭(話)

ég

bég³	bì	壁(話)
cég³	chǐ	尺(~寸)呎
	chì	赤(話)
dég⁶	dí	笛篴
hég³	chī	吃
kég⁶	jī	屐

lég⁶	lì	瀝(大~公社)癧(話)
pég³	pī	劈(話)霹(雷~)(話)
	pǐ	劈(話)
ség³	xī	錫
még⁶	shí	石(~頭)鼫
	shuò	碩
tég³	tī	踢
zég³	jí	脊(話)蹐鶺又瘠
	jǐ	脊(話)
	zhī	隻
	zhí	摭跖
	zhì	炙
zég⁶	xí	蓆

ê

dê²	duǒ	朵(話)
gê³	jù	鋸(話)
hê¹	xuē	靴
tê³	tuò	唾又

êu

cêu¹	chuī	吹炊
	cuī	崔催摧衰(等~)榱縗
	cuǐ	璀
	qū	趨蛆
cêu²	chuǎi	揣
	chuài	踹又
	cuǐ	璀又
	qǔ	取娶
cêu³	cuì	啐淬翠脆毳
	qiāo	橇又
	qù	趣覰
cêu⁴	chú	除廚櫥又
	chuái	膗
	chuí	槌椎(鐵~)捶棰箠錘
	suí	隋隨
	xú	徐
dêu¹	duī	堆
dêu³	duì	對碓兌敦(盛器)
dêu⁶	duì	隊譈
gêu¹	jū	車(棋子)居据(拮~)

		琚腒裾	sêu²	shuǐ	水
gêu²	jǔ	舉欅枸（～櫞）柜（～柳）	sêu³	shuài	帥
		矩莒筥蒟踽		shuì	税説（游～）
	qǔ	齲		suì	歲碎
gêu³	jù	句（～子）倨據鋸踞屨	sêu⁴	chuí	垂陲
gêu⁶	jù	巨詎炬苣具懼惧颶窶澽遽		shéi	誰又
		醵		shuí	誰
	qǔ	苣	sêu⁵	suǐ	髓
hêu¹	xū	圩（～市）盱嘘（呵氣）墟		shù	墅
		歔羴（響聲）吁（長～短歎）		xī	巂
hêu²	xǔ	許湑（地名）栩詡		xù	緒絮
	xù	煦	sêu⁶	cuì	悴萃綷又瘁膵粹
hêu³	qù	去		ruì	瑞
	xù	酗		shuì	睡
kêu¹	gōu	佝		suí	遂
	jū	泃拘駒		suì	崇遂隧燧邃穗
	jù	俱	têu¹	tuī	推
	qū	區（～別）嶇驅軀祛袪胠	têu²	tuǐ	腿
		駿又	têu³	tuì	退煺褪（～色）蜕
	shū	樞俗	têu⁴	tuí	頹
kêu⁴	qú	瞿（姓）氍癯臞衢蠷渠磲	yêu⁴	ruí	蕤
		斪朐鴝鼩璖蕖蘧	yêu⁵	ruǐ	蕊
kêu⁵	jù	拒距	yêu⁶	ruì	鋭睿枘汭芮蚋
	qú	佢		yì	裔
lêu⁴	lēi	擂（用拳頭打）	zêu¹	jū	沮（水名）狙苴疽趄
	léi	雷擂（～鉢）檑礌又鐳累			（趑～）且（古助詞）睢
		（～～）縲縲纍羸		qū	蛆
	lěi	蕾		zhuī	追佳椎（～骨）雖錐
	lèi	擂（～台）		zū	菹
	lú	閭櫚驢	zêu²	jǔ	沮（～喪）咀齟
lêu⁵	lěi	蕾又壘磊累（～積）儡		zuǐ	觜嘴
	lǐ	裏	zêu³	jù	沮（～洳）
	lǚ	呂侶鋁稆屢縷褸旅脊履		zhuì	惴綴醊
lêu⁶	léi	礌		zuì	最蕞檇醉晬
	lěi	耒又誄又	zêu⁶	jù	聚
	lèi	累（疲乏）類淚酹		xù	序敍溆
	lì	戾唳		yǔ	嶼
	lù	慮濾		zhuì	墜縋膇贅
nêu⁵	něi	餒		zuì	罪
	nǔ	女釹			
sêu¹	shuāi	衰（～老）			**ên**
	suī	雖睢濉荽尿			
	suí	綏	cên	chūn	春椿鰆
	xū	胥諝須（必～）需		chún	鶉

	cūn	皴		**êng**	
	qūn	踆	cêng¹	chāng	昌倡猖菖娼鯧閶悵
cên²	chǔn	蠢		chuāng	窗
cên⁴	qín	秦溱（～潼）螓		qiāng	瑲槍嗆（～水）搶（同'戧'）戧（逆）鏘斨
	xún	巡循旬枸		qiǎng	羥（又）
dên¹	dūn	敦（～厚）墩憝撤礅蹾噸 蹲（～下）		qiàng	蹌
dên⁶	dǔn	盹	cêng²	qiǎng	搶（～奪）
	dùn	遁沌砘鈍炖（又）囤（糧～）	cêng³	chàng	唱倡暢凵暢悵
lên²	luǎn	卵		qiàng	嗆（～嗓子）戧（支持）熗
lên⁴	lín	嶙嶙璘磷轔鱗麟遴	cêng⁴	cháng	長（～度）萇場（～地）腸
	lún	侖倫論（～語）淪掄（選擇）崙綸（釣魚線）圇輪		chǎng	場（會～）
lên⁶	lìn	吝藺躪		pán	爿
	lùn	論		qiāng	戕
sên¹	xún	荀峋恂洵珣詢郇（姓）		qiáng	牆檣嬙薔
	xùn	殉徇		xiáng	詳庠祥翔
sên²	sǔn	筍榫	gêng¹	jiāng	姜薑繮僵礓疆
sên³	shùn	舜瞬		qiāng	羌蜣
	xìn	信芯（～子）囟	gêng⁶	jiàng	強（倔～）糨犟
	xùn	汛迅訊遜巽噀鄆浚（～縣）	hêng¹	xiāng	香鄉薌
sên⁴	chún	唇純蒓淳醇鶉（又）	hêng²	shǎng	垧晌
	xún	馴		xiǎng	響嚮饗享餉
sên⁶	shùn	順	hêng³	xiàng	向
	xùn	徇（又）	kêng³	jiàng	強
tên¹	tuān	湍	kêng⁴	qiáng	強（～壯）
tên²	tuǎn	疃	kêng⁵	qiǎng	強（勉～）襁鏹（錢貫）羥
tên⁵	dùn	盾	lêng²	liǎng	兩（斤～）（話）啢
yên⁶	rùn	閏潤	lêng⁴	liáng	良糧踉（跳～）莨（薯～）椋梁量（～度）涼（～快）梁
zên¹	jīn	津	lêng⁵	liǎ	倆（兄弟～）
	juān	朘		liǎng	兩（二）倆（伎～）魎
	zhēn	溱（～頭河）獉蓁榛臻	lêng⁶	liàng	亮喨諒輛量（分～）踉（～蹌）晾（又）
	zhūn	諄窀屯（困難）迍衡	nêng⁴	niáng	娘
	zūn	樽遵	sêng¹	shāng	商墑熵傷觴
zên²	jǐn	儘		shuāng	瀧（～水）雙霜孀鸘
	jìn	蓋燼（又）贐		xiāng	相（互～）廂湘箱緗襄瓖驤鑲
	sǔn	隼			
	zhǔn	准埻凖			
zên³	jìn	進晉縉			
	juān	鐫			
	juàn	雋（肥肉）			
	jùn	雋（同'俊'）俊浚（～井）峻餕駿焌（用火燒）竣			
zên⁶	jìn	盡燼			

sêng²	shǎng	賞
	xiǎng	想鯗
sêng³	xiàng	相（～貌）
sêng⁴	cháng	嘗償裳（下～）常嫦徜
	shang	裳（衣～）
sêng⁵	shàng	上（～樓）绱
sêng⁶	shǎng	上（～聲）
	shàng	上（～面）尚
yêng¹	yāng	央泱殃秧鞅（馬具）鴦
	yàng	怏
yêng³	yàng	鞅（牛～）
yêng⁴	ráng	襄禳穰
	rǎng	攘（～奪）
	yáng	羊佯徉洋垟烊蛘揚楊煬瘍
		暘鍚瘍陽
yêng⁵	rǎng	攘（～除）
	yǎng	養氧癢仰
yêng⁶	niàng	釀
	rāng	嚷
	ráng	禳
	rǎng	嚷壤
	ràng	讓
	yàng	恙漾樣烊（又）
zêng¹	jiāng	將（～來）漿
	zhāng	張章漳彰獐嫜璋樟蟑
zêng²	jiǎng	獎槳蔣膙
	zhǎng	長（生～）掌漲（又）仉礃
zêng³	jiàng	將（～領）醬弶（又）
	zhàng	瘴嶂幛障帳脹漲仗（打～）
zêng⁶	jiàng	匠
	xiàng	象像橡
	zhàng	丈仗（依～）杖

êd

cêd¹	chū	出
	chù	黜（又）
	qū	麮焌（滅火）
dêd¹	duō	咄
	duò	鈍柮
dêd⁶	lì	栗傈溧篥
	lù	律葎率（速～）
	yù	聿（俗）
sêd¹	shuāi	摔

	shuài	率（～領）蟀
	sū	窣
	xū	戌
	xù	恤
sêd⁶	shú	秫
	shù	術沭述鉥
	zhú	朮（白～）（俗）
zêd¹	chù	怵
	zú	卒（士～）
	zúo	捽
zêd³	chù	黜

êg

cêg³	chāo	焯（～菜）
	chuō	戳
	sháo	勺
	chuò	綽（寬裕）趠踔
	què	鵲
	zhuō	卓倬焯（顯明）
dêg³	duò	剁（俗）
	zhuō	涿
	zhuó	斲琢啄棁琢
gêg³	jiǎo	腳
	juē	屬
kêg³	què	卻
kêg⁶	jù	醵（又）
	jué	噱（大笑）
	xué	噱（～頭）
lêg⁶	lüè	掠略
sêg³	sháo	勺（語）杓
	shuò	爍鑠
	xiāo	削
	xuē	削
yêg³	yuē	約
	yuè	躍
yêg⁶	nüè	瘧虐
	ruò	若箬婼弱篛
	yào	藥鑰瘧
	yù	籲
	yuē	曰
	yuè	龠瀹籥鑰
	xuè	謔
zêg³	chāo	綽（同‘焯’）

	jiáo	嚼（咬吃）
	jué	爵
	què	雀鵲㊀
	sháo	勺
	shuò	妁
	zhuō	桌鐯
	zhuó	灼酌斫着（穿～）繳繳（箭～）
zêg⁶	zhāo	着（高～）
	zháo	着（～火）
	zhe	着（等～）

i

ji¹	zhī	之芝支吱枝肢卮梔知栀枷氏（閼～）衹胝脂
	zī	姿資咨諮粢赼茲（現在）滋嗞嵫鎡孳髭齜觜（姓）貲觜（～宿）仔（～肩）孜菑
ji²	zhī	指（手～甲）
	zhí	指（～頭）
	zhǐ	止沚址祉趾芷只枳咫抵紙衹旨指酯滓徵（五音之一）
	zǐ	子仔（～細）籽姊笫秭滓梓訾（詆毀）紫
ji³	zhì	志痣栺摯贄鷙置忮識（標～）至致緻輊觶知（同'智'）智質（人～）躓
	zì	漬恣裁
ji⁶	sì	巳祀寺兕食（給人吃）耜涘俟（～機）嗣飼笥伺（觀察）
	zhì	痔滯豸稚雉廌治
	zì	字牸眦（內～）自
li¹	lī	哩
mi¹	mī	咪（貓叫聲）
qi¹	chī	螭魑瓻蚩娸痴癡笞鴟眵郗㊀
	cī	差（參～）疵
	cí	雌
	qī	喊
qi²	chǐ	恥齒褫侈
	cǐ	此泚跐
	shǐ	豕始矢
qi³	cè	廁
	chì	啻熾翅
	cì	次佽刺賜
	zhì	幟
	zì	恣㊀
qi⁴	chí	持跮茌篪匙（調羹）遲墀坻（水中高地）池馳弛
	cí	茲（龜～）糍慈甆磁鶿瓷瓷茨辭詞祠
	qí	臍
	zhì	雉㊟
qi⁵	shì	恃柿
	sì	似似汜
xi¹	shī	詩葹師鰤獅鯴尸施絁醯嘘（歎詞）屍
	sī	斯澌廝撕嘶蟖思罳罳颸緦虒厶私絲鷥鷥
	xī	餏
xi²	shǐ	史屎使
xi³	shǐ	使（出～）
	shì	試弒嗜謚
	sì	泗駟肆（～意）
xi⁴	shí	時塒鰣
	shi	匙（鑰～）
xi⁵	shì	市鈰
xi⁶	chǐ	豉
	cì	伺（～候）
	shì	視示士仕事蒔是氏（姓～）侍
	zhì	峙
yi¹	yī	衣（～服）依鉉噫伊咿猗漪椅（木名）醫鷖繄褘黟
	yí	姨（阿～）
yi²	qǐ	綺
	yí	咦
	yǐ	倚旖椅（～子）扆
yi³	yì	意薏鐿癔衣（動詞）瘞殪懿
yi⁴	ér	兒而鴯
	yí	宜宦頤夷咦痍黄（割野草）胰姨（～母）儀沂移迻簃怡詒眙貽飴圯疑嶷蛇

		（委～）迤（逶～）椸匜彜		qiāo	蹺
	yì	誼	kiu³	qiào	翹（～尾巴）竅
yi⁵	ěr	耳洱珥鉺爾邇	kiu⁴	qiáo	喬僑橋礄轎蕎嶠（山高而尖）荍翹（～首）
	èr	佴			
	nǐ	擬	kiu⁵	jiào	嶠
	yǐ	以苡苢已矣迤（延伸）	liu¹	liāo	撩（～起）
	yì	議		liào	撂
yi⁶	èr	二弍貳佴㐅		liū	溜（～走）熘㐅
	yì	易（容～）義異劓勩肄	liu⁴	liāo	蹽
				liáo	遼療撩（挑逗）僚寮燎（延燒）嘹鷯獠繚聊廖
		iu			
				liǎo	潦（～草）
biu¹	biāo	標驃膘鏢鑣飆彪		liào	瞭鐐
	biǎo	錶	liu⁵	liǎo	了釕（元素）蓼（～花）
biu²	biǎo	表裱婊		le	了
	biào	俵	liu⁶	liǎo	燎（燒焦）
diu¹	diāo	刁汈叼凋雕鯛碉貂		liào	料廖炓釕（～䥽兒）
	diū	丟銩	miu¹	miāo	喵
diu³	diào	吊銱釣窎	miu⁴	miáo	苗描瞄鹋
diu⁶	diào	掉調（～動）銚（～子）篠	miu⁵	miǎo	杪秒眇渺缈藐邈淼
giu¹	jiāo	嬌驕澆		yǎo	杳
giu²	jiǎo	敿繳（～交）矯徼（～幸）㐅	miu⁶	miào	妙廟繆（姓）
	jiū	糾	niu⁵	niǎo	鳥蔦裊嫋
giu³	jiào	叫徼（邊界）	niu⁶	niào	尿脲溺（同‘尿’）
giu⁶	jiào	嶠（山道）轎	piu¹	biāo	摽
	qiào	撬㗂		piāo	漂（～泊）縹（～緲）飄螵藻
hiu¹	jiāo	澆㐅	piu³	piǎo	漂（～白）
	jiǎo	僥（～幸）		piào	票驃（～騎）漂（～亮）
	qiāo	橇	piu⁴	piāo	剽
	xiāo	驍嘵枵鴞梟囂		piáo	嫖瓢朴（姓）
hiu²	xiǎo	曉	piu⁵	biào	鰾
hiu³	qiào	翹（～尾巴）㐅竅㐅撬		piǎo	縹（青白色）瞟殍莩（同‘殍’）
iu¹	jiāo	焦礁蕉僬鷦椒	qiu¹	chāo	超
	zhāo	招朝（早晨）		qiāo	鍬繰（～邊）
iu²	jiǎo	剿（～匪）湫（低下）		zhāo	釗昭
	zhǎo	沼	qiu²	qiāo	悄（靜～～）
iu³	jiào	醮		qiǎo	悄（～然）愀
iu⁶	zhào	照詔炤曌	qiu³	qiào	俏峭誚鞘（刀～）
	jiào	嘦		xiào	肖（～像）
	zhào	趙召（號～）	qiu⁴	cháo	朝（～代）潮晁（姓）
iu²	jiào	轎㑇		qiāo	劁
				qiáo	憔樵瞧譙

tiu¹	tiāo	挑（～水）佻桃		gim⁶	jiǎn	儉
	tiǎo	挑（～戰）		him¹	qiān	謙
tiu³	tiǎo	朓		him²	xiǎn	險獫
	tiào	眺跳糶		him³	qiàn	欠芡歉慊（不滿）
tiu⁴	tiáo	條鰷調（～和）蜩岧笤苕		jim¹	chān	覘
		（～子）迢髫齠			jiān	尖湔（～染）
tiu⁵	tiǎo	窕			za	臢
xiu¹	shāo	燒			zhān	占沾粘（～貼）詹譫瞻
	xiāo	消宵逍霄硝綃蛸銷魈蕭簫		jim³	zhàn	佔（～領）
		瀟蠨翛		jim⁶	jiàn	漸（逐～）
xiu²	shǎo	少（多～）		kim⁴	gān	柑㊙
	xiǎo	小筱			qián	鉗鈐黔
xiu³	shào	少（～年）		lim⁴	lián	帘簾廉濂鐮膁蠊奩
	xiào	笑嘯		lim⁵	liǎn	臉
xiu⁴	sháo	韶苕（紅～）		lim⁶	liǎn	斂
xiu⁶	shào	召（姓）劭邵邵紹			liàn	潋殮
	zhào	兆肇		nim¹	niān	拈
yiu¹	yāo	夭（桃之～～）妖要（～			nián	黏（～液）
		求）腰幺吆邀么（通'幺'）		nim⁴	nián	黏（～合）鮎
	jiǎo	徼（求）		nim⁶	niàn	廿念埝唸
yiu²	yāo	妖㊙夭（～折）		qim¹	jiān	殲櫼
	yǎo	杳㊈窈			qiān	僉簽
yiu³	yào	要（索取）			qǐn	鋟
yiu⁴	náo	蟯			xiān	纖
	ráo	橈蕘饒嬈（妖～）		qim²	xiàn	諂
	rǎo	嬈（煩擾）		qim³	chàn	懺
	yáo	垚堯嶢僥（僬～）謠遙瑤			jiàn	僭
		搖徭飆鰩鷂（通'徭'）珧			qiàn	塹槧
		銚（姓）姚窰陶（古人名，			xiān	暹
		皋～）軺		qim⁴	qián	潛
yiu⁵	rǎo	繞（圍～）擾			xián	撏
	rào	繞（～路）		tim¹	tiān	添點
	yǎo	舀		tim²	tiǎn	忝舔
yiu⁶	yào	曜耀鷂		tim⁴	tián	甜恬菾
				tim⁵	diàn	簟
im					tiàn	掭
				xim¹	shān	苫（草簾子）
dim¹	diān	掂戡		xim²	shǎn	閃陝映
dim²	diǎn	點		xim³	shàn	掞苫（遮蓋）
dim³	diǎn	踮		xim⁴	chán	單（～于）嬋禪（坐～）
	diàn	店坫玷惦阽				蟬蟾澶㊈
gim¹	jiān	兼搛蒹縑鰜鶼			yán	簷（飛～）
gim²	jiǎn	撿檢瞼		xim⁶	shàn	剡（水名）贍
gim³	jiàn	劍		yim¹	yān	淹崦腌閹懨醃

	yǎn	奄		jiàn	箭薦饯荐溅（飛～）
yim²	yǎn	弇掩罨黶黡黶偃罨		zhàn	戰顫
yim³	yàn	厭魘	jin⁶	chán	纏（話）
yim⁴	rán	蚺（又）髯		jiàn	賤
	xián	嫌	kin⁴	qián	乾（～坤）虔捐犍（～為縣）
	yán	炎嚴阽鹽閻簷（屋～）簷	lin⁴	lián	連漣蓮鰱憐
yim⁵	rǎn	冉苒染		lian	褳
	yǎn	琰剡（尖）儼	lin⁵	liǎn	璉
yim⁶	yàn	驗焱艷灩焰釅		niǎn	輦攆
			lin⁶	liàn	煉練鍵楝
			min⁴	mián	棉綿眠
		in	min⁵	miǎn	免冕勉娩黽丏沔湎腼緬靦（同‘腼’）
bin¹	biān	邊邉砭蝙鯿鞭		miàn	眄
	biàn	辮	min⁶	miàn	面麵
bin²	biān	蝙（又）鯿（又）	nin²	niǎn	捻撚
	biǎn	扁（平薄）匾褊藊碥窆貶	nin⁴	nián	年
bin³	biàn	變	pin¹	biān	煸編
bin⁶	biàn	卞汴抃忭弁便（方～）辨辯		piān	扁（～舟）偏篇翩犏
				pián	蹁
din¹	diān	顛巔滇（又）癲	pin³	biàn	遍
	diǎn	碘（又）		piān	片（～子）
din²	diǎn	典碘		piàn	片騙
din³	diàn	坫	pin⁴	pián	便（～宜）胼骈
din⁶	diàn	佃甸鈿（寶～）電奠殿癜澱淀靛		piǎn	諞（花言巧語）
			pin⁵	piǎn	諞（誇耀）
gin¹	jiān	堅肩犍（～牛）鞬鰹	qin¹	qiān	千仟扦芊阡遷釺韆
gin²	jiǎn	蹇跰謇		xiān	躚（俗）
gin³	jiàn	見（看見）建健	qin²	chǎn	闡薦幝
gin⁶	jiàn	件健鍵腱		qiǎn	淺（深～）
hin¹	qiān	褰搴騫汧岍牽愆	qin⁴	chán	廛瀍纏
	xiān	掀鍁袄		qián	錢前
	xuān	軒	qin⁵	jiàn	踐
hin²	qiǎn	遣譴繾	tin¹	tiān	天
	xiǎn	蜆顯	tin²	tiǎn	腆腆
hin³	qiàn	縴	tin⁴	diān	滇
	xiàn	憲獻		tián	田畋佃（耕種）畑填闐
in¹	jiān	戔箋湔（～～）濺（～～）鞯湔煎	tin⁵	tiǎn	殄
	shān	膻	xin¹	xiān	先仙籼氙鮮（新～）躚酰
	zhān	毡旃邅鱣鸇	xin²	chǎn	闡
in²	jiǎn	睪㴑剪翦譾戩		xǐ	銑（～牀）
	niǎn	碾躎		xiǎn	洗洗（同‘冼’）筅跣銑（～鐵）獮鮮（少）蘚燹
	zhǎn	展搌輾		xuǎn	癬
in³	chàn	顫			

廣州話	普通話	字
xin³	qiàn	倩
	shān	搧煽
	shàn	扇騸鉯
	xiàn	綫線腺錄霰
xin⁴	chán	潯
xin⁵	shàn	鱔
xin⁶	chǎn	闡(又)
	qiàn	茜(～紅色)
	shàn	擅嬗善墡鐥膳部繕蟮單(姓)撣(～族)禪(～讓)墠
	xiàn	羨
yin¹	niān	蔫
	yān	焉(怎麼)嫣鄢咽(～喉)煙胭闞燕(姓)殷(黑紅色)
yin²	jiàn	健(俗)
	yǎn	蝘偃郾衍演鼴
	yàn	堰
yin³	yàn	燕(～子)宴咽(吞～)
yin⁴	rán	然燃
	xián	賢涎弦舷
	yān	焉(助詞)
	yán	言延蜒筵研妍
yin⁵	yǎn	兗
yin⁶	xiàn	見(顯露)現莧峴
	yàn	彥諺唁讞硯睍

ing

廣州話	普通話	字
bing¹	bīng	兵冰栟并(地名)
	pīng	乒
bing²	bǐng	丙炳邴屏(～除)餅(又)秉
bing³	bǐng	柄
	bìng	併並摒
	bèng	迸
bing⁶	bìng	病
ding¹	dīng	丁(人～)仃叮玎疔耵釘(名詞)耵酊(～劑)靪
	dìng	釘(動詞)
ding²	dǐng	酊(酩～)頂(～替)鼎
ding³	dìng	訂飣碇
ding⁶	dìng	定腚錠
ging¹	jīn	矜(憐憫)
	jīng	京驚荊兢涇經
ging²	jǐng	景憬璟警儆剄
	jìng	竟境
ging³	jīng	莖
	jìng	敬竟獍脛徑
ging⁶	jìng	痙勁
guing¹	jiōng	坰扃
guing²	jiōng	扃(又)
	jiǒng	炅(火光)泂炯迥絅冏
	qǐng	苘
	xiòng	詗
hing¹	qīng	卿輕氫
	xīn	馨
	xīng	興(～起)
	xiōng	兄
hing³	qǐng	謦
	qìng	慶綮(肯～)磬罄
	xìng	興(高～)
	xiòng	夐詗(又)
jing¹	jīng	精(～神)菁睛鶄晶旌
	qìng	箐
	zhēn	貞偵湞禎楨
	zhēng	征徵(同'征')正(～月)癥(～結)怔鉦(樂器)烝蒸
jing²	jǐng	井
	zhěng	整
jing³	zhèng	正(～中)政症(病～)證鉦(元素)幀
jing⁶	jìng	靖靚(妝飾)靜淨
	shèng	剩(話)
	zhèng	鄭
king¹	qīng	傾
king²	qǐng	頃顷苘(又)
king⁴	jīng	鯨
	qíng	黥勍擎檠
	qióng	瓊煢
ling¹	līng	拎(又)
	lǐng	令(一～紙)
ling⁴	léng	棱(～角)塄楞
	lèng	愣(又)堎
	líng	伶泠玲鈴图羚零聆瓴苓齡蛉翎凌菱棱(穆～縣)崚鲮綾陵酃靈欞
ling⁵	lǐng	領嶺

ling⁶	lèng	睖愣
	lìng	另令（命～）
ming⁴	míng	名洺茗明冥溟暝瞑蝒鳴
	mǐng	酩⊗
ming⁵	mǐn	皿
	míng	銘
	mǐng	酩
ming⁶	mìng	命
ning¹	līng	拎
ning⁴	níng	寧嚀擰（絞）檸獰聹
ning⁶	nǐng	擰（扭）
	nìng	寧（姓）佞濘
ping¹	pēng	怦抨砰
	pīn	拼拚（同'拼'）姘
	pīng	俜娉
ping³	chěng	騁俗
	pīn	姘⊗
	pìn	聘
ping⁴	pián	駢
	píng	平評坪枰苹萍鮃屏（～風）姘軿瓶蘋（通'苹'）
qing¹	chēng	稱樫鯉鯖
	qīng	青清圊蜻鯖
	qíng	氰
qing²	chěng	騁逞
	qǐng	請
	zhěng	拯
qing³	chèn	稱（相～）
	chèng	秤
qing⁴	chéng	呈埕程醒澄（水清）懲懲成（～數）
	chěng	逞俗
	qíng	情晴
	xíng	餳
ting¹	tīng	汀桯桱聽（～見）廳
ting²	tǐng	町（田界）
ting³	tīng	聽（～任）
ting⁴	tíng	亭淳葶停婷廷庭霆莛蜓
ting⁵	tǐng	挺梃（棒）侹珽艇鋌頲
	tìng	梃（～豬）
wing¹	rēng	扔話
wing⁴	róng	榮嶸蠑
wing⁵	yǒng	永
wing⁶	yǐng	穎穎

	yǒng	詠泳
xing¹	jīng	旌⊗
	shēng	聲升勝（～任）
	xīng	星惺猩腥
xing²	xǐng	省（反～）醒
xing³	shèng	勝（～利）聖
	xìng	姓性
xing⁴	chéng	成（～功）城宬誠鋮盛（～飯）丞承乘（～車）塍
	shéng	繩澠（～水）
	shèng	晟
xing⁶	shèng	盛（興～）乘（量詞）嵊剩
ying¹	yīng	嬰嚶瓔櫻攖纓鸚英瑛應（～該）膺鷹
ying²	yǐng	影癭
	yìng	映
ying³	yìng	應（答～）
ying⁴	níng	凝
	rēng	扔
	réng	仍礽
	xíng	形刑邢型銒硎鉶熒（～陽縣）陘
	yíng	榮（～經縣）塋瑩熒螢營縈瀠澄鎣蠅盈楹迎嬴瀛籯贏
ying⁵	yǐng	郢
ying⁶	rèn	認
	yìng	塍

ib

dib⁶	dié	諜堞喋碟蝶蹀牒鰈疊氎
gib³	jié	劫
	sè	澀俗
hib³	qiàn	歉嗛
	qiè	慊（滿足）怯
	xié	脅
hib⁶	qiè	愜
	xié	葉（和洽）協挾（～持）勰
jib³	jí	楫
	jiā	浹
	jiē	接

	niè	囁
	shè	懾⊗
	zhà	雪
	zhé	輒折（～扇）
	zhě	褶
lib⁶	liè	獵躐鬣
nib¹	niè	鎳
nib⁶	niē	捏
	nié	苶
	niè	聶躡鑷顳涅陧鎳⊗臬
qib³	qiè	妾
tib³	tiē	貼帖（～伏）萜
	tiě	帖（請～）
	tiè	帖（字～）
xib³	shè	攝灄慴歙（～縣）涉
	xiē	揳(話)
	xiè	躞
yib³	yān	腌(話)醃（～肉）(話)
	yè	靨
yib⁶	niè	蘖⊗蘗⊗
	yè	葉（樹～）業頁燁曄鄴

id

bid¹	bì	必苾⊗鉍觱
bid³	biē	憋鱉
	biē	癟（～三）
bid⁶	bié	別蹩瘪（乾～）
	biè	別（～扭）
did³	diē	跌
did⁶	dié	垤絰耊昳（日過午）眣迭
	zhì	帙秩
gid³	jié	結（～構）拮頡⊗鮚潔挈
gid⁶	jié	杰桀傑（勇武）傑
hid³	xiē	歇
jid³	jiē	節（～骨眼）癤
	jié	節（～日）婕
	shé	折（～耗）
	zhē	折（～跟頭）蜇（～人）
	zhé	折（～斷）哲蜇蟄喆讋
	zhè	淛
jid⁶	jié	截捷睫
	shà	箑⊗
kid³	jí	詰（～屈）

	jiē	揭
jié		孑訐詰（反～）劫頡碣竭羯
	qì	契（～闊）
	qiè	鍥挈
	xiá	黠⊗
	xiē	蠍
	xié	絜擷頡（～頏）纈
lid⁶	liè	列冽洌烈裂趔駕捩
mid⁶	miè	滅蔑蠛篾
ngid⁶	niè	齧
pid³	piē	撇（～開）氅气
	piě	撇
qid³	chè	撤澈徹掣
	qiē	切（～開）
	qiè	切（迫～）趄（傾斜）
	shè	設
	zhé	轍
tid³	tiě	鐵
	tiè	餮
xid³	qiè	竊
	shé	舌⊗
	xiē	楔揳
	xiè	屑渫泄紲契（古人名）褻卨燮
	xuē	薛
xid⁶	shé	舌
	shí	蝕（～本）
yid³	yē	噎
	yè	咽（嗚～）謁
yid⁶	niè	蘖蘗桌⊗
	rè	熱

ig

big¹	bī	逼
	bì	皕愎壁壁襞躄碧
	pǎi	迫（～擊炮）
	pò	迫（～害）
dig¹	de	的（助詞）
	dī	鏑（元素）
	dí	的（～當）嫡嘀
	dì	的（目～）苖
dig⁶	dī	滴

粵	普	字
	dí	狄迪敵荻翟（墨～）覿滌
		鏑（箭頭）蹢（蹄子）
gig¹	jī	擊激墼
	jí	亟（急切）殛棘（荊～）
		革（病～）
	jǐ	戟
gig⁶	jí	極
guig¹	guó	馘虢
	jú	淢鶪
	qiè	郄
	qù	闃（又）
	xì	卻隙（又）
	xù	洫
jig¹	jī	積績跡勣唧
	jí	即踖
	jì	稷
	qì	磧
	zé	幘
	zhī	織
	zhí	職
	zhì	陟
	zì	漬（又）
jig³	jí	脊（～樑）踏鶺
	jǐ	脊（～髓）
	zhí	蹠
	zhì	炙
jig⁶	jí	籍藉（狼～）
	jì	寂
	jiè	褯
	shí	湜（又）
	shi	殖（骨～）
	xī	夕汐矽夤
	xí	席（出～）
	zhé	蟄
	zhī	稙
	zhí	直值植殖（繁～）埴
kig¹	jí	棘（～手）㊙
kuig¹	qù	闃
lig¹	lè	叻
	lì	喔櫪櫟（樹名）轢礫靂
lig⁶	lì	力歷瀝（～青）壢癧瓅酈
nig⁶	mì	覓幎汨
nig¹	nì	匿暱

粵	普	字
	nuò	搦
nig⁶	nì	溺（～死）
pig¹	bì	辟（復～）
	pī	劈霹（～靂）
	pǐ	劈癖擗
	pì	僻甓鷿辟（開～）
qig¹	chì	斥彳叱敕飭
	qī	戚槭
qig³	chì	赤
tig¹	tè	忒鋱忑慝
	tī	剔
	tì	倜（～儻）惕逖趯
wig⁶	yù	域棫蜮閾
xig¹	chì	飭（又）
	sè	色鋁嗇穡
	shǎi	色
	shí	識（知～）
	shì	式拭軾釋飾適螫
	xī	昔惜腊（乾肉）息螅熄悉
		窸蟋析晰淅皙蜥
	xí	螅
	xì	舄潟
xig³	xī	錫（又）裼
xig⁶	shí	食（吃）蝕（侵～）
yig¹	xì	閾
	yì	億憶抑益臆
yig⁶	nì	逆
	yē	掖（塞進）
	yè	掖（扶～）液腋
	yì	亦奕弈弋易（交～）場蜴
		役疫繹譯懌嶧驛翊鷁翌翼
		熤

O

粵	普	字
o¹	ē	阿（～附）屙屙
	kē	柯珂軻疴坷（～拉）岢
	kě	坷（坎～）
	ō	喔（歎詞）噢（同'喔'）
o²	huō	嚯（歎詞，表驚訝）
o⁴	ó	哦（歎詞，表疑問）
o⁶	ò	哦（歎詞，表領會）
bo¹	bō	波菠玻嶓
	pō	坡

bo²	bǒ	跛（又）
bo³	bō	播
	bǒ	簸
	bo	啵
	pó	鄱
co¹	chū	初
	chú	芻鶵（又）雛（又）
	cuō	磋搓蹉
	cuó	嵯
co²	chǔ	楚礎
	chù	憷
	cuǒ	脞
co³	cuò	剉挫銼錯（不對）莝
co⁴	chú	鋤鉏鶵雛
	cuó	醝矬痤
co⁵	zuò	坐（語）
do¹	duō	多哆
do²	duǒ	朵躲垛埵剁
	duò	跺
do⁶	duò	馱（～子）惰墮
fo¹	kē	科蝌窠稞髁
fo²	huǒ	夥火伙欽
	kē	棵顆
fo³	huò	貨
	kè	課髁
go¹	gā	旮
	gē	哥歌
	hé	菏
go²	gě	舸
go³	gě	個（自～兒）
	gè	個（一～）
guo¹	gē	戈
	guō	過（姓）渦（～河）
guo²	guǒ	果蜾裹餜
	kè	錁
guo³	guò	過
ho¹	hē	訶呵
	kē	苛
ho²	gě	舸（又）
	kě	可岢坷
ho⁴	hé	何河荷（～花）菏合（～尺，工尺）（語）
ho⁶	hè	賀荷（負～）
ko¹	kē	鈳匼
lo¹	lá	兒
	luō	囉（～嗦）
	luó	羅（十二打）
lo²	kē	顆（俗）
	luǒ	裸倮蓏臝瘰
lo³	lo	咯（助詞）
lo⁴	luó	羅（～網）籮邏（～輯）
		鑼蘿螺騾摞腡覶
	luo	囉（助詞）
lo⁶	luó	邏（巡～）
mo¹	me	麼（甚～）
	mō	摸（又）
	mó	摩（～擦）魔
mo²	mō	摸（～黑）
	mó	摸（又）
mo⁴	mó	磨蘑劘饃無（南～）
mo⁶	mò	磨（～豆腐）糖礳
no⁴	nuó	娜（婀～）挪儺
	ruá	挼（皺縮）
	ruó	挼（揉搓）
no⁶	nuò	糯懦喏（歎詞）
ngo¹	ē	屙（又）
	kē	疴（又）
ngo⁴	é	莪俄峨峩峨蛾哦（吟～）鵝鵞囮訛
	wò	硪
ngo⁵	wǒ	我
ngo⁶	è	餓
	wò	臥
po¹	kē	稞（俗）棵（俗）
po²	pō	頗
	pǒ	叵笸鉕
po³	pò	破
po⁴	pó	婆嫛鄱（又）繁（姓）
so¹	shū	梳疏（～通）蔬
	suō	娑挲（摩～）莎（～草）蓑唆梭睃羧
	suo	嗦
so²	suǒ	所鎖瑣嗩
so⁴	shǎ	傻
to¹	tuō	拖
to³	tuò	唾
to⁴	duò	馱（負載）舵
	tuó	佗（負荷）柁沱跎酡陀駝

		鴕坨砣鮀鼍	koi³	gài	概溉戱蓋（文言虛詞）丐鈣	
to⁵	tuǒ	妥橢		kǎi	慨	
wo¹	guō	堝鍋		kài	愾炌	
	kē	窠（又）	loi⁴	lái	來徠萊鋶峽淶	
	wā	媧	loi⁶	lài	睞賚	
	wō	窩蝸渦（旋～）萵倭踒撾		lěi	耒誄	
		（老～）	noi⁵	něi	餒（又）	
	wò	斡（達～爾族）	noi⁶	nài	奈柰蔡耐	
wo³	wò	涴		nèi	內	
wo⁴	hé	和（～平）禾	ngoi¹	āi	哀（又）	
wo⁶	hè	和（～詩）	ngoi²	ái	皚（又）	
	huó	和（～麪）		ǎi	藹（又）	
	huò	禍	ngoi³	ài	愛（又）嬡（又）曖（又）	
yo¹	yō	唷喲（歎詞）	ngoi⁴	ái	呆騃騃	
	yo	喲（助詞）	ngoi⁶	ài	礙	
zo²	zǔ	俎阻詛		wài	外	
	zuǒ	左	soi¹	sāi	腮鰓	
zo³	zuǒ	佐	soi²	shuǎi	甩	
zo⁶	zhù	助	toi¹	tāi	胎苔（舌～）	
	zuò	坐座唑	toi⁴	tāi	台（天～山）	
				tái	台（～甫）抬炱苔（～蘚）	
		oi			邰駘鮐台枱薹	
			toi⁵	dài	怠（又）殆（又）	
oi¹	āi	哀唉（又）埃（又）鎄	zoi¹	zāi	哉栽災	
oi²	ǎi	藹靄噯（歎詞，表示否定）	zoi²	zǎi	宰載（年）崽	
	ài	靉	zoi³	zài	再載（～重）	
oi³	ài	愛嬡曖璦	zoi⁶	zài	在	
coi²	cǎi	采採彩睬踩（又）				
coi³	cài	菜采（～邑）蔡			**ou**	
	sài	塞（～外）賽				
coi⁴	cái	才財材裁	ou²	ǎo	媼	
doi⁶	dài	代岱玳袋黛待紿怠殆迨	ou³	ǎo	襖	
		靆靆		ào	奧懊澳墺	
goi¹	gāi	該垓荄賅陔	bou¹	bāo	褒煲	
goi²	gǎi	改		bū	晡逋	
goi³	gài	蓋（～子）	bou²	bǎo	保堡（橋頭～）葆褓鴇寶	
hoi¹	hāi	嗨（象聲詞）		bǔ	堡（～子）補	
	kāi	開鐦		pù	堡（十里～）	
hoi²	hǎi	海醢胲	bou³	bào	報	
	kǎi	鎧剴凱愷闓塏		bù	布佈怖埔（大～）	
hoi⁴	hái	骸（又）		pǔ	埔（黃～）	
	kē	頦	bou⁶	bào	暴（～動）抱（～小雞）（話）	
hoi⁶	hài	害嗐亥氦		bǔ	哺捕	
				bù	步（～伐）埠（～頭）簿部	

cou¹	cāo	操
	cū	粗
cou²	cǎo	草
cou³	cāo	糙
	cù	醋酢（通'醋'）
	cuò	措厝
	zǎo	澡
	zào	噪燥躁懆⊗
cou⁴	cáo	曹嘈槽漕螬艚
	cú	徂殂
dou¹	dāo	刀叨（～嘮）魛氘
	dōu	都（～要）
	dū	都（首～）
dou²	dǎo	倒（～霉）島搗檮⊗
	dǔ	睹堵賭
dou³	dào	到倒（翻轉）
	dù	妒蠹
dou⁶	dǎo	導蹈
	dào	道燾（覆蓋）稻盜纛⊗幬（覆蓋）悼
	dù	杜芏度（溫～）渡鍍
gou¹	gāo	高篙膏（藥～）羔糕皋睾槔
gou²	gǎo	槁稿縞鎬（工具）藁杲
	hào	皓⊗
gou³	gào	告誥郜鋯膏（潤）
hou¹	hā	蒿嚆薅
hou²	hǎo	好（～人）
hou³	hào	好（愛～）耗
	kào	犒
hou⁴	háo	號（呼～）蠔豪嚎壕濠毫嗥
hou⁶	hào	號（記～）婞浩皓昊顥灝鎬（周國都）鄗滈
lou¹	lāo	撈
	lào	嘮
	lū	嚕
lou²	lǎo	佬
lou⁴	lǎo	勞（～動）癆鐒牢醪崂
	lào	澇⊗耮
	lú	盧壚櫨瀘臚爐鱸蘆顱鱺艫鸕
	lu	轤
lou⁵	lǎo	老姥（外祖母）栳銠潦（雨水大）
	lǔ	虜擄鹵魯櫓鐪
	lu	氌
lou⁶	lào	澇
	lòu	露（～馬腳）
	lù	路潞璐露（～水）鷺賂輅
mou¹	máo	髦⊗
mou²	mú	模（～子）
mou⁴	máo	毛旄髦酕牦
	mó	嫫摹模（～型）謨摸（同'摹'）
	mōu	哞
	mú	模（～樣）
	wū	巫誣
	wú	亡（古同'無'）無蕪母
mou⁵	mǎo	冇
	mǔ	母拇姆姥（老婦）
	wǔ	侮武鵡舞潕憮廡嫵
mou⁶	mào	冒帽瑁眊耄
	mù	牟（～平縣）暮募墓慕
	wù	嫠鶩戊務霧
nou⁴	nú	奴孥駑
nou⁵	nǎo	瑙惱腦
	nǔ	努弩
nou⁶	nù	怒
ngou³	ào	澳⊗奧⊗懊⊗墺⊗
ngou⁴	āo	熬（～菜）
	áo	敖嗷廒熬（～粥）葵聱螯遨磝鰲翶麈
ngou⁶	ào	傲鏊驁鰲
pou¹	pū	鋪
pou²	fǔ	甫（台～）脯（果～）
	pú	脯（胸～）
	pǔ	普氆譜鐠浦溥圃埔（束～寨）
pou³	pù	鋪（商店）
pou⁴	páo	袍
	póu	裒
	pú	菩匍葡蒲醅莆
pou⁵	bào	抱（擁～）
	pào	泡（肥皂～）⟨話⟩
sou¹	sāo	搔騷臊（狐～）繰（同'繅'）繅
	sū	蘇穌酥甦

	xū	鬚
sou²	sǎo	嫂
	shǔ	數（計算）
sou³	sǎo	掃（～地）
	sào	埽臊（害羞）掃（～帚）
	shù	數（～目）漱
	sù	素嗉愫訴塑愬溯
tou¹	tāo	滔韜叨（～光）縧絛饕
tou²	dǎo	檮
	tǎo	討
	tǔ	土釷
tou³	tào	套
	tǔ	吐（～露）
	tù	吐（嘔～）兔堍菟（～絲子）
tou⁴	tāo	濤燾（人名）掏
	táo	咷桃洮逃陶（～器）淘萄陶
	tú	徒圖涂塗荼途屠菟（於～）
tou⁵	dǔ	肚（豬～）
	dù	肚（～子）
zou¹	zāo	糟遭
	zū	租
zou²	zǎo	早藻棗蚤
	zǔ	祖組
zou³	zào	灶竈
zou⁶	zào	造（製作）慥簉皂唕
	zuò	做胙阼祚

on

on¹	ān	安桉氨鞍
	ǎn	銨
	àn	胺
on³	àn	按案
	èn	摁
gon¹	gān	干（～涉）杆（旗～）玕竿肝矸酐乾（乾淨）
gon²	gǎn	趕桿秤擀
gon³	gàn	幹旰
hon¹	hān	頇
	kān	看（～守）刊㊀
hon²	hǎn	罕
	hàn	捍㊁
	kān	刊

	kǎn	侃
hon³	hàn	漢
	kàn	看
hon⁴	hān	鼾犴㊁
	hán	寒汗（可～）邗邯韓
hon⁵	hàn	旱悍㊁捍㊁
hon⁶	gàn	旰㊁
	hān	犴（駝鹿）
	hàn	汗（～水）扞悍捍翰瀚撖焊
ngon¹	ān	安㊁桉㊁氨㊁鞍㊁
	ǎn	銨㊁
	àn	胺㊁
ngon³	àn	按㊁案㊁
	èn	摁㊁
ngon⁶	àn	岸犴（狴～）

ong

ong¹	āng	骯
ong³	àng	盎
bong¹	bāng	邦幫梆浜
bong²	bǎng	綁榜膀（～子）
	bàng	蒡
bong³	bèng	甏
bong⁶	bàng	磅（英美重量單位）鎊傍（依～）稦
cong¹	cāng	倉傖滄蒼艙鶬
	chuāng	創（～傷）瘡
cong²	chǎng	敞氅昶廠
	chuǎng	闖（～禍）
cong³	chuàng	闖（～蕩）創（～作）愴
cong⁴	cáng	藏（隱～）
	chuáng	牀幢（古代旗子）
dong¹	dōng	當（充～）璫襠鐺（象聲詞）
dong²	dǎng	擋（阻～）黨讜
	dàng	檔（～案）
dong³	dàng	當（恰～）擋（收拾）檔（量詞）
dong⁶	dàng	蕩宕碭宕盪
fong¹	fāng	方坊（牌～）枋芳邡鈁
	fáng	坊（作～）肪
	huāng	荒慌㼐肓
	huǎng	謊

fong²	fǎng	仿彷紡舫訪		làng	浪（波～）蒗
	huǎng	恍晃（明亮）幌		liàng	晾
	huàng	晃（搖～）	mong¹	māng	牤
fong³	fàng	放		máng	杧
	kuàng	況貺		méng	虻㊎
fong⁴	fāng	妨（不～）		máng	芒（麥～）
	fáng	妨（～害）房防魴	mong⁴	máng	忙茫氓（流～）硭芒（～
gong¹	gāng	岡剛綱崗（同'岡'）掆棡扛			種）鋩牻
		（兩手舉東西）缸肛罡堽		méng	虻
	gǎng	崗（～位）		wáng	亡（逃～）
	jiāng	江豇茳		wàng	忘
	káng	扛（～糧食）	mong⁵	mǎng	莽蟒
gong²	gǎng	港		wǎng	罔惘魍網輞
	jiǎng	講耩		wàng	妄
gong³	gāng	鋼（～鐵）	mong⁶	wàng	望
	gàng	杠（單雙～）槓（～架）	nong⁴	nāng	囊（～膪）囔
	jiàng	降（～落）絳		náng	囊（口袋）饢（面餅）
gong⁶	gàng	鋼（用力磨刀）		nǎng	饢（往嘴裏塞食物）
guong¹	guāng	光桄洸胱		ráng	瓤
guong²	guǎng	廣獷	nong⁵	nǎng	曩攮
hong¹	kāng	康糠	nong⁶	nàng	齉
	kuāng	匡框（～～）洭哐筐誆	ngong¹	āng	骯㊎
	kuàng	框（門～）眶	ngong³	àng	盎㊎
	qiāng	腔	ngong⁴	áng	昂
hong²	kǎng	慷㊎	ngong⁶	gàng	戇（魯莽）㊖
hong³	kàng	炕（烤）	pong³	bàng	謗
hong⁴	háng	杭吭（喉嚨）航迒頏行（～		pǎng	嗙
		列）絎	pong⁴	bàng	傍（～晚）
	hàng	沆		pāng	滂
	xiáng	降（投～）		páng	旁膀（～胱）螃龐彷逄鰟
hong⁶	hàng	巷（～道）		páng	磅（～礴）
	xiàng	巷（小～）項	pong⁵	bàng	蚌（～殼）
kong²	kāng	慷		bèng	蚌（～埠）
kong³	kàng	抗亢（高～）伉䦹炕（～牀）		pǎng	耪
	kuàng	礦壙壙曠纊	song¹	sāng	桑喪（～事）
	kuò	擴㊖	song²	sǎng	嗓搡顙磉
kong⁴	kuáng	狂誑		shuǎng	爽
kuong³	kuàng	鄺㊎纊㊎曠㊎礦㊎	song³	sàng	喪（～失）
long¹	lāng	啷	tong¹	tāng	湯鏜（象聲詞）羰
long⁴	láng	郎嫏廊榔螂狼琅稂銀	tong²	tāng	蹚
	làng	浪（滄～之水）莨（中草藥）		tǎng	倘淌躺緔帑儻鏜
long⁵	lǎng	朗㜮㮾塱	tong³	tàng	趟燙
	làng	閬崀	tong⁴	táng	唐塘搪糖螗瑭溏鄌禟堂膅
long⁶	dāng	襠㊖			螳鐋（同'搪'）棠樘

wong¹	wāng	汪
wong²	wǎng	枉
wong⁴	huáng	黃潢璜磺簧蟥癀皇凰喤徨惶湟煌篁蝗遑鍠隍鰉
	wáng	王
wong⁵	wǎng	往（～年）
	wàng	往（～前）
wong⁶	wàng	旺王（～天下）
zong¹	zāng	臟臧髒牂
	zhuāng	莊妝樁裝
	zàng	奘（玄～）
zong²	zǎng	駔
zong³	zàng	葬
	zhuàng	壯（強～）戇（剛直）
zong⁶	zàng	臟藏（寶～）
	zhuǎng	奘（粗大）
	zhuàng	狀撞僮（壯族原用字）壯（～族）幢（一～樓）

od

god³	gē	割
	gé	葛（植物）
	gě	葛（姓）
hod³	hē	喝（～水）
	hé	曷鞨鶡
	hè	褐喝（呼～）
	kě	渴

og

og¹	wō	喔（雞叫聲）
og³	ě	惡（～心）
	è	惡（～劣）堊
bog³	bó	博搏膊餺亳駁欂Ⓧ
	fù	縛
bog⁶	báo	薄（厚～）雹
	bó	薄（～膜）礴箔舶鉑泊魄（落～，不得意）
	bò	薄（～荷）
cog³	cuò	錯（交～）
dog⁶	duó	度（忖～）踱鐸
fog³	fù	縛Ⓧ
	huō	攉

	huǒ	漷Ⓧ
	huò	霍藿
	jué	矍攫
	qú	蠷
gog³	gē	咯（象聲詞）胳袼擱（放置）
	gé	閣（小門）閣擱（承受）
	gě	各（自～兒）
	gè	各（～種）胳（～腳）鉻
	jiǎo	角（牛～）
	jué	角（～鬥）桷覺（知～）珏
guog³	guō	蟈郭崞
	guó	國幗膕
	guǒ	椁
	huǒ	漷
	kuò	廓Ⓧ
hog³	ké	壳殼
	qiào	壳
hog⁶	háo	貉（～子）
	hé	貉（一丘之～）
	hè	鶴翯
	xué	學嶨
kog³	hǎo	郝
	hé	涸
	hè	壑
	kè	恪
	què	榷搉確慤
kuog³	kuò	擴Ⓧ廓
log³	gè	鉻㈫
	kǎ	咯（～血）
	lào	烙（～印）酪（乳～）絡（～子）
	le	餎
	luò	洛烙（炮～）珞絡（脈～）雒駱犖漯（市名）硌（山上大石）
log⁶	lè	樂（快～）
	luò	落濼（～水）
mog¹	bāo	剝（～花生）
	bō	剝（～削）
mog⁶	mào	鄚
	mó	膜
	mò	莫寞漠瘼貘鄚Ⓧ
	mù	幕

廣州話	普通話	字
nog⁶	nuò	諾鍩
ngog³	ě	惡(～心)（又）
	è	惡(～劣)（又）堊（又）
ngog⁶	è	愕萼諤鄂鍔顎腭鱷鶚噩
	yuè	鷘岳樂(音～)櫟(地名)
pog³	bú	醭
	pō	朴(～刀)釙
	pò	朴(厚～)粕（又）
	pū	撲噗
	pú	璞鏷
	pǔ	樸
sog³	shuò	朔搠槊蒴數(屢次)
	sù	塑(俗)溯(俗)
	suō	嗍
	suǒ	索
tog³	tuō	托飥託
	tuó	橐
	tuǒ	庹
	tuò	拓(開～)魄(落～，散漫)柝跅籜擇
wog³	yuē	籰鑊
wog⁶	huō	劐
	huò	蠖鑊獲穫
zog³	zuō	作(～坊)
	zuó	作(～料)
	zuò	作(～用)柞
zog⁶	záo	鑿(～子)
	zhuó	濯擢鸑
	zuó	筰(～橋)昨
	zuò	怍柞(～樹)酢(酬～)鑿

u

廣州話	普通話	字
fu¹	fū	夫(丈～)伕跌鈇麩孵跗敷鄜膚稃
	fú	孚枹郛俘荸(蘆葦稈子裏的薄膜)
	hū	呼滹戲(於～)烀軒
	kū	枯骷刳
fu²	fǔ	府拊俯腑甫(剛)脯（又）父(同'甫')斧釜滏撫簠黼
	hǔ	虎唬(威嚇)琥
	kǔ	苦
fu³	fù	富副賦
	fu	咐(吩～)
	hù	戽
	kù	庫褲
fu⁴	fú	夫(文言助詞)扶芙蚨符苻鳧
	hū	乎
fu⁵	fù	婦
fu⁶	fǔ	輔
	fù	父(～母)訃付附坿駙鮒負傅賻赴
	fu	咐(囑～)
	pū	仆(前～後繼)
gu¹	gū	姑咕沽菇蛄酤鴣孤菰觚軸辜
gu²	gū	估(～計)
	gǔ	古嘏罟詁鈷蛊瞽臌殳股賈(大腹～)蓏蠱牯
gu³	gù	故估(～衣)固堌崮痼錮僱顧
ku¹	gū	箍
	gǔ	罟（又）
wu¹	wū	烏嗚鄔鎢污圬惡(古疑問詞)於(古歎詞)
wu²	hǔ	滸(水邊)
	hù	祜
	wǔ	摀
	wù	塢
wu³	wù	惡(可～)
wu⁴	hū	糊(～泥)
	hú	胡湖猢瑚糊(～塗)葫煳醐餬蝴蝴鶘鬍孤狐壺和(打麻將術語)
	hù	糊(～弄)
wu⁶	hù	戶扈岵怙互護瓠滬鄠
	yù	芋

ui

廣州話	普通話	字
bui¹	bēi	杯
bui³	bèi	貝狽鋇背(～面)褙邶軰
bui⁶	bèi	悖焙碚背(偏僻)
fui¹	huī	灰恢詼
	kuī	悝

	kuí	奎魁喹蛙		mén	門捫鍆罿	
fui²	huì	賄		men	們	
	wěi	洧鮪		pán	蹣㈡	
fui³	huǐ	悔	mun⁵	mǎn	滿蟎	
	huì	晦誨喙	mun⁶	mēn	悶	
kui²	guì	劌		mèn	悶燜懣	
	huì	薈㈠繪檜（秦～）繢殨	pun¹	pān	番（～禺縣）潘	
	kuài	會（～計）鄶澮儈獪鱠膾	pun³	pàn	判拚（～命）	
	kuì	潰憒襀聵	pun⁴	pán	胖（心廣體～）盤槃磐磻	
mui⁴	méi	梅莓霉媒煤枚玫脢酶			蟠蹣	
mui⁵	měi	每浼		pén	盆溢	
mui⁶	mèi	妹昧	pun⁵	bàn	伴㈡	
pui¹	pēi	醅	wun¹	wān	剜豌	
	pī	坏（陶器）	wun²	wān	帵豌㈡	
pui³	pèi	佩配旆霈沛		wǎn	皖㈡惋碗莞（～爾）㈡	
pui⁴	bèi	蓓㈡		wàn	腕	
	pái	徘	wun⁴	huán	桓洹萑	
	péi	培賠陪錇裴		yuán	垣爰媛援湲	
pui⁵	bèi	倍蓓	wun⁵	huàn	浣	
wui¹	wēi	偎隈煨		wǎn	莞（～爾）皖	
wui⁴	huái	徊	wun⁶	huǎn	緩	
	huí	回洄茴迴蛔		huàn	喚換煥瘓奐渙	
wui⁵	huì	會（能）		wán	玩（～弄）	
wui⁶	huì	會（～合）燴匯彙				

un

bun¹	bān	般搬			**ung**	
bun²	běn	本苯畚	ung¹	yōng	壅（～土）㈠	
bun³	bàn	半	ung³	wèng	甕蕹齆	
bun⁶	bàn	伴拌絆絆	bung²	béng	甭	
	pàn	泮畔叛		pěng	捧㈠	
	pàng	胖（肥～）	cung¹	chōng	充沖（～茶）忡翀茺憧	
fun¹	huān	歡獾			艟㈡衝	
	kuān	寬髖		chòng	衝（向）	
fun²	guàn	盥㈡		cōng	匆囪葱樅（木材）聰驄	
	kuǎn	款		zhōng	衷	
gun¹	guān	官倌棺觀（～看）冠(衣～)	cung²	chǒng	寵	
gun²	guǎn	管館莞（東～縣）琯		zhǒng	冢	
	wǎn	脘	cung³	chòng	銃	
gun³	guàn	貫觀（廟宇）冠（～軍）	cung⁴	chóng	蟲重（～複）	
		灌罐鸛盥		cóng	從（～來）淙琮叢	
mun⁴	mān	顢		sōng	松（～樹）	
	mán	瞞	cung⁵	zhòng	重（輕～）㈠	
			dung¹	dōng	冬咚氡東鶇崠	
			dung²	dǒng	懂董	

dung³	dòng	凍腬楝		méng	蒙（啟～）矇朦濛檬艨
dung⁶	dòng	動洞恫胴侗（～族）垌（田			礞濛
		地）峒（山洞）硐		měng	蒙（～古）
	tòng	憅	mung⁵	měng	蠓
	zhuàng	幢（量詞）俗	mung⁶	mèng	夢
fung¹	fēng	豐灃峰烽蜂鋒風楓瘋渢碸	nung⁴	nóng	農儂噥濃膿
		封葑（古稱'蔓菁')鄼	ngung¹	yōng	壅（～土）話 乂
	fèng	葑（古書上指菰的根）	ngung³	wèng	甕 乂 蕹 乂 齆 乂
fung²	fěng	唪（～經）	pung²	pěng	捧
	fèng	俸	pung³	pèng	碰
fung³	fěng	諷	pung⁴	péng	篷蓬 乂
	fèng	賵	sung¹	cōng	從（～容）
fung⁴	féng	逢縫（～衣）馮		sōng	忪（惺～）鬆（～懈）淞
	péng	蓬			菘凇松嵩
fung⁶	fèng	奉縫（裂～）鳳鄼	sung²	sǒng	慫聳悚竦攫
gung¹	gōng	公蚣弓躬工功攻供（～	sung³	sòng	宋送
		給）宮紅（女～）恭龔塨	sung⁴	chóng	崇
	xiōng	芎		yōng	鱅 話
gung²	gǒng	拱珙栱鞏	tung¹	tēng	烴
gung³	gàng	槓（～杆）		tōng	通痌
	gòng	供（～養）貢嗊		tòng	通（説一～）
gung⁶	gòng	共	tung²	tǒng	統捅桶
hung¹	hōng	吽訇 乂 哄（～傳）烘	tung³	téng	疼（肚子～）
	kōng	空（～氣）崆箜		tòng	痛
	xiōng	凶兇洶訩匈胸	tung⁴	chōng	艟
hung²	kǒng	孔恐倥		tóng	同侗（舊指童蒙無知）峒
hung³	gǒng	汞			（山名）桐銅酮峂（地名）
	kòng	空（使～）控			茼烔鉖童僮（書～）潼仝
hung⁴	hóng	紅（～色）葒虹（彩～）			彤佟峑砼
		洪薶鴻黌薨（雪裏～）		tǒng	筒
	hòng	葒（茂盛）	yung¹	wēng	翁嗡滃（水名）鶲翰
	xióng	雄熊		yōng	雍壅饔邕澭癰
hung⁶	hòng	訌哄閧（起～）	yung²	rǒng	宂
kung⁴	qióng	窮藭穹蛩跫邛筇		wěng	滃（水盛）蓊
lung¹	lóng	窿		yōng	擁壅饔
lung⁴	lóng	龍籠朧嚨櫳瀧（急促的		yǒng	甬俑恿湧（～泉）踴蛹
		水）瓏礱籠（雞～）聾嚨		yòng	俑（～金）
		隆癃窿 乂	yung⁴	nóng	濃（～茶）話
lung⁵	lǒng	隴壟攏籠（箱～）		róng	容榕溶熔蓉鎔戎絨融茸
lung⁶	lòng	弄（小巷）挵			（鹿～）
	nòng	弄（玩～）		yōng	傭（～工）庸塘慵鄘鏞鱅
mung¹	méng	檬話		yóng	顒喁
mung²	měng	懵	yung⁵	rǒng	茸氄
mung⁴	mēng	蒙（欺騙）		yǒng	勇

yung⁶	yòng	用
zung¹	chōng	舂
	zèng	綜 (織布機上的裝置)
	zhōng	中 (～心) 忠鐘鍾盅終螽忪 (怔)
	zōng	宗棕蹤綜 (～合) 鬃椶 (～陽縣) 騣
	zòng	縱 (直)
zung²	zhǒng	種 (～子) 腫踵
	zǒng	總傯
zung³	zhòng	中 (射～) 種 (～植) 眾
	zòng	縱 (放～) 粽猔糉
zung⁶	sòng	訟頌誦
	zhòng	仲重 (～要)

ud

bud³	bō	缽
bud⁶	bí	荸
	bō	餑撥
	bó	脖鵓勃渤
	po	桲
fud³	kuò	闊蛞
kud³	guā	栝鴰
	guō	聒
	huò	豁
	kuò	括 (包～) 适
mud³	mǒ	抹 (塗～)
mud⁶	méi	沒 (～有)
	mò	沒 (～落) 末靺沫秣茉妹歿
pud³	pō	潑醱鏺
wud⁶	huó	活

ug

ug¹	wū	屋
bug¹	bǔ	卜 (占～)
	pō	釙(又)
bug⁶	bào	瀑 (～河)
	bú	醭(又)
	fú	幞
	pú	僕濮
	pǔ	蹼

	pù	瀑 (～布) 曝
cug¹	chù	亍畜 (牲～) 搐蓄觸(又) 俶 (開始)
	chuò	娖齪
	cù	促踧簇蹙蹵
	shù	束
	sù	欪涑蔌觫速
	xù	畜 (～產) 蓄
cug⁶	cù	蔟
dug¹	dū	督玊屬
	dǔ	篤
dug⁶	dào	纛
	dú	讀 (～書) 櫝瀆牘黷頓 (冒～) 獨髑毒
	zhou	碡
fug¹	fú	福蝠輻幅
	fù	腹蝮褔覆馥鰒
fug⁶	fú	伏洑 (回流) 茯袱栿服 (衣～) 菔匐
	fù	洑 (～水) 服 (量詞) 復
gug¹	gǔ	谷 (山～) 鵠 (～的) 穀縠瀔
	gù	梏
	jū	掬鞠鞫
	jú	菊
	kù	嚳
	qū	麴(又) 麯(又)
gug⁶	jū	焗 (～子) 鋦
	jú	局跼鋦 (元素)
hug¹	kū	哭
hug⁶	hú	鵠 (天鵝) 斛槲觳
	kù	酷
kug¹	qū	曲 (彎～) 蛐麯麴
	qǔ	曲 (歌～)
lug¹	liù	碌 (～碡)
	lù	簏轆麓碌 (庸～)
lug⁶	liǎo	蓼
	liù	六 (數目字) 陸 ('六' 的大寫)
	lù	六 (～安, 山名) 祿逯錄淥渌裳鹿漉戮甪陸 (～地) 綠 (～林)
	lù	綠 (～葉) 氯
mug⁶	mù	木沐目鉬睦穆仫苜牧

nug⁶	nù	恧朒衂聏			zhū	朱侏株銖洙蛛誅邾茱珠豬潴櫫諸櫧
ngug¹	wū	屋(又)	ju²	zhú	砫	
pug¹	pū	仆(話)		zhǔ	主拄麈渚煮	
sug¹	shū	叔倏	ju³	zhù	注炷蛀駐疰鑄著（～名）翥	
	sōu	餿(俗)	ju⁶	zhù	住箸	
	sù	肅鷫夙宿（住～）縮（～砂密）粟謖傈	qu²	chǔ	處（～理）楮褚	
	suō	縮（退～）	qu³	chù	處（～所）	
	xu	蓿	qu⁴	chú	躇櫥躕廚(又)滁蜍	
sug⁶	shóu	熟（煮～）	qu⁵	chǔ	儲杵	
	shū	淑菽		zhù	杼柱佇苧紵貯	
	shú	孰墊熟（～悉）贖	xu¹	chū	樗	
	shǔ	屬（家～）蜀		shī	噓	
tug¹	tū	禿		shū	書抒紓舒樞姝攄毹輸	
yug¹	wò	沃		xū	噓	
	wù	鋈	xu²	shǔ	鼠暑黍	
	xū	頊	xu³	chù	處(話)	
	xù	旭勖		shù	庶戍恕	
	yù	燠郁（馥～）昱煜毓或	xu⁴	chú	蜍(又)	
yug⁶	ròu	肉		shū	殳殳	
	rǔ	辱		shǔ	薯	
	rù	溽縟蓐褥	xu⁵	shǔ	署曙	
	yù	玉鈺谷（吐～渾，古民族名）欲峪浴鵒育獄淯鬻	xu⁶	shù	樹澍豎腧	
zug¹	chū	觸	yü¹	yū	於（姓）淤紆迂	
	zhōu	粥		yú	於（對～）	
	zhú	燭竺蠋竹筑	yü²	yū	淤(又)瘀	
	zhǔ	屬（～文）囑矚		yǔ	傴	
	zhù	祝築		yù	嫗	
	zhuō	捉	yü³	xù	酗(又)煦(又)	
	zhuó	浞		yù	飫	
	zú	足（腳）	yü⁴	rú	如茹鉫儒嚅蠕孺濡薷襦顬	
zug⁶	sǒu	嗾(俗)		rù	洳	
	sú	俗		yǒng	喁（低聲）	
	xù	續		yú	于（單～）余狳餘畬（開墾過兩年的地）予（我）好魚漁齬盂竽雩娛虞禺愚隅嵎俞（姓）愉揄榆渝崳瑜窬覦蟻璵臾腴萸諛舁歟與（同'歟'）	
	zhóu	妯軸（車～）				
	zhòu	軸（壓～戲）				
	zhú	逐瘃躅舳				
	zhuó	濁鐲				
	zú	族鏃	yü⁵	rǔ	乳汝擩	

ü

ju¹	shū	姝(又)		yǔ	雨（～水）語（～言）圄齬與（送～）嶼(又)禹庾瘐貐羽宇圉窳予（給與）	

yü⁶	yù	預澦蕷豫譽喻愈癒論與（參～）峪（又）寓遇馭語（告訴）裕雨（文言作'下雨'）御

ün

dün¹	duān	端
dün²	duǎn	短
dün³	duàn	斷（～定）鍛煅
dün⁶	duàn	斷（～絕）段緞椴籪塅
gün¹	juān	捐涓娟絹（又）蠲鵑
gün²	juǎn	卷（同'捲'）捲
	juàn	卷（試～）
gün³	juàn	眷桊狷絹罥鄄
	quàn	券（入場～）
	xuàn	券（拱～）
gün⁶	juàn	倦圈（豬～）
	juān	圈（關閉）
hün¹	quān	圈（環形）
	xuān	喧暄萱翾諼褕
	xuǎn	昍
	xūn	塤
hün²	quǎn	犬畎
	xuǎn	烜
hün³	quǎn	綣
	quàn	勸券（入場～）（又）
	xuàn	楦絢券（拱～）
jun¹	juān	鎸
	zhuān	專膊磚顓
	zuān	鑽（～營）躦
	zūn	尊鱒
jun²	zhuān	膊（又）
	zhuǎn	轉（～身）
	zhuàn	膞
	zuǎn	纘纂
	zǔn	撙
jun³	zhuàn	轉（～圈）
	zuān	鑽（～探）
	zuàn	鑽（～石）攥（又）
jun⁶	zhuàn	傳（～記）
kün⁴	quán	權拳惓蜷踡鬈顴
lün²	liàn	戀
lün⁴	lián	聯
	luán	孿孌欒攣灤鸞鑾
lün⁵	luán	變孿
lün⁶	luàn	亂
nün⁵	nuǎn	暖
nün⁶	nèn	嫩
qun¹	chuān	穿川氚
	cuān	鑹躥汆
	cūn	村
qun²	chuāi	揣（～手）（又）
	chuǎi	揣（～摩）（又）
	chuài	揣（挃～）（又）
	chuǎn	喘舛踳
	cuàn	竄（又）
	cǔn	忖
qun³	chuàn	串釧
	cuān	攛
	cuàn	竄爨
	cùn	寸吋
qun⁴	chuán	椽遄篅傳（～授）
	cuán	攢（～湊）
	cún	存蹲（腳落地受傷）
	quán	全痊荃詮輇筌佺醛銓泉線
qun⁵	shǔn	吮（語）
tün⁴	tuán	團摶
	tún	屯囤（～積）魨豚臀
tün⁵	duàn	斷（語）
xun¹	quān	悛
	suān	狻痠酸
	sūn	孫猻蓀殞
	xuān	宣揎瑄
	xuàn	渲
xun²	sǔn	損
	xuǎn	選
xun³	suàn	算蒜筭
	xuǎn	渲（又）
xun⁴	chuán	船
	xuán	旋（～轉）漩璇
	xuàn	旋（～風）
xun⁵	shǔn	吮
xun⁶	zhuàn	篆
yün¹	wān	蜿
	wǎn	宛（大～，古國名）
	yuān	淵鳶冤鵷瞀蜎鴛
yün²	ruǎn	阮（姓）

	wán	烷	küd³	guì	鱖(又)
	wǎn	宛(曲折)蜿琬畹		juē	撅噘
	yuàn	院苑		jué	厥劂橛獗蕨蹶(一～不振)
yün³	yuàn	怨			灝钁譎决抉叏觖訣駃孒鐍
yün⁴	huán	洹(又)		juě	蹶(尥～子)
	qiān	鉛(～筆)		quē	闕(古作'缺'字)缺炔缺
	wán	完丸紈		què	闋(宮～)闋
	xuán	玄痃懸	lüd³	liè	劣埒
	xuàn	炫(又)		lǔ	捋(～鬍子)
	yán	沿(～革)鉛(～山)芫		luō	捋(～榆錢)
		(～荽)	qud³	chuài	嘬(姓)
	yàn	沿(河～)		chuò	啜(飲)(又)
	yuán	元沅芫(～花)黿原嫄源		cù	卒(同'猝')猝
		螈塬員(學～)圓袁猿轅		cuō	撮(～合)
		爰(又)媛(嬋～)援(又)湲(又)		zuǒ	撮(量詞)
		園緣橼圜(同'圓')	tüd³	tuō	脱
	yún	溳(又)員(古人名用字)	xud³	shuō	説(～話)
yün⁵	ruǎn	軟阮		xuě	雪鱈
	xuàn	泫鉉	yüd³	ruò	爇
	yuǎn	遠		yǐ	乙釔
yün⁶	xiàn	縣	yüd⁶	xué	穴茓
	xuàn	炫眩		yuē	曰(又)
	yuàn	願媛(美女)掾垸瑗		yuě	噦
				yuè	月刖玥悦説(古同'悦')
					閲越鉞樾粵

üd

düd⁶	duó	奪	
güd³	jué	劂(又)	
güd⁶	jué	橛(又)	
hüd³	xiě	血(抽～)	
	xuè	血(～戰)	
jud³	chù	绌	
	chuò	啜(飲)惙輟	
	duō	掇敠裰	
	zhuì	綴(又)醊(又)	
	zhuō	拙棁	
	zhuó	茁	
	zuō	嘬	
jud⁶	jué	絕	

m

m²	m̄	呣(歎詞,表疑問)
m⁶	m̀	呣(歎詞,表答應)

ng

ng²	ńg	嗯(歎詞,表疑問)
ng⁴	wú	吾梧浯齬郚吳蜈
ng⁴	ǹg	嗯(歎詞,表答應)
ng⁵	wǔ	五伍午仵忤迕悟
ng⁶	wù	悮誤晤焐悟痦
hng⁶	hng	哼(不滿意的聲音)

廣州話特殊字表

表內包括本詞典使用的四類字：

一、方言地區傳統使用或自造的方言字；

二、採用古字表示方言意義的字；

三、借用現行漢字表示方言音義的字；

四、用"訓讀"的辦法表達方言意義的字。

每個字均注廣州話讀音，按語音分類排列。

特殊字後（ ）裏的字是曾用字，斜槓後面的音是又讀音。

A

吖	a^{1}
呀	a^{3}
呀	a^{4}
呃	ag^{3}

B

^{1}迫	bag^{1}
辦	ban$^{6-2}$
扮	ban^{3}
湴	ban^{6}
唪	bang^{4}/bang^{1}
骲	bao^{6}
齙	bao^{6}
^{1}啤	bé^{1}
^{2}啤	bé^{1}
嚊	bé^{4}
撣	bed^{1}
閉翳	bei^{3} ngei^{3}
嚟	bei^{6}
畀（俾）	béi^{2}
髀	béi^{2}
擯	ben^{3}
偋	béng^{3}
婄	beo^{6}
啤啤	bi^{4} bi^{1}
咇	bid^{1}
煏	big^{1}
^{2}迫	big^{1}
邊	bin^{1}
飆（標，摽）	biu^{1}
波	bo^{1}
嶓	bo^{3}
擛	bog^{1}
駁	bog^{3}
髆（膊）	bog^{3}
餺	bog
壆	bog^{3}
煲	bou^{1}
哺（菢）	bou^{6}
埗	bou^{6}
嘞	bud^{1}
葍	bug^{1}
伏	bug^{6}
埲	bung^{6}
髼	bung^{6}

C

跒	ca^{1}（ca^{5}）
扠	ca^{5}
擦	cad^{3}
坼（破）	cag^{3}
篸	cam^{2}
巉	cam^{4}
劖	cam^{5}
鎗	cang^{1}
瞠	cang^{3}
瞠	cang^{4}
蹚（撐）	cang^{3}（yang^{3}）
棖雞	cang^{4} gei^{1}
觘	cao^{1}
抄	cao^{3}
巢（瘷）	cao^{4}
^{1}車	cé^{1}
^{2}車	cé^{1}
^{3}車	cé^{1}
啤	cé^{1}
扯	cé^{2}
呎	céd^{1}/cég^{1}
哧	céd^{6}/cég^{6}
赤（刺）	cég^{3}
卓	cêg^{3}
砌	cei^{3}
饝	cei^{4}
摻	cem^{1}
譖	cem^{3}
尋	cem^{4}
親	cen^{1}
春（橁）	cên^{1}
唱	cêng^{3}
熗	cêng^{3}
暢	cêng^{3}
煪	ceo^{1}
湊	ceo^{3}
籌	ceo$^{4-2}$
嚧	cêu^{4}
剒	cog^{3}
睬	coi^{1}
儲	cou^{5}
湧	cung^{1}
㧤（搑）	cung^{3}

D

吖	da^{3}
嗒	dab^{1}
遝	dab^{6}
笪	dad^{3}
撻（笪）	dad^{3}
擔	dam^{1}
啖	dam^{6}
^{1}哆	dé^{2}
^{2}哆	dé^{4}
哆	dê^{1}
蛥	dê^{3}
耷（瞌）	deb^{1}
揞	deb^{6}
吔	ded^{1}
特（樴）	deg^{6}
趯	dég^{3}
諦	dei^{3}
渧	dei^{3}
第	dei^{6}
遞	dei^{6}
地	déi$^{6-2}$
哋	déi^{6}
揼	dem^{1}
肒	dem^{1}
炶	dem^{2}
扰	dem^{2}
髧	dem^{3}
曆	dem^{4}
吠（趯）	dem^{4}
跈（踸）	dem^{6}
不	den^{2}
躉	den^{2}
扽	den^{3}
噔	deng^{4}

¹戥	deng⁶
²戥	deng⁶
掟	déng³
埞（定）	déng⁶
啄	dêng¹
啄	dêng¹
兜	deo¹
菟	deo¹
筶	deo¹
鬥	deo³
竇	deo³
豆（竇）	deo⁶
挋	deo⁶
挶	dêu²
膇（瘓）	dêu³
啲	di¹/did¹
䏲	di⁴
的	dig¹
點	dim²
玷	dim³
掂	dim⁶
攧	din²
椗	ding³
定	ding⁶
掉	diu⁶
檔	dong³
¹度	dou⁶⁻²
²度	dou⁶⁻²
³度	dou⁶
艔	dou⁶⁻²
杜	dou⁶
嘴（嗲）	düd¹
督（丑）	dug¹
篤（启）	dug¹
朘	dung⁶

E

噓	ê¹
喊	êd⁶

F

搣（擤）	fag³
仮	fan²
啡	fé⁴
揬	fed¹
¹窟	fed¹
²窟（忽）	fed¹
飛	fei¹
瞓	fen³
捛	feng⁴
埠	feo⁶
拂	fid¹
咈	fid¹
裇	fid¹
抆	fing⁶/wing⁶
咴	fiu¹
夫	fu¹
芙翅（芙胚）	
	fu⁴ qi³

G

傢俬	ga¹ xi¹
¹㗎	ga³
²㗎	ga⁴
甲由	gad⁶ zad⁶/ged⁶ zed⁶
峈	gag³
鎅	gai³
梘（梘）	gan²
浭	gang³
捷	gang³
踁	gang⁶
滈	gao³
激	gao³
¹嘅	gé²
²嘅	gé³
哟	gê¹
喏	gê⁴
蛤	geb¹/geb³
唊	géb¹
咭	ged¹
剐	ged¹
趷（趌）	ged⁶
計	gei³⁻²
偈	gei²
噉	gem²
拑	gem³
撳	gem⁶
嚧	gém¹
艮	gen³
¹梗	geng²
²梗	geng²
鯁	géng⁶
菣	gêng²
嘈	geo⁶
齮齕	gi¹ ged⁶
¹噏	gib¹
²噏	gib¹
挾	gib⁶
傑（杰）	gid⁶
戟	gig¹
撟	giu²
嗰（吤）	go²
唝	gog⁶
摜（挥）	gong⁶
㩧	gong⁶
啩	gua³
蛞	guai²
躀	guan³
咶	gud⁶
橛	güd⁶
倔	gued⁶
啯	gueg⁶/guog⁶
滾	guen²
棍（捃，韵）	
	guen³
咣	guang⁴
掬	gug¹
趜	gug¹
焗	gug⁶
瘤	gui⁶
捐（蜎）	gün¹
摃（貢）	gung³

H

虾（蝦）	ha¹
痕（痄）	ha¹
嚇	ha²

莢	hab³	蠦（犬）	hün²	嘰	kig¹
揩	hai¹			捒	kin²
嘥	hai⁴	**J**		傾	king¹
喊	ham³			瓊（琼）	king⁴
慳	han¹	蟶	ji¹	蹺	kiu²
坑	hang¹	至	ji³	嬌	kiu⁵
姣	hao⁴	自	ji⁶	摧	kog³⁻¹
嗊	hé²	嘰（攦）	jid¹	¹ 嘩	kuag³⁻¹
揀	hé³	瀡	jid¹	² 嘩	kuag³
¹ 嚟	hê¹(ê¹)	癪	jig¹	廉賨	kuang¹ lang¹
² 嚟	hê⁴	粘（占）	jim¹	筐	kuang²
恰	heb¹	槵	jim¹	框	kueng³
瞌	heb¹	揃（煎）	jin¹	関嘩	kuig¹ kuag¹
焓（熻）	heb⁶	腍	jin²	劬（劳）	kung⁴/kung¹
喥（啄）	hei²	噍	jiu⁶		
餼	héi³	操（撨，噍）		**L**	
坎	hem²		jiu⁶		
抌	hem²	啜	jud¹	¹ 啦	la¹
冚	hem⁶			捌	la²
冚嘣呤	hem⁶ bang⁶ lang⁶	**K**		揦	la³
痕	hen⁴			喇	la³
恨	hen⁶	扁	ké¹	嶹	la³
摼	heng¹	抾（响）	kê¹	² 啦	la⁴
衡	heng⁴	跔（痀）	kê⁴	揦鮓	la⁵ za²
響	hêng²	扱	keb¹	擸	lab³
吼（睺）	heo¹	圾	keb⁶	爉	lab³
圩（墟）	hêu¹	吸	keb⁶	蝲	lad³
怯	hib³	咭	ked¹	迾	lad⁶
瞨（陜）	hib³	撅	keg¹	嘞	lag³
挈（歇）	hid³	契	kei³	蘊	lai¹
攇	hin³	企	kéi⁵	孏	lai²
罄（熒；熒）		扻	kem²	歹歹	lai⁴ lai⁴
	hing³	琴	kem⁴	歹刷	lai⁴ kuai⁴
喝	hod³	擒	kem⁴	賴	lai⁶
曷（齃）	hod³	蟻螺	kem⁴ kêu⁴	杬（欖）	lam²
煂	hog³	蟻蟧	kem⁴ lou⁴	躝	lan¹
殼	hog³	鯁	keng²	讕	lan²
粯（粔）	hong²	揹	keng³	冷	lang¹
炕	hong³	擎	kéng⁴	¹ 呤	lang¹
項（鞛）	hong⁶	摳	keo¹	² 呤	lang¹
雞項	gei¹ hong⁶⁻²	拘	kêu¹	撈	lao¹
熇	hug⁶	佢	kêu⁵	摎挍	lao² gao⁶
酷	hug⁶	崎卡	ki¹ ka¹	撈哨	lao⁴ sao⁴
		呦	kib¹	咧	lé⁴

唎攘	lé⁴ hé³	捙	lin⁵	² 嚒	meg¹
唎	lé⁵	烊	ling³	³ 嚒	meg¹
¹ 礫	lê¹	撩	liu⁴⁻²	瘞	meg⁶
² 礫	lê²	撩（嫽）	liu⁴	¹ 咪	mei¹
甩	led¹	囉	lo¹	喇	mei¹
呖	leg¹	囉	lo¹	² 咪	mei⁵
呖撠	leg¹ keg¹	攞	lo²	屘	méi¹
勒	leg⁶	囉	lo³	魺（蝐）	méi¹
叻	lég¹	爤	lo³	沬（眛）	méi⁶
曆	lég³	羅	lo⁴	餡	mem¹/ngem¹
沥（瀝）	lég⁶	刐（嶗）	log¹	炆	men¹
壢	lég⁶	哴	long²	抿（扷）	men²
捩	lei²	挪	long³	哎（璺）	men³
戾	lei²	芲	long⁵	掹（搣）	meng¹/meng³
嚟	lei⁴	晾	long⁶	猛瘤	meng² zeng²
覸（矖）	lei⁶	裖	long⁶	樬	méng⁴
悝	léi⁵	撈	lou¹	踣	meo¹
刐	léi⁶	嚕	lou³	茂	meo⁶
冧	lem¹	睩	lug¹	咪嗑	mi¹ meng¹
搣	lem³	碌	lug¹	搣	mid¹
凜	lem⁵	蹅	lug⁶	藐	miu²
淋	lem⁶	渌	lug⁶	嚤	mo¹
嶙	lên¹	孿	lün¹	芒	mong¹
掕揹	leng¹ keng¹	戀	lün⁵⁻²	冇	mou⁵
掕	leng³	聯	lün⁴	林	mug¹
棱	leng⁵	槓	lung⁵	嗨	mui²
（半）楞揹				鶏	mui²
	leng¹ keng¹	**M**		脢	mui⁴
笒	léng¹			嚤	mung³
嘞（笒）	léng³⁻¹	唔	m⁴		
靚	léng³	孖	ma¹	**N**	
靈嶂	léng⁴ kéng⁴	嫲	ma⁴		
燶	léng⁶	碼	ma⁵	瑯（瀼）	na¹
褄	leo¹	睨（嘛）	mag¹	喫（拏）	na¹
摟	leo³	擘	mag³	㫰	na²
嘍	leo³	埋	mai⁴	嗱	na⁴
瘺婄	leo⁶ beo⁶	擛	man¹	箚（呐）	nab³
鏍	lêu¹	嘆	mang¹	衲	nab⁶
跴	lêu¹	矛	mao⁴	炳	nad³
軑	lib¹	咩	mé¹	奶（嬭）	nai³
纈	lid³	覣	mé¹	蹄	nam³
澰（瀲）	lim²	歪	mé²	揇	nam³
敛（嗿）	lim⁵⁻²	乜	med¹/mé¹	蝻	nam⁴
		¹ 嚒	meg¹		

摘	nam⁵		諯(媁,譜)			**P**	
腩	nam⁵			ngem¹		坺	pad⁶
瘰	nan³		揞	ngem²		盼	pan³
孏	nan³		拎	ngem⁴		掽	pang¹
閙	nao⁶		夭	ngen¹		鏰	pang¹
洇	neb⁶		跰	ngen³		啵	pé¹
喔	neg¹		¹哽	ngeng²		疀(嚗)	pé⁵
匿	néi¹		²哽	ngeng³/eng³		呎呎	péd¹ péd¹
諗(恁)	nem²		嚇	ngeng⁴		擗	pég⁶
腍	nem⁴		甌	ngeo¹		劈(剻)	pei¹
腍噏噏	nem⁴ be⁴ be⁴		吽哣	ngeo⁶ deo⁶		紕	péi¹
腍咟咟	nem⁴ bég⁶ bég⁶		啀	ngi¹/ngi⁴		溢	pen⁴
淰	nem⁶		屙	ngo¹		餅	péng¹
渜	nen¹		噁	ngog¹		楄	péng¹
撚	nen²		頤	ngog⁶		奅(媱)	peo³
掹	neng³		藹	ngoi²/oi²		蒍	po¹
嫋	neo¹		腃	ngong³/ngung³		爆	pog¹
耨(脓)	neo⁶		仰	ngong⁵		樸	pog³
啞	nga²		戇	ngong⁶		瘙(膀)	pong¹
控	nga⁶		擙	ngou¹		¹甫	pou²
押	ngab³/yab³		撒	ngou⁴		²甫	pou³
餲	ngad³		壅	ngung¹		壅	pung¹
嚙	ngad⁶		孹	ngung²			
呃	ngag¹/ngeg¹		呢	ni¹/néi¹		**Q**	
鈪	ngag³⁻²		吶	nib¹		赿	qi¹
嗌	ngai³		搦	nig¹		蘱	qi¹
啱	ngam¹		棯(稔)	nim¹		彳	qig¹
¹晏	ngan³		踗	nim³		摵	qig¹
²晏	ngan³		韄	nin¹		簽	qim¹
罌	ngang¹		拚(撞,撚)			塹	qim³
硬唪唪	ngang⁶ gog⁶ gog⁶			nin²		揎	qim⁴
硬嗝嗝	ngang⁶ gueg⁶ gueg⁶		拎	ning¹		秤	qing³
捎	ngao¹		嫋	niu¹		埕	qing⁴
拗	ngao²		嫋嗶嗶	niu¹ bang¹ bang¹			
詏(拗)	ngao³		薵	niu³		**S**	
骹	ngao⁴		努	nou⁵⁻²		歺(拏、抄)	
嵿	ngé¹		燶	nung¹			sa³
嗚	ngeb¹					嘥	sab³
罨(浥)	ngeb¹		**O**			熠(煠)	sab⁶
岌	ngeb⁶					舐	sag³
扤	nged¹		喔	og⁶		¹嘥	sai¹
嗝(唸)	ngei¹						
嶬	ngei³						

² 嚱	sai¹	呔	tai¹	膈	wo⁵
晒	sai³	汰	tai¹	嚄	wog¹
潺	san⁴	舦	tai⁵	傴(伍)	wu³
揝	sang²	軑	tai⁵		
哨	sao³	燂	tam⁴	**X**	
潲	sao³	癱	tan²		
撈哨	lao⁴ sao⁴	歎	tan³	屄	xi²
捎	sao⁴	躂	teb¹	囁	xib¹
睄	sao⁴	睇	tei²	攝	xib³
瀉	sé²	諗	tem³	蝕(賖)	xid⁶
唅	sê⁴	趯	tem⁴	蹎	xin³
¹ 恤	sêd¹	凼(氹、窞)		煋	xing¹
² 恤	sêd¹		tem⁵	鼠	xu²
袉	sêd¹	余	ten²	薯	xu⁴
戌	sêd¹	褪	ten³		
削	sêg³	揗	ten⁴	**Y**	
篩	sei¹	脤	ten⁴		
審	sem²	唥	teo²	吔	ya²
呻	sen³	佗	to⁴	吔	ya⁴
侲(腎)	sen⁵	劏	tong¹	噢	yag³
徇	sên¹	趟	tong³	踹	yai²
筍	sên²	綯	tou⁴	蘸	yam⁵
噌	seng⁴	補	tung²	蹚(撐)	yang³
鋥(銑)	séng³			嘢	yé⁵
壽	seo⁶	**W**		翕(脜)	yeb¹
衰	sêu¹			挹	yeb⁶
¹ 水	sêu²	¹ 搲	wa²	曳	yei⁵/yei⁴
² 水	sêu²	² 搲	wa²/wé²	𡟰	yem⁴⁻¹
³ 水	sêu²	嘩	wag¹	杧梱	yen⁴ min⁶⁻²
⁴ 水	sêu	旺	wang¹	膕	yên⁶⁻²
歲	sêu³	嚖	wé⁵	抉	yêng²
捒(摍)	sog¹	焳(爈)	wed¹	優	yeo¹
嗍	sog³	鬱	wed¹	汌	yêu⁶
喪	song³	捐	wed⁶	齇	yi¹
臊(蘇)	sou¹	鶻	wed⁶	壓	yib³
騷	sou¹	揾	wen²	喛	yid¹/id¹
宿	sug¹	韞	wen³	糎	yid³/éd³
鬆	sung¹	匀	wen⁴	腌	yig¹
餸	sung³	輼	wén¹	厴(魘)	yim²
		咴	weng⁶	魘	yim²
T		抹	wing⁶/fing⁶	演(躽)	yin²
		¹ 喎	wo³	抚	yiu¹
塔	tab³	啢(喎)	wo⁴	瘀	yü²
撻	tad¹	² 喎	wo⁵	窬	yü⁴⁻²

嚕	yug¹	瞓（眨）	zam²	掣	zei³
淵	yün¹	嫸	zan²	制	zei³
冤	yün¹	瓚（贊）	zan³	斟	zem¹
宛	yün⁵⁻²	賺	zan⁶⁻²	枕	zem²
莚	yün⁵	踭	zang¹	朕	zem⁶
蝌	yung⁴	抓	zao²	圳	zen³
		罩（薜）	zao³	精	zéng¹
Z		棹	zao⁶	正	zéng³
		嘛	zé¹	畫	zeo³
揸	za¹	嘛	zé⁴	咗	zo²
鮓	za²	遮	zé¹	曈（矇）	zong¹
咋	za³	執	zeb¹	續	zug⁶
咋	za⁴	枳	zed¹	濁	zug⁶
拃	za⁶	窒	zed⁶	舂	zung¹
鵤	za⁶	捽	zêd¹	重（仲）	zung⁶
嗻	zab⁶	唶	zég¹		
鈒	zab⁶	¹着	zêg³		
責（砝，迣）		²着	zêg⁶		
	zag³	擠	zei¹		

後　　記

　　同其他漢語方言一樣，粵方言的方言詞彙是十分豐富的。本詞典收集的，僅是粵方言中帶有代表性的廣州話的詞彙，而且僅是廣州話中日常使用的方言詞彙。港澳地區通行的粵方言有許多獨特的詞語，我們只酌收了一些。至於各行各業大量的方言行業用語，除了極少數流行廣泛的之外，一般不收。繁多的方言象聲詞也只收了很少一部分。

　　雖然廣州話在粵方言中很有代表性，享有很高的威望，但是它本身卻是很不規範的，語音和詞彙兩方面尤其突出。廣州市內有相當一部分人 n～1 不分，ng～0（零聲母）不分；具體的字音也往往有分歧。例如，"嚟"〔來〕可以讀 lei⁴，也可以讀 léi⁴；"㖀"可以説"撣" bed¹，也可以説"惣" fed¹。諸如此類，不勝枚舉。一個詞也有不同的説法，如"硬朗、結實"，有人叫"硬挣"，有人叫"硬淨"。如此等等，例子很多。方言字的用法也不完全一致，如 ged⁶〔單腳跳〕有"趷、趌、趌"等多種寫法，語氣助詞 la³ 也有"喇、嘛、嘑"等幾個字形。這類情況，決非個別。這些都給詞典的編寫帶來不少困難。碰到這類問題，我們只能視具體情況作不同處理，或兼收並蓄，或捨寡從眾。

　　隨着社會的發展，人員的交往，語言的相互影響，廣州話也在不斷發展中。不少字讀音起了變化，或者聲母改了，或者韻母變了，或者聲調不同了。有的字原屬短元音 e [ɐ] 韻母的，正在向長元音 a [a] 韻母發展，如"黑"本讀 heg¹[hɐk¹]，現在有不少人讀 hag¹ [hak¹]，"握、測、峽、陷、銜"等許多字也類此。再往前追溯，"死、四"等字的韻母，早就由 i [i] 變為 éi [ei] 了。還有不少字又有兩個調類的讀法，如"勁、泊"既可讀陰去，又可讀陽去；"紀、匕"既可讀陰上，又可讀陰去；等等。少數字受普通話影響，讀音開始變化，如"抓"本讀 zao²，現在不少人讀 za¹。這些都使廣州話的用詞與讀音顯得混亂。

　　上述的諸多歧異現象，我們雖然以普通性的原則決定取捨，但是對於某個讀者來説，很可能在某些地方與他的實際説法仍有多少出入，這是很難避免的，望讀者鑑諒。

編者識

作者簡介

饒秉才

　　暨南大學文學院教授，碩士研究生導師。1953-1955 年在中國科學院語言研究所從事研究工作。1955-1992 年分別在中山大學中文系、暨南大學中文系和對外漢語教學系、華南師範大學中文系任教。曾任語言學教研室主任、漢語教研室主任、對外漢語教學系主任、中國對外漢語教學學會副會長、廣東省中國語言學會副會長、廣東省對外漢語教學學會會長。主要著作有《廣州音字典》、《客家音字典》、《客家人怎樣學習普通話》、《學講漢語普通話》、《跟我學習中國話》以及合作編寫有關廣州方言的幾本詞典、字彙和《現代漢語虛詞》、《古代漢語虛詞》。在國外學術刊物上發表過學術論文數十篇。

歐陽覺亞

　　中國社會科學院民族研究所研究員，中國社會科學院研究生院博士生導師，國家語委普通話培訓測試中心兼職教授。長期從事中國南方民族語言的調查研究工作，先後到廣西、海南、西藏等地調查過壯語、黎語、村語、京語、珞巴語、回族回輝話。並調查研究粵語廣州方言、疍民語言和三亞邁話。參加過壯文方案、黎文方案的設製和中國語言地圖集的編寫、製作。主編《中國少數民族語言使用情況》一書，主持中國南方少數民族方言研究課題，著有上述各種民族語言和粵語的研究專著、詞典和有關論文。

周無忌

　　曾任廣東人民廣播電台台長、廣東省廣播電視廳廳長、高級編輯。長期以來利用業餘時間從事粵方言語音辭匯研究。著有粵方言字典、詞典多本及粵方言知識讀物等。在省內外有關刊物上發表了一批關於廣播電視、新聞、粵方言方面的論文。